일러두기

· 이 책은 『西藏放浪』(후지와라 신야, 1995, 아사히신문사) 문고판을 우리말로 옮긴 것이다.
· 해외 지명, 인명 등은 외래어 표기법에 따랐다.
· 본문에 나오는 장소나 건물의 이름, 화폐 단위 등은 이 글을 쓴 당시 그대로 옮겼다.

티베트 방랑

西藏放浪

글／사진 후지와라 신야
이윤정 옮김

작가정신

꽃을 보았다고 어떤 자는 말한다······

“어디 가는 거요?”
남자는 경문을 외다 말고 내 뒤의 길 저편을 가리켰다.
남자가 가리키는 곳에는 아무것도 없었다.
돌이 굴러다니는 드넓은 평지,
그 아득한 저편에는 벌거벗은 산봉우리들…….
길은 그 벌거벗은 산봉우리들을 향하는 것이 아니라
평지 위로 구불구불 어설프게 이어지며
멀리 북쪽에서 서쪽으로 느슨하게 휘어지고 있었다.

“거기엔 뭐가 있어요?”
“아무것도 없어요.”

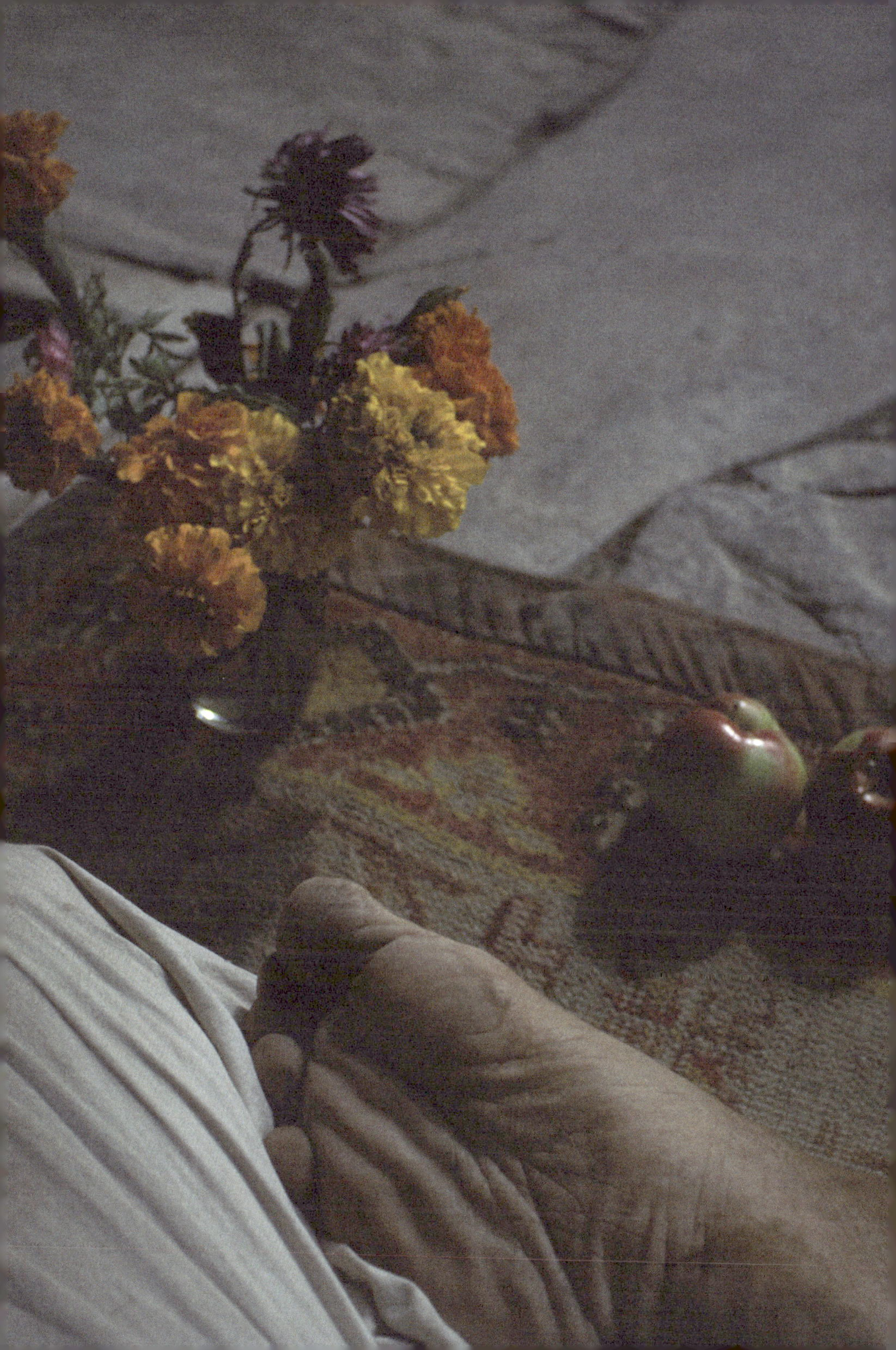

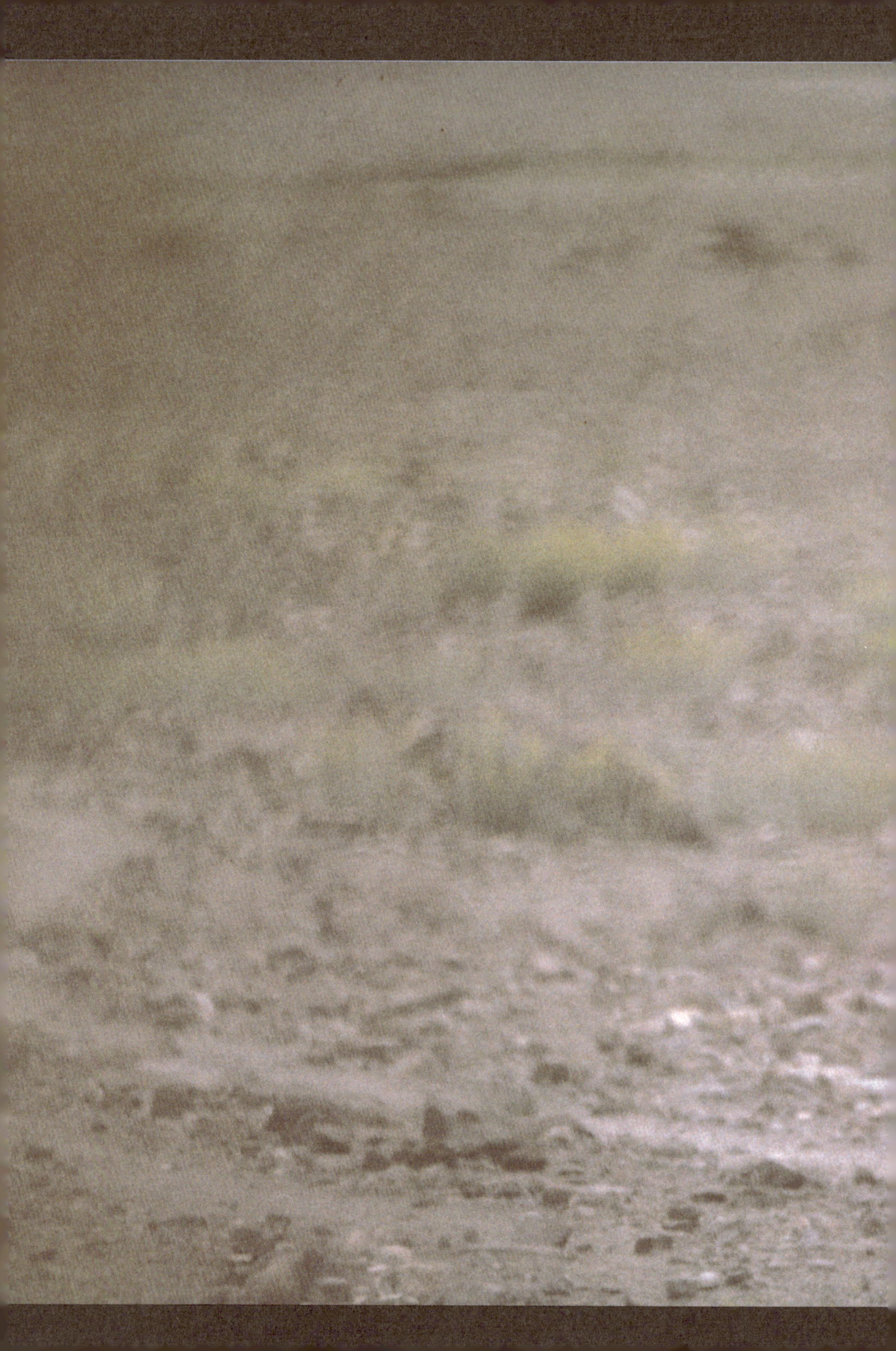

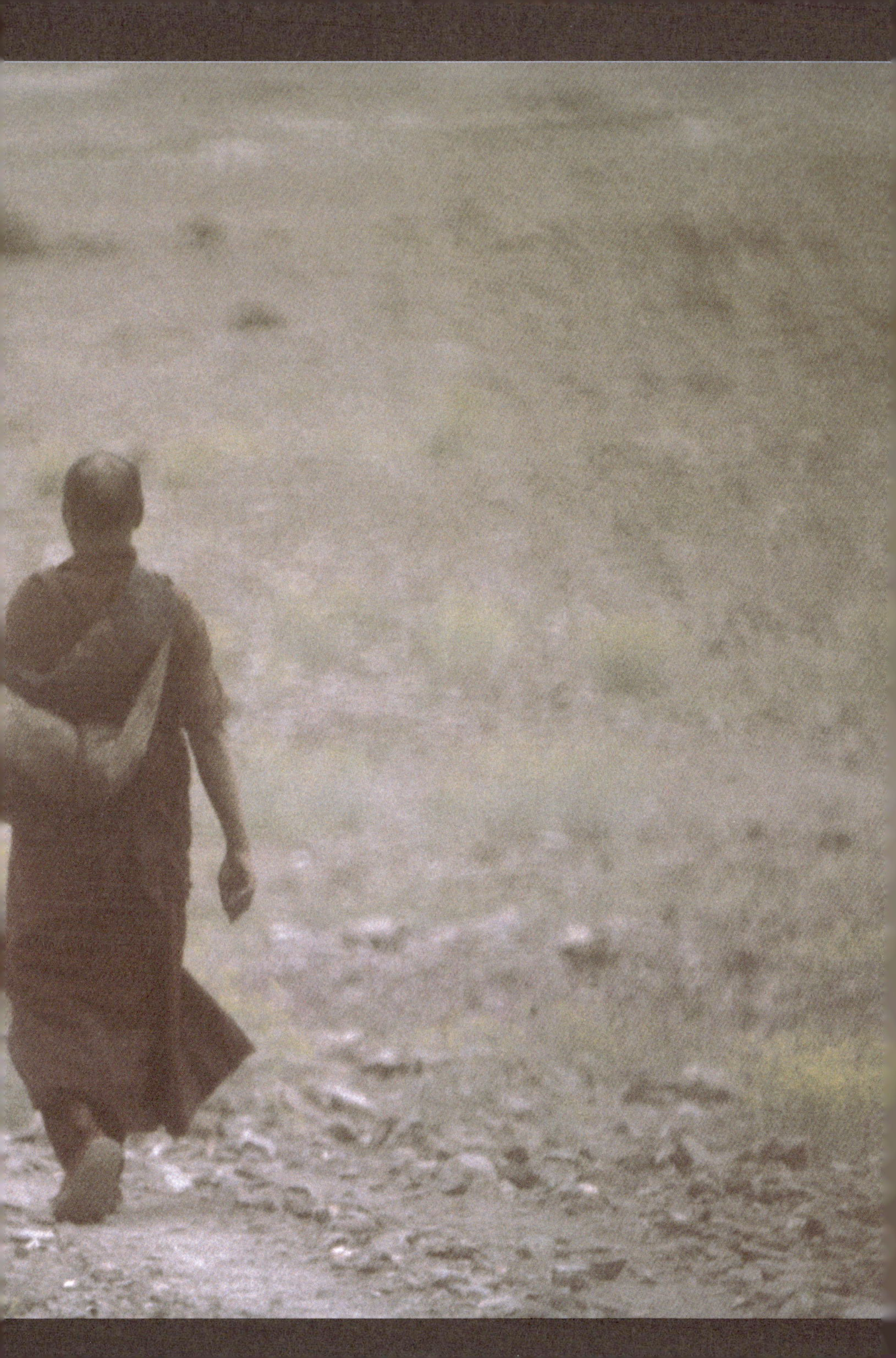

"이봐, 걱정할 필요 없어.
지금 우리가 사는 이 세상에는
자네들이 내세라고 부르는 지옥, 아귀, 축생,
아수라, 인간, 천상이 다 있어. 이곳이 바로 내세야……
그렇지 않다면 어째서 자네 머리 위에
저렇게 새파란 천국이 보이고,
어째서 자네 발밑에 벌러지나 개가
버둥대며 기어 다니겠어."

이곳이 티베트라고 한 마리의 나비가 말했다.

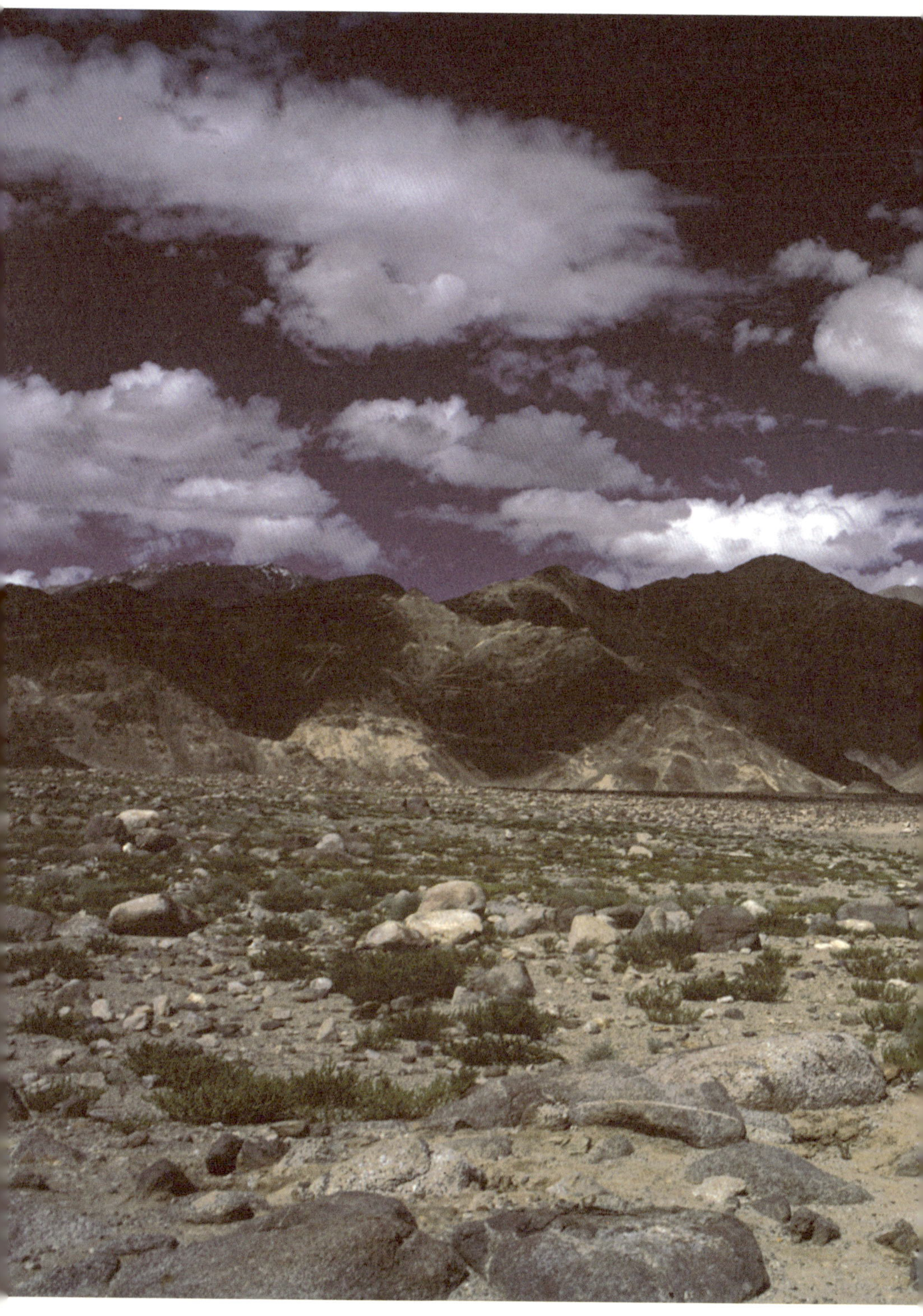

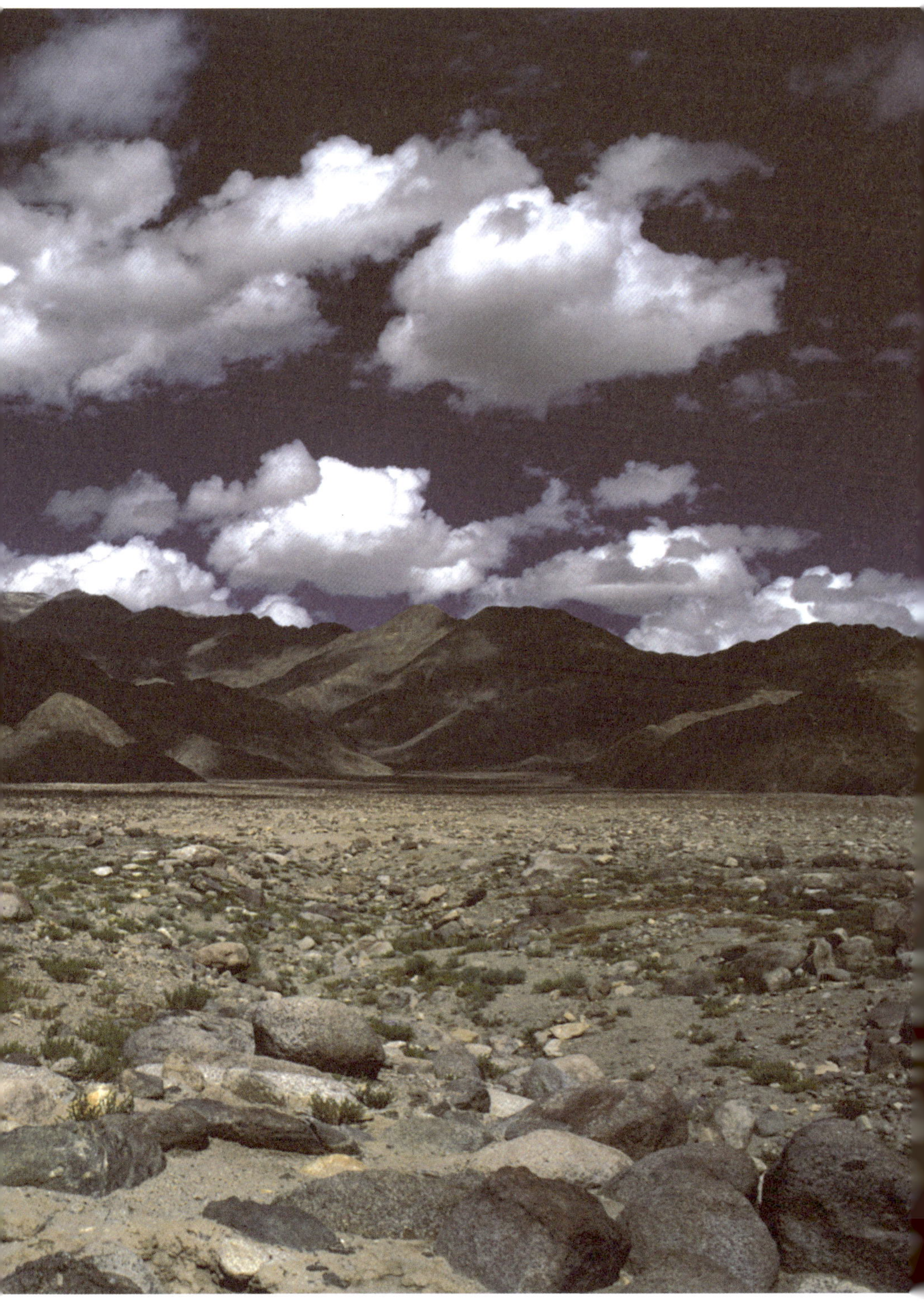

차례 /

018   타임 슬립

01 ── 조간산 넘어

026   연꽃 아래

042   가릉빈가

056   하늘에 상냥한 지옥

091   먼 곳의 색채

117   승려

165   내 안에서 태어난 들개가
        산 너머에서 울었다

02 ── 하늘의 향연

194   구름 그림자

203   환조

229   경을 먹는 개

270   서로 닮은 산

326   물속의 달을 닮은 자

369   후기

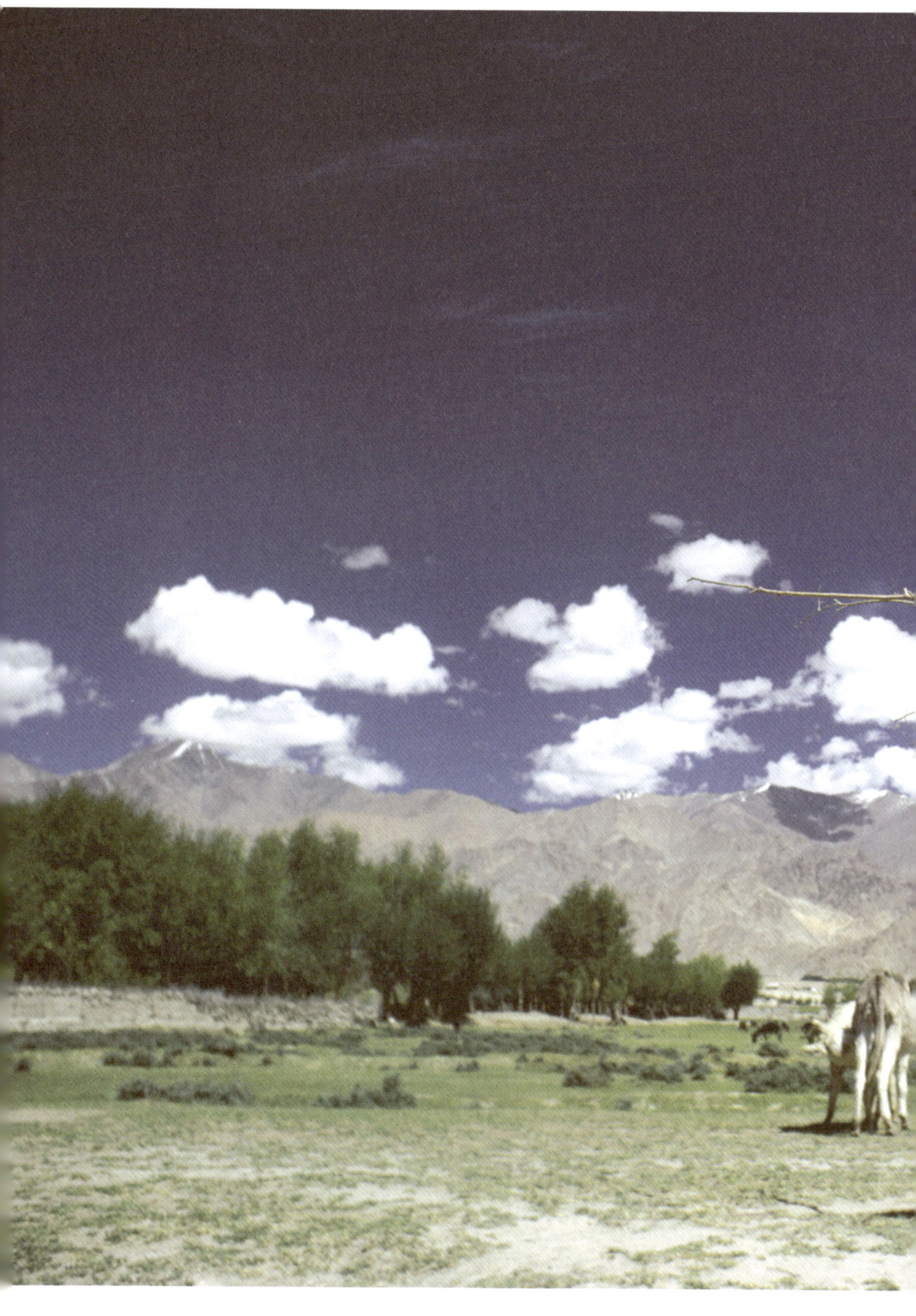

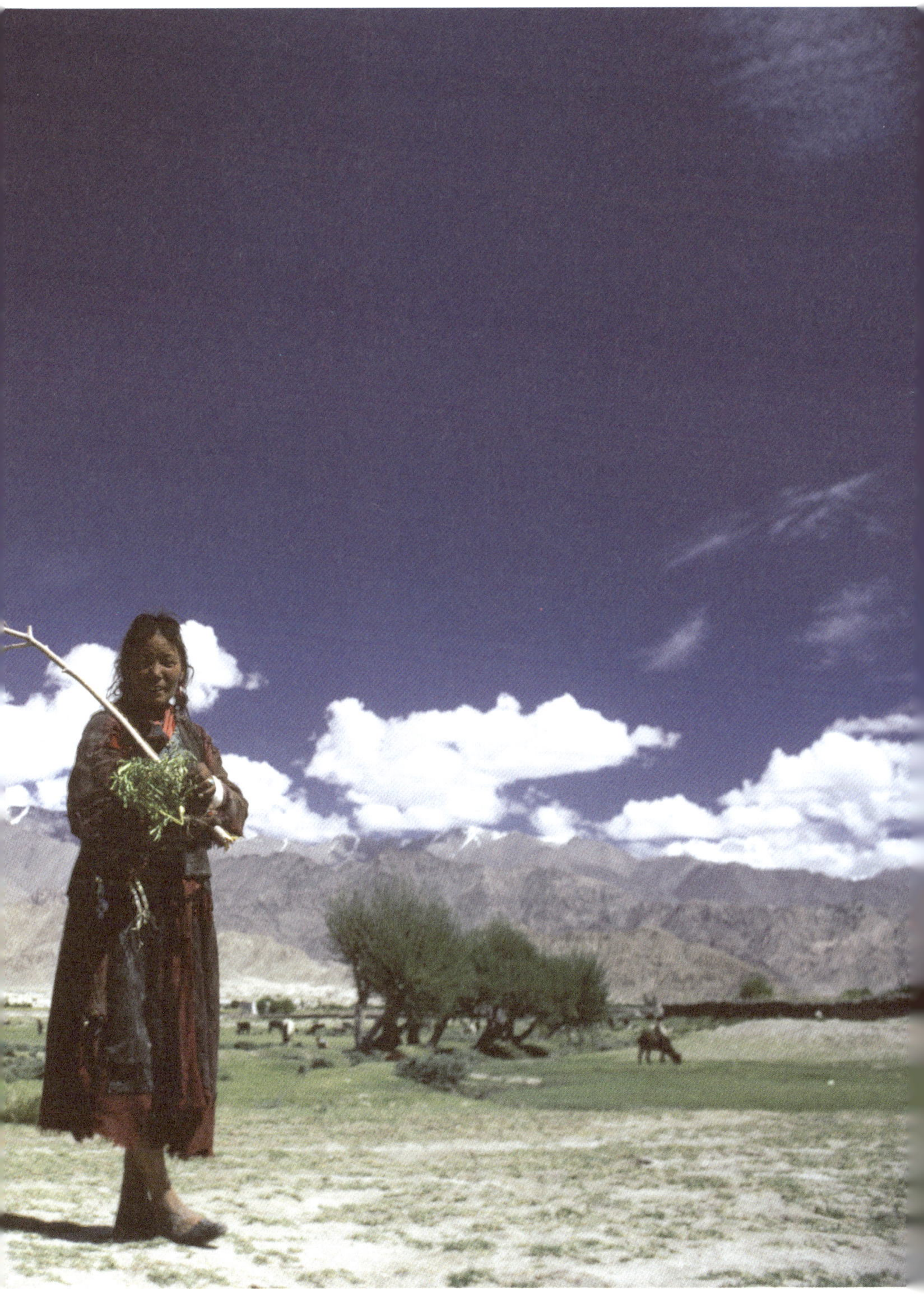

타임 슬립

지표는 여기저기서 타임 슬립(time slip, 현실의 시공간을 뛰어넘어 과거나 미래로 옮겨가는 일—옮긴이)을 하고 있다. 지구에 사는 다양한 민족이 동시에 지금이라는 시간을 공유하고 있는 것은 아니다. 사람들은 저마다 고유의 지층 연대 위에 있다.

예를 들면 미 대륙 캘리포니아의 도시에 부는 바람 속에서 나는 도쿄의 오 년 후, 십 년 후의 풍경을 상상했고, 아시아 대륙 동안東岸의 상하이 거리를 걸으면서 나는 삼십 년 전 어릴 적 맡은 어떤 냄새를 떠올렸다. 또한 모로코 산촌의 어느 집에 초대받아 하룻밤을 지냈을 때, 나는 침상 속에서 내 의식이 시시각각 과거를 향해 백 년, 이백 년 타임 슬립 해가는 것을 느꼈다. 필리핀 민다나오 섬의 깊은 숲속, 그곳에는 불과 십 년 전까지 소수의 나체 부족에 의해 석기시대가 계속되었고, 유라시아 대륙 아프가니스탄 계곡에는 지금도 중세의 코란 소리가 울려 퍼진다.

이처럼 지구에는 다양한 지층 연대가 노출되어 있다. 그러므로 지금이라는 시간의 계측에 그런 다양한 지층 위에 사는 사람들의 모든 것을 뭉뚱그려 끼워 맞추는 사고방식은 하나의 환상이라고 생각한다. 과학적으로 진보한 나라의 가장 급진적인 부분을 지금이라는 시간의 계량 기준으로 삼는 풍조는 단순한 오만이다. 지구에 사는 각각의 사람들에게는 각각의 지금이 있다.

여행의 재미 중 하나는 이 차안此岸의 나라의 지금으로부터 피안彼岸의 나라의 지금으로 타임 슬립 해가는 역동성에 있다. 과거 십 수 년의 여행에서 나는 가장 급진적인 지금을 가진 나라로부터 중세 이전의 시간을 가진 나라까지 다양한 지층 연대의 땅을 몇 번이고 타임 슬립 했다. 그런 여행 속에서 나는 시간의 흐름에 대한 하나의 작고 단순한 확신을 갖게 되었다. 그것은 인간이 유지해온 지금은 과거의 지금으로부터 현재 또는 미래의 지금을 향해 역진화逆進化하고 있다는 것이다. 요컨대 과학은 진화하고 인간적인 것은 퇴화하는 지구상의 시간 구도가 분명하게 보였다고 해도 좋다.

이 책의 여행 주제가 되는 인도·티베트에는 지금도 종종 중세 혹은 베다의 세계가 엿보인다. 나는 일본의 지금으로부터 그 중세의 지금으로 타임 슬립 하며 이십대의 대부분을 그 시간 속에서 보냈다. 이 책은 그 인간으로서 퇴화한 지금을 가진 한 일본 청년이 과거를 향해 인간으로서 보다 진보적인 그들의 지금의 바다 속에 자신을 투입한 작은 기록이다.

1982년 1월

후지와라 신야

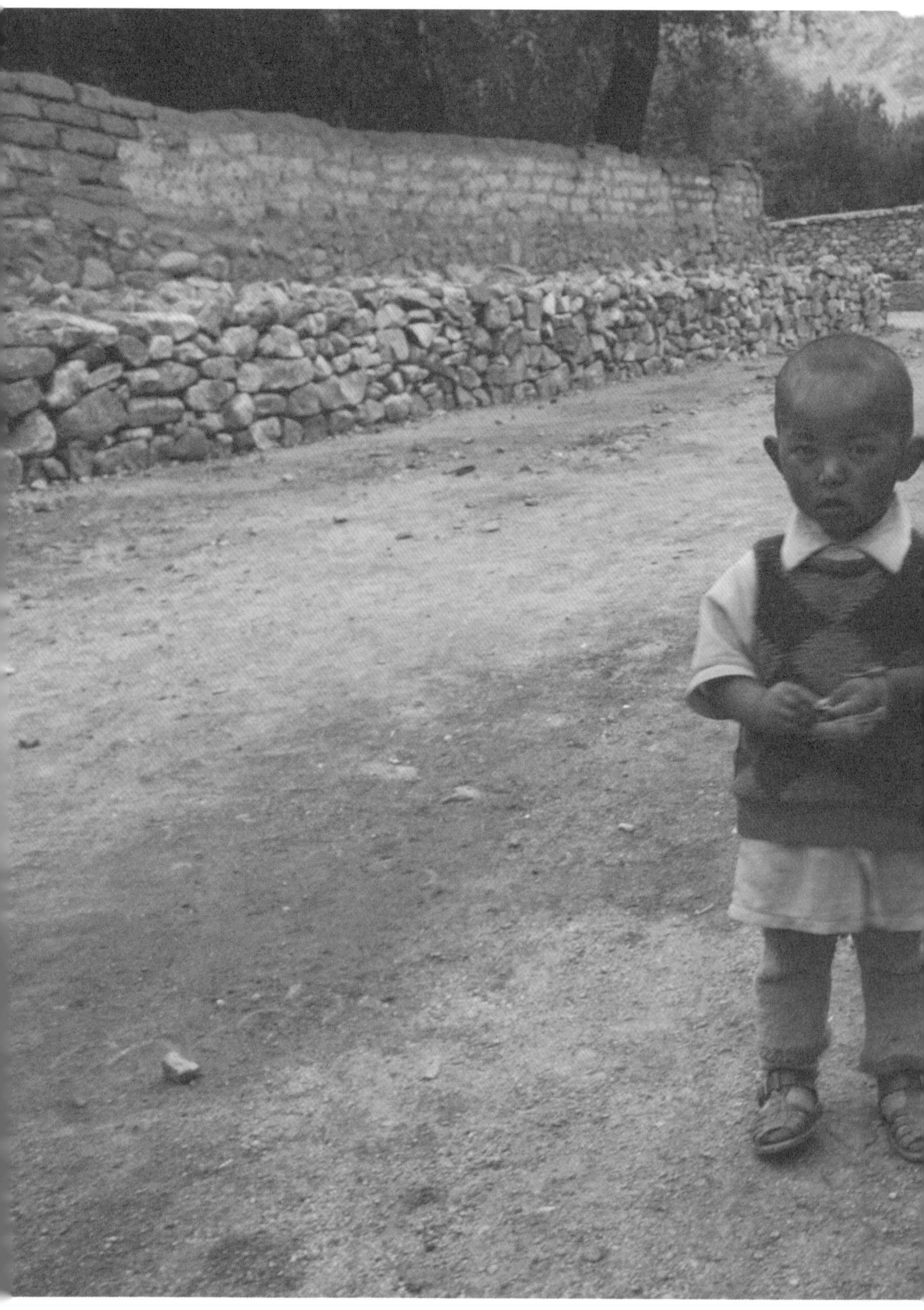

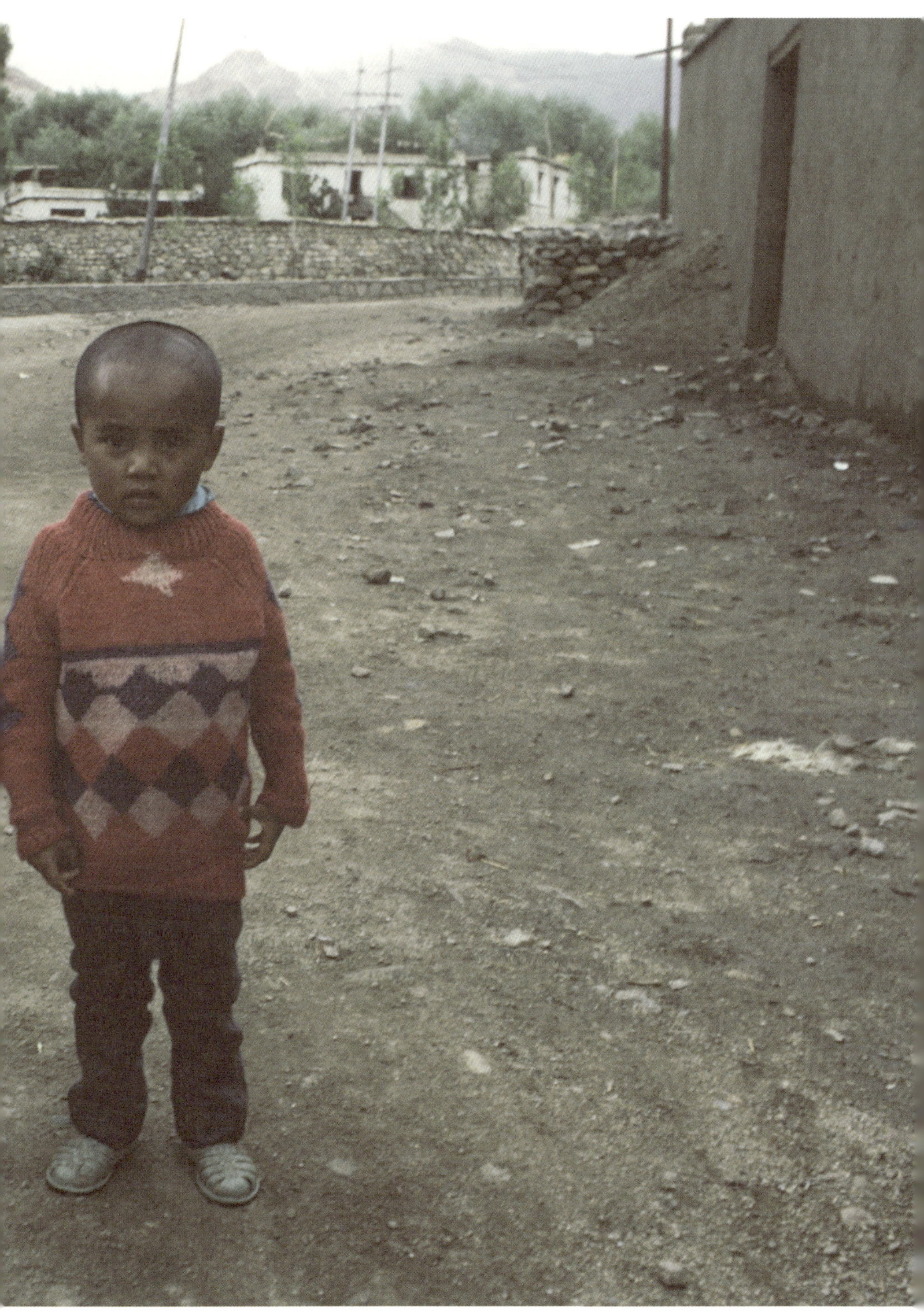

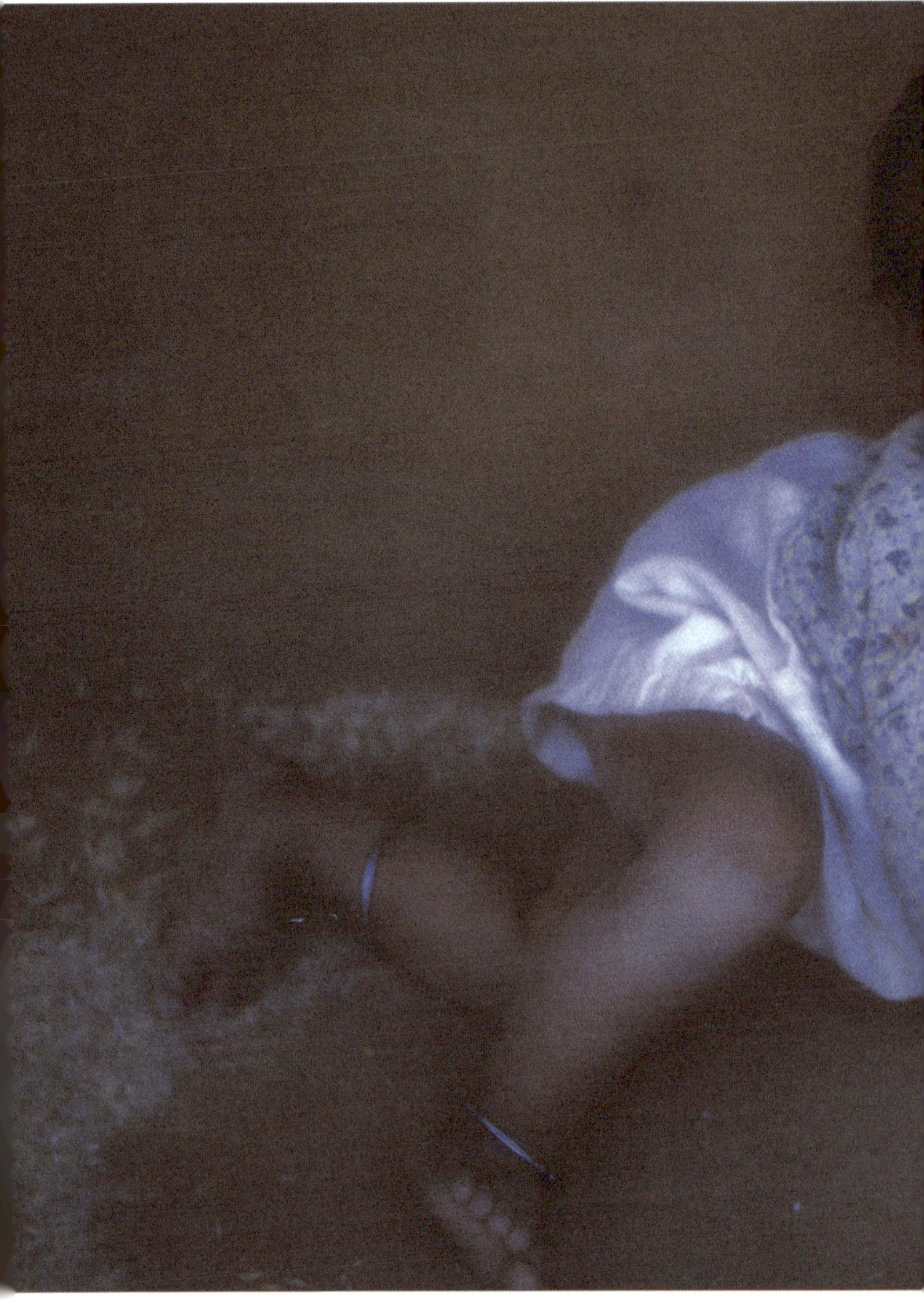

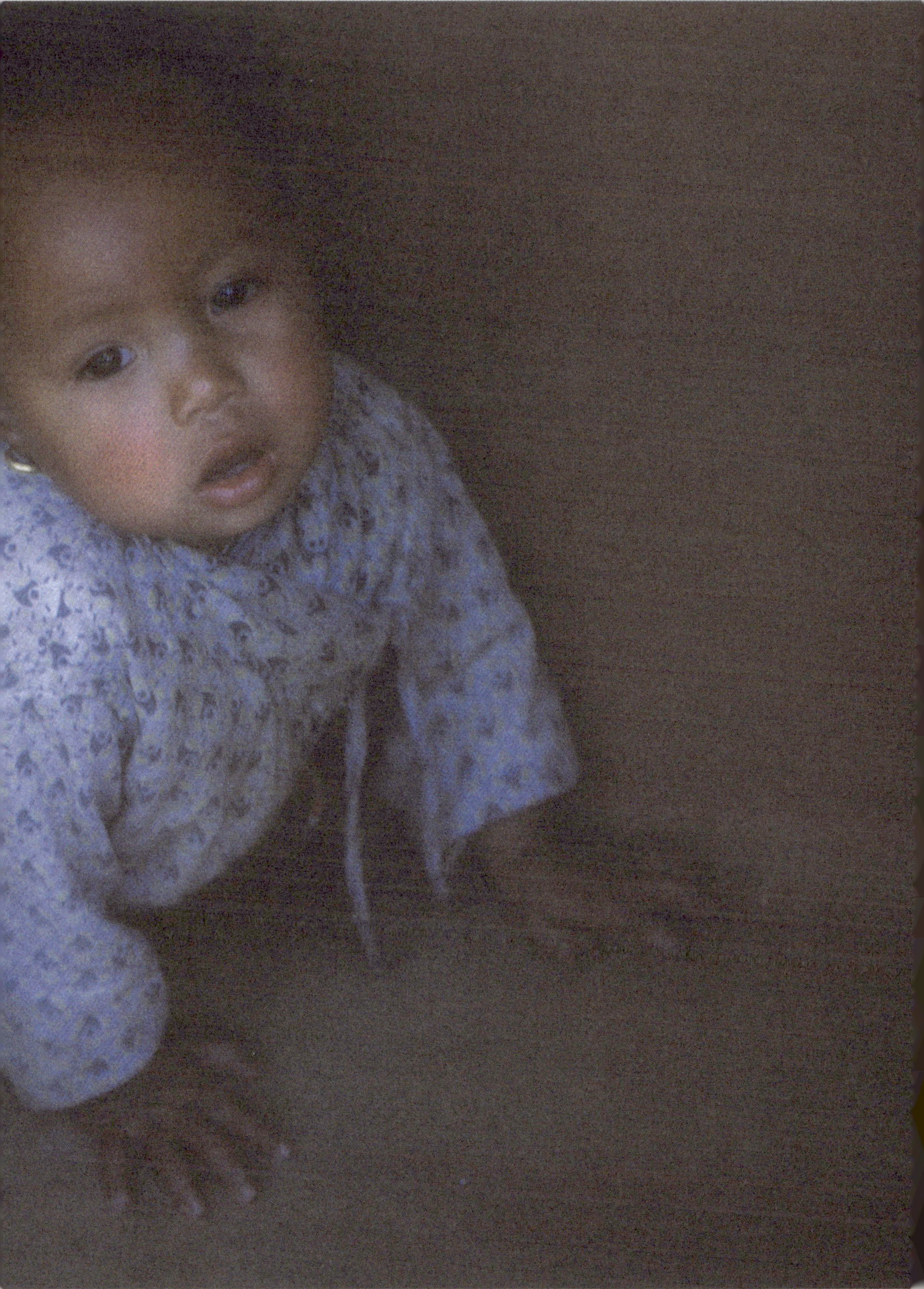

웃어버린 해골

웃어버린 해골

01

조간산* 넘어

* 潮干山. 바닷물이 빠져나간 곳. 바다의 영향을 받지 않는 곳이란 의미에서
생사를 초월한 깨달음의 세계, 정토 혹은 피안을 이른다.

연꽃 아래

벌레이면서 인간 같은 이름을 지니고 늪지에 사는 물방개(물방개는 일본 말로 '겐고로'인데 남자 이름 같다—옮긴이)는 웃기는 이름과 달리 날카로운 엄니를 가진 육식 곤충이다. 물고기나 벌레, 조개, 그 밖의 다양한 생물, 때로는 그 시체를 먹는다. 이 벌레의 특이한 점은 늪지에서 생육이나 시체를 먹고 사는 주제에 등딱지 밑에 날개를 숨기고 있다가 때때로 공중을 비상한다는 것이다. 그것도 낮이 아니라 밤에 날아다닌다.

늪지에서 생육이나 시체를 먹고 산다니 비열한 벌레가 틀림없다. 그런 벌레가 어쩌다가 공중을 나는 기술을 터득했는지 의아하다. 그러나 지구의 과거를 생각해보면 천하고 야비한 생물일수록 비상 원망顯望이라는 병에 사로잡히고, 결국 병이 본성이 되어 정말로 하늘을 날기도 한다. 먼 과거에는 땅을 기며 새의 알 따위를 훔쳐 먹던 파충류, 즉 뱀이나 도마뱀 따위가 새로이 진화해 공중을 날아다니고, 가까운 예로는 8만 4000가지가 넘는 천한 번뇌를 안고 살아간다는 인류가 경사스럽게도 단체로 하늘을 날고 있다. 저 물방개도 이런 종류의, 악업 즉 비상병 유형에 포함시킬 수 있을 것 같다.

그런데 이 벌레는 왜 밤에만 날아다닐까. 나 혼자 생각인데…… 어쩌면 이 벌레는 꿈을 꾸고 있는 게 아닐까 싶다. 낮 동안 늪에서 생육이나 시체를 먹고 지내는 까닭에 밤이 되면 그 혐오스런 소행에 가책을 느껴 반동으로 묘하게 주제에 어울리지 않는 고귀한 꿈을 꾸고 싶은 것이 아닐까. 인간에게 몽유 보행이라는 것이 있듯 이 벌레에게도 몽유 비상이라는 것이 있는 게 아닐까, 그런 생각이 든다.

나는 이 벌레가 그리 탐탁지 않지만, 물방개라는 벌레의 생태에 대해 생각하다 보니 문득 마가 들었는지 짚이는 것이 있다. 이 물방개…… 어딘지 모르게 나와 닮았다. 이 벌레의 생활과 행동이 어딘지 모르게 인도에서의 내 소행과 유사하다는 생각이 드는 것이다.

나는 진작부터 자신을 벌레 같다고 생각했다. 인도 대지를 기듯이 여행하면서 그런 생각이 들었다. 그리고 히말라야 연산連山이 천千의 연꽃잎이고 인도 대지가 진창이라는 것을 알았을 때, 저절로 내 무명충無名蟲의 생존권과 그 환경을 깨달았고…… 유채꽃 밭을 날아다니는 나비와는 인연이 먼 신세라는 것도 깨달았다. 그렇다면 하다못해 진흙을 묻히지 않고 늪 표면을 비교적 능숙한 영법으로 헤엄쳐 다니는 저 소금쟁이라는 벌레여도 좋겠다는 생각을 몰래 의중에 품었으나, 자신의 소행을 돌이켜보건대 나는 진창 인도에서 오랫동안 사람의 시신에 집착해왔고 그 사진을 팔아 밥벌이를 해온 신세…… 말하자면 시신을 먹으며 살아온 것이다. 더구나 저 소금쟁이, 동물 시체보다는 오로지 교미에만 집착하는 것 같아 나는 이 벌레도 닮지 않았고 닮고 싶지도 않다.

그리하여 늪지에 서식하고 시체를 먹는 몇몇 벌레가 물망에 올랐고, 물방개는 그 이름이 내 인격을 깎아내릴 것 같지 않은 어떤 전통적인 느낌이 들었기에 물방개라는 벌레를 닮았다고 여기기로 멋대로 결정한 것이다. 특히 나는 이 벌레가 밤마다 늪에서 홀연히 날아올라 아무 이유도 없이 공중을 배회한다는 사실에 왠지 모를 공감을 느꼈다.

십 만 나 유 타

진창 인도에서 줄곧 시신 행각을 하면서 나도 때로 꿈같은…… 꿈을 꾸었다. —— '꿈'. 갠지스 강 건너편 기슭을 보고 있었다. 피안은 검게 보였다. 차안도 새카맣고 피안도 새카맣고. 나는 차안에서 건너편 검은 강기슭을 향해 힘껏 돌을 던졌다. 건너편 강기슭의 한 점에서 검은 것이 가루처럼 흩어지며 날아올랐다. 그 검은 가루는 기류의 소용돌이를 타듯 잇달아 연쇄하며 하늘로 날아올랐다. 하늘이 새카매졌다. 차안 위까지 날아온 그 검은 가루를 올려다보니 그것은 까마귀 떼였다. 그 수는 십만 나유타(조)를 넘었다. 까마귀 떼는 높이 날아올라 검은 구름이 되고, 그것은 큰 비가 되어 강으로 돌아갔다. 나는 피안을 보았다. 건너편 강기슭에는 오채색의 꽃이 물방울을 떨어뜨리며 활짝 피어 있었다. 그 수는 십만 나유타를 넘었다. 만다라꽃, 마하만다라꽃, 만주샤카꽃, 마하만주샤카꽃, 아브로카꽃, 아카샤꽃, 아미타유스꽃 등등, 차안에 사는 자가 알지 못하는 꽃들이 흐드러지게 피고, 그것은 차안을 향해 감미로운 향기를 미풍처럼 보내고 있었다.

이런 꿈만이 아니라 차안에서 피안을 향한 비상 원망은 내 신상에 그림자를 드리우며 달라붙는 작은 벌처럼 여행 내내 나를 쫓아다녔다. 그리고 히말라야, 그것도 그 뒤쪽의 티베트 고원은 진창 인도의 피안, 혹은 천수국(극락)으로 기억되어갔다. 진창에 사는 물방개는 그 무명행無明行 중에 천수국에 얽힌 수많은 거짓말과 시詩를 들었다.

사람은 말한다…… 나비를 보았다고. 외로운 나비가 오채五彩의 비늘가루를 눈 위에 흩뿌리며 준험한 산봉우리를 넘어갔다고.

어떤 이야기꾼은 말한다…… 눈표범을 보았다고. 이른 봄, 약초 싹을 씹는 그 우아한 엄니를 보았다고. 또 어떤 자는 말한다…… 새소리를 들었다고. 깊은 계곡에 메아리치는 가릉빈가(불경에 나오는 상상의 새로 묘음조妙音鳥라고도 한다. 사람 머리에 새의 몸을 하고 있으며, 극락정토에 살고 그 울음소리가 지극히 아름답다고 한다—옮긴이)의 그 어떤 음악보다 고귀한 울음소리에 대해…… 약공무아상락아정(세상은 헛되고〔空〕 집착할 자아란 없는 것〔無我〕과 같으며〔若〕, 열반의 세계는 영원하고〔常〕 즐겁고〔樂〕 자재한 참 자아가 있고〔我〕 청정하다〔淨〕는 뜻—옮긴이) 하고 그것은 울었다고.

꽃을 보았다고 어떤 자는 말한다…… 저 고지를 오랫동안 떠돌아다닌 자의 옷에 만다라꽃의 향기가 배어 절대 가시지 않는다고. 흰 연꽃잎처럼 우뚝 솟은 천의 봉우리가 이 모든 것을 가호加護하고, 이 모든 것은 그 연꽃 속에 세계를 만들고 있다고.

그 연꽃에 감싸인 선정禪定의 땅 멀리…… 오랫동안 인도 사바세계의 늪지에서 살아온 물방개는 때때로 여행 도중, 그런 꿈같은 이야기를 듣고 날고 싶다는 의욕에 사로잡힌다. 그러나 나비나 벌이 연꽃에 앉은 모습은 그런대로 볼품이 있시만 진흙土 성이 물방개가 연꽃에 앉은 모습은 영 꼴사납고 그림이 되지 않는다. 그래서 저 고지에 가려면 이 진흙 범벅의 옷을 벗어버리고 뭔가 다른 새로운 옷을 입을 필요가 있을 것만 같다. 그러나 만다라꽃 향기가 밴 옷이 도대체 어떤 옷인지 나로서는 짐작도 가지 않는다.

내 옷에는 죽음의 냄새가 배어 있는 것 같았다. 히말라야 멀리 주검이 내뿜는 숨 막히는 보랏빛 연기 속을 뛰어다녔다. 하이에나처럼 빈사의 남자 곁에서 카메라를 들고 서성이며 그 죽음을 기다린 적도 있다. 진창 속의 물방개가 시체를 먹고 살듯 주검이 있는 곳이면 뭔가 얻을 것이 있겠지 싶어 강물에 떠내려가는 송장을 쫓아 배를 저은 적도 있었다.

돌 위에서도 삼 년 면벽面壁 구 년이라는데…… 송장 곁에서 팔 년이라고 해야 할까. 인도 진창 세계에서 사람의 시신을 보아온 지도 어언 팔 년이 되어가고 있었다. 그러나 도무지 광명은 비치지 않는다. 돌 위에서도 삼 년이라는 말은 돌 위에 삼 년을 앉아 있으면 돌도 따뜻해지는, 안주의 땅을 얻을 수 있다는 뜻이라는데 나는 돌보다 더 불편한 사람 시신 위에 그 두 배나 되는 세월을 앉아 있었다. 그러나 전혀 안주의 땅을 얻지 못했다. 그렇다고 해서 달마처럼(면벽 구 년이 되려면 일 년의 유예가 있지만) 뭔가 좋은 것을 깨달았느냐 하면 그렇지도 않다…… 불모의 느낌이 깊었다.

그러나 진창에서 나비를 꿈꾸는 물방개라고 할지, 진창도 정들면 고향, 시신을 먹으면서 게으른 잠에 취해 설핏 신의 꿈이나 꾸면서 살아가는 편이 내 본성에 어울릴지도 모른다는 생각이 든다. 그러나 그러면 내 꼴이 물방개와 닮아도 너무 닮았다. 나는 물방개에게 친근감을 느꼈지만 그것이 나 자신이라는 것은 참을 수 없다. 언젠가는 결별해야 한다…… 그런 생각을 한다.

인도에서의 여행의 끝이 다가오고 있었다.

어느 날, 나는 멀리서 개 짖는 소리를 들었다. 강 저편에서 개 짖는 소리를 들었다. 그 포효에 귀를 기울이며 걸어가고 있을 때…… 그곳에 긴 여행의 끝과 새로운 여행의 시작이 보였다.

히말라야를 보지 않고 그렇게 변함없이 갠지스를 보고 있던 어느 겨울날 아침. 강 중류에서 개 짖는 소리를 들은 듯한 기분이 들었다.

강기슭이 아니라 하류 쪽 수면에서 들려오는 것 같아서 내가 그쪽을 가리키며 저게 무슨 소리냐고 물었더니 옆에 있던 남자가 개 짖는 소리라고 말한다. 강 중간에 왜 개가 있느냐……. 저것은 강이 아니라고 남자는 말한다. 그러면 강이 아닌 것이 왜 강이냐…….

저것은 땅이라고 남자는 말했다.

하류 쪽 수면을 유심히 바라보니 강 중간 부분이 살짝 다른 색깔을 띠고 있는 것 같다.

남자의 이야기에 따르면, 그것은 수년 전 우기 끝에 홍수가 졌을 때 강 한가운데에 생긴 진창 같은 퇴적지라는 것이다. 그 퇴적지에서 개가 짖고 있다는 것이다. 구해줘야 하지 않느냐고 묻자 저것은 기뻐서 짖는 것이라고 말한다. 진창 같은 퇴적지에 갇힌 개가 인간을 먹고 기뻐서 짖는 것이라고 남자는 말한다.

남자의 불근신한 대답에 나는 말을 잇지 못하고, 잠시 귓가에 손을 가져가 하류 수면의 소리를 모으니, 여러 마리가 짖고 있으며 딱히 기뻐서 짖는 것 같지는 않다.

겁먹은 듯한 소리……위협하는 듯한 소리……으르렁대는 소리……울부짖는 소리……서로 물어뜯으며 내지르는 소리 아닌 소리……싸움에 져서 짖는 소리……, 전체적으로 개들의 소리는 비참했다. 그 소리는 이따금 수면에 불어치는 돌풍에 지워졌다 다시 나타나고, 바람 소리와 혼동될 만큼 제대로 나아가지 못하고 허공을 떠돌았다. 커엉……커엉…… 하고. 그것은 나락 밑바닥을 내달리며 울부짖는 아귀들의 슬픈 노래처럼 들린다.

노래의 주인을 찾아 나는 작은 배에 올랐다. 나흘이나 닷새에 한 구꼴로 그 강 중간의 퇴적지에 사람 시신이 떠내려 온다고 한다. 오래전부터 이 개들은 강기슭에 떠내려 오는 사람 시신을 먹고 살았는데, 이 년 전 강 중간의 퇴적지로 헤엄쳐 건너간 후로 그곳을 떠나지 않는다고 한다. 대여섯 마리를 한 무리로 하는, 적어도 세 무리가 날마다 시신을 차지하려고 서로 싸운다고 한다. 개가 굶주려 있으면 위험하니 가지 말라고 남자는 말했지만, 사람 시신으로 하루벌이를 하는 같은 신세, 동족상잔하는 일이야 없겠지 하고 마음을 편히 먹고 퇴적지에 발을 내딛었다.

퇴적지는 강물에 뜬 썩은 나뭇잎처럼 평평하고 쉰내 같은 냄새가 나는 데다, 어디까지가 퇴적지고 어디부터가 강인지 멀리 그 경계를 분간할 수 없는 모호한 형태였다. 회녹색 물이 괴어 있는 그 표면은 햇빛을 받아 썩은 생선 눈알처럼 둔한 빛을 머금고 있다. 퇴적지에는 군데군데 얕은 물웅덩이가 있고, 수심이 30센티미터쯤 되는 흐르지 않는 죽은 실개천이 구불구불 사방팔방으로 뒤얽혀 있다. 사람의 유골이 돌멩이나 나뭇조각처럼 여기저기에 뒹굴고 있었는데, 발이 푹푹 빠지는 진창으로 접어들자 나는 가슴뼈나 엉덩이뼈 같은 것을 주워 와서는 그것을 밟고, 그리고 걸어갔다.

개 짖는 소리가 나는 방향으로 뼈를 밟고 썩은 실개천을 건너 나아가자, 저편 퇴적지 언저리의 진창에서 개들이 사람 시신을 둘러싸고 싸우고 있었다. 망원렌즈로 개의 얼굴을 보니 『법화경』에 나오는 아비지옥의 구반다 귀신처럼 보였다. 구반다 귀신이 어떻게 생겼는지는 몰라도, 그 개가 지금까지 본 적도 없는 살벌하고 잔인한 얼굴을 하고 있어서 구반다 귀신을 닮은 게 아닐까 생각한 것이다. 나는 개들이 서로 이빨을 갈며 으르렁대는 모습을 보면서 『법화경』의 한 대목을 떠올렸다.

——서로 송장을 뜯어먹어 뼈와 살이 널려 있다. 여기에 뭇 개들이 다투며 몰려들어 잡아 뜯고, 허기에 지치고 겁에 질려 여기저기 먹이를 찾고, 서로 싸우고, 잡아끌고, 으르렁대고, 이를 갈며 짖고, 투쟁하는 소리 심히 무섭다. (……) 구반다 귀신은 진흙탕 위에 웅크리고 앉아 어떤 때는 땅 위로 한 자씩 두 자씩 뛰어오르고, 왔다 갔다 뛰놀며 까불고 장난치고, 개의 두 다리를 붙잡고 둘러쳐 소리도 지르지 못하게 하고, (……) 악을 쓰며 먹을 것을 찾고, (……) 허기와

갈증에 시달려 울부짖고 뛰어다닌다. (『법화경』〈비유품〉─옮긴이)

개들은 이 법화경의 한 장면을 똑같이 연출하고 있었다. 덧붙이자면…….

──그 늪지 한 귀퉁이에는 개들의 송곳니와 시신 뼈 부딪히는 소리가 흡사 작은 목탁을 두드리듯 끊임없이 울리고 있었다. 개의 등 뒤로 또 다른 개가 덤벼들고, 시신 다리를 물고 있던 덩치 큰 개는 고개를 돌려 매섭게 노려보며 으르렁대다가 다시 시신 다리를 물어뜯었다. 그리고 개들의 싸움을 틈타 천한 까마귀 떼가 달려들어 시신을 쪼다가 얼른 달아났다.

좀 더 덧붙이자면…….

──이 구반다 귀신들 뒤로 사람 몰골을 한 것이 사진 도구류 일식을 들고 덤벼들고 있었다…… 이것이 뭐라고 하는 귀신인지는 모르겠지만. 그리하여 …… 이 인도 사바계의 굴레에서 생겨난 진창 지옥 한 귀퉁이에서 인축금수 뒤얽혀…… 인간 시신 주위로 달려들어…… 물어뜯고, 찍어대고…… 싸우고, 다투고, 잡아끌고, 달아나고, 쪼아대고…… 이를 갈며 으르렁대고, 악을 쓰고 …… 짖어대고…… 울부짖고…… 뛰어오르고 그리고 내달았다.

그 와중에도 개들 중에는 붉은 개, 검은 개 두 종류의 혈통이 보였는데, 그 숫자 대소 합쳐 열대여섯 귀신. 어미, 새끼, 손자, 증손자 대대로 사람 시신을 뜯어먹으며 아귀도를 다투고 있다. 그러나 싸움에 이긴 개 따위는 어디에도 없다. 용맹스레 짖는가 싶으면 갑자기 그것은 울부짖음으로 변하고, 곧바로 이빨을 드러내며 으르렁거리는 무시무시한 소리로 바뀌고, 다시 울부짖는지 짖어대는지 분간하기 힘든 소리로 돌변하며 늪지 여기저기를 내달렸다.

싸우고 있지만 용감한 개 따위는 어디에도 없다. 귀는 처졌거나 반쯤 접혀 있고…… 꼬리는 늘어졌거나 엉덩이에 감겨 있고, 모두 놀라고 겁먹은 모습으로 쫓고 쫓기고, 쫓는 녀석도 쫓기는 녀석도 윗입술을 억지로 말아 올려 싸구려 송곳니를 한껏 드러내며 으르렁댄다. 그 주변 혹은 중심부로 덤벼드는 까마귀들이

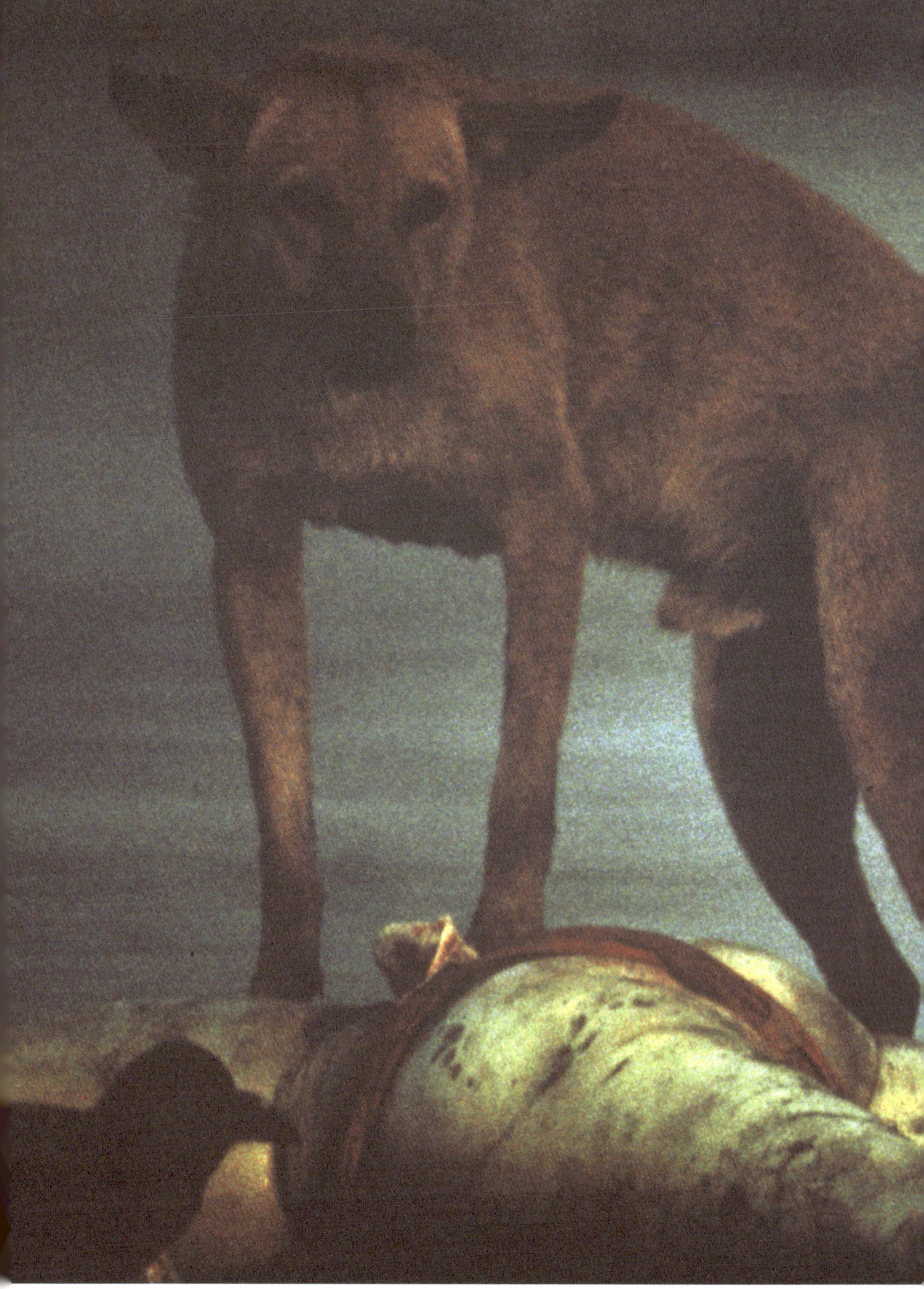

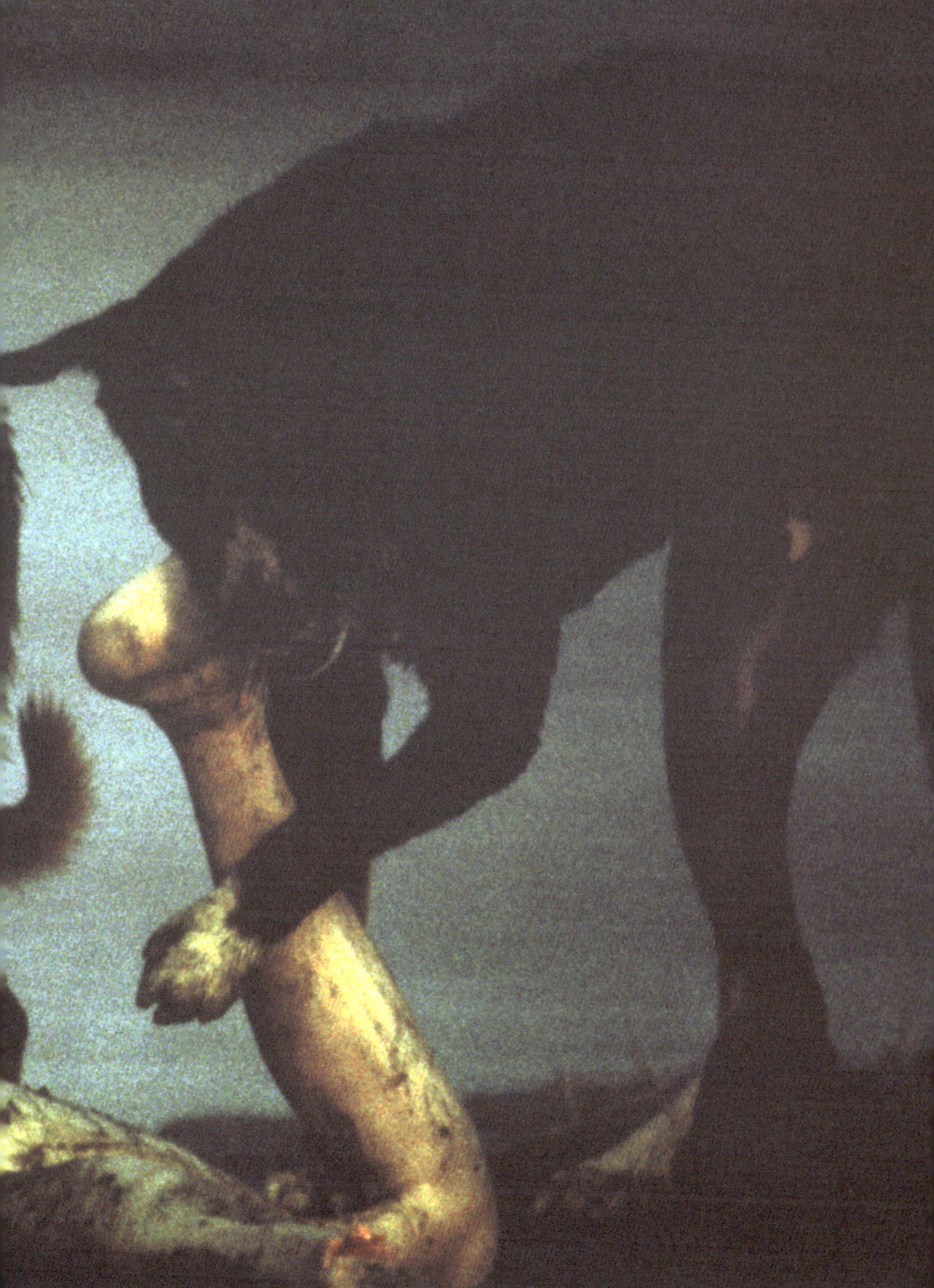

무수하다. 미친개에게 잡아먹힐 위험이 있다고 판단한 대머리독수리는 진창에서 멀찌감치 떨어져 야비한 눈길로 판세를 살핀다. 아귀 무리에 물든 사람 형상 하나, 여기에 이르러서는 업에 따라야 한다며 개의 업을 본받아 카메라를 개의 눈높이로 훑어 내리고 한동안 네발로 기며 진창 세계의 정경을 바라보니, 자신도 축생도에 떨어진 듯한 풍물의 전개, 개의 눈빛, 까마귀의 눈빛. 등골이 오싹해져 몸을 숙인 채 카메라를 물고 늘어진다. 그 주위로 이 인간을 먹잇감으로 여기는지 굶주린 까마귀 몇 마리가 슬금슬금 다가오다가 날아 도망치고, 다시 다가들며 딱딱 부리 소리를 낸다.

나는 진창에서 앉은뱅이걸음질치며 혹은 개들과 함께 진창 위를 뛰어다니며 …… 몇 번이고 몇 번이고 몇 번이고 셔터를 누른다.

개 · 개의 얼굴 · 개의 얼굴 · 엉겨 붙어 뛰어오르며 물어뜯는 개 두 마리 ……송장 · 송장을 먹는 개……까마귀……강…… 또다시 개의 얼굴 · 또다시 개의 얼굴 · 또다시 개의 얼굴 · 까마귀 · 까마귀 · 까마귀 · 개 · 송장 · 송장 · 개 · 송장 · 송장 · 강 · 개 · 개 · 개 · 송장 · 송장 · 송장 · 개 · 송장 · 개 · 송장 · 개 · 송장 · 송장 · 송장 · 송장 · 송장 · 송장 · 송장…….

몇 번이고 몇 번이고 셔터를 누르는 동안 영문 모를 분노가 울컥 치민다.

개 · 개 · 송장 · 송장 · 송장 · 송장 · 송장……, 나는 셔터를 누르면서 그 분노가 말이 되어가는 것을 느꼈다. '이젠 됐어.' 그런 말이었다.

송장……송장……송장……. 사진을 찍으면서 생각한다…… 도대체 이게 무슨 의미가 있나…… 하고. "저건 그냥 송장이야!" 그렇게 혼잣말을 해보았다.

셔터를 누르면서…… 나는 문득 저 고지의 감미로운 말 하나하나를 떠올리고 있었다. 그 말 하나하나는 내 뇌리에 어떤 선명한 정경이 되어 나타났다가 사라졌다. 나는 그때 어떤 공허한, 그러면서도 뭔가 가벼운 환희에 휩싸인 채로 진창 위를 뛰어다니며 셔터를 눌러대고 있었다.

웃 는 뼈

　그로부터 이 년, 여러 해 배회한 인도 아대륙의 평지에서 히말라야 뒤쪽 티베트 고원으로 여행을 나서기 보름쯤 전, 나는 고지의 반대 방향인 갠지스 남쪽으로 내려갔다. 고지로 떠나기 전에 저 강 중간의 진창의 섬, 일찍이 사람을 먹는 개들을 쫓아다닌 갠지스 강 한복판에 떠 있는 퇴적지에 다시 한 번 가볼 작정이었다. 그곳에서 오랜 세월 물고 늘어진 시신에 대한 집착이 시들해졌던 과거의 순간이, 그것이 내 진짜 마음인지 새삼 확인하고 싶었다.
　여름의 끝이었다. 그날 강 저편으로 또다시 저 주검의 섬이 보였다. 계절의 바람이 남쪽에서 북쪽으로 불어가고, 강물 위로 자잘한 파문이 아침 햇살에 반짝이며 느리게 퍼져 나가고 있었다.
　멀리 주검의 섬은 빛의 파문 속에서 어둡게 가라앉아 보였다. 그것은 물 밑으로 모습을 드러낸 거대한 가오리의 그림자 같았다. 가오리는 반짝이는 파문 아래를 헤엄치고 있다. 그 불확실하고 두께 없는 납빛 물고기 그림자. 그것은 지느러미를 움직이는 기색도 없이 조용히 지금 어딘가를 향해 달아나고 있다. 기억의 바닷속 먼 물고기를 쫓듯…… 나는 그것을 쫓았다.
　남자…… 예전의 사공과 그 나룻배. 배가 물살을 타자 남자는 대나무 막대를 노로 바꾸면서…… 말한다.
　"이젠 없다오."
　"무슨?"
　"개들 말이오. 당신이 늘 쫓아다니던 그 개들이요."
　"없다니……."
　"모두 떠내려가버렸지요."
　노 젓는 소리가 단조로운 리듬을 빚어내고 있다. 나는 수면 근처로 얼굴을 낮추고 앞쪽의 퇴적지를 바라보았다.

"땅은 남아 있잖아요."

"땅은 무겁잖소! 개 같은 짐승하고는 사정이 다르지. 저것도 땅은 땅이라오. 신의 자녀도 깃들어 있을 테고."

"그래서, 개는?"

"두 달 전 우기 끝에 강물이 불어났을 때 강 중간의 퇴적지가 너댓새 동안 사라졌다 다시 나타났는데, 그 후로 개 짖는 소리를 들은 사람은 없다오."

"물에 빠져 죽었다는 겁니까?"

"헤엄을 잘 치는 개들이라오. 몇몇은 살아남아 강기슭 어디에서 다시 사람을 먹고 있을지도 모르지요. 녀석들은 사람밖에 안 먹으니까."

저편 주검의 섬에서 무슨 소리가 들리지 않나 하고 귓가로 손을 가져간다. 멀리 무음의 진창 퇴적지, 아침 햇살 속에서 그 가장자리가 휘어진 칼날처럼 예리한 선을 그리며 빛나고 있다. 얼마 후 뱃머리가 퇴적지에 박혔다. 나는 배에서 내려 잠시 걷다가 진창의 섬 중간쯤에 멈춰 섰다. 개 짖는 소리는 어디서도 들리지 않는다.

진창 퇴적지는 거침없는 여름 아침 햇살을 받으며 침묵한 채 갠지스 강 속에 누워 있었다. 퇴적지를 감싸고 흐르는 강물은 멀리서, 가까이에서 퇴적지 가장자리와 명확한 일선을 그으며 이 부정형의 땅을 부각시키고 있다. 퇴적지 표면은 그 자체가 변용變容을 감춘 하나의 거대한 가면인 양 과거의 저 처참한 용모를 잃고…… 물이 괸 그 무색의 면에 하늘의 푸른빛마저 머금고 있다. 나는 여기서 뭔가를 해보려는 마음도 없이…… 그저 진창에 선 채 예전에 저 미친 아귀들이 송장을 뜯어먹으며 내지르던 소리를 떠올렸다.

그 기억은 한바탕 돌풍처럼 뇌리를 휘몰아쳐 지나고, 그 뒤에는 깊은 고요만이 일렁였다. 돌아가자…… 그렇게 생각했다. 나는 발걸음을 돌려 또다시 과거의 길을 따라 걸었다. 새로 얇은 진흙 옷을 덧입은 퇴적지 표면에서 점점이 가라앉고 있는 사람의 유골을 보았다.

뼈…… 그것은 메마르고 깨어 있다. 퇴적지에 흩어진 뼈는 햇빛 속에서 군데군데 하얗게 도드라지고, 그림자를 만들고, 강의 잔물결에 씻기고 그리고 다시 마르고, 그것은 하나의 돌 조각처럼 차고 단단하게 깨어 있다. 걸으면서 이름도 모르는 두개골 하나를 주워 들고 생각한다……. 앞으로 좋아서 이런 것을 보는 일은 없을 것이다…… 라고. 그것을 향해 작은 목소리로 말한다.

"이제 너와는 이별이다."

담배꽁초처럼…… 나는 그것을 땅바닥에 내던졌다.

그 직후, 나는 조용한 퇴적지 바닥에서 뭔가가 명랑하게 웃는 소리를 들은 듯한 기분이 들었다. 묘하게 메마른 소리였다. 두개골……. 그것은 '대굴, 대굴, 대구루루' 하고 바닥을 굴러가다 멈춘 곳에서 턱이 떨어져 나간 채 푸른 하늘을 우러르고 있다…… 웃고 있다.

——그렇게 생각했다. 턱이 빠진 두개골이 딴 데를 보며 침묵 속에서 큰 소리로 웃고 있는 것 같다. 두개골이 묘하게 우스꽝스러워 보였다. 나도 웃었다. 웃음을 지은 채 다시 배를 향해 몇 걸음 옮겼을 때 나는 등 뒤에서 전해 오는 묘한 압력에 입가가 굳어지는 것을 느꼈다.

등 뒤에서 상당한 수량의 웃음소리를 들은 것만 같았다. 나는 뒤돌아보았다. 폭소가 터져 나온다.

퇴적지에 점점이 흩어진 두개골이 입을 벌리고 있고, 그것이 웃고 있다. 강바닥에…… 땅속에 수만 개의 두개골이 묻혀 있고, 그것이 또한 웃고 있다. 나는 연극을 마치고 무대에서 물러날 때 이유도 모른 채 관객의 폭소를 산 배우 같은 기분이 들었다. 이 웃음은 도대체 뭔가 싶었다. 몇 년 동안 인도 사바세계 진창 무대에서 젊은 유랑 배우가 펼쳐 보인 일인극의 결말을, 그 무엇을 웃음거리 삼아 이 말라비틀어진 관객들은 웃고 있는가…….

내 오랜 여행이 애초부터 희극이었다면 이토록 관객을 웃겼으니 성공한 여행인 셈이다. 그러나 자신의 여행이 희극인지 비극인지, 멜로드라마인지, 신화인지, 옛이야기인지, 무용담인지, 교훈담인지, 아니면 현대극인지 사극인지, 혹은 공상소설인지…… 나로서는 판별하기 어렵다. 그래서 지금 웃고 있는 이 해골들 앞에서 당혹스럽다. 그리고 당혹스러워하면서 생각한다.

돼먹지 못한 잡동사니 머리통 같으니라고.

한때 저것은 묘하게 신묘한 낯짝을 하고 굴러다녔다…… 그래서 나는 자신이 영락없는 미남 주인공이고 제대로 된 여행을 하고 있다고 생각했다. 한때 저 잡동사니 머리통은 허무의 하늘을 깨물며 세상 무상의 덧없는 꿈을 노래했다…… 그래서 나는 어쩐지 세상을 버린 사람 같은 기분이 들었다. 한때 저 잡동사니 머리통은 무시무시한 검은 눈으로 세상 모든 것을 위협하고 있었다…… 그래서 나는 자신을 '고투'하는 사람이라고 여겼다. 그리고 그것은 방금 전까지 길가의 하찮은 돌멩이처럼 보였다…… 그래서 나는 분명 자신이 노인처럼 담담한 여행을 해온 거라고 생각했다.

그런데 지금 난데없이 해골이 입을 쩍 벌리고 웃고 있다. 이 웃음은 도대체 무엇일까. 예전에 노가쿠 가면 하나를 오랫동안 들여다본 적이 있는데, 다양한 격정의 항쟁을 숨기고 있던 그 면상에서 마지막으로 떠오른 것이 익살이었다. 이들 유골 가면에서 내가 마지막으로 본 것은 역시 웃는 상이었단 말인가…… 그런 생각이 들었다. 그렇다면 결국 그 두 개의 가면 속에 남겨진 익살스런 상, 웃는 상은 도대체 무엇일까. 생각건대 그것은 어떤 사람이 뭔가 우스꽝스런 것을 보고 웃는, 그런 웃음이 아니었다.

그 웃음은 의미의 세계를 넘어서 있다. 면상 거죽에 그저 웃고 있는 뚜렷한 표정이 보일 뿐이다. 그 웃음에 마음이 움직여…… 문득 그것에 부합하는 하나의 말을 생각한다.

'재미있다'…….

그 본래 뜻은, 눈앞에 빛이 비쳐들어 넓고 귀한 미경美景이 나타나다, 그것을 보고 기분이 밝고 유쾌하고 즐겁다, 정겹고 사랑스럽다…….(일본어 '재미있다面白い'라는 형용사는 한자 조어에서 짐작할 수 있듯 과거에는 이런 뜻으로 더 많이 쓰였다—옮긴이) 이들 가면은 그런 의미에서 재미있어서 웃고 있는 것 같다. 사바계의 먼지 쓰레기들 속에서 온갖 면상을 하나의 얼굴에 담아내야 했던 자가 그런 잡다한 정조의 갈등에 분열되지 않았던 것은 눈앞의 미경 덕분이 아니었을까. 그자는 그것이 재미있어서 웃었고 그래서 구원받았던 것이 아닐까, 그런 생각이 든다.

나는 또다시 진창 위로 걸음을 옮겼다.

그때 저 재미있게 웃고 있는 해골의 면면에 부합하는, 아직 보지 못한 하나의 미경이 뇌리를 스쳤다.

"웃고 있는 해골이라……."

나는 발치에서 입을 벌린 채 하늘을 우러르고 있는 두개골 하나를 보면서 그렇게 중얼거렸다.

가릉빈가

인도 옆에 왜 히말라야가 있을까 하고 생각한다. 히말라야에서 흘러나온 물이 왜 인도 아대륙을 흐르고 있을까 하고 생각한다. 나는 그것이 이상하다.

인축금수 뒤섞여 자신의 인업因業의 피로 뒤엉키고, 들러붙고…… 땅 위에 들끓는 오합지졸은 저마다 8만 4000의 번뇌를 안고 싸우고…… 마치 나락에 떨어져 전생의 죄과를 하나하나 속죄하는 듯한 불운한 사람들의 수많은 삶…… 휘몰아치는 열풍 밑, 열매 맺지 않는 오곡에 티끌세상의 온갖 상相을 모조리 실현하고 있다. 이 인도 아대륙 사바세계 옆에…… 왜 저처럼 숙연하고 청한淸閑하고 순백 무구한, 천공에 가장 가까운, 정토를 연상케 하는 땅이 출현하고 있을까 하고 생각한다.

2000년의 혼명昏冥 속 진창에서 태어난 연꽃이 진창 위로 신성한 꽃을 피우고 있는 듯하다. 그렇지 않아도 저 히말라야 뒤편에 사는 티베트 백성은 아침저녁 햇살을 머금고 다홍빛으로 물드는 히말라야의 봉우리들을 연꽃잎 하나하나에 비유한다. 그들이 말하듯 히말라야가 천의 꽃잎을 가진 연꽃이라면, 도대체 인

도 사바세계를 두고 진창이라는 말보다 더 그럴듯한 비유를 찾을 수 있을까
……. 인도 사바세계는 진창 말고는 그 무엇도 아니다…… 그런 생각이 든다.

히말라야에 인도는 가깝고 그리고 멀다. 이 두 개의 땅 사이에는 최단 거리를
골라 길이 나 있다. 그러나 그 길이 이 두 땅 사이의 올바른 거리를 나타낸다고
말할 수는 없다.

여행을 하면서 때때로 생각한다……. 이 진창 인도에서 저 연꽃 히말라야에
도달하려면 땅을 반대로 돌아야 하지 않을까 하고. 땅이 둥근 까닭에 우연히 두
대극이 맞붙어 있는 것이 아닐까 하고. 그렇게 생각하면 나는 이미 이래저래 4만
킬로미터 가까이 아대륙을 돌아다녔으니 바야흐로 저 멀리 히말라야의 흰 봉우
리들이 나타나도 이상할 것은 없다.

지금 생각하면 왜 그런 결심을 했는지 고개를 갸웃거리게 되지만, 처음 인도
땅을 밟았던 이십대 전반, 나는 무슨 영문인지 잔뜩 열이 뻗쳐 절대로 히말라야
를 보지 않겠다고 기묘한 결의를 한 적이 있다.

그 이유는 생각나지 않는다. 먼 옛날 그곳에는 또 다른 내가 있었던 것이리라.
그때의 나는 어디로 사라졌을까. 다소 거칠게 말하자면, 당시의 나에게는 절대
로 히말라야를 보지 않겠다는 결의 자체가 하나의 청춘이었는지도 모른다.

오랜 여행 동안, 히말라야를 보지 않으려는 내 앞에 히말라야 이야기를 들려
주는 떠돌이 여행자가 적잖이 나타났다. 다양한 사람이 다양한 이야기를 갖고
히말라야를 내려온다. 개중에는 자신의 여행의 절대성을 과시하려고 터무니없
는 히말라야 체험담을 늘어놓으며 사람들을 놀라게 하는 자도 있었다. 나는 그
런 사람을 히말라야 사기꾼이라고 농담처럼 불렀다. 히말라야에 얽힌 거짓말에
쉽게 속아 넘어가는 사람들로부터 존모尊慕를 훔쳐내기 때문이다. 그러나 히말라
야 사기꾼의 이야기 중에는, 이를테면 결혼 사기꾼도 그렇지만 일말의 진심에서

우러나온 거짓말 비슷한 것도 있다. 이런 종류의 거짓말은 사람의 마음을 움직인다. 나는 그런 이야기꾼을 히말라야 사기꾼이 아니라 히말라야 시인이라고 부른다.

술을 마시면 히말라야에 얽힌 거짓말을 늘어놓는 남자가 있었다. 그는 십 수 년 전 중국이 티베트를 점령했을 때 티베트 고원에서 히말라야를 넘어 머나먼 인도 하계까지 도망쳐 온 티베트 난민의 한 사람이다. 본인 말로는, 히말라야를 넘어올 때만 해도 난민 처녀들의 연정을 불러일으키며 그녀들의 고난의 여정에 한 줄기 광명을 던져줄 만큼 미청년이었다지만, 지금은 그저 볼품없고 추레하고 깡마른 중년 남자다.

남자는 거지이고 일할 생각이 전혀 없다. 그리고 술만 들어가면 입에서 술술 거짓말이 흘러나온다. 남자는 난민 부락 중심에 있는 지붕 없이 휑뎅그렁한 선술집에서 알루미늄 대접을 들고 멋대로 춤을 춘다. 남자는 양손을 옆구리에 대고 다리를 올렸다 내렸다 하는 것이 전부인 단조로운 춤에 노래를 곁들이고, 때로 한숨 돌리고 사람들의 술을 얻어 마시면서 과거의 조국에 대한 이야기를 생각나는 대로 늘어놓는다. 마치 운명을 함께한 가족의 상심을 달래주듯이. 남자는…… 술에 취할수록 부드럽고 이야기가 길어질수록 거짓말을 부풀려 취기 오른 사람들의 망향심과 동포심을 부추기면서 결국 돈을 내고 술을 마시는 그 어떤 사람보다 많은 술을 마신다. 남자는 타향에서 이제 두 번 다시 발 디딜 수 없는 그 고지를 향해, 그들의 땅이 얼마나 감미롭고 신성하고 신비로운지 그런 거짓말 같은 이야기를 그 술 취한 입에서 끊임없이 쏟아내고, 그 이야기를 듣는 사람들은 남자의 알루미늄 대접에 계속 술을 따라주고 싶은 충동에 사로잡힌다.

남자의 거짓말은 좋았다. 남자의 거짓말은 타향살이 십 수 년 세월 동안 맛있게 익어 지금은 영락없는 시다. 이 남자와 같은 별 아래 사는 사람이라면 누구든 남자의 시를 그들의 마음속에 불러들일 뿐, 그 거짓말을 타박하지 않는다. 남자의 시는 좋았지만, 이야기가 길어지면 앞뒤 연관이 불분명해지고 아귀가 맞지 않는 내용이 마구 나온다. 저 땅의 삶의 한 토막을 전하는 사소한 에피소드를 늘어놓다가 그것이 완결되기 전에 갑자기 머릿속에 떠오른 저 땅의 정경이나 그밖의 다른 이야기로 넘어가기도 한다. 호두나무에서 연꽃 줄기가 돋고, 거기에 연꽃이 피는가 싶으면 히아신스가 피고, 나비가 내려앉는가 싶으면 호로새가 앉아 있고, 그 호로새가 무엇을 하느냐 하면 히아신스 속에 둥지를 틀고 산양 새끼를 낳는다. 그러나 그런 내용들이 그의 술 취한 입에서 불쑥 튀어나왔다가 이야기의 흐름에 떠오른 포말처럼 이유 없이 갑자기 사라져버리는 것이, 오히려 이 세상의 변덕스런 풍수에 흔들리는 중생의 덧없는 삶과 그 덧없는 것의 아름다움을 보여주는 것만 같았다.

배 꼽   향 기

눈표범을 보았다고 남자는 말했다. 눈표범이 산간의 녹지로 내려와 타오파라는 약초의 싹을 그 우아한 엄니로 먹고 있는 모습을 보았다고 말했다. 길이가 손바닥만 한 그 아름다운 엄니는 값비싼 중국 도기 같았다고 남자는 말한다. 그리고 부드러운 은빛 털이 초여름 햇살에 빛나는 모습을 전하면서 남자는 말한다.

"처음 녀석을 보았을 때, 나는 산봉우리의 눈도 녹아내리는 여름인데 어째서 이런 산기슭의 타오파 밭 한 귀퉁이에 눈이 남아 있는지 이상하게 여기며 녀석에게 다가갔지."

그때 남자의 머릿속에 다른 일이 떠올랐는지 갑자기 말을 뒤집었다.

"히초츠가 일생일대의 병에 걸리고 말았어!"

뜬금없이 무슨 소리인지 얼른 납득이 가지 않지만, 요컨대 그의 고향 마을에서 히초츠 탄두르라는 젊은 처녀가 일생일대의 병에 걸렸는데, 그녀를 좋아하던 이 남자는 마을 대표로 나서 일생일대에 걸쳐 찾아다녀야 발견할 수 있다는 이름도 색깔도 모양도 모르는 이상야릇한 약초를 구하기 위해 열여섯 살부터 스물한 살까지 오 년 동안 심산을 떠돌았다는 것이다. 이름도 색깔도 모양도 모르는 약초를 어떻게 찾느냐 하면, 그 마을 곰파(절) 경당經堂에 오래된 약초 해설서가 있는데 거기에 실린 그 약초 냄새에 대한 기록에 의지해 찾는 것이라고 한다. 그것이 어떤 냄새냐 하면 약초 해설서에 이르기를……,

　　──그 약초의 냄새는, 히말라야 서쪽 로트 산맥에서 극히 드물게 발견되는 투스라는 작은 동물이 교미할 때 그 수컷의 배꼽에서 풍기는 강한 이취異臭로써 알 수 있다.

　　그런데 이 투스라는 작은 동물은 외견만으로는 수컷과 암컷을 판별하기 어렵고, 교미할 때 저마다 배꼽에서 다른 냄새를 풍기므로 신중하고 냉정하게 판별해야 한다는 것이다. 또한 그것이 수컷인지 암컷인지는 오직 교미 전에 보이는 각각의 동작과 체위를 통해서만 판별할 수 있다. 이 투스를 발견한다면, 그러니까 운 좋게도 발정기를 맞은 이 진귀한 동물을 발견한다면, 교미 장면뿐만 아니라 그에 앞서 이 동물 두 마리의 요상한 동향을 감시해야 한다고 한다. 문제는 이 투스라는 지극히 진귀한 작은 동물이 어떻게 생겼는지 아는 사람도 없고 그런 동물을 본 사람도 없다는 것이다. 그렇다면 이 작은 동물을 어떻게 찾아내느냐는 것인데, 약초 해설서에 이르기를……,

　　──로트 산중에서 교미할 때 그 배꼽에서 강한 이취를 풍기는 작은 동물을 본다면 그것이 바로 투스이다.

　　그리고 그 약초 해설서 끝에는……,

　　──로트 산중에서 투스가 교미하는 것을 본 자는 길운하다. 그자는 유의해서 그 길향을 기억해두었다가 약초를 찾아 또다시 끈기 있게 산속을 돌아다니도

록 하라.

　사람을 우롱하는 듯한 이 약초 해설서에 의지해 남자는 히말라야 서쪽 로트 산속을 헤매고 다녔다고 한다.

　"처음 일 년 동안 두 번쯤 그 본 적도 없는 작은 동물을 발견했지만, 녀석들, 나를 보자마자 부리나케 달아나버리는 거야. 우선 녀석들을 내 눈앞에 붙박아둘 필요가 있다고 생각했지."

　그래서 남자가 어떻게 했느냐 하면, 새 한 마리를 잡으러 나섰다. 새의 이름은 …… 가릉빈가라고 하며, 이 또한 티베트 산중에서 드물게 볼 수 있다고 한다. 그 이름에서 알 수 있듯 이 작은 새의 울음소리는 절묘하다. 남자의 말로는 이 지상, 삼천세계의 온갖 음악, 사람의 노래, 작은 새의 지저귐, 짐승의 포효, 자연의 소리, 종소리 그리고 고승의 독경 소리…… 그 모든 소리를 통틀어 가릉빈가의 울음소리를 능가하는 것은 없다고 한다. 그리고 이 가릉빈가가 울 때 지상의 모든 것, 즉 인축금수에서 곤충류에 이르기까지 일체의 중생은 숨죽여 그 소리를 듣고, 개울물 소리, 바람 소리, 나뭇잎 소리는 그치고, 흘러가는 구름과 별, 떨어지는 눈과 돌은 그 자리에 정지하고, 죽어가는 일체의 중생 속에 깃든 죽음의 신마저 그 하던 일을 멈추고…… 세상 모든 것이 그 운행을 중단한 채 깊은 침묵 속에서 가릉빈가의 더없이 고귀한 울음소리에 귀를 기울인다.

　그리고 그 고귀한 작은 새가 한나절을 울다가 울음을 그치면 태양이 우주를, 지구가 태양을, 달이 지구를, 사람이 부처를, 소가 밭을, 벌레가 꽃을 그리고 중생이 생사의 바퀴를 돌듯이, 다시 세상 모는 것이 거대한 법의 수레바퀴처럼 천천히 돌아가기 시작한다.

　남자는 이렇게 말하고 가릉빈가의 울음소리를 흉내 내는데, 그 소리가 하도 같잖아서 이야기의 품격을 심히 떨어뜨린다. 그리고 남자는 가릉빈가에 정신이 팔려 이야기 줄거리를 잊어버리고 이리 뛰고 저리 뛰며 난리법석을 부린다. 결국 이야기의 앞뒤를 맞추고 싶어진, 돈을 치르고 술에 취한 다른 남자가 그 남자의 잔에 술을 따르며 묻는다.

"한데 자네, 투스인가 뭔가 하는 동물 배꼽 냄새를 맡는 데 뭐 하러 그런 거창한 새를 잡을 생각을 한 건가?"

그러자 공짜로 술에 취한 남자는 다시 이야기의 실마리를 발견했는지 어, 하고 정신을 차리더니 술을 한 모금 마시고 대답한다.

"한 가지 생각이 떠올랐던 거야. 저 투스라는 날랜 녀석을 붙잡는 데는 가릉빈가의 울음소리만 한 게 없다고 말이지!"

요컨대 가릉빈가를 붙잡아 필요할 때 언제든지 울도록 길들인 다음, 그것을 여행의 반려로 삼아 투스를 찾아내어 교미가 한창일 때 가릉빈가를 울게 하고는, 두 녀석이 그 소리에 홀려 지복무상에 빠져 있는 동안 뒤에서 덮쳐 수컷의 배꼽 냄새를 맡으면 된다는 것이다. 아무튼 이 남자, 유별스럽긴 하지만 그렇게 해서 경사스럽게도 교미 중인 수컷 투스의 배꼽 냄새를 맡았다는 것이다.

세상 모든 것이 가릉빈가의 울음소리 앞에서 무상 상태에 빠져 움직임을 멈추는데 어째서 이 남자만 아무렇지도 않게 투스를 덮칠 수 있는지 이해할 수 없었지만, 그때 술 취한 남자 하나가 "교미를 하다가도 가릉빈가라는 녀석의 울음소리를 들으면 고귀한 기분이 드나 보군" 하고 물색없는 소리를 하는 바람에 그런 의문은 취객의 왁자지껄한 웃음소리에 묻혀 흐지부지되고 말았다.

아무튼 남자는 투스라는 동물이 교미할 때 풍기는 수컷의 배꼽 냄새를 확실히 기억해두었다가 근 삼 년 동안 로트 산중을 샅샅이 뒤져 마침내 그 약초를 발견했는데, 남자 말에 따르면 그것은 바로 연꽃의 화심花心이었다고 한다. 눈 덮인 산중에 어떻게 연꽃이 피어 있느냐고 누가 묻자…… 그때 남자는 숙연한 어조로 대답했다.

"한데 자네들, 벌써 잊어버린 모양이군. 저 히말라야가 연꽃이라는 걸. 그곳에 살 때는 다들 그 정도는 알고 있었잖아, 형씨들."

　선술집의 휑뎅그렁한 토방에 앉거나 드러누워 취기가 얼근히 오른 열대여섯 명의 형씨는 남자의 이 말에 술기운이 싹 가신다. 어떤 자의 엷게 웃음 지은 얼굴, 이야기꾼을 응시하는 그 눈동자에 문득 생각이 어리고…… 어떤 형씨는 비틀거리며 일어나 탁한 눈으로 이야기꾼의 눈을 사납게 노려보며 그 대접에 술을 따르고, 술은 대접을 타고 흘러내려 땅에 떨어지고…… 또 어떤 뚱뚱한 객인은 자신의 술잔을 단숨에 비우고…… 주연酒宴의 자리를 떠났다…… 어떤 초로의 남자는 뚫린 지붕 저편, 저물어가는 동쪽 하늘로 눈길을 옮겼다.

　"무리도 아니지……."

　남자가 담담한 어조로 말한다.

　"어언 이십 년 세월이 흘렀으니……. 누가 이런 이야기를 해주지 않으면 히말라야고 뭐고 다 잊어버려. 장장 오 년 동안 연꽃 속에서 그 연꽃을 찾아 헤맨 나도 잊어버리고 사는데, 무리도 아니지……."

　그러자…… 주연 자리에서 늘 뒤쪽에 혼자 앉아 술을 마시던 왜소한 남자가 벌떡 일어나더니 괴상한 목소리로 외쳤다.

　"자네들도 봤잖아…… 저 새빨갛게 타오르는 우리의 히말라야를!"

　왜소한 남자의 우렁찬 목소리가 차가운 허공을 꿰뚫고 사라졌을 때 메마른 바람이 허술한 판자 울타리 틈으로 불어들었다. 남자들은 저마다 깊은 침묵 속에 고립되어 옛 기억 속 머나먼 티베트 히말라야를 취기로 어찔어찔한 머릿속에 그려보는 듯했다. 그때 수난의 주당들 사이에 끼어 있던, 티베트 땅을 밟아본 적도 없는 나 같은 타관 사람도, 오랜 옛날 그 드높은 산봉우리 밑 넉넉한 신의 품속에서 삶의 기쁨을 한껏 누린 듯한 착각…… 그 너무도 생생한 환영에 사로잡혀 묘하게 그 고지가 애절히 그리웠다.

무 서 운 거 짓 말

저 땅에서는 연꽃이 초여름 훈풍 속에서 다홍의 옷을 입듯 일 년에 한 번, 봄의 마지막 나흘 동안 눈의 봉우리는 아침저녁 비껴드는 햇살 속에서 더없이 붉게 타오른다고 한다. 거대한 연꽃이 피어 나흘째 되는 저녁, 이 감미로운 꽃향기는 여름의 도래를 알리기 위해 히말라야에서 불어온 바람을 타고 마을로 내려오고, 사람들은 그 향기를 술잔에 받아 혹한의 계절이 지났음을 기뻐하며 기도하고 춤춘다.

"정말이지 정신이 다 아득했어……."

남자는 바로 그날 이 거대한 연꽃의 화심에 도달한 것이다. 남자는 그 감미롭고 강렬한 향기 속에서 정신을 잃을 것만 같았다.

"나는 벌처럼 그 향기를 모아서 서둘러 마을로 돌아갔다네."

남자의 이야기는 이렇게 해피엔드로 끝났는데, 남자에게는 이때의 경험으로 인해 한 가지 떨쳐버릴 수 없는 고민이 생겼다고 한다.

"그때 마하만다라꽃 향기가 몸에 배어서는 도무지 가시지가 않아. 젊을 때라면 모를까 나도 이렇게 나이를 먹어가니, 언제까지고 달콤한 향기를 풍긴다는 것도 생각해볼 일이야……."

그렇게 말하면서 남자는 굵은 오른손 검지로 알루미늄 대접 안에 붙은 술 찌꺼기를 훑어서는 그것을 핥았다.

남자에게서는 고약한 냄새가 났다. 시큼털털한 옷 냄새와 숨 쉴 때 풍기는 술 냄새가 뒤섞여 뭐라 표현하기 힘든 신종의 향기가 남자 주변에 감돌았다. 마하만다라꽃 향기가 배어 있는지 어떤지는 누구의 코에도 분명해서 그 길고 긴 이야기가 거짓말이었음을 남자는 몸소 증명하고 있다. 하지만 사람들은 그 거짓말을 타박하지 않는다. 사람들은 남자의 거짓말을 들으면서 잠깐이나마 자신들의 히말라야를 보았다. 그 거대한 산괴가 아침이면 박명에 모습을 드러내고 저녁이면 어둠에 사라지듯…… 남자는 날마다 타향 땅 위에 히말라야의 눈을 쌓아 올리고 허물고 그리고 다시 쌓아 올렸다.

나는 술을 잘 마시지 못한다. 그러나 히마찰프라데시 주의 어느 한촌 근처에 생긴 이 난민 마을에서 지낼 무렵, 나는 종종 마을 중심에 있는 이 선술집으로 발걸음을 옮겼다. 선술집이라고 해도 판자 울타리를 둘러친 열 평쯤 되는 휑한 공터에 불과했다.

공터에는 돌이나 나무토막 같은 것이 널려 있어서 남자들은 그 위에 걸터앉아 술을 마신다. 술은 마을의 아낙네나 늙은 여자들이 집에서 담가 들고 나온다. 희고 탁한 반투명의 막걸리 비슷한데 물로 적당히 희석하므로 그리 세지는 않고, 막걸리와 감주와 과실주를 섞은 듯한 달콤 시큼한 맛이 난다.

해 질 무렵이면 어디선가 술 항아리와 알루미늄 대접을 포개 들고 여자들이 그 공터로 나오고, 얼마 후면 술 향기에 이끌리듯 일을 마친 남자들이 하나 둘 찾아든다. 술손님이 웬만큼 모여 한 잔 두 잔 술이 들어가 취기가 오를 즈음, 저 거지 남자도 홀연히 술자리에 끼어 감언이설로 사람들을 홀리기 시작한다. 남자의 이름은 체링 탄도르라고 했다. 어딘지 모르게 나와 얼굴이 닮은 듯했다.

나는 술을 잘 마시지 못해도 체링 탄도르의 저 걸걸하고 약간 새된 붙임성 있는 목소리가 들리면 훌쩍 선술집에 들른다. 나는 적당한 여자로부터 지름 20센티미터쯤 되는 알루미늄 대접에 토주를 한 잔 사서 한 모금 마시고 체링 탄도르에게 넘긴다. 더러 이야기가 재미나거나 하면 한두 대접 더 입도 대지 않고 바치기도 했다.

체링 탄도르는 그것을 알기 때문에 내가 찾아가면 친구들과 잡담을 나누다가도 점차 화제를 바꿔, 상당한 노력을 기울여 가능한 한 사람을 놀라게 할 만한 장대한 이야기를 꾸며낸다. 이런 이야기는 즉흥 창작의 부류에 속하기 때문에 사람들도 평소에 듣는 세상살이 이야기보다 더 재미있어하는 것 같았고, 그래서 술이 약한 내가 찾아가도 기분 좋게 맞아주었다.

체링 탄도르는 내가 그 마을에 머무는 동안 자취를 감추고 말았다. 듣자 하니 여느 때처럼 그는 선술집에서 금빛 털의 오소리가 눈밭을 내달리는 이야기를 하고 있었는데, 오소리 흉내를 낸답시고 펄쩍펄쩍 뛰고 달리고 하다가 그만 발이 미끄러져 뒤통수를 세게 찧었다고 한다. 사흘 동안 앓아누웠는데, 그 후로 정신이 온전치 않고 언어 장애 경향마저 보이더니 난데없이 티베트에 돌아가겠다는 말을 꺼냈다. 결국 사람들이 말려도 듣지 않고 아무런 여행 준비도 없이, 여자들에게서 얻은 막걸리를 5리터들이 석유 깡통 두 개에 담아 앞뒤로 달아매고는 들뜬 모습으로 동쪽을 향해 걸어갔다.

마을 사람들은 남자가 변덕을 부리는 거라고, 술이 떨어지면 돌아올 거라고 여기는 듯했다. 그러나 엿새가 지나고 이레가 지나도 남자는 돌아오지 않았고, 사람들은 그가 그대로 동쪽으로 가버린 모양이라고 말하게 되었다. 내가 남쪽을 향해 그 마을을 떠날 무렵, 체링 탄도르가 소식을 끊은 지도 2주일이 지났지만 그는 돌아오지 않았다.

초겨울이었다. 나무들은 단풍이 들고 혹은 낙엽이 지고, 떨어진 나뭇잎은 바람에 날려 허술한 판잣집과 저 선술집의 판자 울타리 한구석에 소복이 쌓였다.

마을 조금 아래쪽의 개울가 보리밭에는 베어낸 보리 밑동만 남아 있었다. 이른 아침, 가을걷이 때 일손을 거들지 못한 허리 굽은 노파가 하얀 숨결을 내뿜으며 부지런히 보리 이삭을 줍는 모습이 보였다.

남자는 사라졌지만 남자의 이야기는 사라지지 않았다. 오히려 남자가 떠난 후 남자가 남기고 간 이야기는 내 안에서 무게를 더해갔다. 그는 내게 무거운 짐을 떠맡기고 사라져버린 것이다. 여행 내내 내 짐 위에 남자의 짐을 얹어 짊어지고 다니는 기분이었다. 나는 매일 내 짐을 열었으나 남자의 짐은 좀처럼 열어보지 않았다. 내 짐에는 사진 도구와 돈과 빨간약(머큐로크롬)과 열쇠와 여권과 자명종과, 사바계에서 열심히 살아가기 위해 필요한 갖가지 물건들이 들어 있었다. 그러나 남자의 짐 속에는 그저 어처구니없는 거짓의 꽃향기만 가득했다. 이런 얄팍한 짐을 가지고 그 나이까지 속편하게 잘도 살아왔군…… 하고 나는 생각한다. 실생활에 아무 쓸모도 없는 이런 도구를 짊어지고 그 나이가 되도록 살아오면서 사실은 괴로웠을지도 모르겠다고, 그런 생각도 했다.

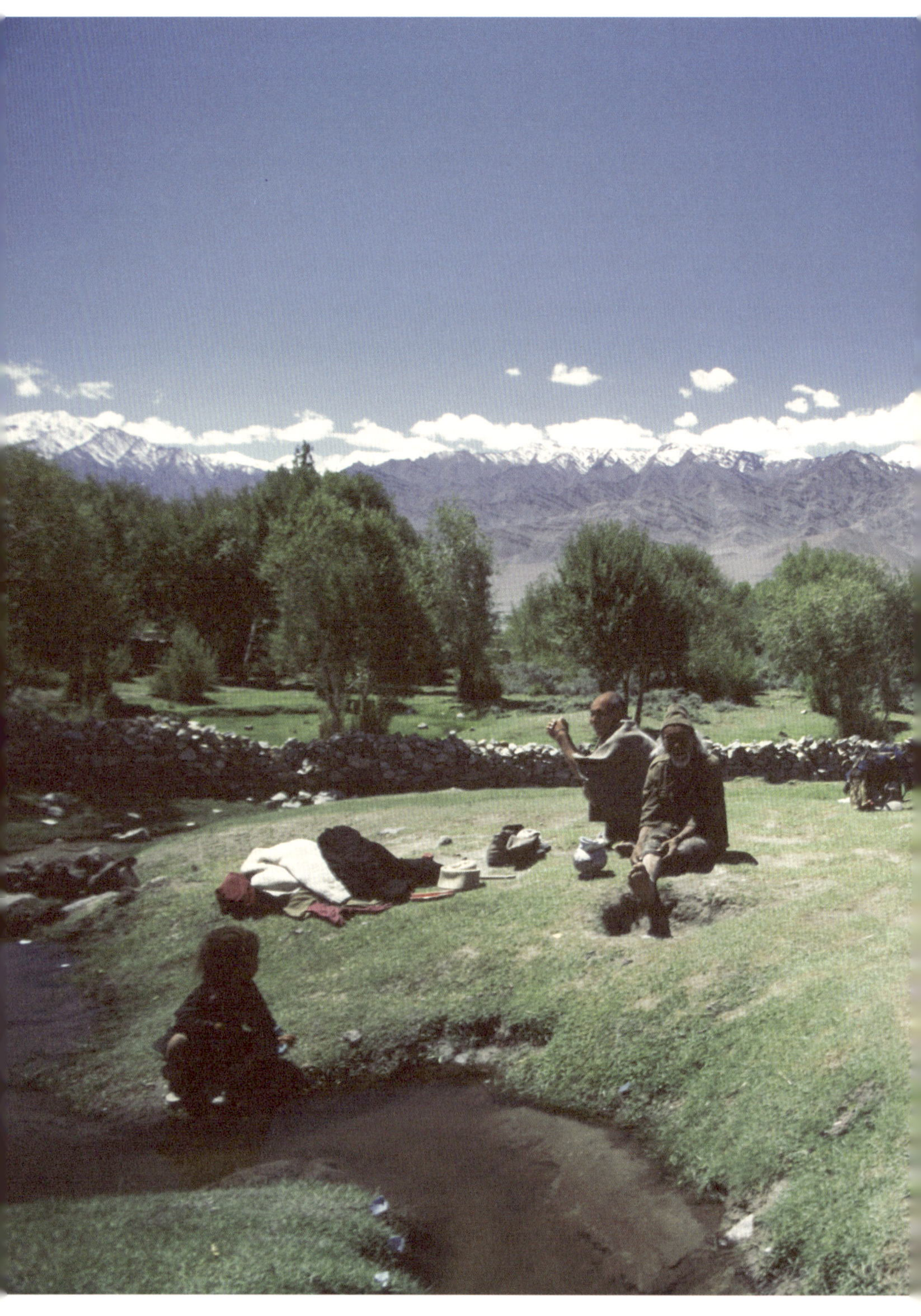

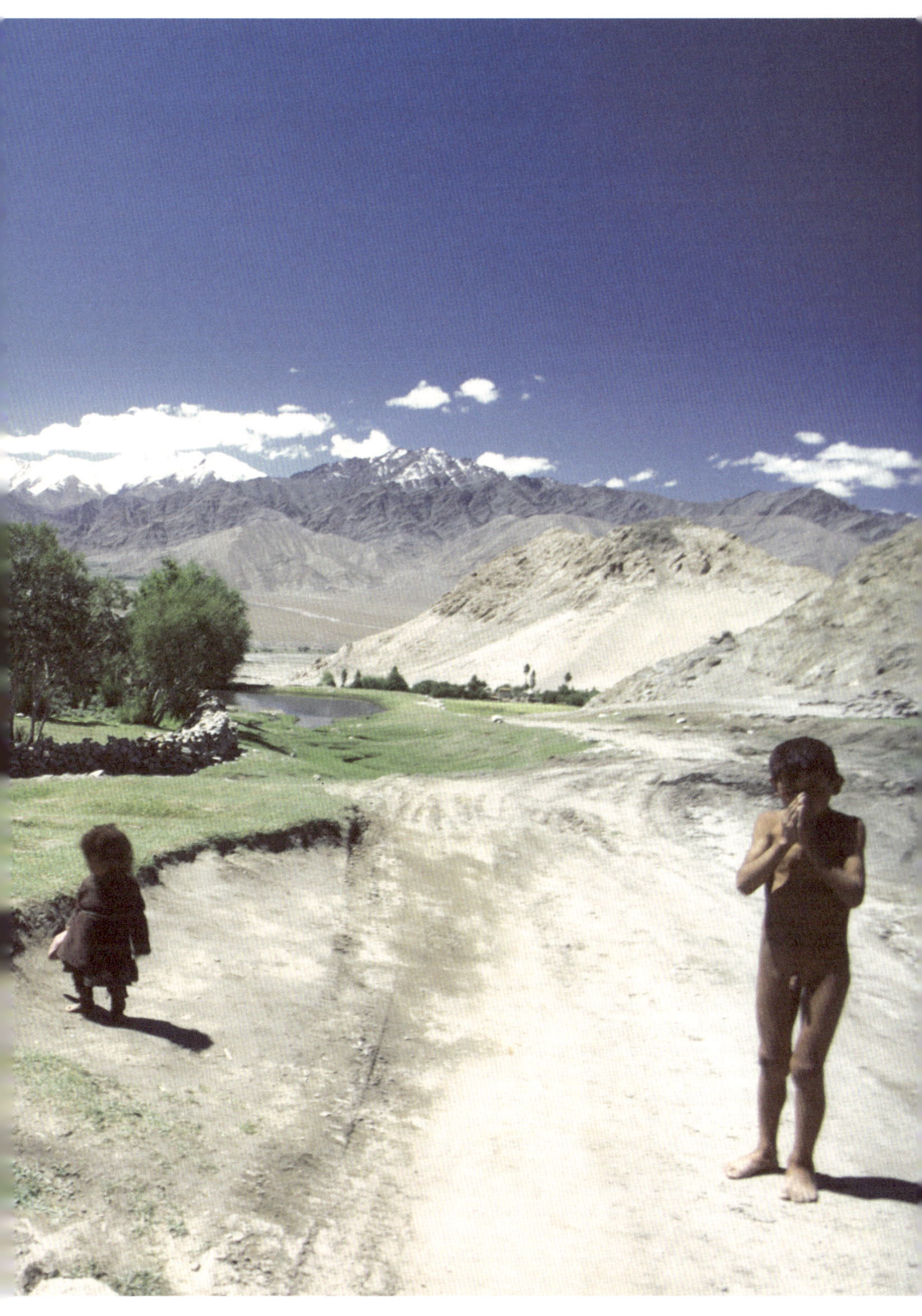

하늘에 상냥한 지옥

멀리서 보면 아름다운데 고생해서 가서 보면 하찮은 것이었다는, 그런 경험을 여행 중에 종종 한다. 그 한 가지 원인은 인간의 시력과 사유 능력의 불균형에서 비롯된 오산 때문이다. 특히 나처럼 근시 기가 있고 온갖 풍물을 제멋대로 해석하는 경향이 있는 사람은 더더욱 이런 종류의 실수를 저지르기 쉽다. 더구나 눈이 나쁘고 망상벽이 있고 여행을 좋아하는, 이 세 가지 병이 겹친 사람은 구제 불능이다.

자신의 시력이 미치지 않는 아득한 원경 저편에 신神이 보이는 것 같을 때, 그냥 그 자리에 앉아 손을 모으고 있으면 그 무지로 인해 나름대로 구원을 얻을 수도 있을 텐데, 고약하게도 그것을 직접 보고, 만지고, 그곳에서 숨을 쉬어보고 싶다는 욕심이 고개를 든다. 그래서 생각다 못해 기어코 걸음을 옮기는 것이다.

그래서 어떻게 되었느냐 하면, 원경이 중경이 되고 다시 근경이 되고 결국 그 원경에 도달했을 때, 익히 보아온 일상의 잡동사니 위에 서 있다는 것을 새삼 깨닫는다. 그리고 문득 예전에 자신이 있던 기점을 돌아보면 그 먼 땅이 어쩐지 꿈결처럼 아름다워 보이고, 변덕이 심한 그는 당장이라도 그곳으로 돌아가고 싶은 기분에 휩싸인다.

오랫동안 이런 구제할 길 없는 여행을 계속하며 실패를 거듭하고 숱하게 기만당하다 보면 자연과 풍경이라는 것이 신이 조종하는 '속임수 그림'처럼 보이기 시작한다. 접는 방법에 따라 다양한 그림이 나오는, 어릴 때 갖고 놀던 그 종이접기 장난감 말이다.

이 아대륙의 거대한 속임수 그림에 무엇이 그려져 있느냐 하면 바로 관음보살이다. 관음보살도 여러 가지가 있지만, 내가 생각하는 것은 티베트 종교화에 나오는 천수관음이다. 티베트의 천수관음은 일본의 그것과 다소 양식이 다른데, 손만 천 개가 아니라 머리도 천 개 있어서 탑처럼 하늘을 찌르고, 다리도 천 개 있어서 대지처럼 옆으로 펼쳐져 있다. 그것을 보고 있으면 문득 천에 그려진 한 장의 속임수 그림 같다는 생각이 들고, 그 그림 뒤로 아대륙 변환 자재의 자연이 연면히 펼쳐져 있는 것만 같다.

카메라를 다루는 일을 해서 그런지 그 그림을 보고 있으면 살짝 흔들린 풍경 사진 같기도 하고, 아대륙에 석가세존이 나타나 즉행칠보卽行七步하고 고개를 사방으로 돌리며 천상천하유아독존이라고 말할 때 스트로보라이트를 천 번 터뜨리면 저런 사진이 나오지 않을까 하는 생각도 든다. 아무튼 그것이 사진이든 그림이든 자연이든 간에 그중에서 실체를 찾아내기란 쉽지 않다.

내 얕은 생각인지는 몰라도, 천수관음이 인간의 모습을 한 이상 진짜 머리는 하나이고 진짜 눈도 한 쌍, 진짜 팔노 다리도 한 쌍씩이 아닐까 싶다. 그리고 가능하다면 살아 있는 동안 열심히 돌아다녀서 그 진짜 몸과 팔다리를 찾아내고 싶다. 하지만 아무리 돌아다녀도 계속 속아 넘어가기만 할지도 모르니 마음을 편히 갖기 위해 이것을 하나의 종교 게임이라고 여기자고 자신을 타이른다. 그래서 실패해도 잘못 짚었다고 치고 말지 절대 후회하지 않는다. 천수관음의 천 개의 손에 눈이 그려져 있는 것처럼, 그 천 개의 손 하나하나에는 쌍륙(두 개의 주사위를 던져 그 끗수에 따라 말을 써서 먼저 나는 쪽이 이기는 놀이—옮긴이)의 끗수가 매겨져 있다. 그리고 떠돌이 여행자는 주사위를 굴리면서 그 날밭이라 할 수 있는 본존을 공략해간다. 이 쌍륙은 말판에 무수히 많은 칸이 질러져 있어 나기가 쉽지 않다. 더구나 한 장의 종이에 그린 말판을 내려다보면서 게임을 하는 것이 아니라, 스스로 말이 되어 무지한 손오공처럼 자연(부처)의 손바닥 위에서 움직여야 하므로 어디가 진짜 날밭인지 잘 판단이 서지 않는다.

천수관음은 극락정토에 살며 중생에게 대자대비를 베푸는 대관음이라고 하는데, 중생 각자가 천 개의 손 중 어느 하나의 환상의 손에 귀의해 합장하고 그것을 자신의 진정한 날밭이라고 여길 때 비로소 그것은 그 사람만의 대자대비 관음이 된다. 그리고 그것은 다분히 인간의 어리석음을 전제로 성립한다. 대지의 원경에 나타난 신처럼 생긴 신기루에 귀의해 선선히 합장할 수 있다면 나도 아무런 번민 없이 선정禪定의 나날을 보낼 텐데, 사람에게는 저마다 성벽이라는 것이 있다. 관음의 천 개의 손에 대해 회의적인 것이 아니라 그 손을 보았을 때 앞뒤로 뒤집어보고 만져보고 냄새도 맡아보고 싶은 그런 성벽 말이다. 근원을 밝히자면 이것도 물욕이라는 번뇌에서 파생하는 성벽일지 모르지만, 그 번뇌가 진정한 날밭, 진짜 손에 도달하려는 행동의 주춧돌 구실을 한다는 것은 기묘하고도 모순적이다.

그런 생각을 하노라면, 저 티베트 천수관음의 불가해한 표정을 띤 백안白顔이 살짝 마음에 걸린다. 그 면상에는 일본의 관음과는 다른 괴이한 미소가 엷게 어려 있다. 아르카이크 스마일(기원전 6~7세기 그리스 아르카이크 조각에 나타난, 입꼬리를 올리고 볼을 보로통히 내민 친근하고 신비로운 미소 같은 표정—옮긴이) 같은 것이 아니라 살짝 요괴나 원령의 느낌을 풍긴다. 예쁘장하게 생겼지만 왠지 무섭다. 문득 유키온나(눈 내리는 밤, 흰 옷 입은 여자의 모습으로 나타난다는 눈의 정

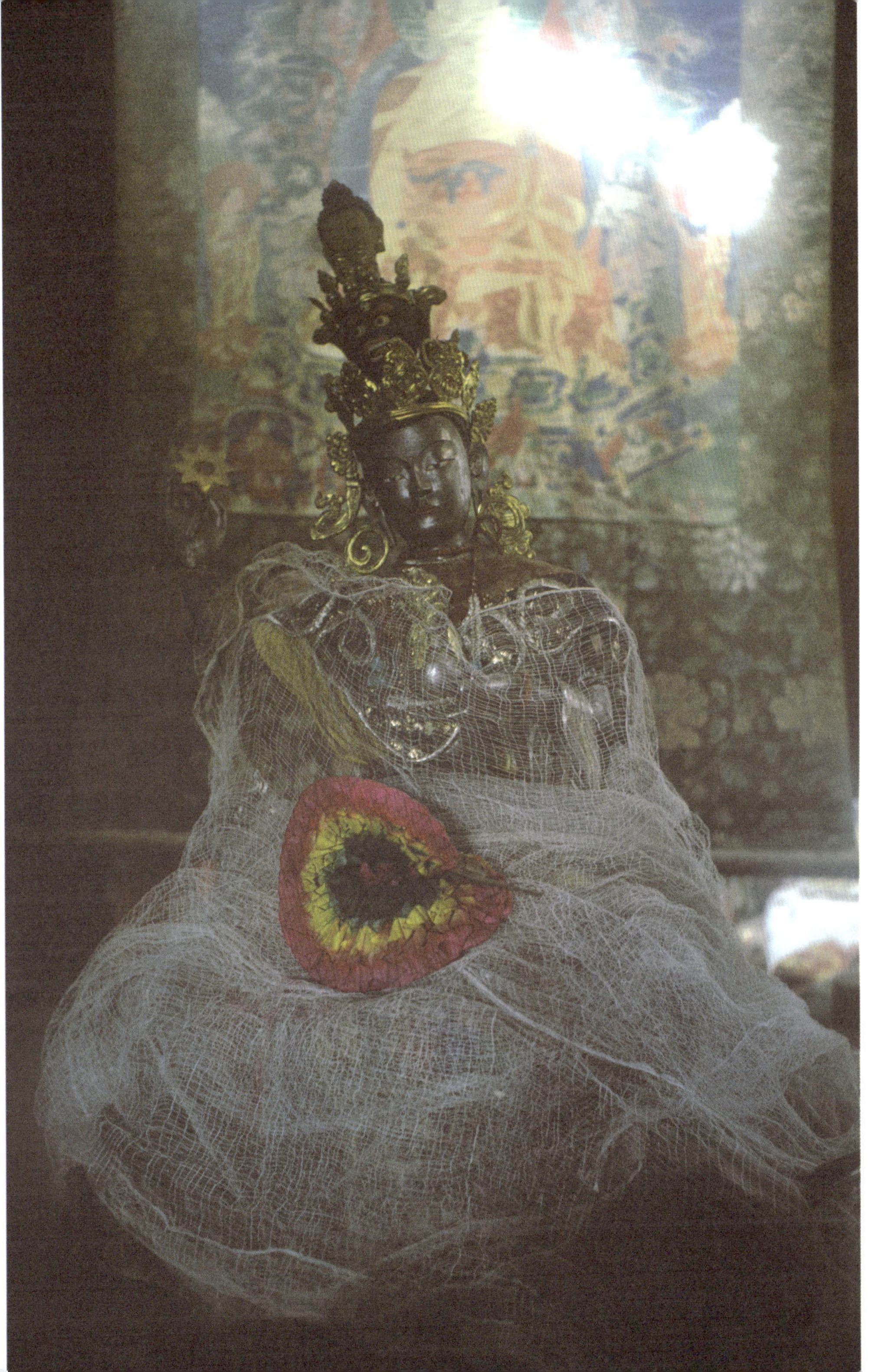

령―옮긴이)의 얼굴이 꼭 저렇게 생겼을 것 같다. 그리고 그 예쁘장한 천수관음의 천 개의 발이 무엇을 밟고 있느냐 하면 인축금수의 일체, 이 세상 중생의 무리를 짓밟고 있다. 발 사이로 멧돼지가 얼굴을 내밀고 있는가 하면 발가락 틈으로 사람 얼굴도 엿보인다. 그 돼지나 인간이 거대한 발밑에 깔려 기뻐하는지 두려워하는지 물론 나로서는 판단할 방법이 없다.

무릇 이런 풍모의 천수천안관자재보살千手千眼觀自在菩薩이 인도 아대륙에 천의 발을 펼치고 뭇 중생을 짓밟고 있다. 이 국토에 천千의 신앙이 있듯이 그 발밑에서 환희하고 있는 자는 저 멀리 고지를 향해 뻗은 천의 손 중 하나의 손에 귀의한 자다. 그러나 불량한 인간도 무수히 많다. 아무것도 믿지 않고 발밑에서 비어져 나와 멋대로 살고 떠돌아다니는 자도 있다. 그리고 떠돌아다니면서 주사위를 던져 놓고 있는 자도 있다. 나 같은 자는 그 부류다. 그렇게 떠돌아다니면서 이 티베트 방위에 쌍륙의 날밭 루트가 있을 것 같아 주사위를 던졌던 것이다.

이 종교 유희를 '정토쌍륙淨土雙六'이라고 부른다. 주사위 면에는 나무아미타불과 비슷한 나무분신제불南無分身諸佛의 여섯 글자가 새겨져 있고, 이것을 굴려 우리가 사는 사바계에서 출발해 끗수가 좋으면 천상(天上, 욕계欲界·색계色界·무색계無色界), 성문(聲聞, 부처의 목소리가 들리는 곳), 연각(緣覺, 깨달음의 세계), 보살(부처를 지향하는 곳)을 거쳐 정토(천수국千壽國)에 이르고, 끗수가 나쁘면 아수라, 축생, 아귀를 돌아 팔한지옥八寒地獄에서 팔열지옥八熱地獄으로 떨어지고, 영침永沈이라는 곳에 들어가면 두 번 다시 나오지 못한다. 이것은 에도시대 초에 유행하다가 오래전에 사라져버린 유희라는데, 그로부터 삼백 년 세월이 흐른 지금, 홀연히 그 놀이를 생각해낸 한 애송이가 인도 변방까지 찾아와서 몇 년째 혼자 느긋하게 그 놀이를 즐기고 있는 것이다.

팔 년이나 놀았으니 연각 근처에라도 도달하지 않았겠느냐 하겠지만 그렇지가 못하다. 주사위가 엉뚱한 방향으로 굴러 성문, 천상은커녕 사바계 밑으로 떨어졌고, 티베트로 떠나기 직전에는 저 갠지스의 외딴 아귀 섬, 사람을 먹는 개들과 뒹굴며 아귀로 전락하고 말았다. 더 떨어졌다가는 '영침'도 멀지 않겠다 싶어 기도하는 마음으로 '나무삼(南無三, 불佛, 법法, 승僧의 삼보三寶에 귀의한다는 뜻—옮긴이)!' 이라는 한 마디를 마음속으로 외면서, 정토쌍륙의 노름판을 운영하는 어떤 신이 건네준 주사위를 아대륙, 그 아귀의 땅 위로 다시 도르르 굴렸다.

아귀의 땅에서 아대륙 북단의 카슈미르 분지에 오른 것은 그로부터 이레 후였다. 표고 1700미터의 이 카슈미르 지방은 과거 현장 삼장이 천축국을 향해 수행길에 올랐을 때 이 년 동안 머물며 경론을 배웠다는 불토국으로 번영했던 곳이다. 당시 불교 사원이 백 곳을 넘고 승려 수도 오천 명을 넘었다는데, 지금은 이슬람교가 지배하는 지방으로 변해 불토국의 면모는 찾아볼 수 없다.

그러나 이 카슈미르 지방에 올랐을 때, 나는 저 아귀의 땅에서 축생, 수라를 건너뛰고 이미 사바계 너머 천상의 입구에 들어선 기분이었다. 그 땅은 인간과 구형 자동차와 마차로 심히 북적였으나, 그 티끌세상의 냄새에 섞여 꽃 냄새, 초목 냄새, 강과 호수 냄새, 그리고 천상에서도 진귀하다는 사프란과 포도꽃 냄새가 감돌았기 때문이다.

나는 그 도시를 걸으면서 빰을 어루만지고 지나는 그 아름다운 것들의 냄새에 문득 인간의 마음을 되찾고 동쪽을 본다. 이 카슈미르 지방의 동쪽 약 80킬로미터 지점에 산악 지대가 있고 그것이 저 히말라야 산맥의 서쪽 끝자락인데, 그 산맥을 400킬로미터쯤 넘어가면 티베트 고지가 나온다. 그러나 나는 이 도시에서 히말라야에 관한 좋지 않은 풍문을 들었다. 나는 히말라야가 정토쌍륙에서 치면 천상 근처이고 저 티베트에 이르면 성문, 연각 같은 땅이 열려 있을 거라고 생각했는데, 어떤 사람이 말하기를 히말라야는 '검은 산'이라고 불린다는 것이다.

"그건 지옥 같은 길이지요."

히말라야로 통하는 길에 대해 그 사람이 한 말이다.

이 길과 산에 대해 좀 더 자세히 알아본 결과, 나는 저 히말라야라는 곳이 천상인지 지옥인지 종잡을 수가 없었다.

카슈미르 지방에서 동쪽의 히말라야를 향해 좁고 험한 외길이 뻗어 있다. 그것이 오늘날 아대륙에서 티베트 서역으로 통하는 유일한 길다운 길이다. 이 길에는 몇몇 전설 비슷한 일화가 전한다. 이 길을 '산양 길'이라고 부르는 자가 있었다. 요컨대 저 깎아지른 산을 거의 곡예 같은 몸놀림으로 오르내리며 위태로운 길을 내는 산양이나 다닐 수 있는…… 그런 길이라는 의미다.

이 히말라야 서쪽 끝자락의 수많은 높은 고개와 깊은 계곡을 누비며 아대륙과 티베트를 연결하는 '산양 길'을 천 수백 년 전부터 왕래한 것은 산양이 아니라 주로 티베트 상인들이었다고 한다. 그들의 산양처럼 유연한 다리, 그리고 고지민高地民 특유의 풍부한 폐활량과 인내력, 신에 귀의한 자만이 갖는 생사에 초연한 과단한 영혼, 그리고 장사꾼의 욕심, 그런 발걸음의 역사 위에 길은 구축되었다. 그러나 이 길에 오늘날처럼 자동차 도로를 낼 생각을 한 것은 어린아이 같은 발상을 현실로 만드는 성벽性癖을 지닌 인도인이다. 이십 년쯤 전 중국과 인도 국경에서 긴장이 고조되어 정치 면에서도 그런 발상을 실현시킬 필요도 생기자 그들은 이 불가능하다는 공사에 착수했다. 전체 길이 440킬로미터, 중간에 표고 3500미터에서 4500미터에 이르는 험한 고개를 여섯 개 이상 넘어야 한다. 이 작업은 주로 현지의 고지민을 써서 이루어졌는데, 현장 공사를 맡은 자도 이 계획을 세운 자도 대체로 비관적인 전망을 갖고 있었다고 한다. 현장 사정도 모른 채 위에서 명령을 내린 자만이 낙관적이었다. 어떤 양식 있는 자는 자동차로 암벽 등반을 하는 것은 무리라고 말했고, 어떤 자는 그처럼 공기가 희박한 곳에서 휘발유가 제대로 연소될 수 있겠느냐며 의문을 제기했다. 그리고 공사 현장에서 일했다는 한 남자는 목소리를 낮춰 이렇게 말했다.

"도대체 목이 잘려 나간 사람이 몇이나 되는지 지금도 모른다오."

요컨대 이 난공사는 7월에서 10월에 이르는 여름철, 눈이 없는 시기에 이루어졌는데, 눈사태는 없었지만 대신에 '바위 사태'라는 것이 끊임없이 일어났다. '목이 잘려 나간다'는 것은, 칼날을 무수히 박아 포개놓은 듯한 회녹색 광택의 천매암 산비탈이 도처에 있어서 갑자기 무너져 내리면 바위 더미에 파묻히기도 전에 바위 칼날에 목이 뎅강 잘리고 만다는 뜻이다. 그 길에는 천상의 이미지와는 거리가 먼 이런 불길한 일화들이 많이 전해지는데, 아무튼 오늘날 지상에서 가장 높은 곳을 지나는 차도가 그 검은 산을 넘어 티베트로 통하고 있다.

이 길을 넘기에 앞서 한 가지 더 마음에 걸렸던 것은 고도로 인한 신체 장애였다. 걸으면서 서서히 고도를 높이면 괜찮은데 차로 단번에 4500미터까지 오르는 것은 무모하다는 이야기를 등반 전문가로부터 들었기 때문이다. 근본부터 하계인인 데다 높은 곳이라면 옥상 정도밖에 올라가본 적이 없는 나로서는 이것이 걱정거리였다. 그래서 이 방면의 지식을 가진 사람에게 이것저것 물어보았는데, 맨 처음 충고해준 사람 말로는 그런 곳에 가면 장에서 좋지 않은 공기가 이상 발생해 설기, 즉 방귀가 사정없이 나온다는 것이다. 나는 이 경고를 듣고 오히려 기뻤다. 그 정도야 냄새만 참으면 되는 일이고, 천수국에 이르는 대가로는 소소하다고 생각했기 때문이다. 그러나 조사를 계속하다 보니 아무래도 설기 같은 만만한 시련으로 끝날 것 같지가 않았다.

──난청, 환청, 뇌세포 기능의 퇴행, 신체 기관 중 약한 부분이 불의에 두드러지면서 생기는 질병, 호흡 곤란, 코피, 급성폐렴, 관절병, 구토, 오심, 설사, 복통, 권태, 부력감, 그리고 드물게는 급사.

이 드물게는 급사라는 것이 신경 쓰였다. 손에 주사위를 움켜쥔 채 문득 '영침'이라는 말을 떠올렸던 것이다. 속세의 바람이 어디로 불지 그리고 주사위가 어떻게 구를지는 가늠할 수 없다. 천상이라고 생각했던 곳이 지옥일 수도 있다. 지옥이 일전해 '영침'으로 변하지 말란 법도 없다. '영침'으로 굴러가지 않더라도 저 괴이한 천수관음의 하나의 손인 히말라야가 과연 무엇일지, 지금껏 수많은 손에 현혹되고 배반당해온 나로서는 지금 저편에 보이는 하나의 신의 손에 차마 안심하고 운명을 맡길 수가 없었다.

그리고…… 어느 여름 끝 바람이 불 때, 망설이며 움켜쥐고…… 혹은 불민하게 펼친 손바닥에서 떨어진 주사위 하나는 수레바퀴처럼 뱅글뱅글 돌며 나무아미타불의 여섯 글자를 지우고, 저 흑령黑嶺의 기슭을 향해 데굴데굴 땅을 굴러갔다.

히 말 라 야 사 막

대양에서 밀물과 썰물을 볼 수 있듯, 이 아대륙 상공에도 일 년에 한 번 거대한 운해의 밀물과 썰물이 나타난다. 매년 6월 초면 계절풍을 타고 비구름의 바다가 남쪽에서 몰려들고, 그 광대한 운해는 히말라야 산계의 고봉에 가로막혀 하늘에 구름이 잔뜩 모이면서 상당량의 비를 대지에 쏟아놓는다. 8월이 되면 그 운해는 간간이 비를 뿌리며 서서히 남쪽으로 물러난다. 히말라야 너머 티베트를 향해 길을 떠나는 8월 하순은 마침 이 우기가 끝날 무렵이었다.

그날 아침, 하늘은 우기의 여운인 듯이 옅은 안개 같은 비구름으로 덮여 있었다. 울음을 그친 아기의 뺨에서 눈물을 앗아가는 바람처럼, 하늘에는 젖은 계절을 부드럽게 몰아내는 바람이 지나고 있었다.

구름은 바람과 함께였다. 안개 같은 비구름은 군데군데 모양이 분명치 않은 골짜기를 열어 그 뒤에서 기다리는 초가을 하늘빛을 언뜻언뜻 내비치면서, 혹은 여전히 물기를 머금은 부분들은 지상에 봄비처럼 부드럽게 물방울을 털어내면서 바람에 실려 아대륙 남쪽으로 물러나고 있었다.

천공에 드리운 스러져가는 한 계절의 적막감과 짝을 이루어 지상의 한 귀퉁이
는 떠들썩함으로 가득했다. 이른 아침의 인적 드문 도시 외곽, 카슈미르 지방에
서 각지로 차들이 드나드는 광장에서는 여행길을 서두르는 자들의 상기된 목소
리가 오가고, 깨진 종소리 같은 요란한 자동차 엔진 소리가 울려 퍼지고, 짐꾼의
위협적인 고함 소리가 사방팔방에서 들려왔다. 그 떠들썩함의 불길 위로 이따금
비가 뿌리고 지나면 마치 그곳에서 김이 모락모락 피어오르는 것 같았다.

사람들의 여행이 시작되었다. 저마다 가야 할 곳이 있었다. 여행길에 오른 자
는 복되다. 도둑의 도피행도, 뱃속 검은 장사꾼의 오만한 여행도, 신의 이복利福을
바라는 농부의 발원發願 여행도, 목적지를 모르는 갓난아기의 무심한 여행도, 지
향 없이 떠도는 성자의 정처 없는 여행도…… 여행길에 오른 자는 모두 복되다.

'어이, 거기 환인幻人……'

그 어떤 여행을 하는 자에게든 그렇게 말을 걸어보고 싶다.

온갖 세속의 옷에 애태우는…… 환인. 그리고 여행길에 오른 환인이 세속의
옷 속에 몰래 품은 저마다의 환상. 세속의 옷이 몸을 죄어올수록 그 속에 감춰진
환상이 한층 더 또렷이 겉으로 드러난다.

여행을 나서는 그 떠들썩함 위로 사람 수만큼의 환상…… 혹은 도깨비불이
어지러이 날고, 꿈결처럼 사람들은 얼굴을 마주 보며 취한 표정으로 이야기하
고, 자신이 탈 버스를 찾고, 때로 다투고, 상기된 어조로 "버스 출발해요!" 하고
외친다.

늘어선 차늘 중에 유난히 초라한 차 한 대가 있었다. 내가 찾아낸 티베트행 버
스였다. 히말라야를 넘을 정도이니 특수한 외관을 갖춘 역량 있는 차일 거라는
예측과 달리 유난히 더 초라해 보였다. 본의 아니게 그런 변경의 땅을 달리게 될
차는 평지에서 굴릴 만큼 굴렸으니 앞으로 몇 년 더 사용하든 산속 계곡 바닥에
곤두박질치든 상관없다는 생각으로 배정되었음이 그 외관에서, 그 내부에서 역

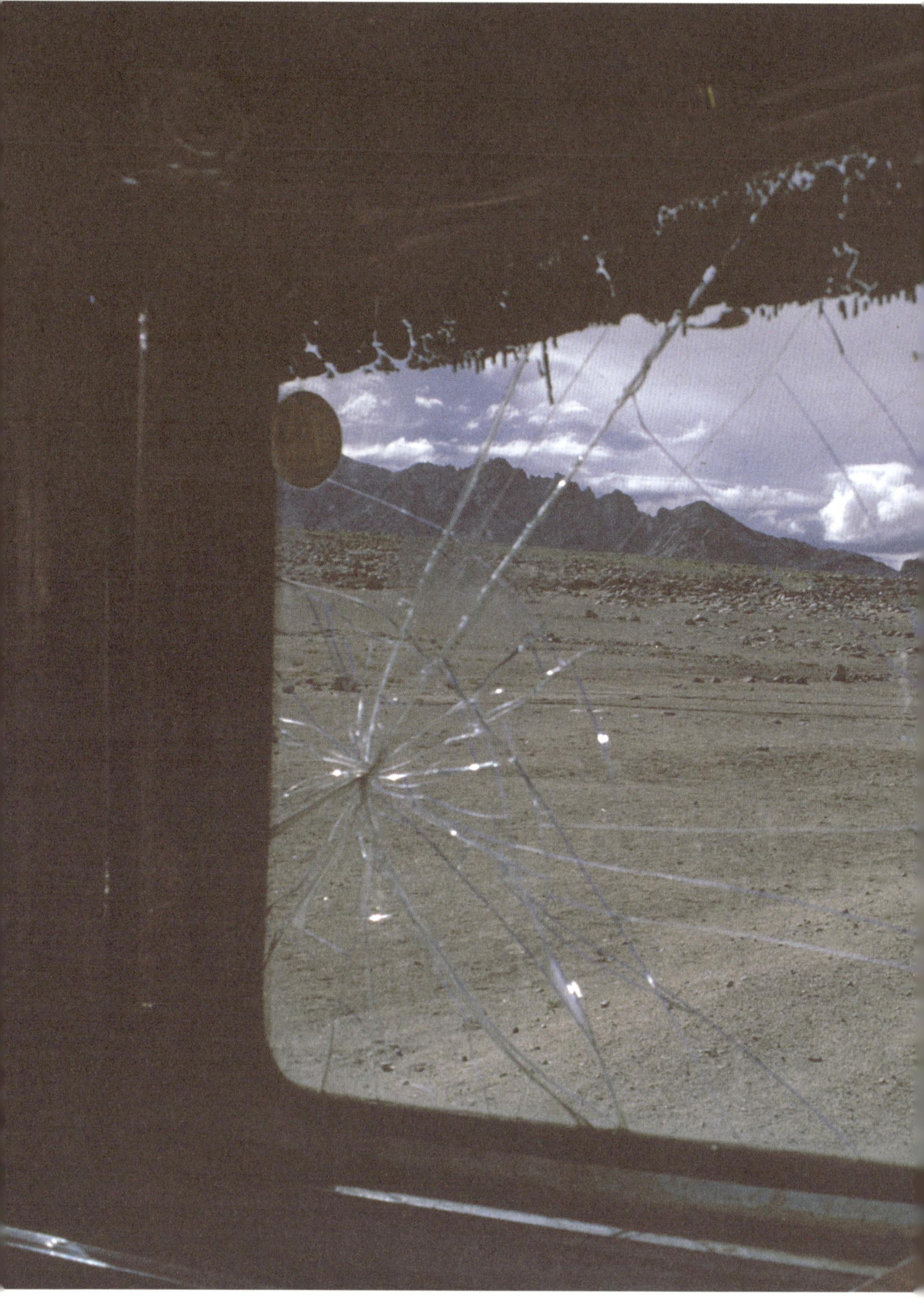

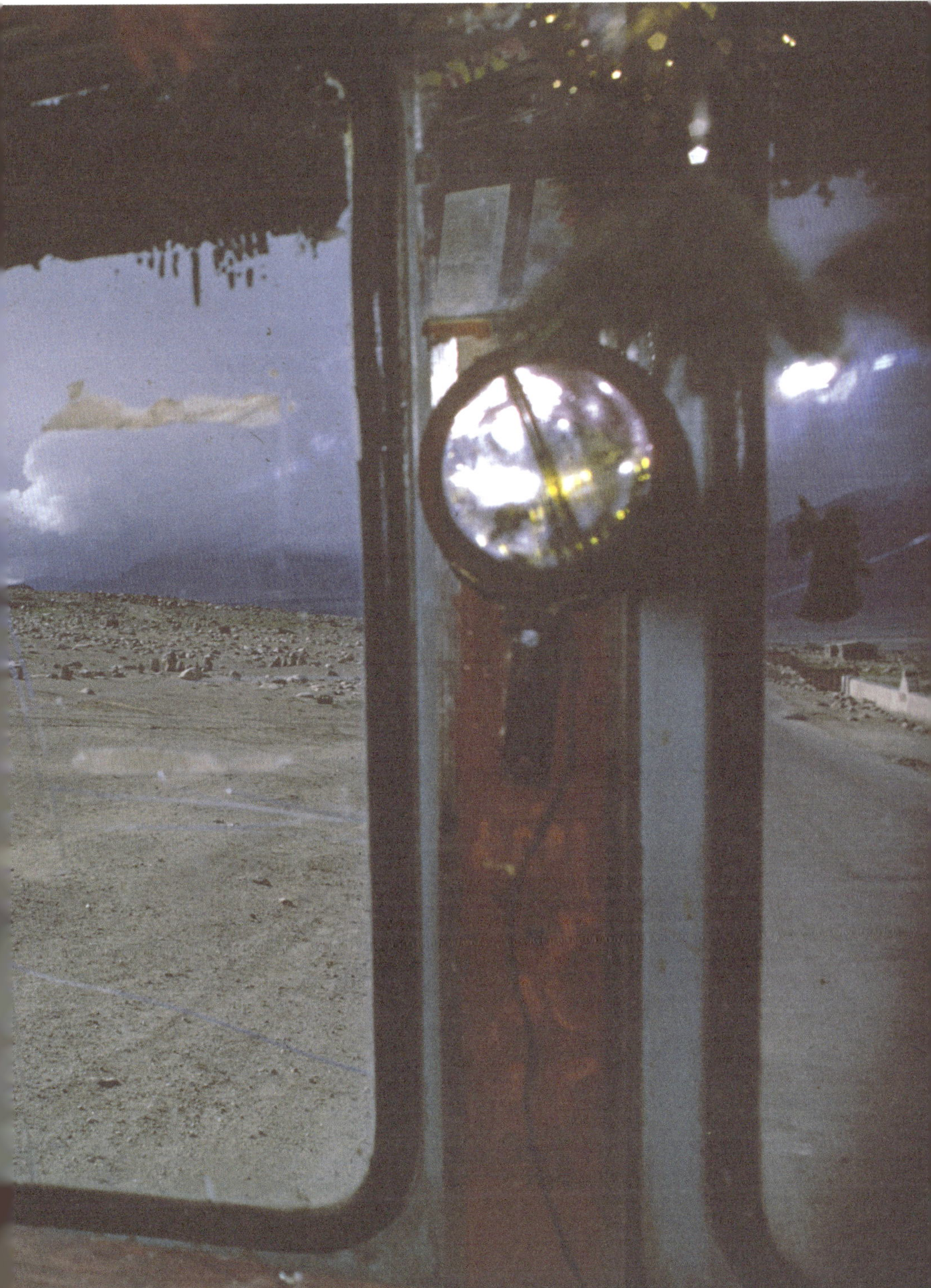

력히 드러난다.

차체 곳곳에는 역사적인 요철들이 아로새겨져 있고, 버스 앞 유리는 거미집 모양으로 금이 가 있다. 타이어는 닳아서 맨들맨들하고, 대신에 다른 차보다 세 배나 많은 스페어타이어를 싣고 있었다. 간유리를 끼운 것처럼 먼지로 뿌연 창문은 만족스럽게 열리지도 닫히지도 않고, 더러운 비닐을 씌운 좌석은 널빤지처럼 딱딱하다. 차 옆구리에 흰 페인트로 쓴 히말라얀 익스프레스(히말라야 급행)라는 생뚱맞은 글자만 튀어 보인다.

차 주위를 두세 바퀴 돌면서 이런저런 생각을 하고 있는데, 시동도 걸려 있지 않은 차체 밑에서 갑자기 시커먼 연기가 솟아올랐다. 걸음을 멈추고 바라보니, 차체 밑에서 기역자 모양의 긴 쇠막대 끝에 불붙은 헝겊 뭉치를 끼운 기묘한 물건을 들고 얼굴이 검은 남자 하나가 인상을 쓰며 나와 검은 연기를 피워 올리며 버스 주위를 서성거린다.

당신은 누구며 뭘 하느냐고 물었더니, 나는 운전수이고 시동을 걸려고 한다고 남자는 대답하며 올림픽교教의 순교자(성화를 든 주자를 닮았다고 장난스럽게 표현한 것―옮긴이)처럼 자못 비장한 표정으로 그 검은 연기를 내뿜는 기묘한 물건을 번쩍 쳐들었고, 그것을 신호로 차가 움직이기 시작했다.

히말라야는 사막이 아닐까……. 동쪽을 향해 네 시간 남짓 완만한 사면을 차로 달려 진로를 가로막는 거대한 절벽을 보았을 때 그런 생각이 들었다.

그 거대한 회녹색 사암 절벽은 승객들이 꿈결처럼 차창 밖을 흘러가는 녹음 짙은 산록의 풍물에 마음을 뺏기고 있을 때 난데없이 버스 앞 유리 사방을 막아섰다. 몇 시간째 이어지던 단조로운 엔진 소리가 갑자기 변조를 일으키고 차체의 온전치 못한 부분들이 그 격렬한 진동을 받아 삐걱거릴 때, 사람들의 시선은 녹색 들판에서 전방의 절벽으로 옮겨가 있었다.

그 육박하는 사암 절벽의 위용이, 그리고 예사롭지 않은 기계음이 일순 사람들의 입을 다물게 했다. 침묵 속에서 엔진 소리만 요란하게 울렸다. 그 격렬한 정적 속에서 운전수가 입을 열지만 엔진 소리에 지워져 들리지 않는다. 다시 크게 입을 벌린 남자는 "누구 담배 한 대 주시오" 하고 말했다.

남자는 담배를 피운다기보다는 앞니로 꽉 물고 있었다. 남자는 양팔로 핸들을 끌어안은 채 전방의 암벽을 응시하며 턱에 힘을 주고 있었고, 그 때문에 잔뜩 휘어져 올라간 담뱃불이 남자의 매부리코에 닿을 듯하다. 그리고…… 남자는 딱 한 번, 담배 연기를 깊이 들이마시고는 그것을 창밖으로 던져버린다.

그 직후 남자는 거친 동작으로 엔진 기어를 두세 번 시험하듯 바꿔 넣는다. 그때마다 차체는 요란한 소리를 내고 조급하게 상하전후로 흔들렸다. 사람들은 덩달아 흔들리면서 몸을 낮추고 눈을 치떠 진로를 가로막은 깎아지른 절벽 상부를 본다. 다 울고 난 새하얀 비구름은 절벽의 어지러운 기류에 소용돌이치며, 등 뒤로 중천의 햇빛을 받아 눈부시다. 우기는 끝났다. 절벽은 우기 끝의 새하얀 구름을 거의 수직으로 관통해 그 끝을 망양히 지운다.

눈……

나무……

풀……

꽃……

그런 것들을 산에서 찾아내려고 눈을 모은다. 산은…… 그런 우유優柔한 신의 창조물 일체를 배반하고 있었다. 산은 단 하나의 초목의 이름도 읽지 못하는 만만찮은 속물이었다.

"저 산은 뭐요?"

그 거대한 속물을 가리키며 묻는다.

"히몰레야."

옆자리에 앉은 남자가 큰 소리로 대답한다.

"히 · 말 · 라 · 야!?"

"그렇지, 히몰레야!"

남자의 커다란 손바닥이 날아와서 내 등을 후려쳤다. 남자는 껄껄대며 웃었다.

'함께 오르세…… 히몰레야 사막, 사출산(저승에 있다는 험한 산—옮긴이), 조간산…….'

남자의 웃음소리가 그렇게 들린다. 웃음소리가 그쳤을 때, 귓가에 기묘한 소리가 전해진다. 짐승의 포효와 비슷하고 아닌 것…… 엔진 소리와 비슷하고 아닌 것…….

차체를 벗어난 기계음이 계곡을 이룬 사방의 절벽에 부딪히고…… 그리고 호응하고 사람들의 귓가로 되돌아올 때 그 기묘한 소리는 들렸다. 우워엉, 우워엉…… 하고.

기분 탓인지 그것은 슬프고…… 그리고 문득 무섭다. 사람들은 그 불가사의한 진동 속에서 다만 침묵하고, 태고의 공룡처럼 거칠게 육박하는 절벽을 가만히 바라본다.

그때 절벽에 도전하는 고물차가 사납게 울부짖고, 그것을 받아 저편의 야수는 더욱더 무시무시하게 포효한다. 거대한 계곡에는 고물차와 절벽의 포효가 뒤엉키고…… 땅 끝으로 내몰린 고물차와 그것을 조종하는 위험수당을 노리는 우악스런 남자는 배짱 맞는 사나운 말과 그 기수처럼 서로의 불운한 천성을 북돋우고, 버려진 자의 겁 없고 대찬 역량과 담력을 드러내며 네 개의 바퀴를 절벽 밑동으로 들이댄다.

태고의 지각 변동으로 융기한 천 수십여 척의 깎아지른 단층 절벽의 표면은 거대한 쇠 발톱이 폭력적으로 할퀴고 쥐어뜯은 듯한 깊은 바위 주름으로 뒤덮여 있고, 그 장대한 주름들은 깎아 세운 듯한 낭떠러지 면을 일직선으로 비스듬히

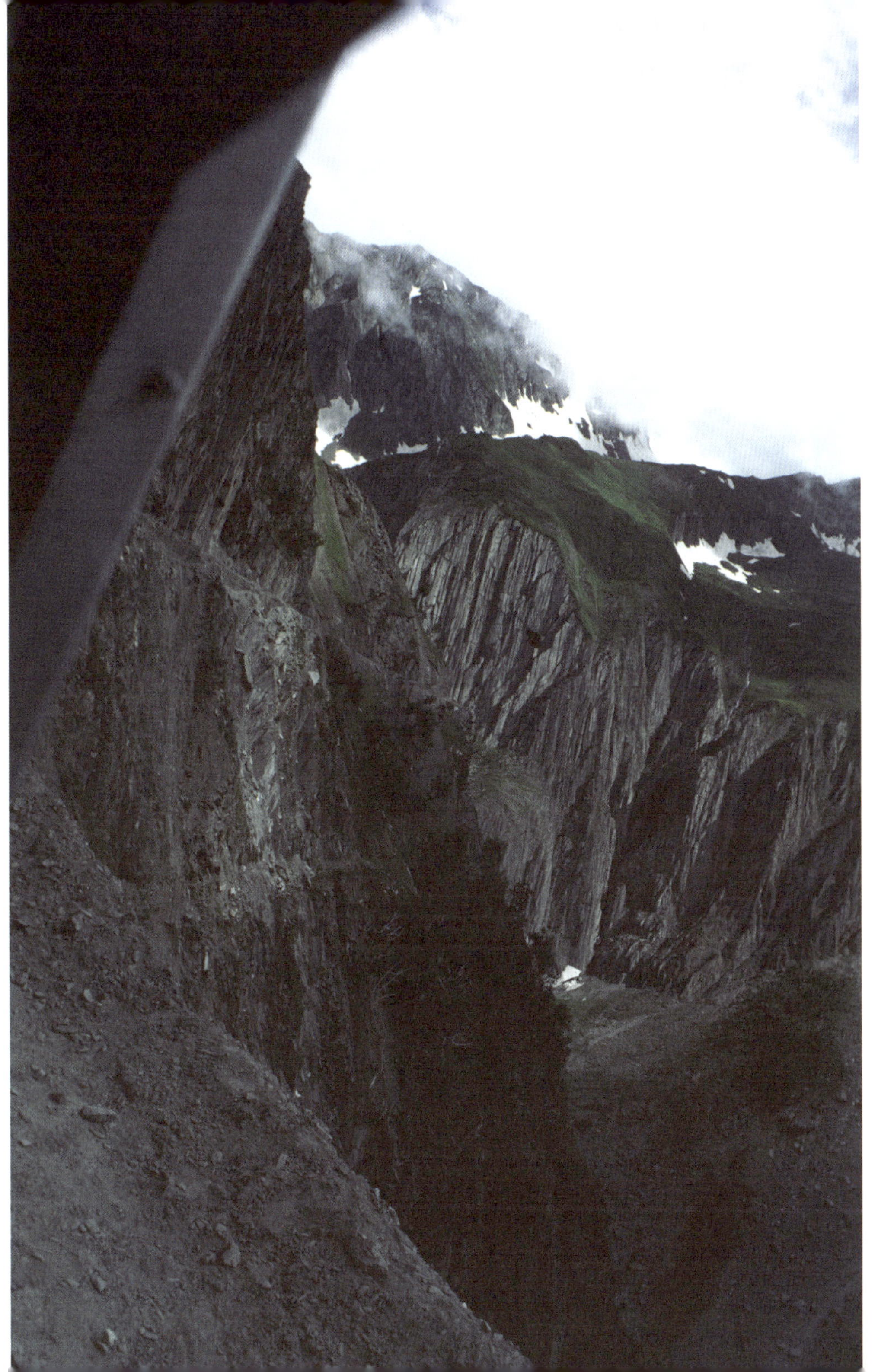

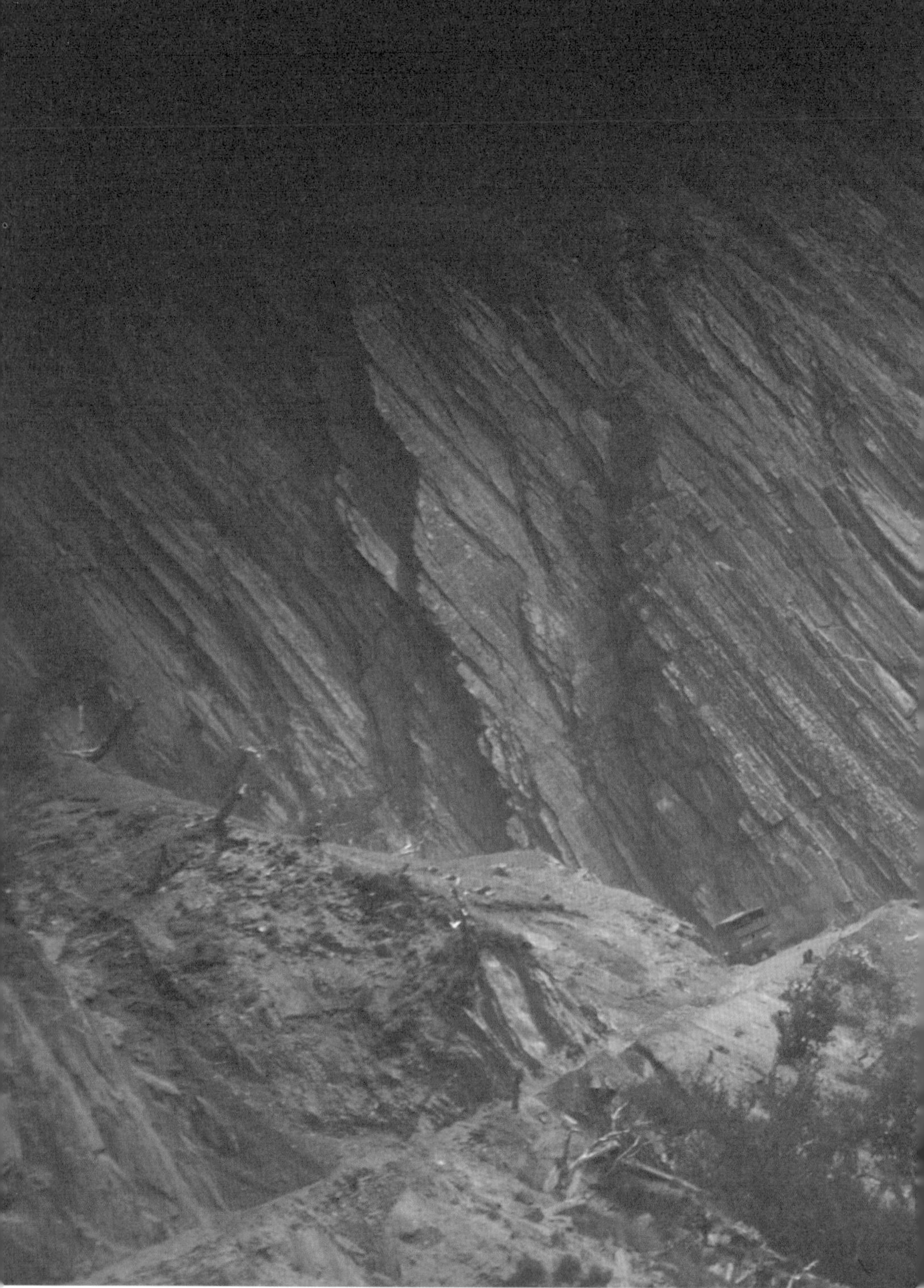

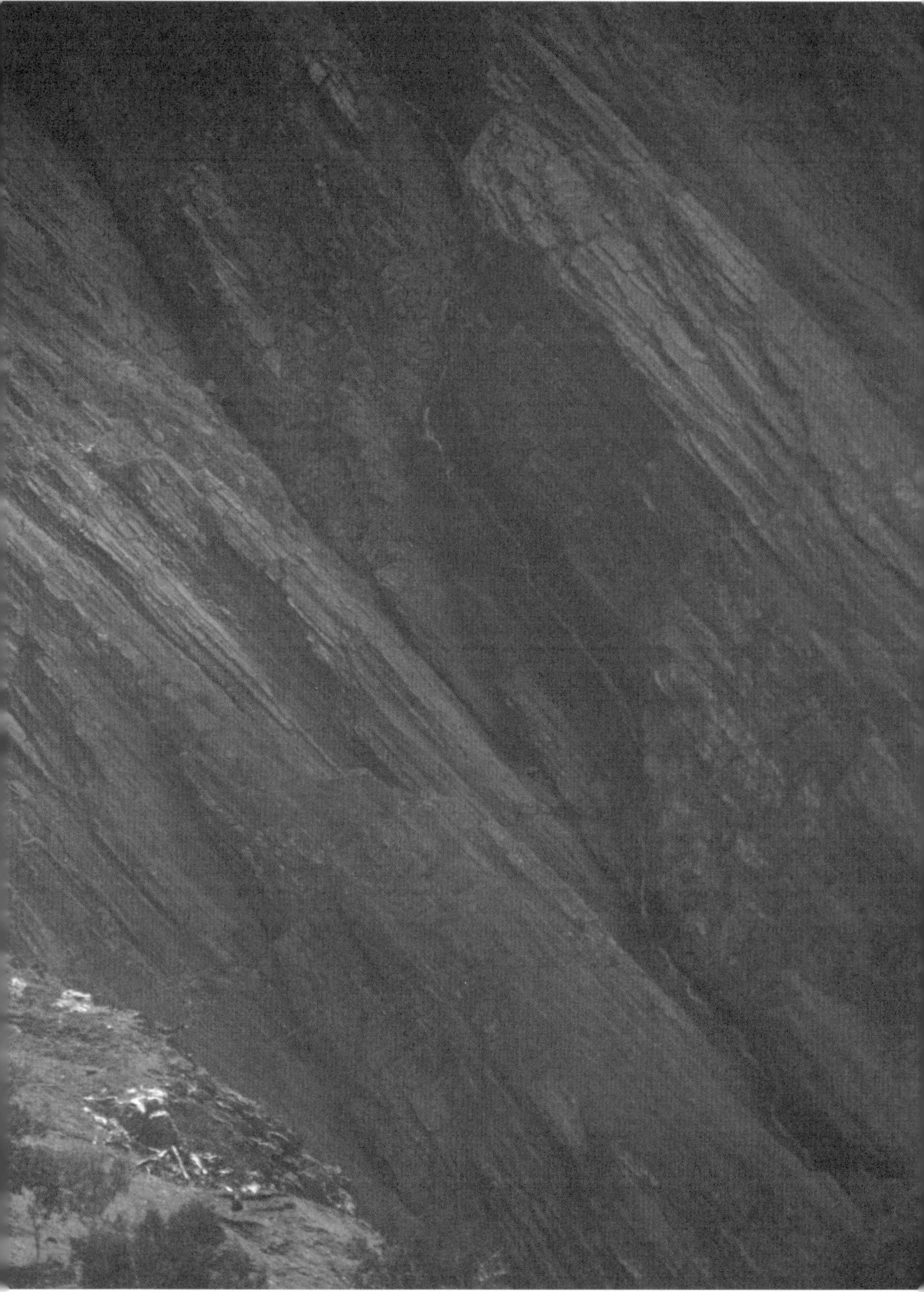

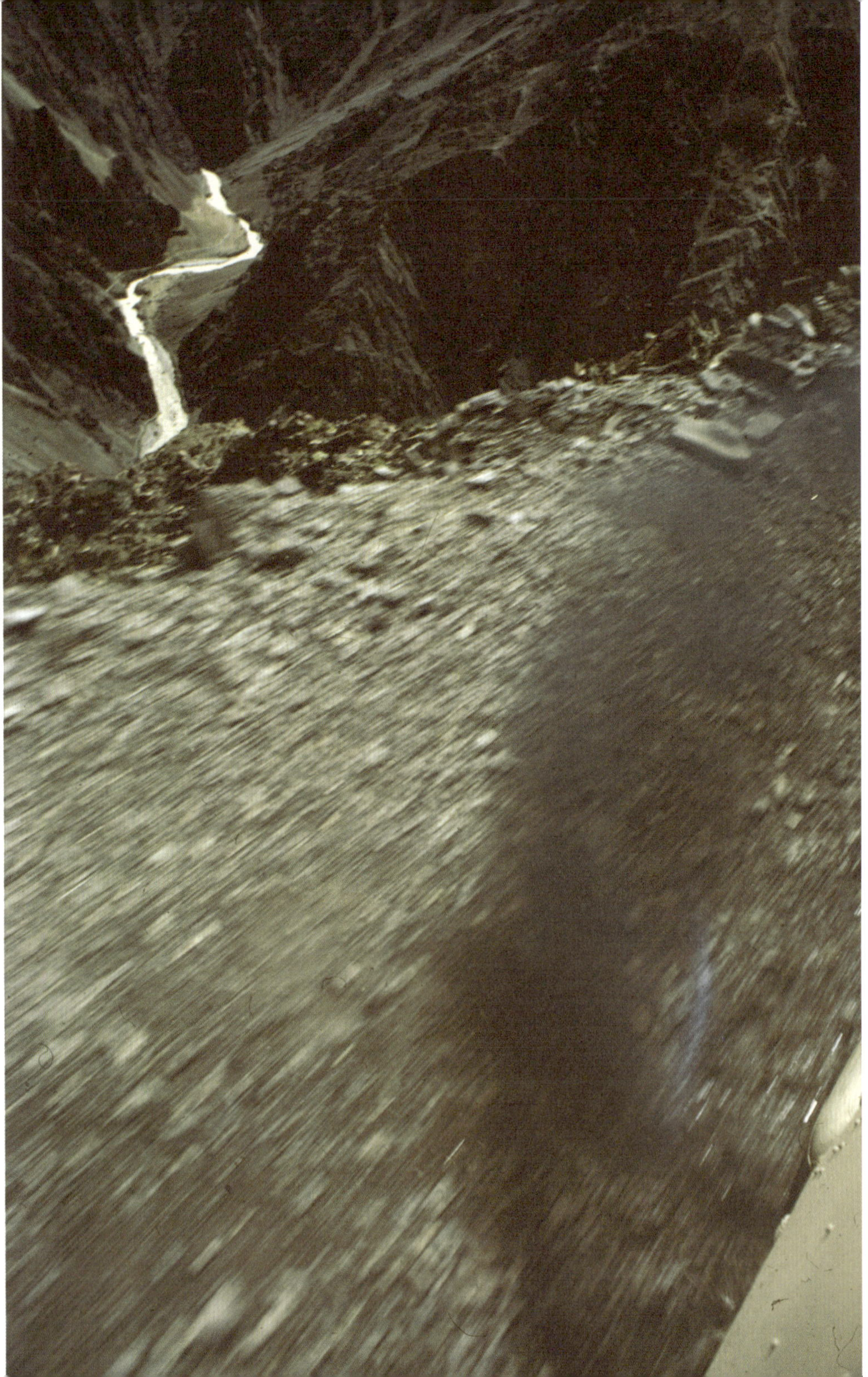

내달려 그 한쪽 끝을 대지에, 다른 한쪽 끝을 구름 속에 찔러 넣고 있다.

그 주름 하나하나를 가늘게 떨며 가로지르는 한 줄의 가냘픈 곡선이 보인다. 그것은 칠절팔절 굽이굽이 꺾이면서 거대한 낭떠러지 비탈면을 천천히 끈기 있게 기어오르고 있다. 처음 사람들의 눈에 산양이 다니는 길처럼 보이던 그것은 바로 우리가 가야 할 길이었다.

넘어야 할 히말라야의 발단은 이처럼 돌연 나타났다. 이 절벽을 기점으로 차와 차에 탄 사람들은 꼬박 이틀 동안 험한 산길을 동쪽으로 내달려 티베트 고원 서쪽 끝자락에 걸린 라다크라는 지역으로 들어선다. 스물하고도 네 명의 생면부지의 아이들을 뱃속에 품은 이 상자 모양의 네발 바퀴 동물은 그 멀고 고된 짐승 길을 한 굽이 한 굽이 기듯이 올라갔다 내려가고 내려갔다 올라간다.

길 저편에…… 다시 길이 있었다.

산 저편에…… 다시 산이 있었다.

계곡 저편에…… 다시 계곡이 있었다.

하나의 단층 절벽을 오르면…… 다시 저편에 절벽이 있었다. 그리고 하늘 저편에는…… 다시 하늘이 나타나고…… 구름 저편에는 또다시 두둥실 구름이 떠돌고 있었다.

어미인 상자 차는 그 꼬리에서 뿜어내는 검은 연기와 무시무시한 성대의 울림으로 용맹을 과시하며 뱃속 아이들의 정신을 기른다. 사람들은…… 이 길고 고달픈 여정을 정신으로 견디고, 엉덩이로 버틴다.

차를 부리는 차부는 위험한 길로 들어설 때마다 하계의 가족을 생각해선지 부지불식간에 그 백발 섞인 콧수염 한쪽을 야물게 다문다.

그리고…… 칠절팔절, 지옥의 산 절벽을 오르고 내리고 다시 내리고 오르고 …… 445번째 높고 위험한 모퉁이에서 돌연 한쪽 바퀴가 길 끝에 걸리면서 덜

컥 멈춰 서는 찰나, 바퀴에 튕겨 나간 돌멩이가 어두운 나락의 계곡 바닥을 향해 소리 없이 일으키는 흰 흙먼지.

——이때 겁쟁이 열하고 한 명, 눈을 감고 자신의 신에게 매달리고……

——이때 용감한 남자 네 명, 몸을 내밀어 계곡 바닥을 내려다보고……

——이때 분노상忿怒相의 두 명, 차부를 향해 기도하는 태도로 고함을 지르고……

——이때 욕업자欲業者 한 명, 자신의 짐 보퉁이를 꽉 끌어안고……

——이때 늙은이 한 명, 있지도 않은 묘견산을 바라보며 풍경을 즐기고……

——이때 어머니 한 명, 그 아기를 자신의 몸으로 단단히 감싸 안고……

——이때 티베트 비구 한 명, 한 손으로 108알의 염주를 굴리고……

——이때 겁 없는 자 한 명, 볼이 미어져라 그 입에 막과자를 우겨넣고……

——이때 직업자職業者 한 명, 질끈 눈을 감고 엉뚱한 쪽으로 카메라를 향하고……

——이때 애젊은 익살꾼 한 명, 별안간 큰 소리로 아침 새 지저귐을 흉내 낸다…….

그것에 이어 사람들의 굳어진 웃음소리와 익살꾼을 나무라는 늙은이의 혼잣말. 그리고 깊은 계곡에 찾아드는 정적. 올려다보니…… 그곳에 짙푸른 하늘이 있었다. 둥글고 새하얀 뜬구름이 하나 또 하나, 먼 산에 그림자를 드리우고 있었다. 깊은 계곡 바닥을 흐르는 강물 위, 그 거대한 공동空洞을 향해 조금 전 네 개의 바퀴가 일으킨 흙먼지가 소리 없이 흘러간다…….

이 깊은 정적이 찾아들었을 때, 갑자기…… 아기가 울었다. 으앙……으앙…… 하고 아기가 울었다. 사람들은…… 오후 햇살을 등지고 저 멀리 시커멓게 솟아오른 거대한 절벽에 시선을 붙박은 채 그 울음소리 하나하나를 조용히 듣고 있었다. 으앙……으앙…… 하고 아기가 반복하는 단조로운 울음소리는 으앙……으앙…… 하고 거대한 계곡의 공동을 홀로 떠돌았다.

불언不言의 들판

꽃은 어여쁘나 지고 마는 것을
우리네 인생 그 누가 영원하리

덧없는 깊은 산 오늘도 넘어
오르고 내리며 여덟 고비, 백 고비

어느덧 헤아리는 오백 고비 산
저녁 산 내려오는 그 침로枕路는……

얕은 꿈 꾸지 않으리…… 조간산.

그렇게 중얼거리며 그날 밤, 산속 임시 숙소에서 잠자리에 들었다. 그런데 그날 밤 내가 얕은 꿈을 꾼 것은, 낡은 이불 속에 사는 진드기 족의 맹공에 잠을 설쳤기 때문이다.

카르길이라는 진드기 족의 옥호에 어울리는 이름의 그 작은 산촌에서 하룻밤을 묵고, 이른 아침 차는 캄캄한 길을 출발했다. 다시 첩첩산중을 내달려 오후에 마지막 난관인 라마유루라는 험한 민둥산을 타고 넘자, 그 너머에는 적갈색 모래벌판이 한없이 펼쳐지고 있었다.

차가 그곳으로 들어서자 동시에 주변 경관이 일변했다. 엔진 소리도 한숨 돌렸는지 한결 가벼워지고, 차에 탄 사람들 사이에도 어딘지 누긋한 기운이 엿보였다. 이런 신변 변화를 고도와 피로와 졸음에 약간 몽롱해진 머리로 알아차리

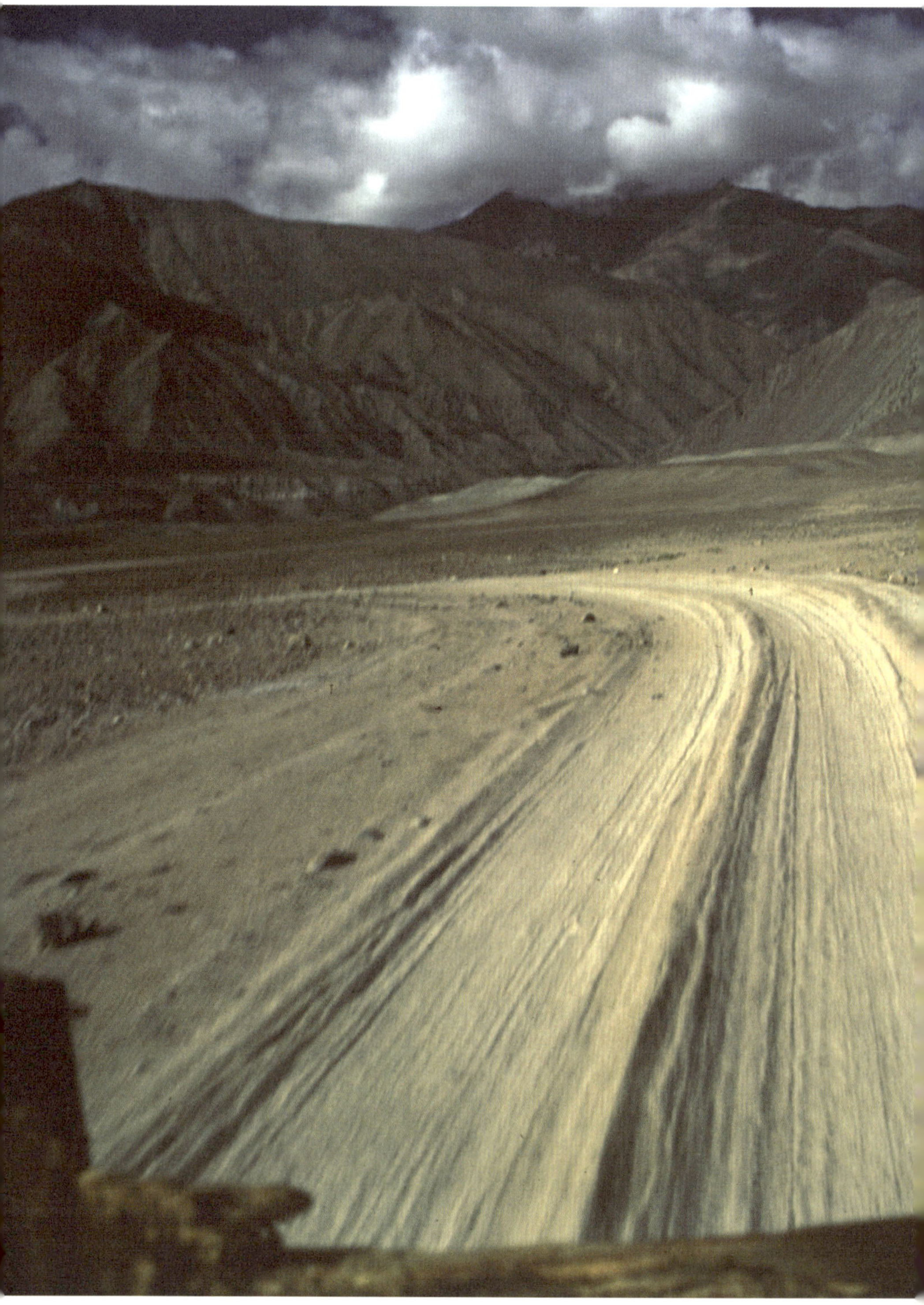

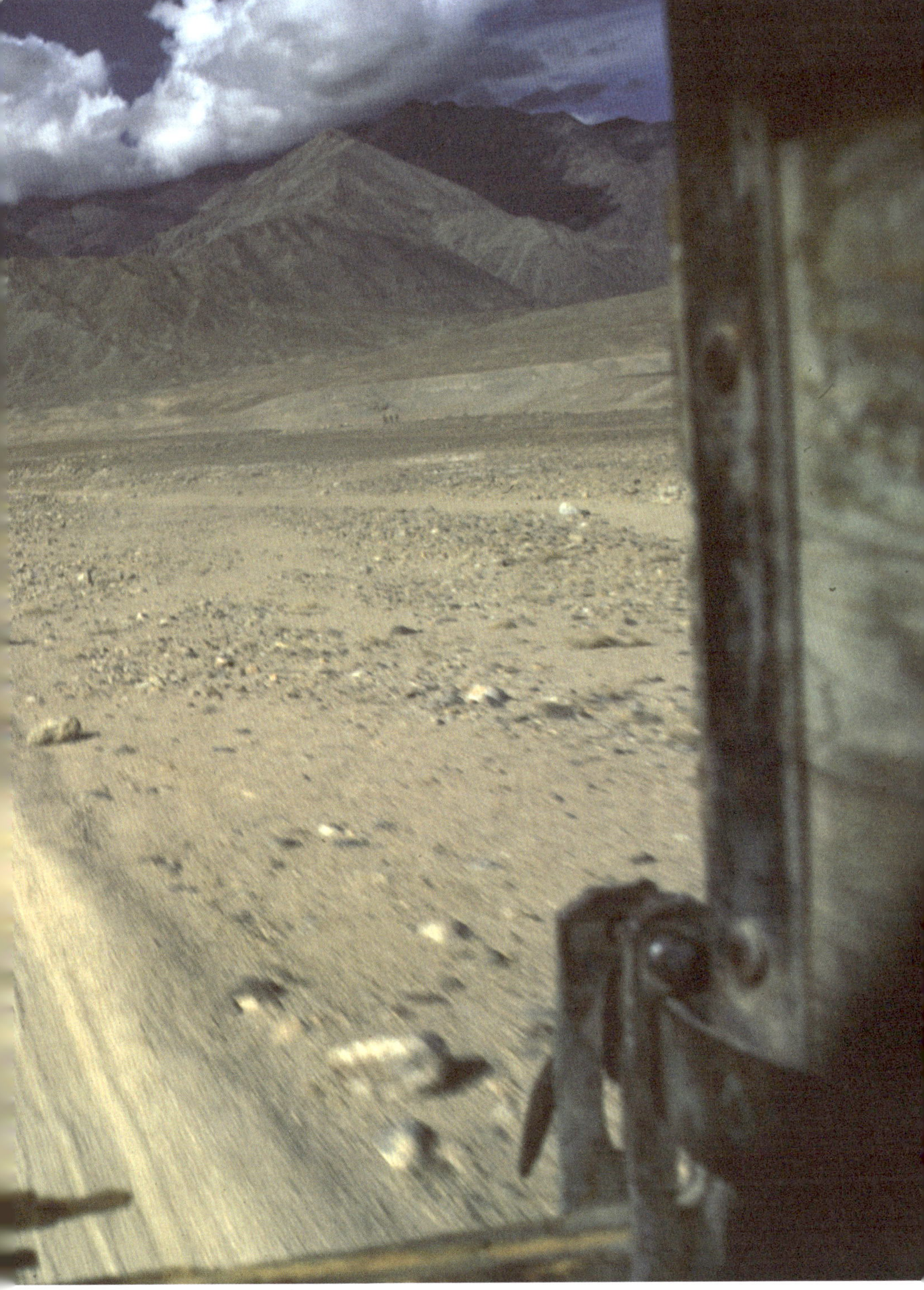

고, 티베트 땅이 멀지 않았나 보다…… 싶어, 나는 옆자리의 덩치 큰 남자에게
시계를 가리키며 티베트에 도착하려면 얼마나 더 가야 하느냐고 물었다. 그러
자 남자는 턱을 치켜 창밖을 가리키며 입속말처럼 약한 목소리로 "투팟" 하고
말했다.

이 남자, 여러 해 동안 카슈미르 지방과 티베트를 오가며, 아랫녘에서 재단이
나 연마 때 나오는 보석 부스러기를 가져다 윗녘에 팔고, 윗녘 특산인 질 좋은
짙은 색 터키옥을 가져다 아랫녘에 파는 일을 생업으로 삼고 있다. 처음에는 잔
뜩 흥분해서 주변 사람은 신경도 쓰지 않고 버스 엔진 소리와 경쟁이라도 하듯
큰 소리로 떠들어대더니, 결국 자기 타박 같은 말의 나열에 지쳐 여행 후반에는
내내 졸다가 이따금 무릎 위에 올려놓은 모조 보석이 든 공공칠가방의 흙먼지를
털곤 했다. 이 남자가 졸린 듯 약한 목소리로 말한 "투팟"은 우리가 '티베트'라고
부르는, 바로 그 '티베트'인 것이다.

그렇게…… 티베트는 그 어떤 거창한 전조도 화려한 제스처도 없이 남자의
입에서 불쑥 튀어나온 졸음에 겨운 웅얼거림과 함께 홀연히 그곳에 있었다.

아아…… 그런가, 이것이 티베트인가, 여러 해 동안 꿈결처럼 환영으로 보아
온 그 땅에 이르러, 차창 너머로 비스듬히 바라보는 무인의 풍경은 허허로웠다.
사람의 마음에 부응하는 얼마간의 습기도 음영도 없고, 눈부시게 환한 그 단일
한 색과 모양에 그저 눈만 가늘게 뜰 뿐.

땅…… 그것을 무슨 색이라 부르면 좋을까.

노란색이라고 부르면 너무 부드럽다.

황금색이라고 부르면 너무 요염하다.

썩은 낙엽색이라고 부르면 너무 정감 있다.

이를테면 다홍색이 살짝 감도는 진노란색, 그 치자색을 불언색이라고도 하는

데(일본어로 치자를 '구치나시'라고 부르는데 이것은 '입이 없다'라는 말과 발음이 같으며, 따라서 치자색을 발음대로 뜻을 새기면 '입 없는 색' 즉 '말 없는 색不言色'이 된다—옮긴이), 그런 말장난을 떠나서 만약 이 노란색 대지를 불언색이라고 부를 수 있다면 그렇게 부르고 싶다.

이 노란색 고지는 아무런 말도 하지 않고 그냥 묵묵히 가로누워 있다. 바람 한 점 일지 않는다……. 침묵한 땅이 고지의 굴절 없는 햇빛에 직사되며 찬연히 말라붙어 있다. 생물은커녕 그곳에는 피도 눈물도 역사의 습기도 없고, 모든 것이 말라붙어 그저 찬연히 빛나며 자신은 땅 자체이고 그 밖의 아무것도 아님을 주장하고 있다.

이 땅에는 알리바이가 있다. 그것은 자명하고 어떤 감춰진 수수께끼도 없다. 땅 그 자체라는 사실은 의심할 여지가 없고 해명해야 할 불분명한 것이 없기 때문에 말로 표현하기가 어렵다. 그래서 나는 말없이 그것을 보고 있다. 생각에 궁한 시선과 그 시선을 받고 있는 연면한 불언의 황야.

마름모꼴로 비뚤어진 상자 모양의 버스 그림자만이 동쪽으로 나부낀다. 그림자는 달리고 있다. 불언 황야의 한 귀퉁이에 작은 상자 모양의 그림자가 쌩쌩 달려간다.

사진을 찍어볼까…… 하고 생각한다. 마음 가는 데도 없이 카메라를 들어 파인더를 들여다본다. 검은 사각 파인더 안에 경계선 한 줄이 가로지른다. 그 위로 하늘이 있었다.

하늘이 파랗다는, 그 지극히 당연한 창공을 보면서…… 그래도 역시 파랗다고 생각한다. 하늘. 햇빛이 아련하고 널리 그득 찬 깊은 바다의 짙은 남색…… 그 아무런 소리도 들리지 않는, 검고 차가운 감청색. 깊고 공허하다. 공허하지만 슬프지도 기쁘지도 않은 허공. 불언의 하늘.

하늘과 땅의, 단순허명單純虛明한 두 가지 색이, 모두 아무 말 없이 그곳에 나란

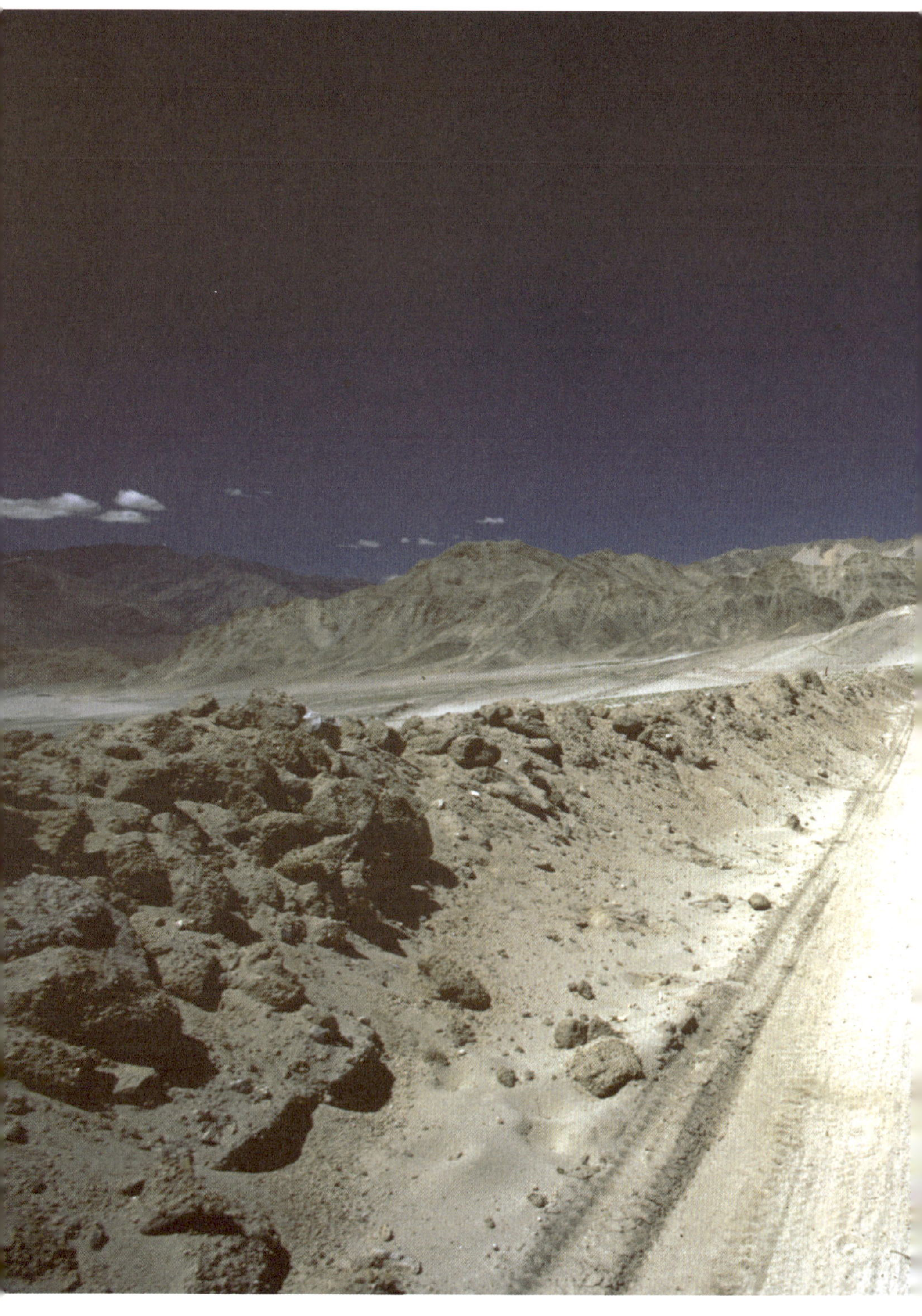

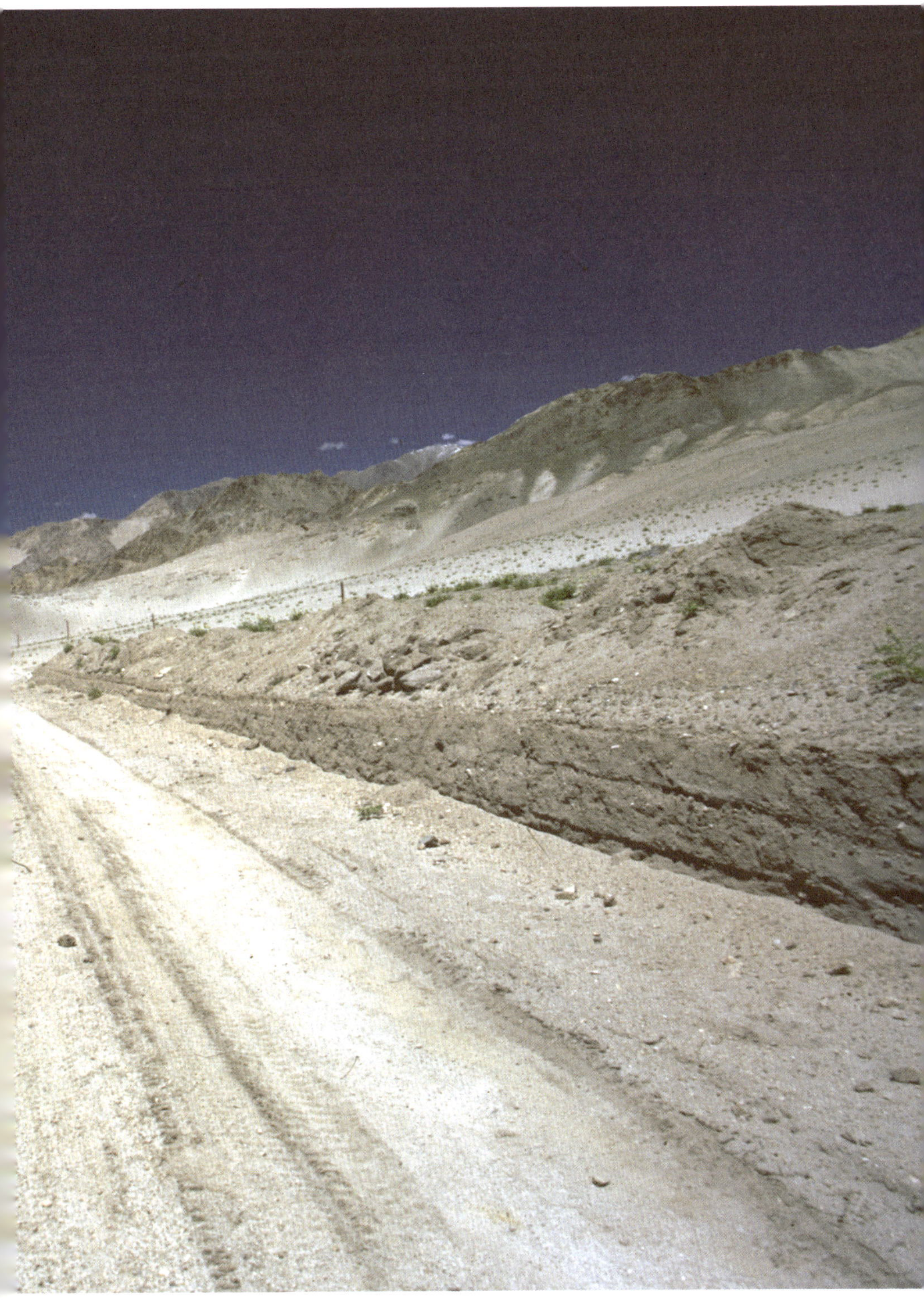

히 가로눕는다. 어느 곳을 잘라내도 좋겠다고 생각하면서…… 그리고 사진으로 찍어도 찍지 않아도 좋겠다고 생각하면서 오른손 검지에 무심코 힘이 들어간 찰나, 일순 어둠 속으로 떨어지는 사각의 광경, 짧은 어둠의 공백 뒤에 다시 눈앞에 나타난 눈부신 그 광경…….

왠지 혼자 멋쩍다. 무의식중에 손가락이 그 불언의 풍경에 부여한 일순의 공백이 왠지…… 열없다.

비뚤어진 상자 모양의 그림자가 쌩쌩 달리고 있다. 나는 그 그림자를 타고 달리면서 말없이 고민에 빠져든다. 메마른 계절에 목구멍이 물기를 원하듯…… '말'이 고프다고 생각한다. 인간의 사유를 줄기차게 거부하는 이 풍경에 불만이 쌓여간다.

무슨 말을 하고 싶다고 생각한다. 그 말을 찾을 수가 없다. 말의 화살을 날려보고 싶다고 생각한다. 그러나 그 화살은 보이지 않는다. 그리고 이 불언 황야에서 열심히 생명의 형상을 찾는다.

신의 일필一筆이 이 불언색의 캔버스에 칠한 최초의 색깔을 기억하고 그 이름을 불러보고 싶다. 황야에 마침내 나타날 최초의 생명을 분명하게 기억하고 그 이름을 불러보고 싶다. 그 이름을 노래하고 싶다. 노래라기보다 그것은 생물의 외침…… 혹은 '피'…… 하찮은 것이지만 구원받는다…….

'앗' 하고 외치고 아이 같은 목소리로, '승냥이다!'

'앗' 하고 외치고 아이 같은 목소리로, '까마귀다!'

그렇게 황량, 허백虛白, 불모에 어울리고 또 그것으로 살아가는 둔갑술을 부리는 몇몇 야비한 생물을 머릿속에 그려보고 있는데…… 나풀, 나풀, 나풀, 나풀, 나풀, 나풀, 나풀…… 하고 나비가 날았다. 나풀, 나풀, 나풀…… 하고 외로운 나비가 춤을 추었다.

달리는 상자 모양 그림자 앞쪽 50~60미터, 지면 위 30센티미터. 때로 그 작고 흰 날개를 팔락거리며 지면을 기듯이 혹은 갑자기 사람 키만큼 훌쩍 날아오르면서, 땅에 닿을락 말락 자신의 그림자와 희롱하는 것 같고…….

그 작고 유연한 날개의 궤적은…… 나풀, 나풀, 나풀, 나풀…… 하고 땅 위를 춤추었다.

'앗' 하고 생각하고는 말이 없고…….

이 드넓고 망매茫昧한 불언의 들판을 떠도는 너무도 미소한 흰 생물의 영혼 하나를 보고 생각하는 것은……,

그 가는 곳에 대해서가 아니다.

그 태어남과 자람에 대해서가 아니다.

저 영혼이 먹는 것……,

저 영혼의 이름,

그것도 아니다.

나는 그때, 어느 신의 솜씨에 대해 생각하고 있었다. 이 극한의 황야에 한 마리의 나비가 출현한다는 신기神技. 이 불모의 땅에서 그처럼 유유하게…… 고뇌 없이…… 자연의 흥취를 벗어나…… 하늘에서 떨어진 백련 꽃잎처럼 팔랑거리며 날아다니는 그 모습의 신기. 그리고 나비는 사라졌다. 그렇게 한 마리의 나비는 나타났다가 시야 밖으로 사라졌다. 한 마리의 외로운 나비가 세계를 바꾸었다.

이곳이 티베트라고 한 마리의 나비가 말했다. 과연 이 근방의 신은 붓놀림부터가 다르다고, ㄱ 알미운 신기에 대해 생각하면서 나는 내 여행 시간표에 기록된 '황야'라는 글자를 지운다. 그리고 그 공백에 '지옥'이라고 적어 넣고, 승냥이의 네 다리보다 강인하고 유유한 백련접白蓮蝶이 떠도는 곳이라고 그 말뜻을 단다.

그로부터 삼십 분쯤 후, 이 유유한 지옥 한 귀퉁이에서 자동차 경적이 울렸다.

고장 난 악기가 차의 진동에 맞춰 단속적으로 띠띳 띳 띠띠 하고 울린 것이다.

띠띠띳 하고 울렸을 때 창밖을 내다보니, 저 멀리 푸른 하늘 밑에 심홍색 표지 같은 것이 서 있었다. 500~600미터나 떨어져 있었지만 그것은 이 불언색 평지에서 사람의 시선을 잡아채기에 충분한 선명한 색깔의 점이었다. 경적과 붉은 표지라면 변고가 생긴 게 분명하다 싶어 몸을 사리며 전방을 바라보니 풍경에는 아무런 변화도 없다.

저런 곳에 용케도 사람의 작업 흔적이 남아 있다고 감탄하며 그 심홍색 점을 보고 있는데, 그것이 움직였다. 움직이지 않고 서 있던 그것이 자동차 경적과 함께 작은 흙먼지를 일으키며 차의 진행 방향으로 움직이고 있다. 이런 높은 변경의 땅에는 차와 경주하고 싶어 하는 작은 심홍색 동물도 있나 보다 하고 망원렌즈로 들여다보니, 그것은 스님이었다.

불언의 들판을…… 스님이…… 필사적으로…… 달리고 있다.

연거푸 스무 번쯤 셔터를 눌렀던 것 같다. 파인더를 보면서 시시한 그림인 줄은 알고 있었다. 그저 누르고 싶었던 것이다. 그저 손가락 끝에 걷잡을 수 없이 힘이 들어가 멈출 수가 없었던 것이다.

저런 곳에 사람이 있다는 것이…… 저런 곳에 스님이 달리고 있다는 것이 기묘하다고 생각하기도 전에…… 그것을 본 찰나…… 혼자서 "좋아" 하고, 크게 고개를 끄덕이고 있었다. 실제로 무슨 일이 벌어지고 있는지 알지도 못하면서 …… 무엇을 납득하고 무엇을 이해했다는 건지…….

"호오, 과연…… 그렇단 말이지!" 하고 중얼거리면서, 뺨이 달아오르는 것을 느끼면서 몇 번이고 몇 번이고 셔터를 눌렀다. 거리가 멀어서 달려오는 스님의 얼굴은 제대로 보이지 않는다. 나이도 가늠할 수 없다. 그저 붉은 옷을 펄럭이며 열심히 달리고 있다. 열심히 달리다가 발부리가 걸려 넘어지고 말았다.

불언의 들판을…… 달리던 스님이…… 넘어졌다. 넘어져서는 일어날 생각을 않는다…… 책상다리를 하고 앉아 있다. 불언의 들판에…… 넘어진 스님 …… 책상다리를 하고 앉아 있다.

아아, 하고 생각했다.

전혀 다른 세상의 일처럼…… 아아, 하고 생각하면서, 저런 곳에 사람이 넘어져 주저앉아 있으면 큰일이다……가엾다……비참하다…… 하고 생각했다. 그러나 아무래도 분위기가 좀 이상하다…… 망원렌즈로 열심히 들여다보니 어렴풋이 추측되는 그 흙색 얼굴이 어쩐지 웃고 있는 것 같다…… 분명 흰 이를 드러내고 있는 것 같다.

그때 주위에서 웃음소리가 들렸다.

차 안의 오른편 좌석에 앉아 있던 사람들이 웃음을 터뜨렸고, 미처 웃음을 수습하지 못한 자는 아직도 웃고 있다. 반대로 얼굴이 굳어진 나는 운전수를 본다. 이 남자도 웃고 있다. 승객 하나가 웃으면서 "그만 세워주지 그래요" 하고 말하자, 운전수는 웃으면서 차를 세우고 다시 띠띠띳 하고 경적을 울렸다.

저편의 스님, 일어선다. 그리고 다시 달린다. 빠르다. 성큼성큼 다가온다. 웃고 있다. 흰 이가 보인다. 얼굴을 분간할 수 있을 만큼 다가왔을 때, "호옷" 하며 저절로 얼굴이 펴진다……. 어리다.

열두세 살쯤 될까, 그 천진난만한 얼굴에 희색이 가득하다. 갸름한 얼굴, 긴 목, 얼굴 생김은 토착적이지 않고 오히려 이목구비가 반듯하고 세련되었다. 호리호리한 등에 비껴 맨 경전 같은 것을 싼 다갈색 보퉁이가 풀어지려고 해서 그것을 손으로 단단히 누르고 있다.

차 뒷문이 열리고 어린 스님이 폴짝폴짝 뛰어 올라온다. 그와 동시에 시동이 걸린다. 뒤쪽 자리에 앉은 사람과 두세 마디 말을 나누고, 어린 스님은 통로를 비집고 들어와 내 좌석 앞 통로에 놓인 짐에 걸터앉는다.

거친 숨소리가 들린다. 차바퀴가 굴러간다. 어린 스님의 어깨를 톡톡 치며 웃

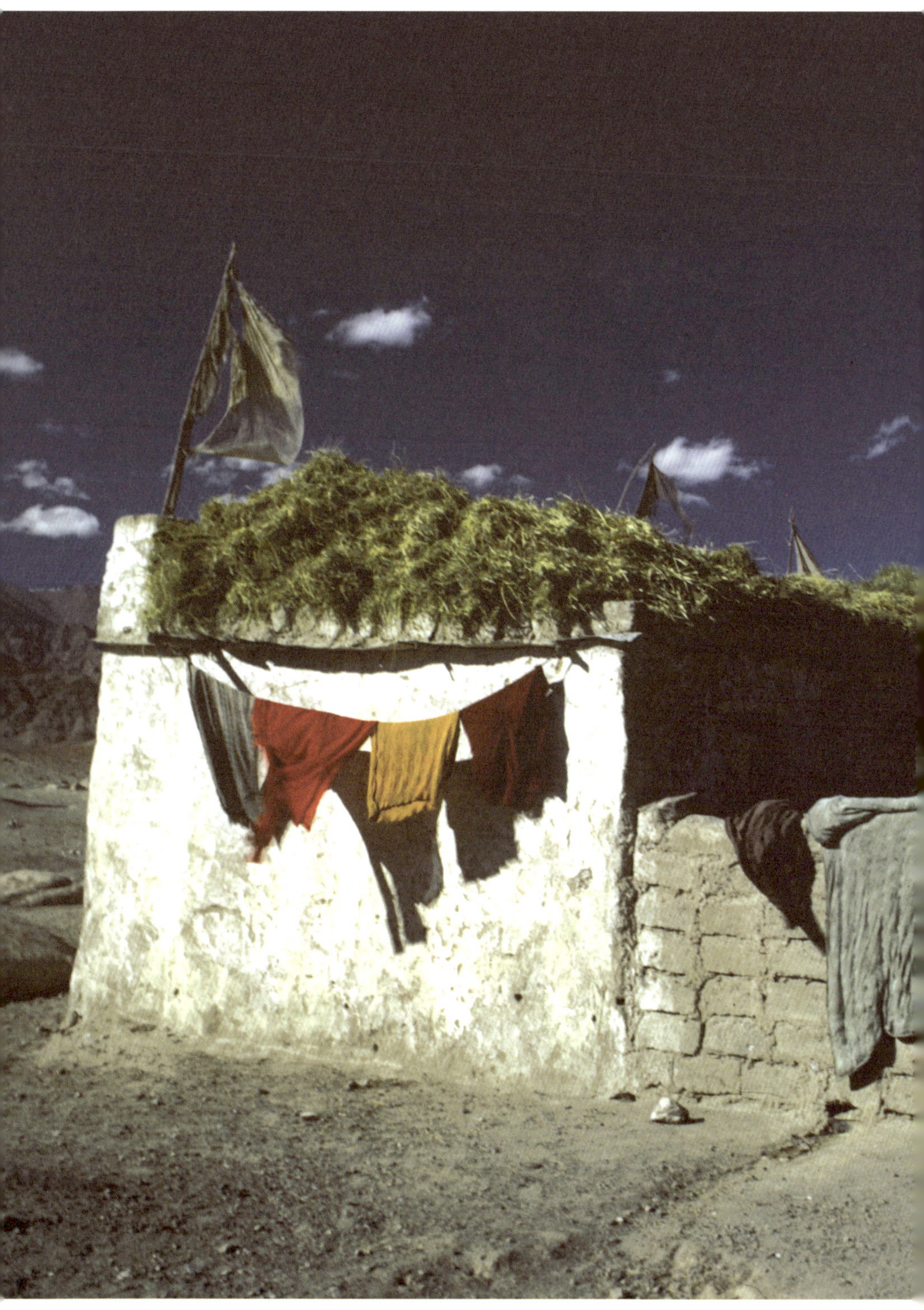

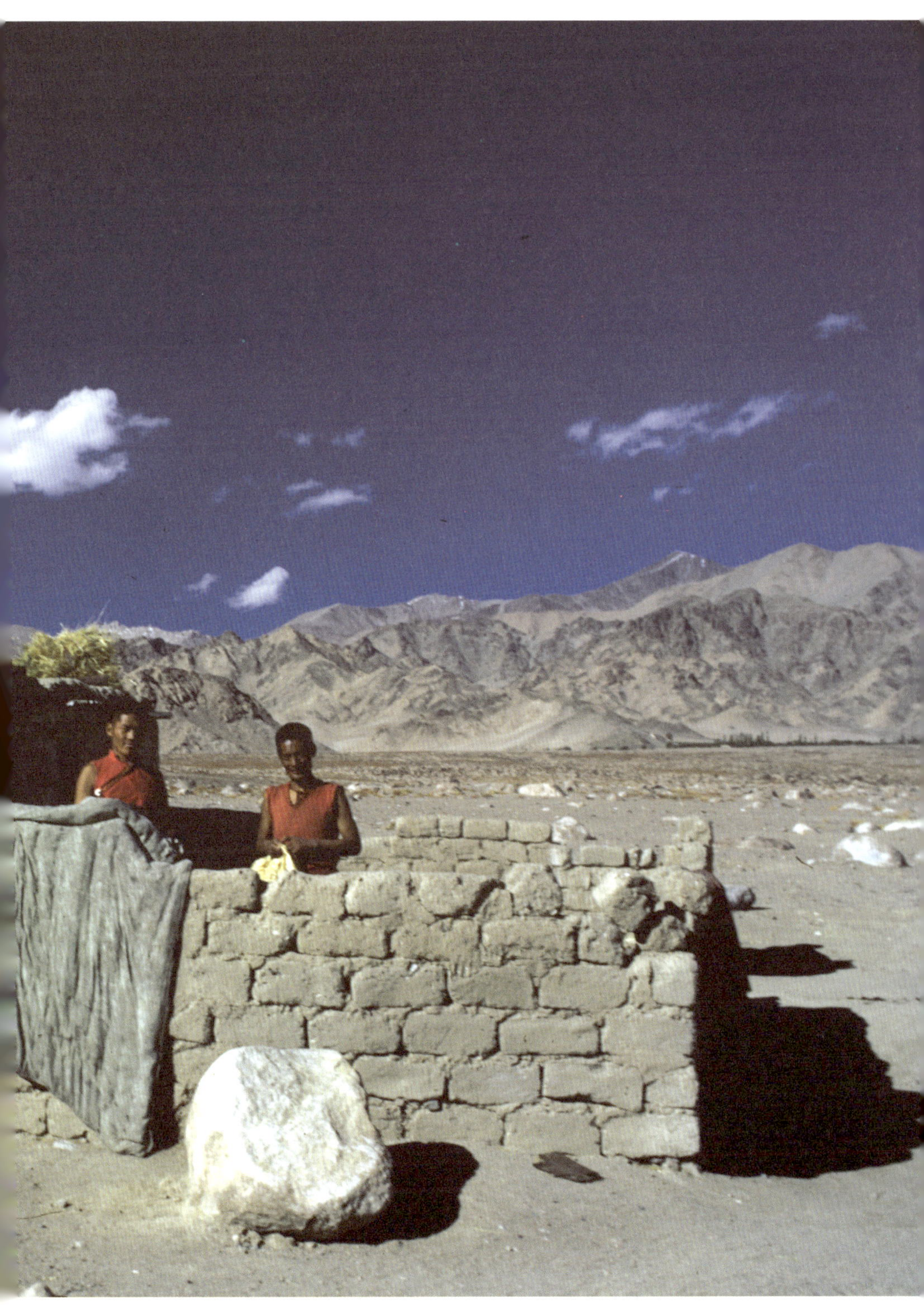

음을 건네니 어린 스님, 뒤돌아보며 웃음을 돌려준다. 가쁜 숨을 내쉬는 어린 스님, 발그레한 뺨, 반들반들한 이마. 어린 스님, 고개를 돌렸다가 이내 다시 돌아다본다.

몽골로이드 사미승, 가쁜 숨을 내쉬며 굳어진 얼굴로 잠시 눈앞의 낯선 면상을 의아하게 쳐다본다. 몽골로이드 떠돌이 여행자, 여전히 웃음 짓고 있다. 사미승, 천진난만한 그 눈에 수줍음이 스쳐 지난다. 떠돌이 여행자, 그 눈빛 앞에서 문득 열없다. 이때 몽골로이드 두 사람, 똑같이 창밖으로 시선을 돌린다.

창밖으로 흘러가는 우아한 지옥, 옹용히 두 사람의 궁한 시선을 구원한다.

먼 곳의 색채

이름을 갖지 않은 땅이 도처에 있었다. 그런 땅은 또한 이름을 필요로 하지도 않았다.

사람들에게 그 땅을 소유한다는 생각 따위는 결코 없다. 땅은 저 혼자 그곳에 막연히 펼쳐져 있었다. 사람들은 그런 생활의 소용에 닿지 않는 땅이 그곳에 있다는 것에…… 요지부동의 면적을 차지하고 있다는 것에 적의를 품지도 않았고, 또 땅이 그들의 생활에 아무것도 주지 않는다는 것에 안달하지도 않는 것 같았다. 그런 무익한 땅을 버스를 타고 지날 때, 사람들은 그저 부신 듯 눈을 가늘게 뜨고 바라볼 뿐이다.

그런 광대한 불모의 땅 저편에 언뜻언뜻 마을이 나타나기도 한다. 멀리 산양 떼가 소리도 없이 일으키는 흙먼지가 보이기도 한다. 한 마을에서 또 한 마을을 향해 그런 땅을 지나면서 침을 뱉어보아도 그것은 눈 깜빡할 사이에 흔적도 없이 말라붙어버렸다. 그러나 차바퀴 자국이나 사람 발자국이 몇 년씩 지워지지 않고 그곳에 남아 있기도 한다.

L 마을과 S 마을 사이에 펼쳐진 길이 30킬로미터 정도의 잿빛 평지도 그런 땅이다. 그리고 이곳은 그런 수많은 불모의 땅 중에서도 왠지 한층 더 황량한 느낌이 깊었다.

달 표면처럼 메마르고 풀 한 포기 나무 한 그루 자라지 않는 땅은 여기 말고도 얼마든지 있었지만, 대개 그런 땅에는 사람의 시선을 구원하는 어떤 바람직한 점경點景이 눈에 띄었다. 잿빛 땅 저편의, 그것은 희고 작은 흐름 같은 빛이었다. 불모의 땅 저편, 똑같이 잿빛으로 늘어선 바위산 높은 봉우리에 칼날로 죽죽 그어놓은 자국 같은 것이 여러 줄 보이고, 그곳에는 지난겨울의 잔설이 하얗게 흐르고 있었다. 앞서 자연이 그곳에다 솜씨를 부려놓은 것인지도 모른다.

때로는 연산連山이 서로 다가서는 골짜기나 그 골짜기가 평지를 향해 부채꼴로 펼쳐지는 사면에 초록의 작은 점경이 보이기도 했다. 그것은 그 초록의 양만큼 그곳에 사람의 생활이 깃들어 있다는 증거였다.

그러나 L 마을과 S 마을 사이의 황무지 어디에도 그런 점경은 보이지 않는다. 그렇다고 해서 다른 황무지에서 발견되는 흰색이나 녹색으로 빛나는 작은 점이 습지라고 부를 만큼 거창하다는 것은 아니다. 더구나 사람들의 모습에서 그 작은 점경을 보고 구원받으려는 기색은 찾아볼 수 없다. 기껏해야 풍경 속을 지나는 사람들의 공허한 의식 어딘가에 그 미세한 점이 관여하고 있다는 정도다.

이 두 마을 사이의 평지처럼 황량한 다른 땅에는 간혹 인간의 지혜의 산물도 눈에 띄었다. 물론 사람들이 지혜를 보여주기 위해 땅 위에 작은 창조를 행한 것은 아닐 것이다. 그러나 결과적으로 그 작은 창조물들은 인간의 지혜 혹은 신들린 인간의 지혜를 유감없이 보여주는 듯했다.

작은 창조물, 어떤 것은 탑의 형상을 하고 광대한 황무지에 난데없이 하나 혹은 두셋이 나란히 나타난다. 버스를 타거나 걸어서 그런 땅을 지나다가 멀리 하얕게 빛나는 원뿔 모양의 점이 불쑥 나타나면, 나는 그 하얀 물체가 무엇인지 알면서도 순간 하나의 잘못을 저지르곤 했다.

저곳에 사람이 있다.

저곳에, 저 먼 곳에서 사람의 영혼 셋이 나를 보고 있다.

있을 수 없는 일이었다. 그러나 순간 나는 분명히 그렇게 생각했다. 그리고 되돌아온 이성이 그것을 부정한 뒤에도, 그 일순간의 생각은 내 몸속 어디선가 지속되고 있었다.

광대한 평지 한복판에 난데없이 출현하는 하얀 원뿔 모양의 물체…… 그것은 승려의 분묘다. 천화遷化한 승려의 유골과 신변의 불구佛具 등을 묻고 돌과 점토를 오층탑 형태로 쌓은 뒤 석회가루를 두껍게 바른 것이다. 이런 것은 웬일인지 사람 사는 마을 근처에는 드물고, 이름도 없는 황량하고 광대한 사막 한복판에 외따로 서 있다. 사람은, 자갈땅을 걸어가는 사람은 멀리 하얗게 빛나는 점 혹은 그림자 같은 그것을 볼 때마다 생각한다.

영혼을 보았다.

그것은 그것을 보는 자에게 일종의 작은 안도감을 주었다. 여행의 신비를 부정해온 나 같은 사람마저 고독한 시간 속에서 문득 생각하는 것이었다.

저곳에 영혼이 하나.

이쪽을 보고 있는 게 아닐까.

생각건대 신불이나 영혼의 신비라는 것을 온전히 믿어버리는 고독한 여행 민족이, 이토록 교묘하게 꾸며진 무대 장치 속에 놓인 저 충만하게 빛나는 하얀 원뿔 모양의 물체를 어떻게 '영혼 자체'라고 믿지 않을 수 있겠는가. 그래서 평생 무명無名의 광대한 땅을 떠도는 여행 백성과…… 무명의 들판에 홀연히 나타나는 흰 점경은, 표리의 관계로 배치된 사람 형상과 그 사람 형상의 지혜가 낳은 분명한 신의 모습인 듯 여겨진다.

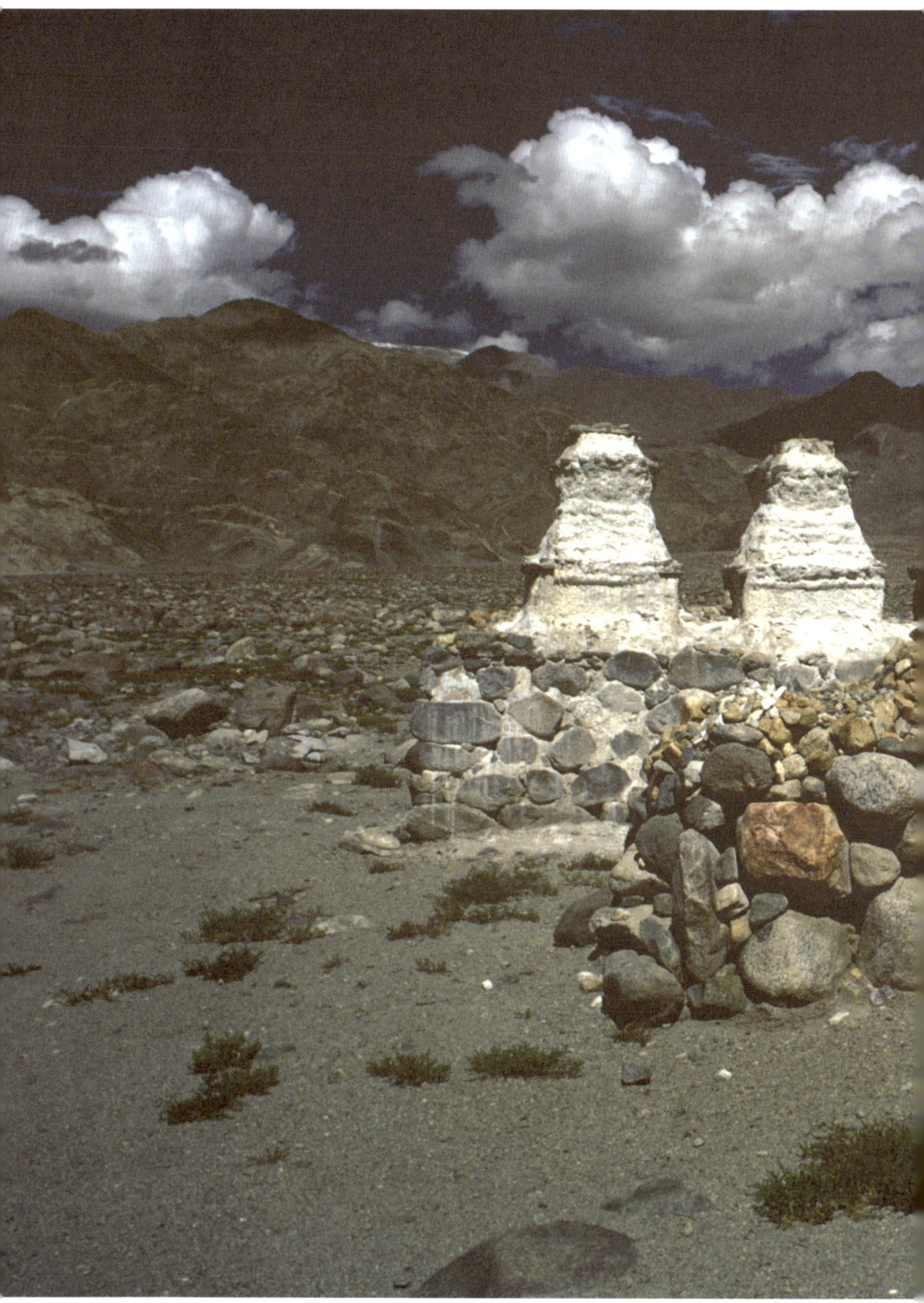

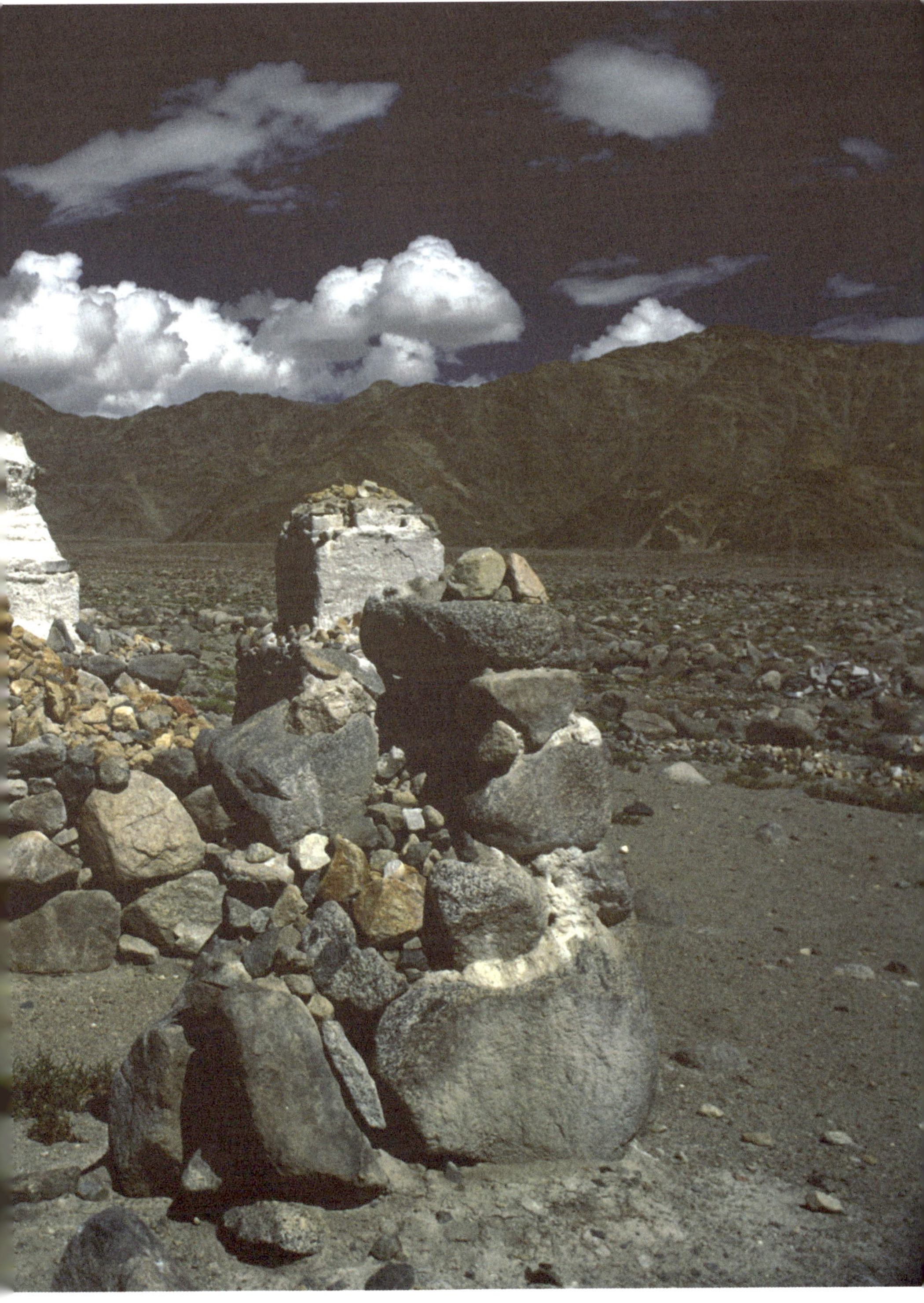

그뿐만이 아니다. 이런 점경 외에도 영혼 냄새를 풍기는 작은 인조물들은 무명의 땅 사방에서 발견된다. 때로 그것은 멀리 바위산의 깎아지른 단층 절벽 바위면에 새겨진 한 구절의 경문이었다. 때로 그것은 강바닥처럼 경직된 매끈한 평지의 한 점에 사람이 쌓아 올린 돌무지이거나 눈앞에 불쑥 나타나는 길이가 2킬로미터나 되는 길가의 석단이었다. 이 석단 위에는 경문을 새긴 수십만 개의 마니석이 있고 이것이 거의 무한한 양의 말을 사람에게 퍼붓는다.

이런 것들은 저마다 어떤 의례상의 의미를 갖고 만들어진 것이지만, 그것은 또 다른 형태로 거친 땅을 여행하는 자의 의식을 구제한다.

나 비 그 림 자

L 마을과 S 마을 사이의 자갈밭 평지는 다른 지방의 그것과 별다를 것이 없는데도 유난히 더 황량하고 공허한 느낌을 준다. 그것은 아마도 자연과 인간의 소행, 그 부드러움의 흔적이 눈에 띄지 않기 때문일 것이다. 두 마을을 잇는 승합버스의 도정道程 대부분은 이 공허한 풍경과 버스 뒤를 쫓아오는 과장스런 흙먼지뿐이었다. 차창 너머 빛을 반사하는 자갈밭 평지에 나타나는 작은 변화라고 한다면 이따금 눈에 띄는 그 역시 희부연 사암뿐이다.

이 고장 사람들은 창밖을 보지 않는다. 시선을 창밖으로 옮기더라도 자갈밭 평지나 말똥 무더기 같은 저편의 산을 보는 것이 아니라, 전혀 관계없는 생각을 하기 위해 아무것도 없는 풍경을 골랐을 뿐이다.

나는 한동안 L 마을에 볼일이 있어서 이 단조로운 자갈길을 매일 일곱 번쯤 버스를 타고 왕복했다. 차창 밖은 언제나 아무런 변화가 없었다. 똑같은 햇빛 아래 바위산은 늘 똑같은 색깔과 모양과 그늘을 보이고, 바위들은 똑같은 장소에 똑같은 모양의 그림자를 드리우고 똑같은 속도로 공허하게 창밖을 스쳐 지나갔다.

그것은 태고부터 오늘날까지 또 내일로 이어지는 무수한 날들을 향해 돌아가는, 원통 면에 그려진 그림자 그림이 반복해서 나타나는 회전등롱을 연상케 했다. 다만 회전등롱의 그림자 그림 배후에는 상상을 자극하는 뭔가가 있지만, 이 잿빛 비늘 가루를 뒤집어쓴 죽은 듯한 풍경은 그 어떤 수수께끼도 감추고 있지 않았다.

그러나 그곳에는 기묘해 보이는 어떤 한 부분이 있어서, 나는 이 주검 같은 풍경을 완전히 버릴 수가 없었다.

그것은 S 마을에서 10킬로미터쯤 못 미친 곳에 있었다. 버스 도로에서 동쪽으로 2킬로미터쯤 떨어진 완만한 잿빛 민둥산 사면에 보랏빛이 감도는 작은 흙색 부분이 보였다. 확실하게 본 것은 아니다. 어떤 때에는 아예 보이지 않았다. 그 희미한 보랏빛 얼룩 같은 반점은 내 정신에 혹은 육체에 문득 공허한 부분이 생겼을 때 허를 찌르며 나타났다. 그것은 맑게 갠 상공의 거의 허무적인 높이에서 날개를 팔락이는 보이지 않는 나비의 아련한 그림자가 뭔가의 영혼처럼 홀연히 메마른 바위틈으로 숨어드는 모습 같았다.

저 보랏빛 감도는 땅은 언제나 시야 끝에 걸려 있었다. 다른 광경을 보느라 거의 의식하지 않고 있을 때 시야 끝에 잡히며 본 것 같은 착각을 불러일으켰다. 그러나 작정하고 보려고 들면 이내 사라져버렸다. 버스 창밖으로 고개를 내밀고 열심히 쳐다보고 있으면 주위의 아우성치는 잿빛 속으로 파묻혀버렸다.

나도 모르게 점점 오기가 생겼다. 저 잿빛 사면의 보랏빛 안개 같은 것을 발견하느냐 마느냐가 이 무섭도록 지루한 작은 여행길에서 왠지 심각한 문제처럼 여겨지기 시작했다. 나는 기다리게 되었다. L 마을에서 출발한 정기 버스가 접합부 여기저기에서 요란한 소음을 내며 산소 부족 상태의 고지를 느릿느릿 사십오

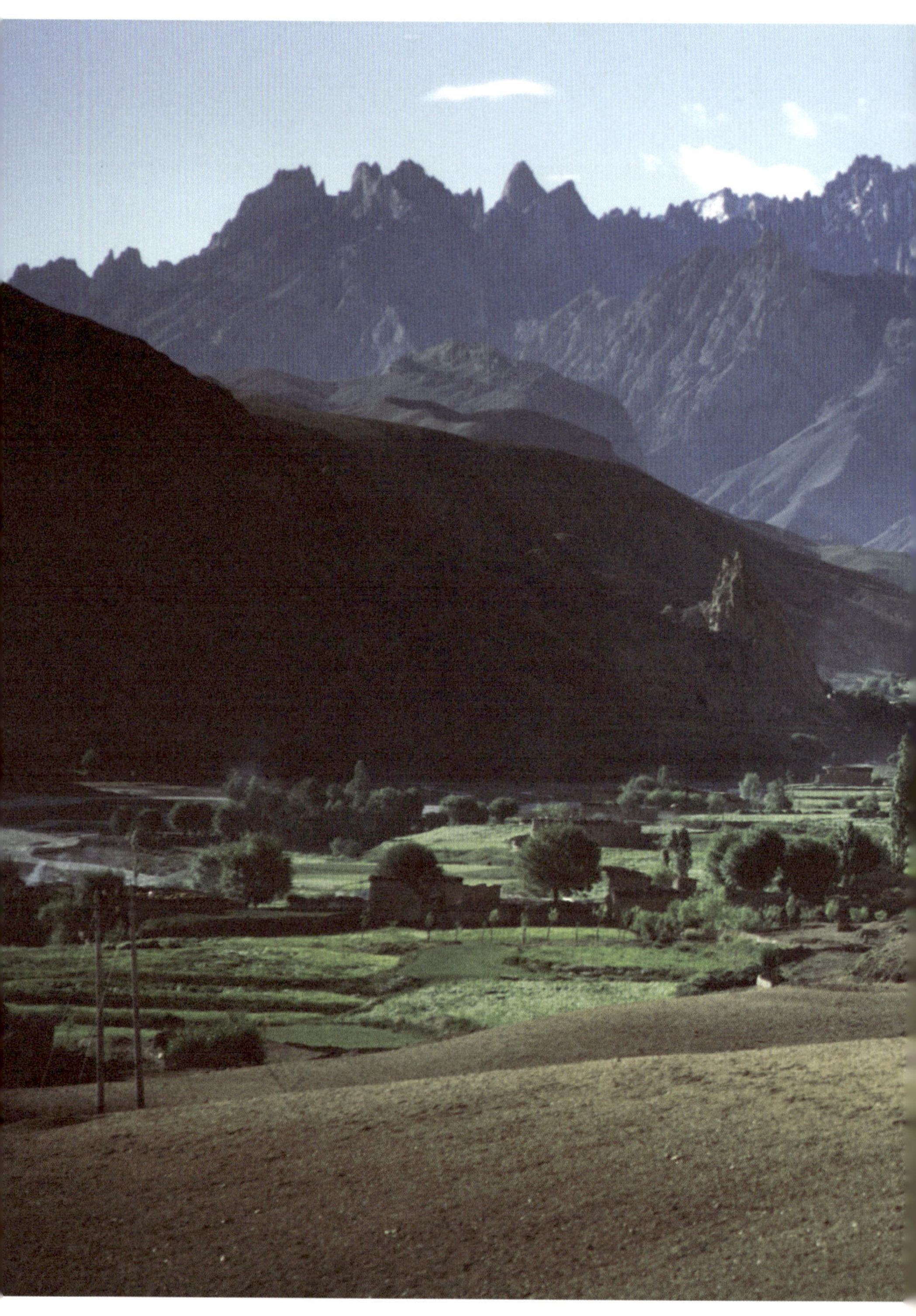

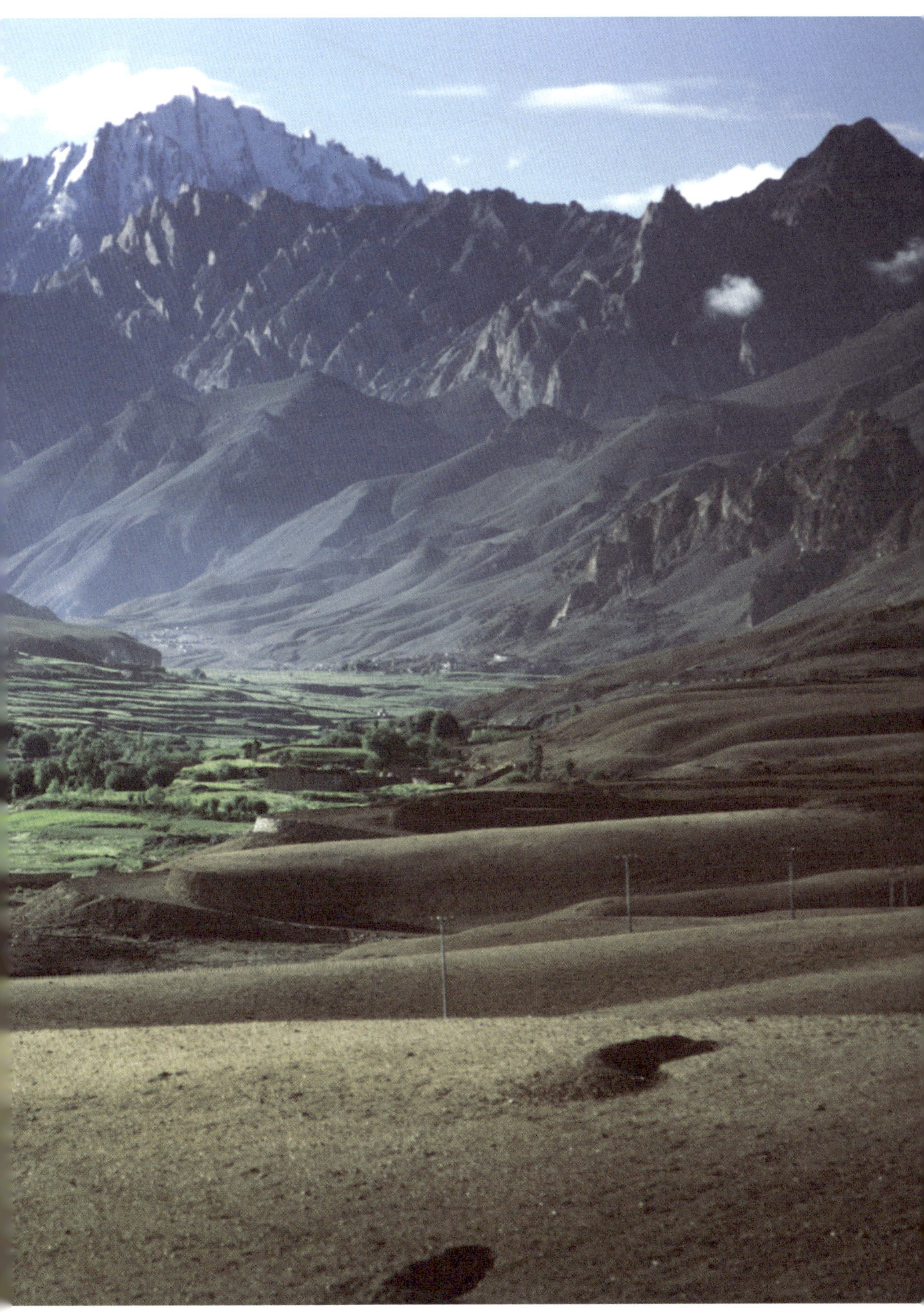

분쯤 달렸을 때, 동쪽으로 한층 더 험하게 솟아오른 바위산이 나타난다. 그 바위산의 세 봉우리 중 가장 낮은 봉우리를 수직으로 내려온 곳에, 주먹을 쥐었을 때 올톡볼톡하게 튀어나온 부분처럼 보이는 곳이 있다. 그 아래쪽의 완만한 잿빛 사면에 부채꼴로 펼쳐진 비탈이 몇 군데 보인다. 그중 S 마을에 가장 가까운 비탈을 훑어 내려가면 그 끝자락에 암석이 흩어진 완만한 사면이 나온다. 저 보랏빛 반점 같은 것이 언뜻언뜻 보이는 곳은 그 암석 사면 밑, 한층 더 경사가 낮은 잿빛 평지 한 귀퉁이였다.

나는 매일 버스가 그 장소로 접어들 때면 일부러 잠이 덜 깬 듯이 무덤덤한 시선으로 그곳을 바라보았다. 혹은 다른 바위산 자락을 바라보는 척하면서 시야 한편에 그것이 나타나기를 기대하며 슬쩍슬쩍 그쪽을 훔쳐보았다. 일부러 정신적인 공백을 만든다는 것은 여간 어려운 일이 아니었다. 잠이 덜 깬 듯한 시선을 연출하려고 하면 왠지 정신이 더 말짱해지고 흥분되는 것이었다.

명상을 통해 쉽게 무심無心에 이를 만큼 수행을 쌓은 사람이라면 일도 아니게 자신을 속여 넘길 수 있을 테고 저런 영문 모를 보랏빛 반점쯤이야 보고 싶을 때 언제든지 볼 수 있을 거라는 생각도 들었다. 이런 심신의 진을 빼는 작업을 계속하다가, 아무래도 내가 헛것을 본 모양이라고 억지로 자신을 납득시켰을 즈음, 그것은 보였다.

그런데 저건 도대체 뭐란 말인가.

그런 생각이 들기 시작했다. 결국 보았다고 해서 문제가 해결되는 것은 아니었다. 여기서 흐지부지 접을 생각은 없었다. 나는 성격적으로, 몽환처럼 보이는 것에 대해 몽환은 몽환으로 충분하다고 신앙의 깃발을 들 수가 없다.

성격이 이렇다 보니, 이 대륙의 신들을 섬기는 사람들과 과거에 여러 번 반목한 경험도 있다. 하늘에서 마흔여덟 개의 조각으로 떨어져 내린 별의 신의 하나로, 눈알만으로 살아가는 '사티의 눈알의 배꼽'이라는 이름을 가진 불가해하고 불그죽죽한 신이 있는데, 한번은 얼굴에 시뻘건 진흙 물감을 칠한 덩치 큰 그 신전의 관리인 남자가 "'사티의 눈알의 배꼽'을 믿어! 단 한 시간이라도 좋으니 믿어!" 하고 강도처럼 서슬이 퍼래서 우격다짐으로 나를 끌고 간 적이 있다. 나는 단 한 시간이라도 영문을 알 수 없는 신을 신앙하는 것이 싫어서 그 깡패 같은 남자에게 죽어라 저항했다. 요컨대 이런 일은 사람 사는 동네 한구석에서 일어나는 눈에 띄지 않는 사소한 종교 전쟁 같은 것인데, 눈앞에 저항할 상대가 없더라도 사람들은 언제나 스스로 그런 종교 갈등에 말려들게 된다.

저 보였다 말았다 하는 보랏빛 도는 갈색 반점을 자신의 신으로 만들지 아니면 그것을 단지 하나의 사물로 여기고 그 실체를 확인하기 위해 고독한 세계 탐험을 계속할지 그 갈림길에서, 나는 언제나 내가 선택하는 방법을 이번에도 선택하고 싶었다.

역시 저 아련한 반점에 한 걸음 더 다가가서 그것을 해명할 수밖에 없었던 것이다.

지층 색깔이 달라서 생긴 반점은 아니라고 생각했다. 단층 절벽을 이루는 다양한 지층들은 모두 띠 형태를 나타내므로 지층 변화로 인한 반점이라고 보기는 어려웠다.

하늘에 떠다니는 작은 조각구름이 지상에 그림자를 드리울 때, 그 토양이 불그스름하다면 구름 그림자에 하늘의 파란색이 섞여 저런 보랏빛 도는 아련한 반점을 만들어낼 수도 있다. 처음에 나는 그런 것이 아닐까 하고 하늘을 올려다보았다. 그러나 하늘에는 그림자를 드리울 만한 조각구름이 보이지 않았고, 내가 S 마을로 가는 시간에 늘 그 부분에만 구름 그림자가 생긴다는 것도 이상한 이야기다.

이 나라에 전해 내려오는 신들린 홍수 전설도 생각해보았다. 그것은 태고에는 이 땅이 바다였고 그 안에 섬이 하나 있어서, 하늘에서 남녀 신이 섬 꼭대기로

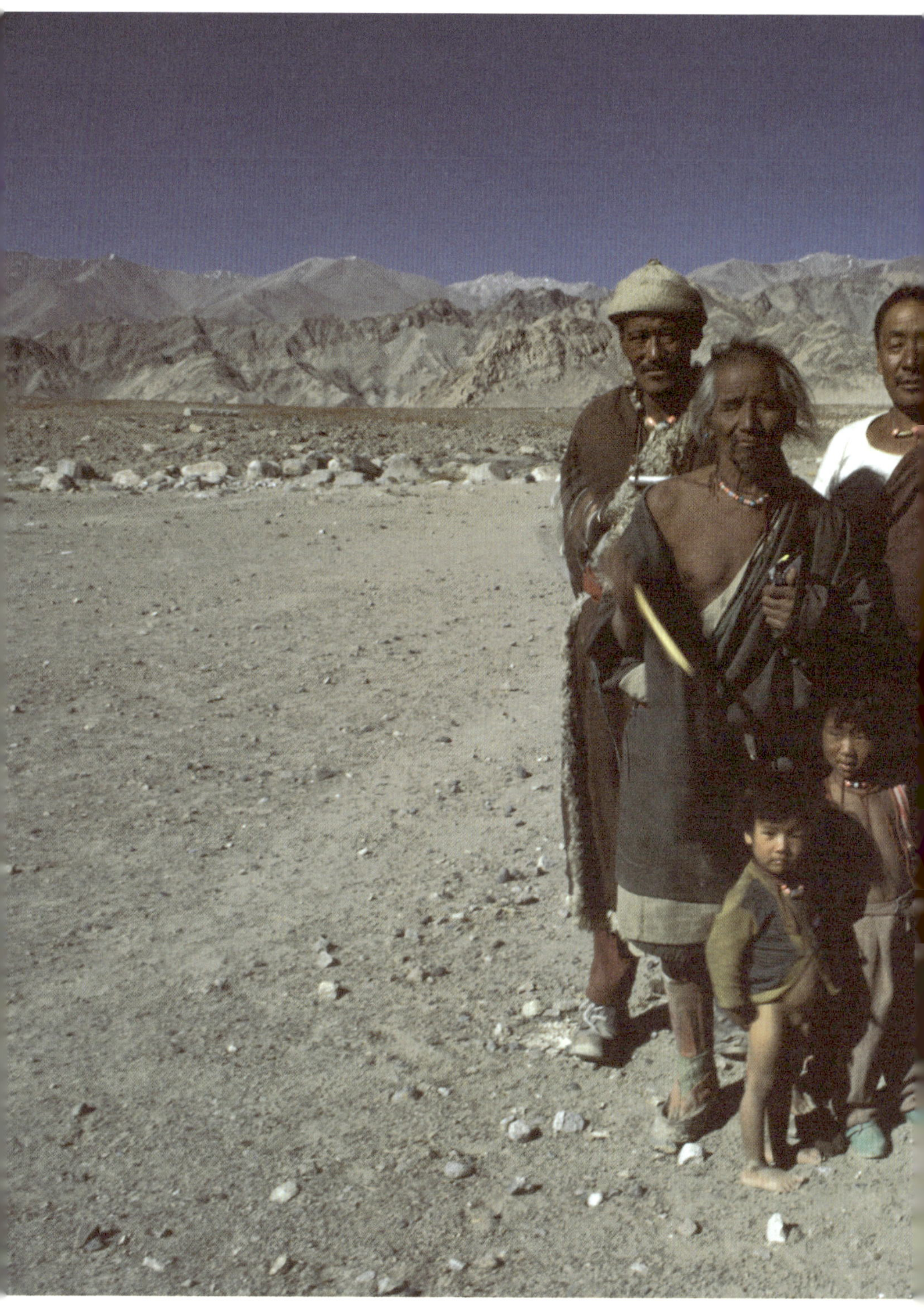

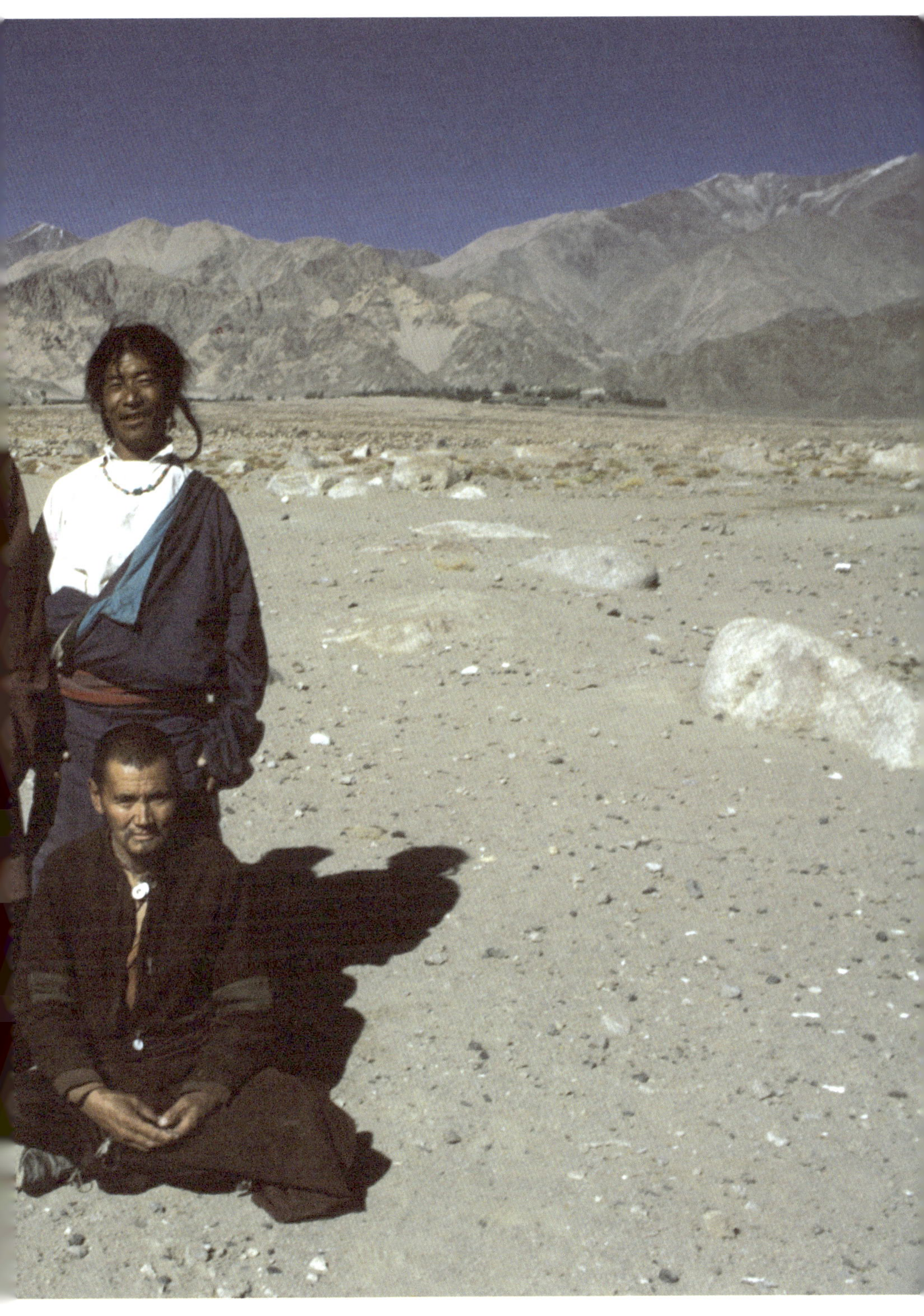

내려와 바닷물을 물러나게 한 후 인간 세계를 열었다는 이야기다. 분명 이 신화 속에는 사실이 담겨 있다. 요컨대 오천만 년 전에 이 땅이 해양이었다는 것은 최근 과학에 의해서도 뒷받침되고 있는 사실이다. 이 땅에 초목이 자라지 않는 것은 극도로 건조한 기후 탓도 있지만 토양에 염분이 포함되어 있기 때문이기도 하다.

그래서 나는 이렇게 생각했다. 태고의 바다에서 발생한 지의류地衣類가 그 부분에만 살아남아 있거나 아니면 남조류藍藻類나 다른 하등 동식물의 화석이 그 지점에 드러나 있는 것은 아닐까 하고.

나는 병일지도 모른다는 생각도 했다. 몇 년 전에 읽은 대단히 의미 있어 보이면서도 애매한, 보라색에 관한 도상圖像심리학 책을 떠올린 것이다.

유아기 혹은 유아적 성격을 가진 사람이 그린 그림 속에 보라색 부분이 나타날 경우, 화면의 어느 위치에 그 보라색이 놓이는지 살펴봄으로써 그 사람의 정신이나 육체의 부분적 증례症例에 대해 언급할 수 있다는 내용이었다. 가령 이성에 대한 굴절된 의식으로 인해 병증이 겉으로 드러난 경우, 황금분할 직사각형을 세로 변을 길게 놓고 그 면을 직선으로 가로 세로 사등분했을 때 그림을 그린 사람을 향해 왼쪽 아래 사각형의 중심부에서 약간 북동으로 치우진 위치에 보라색이 나타나는 경우가 많다……는 것이다.

그런 내용을 떠올리며 나는 좀 바보 같은 생각도 했다. 즉 L 마을에서 S 마을에 이르는 광대한 자갈밭 평지를 내 정신적 혹은 육체적 조건을 투영하는 한 폭의 화면으로 간주하고, 저 보랏빛 도는 아련한 반점이 S 마을에 10킬로미터 못 미쳐, 차도로부터 2킬로미터 동쪽의 혹처럼 생긴 돌출부 밑에 나타난다는 것은 도대체 무슨 의미냐는 것이다.

그러나 아무리 생각해도 답을 얻을 수가 없다. 가로 세로 비율이 1 대 1.618인 직사각형이라는 미치광이 같은 인간의 규정이 이 히말라야 끝자락, 오천만 년 동안이나 인간의 척도를 무시해온 망막한 부정형의 평면에 들어맞을 리가 없다.

이런저런 망상에 빠져 있다가 나는 지극히 유력한 어떤 생각을 갖기에 이르렀다.

저곳에 가보자.

따지고 보면 실로 어이없는 일이다. 두 다리와 두 눈만 있으면 해결되는 문제였다. 다만 그런 단순한 생각이 좀처럼 떠오르지 않았던 것은 그 죽은 듯한 평지가 그곳을 걸어보고 싶다는 사람의 자연스런 감정을 완강히 거부하고 있었기 때문이다. 단순히 황량한 땅을 걸어보고 싶다는 감정은 누구에게나 있다. 그러나 그 황량함에는 사람 냄새가 난다. 이 땅은 그런 황량함을 넘어 보고 있어도 아무런 감흥을 불러일으키지 않는다. 비극적이지도 않고 희극적이지도 않다. 신들려 있지도 않고 공상과학 같지도 않다. 고독하다는 감정도 솟아나지 않는다. 시적이지도 않고 드라마틱하지도 않다. 하나의 분명한 죽음 같다…… 그러나 죽음처럼 생명에 관여하고 있지도 않다. 그런 장소를 걸어보고 싶다는 생각을 하는 사람은 아무도 없다…….

꿀

버스는 가버렸다. 깨진 종소리 같은 소음은 버스가 멀어지고도 제법 오랫동안 귓가를 맴돌았다. 마지막으로 작은 곤충의 날갯짓 소리 같은 흐리멍덩한 소리의 너울이 바퀴 자국 저편에서 들리다가 뚝 끊어졌을 때, 활 모양으로 휜 거대한 잿빛 자갈밭 지대에는 소리의 진공 상태가 있었다.

처연한 정적이 발치에서 전해졌다. 거대한 진공의 물체가 양쪽 귀를 틀어막은 듯 이명이 머릿속 공동을 내달리고 있었다.

“이곳에서 내려줘요.”

그렇게 말했을 때 버스 승객들과 운전수는 미심쩍은 표정을 지었다.

“어디 가는 거요?”

“당신들, 저기 약간 보랏빛 나는 작은 원이 보입니까?”

자동차 엔진이 꺼지고 모두들 내가 가리키는 방향을 주시했다.

“나는 저곳에 잠시 들렀다가 S 마을로 걸어가겠어요. 누구, 저기 보랏빛 나는 지면이 보이는 사람 있어요?”

내 말에 익살맞아 보이는 남자 하나가 “보여요” 하고 대답했다. 그 남자의 동행인 배가 상당히 부른 여자는 그쪽을 제대로 보지도 않고 맞장구를 쳤다. 그러자 호색한 같은 남자 서넛이 넉살좋게 나서며 감탄한 듯이 “보여요, 보여” 하고 수선을 떨었다. 내 눈에는 보이지 않았다. 내 옆의 남자는 그런 건 아무래도 좋다는 얼굴이었다. 공무원처럼 보이는 남자 둘과 운전수 견습생은 “안 보이는데요” 하고 딱 잘라 말했다. 그러나 정령 신앙의 원조, 티베트 본교(불교 전래 이전부터 티베트인이 믿던 민족 종교―옮긴이)의 후예인 사람들은 그래도 내 손가락 끝에 비상한 관심을 나타냈다.

나는 잿빛 평지에 혼자 내렸다. 다시 버스 엔진 소리가 나고, 사람들은 차 안에서 말없이 무표정하게 나를 보고 있었다. 사람들의 시선이 흙먼지 속으로 사라지고 버스 그림자도 바퀴 자국 저편으로 사라졌을 때, 밀려드는 정적 속에서 나는 갑자기 사람들의 얼굴이 그리워졌다.

이런 곳에서 내리는 게 아니었어.

차에서 내려 키 높이에서 바라보는 평지는 무섭도록 귀찮은 넓이를 갖고 있었다. 사물의 척도에 대한 오산이 있었다. 버스길에서 100미터쯤 떨어진 한 아름쯤 되는 바위라고 여겼던 것은 400미터쯤 떨어진 곳에 있는 내 키보다 큰 바위였다. 수평의 평지로 보였던 곳도 살짝 경사지며 동쪽 민둥산 자락 사면으로 이

어지고 있었다. 내 몸이 너무나도 작게 느껴졌다. 저 멀리 주먹처럼 올톡볼톡 튀어나와 보이던 부분은 독립된 산악처럼 거대하게 솟아 있었다.

평지에는 온통 자잘한 바위 조각들이 흩어져 있거나 박혀 있고, 그것이 지면의 기조를 이루고 있었다. 지면도 바위 조각들도 수천 년 전부터 저마다의 장소에 흩어져 있고, 박혀 있고, 그리고 응고된 채 진공 속에 봉해져서 겨울에는 그대로 얼어붙고 여름에는 하늘을 가로지르는 규칙적인 180도 광열의 궤적에 달궈지며 붙박여 무한의 나날을 보내면서 시간의 세계에서 소외된 것처럼 보였다.

둔한 빛을 발하는 회갈색 땅에 3분 1쯤 파묻힌, 미트볼이 화석이 된 듯한 표면이 꺼슬꺼슬한 돌. 우주의 타원 운동률에 따라 표면이 깎여 나간 지극히 몰개성한 그 돌은 인간 세계의 형상을 풍기지 않는, 그저 차갑기만 한 타원형이었다. 그리고 그 돌은 장대한 세월, 미동조차 하지 않았던 듯 대지에 박혀 있었다.

가죽 신발 끝으로 찍어보았다.

돌의 표피가 맥없이 벗겨졌다. 달걀 껍질이 벗겨지듯이 연회색 표피가 떨어져 나가면서 선명한 다갈색 상처가 생겼다. 다시 한 번 신발로 찍자 돌이 들뜨면서 주변의 땅이 살짝 파였다. 다리를 휘저어 돌을 찼다. 돌은 땅에서 튀어나와 데굴데굴 50센티미터쯤 굴러가더니 메마른 소리를 내며 멈췄다. 돌이 빠져나가 동그랗게 파인 자국이 신선해 보였다. 돌을 주워서 던졌다. 어깨가 아팠다. 거대한 분지 같은 공간에서 돌은 무력한 포물선을 그리며 큰 바위 밑에 떨어졌다. 또다시 수천 년 동안, 돌은 저 바위 밑에 정지할 것이다. 그것을 확인하러 갈 생각은 하지 않았다.

공기가 희박해 빠른 걸음으로 삼 분만 걸으면 심장이 쿵쾅쿵쾅 호들갑스럽게 뛰었다. 목구멍에서 쉭쉭 바람 새는 소리가 났다.

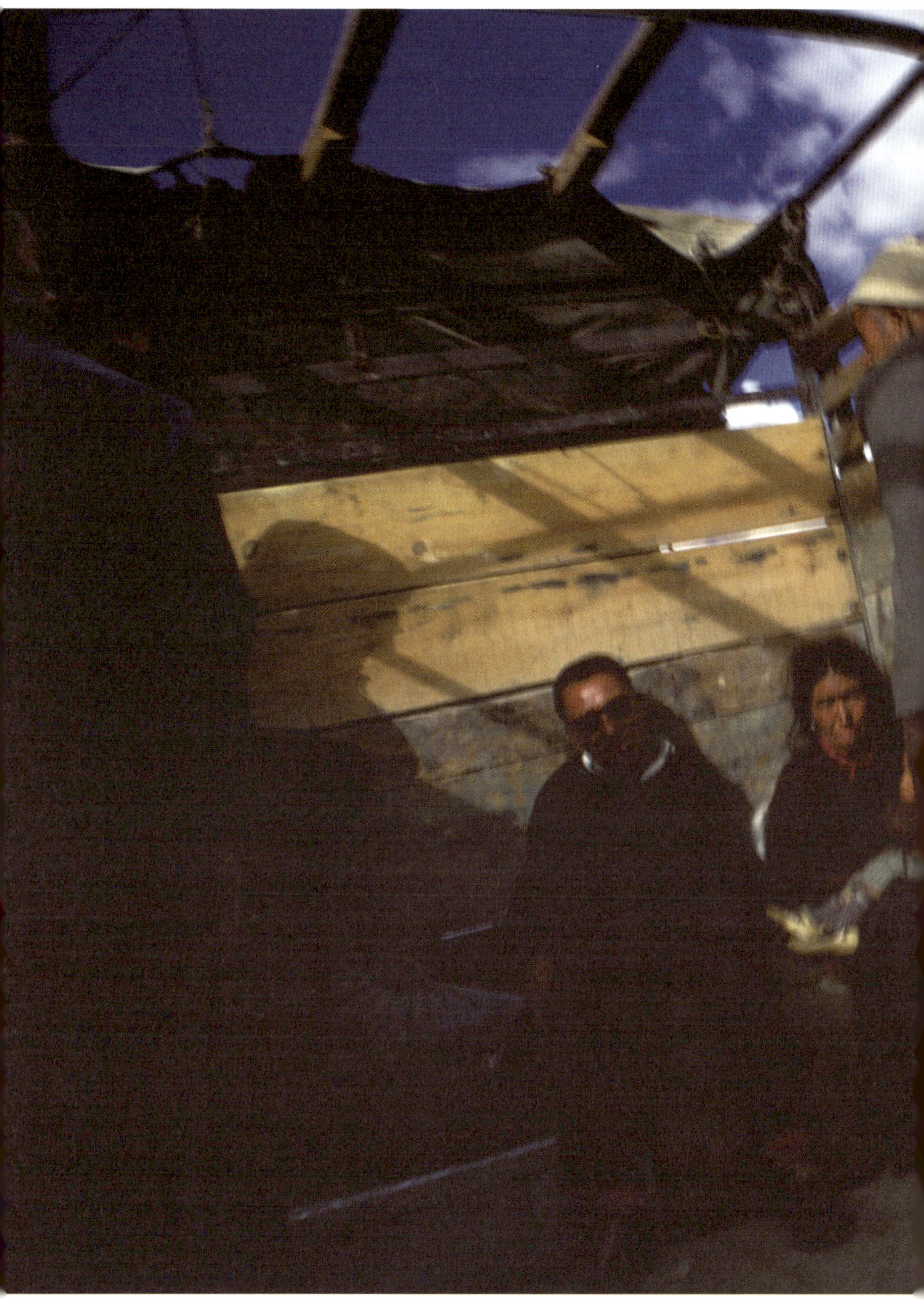

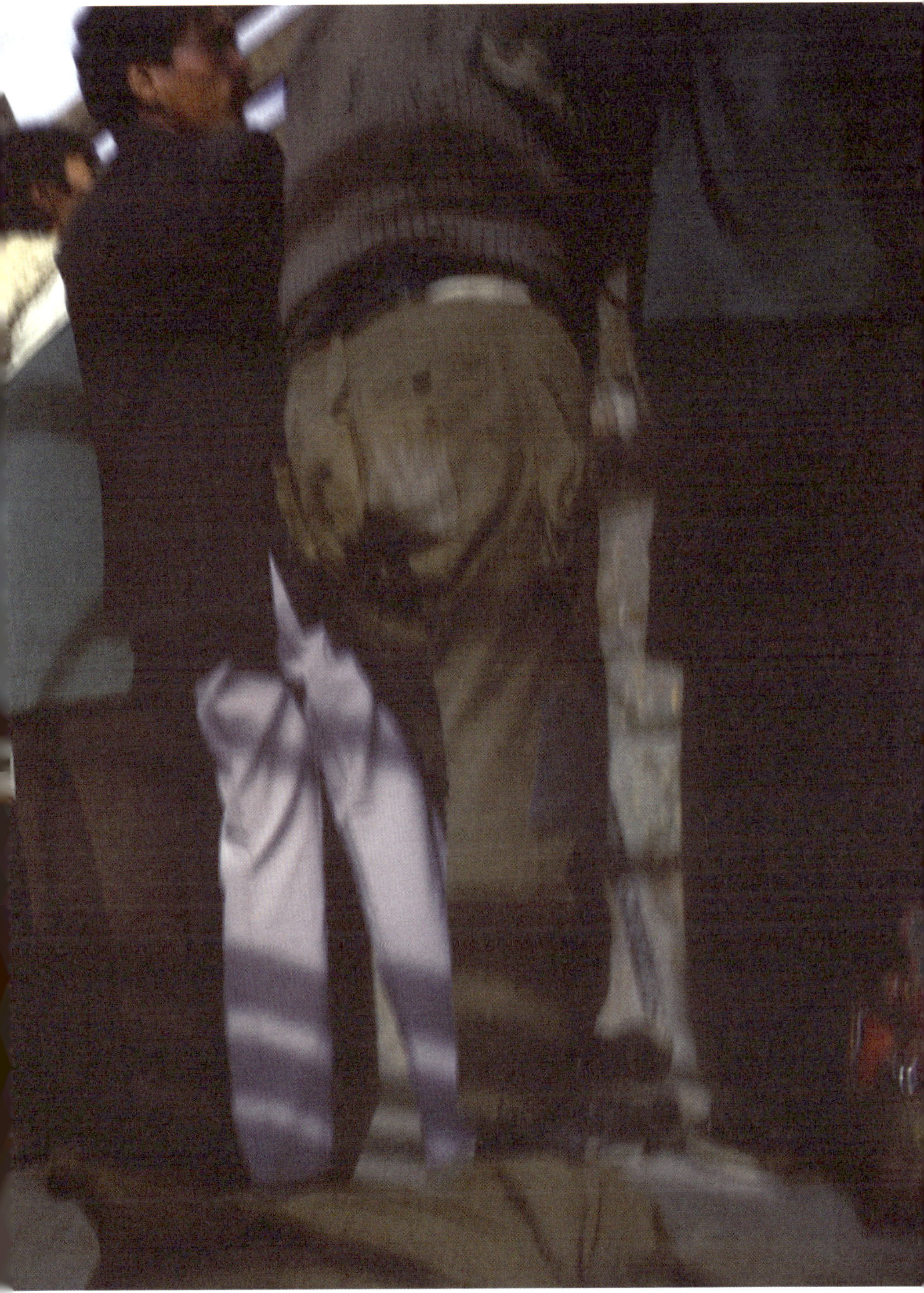

신체 여기저기가 소리를 내지르는 것치고는 자신의 존재감이 희박했다.

근 두 시간을 완만한 사면을 무감동하게 걸었다. 주먹처럼 올록볼록 튀어나와 보이던 부분이 다가갈수록 모습을 바꾸어 거대한 산악의 단면처럼 보였을 때, 그 아래쪽 사면에서 나는 하나의 조짐을 보고 있었다.

흙색이 감도는 불가사의한 보랏빛이 수백 미터 전방의 사면 일대에 안개처럼 부유하고 있었다. 그것은 이미 반점이 아니라 상당히 광범하게 퍼져 있는, 경계가 모호한 부정형의 면이 되어 있었다.

사면을 기듯이 나아갔다.

사면에는 완만한 구릉이 이어지고 있어서, 구릉 바닥으로 내려갈 때마다 보랏빛 일대는 시계에서 사라졌다. 그리고 구릉 꼭대기로 올라서면 보랏빛 일대가 한층 더 명확한 모습으로 성큼 다가와 있었다. 흙은 거의 사라지고, 지면은 얄쯕한 돌 조각들로 뒤덮여 있었다. 걸을 때마다 돌 조각이 메마른 금속성의 소리를 냈다. 돌 밟히는 소리에 내 맥박 소리는 지워지고, 왼쪽 흉부를 옥죄는 듯한 빠른 진동만이 전해졌다.

보랏빛 일대로 접어들기 전 마지막 완만한 구릉을 앞두고 바위에 걸터앉아 휴식을 취했다. 돌 밟는 소리가 사라지자 주변은 정적에 휩싸였다. 정적 속에서 심장만 미친 듯 뛰고 있었다. 바싹 마른 목구멍으로 희박한 찬 공기가 쏟아져 들어오는 소리가 멀리서 나는 소리처럼 아득했다.

그때, 나는 숨을 고르고 있다가 내뻗은 발치에서 믿기 어려운 것을 보았다.

바위 사이에서 낭창낭창한 줄기 하나가 위로 뻗어 있었다. 본줄기에서 방사상으로 네 개의 잔줄기가 활처럼 뻗어 있었다. 팔꿈치를 세운 갓난아기의 키 높이만 한……

분명 그것은 식물이었다. 가라앉기 시작하던 심장 고동이, 호흡 소리가 순간 귓가에서 멀어지고, 이끌려들 것 같은 정적이 그 식물 주위를 감돌았다.

활 모양으로 뻗은 잔줄기 밑동에 눈에 잘 띄지 않는 자소 풀잎처럼 생긴 회녹색 잎이 돋아 있고, 그것은 가늘게 떨리고 있는 것처럼 보였다. 잎사귀는 전면에 잎맥 수만큼 자잘한 주름이 잡혀 오글쪼글하고, 그것은 사람의 피부가 수분 증발을 막기 위해 위축되어 있는 모습과 비슷했다.

꽃이 보였다.

꽃 색깔은…… 줄곧 나를 고민에 빠뜨렸던, 저 보였다 말았다 하던 흙색을 띤 아련한 보랏빛 반점, 그것을 계시하고 있었다.

그곳에 계시된 그 작고 아련한 보랏빛 종 모양의 꽃은, 일찍이 불모의 자갈밭 지대를 달리는 버스의 승객이 되었을 때부터 내 머릿속을 떠나지 않던 그것이 아니라 마치 아득한 과거, 나라는 하나의 생명이 생겨날 무렵에 이미 가죽과 살의 텅 빈 틈새기에 주입된 저항하기 힘든 어떤 의지 같았다.

그리고 죽음이라는 것이 한 사람의 심신을 사로잡는 찰나, 그 사람의 의식이 자신의 과거의 한 점으로 집중되듯이…… 나는 내 ‘동네’에서 영겁만큼 떨어진 이 이름 모를 조간산 기슭 들판을 덮은 보랏빛 종 모양의 꽃을 보면서, 아직 세계의 형상이 만들어지기 전, 의미가 벗겨져 나간 어떤 옅은 색채의, 내 과거의 한 순간을 보았다.

꽃은 희미하게 흔들리고 있었다.

깎아지른 무색의 바위산 사면을 거스르며 그 배후로 가라앉는 깊고 거침없는 푸른 하늘에서 불어 내려온 얼음처럼 차고 희박한 미풍이 있었다.

꽃은 바람에 흔들리고 있었다.

꽃의 이름.

도라지꽃처럼 보이지만 도라지꽃이 아니다.

꽃에는 하나의 세밀한 세계가 있었다. 검지 끝마디만 한 종 모양의 꽃송이에는 여덟 장의 꽃잎이 돋아 있고, 꽃잎 끝은 자잘하게 갈라져 바깥쪽으로 한껏 벌어져 있다.

작은 엉겅퀴꽃처럼도 보이지만 엉겅퀴꽃이 아니다.

도라지꽃의 보랏빛보다는 흙색에 가깝지만 깃털 같은 경쾌함이 있다. 자세히 보니 꽃잎에는 푸르스름한 부분이 있었다. 바탕색이 아주 옅은 청보랏빛이었던 것이다. 경쾌해 보이는 것은 그 옅은 청보랏빛 바탕 때문이고, 흙색 도는 보랏빛으로 보이는 것은 자잘한 뉘 모양의 진한 흙색 섞인 보랏빛 반점 때문이었다.

꽃은 한 송이가 아니었다. 줄기 밑동에 돋은 잎사귀 위로 3~4센티미터 간격을 두고 계단상으로 줄기 끝까지 꽃이 달려 있었다. 두 송이씩 마주 보고 달렸는데, 꽃자루가 짧아 작은 새가 홀레하는 모습 비슷했다.

나는 줄기 끝에 핀 그 연한 흙보랏빛의 작은 꽃에 코를 가져갔다.

순간 농축된 꿀 냄새가 풍겨왔다…….

마지막 바위 구릉 너머로 펼쳐진 완만한 사면 일대에 꽃은 무리 지어 피어 있었다.

꽃 무리의 경계는 보이지 않았다.

강가의 자갈 밟는 소리를 내며 걸어가는 내 다리에 이따금 보랏빛 꽃의 활처럼 뻗은 가느다란 줄기가 닿아 떨렸다.

꽃들은 하계의 탐욕스런 식물처럼 서로 싸우는 듯한 밀도를 갖지 않고, 일종의 민꽃식물처럼 잿빛 돌 틈에 드문드문 돋아 있었다.

그 드문드문 피어 있는 꽃들은 관능적이지 않고 실재감이 희박했다. 꽃들은 가까이 다가가 한 송이 한 송이 살피기 전에는 홀씨주머니를 매단 지의류처럼 보였다.

간혹 상공에서 산비탈을 타고 내려온 차가운 기류가 완만하고 광대한 평지를 흘렀다. 그때 안개 같은 꽃은 소리도 없이 바람이 부는 대로 순하게 나부꼈다.

꽃이 흔들리고…… 꽃 그림자도 흔들렸다.

예리한 모서리를 가진 회청색 돌들이 보랏빛 꽃의 30센티미터 아래 지면에 차갑게 밀집해 있었다. 단단한 돌 그림자는 뚜렷이 움직이지 않았다. 차고 단단한 돌 그림자 옆에서 꽃 그림자가 하늘거리고 있었다.

경사가 급해지면서 돌들과 꽃 무리의 색채는 서서히 옅어졌다. 돌의 차가운 잿빛과 꽃의 보랏빛은 점차 녹아들고, 이윽고 옅은 잿빛 도는 보랏빛 안개처럼 저편의 둥글게 떨어지는 산비탈로 사라졌다. 꽃의 색채가 사라진 곳에서 크고 거친 바위들이 불거진 가파른 산비탈이 시작되고, 멀리서 주먹처럼 올톡볼톡해 보이던 초록빛을 띤 잿빛 돌출부로 이어지고 있었다. 오른편에 거의 수직으로 우뚝 선 그 돌출부는 곳곳에 깊은 골짜기를 새기며 절벽을 이루고 있었다. 그 뒤로는 거대한 공간을 사이에 두고 깎아지른 암벽의 산악이 하늘을 찌를 듯이 솟아올라 시선을 위압하고 있었다.

이 빠진 칼날처럼 예리한 산악의 능선에 잇닿아 금속성의 차가움을 지닌 깊고 푸른 하늘이 펼쳐져 있었다. 그 푸른빛은 시선이 그것을 잡으려 할수록 멀어졌다. 시선이 뻗어 나가 닿기도 전에 빛의 속도로 멀어졌다. 시선은 상공의 바닥 모를 심연 속으로 홀린 듯이 빠져들고 있었다.

내 발은 또다시 꽃들에게로 돌아가 있었다. 꿈인지…… 생시인지…… 드문드문 피어 있는 꽃들 사이를 나는 천천히 걸었다. 바지 자락이 꽃을 건드릴 때마다 희미한 꿀 냄새가 풍겼다. 그것은 시선을 빨아들이는 상공의 깊은 푸른빛에서 나는 냄새 같았다.

그때 돌 밟는 소리에 섞여 돌멩이를 비비는 듯한 규칙적인 소리가 발치에서 단속적으로 들려왔다.

보랏빛 꽃의 방사상으로 뻗은 잔줄기…… 그 밑동의 잎사귀 그늘에 또 다른

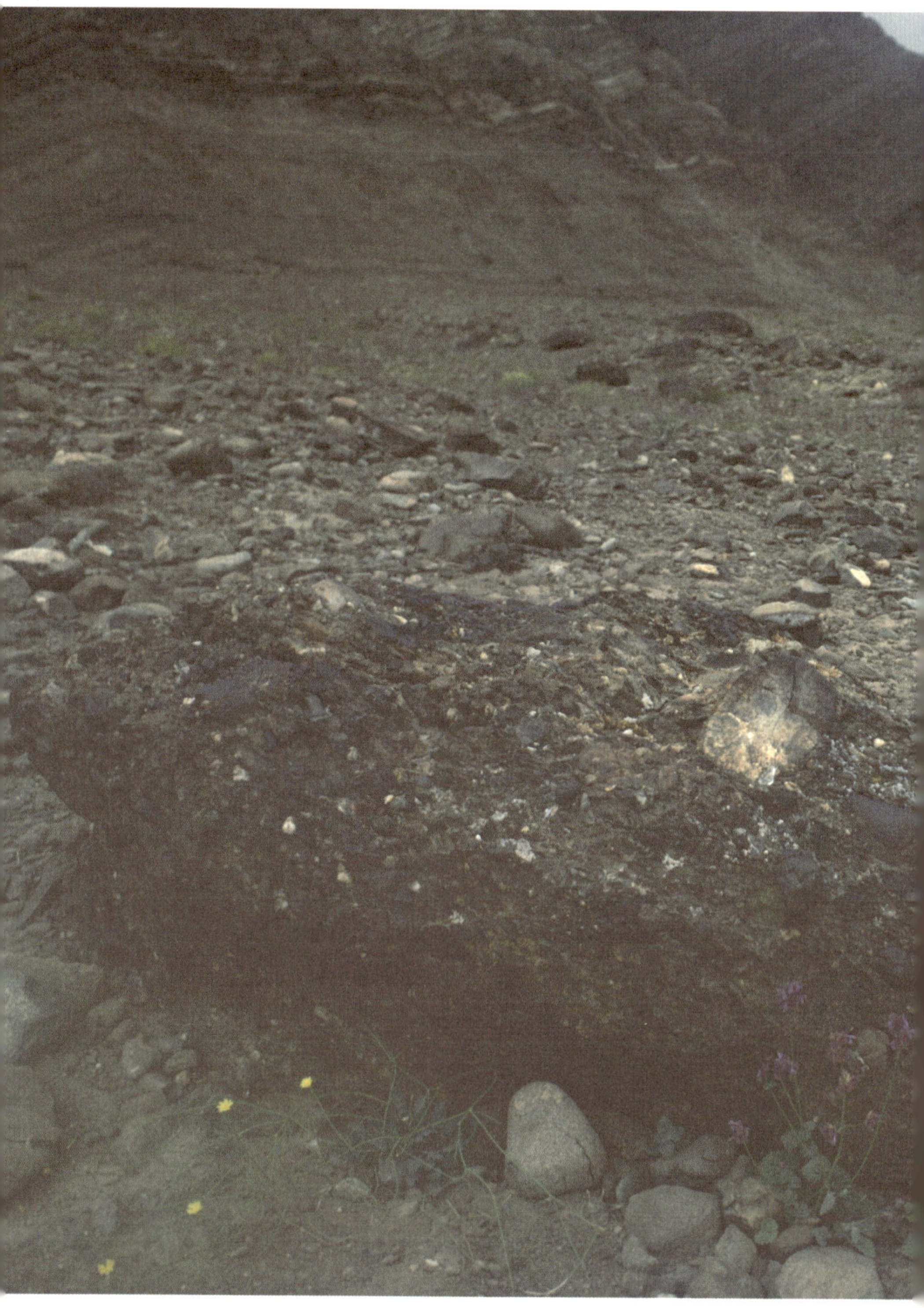

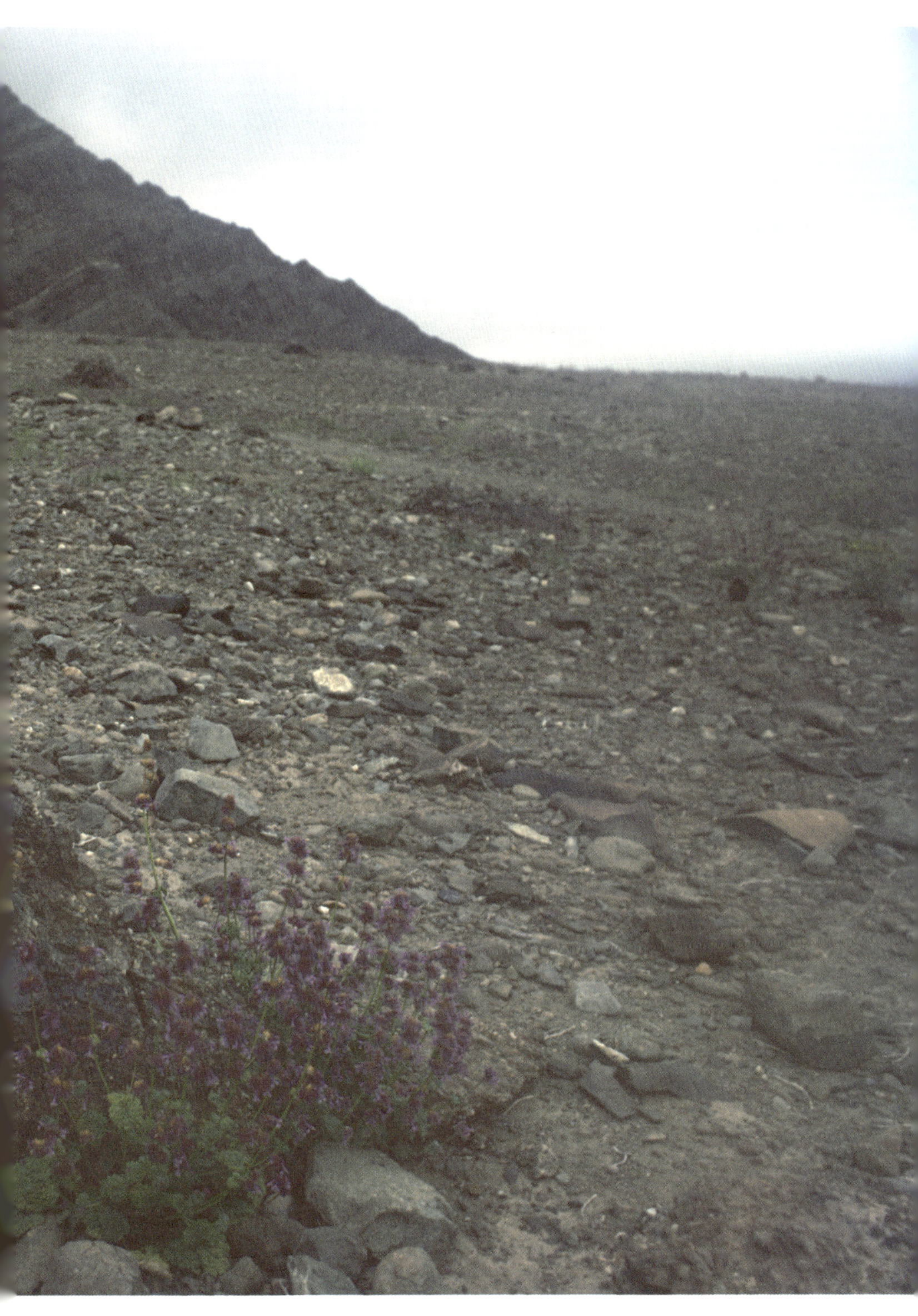

생명이 있었다.

그것은 잿빛 돌 위에서 울고 있었다.

몸길이가 새끼손가락 끝마디만 한 그 곤충은 몸빛이 돌과 같은 색깔이었다.

메뚜기처럼 생겼다. 뒷다리가 굵고 짧았다. 잿빛 몸에는 전체적으로 진한 잿빛 반점이 찍혀 있었다. 짧은 날개가 있었다.

머리는 삼각형이고 잿빛 가로 줄무늬가 들어간 더듬이 한 쌍이 튀어나와 있었지만 움직이지 않았다. 더듬이 밑에는 럭비공을 잡아 늘린 것처럼 기름한 반구형 눈이 자리 잡고 있었다. 눈의 투명질 돔 표면에는 천공의 태양이 작게 맺혀 있었다. 그 작은 태양으로부터 멀리 떨어진 돔의 중심에는 은하 성운을 닮은 갈색 점의 집합이 있었다.

지면을…… 뒷다리로 힘차게 차며 그 작은 동물은 높이 날아올랐다.

날개는 잠시 푸른 하늘로 끌려들다가 산비탈을 타고 내려온 기류에 떠밀려 완만한 포물선을 그리며 저편의 안개 같은 옅은 보랏빛 속으로 사라졌다.

흐르는 날개를 좇는 시야 안에

깎아지른 산봉우리가

하늘이

옅은 보랏빛 지표가

잿빛 평지가

그리고 남쪽 평지 저편

희고 아련한 마을 그림자가

기울며…… 흔들렸다.

승려

마을 승방은 마을 근처나 마을 안에 소재하는 절을 말한다. 요컨대 속세간과 교류가 있는 절이다. 속세간의 다양한 일이나 사람들과 교류하는 사원이나 승려가 통속적이 되는 것은 어느 세계에서나 마찬가지일지도 모른다.

티베트 같은 속된 세계와 격절된 고지에 가면 의표를 찌르는 승려가 눈앞에 나타나거나 신통력을 갖춘 선인 같은 사람을 만날 거라고 기대할 수도 있다. 하지만 그것 또한 티베트에 대한 통속적인 생각으로, 이곳 사람들도 다른 곳 사람들처럼 평범하게 살아간다. 사람들은 여기저기 모여 속세간을 만들고, 티베트 승려들은 대개 그런 속세간의 변두리에 살고 혹은 속인 무리에 섞어들어 경을 왼다.

나는 티베트 승려들이 의표를 찌르는 행동을 하거나 현란한 신통력을 선보일 필요는 없다고 여기면서도 내심 그들이 보통 사람들과 똑같으면 곤란하다고 생각하는 구석도 있었다. 힘들게 찾아온 만큼, 그들이 나보다 훨씬 더 대단하거나 혹은 나 같은 인간상과는 종류가 달라야 한다고 생각한 것이다. 아니면 적어도

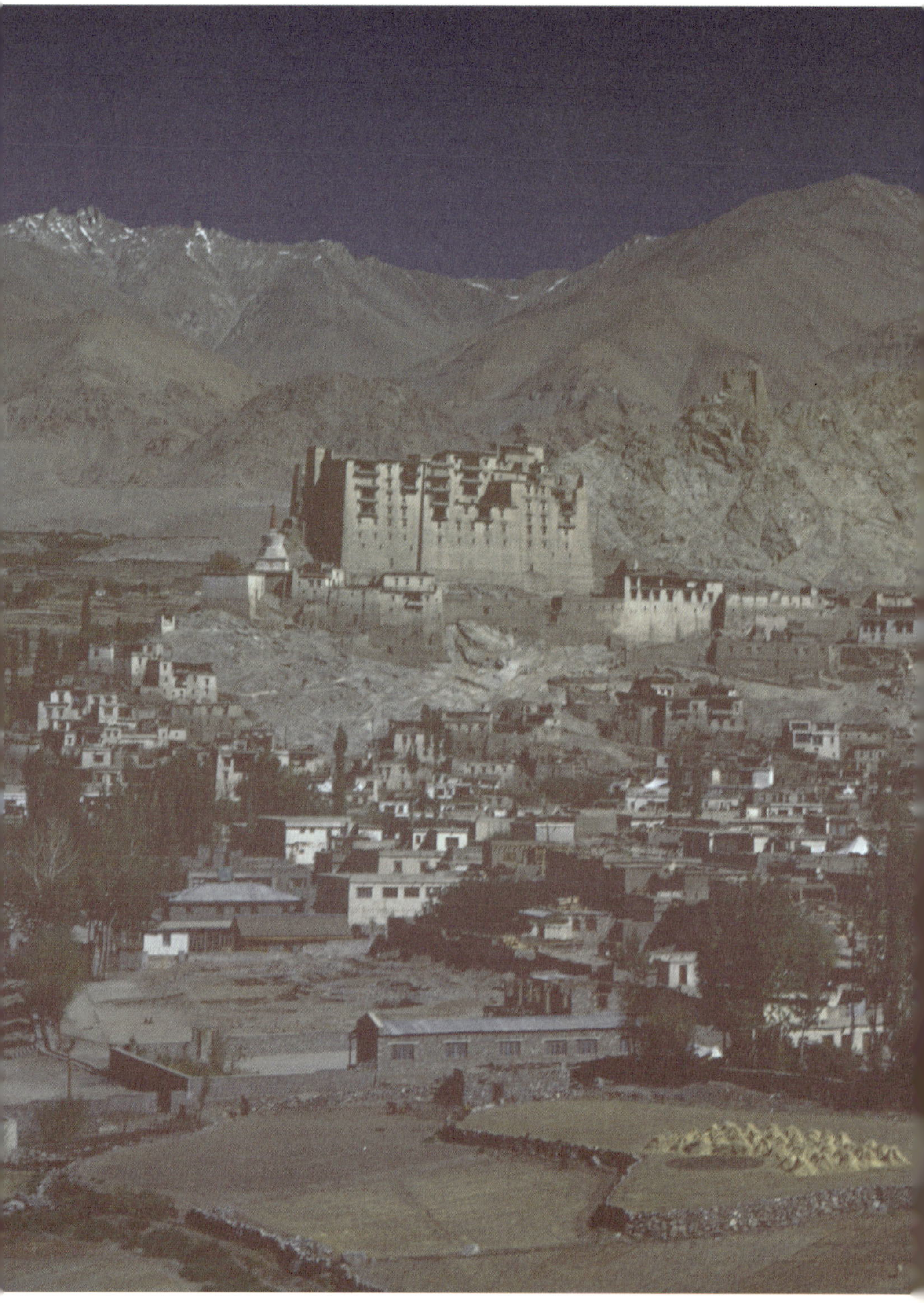

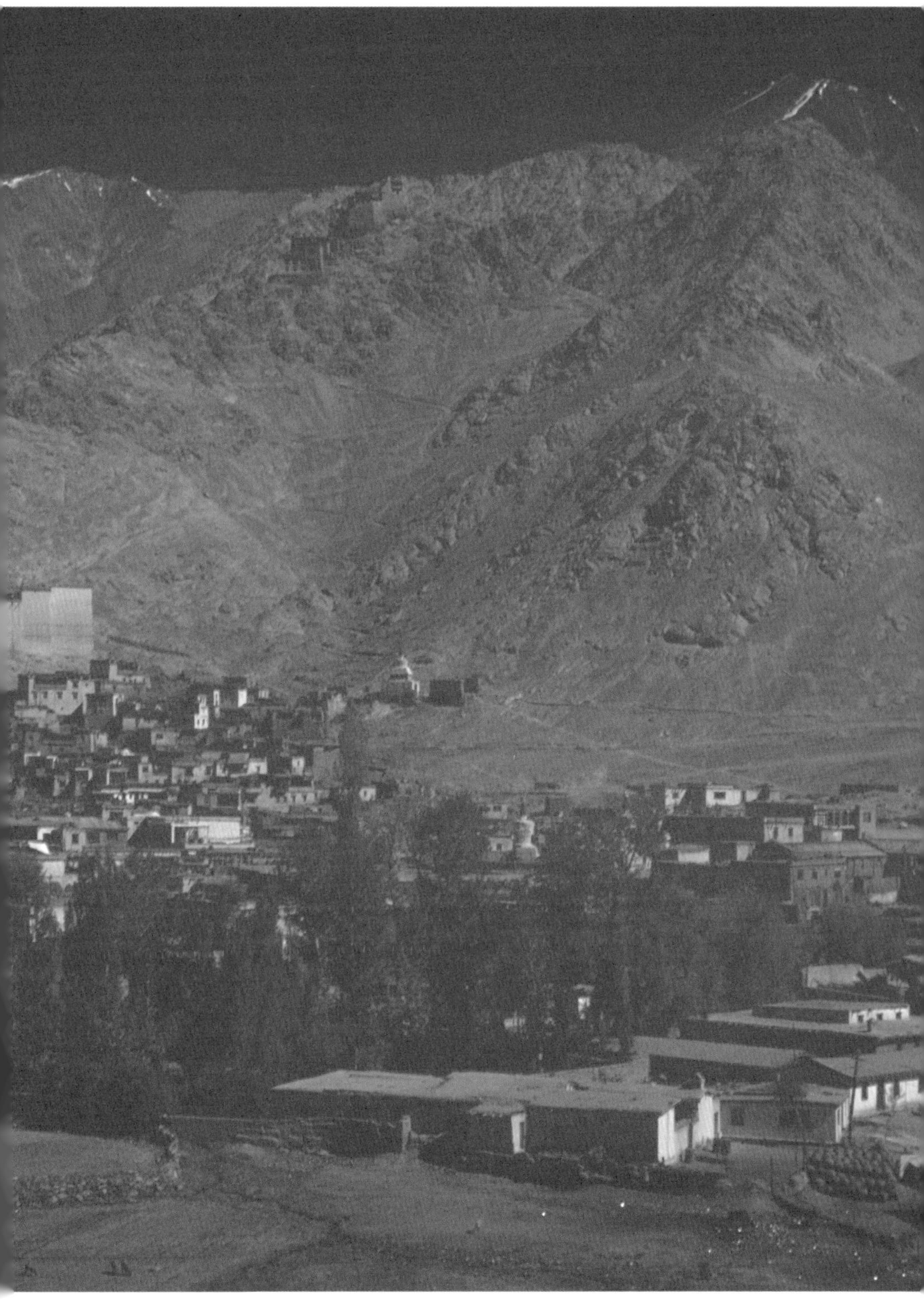

나름대로 나보다 훨씬 더 선열鮮烈한 삶을 살고 있다든가, 반대로 인간이 지닌 성스러운 어리석음을 지금까지 본 적도 없을 만큼 극명하게 드러낸다든가, 아무튼 기후나 풍토가 예사롭지 않은 만큼 티베트 승려들 또한 보통 사람이 아니게 해 달라는 일종의 기도와도 같은 바람을 나는 갖고 있었다.

그러나 티베트 승려 입장에서는, 상대가 티베트 승려라는 것만 가지고 나 같은 자는 발치에도 못 미칠 만큼 대단한 존재일 거라고 생각하거나, 인간으로서 '종의 보존'을 언급하지 않으면 안 될 정도의 품종 차이를 나와 그들 사이에서 체험하기를 기대한다는 것은 분명 민폐였을 것이다.

유감스럽게도 발치에도 못 미칠 만큼 대단하거나 종의 보존을 들먹일 만큼 선열한 삶을 살 거라는 과도한 기대는 대부분 배반당하고 말았다. 그렇다면 그들이 어지간히 대단했고, 인간으로서 분명한 차이를 드러냈고, 선열하지는 않더라도 제법 엄격한 삶의 태도를 보여주었느냐 하면 그것도 의심스럽다.

나는 이 티베트의 마을 승방을 여러 군데 찾아다녔는데, 승방을 방문하고 승려들과 어울릴 때마다 조금씩 불만이 쌓여갔고, 여행이 끝나갈 무렵에는 그런 실망과 불만이 내 안에서 일종의 노여움으로 변질되어 있는 것을 발견했다. 그리고 그들이 이렇다 할 대단한 인종이 아니라고 나 혼자 멋대로 단정 지은 후로는 점차 절을 돌아다닐 의욕도 잃고 말았다. 절을 찾거나 승려를 만나는 것보다 보통 사람들이 자연스럽게 살아가는 모습을 보는 것이 훨씬 더 좋았다. 도대체 승려들의 그 무엇이 노여운지 자신도 명확히 모르지만, 이제 이 지역에서는 절을 찾을 필요도 없고 스님을 만나도 고개를 숙이거나 손을 모을 필요가 없다고 생각했다. 그뿐만 아니라 예전에 영문도 모른 채 승려 앞에서 존경하는 마음과 태도를 보인 것이 경솔했다는 생각이 들면서 무형의 손실을 입은 기분마저 들었다. 그러나 찬찬히 짚어보면 노여워해야 할 그 어떤 이유도 떠오르지 않았다.

승려들은 모두 온후하고 좋은 사람들이었다. 절을 찾으면 반갑게 맞아주었다. 목이 마르면 차를 내주었고, 배가 고프면 먹을 것을 챙겨주었다. 불타의 신도도 아닌데 독경 때 불쑥 법당에 얼굴을 내밀면 중승들의 말석에 앉혀주었다. 개인적인 교분을 나눌 때면 잘난 체하거나 거드럭거리는 스님도 없었고 어쭙잖은 설교를 늘어놓는 스님도 없었다. 헤어질 때는 웬만큼 석별의 정도 생겨나 풍경 저편으로 멀어지는 스님들의 붉은 옷과 흰 사원을 바라보며 아쉬운 마음도 들었다. 그러나 스님들의 붉은 옷과 흰 사원이 눈앞에서 사라지면 어쩐지 공허한 기분에 빠져드는 것이었다.

티베트의 라마교는 티베트 고래의 정령 신앙적인 성격을 띤 본교와 인도에서 전래된 불교가 섞인 것이라고 하는데, 오늘날은 거의 불교 그 자체라고 말해도 좋다. 본교의 느낌이 남아 있는 것이라면, 축제 때 악귀를 내쫓는 의식을 행한다거나 신자들이 까닥이라는 흰색 목도리를 가져가면 승려들이 숨결을 뿜어주는데 그것을 액막이 부적으로 집에 걸어놓는다거나 하는 누구든지 용인할 수 있는 미신 정도다.

가령 대대적인 미신에 의해 인간의 어리석음이 신에게 전해지고, 그로 인해 살짝 미치광이 같은 변종의 신이 천상에서 내려와 어리석은 중생을 고무해 난리법석이 극에 달했을 즈음 어디선가 살아 있는 진실이 뚝 떨어지고, 그것을 중생의 삶의 규범으로 삼는다거나 하는 육감적인 진실에 호소하는 어리석음과 광기는 오늘날의 라마교에서는 찾아볼 수 없다. 티베트의 고대에는 헤아릴 수 없이 많은 어리석음이 있었다……고 나는 멋대로 상상하고 있었고, 몇 권의 책을 통해 그들의 신들린 숭고한 어리석음에 대한 지식도 지니고 있던 터라, 가능하다면 내 안에 잠들어 있을지도 모르는 신성한 어리석음과 제대로 한번 대결해보고 싶었다.

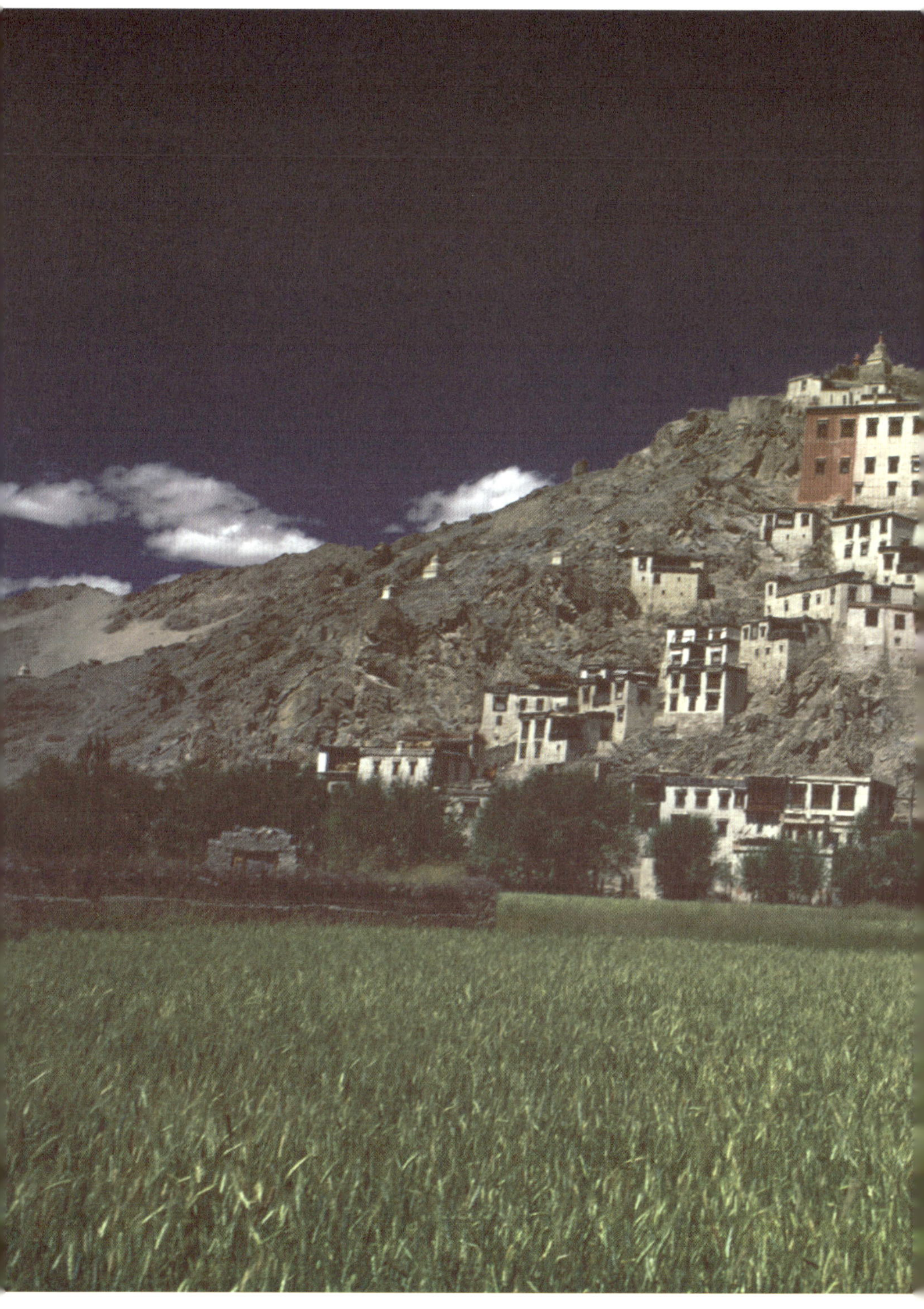

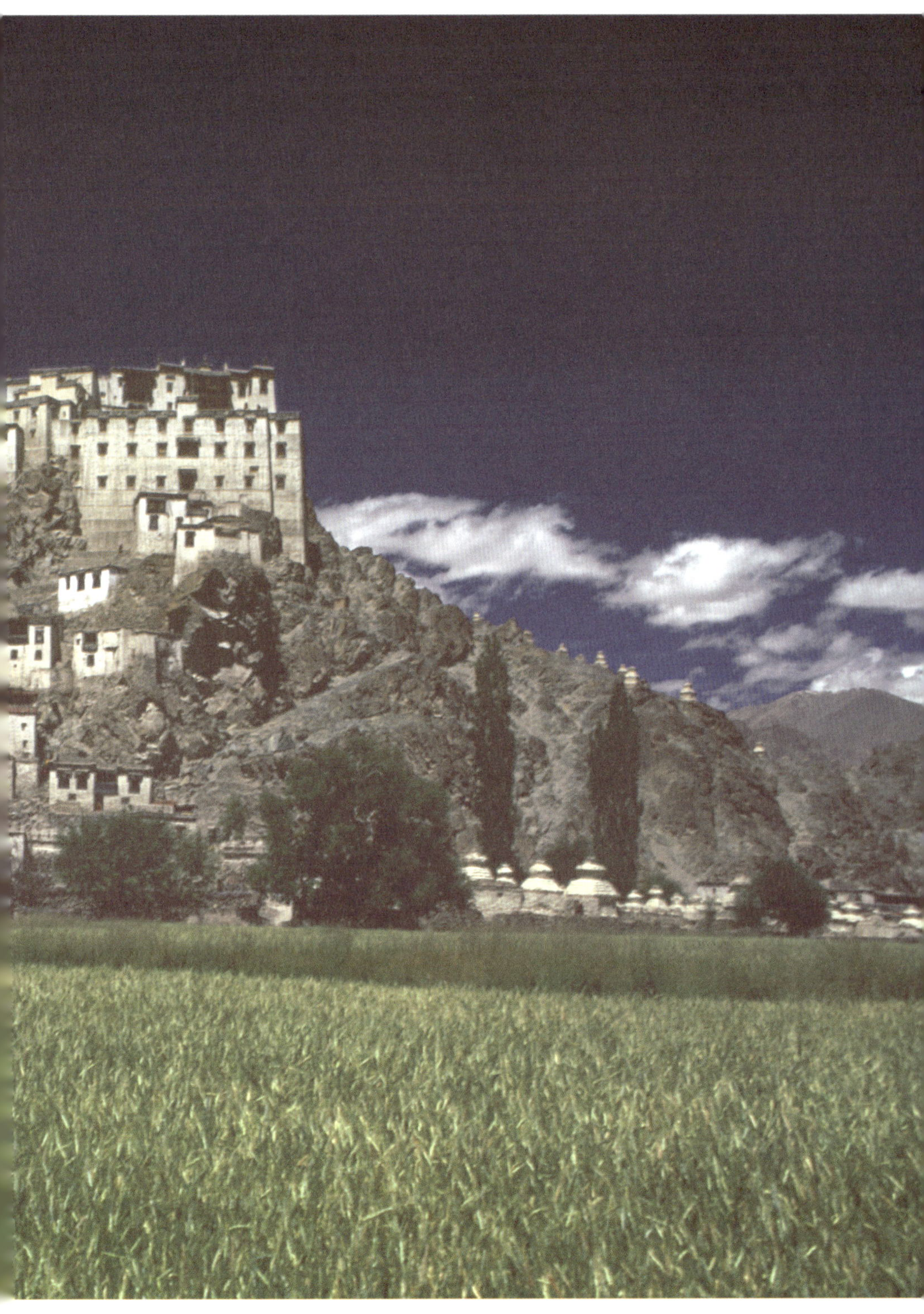

그러나 승려들은 의외로 냉담했다. 그것은 한 사람의 구도자로서 깊이 냉담한 것이 아니라 생활인으로서 지극히 냉담한 나날을 보내고 있었다고 해야 할 것이다.

마을 근처의 불량 절에서 침식 이틀.

불량 절의 승려는 아침 7시나 8시경에 판에 박힌 독경을 적어도 한 시간 동안 잠이 덜 깬 얼굴로 외고 나서는 온종일 빈둥빈둥 논다. 마을로 내려가 속인들과 어울려 가겟집 앞에 떼로 모여 있는가 하면…… 어떤 자는 모자란 잠을 보충하느라 절 방에 앉아서 졸고…… 또 어떤 자는 버터를 듬뿍 넣은 소금차나 설탕차를 번갈아가며 하루에 스무 잔이고 서른 잔이고 할 일 없이 마시며 실없는 이야기에 빠져 있다. 또 어떤 자는 이방인을 찾아내어 지니고 있던 특이한 불구^{佛具}를 강매해 푼돈을 벌며 돌아다니고…… 또 어떤 식탐의 화신이 되어버린 늙은 승려는 절밥은 남기고 감춰둔 달걀을 여섯 알이나 삶아 먹고는 배가 땡땡해져 아침부터 밤까지 헐거운 항문에서 연신 방귀를 뀌어댄다.

마을 승방은 전기가 들어오기 때문에 밤이면 방마다 환하게 불을 밝혀 흡사 크리스마스트리를 보는 것 같다. 젊은 승려의 방 벽에는 인도 영화 잡지에서 오린 여배우 사진이 종교화와 나란히 핀업되어 있는데, 여배우 코밑에는 장난스럽게 수염이 그려져 있다.

본당에는 금칠을 한 구리 주조 불상이 모셔져 있는데, 창으로 비쳐든 햇빛이나 전깃불 빛을 받아 부처의 아르카이크 스마일이 카바레 천장에 매달린 구형의 반사경처럼 사방팔방으로 절도 없는 빛을 발하고 있다.

그 주위에서는 졸거나 딴생각을 하거나 버터차를 홀짝이면서 승려들이 경문을 외고 있는데, 발음도 이상하고 외고 있는 본인도 모르는 대목이 많아서 독경 소리는 법당 안과 부처의 머리 주위를 윙윙대며 날아다니는 금파리 소리처럼 들린다. 승려들은 오랜 세월 지겹도록 경을 외워온 터라 법당에 카메라를 든 자가 찾아와 플래시를 터뜨리거나 하면 전깃불 빛과 다르다고 신기해하며 독경을 중단하고 한 번 더 해보라고 마구 보챈다. 요구대로 계속 플래시를 터뜨리면 이내 싫증을 내고 거들떠보지도 않는다. 그래서 폴라로이드 카메라로 게으름뱅이 승려들의 얼굴을 찍어 보여주면, 그것을 달라며 사진 한 장에 대여섯 명의 승려가 달려들어 수선을 피우고 법당 밖까지 쫓아온다.

안뜰에서는 점심 공양 전에 대승정을 둘러싸고 활쏘기 놀이가 벌어진다. 이것은 그 옛날 부처가 쏜 화살이 큰 나무와 거대한 바위를 관통해 강물에 꽂혔다고 하는, 범梵을 쏘아 맞힌다는 비유에서 나온 종교 행사의 맥을 이은 것인 듯한데, 지금은 점심 공양 전에 배를 꺼뜨리기 위한 유희가 되어버렸다. 그래도 개중에는 부처의 심중을 드러내는 활쏘기 명인이 나오지 않을까 기대했더니 대승정 이하 밥 짓는 자에 이르기까지 그 부처의 화살을 엉뚱한 방향으로 쏘아 날리고는 헤헤거리며 웃고 있다.

점심 공양 때는 커다란 붉은 천막 밑에서 대승정을 상좌에 모시고 빵과 감자와 콜리플라워 카레 조림과 토마토와 버터차와 사과와 살구 따위를 먹고…… 대승정은 쌀밥과 카레 조림, 러시아 샐러드풍으로 담은 과일과 채소, 커피, 캐슈너트와 건포도…… 그것도 반쯤 손을 대고 남기면 시중을 드는 승려가 죄송합니다, 하고 말하며 쟁반을 물리고…… 주위에서 후식으로 살구를 먹으며 풋풋 씨를 뱉고 있던 중승, 그 쟁반을 보고 "역시 대승정님은 달라, 고급한 음식을 저렇게 많이 남기시다니" 하고 끈적끈적한 눈빛으로 대승정을 곁눈질하면서 버터로 번질거리는 혀를 날름 내밀고 있다(이 지역에서 혀를 내미는 것은 경애의 표시다).

배불리 먹은 대승정, 갑자기 흥이 가셨는지 회식의 천막을 나가 식후 유희로 화살을 시위에 물려 무지한 방향으로 두세 발 쏘아 날리고 안뜰을 떠나면 중승,

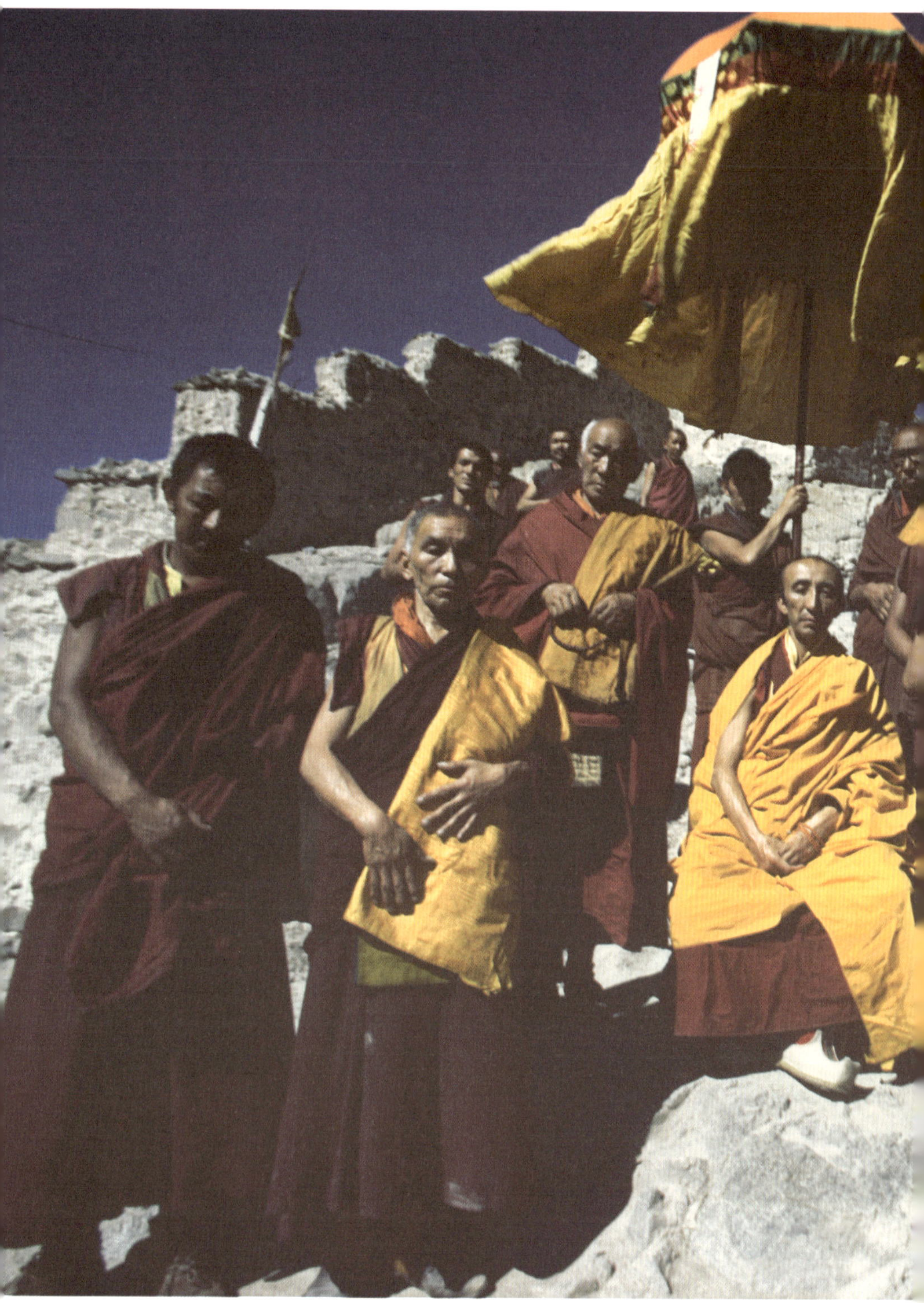

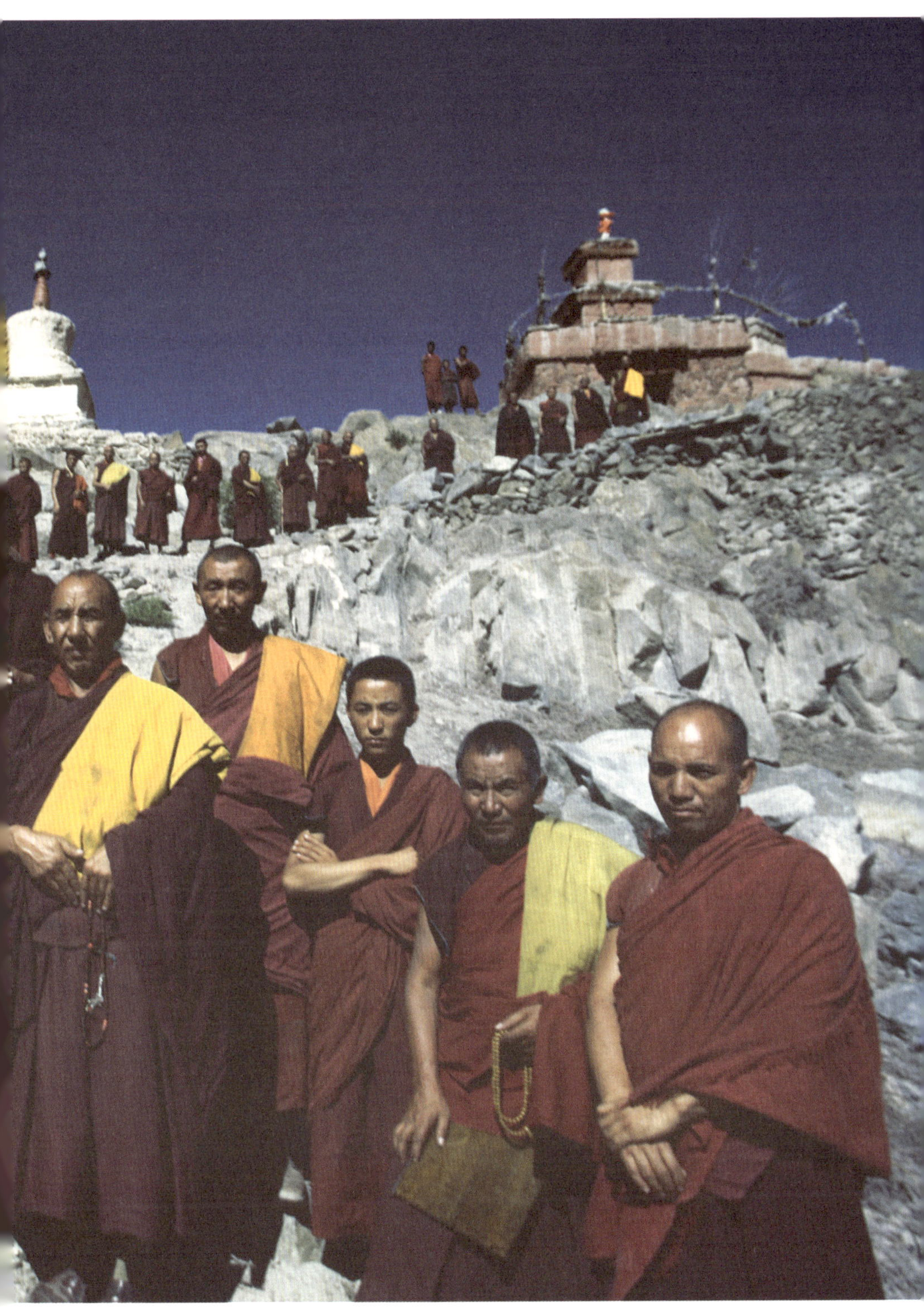

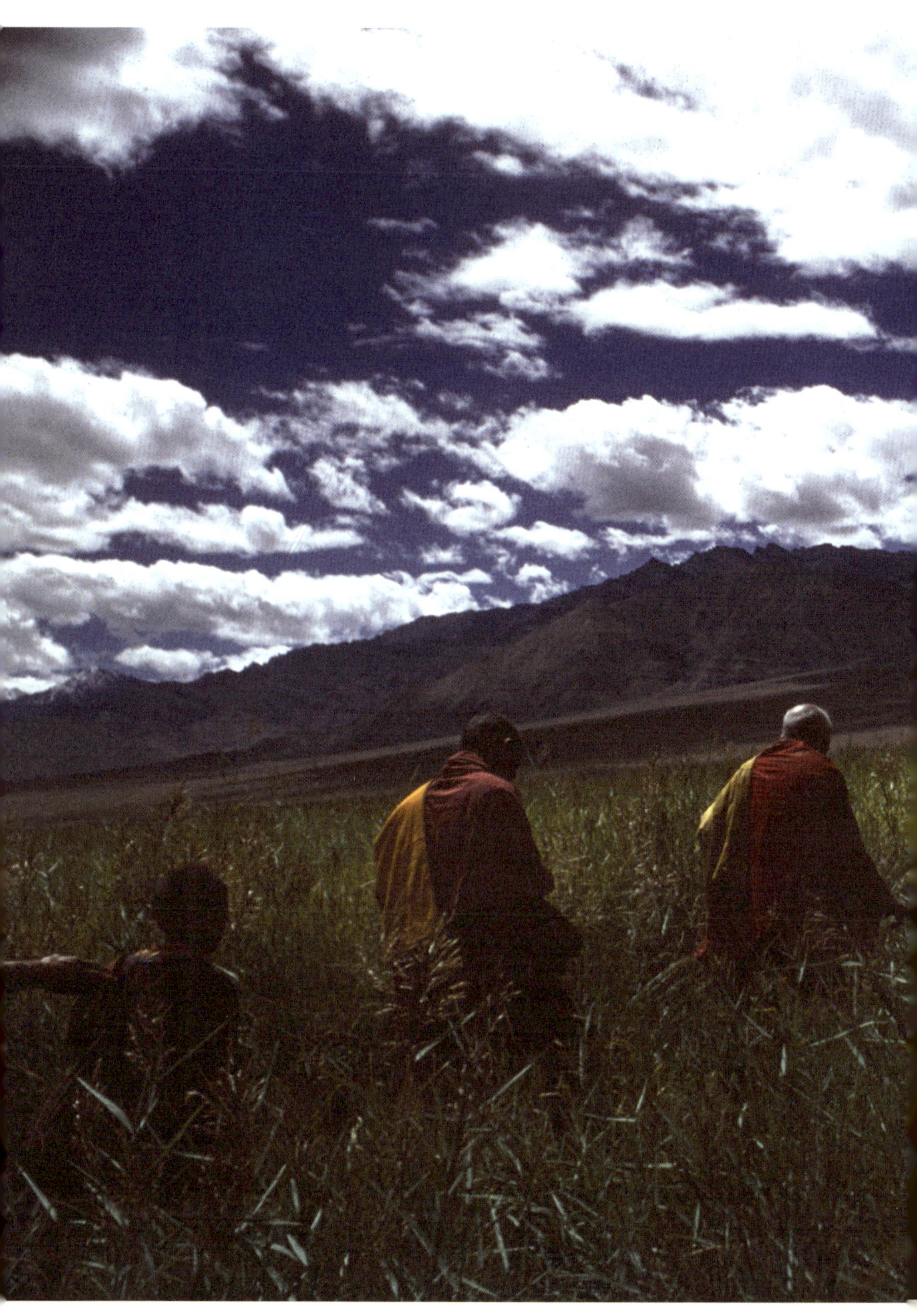

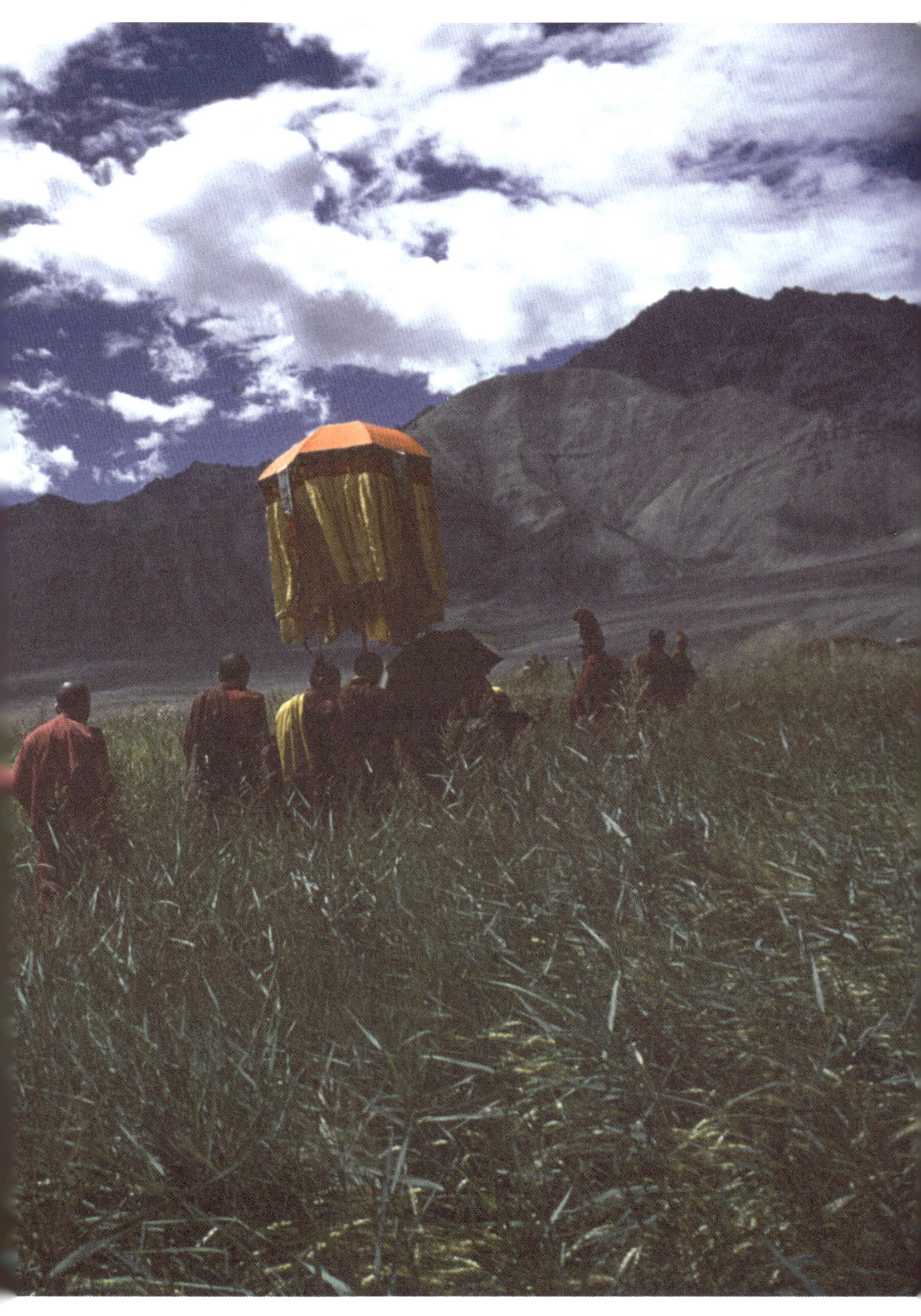

갑자기 마음이 해이해져 볕 바른 곳에 누워 뒹굴거나 주머니에서 주사위 두 개를 꺼내 여기저기 빙 둘러앉아 초로라는 도박에 열을 올린다.

주사위를 던질 때마다 왁자지껄 떠들며 뜻 모를 경문을 외는 승려들 틈에 끼어보지만, 판이 어떻게 돌아가는지 당최 알 수가 없어 혼자 떨어져 나와 승려들이 먹다 남긴 빵을 차로 개어 모양을 빚으며 논다. 노름이 가경에 접어들었을 무렵, 제법 훌륭하게 완성된 불타좌상에 눈과 코를 붙이고 큰 소리로 중승의 주목을 불러 모으니 중승, 이 여흥이 기꺼운지 껄껄대며 웃고 감탄하며 칭찬한다.

그때 이 이방인, 옆에 놓인 차를 단숨에 들이켜고 중승 앞에서 큰 입을 벌린다. 중승, 영문을 모른 채 그 모습을 보고 좋아하는데…… 돌연 그 큰 입, 아귀처럼 빵으로 빚은 불타좌상을 머리부터 가슴께까지 덥석 베어 물고는 그것을 안뜰을 향해 튀 하고 뱉는다. 중승, 상황 판단을 못 하고 어안이 벙벙해 그 면면을 이쪽으로 향하고 있는데, 노름판을 주관하는 대승정 다음, 다음, 다음으로 높은 중년승, 얼굴을 찌푸리며 웽웽대는 파리라도 쫓는 듯이 손등을 휘휘 저어 올리며…….

"나가! 나가!"
하고 말한다.

요 령 바 람

이 지방 승려들은 일정한 땅에서 집단으로 산다. 그 땅이란 자갈로 뒤덮인 메마른 티베트 풍경 속에서 1할에도 미치지 못하는 작은 녹지대다. 이 녹지대는 첩첩이 둘러쳐진 거대한 민둥산 사이의 계곡이나 그 계곡이 평지를 향해 부채꼴로 펼쳐지는 일대에 자리 잡고 있다. 그곳이 바로 티베트 사람들의 생활의 장이자 오곡 수확의 장이다. 차고 넘칠 만큼 많은 승려들은 논밭을 경작하거나 제분 사업을 하거나 산양을 쫓는 일은 하지 않고 허구한 날 경만 왼다. 그래서 그들을 보고 있으면 무슨 수로 저 많은 사람을 먹여 살리는지 절로 의문이 든다. 지역에 따라서는 일반인보다 승려 수가 더 많거나 오륙십 명의 승려만 모여 생활하는 곳도 있다.

승려들은 하나같이 대식가다. 특별히 중노동을 하는 것도 아니지만 역시 세상 일을 떠나 부처에 귀의한 자는 아무 얽매인 데가 없어 식욕도 왕성해지는 법이라고 나는 해석했다. 티베트차(버터와 소금을 넣고 끓인 차)도 그들은 자주 마신다. 차에 탐닉한다고 해도 좋을 정도다. 각자 품속에 나무로 만든 바리때를 지니고 있는데, 그걸로 하루에 쉰 잔도 넘게 차를 마신다. 그리고 세속인이 나이가 들면 주량이 준다고 여기듯, 그들은 차 마시는 양을 보고 나이를 가늠한다. 그래서 나 같은 젊은이에게는 무턱대고 차를 권한다. 그러나 나는 그런 짠 차를 많이 마실 수 있다고 해서 젊다는 생각은 절대 하지 않는다.

이 엄청나게 많은 승려를 장래 식량으로서 이용 가치가 없는, 그저 먹고 마시고 노래하고 살만 찌는 가축 집단으로 본다면 정말이지 무섭다. 저 녹지대 높은 곳에 성처럼 지어진 사원 암자에 들어앉아, 한창 토실토실 살이 오르는 갓난아기처럼 아무 얽매인 데 없이 먹어대는 인간이 백 명씩 이백 명씩 있다고 생각하면 등골이 오싹하다.

이런 집단이 왜 파탄나지 않고 유지되느냐 하면, 나도 나중에 들어서 안 것인데, 예로부터 티베트의 사원은 상당한 토지를 소유한 거대 지주이기 때문이다. 이 고지에서는 비옥한 땅이 한정되어 있고 자연 조건도 일정하므로 곡물 생산량은 늘지도 줄지도 않는다. 그래서 사람들은 그런 자연 제약 속에서 생활의 안정을 도모하기 위해 몇몇 유효한 사회제도를 마련했다. 바로 최근까지 용인되던

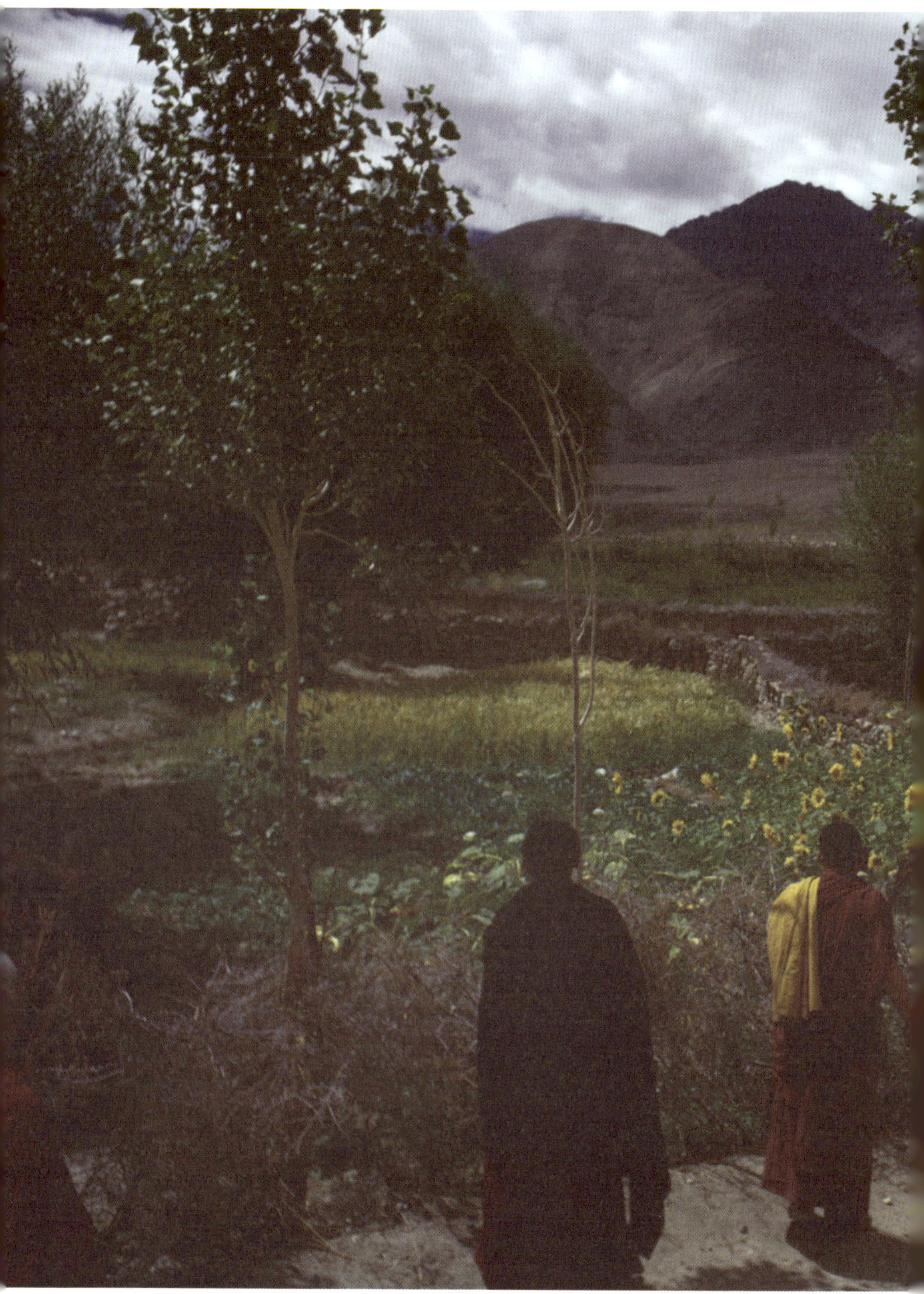

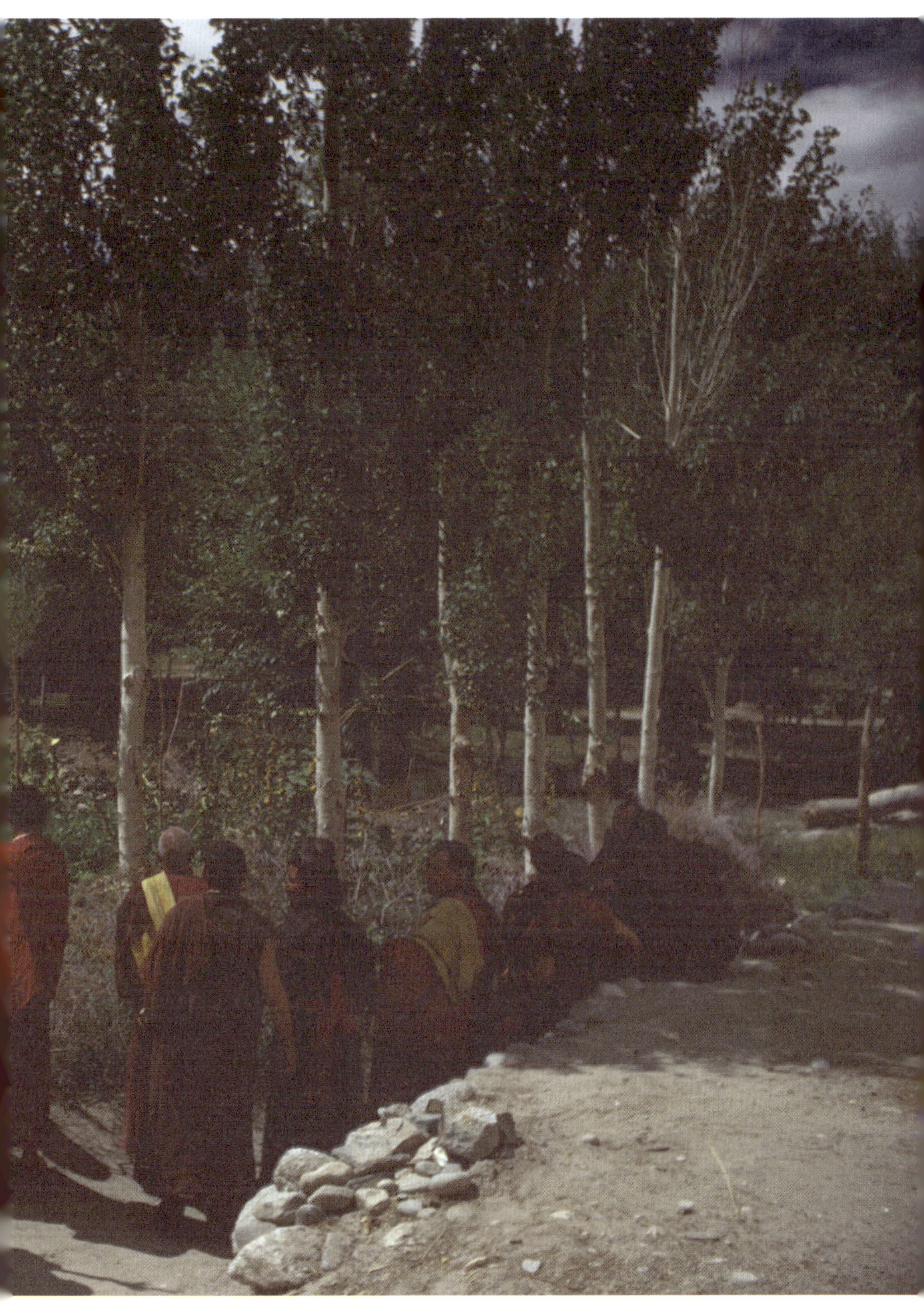

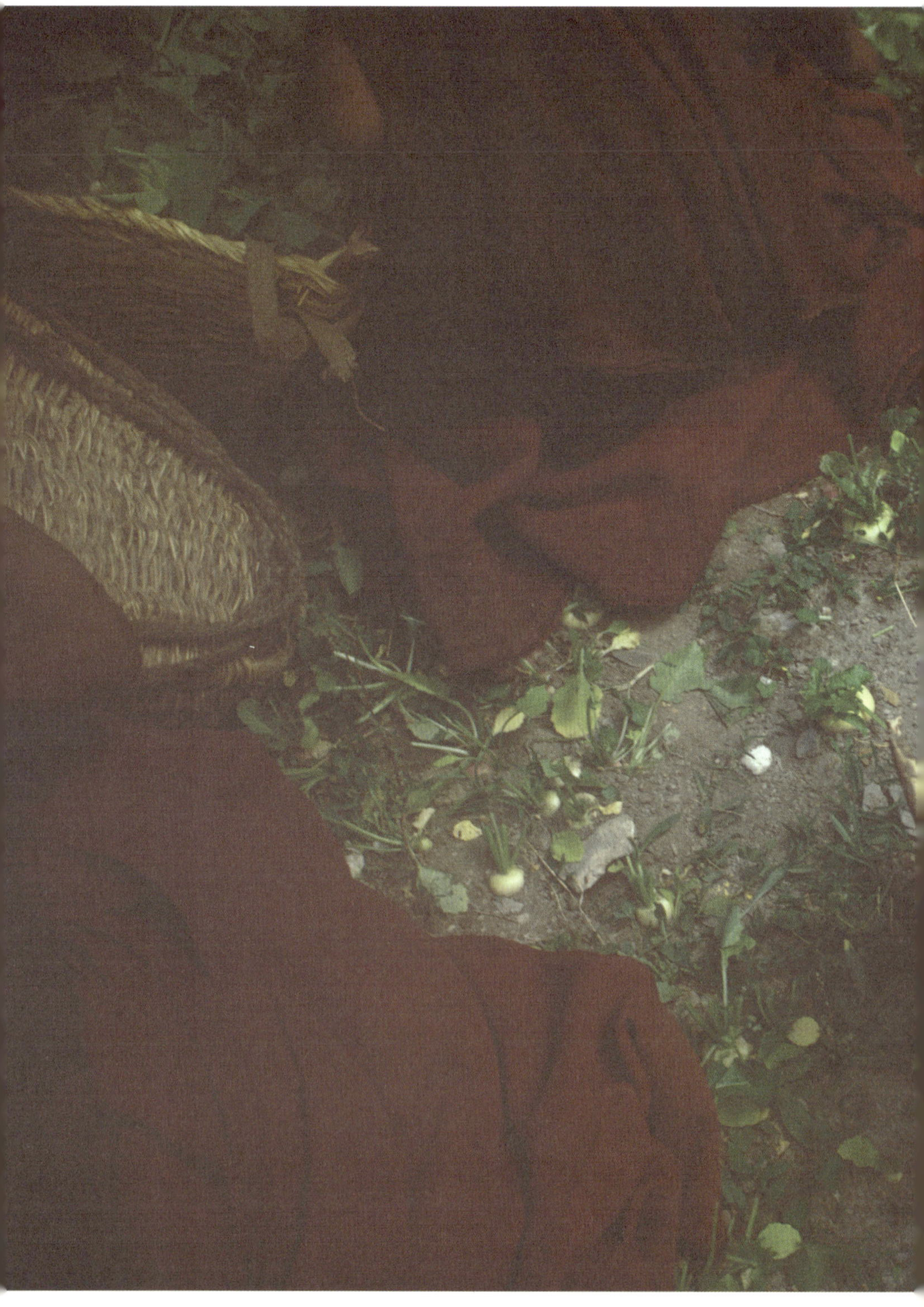

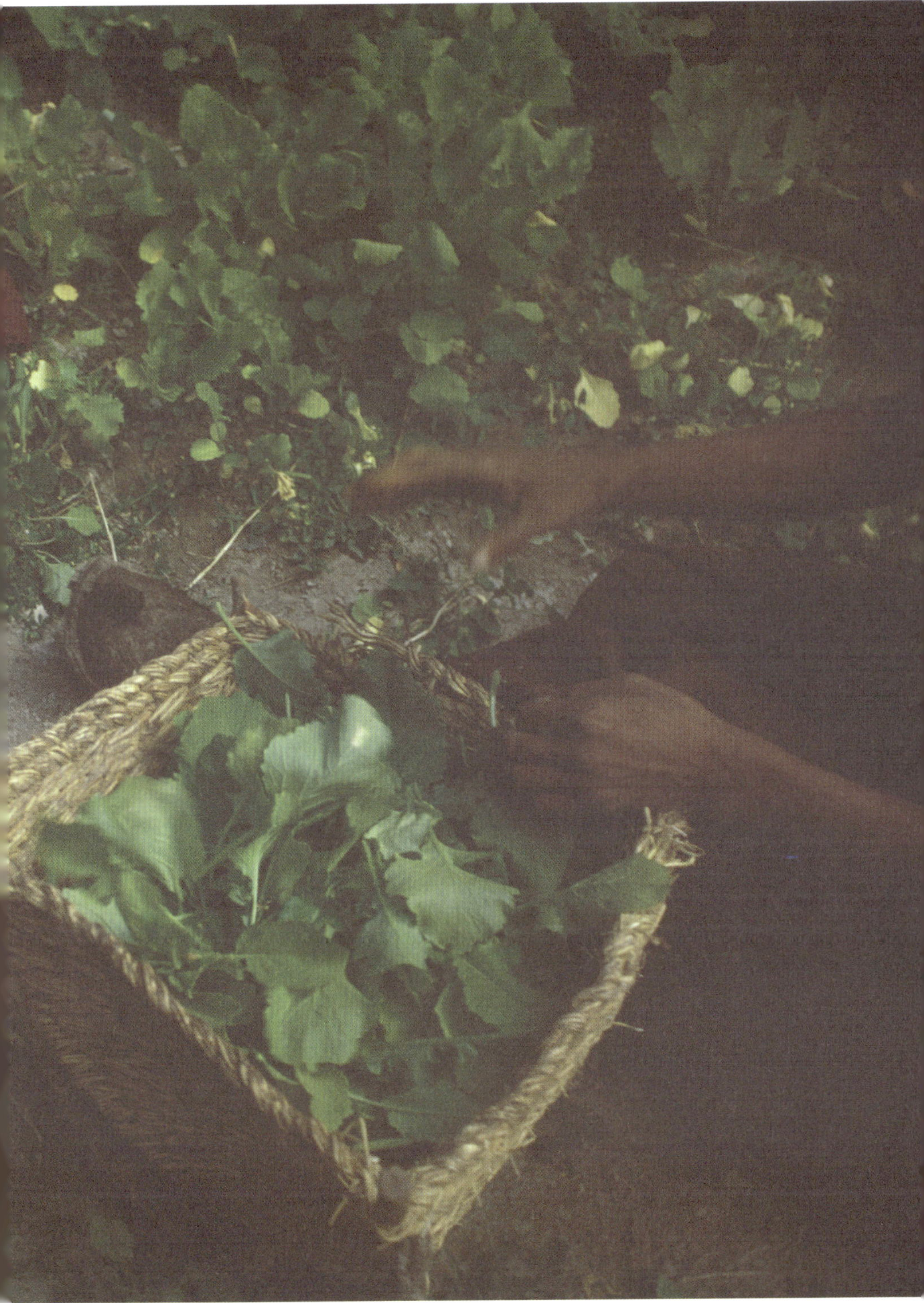

일처다부제도 그 좋은 예다. 생산량이 한정된 지역에서는 이 제도가 유력한 인구 억제 방법이자 재산 분할을 막는 수단이었다. 이 지역에 승려가 많은 것도 이런 자연 조건과 사회 구조에 기인한다. 농가의 둘째아들, 셋째아들은 입을 덜기 위해 어릴 때부터 풍부한 재원을 가진 사원에 맡겨져 허드렛일을 하면서 승려 공부를 한다. 더러는 속인들보다 얼마간 신앙심이 돈독하고 한편으로 평생 안정된 생활을 누리고 싶은 돈푼깨나 모은 독신 남성이 승암을 사들여 차 도락이 딸린 염불 삼매의 생활에 들어가는 경우도 있다.

그런 승려들에게 종교적인 긴장감을 느끼지 못하는 것은 당연한 일인지 모르겠지만, 그래도 처음에는 그런대로 그들이 구도자처럼 보인다. 요컨대 그들은 위엄 있는 흰색 사원의 어두운 암자에서 지내면서 음주 끽연은 물론이고 당연히 아내도 얻지 않고, 일부 사원을 제외하면 육식도 금하고 있기 때문이다. 그들 중에는 극히 드물게 여자 문제로 세상을 떠들썩하게 만드는 혈기 왕성한 자나 사람들 몰래 날달걀을 먹는다는 소문이 도는 자도 있는 모양이지만, 대충 살펴본 바로는 대부분의 승려들은 이 네 가지 계율을 지킨다고 보아도 좋다. 평생 이 계율을 지키며 살아간다는 것이 힘들 것 같지만, 밖에서 보기에 그렇지 처음부터 생활 상식으로서 그런 금기를 배척해온 승려들에게는 당연한 일이다. 한동안 그들과 함께 지내보니 그리 힘든 일도 아니라는 생각마저 들었다. 술이나 담배를 하지 않는 사람은 세상에도 많으며, 게다가 그들은 술이나 담배에 탐닉하는 그런 인간의 특질을 차로 대신 충족시키고 있다. 또한 육식을 하지 않는 것은 이 지방에서 그리 대단한 일도 아니다. 어지간한 부자가 아니면 고기(주로 산양 고기)를 일상적으로 먹기 힘들다. 보통 사람들은 풍성한 식탁에 둘러앉는 축제일이나 되어야 고기 맛을 보지, 평소에는 약간의 채소와 볶은 보릿가루로 조리한 몇 가지 간소한 음식을 먹는다. 승려들의 식생활은 그 연장 선상에 있다.

오랜 세월 금육식의 계율을 상식으로 여기며 지내온 승려들 눈에는 오히려 세상의 육식자야말로 고행을 견디며 살아가는 사람들로 비친다. 피와 기름이 뚝뚝 떨어지고 고약한 냄새를 풍기는 그런 엽기적인 것은 애초부터 인간이 먹을 것이 못 된다고 생각한다. 게다가 자신이 신앙하는 종교도 그처럼 가르치고 있기 때문에 육식을 생리적으로 받아들이지 않는 사고와 체질이 갖추어져 있다. 따라서 그들에게는 세상의 육식자가 식육食肉이라는 업고業苦를 견디고 있는 것처럼 보인다.

술도 담배도 육식도 하지 않는 것이 승려들에게는 계율이라 부를 만한 것이 아니라면, 아내를 두는 것을 금하는 것은 어떨까. 이것은 조금 어려운 문제처럼 여겨졌다. 처음에는 평생 홀몸으로 지내야 하는 적막감을 온몸으로 풍기는 그들의 모습에서 남자로서의 어떤 선열함을 보려 했다. 그러나 그들과 친하게 지내는 동안 그 선열함은 점차 퇴색하고, 적막감도 별로 느껴지지 않았다. 나는 그들이 온전한 남성인지 의심하기 시작했다. 승려를 앞에 두고, 남자의 모습을 하고 있지만 이 사람이 정말로 남자일까 하는 생각이 들었던 것이다. 그것은 이론이 아니라 감각적인 것이었다. 승려들이 옆에 있어도 남자라는 느낌이 들지 않는다. 그렇다고 해서 그들이 여자일 리도 없다.

남성적으로 보이지 않는 하나의 큰 원인은, 그들이 남성이면서 자신의 전 생활과 신체를 타자에게 받치는, 즉 주인을 섬기는 처지라는 데 있다. 그들의 경우 주인이란 부처나 과거의 조사祖師 그리고 그들 중승의 우두머리이자 활불活佛인 대승정 등이다. 기본적으로 승려들의 이 같은 처지는 그들의 정신 구조와 체질에 영향을 미치지 않을 수 없다. 그것은 남성성보다는 여성성에 가깝지 않을까. 법회 때 독경 중에 상좌에 앉은 대승정에게 끈적끈적한 존모의 눈길을 보내며 희열에 찬 표정을 짓고 있는 승려를 보면, 그가 아내를 맞는다는 것은 말도 안 되는 일이라는 생각마저 든다. 또한 이들 승려에게서 피학적인 성격을 느낀 적

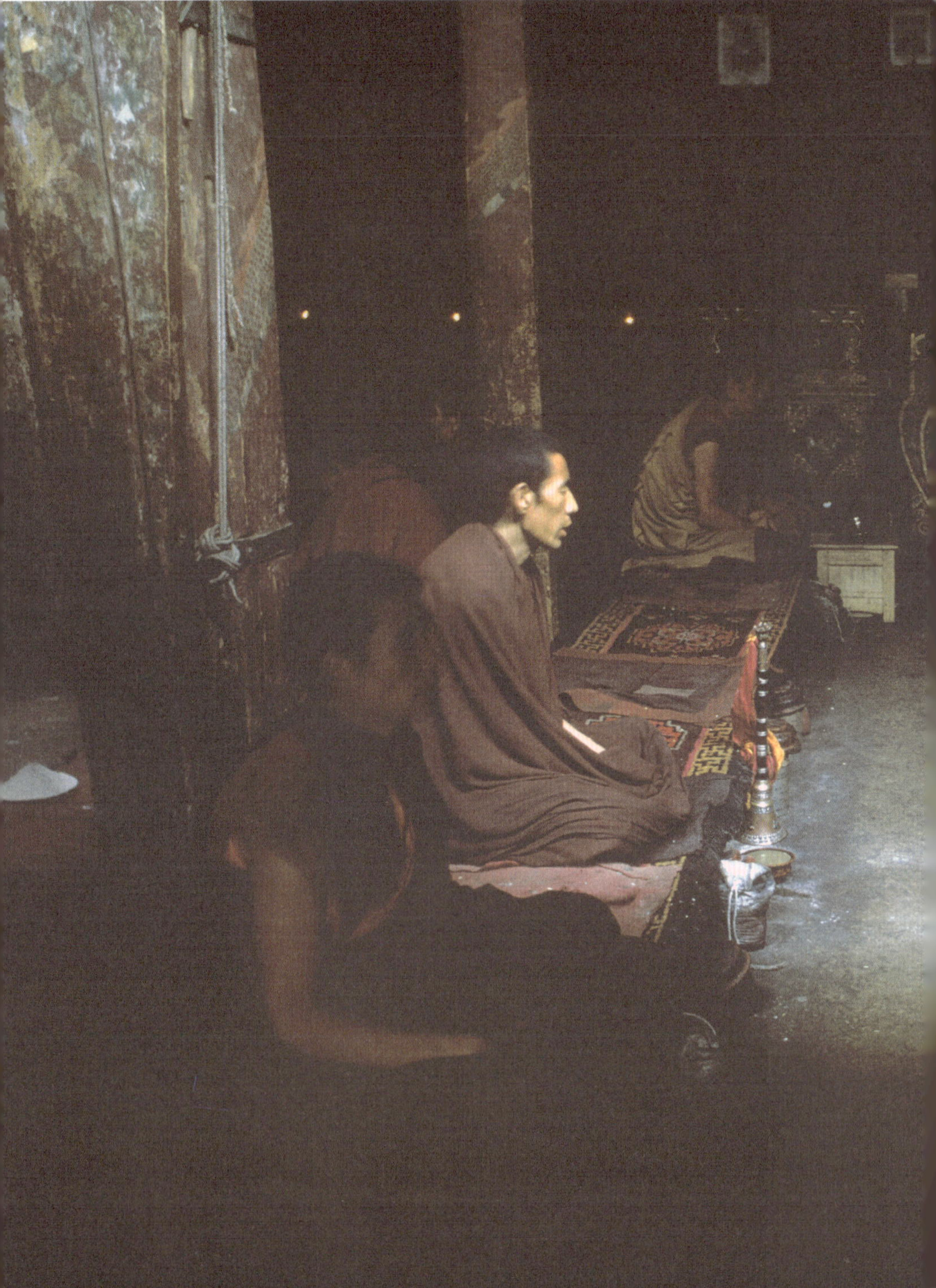

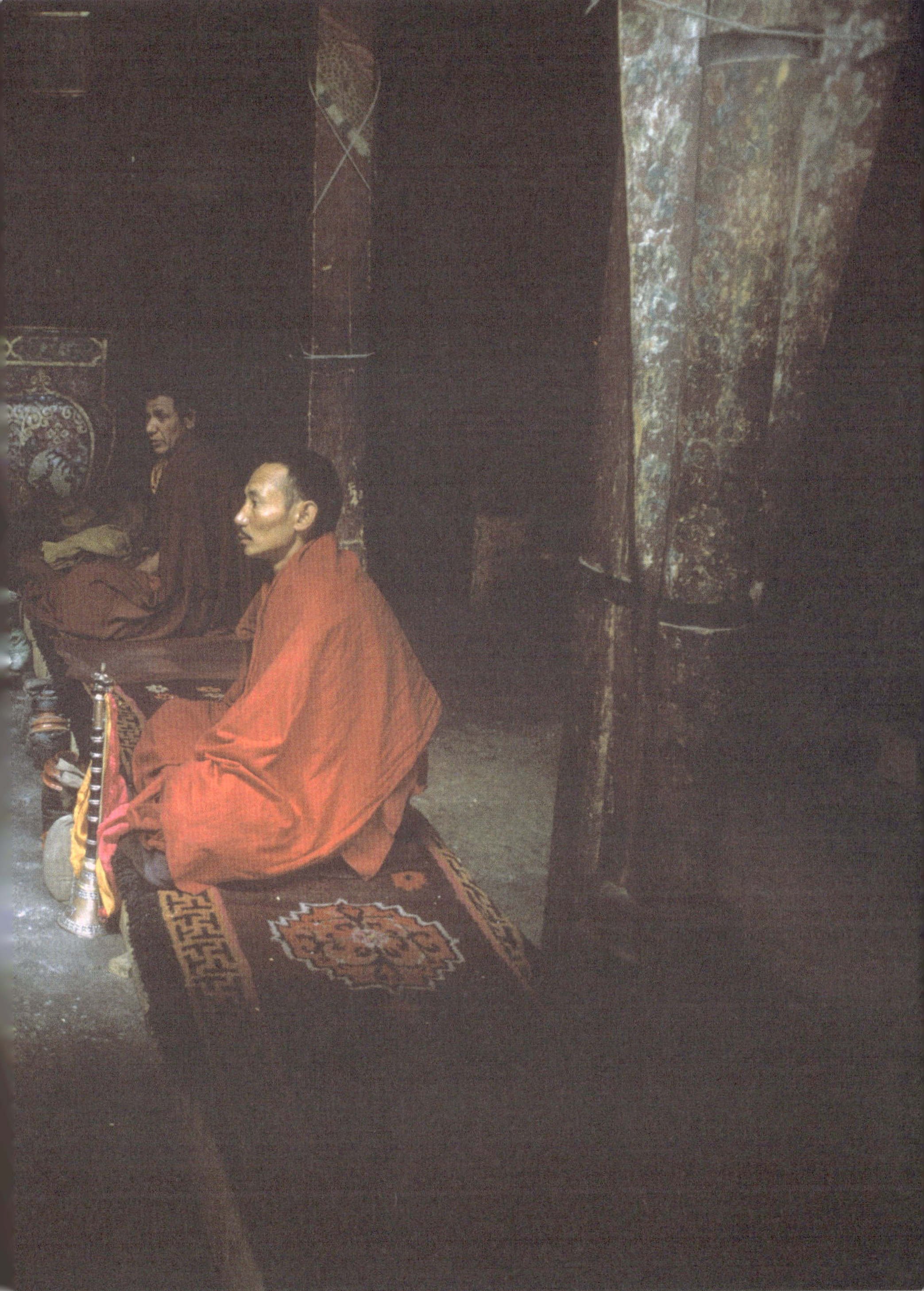

도 있다. 이를테면 피사체로서 한 사람의 승려를 대할 때 느끼는 것인데, 남성을 찍을 때의 감촉보다는 여성을 찍을 때의 감촉에 가깝다. 한번은 좀 복잡한 사정이 있어서 스무 살이나 나이가 많은 한 승려를 나무란 적이 있는데, 그는 내 꾸짖음에 대해 일종의 기묘한 친근감을 드러내었던 것이다. 또한 실제로 본 적은 없지만, 지금도 일부 승원에서는 승려가 잘못을 하면 그들의 주인인 대승정이 몸소 회초리를 들고 제법 심하게 엉덩이를 때린다고 한다.

또한 그들은 다른 의미에서 여성성을 형성하게끔 만드는 환경에 놓여 있다. 하루의 상당 시간을 노래를 부르며 지낸다는 점에서 그러하다. 그리고 노래를 부른다는 행위가 여성성을 드러낸다고 말할 수 있다면, 그런 면에서도 그들은 중성화될 수밖에 없지 않을까. 노래란 독경을 말한다. 티베트 독경은 일본의 독경과 달리 징이나 나팔이나 북이 곁들여져서 음악적 색채가 짙기 때문에, 처음 그것을 들으면 독경이란 일종의 음악의 범주에 포함되며 찬송가 합창 비슷한 것이라는 느낌이 든다. 승려들은 그런 노래를 하루에 적어도 두 시간은 부른다. 노래의 내용은 간단히 말하자면 그들이 섬기는 주인에 대한 연가 같은 것이다.

이런 일상을 가진 사람들이 중성화되는 것은 오히려 당연한 일처럼 여겨진다. 다만 알 수 없는 것은, 정신 구조와 마찬가지로 그들의 육체까지 중성화되었느냐는 것이다. 정신과 육체는 연결되어 있다고 해도 남성인 이상 어느 정도의 욕정이 존재하는 것은 자연스런 일일 테고, 평생 그것을 억누른다는 것은 여간 힘든 일이 아닐 것이다.

그러나 승려들은 이 계율을 완화하는 건전한 보상 행위를 가지고 있는 듯하다. 그것은 바로 독경이다. 이 부처에 대한 찬가는 매일 아침 약 두 시간에 걸쳐, 정확히 남성이 그 무엇에 의해서도 도발되지 않고 자연스런 형태로 발기하는 시간대에 이루어진다. 그들이 그런 상태에서 성가를 부르는지 어떤지는 알

방도가 없지만, 나는 그 자리에 참석해 그것이 그들의 정신의 표현임과 동시에 간접적인 성의 표현임을 분명하게 느꼈다. 긴 노래의 첫 부분, 승려들의 목소리에서 느껴지는 일종의 허세 혹은 기운, 그리고 그 장대한 노래가 끝날 무렵 그들의 목소리에서 느껴지는 평온한 해방감. 그리고 종장이 누그러지기 직전 한껏 고조되는 열띤 창화唱和에서는 성 교합 때의 흐름과 유사한 억양의 과정이 느껴졌다. 승려들의 독경을 들으면서 불근신하게도 그런 외잡스런 생각을 하게 된 계기는, 승려들의 목소리보다는 오히려 승려들이 손에 쥔 요령 소리를 들었기 때문이다. 그 요령 소리는 독경의 처음과 끝 부분에서 무섭도록 변질되어 있었다.

승려들이 독경 때 울리는 요령은 시코쿠 섬의 헨로(시코쿠에 있는 고보 대사弘法大師의 영장靈場 88군데를 순례하는 일이나 그 순례자를 이른다―옮긴이)가 들고 다니는 자루 달린 작은 종처럼 생겼는데, 자루 끝은 금강저로 되어 있다. 승려들은 이따금 그것을 손에 들고 경이 짧게 끊어지는 대목에서 가늘게 흔든다. 요령 소리에는 세 가지 음계가 있었다. 낮은 음, 중간 정도의 음, 그리고 높은 음. 처음에 낮은 음색으로 울리다가 그것이 그치기 전에 높은 음색으로 바뀌고, 두 음이 화합하는 사이로 중간 음색이 끼어든다. 이 세 가지 음이 그치는 순서에 대해서는 특별히 정해진 것이 없고 요령을 쥔 사람의 기분에 따라서 그치는 듯하다.

그 요령 소리가 독경의 처음과 끝에서 분명하게 변질되어 있었던 것이다. 처음부터 작정하고 들은 것은 아니지만 요령 소리가 고막을 찢을 듯이 울려 퍼지고 있었다. 거기에는 사람의 손이 그것을 흔들고 있다는 억지스러움이 있었다. 그러나 독경이 막바지로 치달으며 한껏 고조될 때 요령은 사람의 손끝을 벗어나, 좌우로 몸을 흔드는 승려들의 움직임과 일체가 되면서 어떤 다른 힘에 의해 흔들리듯 격렬하고 화려하게 울려 퍼졌다. 그때 내 귀의 고막이 요령 소리와 독경 소리에 작게 전율하며 동조했던 것을 기억한다. 그리고 절정에 오른 뒤 아주

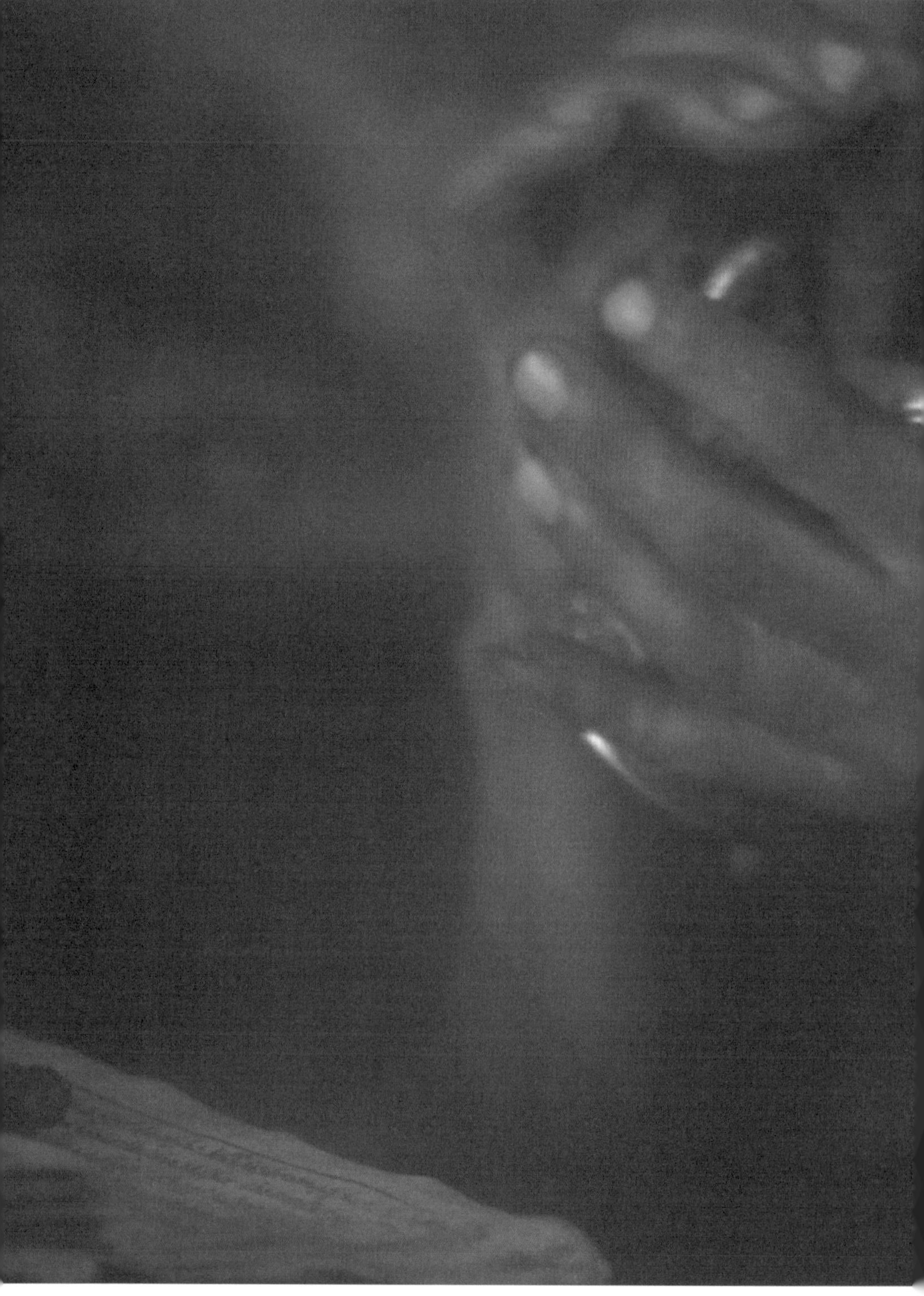

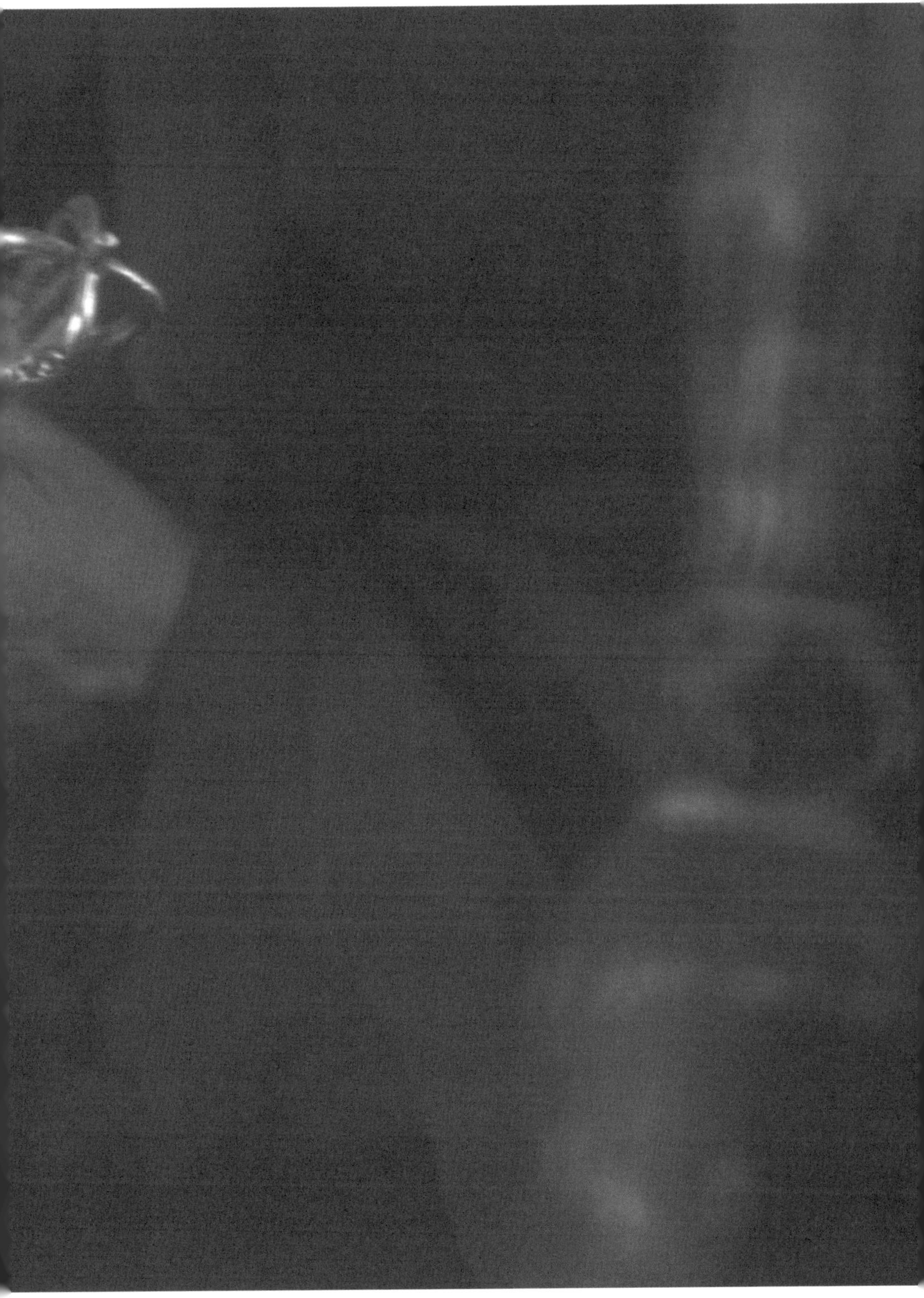

짧은 정적이 찾아든 찰나, 나는 그 정적 멀리, 아주 멀리서 들려오는 듯한 전혀 다른 요령의 음색을 들었다. 그것은 분명 승려들이 흔드는 요령의 음색이었지만 거기에는 인간이 존재하지 않았다. 한순간 바람 소린가 싶었다. 부드러운, 위로하고 다독이는 듯한 바람 소리였다. 설령 바람이 아니었다고 해도, 독경이 끝난 어둡고 밀폐된 법당의 두꺼운 벽 어딘가에 바람구멍이 빼끔히 뚫려 있어서 푸른 천상에서 불어온 미풍이 승려의 손에 무심히 들린 요령을 부드럽게 흔드는 듯한, 살아 있는 존재를 초월한 상쾌한 음색이었다.

나는 그 고업에서 해방된 듯한 상쾌한 요령 소리를 들었을 때, 문득 이 승려들이 이른 아침 부처의 면전에서 어떤 성의 표현을 마친 것이 아닐까 하는 생각에 사로잡혔다.

이 두 시간에 걸친 노래 같은 독경은 상당한 육체노동이기도 해서, 요령 소리도 그치고 동자승이 연 문을 통해 법당 안으로 햇살이 비쳐들었을 때, 나는 승려들의 이마에 땀방울이 살짝 맺혀 있는 것을 보았다.

승려들과의 오랜 친분 속에서 몇 차례 감동을 경험한 적이 있는데, 이 독경 체험도 그 하나다. 그리고 당연한 일이지만, 이런 긴장감이 감도는 아침 의식은 여느 마을 승방에서는 만나기 힘들다.

범 승

마을 승방 승려들의 생활은 더할 나위 없이 일상적이다. 6시경에 일어나 7시에는 삼삼오오 본당에 올라 정해진 자리에 앉는다. 이것이 또한 출석 상태가 썩 좋지 못해서 어떤 사원에 총 예순 명의 승려가 있다고 하면 스무 명만 나와도 훌륭한 편이며, 때로는 웬일인지 서너 명밖에 출석하지 않는다. 썰렁한 법당 안쪽 자리에 진좌한 부처상만이 번쩍번쩍 금빛을 발하고 있어 참으로 허무하다는 생각이 든다. 출석하지 않은 승려들로 말할 것 같으면, 아직 잠자리에 들어 있거나 일어나 있어도 방 정리를 한다거나 하는 별것 아닌 일에 실로 많은 시간을 허비하고 있다. 더구나 마을 승방 승려들 중 상당수는 절에 잘 붙어 있지도 않는다. 하지만 그들이 무인의 민둥산을 오르거나 자갈밭 평지에 주저앉아 있는 일은 절대 없다. 절에 없고 산에도 평지에도 없다면 나머지는 속인이 사는 근방인데, 찾아보면 역시나 그런 승려들은 속인에 섞여 거리를 어슬렁거리고 있다. 바람이 든 것이다. 그렇다고 해서 여자를 사는 것도 고기를 먹는 것도 아니지만, 이런 승려들은 절에 틀어박혀 경만 외는 것이 지겹고 따분한 것이다. 그래서 옷을 꿰매는 바늘 하나가 부러졌다면서 버스를 타고 먼 마을로 나가거나, 이렇다 할 볼일이 없어도 마을로 나가 어슬렁거리고 싶어 한다.

그리고 멀리 다른 마을 승방에서 마찬가지로 볼일도 없이 찾아와 거리를 어정거리는 안면 있는 승려를 만나서 잡담을 나누며 실없이 헤헤거리거나 한다. 그래도 역시 승려는 승려인지라 마을 사람들은 거리에서 그들을 만나면 신분에 상응하는 인사를 한다. 그나마 다행인 것은, 이런 승려들은 거드름을 피우거나 하지 않고 변함없이 헤헤거리며 세상 이야기를 얻어들을 건수를 발견했다는 얼굴을 하고 있다는 것 정도다.

그러나 그들이 언제나 거리를 어슬렁거리는 것은 아니며, 더러는 크고 작은 마을 법사나 제사에 참석하기도 한다. 승려에게는 속계와 교류할 수 있는 이런 소임이 고역이기는커녕 바늘 하나를 사려고 거리를 배회하는 일과 같거나 그 이상으로 즐거운 시간 때우기이며 바람기를 달래주는 이벤트다. 절에 있어도 마을 법사에 가도 경을 외야 한다면 속취 가득한 시중에서 속인과 어울려 경을 외는 편이 어쨌든 즐거운 것이다.

나도 세 번 정도 승려들의 법사에 따라갔다. 한번은 큰 마을의 촌장 집에서

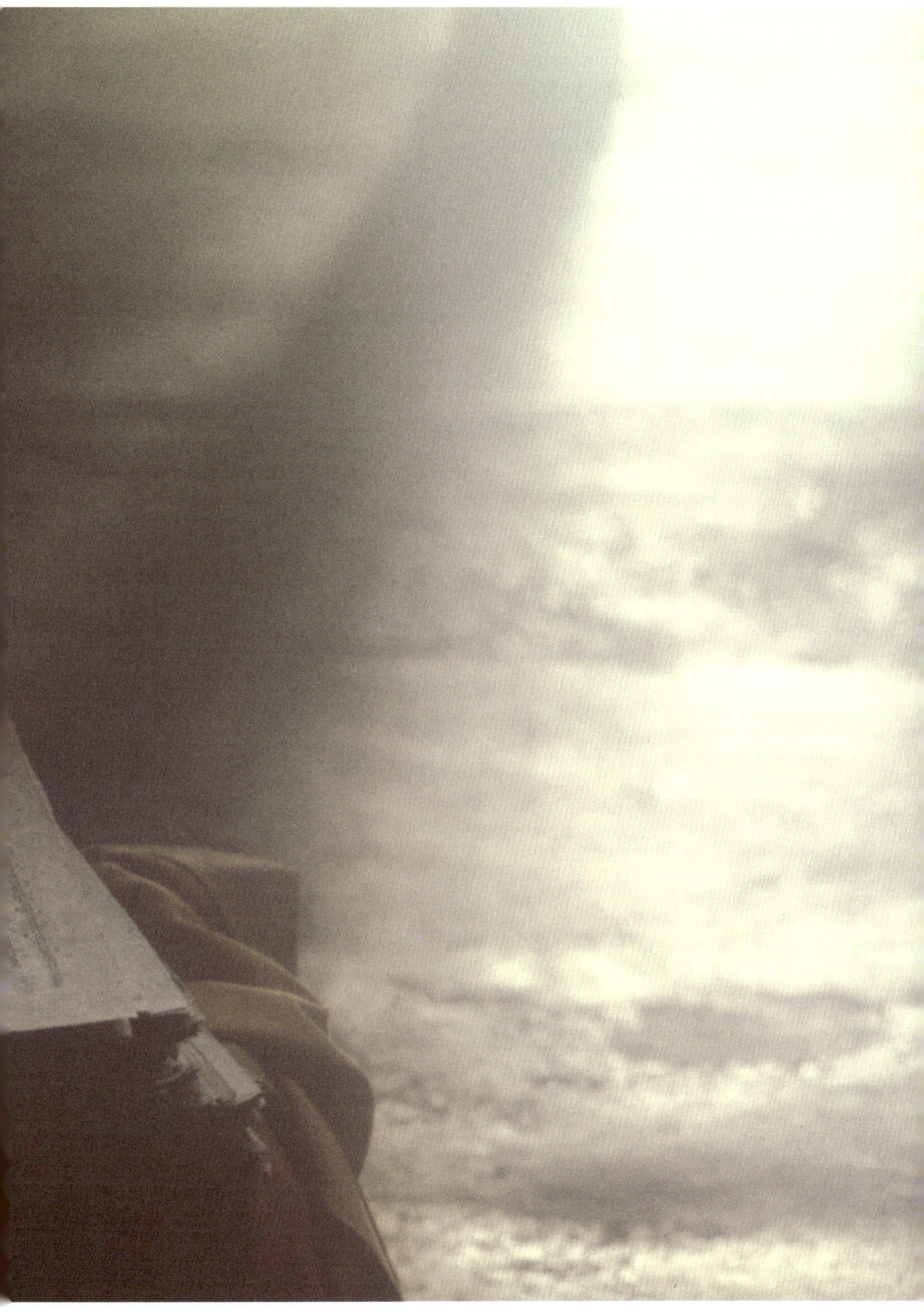

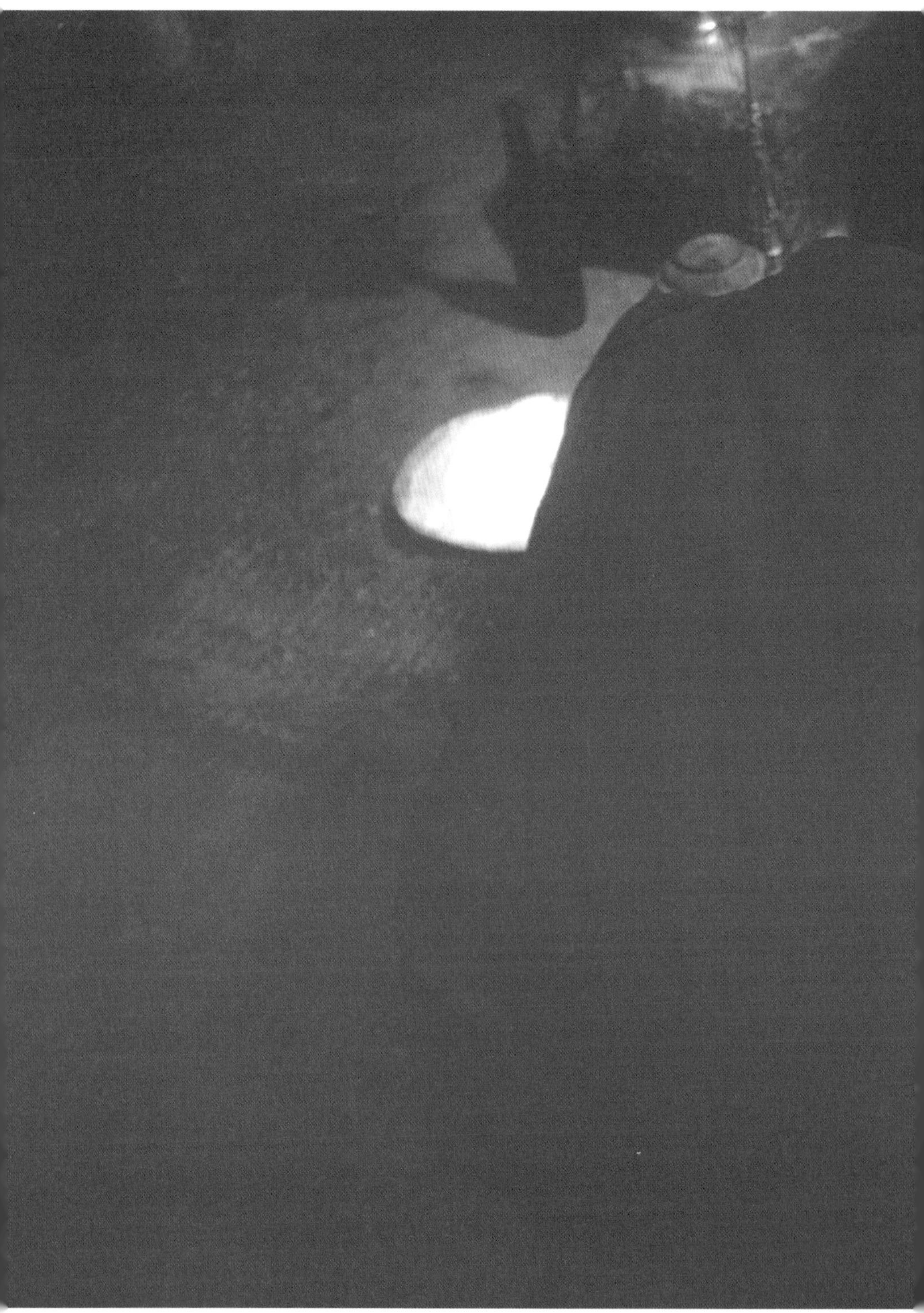

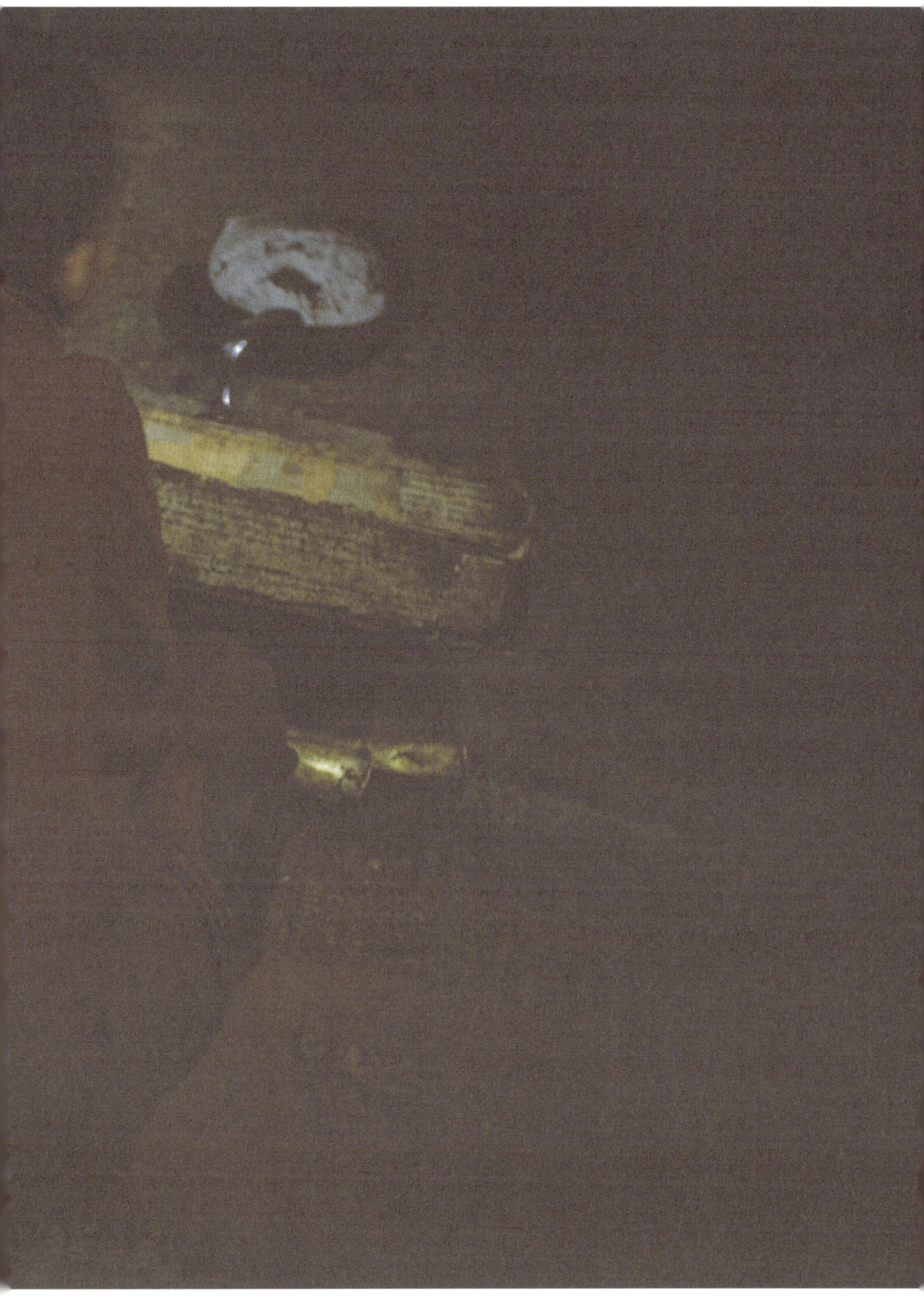

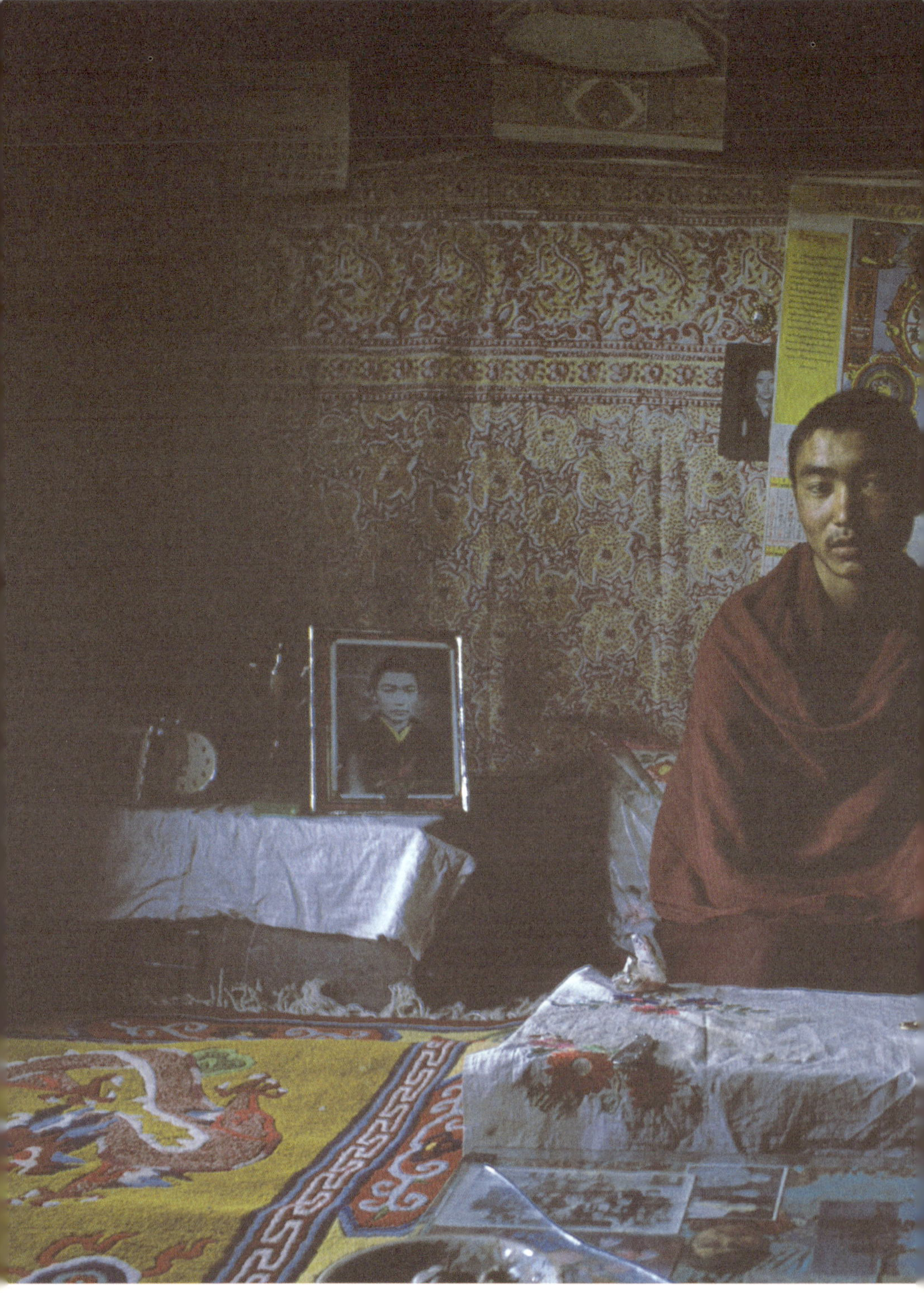

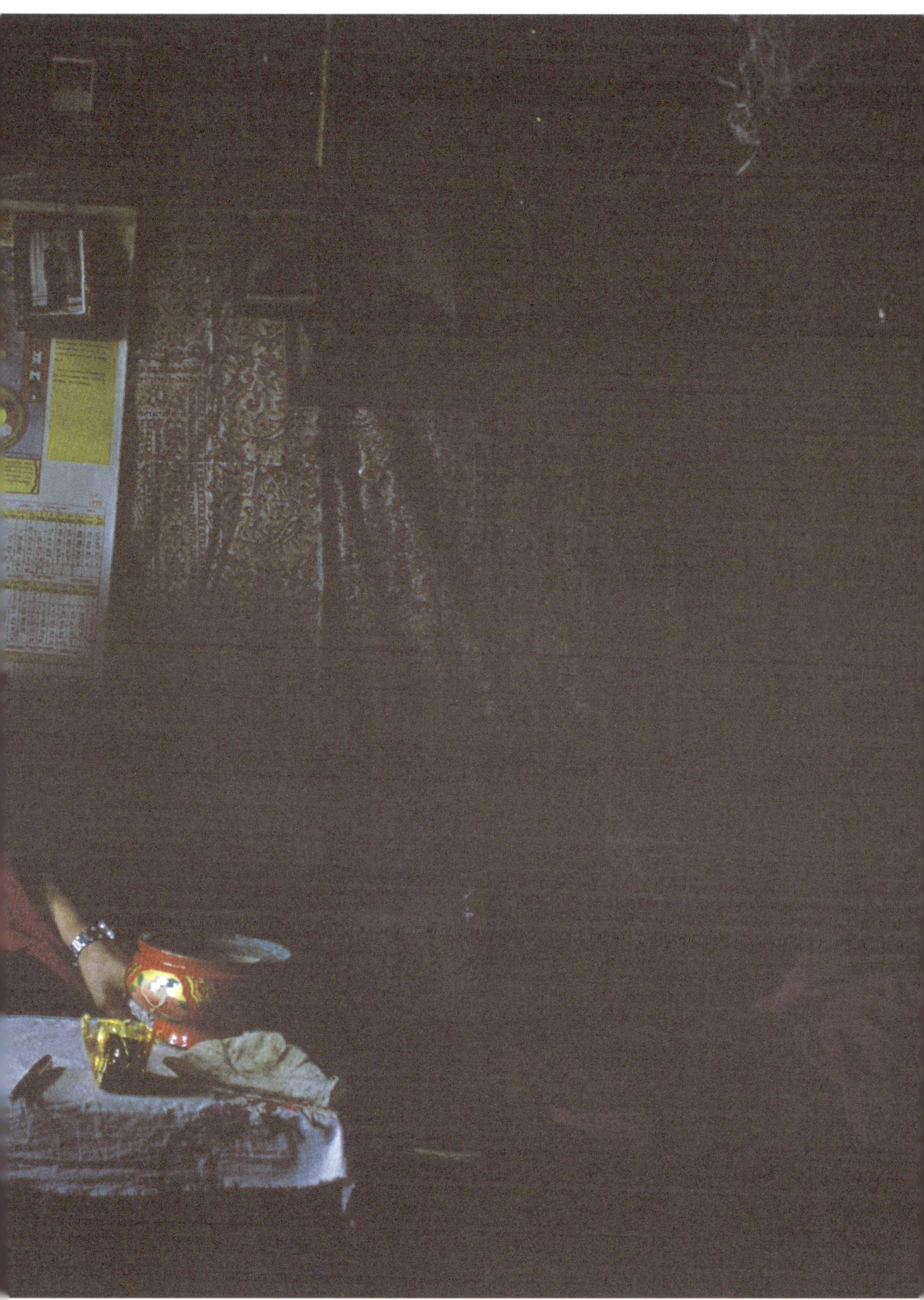

법사가 열려 대승정 이하 육십 명쯤 되는 승려가 참석했다. 독경이 끝나고 고기 말고는 무슨 음식이든 다 있을 만큼 성대한 연회가 열렸다. 그때 잔칫상에 오른 음식 중에는 쌀을 쪄서 버터와 흑설탕을 넣고 떡처럼 빚어 너트와 말린 살구나 포도 등을 섞은, 도시 식당에서도 구경하기 힘든 과자도 있었다. 이것을 승려 각자가 소지한 바리때에 그 용량의 네 배는 될 만큼 수북이 담아준다. 승려들은 주머니에서 기름이 밴 작은 천 조각을 꺼내어 그 크고 쫀득쫀득한 과자를 싸서 품속에 넣고는 식상한 느낌으로 비뚤비뚤 줄을 지어 절로 돌아간다.

그런데 본당에 나와 아침 독경을 하는 승려들은 종교 의식이 투철한가 하면, 이 또한 아무래도 그런 것 같지가 않다. 그저 건성으로 아침 일과를 챙길 뿐이지 그 이상은 아니라는 느낌이다. 대부분 매우 빠르고 산만한 어조로 웅얼웅얼 경문을 왼다. 승려들이 웅얼거리는 경문은 통상 속인들이 그 의미를 알아들을 수 있을 만큼 발음이 정확하지도 않을뿐더러 일설에 따르면 외고 있는 본인도 무슨 뜻인지 전혀 모른다고 한다. 한 질의 경전은 읽다가 중단할 수 없다. 그렇다고 해서 끝까지 다 읽으려면 점심때까지 붙잡고 있어야 하기 때문에 대개 한 줄에 몇 자씩 대각선으로 읽어 내려가는 경우가 많고, 부처고 뭐고 아무 생각이 없는 동자승 두세 명만 운 좋게 모여앉아 경을 욀 때면, 그저 웅웅 소리만 내며 술렁술렁 경전을 넘기고 끝낸다.

이 아침 독경의 또 하나의 특징은 그것이 아침 식사와 떼려야 뗄 수 없는 관계에 있다는 점이다. 독경이 아침 식사에 부수되는지 아침 식사가 독경에 부수되는지는 명확하지 않지만, 아무튼 독경과 아침 식사는 일종의 하모니를 이루며 지극히 상승相乘적인 형태로 결부되어 있다. 독경 때 승려는 각자가 소지한 바리때를 금강저나 요령이나 염주와 함께 앞에 놓인 작은 책상에 올려둔다. 독경이 시작되고 얼마 지나면 동자승이 부엌에서 올라와 커다란 놋쇠 주전자에 든 버터차를 승려들의 바리때에 따라준다. 승려들은 경이 끊기는 중간중간에 잠시 쉬면서 모락모락 김이 나는 버터차를 마신다. 상당량을 마신다. 차를 마시는 틈틈이 경을 웅얼거리는 모습을 보고 있으면 어쩐지 부처를 핑계 삼아 독경 삼매의 유희를 즐기는 것 같기도 하다. 그러나 그런 모습에서는 악의가 느껴진다기보다 묘하게 온화하고 종교로서는 약간 다른 종류의 화평감이 감돌았다. 배가 불러야 염불 삼매, 나머지는 앉아서 졸기라도 하면 더 바랄 것이 없다는 식인데, 실제로 상당히 많은 승려가 설핏설핏 졸면서 이 두 가지 활동을 계속한다. 차를 마시면서 아침 독경을 대충 마치면 이번에는 취사 담당 동자승이 작은 여물통처럼 생긴 나무통을 들고 들어온다. 나무통 안에는 볶은 보릿가루가 들어 있고, 그것을 버터차가 반쯤 남은 승려들의 바리때에 담아준다. 승려들은 가루를 폴폴 날리며 보릿가루와 버터차를 능숙하게 이겨서 알맞은 크기로 경단을 빚는다. 차 속의 버터와 염분이 적당히 섞여 향긋한 경단이 만들어진다. 말하자면 솥에 찌기 전의 보리빵 반죽을 먹고 있다고 보면 된다. 승려들은 무감동하게 그것을 뜯어 입에 넣고 차를 마신 뒤 다시 뜯어서 입에 넣는다. 이렇게 아침 식사가 끝나면 그들은 삼삼오오 자리에서 일어나 느릿느릿 자신의 암자로 돌아간다.

　티베트의 사원은 대개 약간 높은 바위산 비탈에 피라미드 형태로 자리 잡고 있다. 사원의 가장 높은 곳에는 분노존憤怒尊과 교합불交合佛 같은 밀교계 불상과 불화로 장식된 어두컴컴한 방이 있다. 사실 이 방은 이교도나 이방인을 들이면 안 되는 공간인데, 오늘날 대부분의 절에서는 누가 오더라도 태연히 그러나 얼마간 신묘한 표정으로 문을 열어준다. 법당 안은 기름과 먼지와 향내가 섞인 야릇한 냄새가 감돌고, 어디에 무엇이 있는지 알아보기 힘들 만큼 어둡다. 자세히 보고 싶어 초나 등잔을 여러 개 밝힌다. 어두운 법당 안에 거대한 분노존과 교합불 등이 모습을 드러내는데, 승려들의 신묘한 표정과는 반대로 조잡하게 만들어진 탓인지 거대한 장난감을 보는 것 같아 실망스럽다. 불상이란 어디서나 그렇겠지

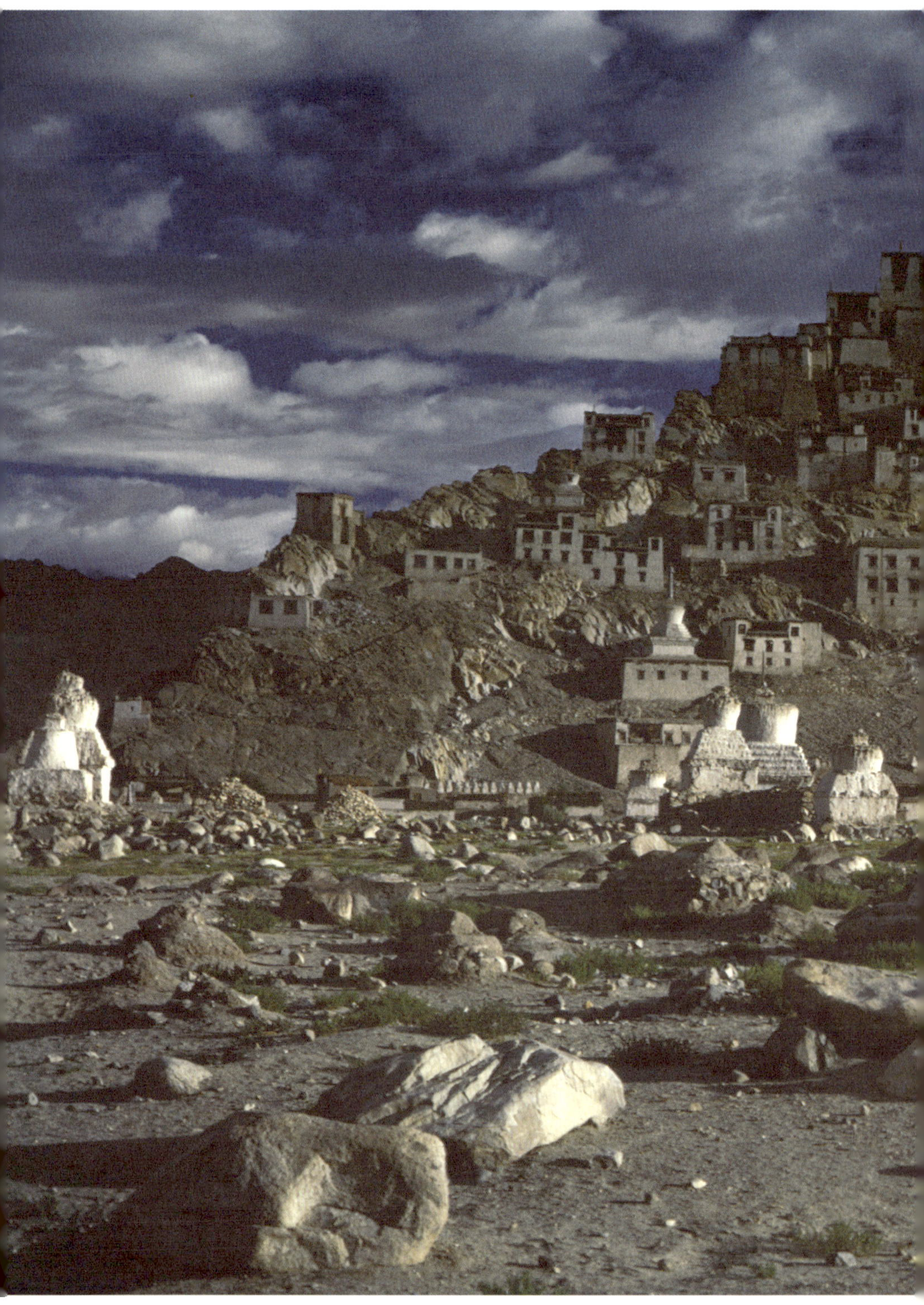

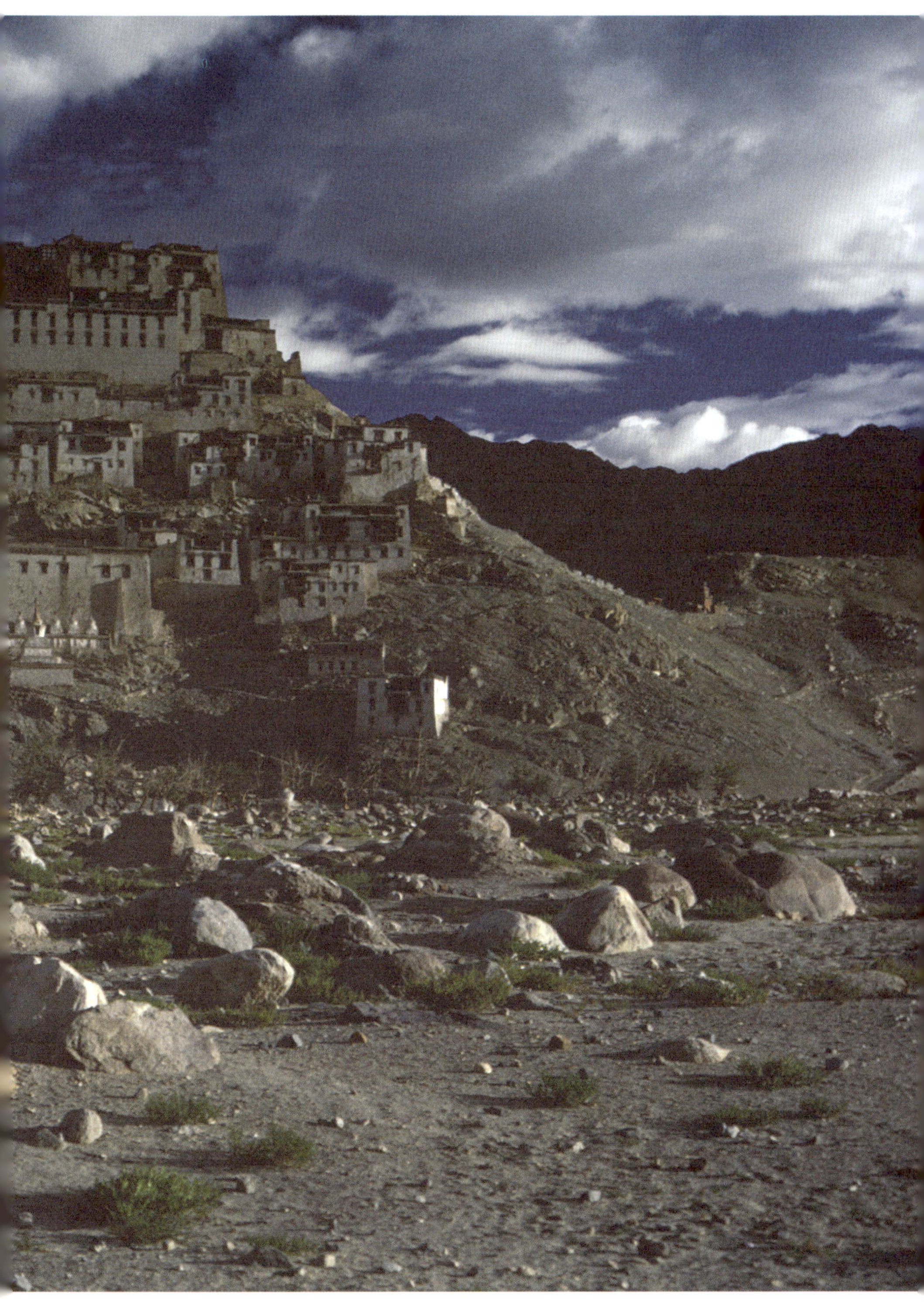

만, 티베트에서 훌륭한 불상은 크기가 사람 팔꿈치를 넘지 않는 것에 한하고, 오히려 사람 키의 몇 배나 되는 불상에 이르면 왠지 엉성한 느낌이 들어 영검함을 느끼기 전에 그것을 형성하고 있는 구리나 흙 같은 소재만 자꾸 눈에 들어온다.

어느 절에서나 승려들은 쉽사리 본존을 모신 방에 들여보내주었으나, 나중에 나는 그 방을 보지 않는 편이 좋았을 거라고 생각했다. 저 어두운 방은 그들의 종교적 이데아이지 사물이 아니라는 생각이 들었다. 그런 것을 불을 밝히고 세세히 뜯어본들 무엇이 보이겠는가. 그 방에 모신 것이 장난감처럼 하찮은 물건이더라도, 혹은 그 방이 아무것도 없이 텅 비어 있더라도 상관없다고 생각했다. 방은 수백 년 전 그 사원이 건립된 시점에 외계를 향해 완전히 닫혔어야 할 공간이다. 그리고 그 방의 문을 열어준 승려와 열어주지 않은 승려는 역시 정신 구조도 다를 거라는 생각이 들었다.

절을 떠날 때마다 늘 뭔가 아쉬웠던 것은 당연하게도 승려들의 살아가는 모습 자체가 아쉬웠기 때문이겠지만, 저 방이 언제나 내 앞에서 너무 쉽게 열린 것도 라마교의 신비성을 훼손한 한 가지 원인이었을지 모른다. 결국 승려들이 친절하게 그것을 보여주었기 때문에 정작 내가 티베트의 절 공간에서 보고자 했던 뭔가를 볼 수 없었는지도 모른다. 그리고 문을 열어준 승려에 대해서도 똑같은 말을 할 수 있을 것 같다는 생각도 든다.

부처상이나 조사상을 모신 본당과 경전을 두는 방과 부엌 등은 바위산 중턱 위쪽에 있고, 그 아래쪽으로는 승려들의 암자가 점점이 흩어져 있다. 관례에 따르면 승려들은 아침 법회를 마치고 자신의 암자로 내려간 뒤로는 외부 접촉을 끊고 고독 속에서 자기 연마를 해야 한다. 승려의 암자에는 입구 외에 외부와 접촉할 수 있는 가로세로 30센티미터쯤 되는 작은 창이 뚫려 있는데, 고독 수행에 들어가면 외부인과 말을 나누지 않고 차 배급 등은 그 작은 창문을 통해 이루어진다. 과거에는 몇 달씩 암자에 틀어박혀 지내는 경우도 많았고, 몇 년씩 그런 생활을 하는 경우도 있었다고 한다. 또한 극단적인 예로는 사원을 떠나 깊은 산속의 굴에 들어가 밖에서 입구를 막게 하고는 식료를 들이는 작은 창에 의지해 평생을 보낸 승려도 있었다고 한다.

그런데 승려들의 목숨을 이어주던 암자의 작은 창은 오늘날 거의 사용되지 않는다. 일용 잡화를 두는 편리한 선반 구실을 하는가 하면, 겨울이면 그 작은 창의 빈지문으로 한기가 새어든다는 이유로 흙이나 돌로 막아버린 곳도 있다. 그런 현실이 보여주듯 자신의 암자로 돌아간 승려들이 자기 연마를 하는 모습은 찾아볼 수 없다. 승려들은 고독 수행에 힘쓰기는커녕 창으로 고개를 내밀고 이쪽을 보며 히죽히죽 웃거나 한다. 그들은 무섭도록 한가한 것이다. 8시 반경, 아침 독경을 마친 승려들 앞에는 거의 꼬박 하루의 시간 공백이 기다리고 있다. 본래 자기 수련에 사용해야 할 이 공백의 시간이 지금은 느른하고 김빠진, 도무지 구분되는 점을 찾을 수 없는 무서울 정도의 무위의 시간대가 되었다. 이 시간대에 절을 방문하면, 나는 거대한 폐허나 불교 유적에 들어선 기분이 들었다. 그리고 폐허나 유적처럼 보이는 거대한 건물 한구석에서 언뜻언뜻 승려의 붉은 옷이 보이거나 하면, 그것이 텅 빈 유적에 둥지를 튼 날지 못하는 날개 잃은 새 같다는 생각이 들었다. 승려들은 대개 나 같은 방문자에게 호의를 갖는 듯하다. 나는 그런 호의만 믿고 넉살좋게 그들의 방 안까지 들어갔다. 그러면 어김없이 예의 버터차가 나온다. 볶은 보릿가루가 나온다. 더러 돌처럼 딱딱한 빵이나 비스킷을 내놓기도 한다. 흰 쌀밥과 감자 카레를 얻어먹은 적도 있다. 본래 티베트 승원에서는 승려의 개인 암자에서 허용되는 음식은 차 정도로, 식사는 불전의 식당에서 해야 한다. 승암에 밥 짓는 연기가 오른다는 것은 비상식적인 일이다. 그런데 지금은 그것이 조금도 비상식적인 일이 아니다. 승암에서 밥을 먹는 일이 비상식적인지 여부는 제쳐두고, 승려와 얼굴을 맞대고 앉아 차를 마시고 오독오독 비스킷을 먹고 있으면 이 방에 오래 있어보았자 배밖에 나올 것이 없겠다는

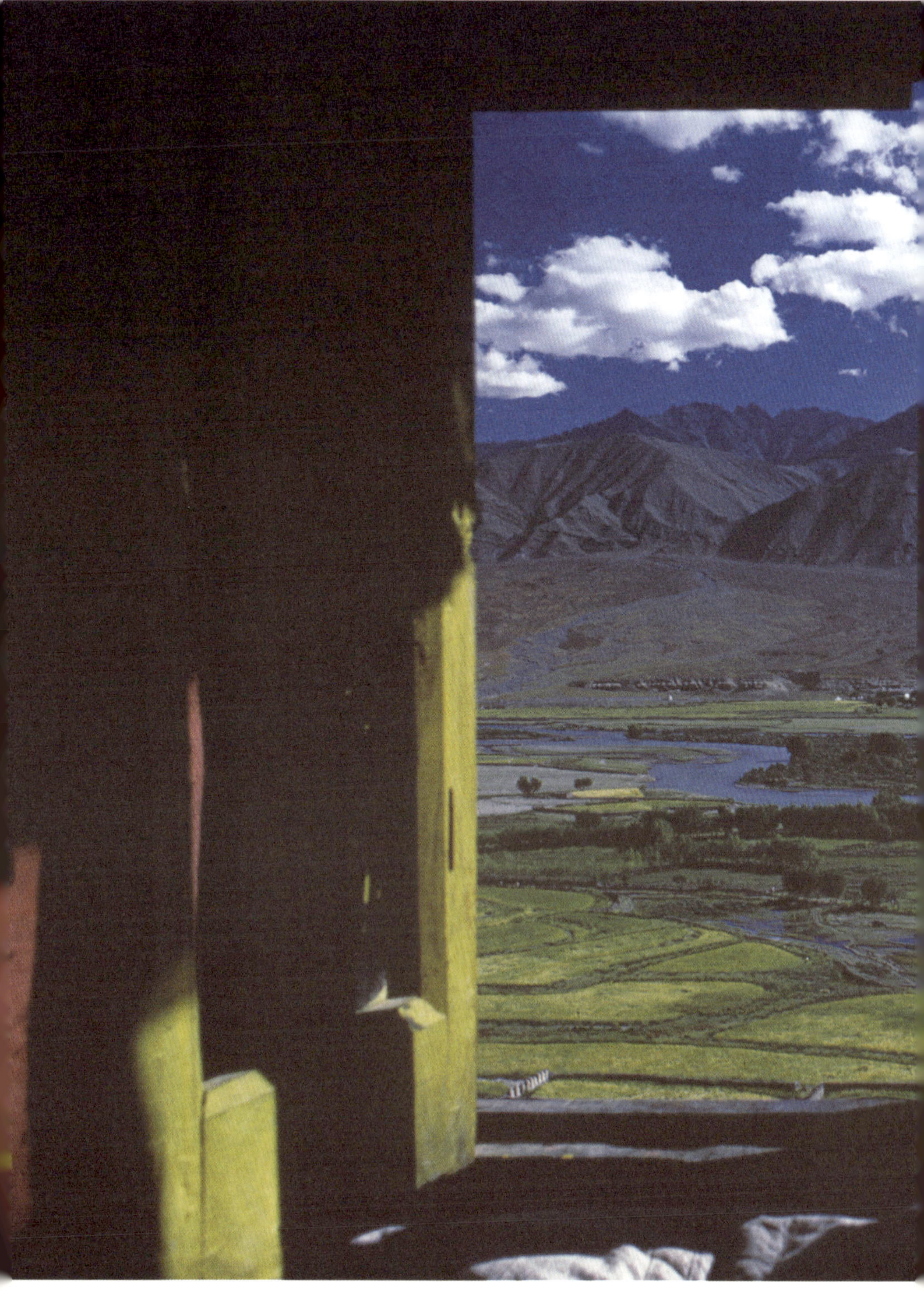

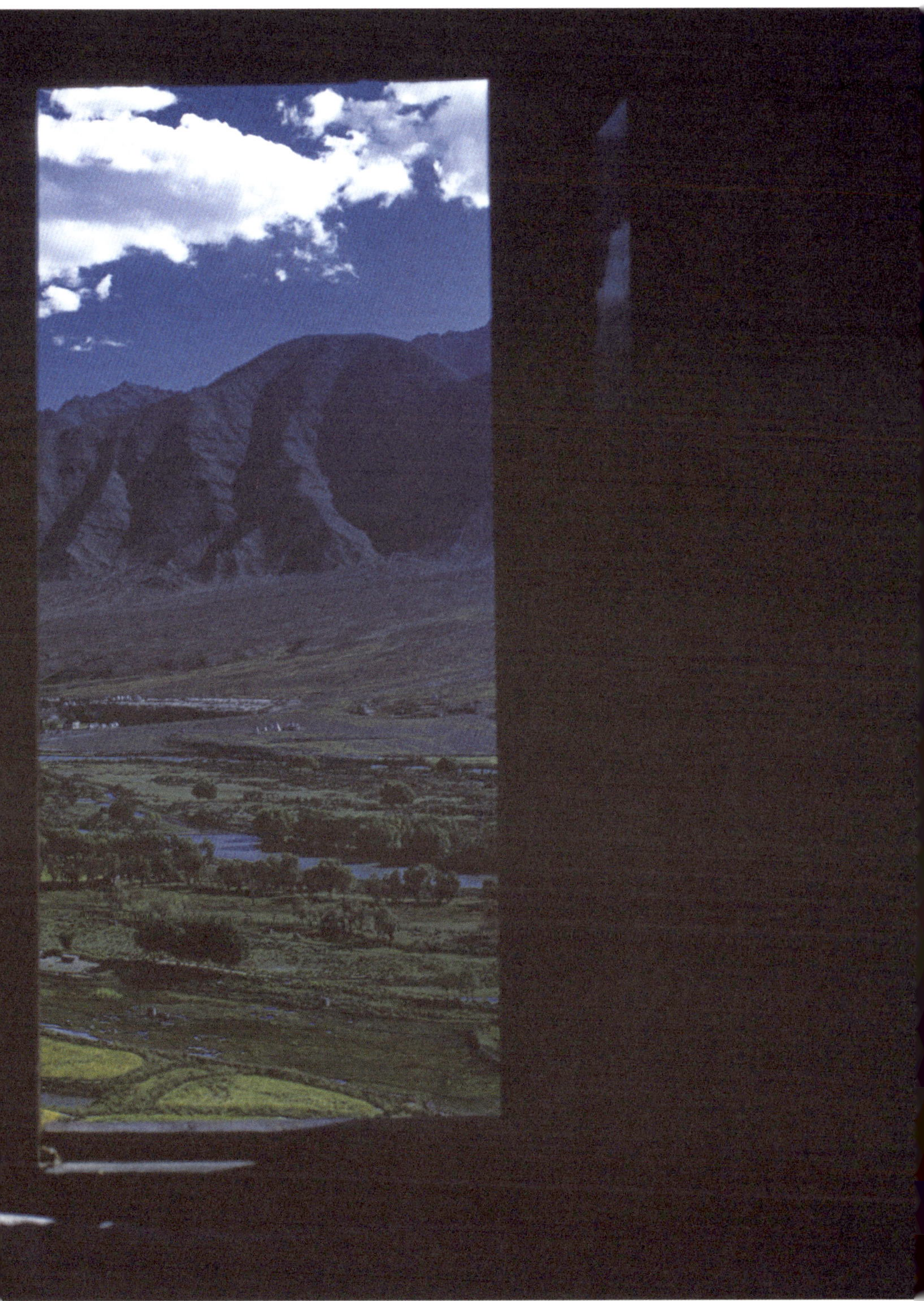

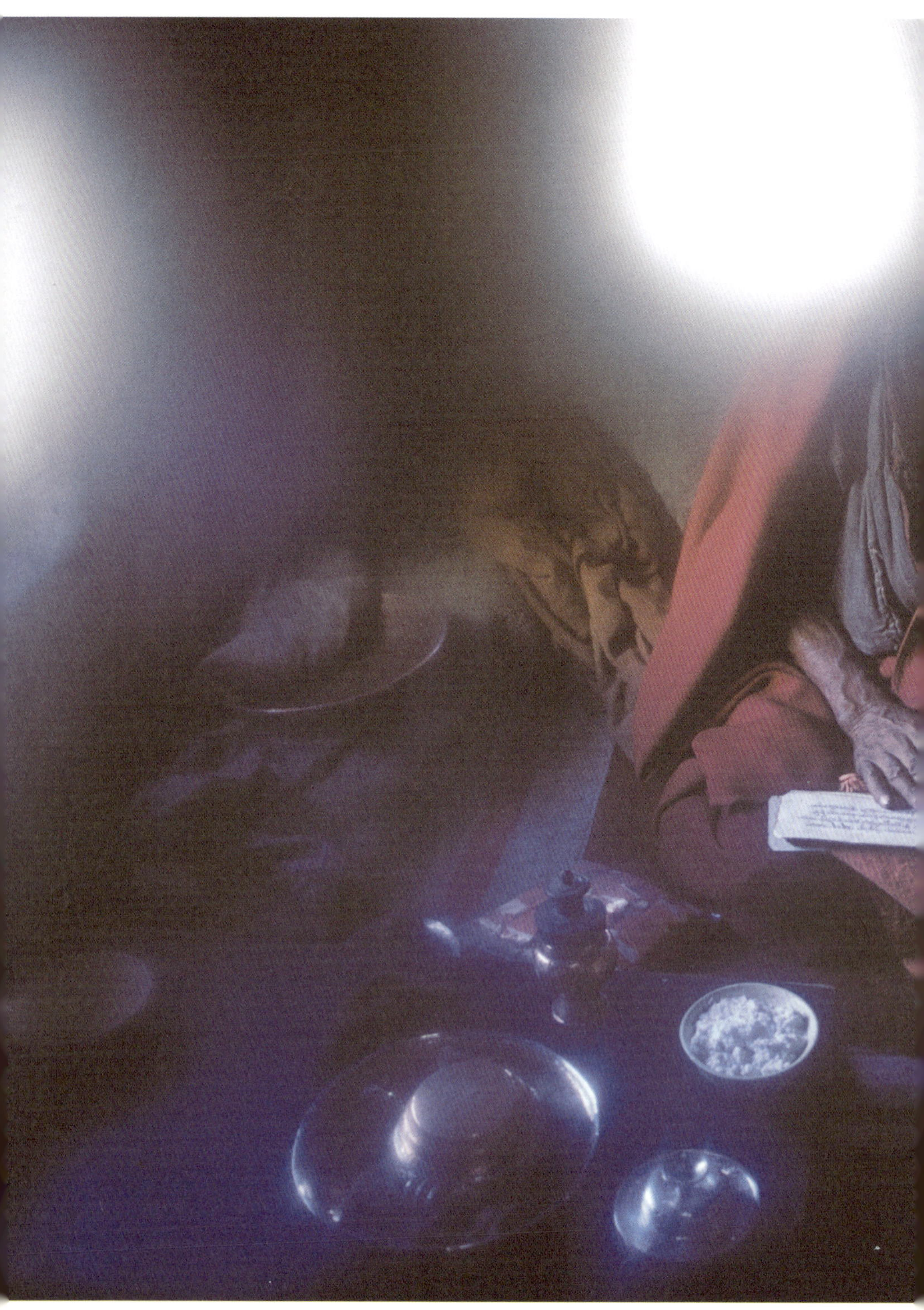

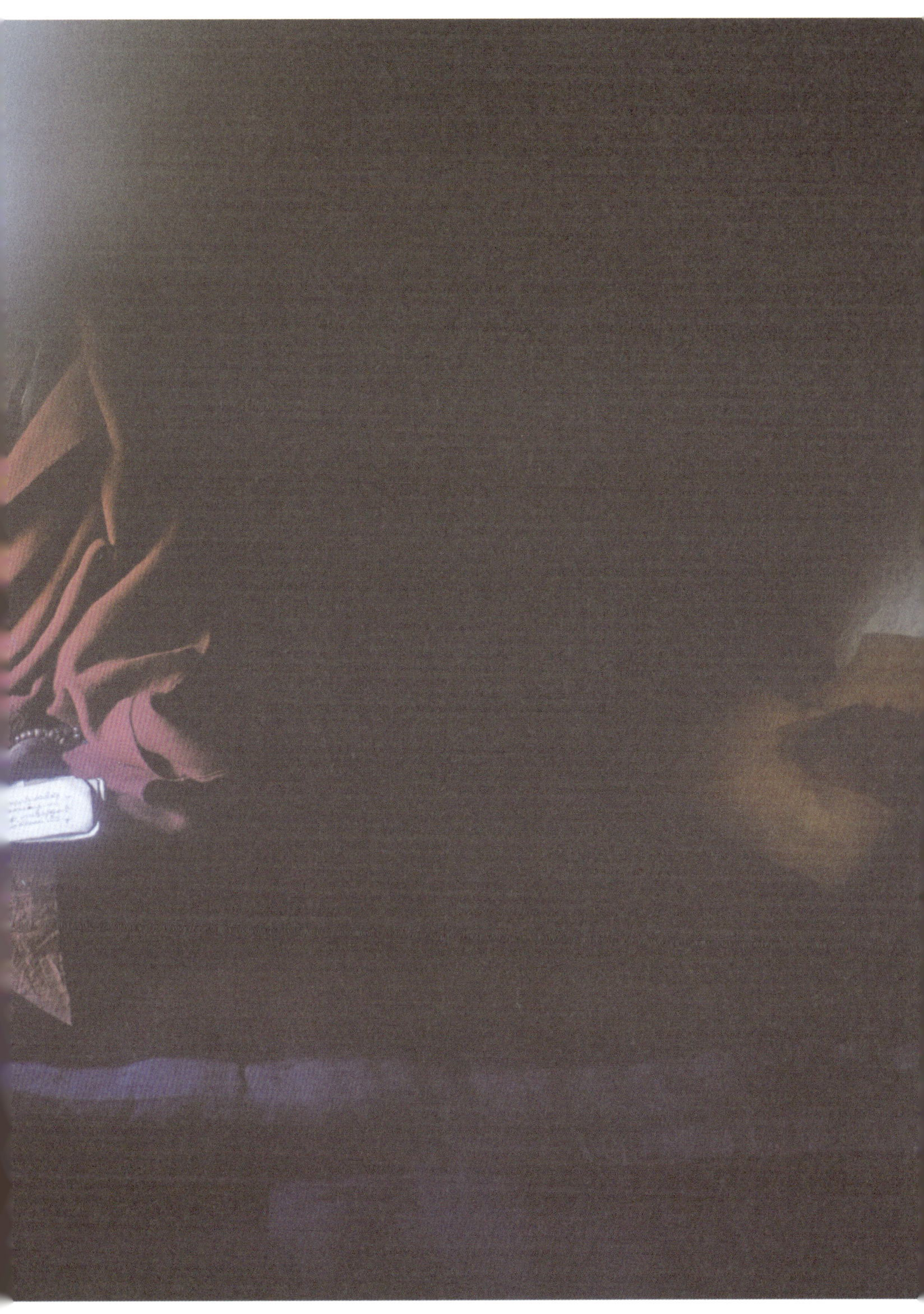

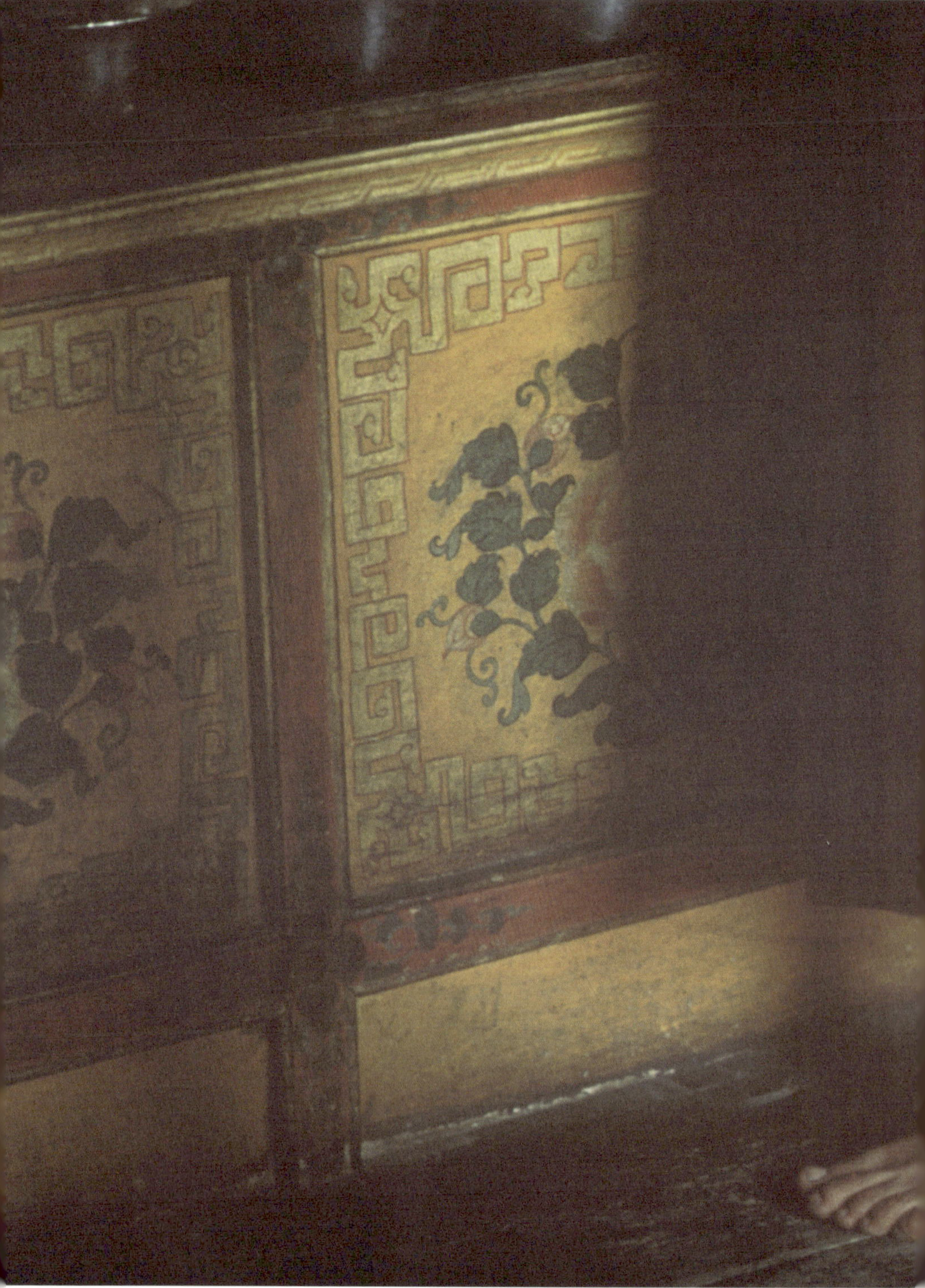

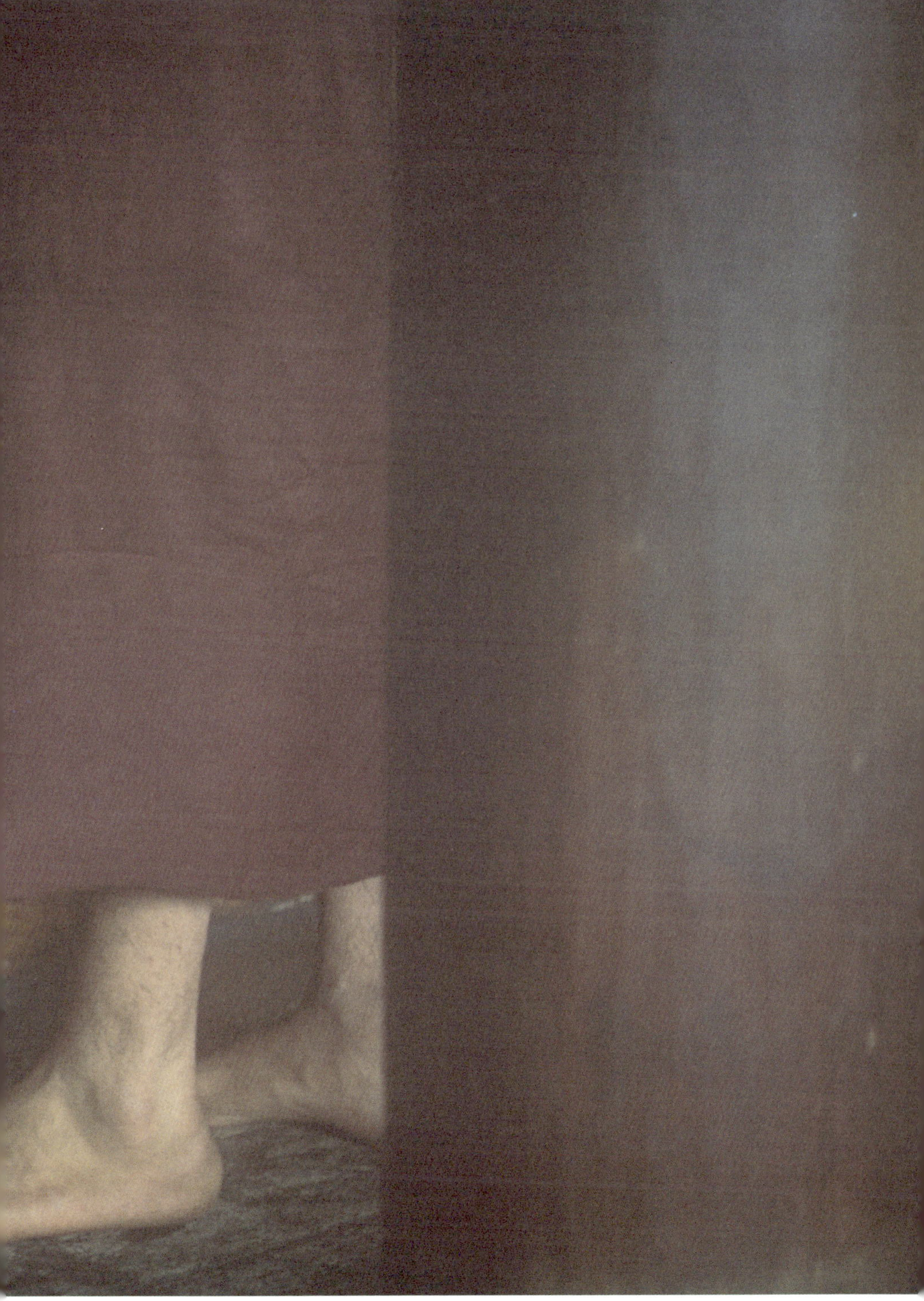

생각만 드는 것이었다.

온종일 빈둥거리는 승려들도 간혹 한곳에 모여 장장 6~7시간 동안 아침 독경보다 공들여 경을 욀 때도 있다. 부처의 명일命日과 그 사원을 일으킨 조사의 탄생일 같은 종교적인 불사 때, 또는 새로 지은 불당에서 부처의 개안 공양을 할 때 등이다. 나도 몇 번 그런 장면을 보았지만, 종일 아무 생각 없이 빈둥대며 밥만 축내는 것보다야 낫다는 생각이 들 뿐, 훌륭한 승려는 눈을 씻고 찾아봐도 없다는 생각은 변하지 않았다.

사실 그런 불사는 대개 일정한 권위나 사회제도와 결부되기 때문에, 그처럼 틀에 박힌 장황한 독경 행사를 단체로 자주 치르는 절일수록 내 눈에는 타락한 절로 비쳤다. 티베트에도 일본과 마찬가지로 대승계(마하야나) 절과 소승계(히나야나) 절이 있지만, 그 구분은 모호하고 보통은 대승적인 분위기가 강하다. 요컨대 불교가 민중을 구제하고 가르치고 주술을 행하기 위해 있다고 여기는 풍토여서 형식적인 독경이나 제사와 법사가 선행되고, 그래서 진짜 승려를 찾아보기 힘든 사태가 벌어지는 것은 당연할지도 모른다. 본디 불교는 힌두교처럼 자연의 움직임을 함유하고 있지 않고 또 티베트 고래의 본교처럼 인간의 광기도 함유하고 있지 않은 이른바 고등 종교이기 때문에 형식화하기 쉬운 종교라고도 말할 수 있다. 오늘날 티베트에서 라마교가 대체로 그렇게 형식화되어버린 것도 그것이 본교보다는 불교적 색채가 짙다는 하나의 증거다. 즉 땅의 열이 식어버린 종교 혹은 생물의 체온이 식어버린 종교가 되고 만 것이다.

내가 티베트에서 보고자 했던 것은 그처럼 식어버린 것이 아니었다. 내가 생각하는 승려는 결코 냉담한 존재가 아니기 때문이다. 불문에 들거나 승려가 된다는 것은 생명의 불을 끄고 냉담한 삶 속으로 들어가는 것이 아니라, 하나의 불을 끄고 몸속에 다른 형태의 불을 지피는 것이라고 생각한다. 나는 또 다른 형식의 불길로 빛나는 하나의 인간을 그곳에서 보고 싶었던 것인데…….

내 안에서 태어난 들개가 산 너머에서 울었다

어릴 적, 절의 스님이 이것이 삼도천(사람이 죽어 저승으로 가는 도중에 만나는 내로, 생전에 지은 업에 따라 세 가지 다른 여울을 건너게 된다—옮긴이)이라고 말하면서 양철 환등기를 달각달각 돌리던 기억이 난다.

흐름이 멈춘 듯한 노란 강이었다. 하늘도 노랬다. 노란색 하늘에서 안개 같은 구름이 수면을 어루만지듯이 드리워져 있었다. 환등기는 달각달각 돌아가고, 사람들이 그 강을 건너는 장면에 이르자 갑자기 부산해졌다. 하늘이 캄캄해졌다. 캄캄한 하늘 아래로 벌거벗은 사람들이 세 무리로 나뉘어서 줄줄이 강으로 들어갔다. 울고 있는 무리와 기뻐하는 무리가 있었디. 강기슭에는 무섭게 생긴 할멈과 할아범이 있었는데, 사람들이 입고 있는 옷을 벗겨 나뭇가지에 걸고 있었다. 건너편 기슭에서는 많은 아기들이 열심히 잔돌을 쌓고 있었다.

내 주위에는 할머니와 할아버지들뿐이었다. 그들은 말없이 그것을 보고 있었다. 스님이 새된 목소리로 뭐라고 말하자 할머니와 할아버지들은 기뻐하며 웃거나 손수건으로 눈시울을 훔쳤다. 환등기는 달각달각 돌아가고 갖가지 그림들이 벽에 비쳤다. 피가 뚝뚝 떨어지는 무서운 그림이 나왔다. 수묵으로 그린 옛날 일본의 위대한 스님 그림이 나왔다. 구름을 찌를 듯이 큰 나무에 꽃이 피어 있고, 그 꽃에 가지각색의 부처님이 올라앉아 있는 즐거운 그림이었다.

삼도천이니 삼도천 기슭이니 하는 것을 그때 처음 보았다. 지금 생각해보면 사람들로 북적거리는 삼도천 그림보다는 아무도 없는 조용하고 샛노란 삼도천 그림이 더 인상 깊다.

그런 기억 속에 각인된 삼도천이 아니라 더 진짜에 가까운 삼도천을 어디선가 본 것도 같고 보지 않은 것도 같다. 저 조용하고 샛노란 무인의 강을 멀리 거슬러 올라가 건넜던 기억이 있는 것도 같다. 그것은 나와 어머니의 피의 색깔이 외광外光에 비쳐 오렌지색의 부드러운 빛으로 가득한 어머니 뱃속의 양수에 내가 알몸으로 떠 있을 때의 일인지도 몰랐다. 어쩌면 나는 피안으로 가야 할 운명이었는데 어머니 몸속의 강이 역류해 '인간계'로 떨어지고 말았던 것이리라.

나는 눈앞에 삼도천을 보고 있는 듯한 기분이었다.

검붉은 바위가 불거진 절벽에 지그재그로 난 길을 이십 분쯤 올랐다. 정상에 도달하니 발밑의 흙 색깔은 노란 기가 강한 젖빛으로 변해 있었다. 정상 저편을 바라보았을 때 오호 삼도천 기슭 같은데…… 하고 혼잣말을 하고 있었다. 정상은 유백색 평지였고, 그곳에는 부드러운 습기가 있었다. 축축한 유백색 대지臺地에는 산양이 지나간 흔적 비슷한 가느다란 길이 보였다 사라졌다 하면서 구불구불 이어졌다. 길이 뻗어 있는 넓은 대지 양편으로 검은 바위산이 우뚝 솟아 있었다. 바위산 팔부 능선 근처에 비구름이 잔뜩 끼어 하늘은 보이지 않았다. 비구름은 등 뒤로 강한 햇빛을 받아 유황 연기에 그을린 은처럼 눈부신 빛을 머금고 있었다. 넓은 유백색 골짜기에 비구름 사이로 새어 나온 빛 입자들이 나풀나풀 내려와 젖빛의 흙 알갱이 하나하나에 머물고 있었다. 유백색 골짜기는 그 자체가 발광하는 것처럼 아련하고 시선을 빨아들이는 요염한 빛을 머금은 채 그곳에 있었다.

내 거친 숨소리가 들렸다. 심장 고동과 거친 호흡이 가라앉기를 기다리며 바위에 걸터앉아 골짜기를 바라보고 있었다. 이 골짜기인지 평지인지 분간하기 어려운 일대를 지나 세 시간쯤 걸어가면 외진 산사가 나올 것이다.

젖빛 골짜기를 다시 걷기 시작하자 기분이 들떴다. 갑자기 놀고 싶어졌다. 그러나 걷는 것 말고는 아무것도 할 것이 없었다. 달리기를 하거나 돌을 던지거나 앙감질을 하고 싶지는 않았다.

개 짖는 소리를 흉내 내어보았다.

개 짖는 소리를 내면서 걸었다.

개 짖는 소리는 내 목구멍을 벗어나 젖빛의 삼도천 기슭을 내달려 동쪽과 서쪽의 검은 바위산에 부딪혀 세 번 네 번 메아리치며 귓가로 되돌아왔다. 그때 그것은 진짜 개의 포효처럼 들렸다.

나는 개 짖는 소리를 내는 데 열중했다. 걸으면서 개 짖는 소리를 냈더니 숨이 가빴다. 멈춰 서서 호흡을 가다듬고 다시 짖었다. 이것도 아니야, 저렇지도 않아 하고 계속 억양과 목소리를 개량하다 보니 점차 진짜 개 짖는 소리처럼 들렸다. 메아리치며 귓가로 되돌아오는 소리는 더욱더 진짜 같았다. 멀리 바위산에 들개가 있어서 짖고 있는 듯했다. 개 두 마리가 짖는 것처럼 연달아 짖어보니 세 번, 네 번 메아리치며 배가 되어 돌아왔다. 세 마리, 네 마리가 짖는 것처럼 짖었더니 도대체 몇 마리가 짖어대는지 알 수 없을 정도였다. 나는 사방의 산에서, 공기 중에서 들려오는 개 짖는 소리에 도취되었다. 마치 내가 그 들개 무리를 통솔하고 있는 기분이 들었기 때문이다.

개 짖는 소리를 내면서 걷다 보니 기묘하게 생각되는 것이 한 가지 있었다. 한

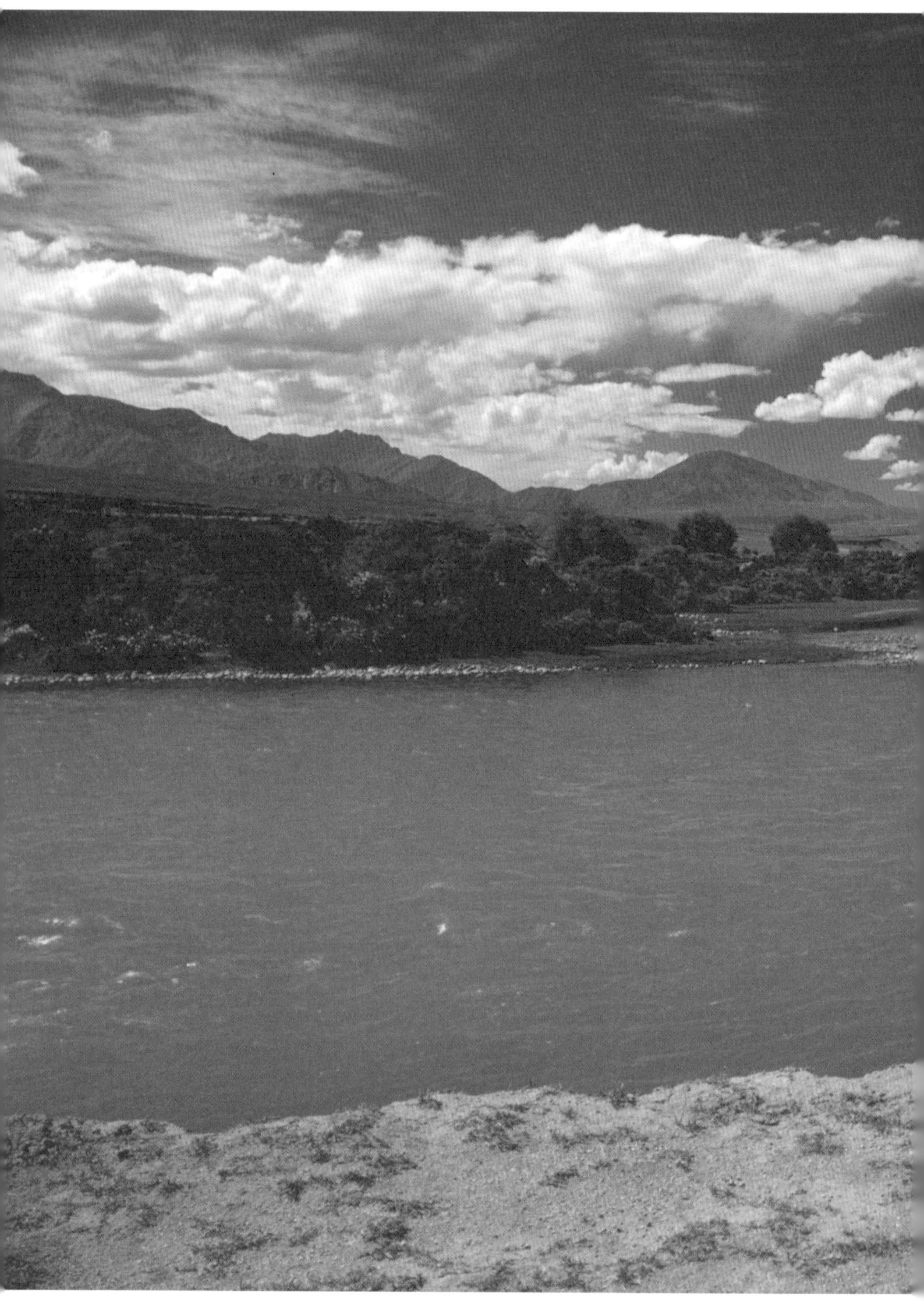

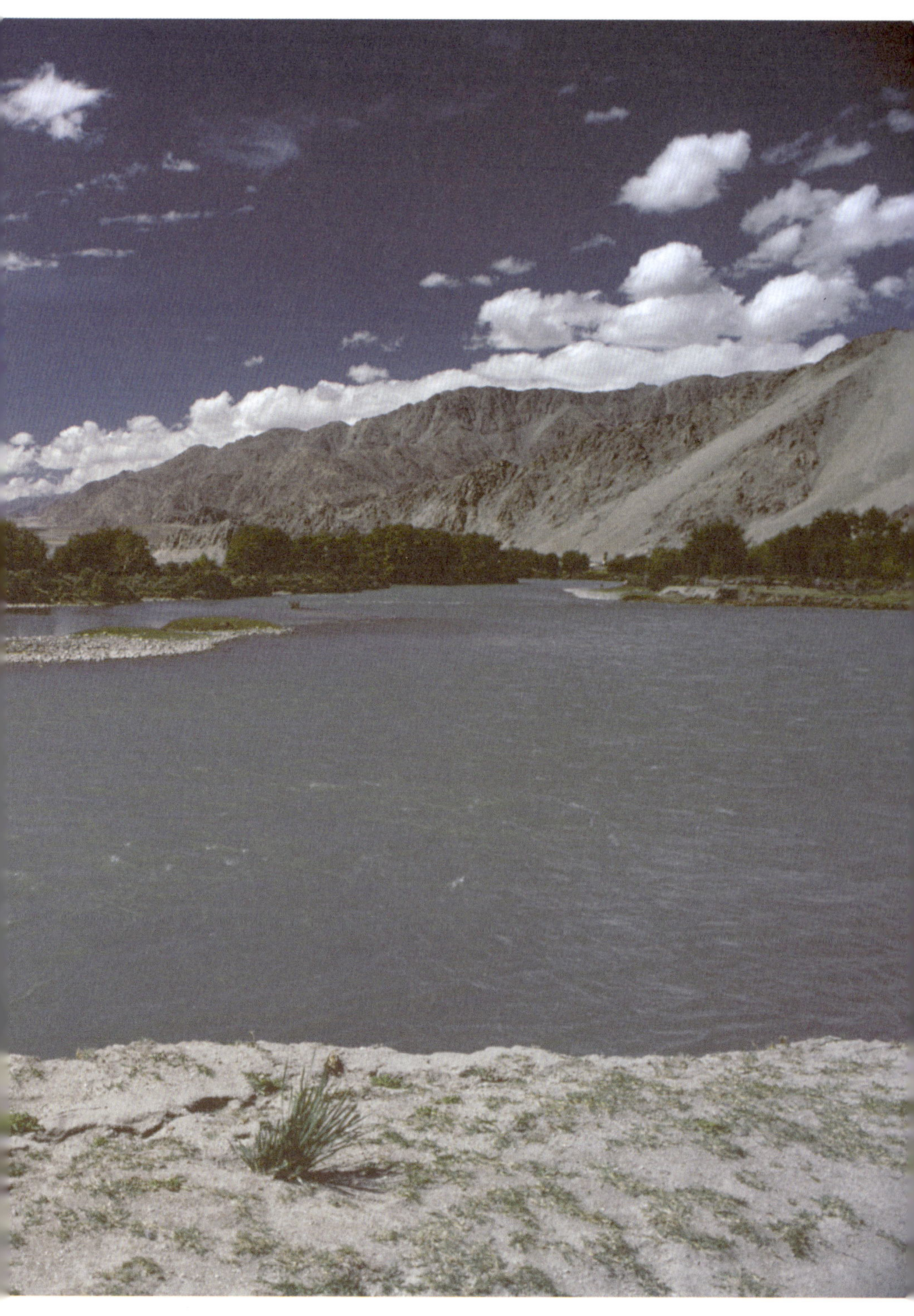

마리가 짖는 것처럼 짖어도, 두 마리 세 마리가 짖는 것처럼 짖어도 메아리쳐 돌아오는 개의 포효 가운데 단 한 마리, 어딘지 모르게 다른 느낌의 개 짖는 소리가 섞여 있는 것 같았던 것이다. 산에 부딪혀 사라지기 직전의 소리다. 어딘지 모르게 슬프다. 고립되어 있다. 그리고 굶주려 있다. 몇 번을 짖어보아도 한 마리, 그런 느낌의 개 짖는 소리 메아리가 되돌아온다. 나는 신경이 쓰였다. 혹시 진짜 들개 한 마리가 내 포효에 호응하고 있는 것이 아닌가 하는 생각이 들었다. 개 짖는 소리를 내고는 멈춰 서서 귀를 기울여보았다.

한 마리만이 아니었다. 가만히 들어보니 메아리쳐 돌아오는 모든 소리가 그런 것 같았다.

젖은 비구름처럼 슬프다. 삼도천 기슭의 돌멩이처럼 고립되고, 저 나무 한 그루 풀 한 포기 자라지 않는 검고 메마른 바위땅처럼 굶주려 있다. 내가 내는 개 짖는 소리는 정말은 그런 소리가 아니다. 용맹스럽게 짖어보았다. 메아리쳐 들려오는 소리는 분명 용맹스런 포효였지만, 역시 어딘지 모르게 고립되고 슬프고 굶주려 있었다. 메아리 소리를 물고 늘어지듯 짖어보았다. 먹이를 받고 기뻐하는 개처럼 짖어보았다. 그러나 검은 바위산에서 들려오는 소리는 전부 그렇지 않았다. 산양이나 소 울음소리로 바꿔볼까 하다가 피곤해서 그만두었다.

다시 정적이 감돌았다. 그 깊은 정적을 뚫고 나는 걸었다. 침묵한 풍경 속에서 좀 전의 들개 소리가 귓가를 맴돌았다. 그것은 이미 내 목소리가 아니었다. 내 목소리에서 태어난 들개들이 이 삼도천 기슭의 검은 바위산 어딘가에 살고 있었다.

부드러운 유백색 평지에 난 길을 삼십 분쯤 걷자, 점차 토석이 섞인 단단한 적갈색 땅으로 바뀌었다. 그리고 얼마 후에는 크고 작은 푸르스름한 바위와 돌들이 튀어나온 들판으로 변해 있었다. 이 고지에서는 수십만 년 전 조산 활동이 왕성하게 일어나 산이 갈라져 계곡이 되고 계곡이 밀려 올라가 산이 되었다. 그리고 빙하기에는 얼음의 강이 지면을 깊이 도려 파고 암석을 부숴 떠내려 보냈기에 서로 다른 지층이 곳곳에서 부딪치고 있다. 이 넓은 골짜기도 그런 장대한 땅의 역사를 드러내고 있었다.

발은 불과 십 분을 걷는 동안 백만 년의 여행을 했다. 발은 과거의 온갖 지층을 밟았다. 오십만 년 전의 땅을 밟다가 이삼 분 후에는 새로운 지층을 밟고 있었다. 수천 년 전의 땅을 밟다가 난데없이 수백만 년 전 먼 과거의 땅으로 돌아가기도 했다. 빙하가 말라붙은 백만 년 전의 땅을 새로운 토석이 덮고 있어서 까마득히 연대가 떨어진 땅을 두 발이 동시에 밟고 있기도 했다. 이곳은 그렇게 땅의 시간과 역사가 뒤얽혀 발걸음을 내딛는 자로부터 시간 감각을 빼앗아버렸다.

나긋나긋하게 뻗은 가느다란 외길은 현실미를 결여한 채, 덧없는 생명의 등불을 밝힌 연체동물이 방금 전에 기어간 흔적처럼 표시되어 있었다.

그러다가 돌연 길은 고의로 가로막혀 있었다. 길 중앙을 골라 엉성하게 돌담을 쌓아놓은 것이다. 높이 1.4미터 폭 1.6미터의 돌담은 길 연장선상으로 길게 뻗어 있다. 길은 돌담 바로 앞에서 양쪽으로 갈라져 돌담을 감싸며 이어진다. 양쪽 길 어디를 택해 걸어도 도달하는 곳은 같다. 가늘고 긴 돌담이 끝나는 지점에서 갈라져 있던 길은 다시 만난다. 그리고 다시 한 줄기 가냘픈 길이 이어진다.

이 돌담을 마니단이라고 부른다. 이것은 무인 지대를 걸어갈 때 홀연히 출현하는 경우가 많다. 여행 민족인 티베트인이 자신의 여행과 생애의 가호를 기원하며 여행 중에 쌓는 것이다. 대개는 여행길을 따라 만들어지는데, 짧은 것도 있고 긴 것도 있다. 긴 것은 1킬로미터쯤 이어진다. 마니단에는 여행길에 오른 사람들이 새긴 마니석이 아무렇게나 놓여 있다. 마니란 진언眞言 혹은 경經을 뜻한다. 타원형을 조금 길게 늘려놓은 듯한 납작한 돌을 골라 경문이나 여행의 안전을 보살피는 세 보살의 이름 또는 도안을 새겨 그것을 마니단에 올려놓고 떠난다.

마니단은 왼쪽으로 걸어야 한다. 불상 주위든 사원 주위든 불탑 주위든 인도

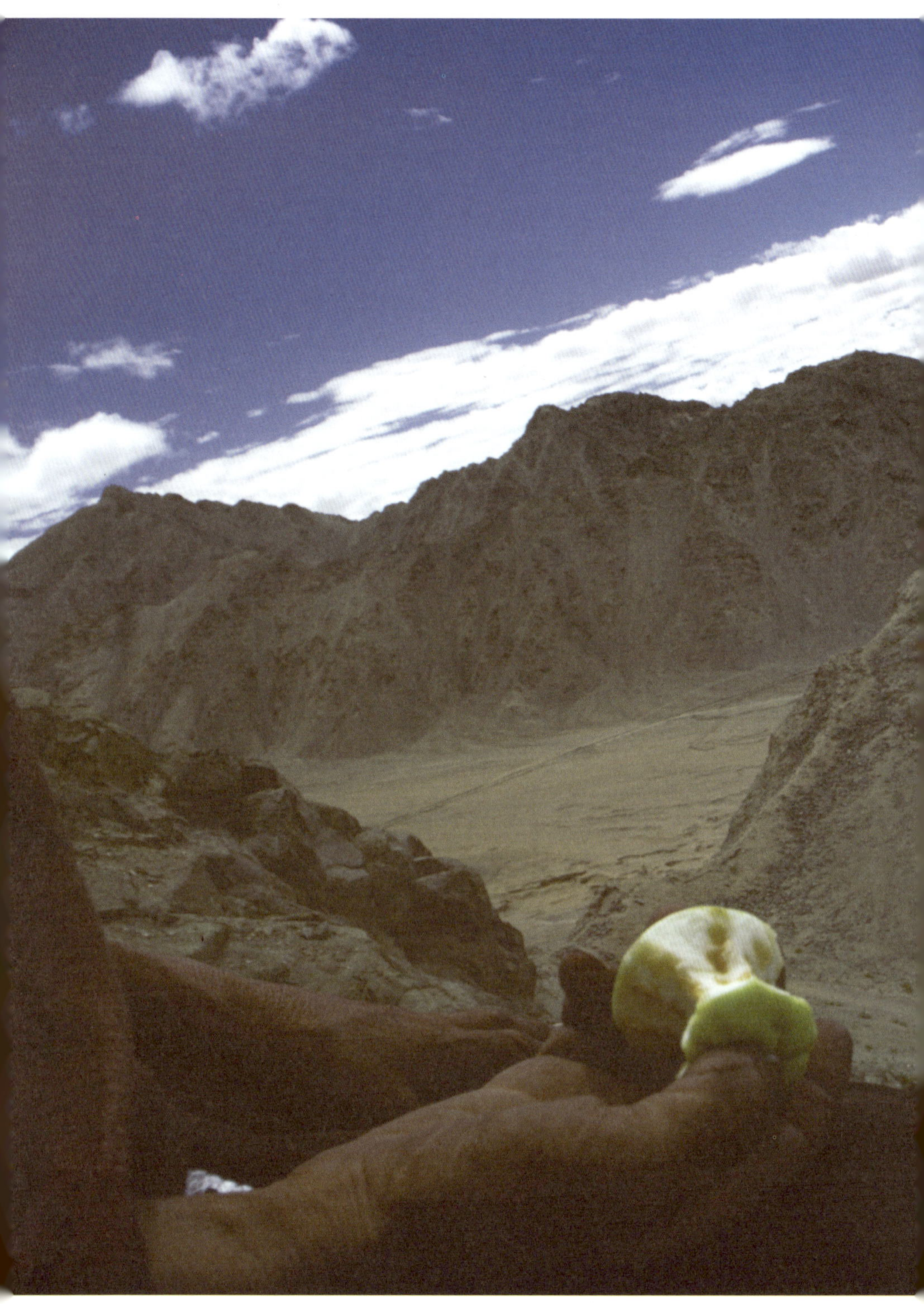

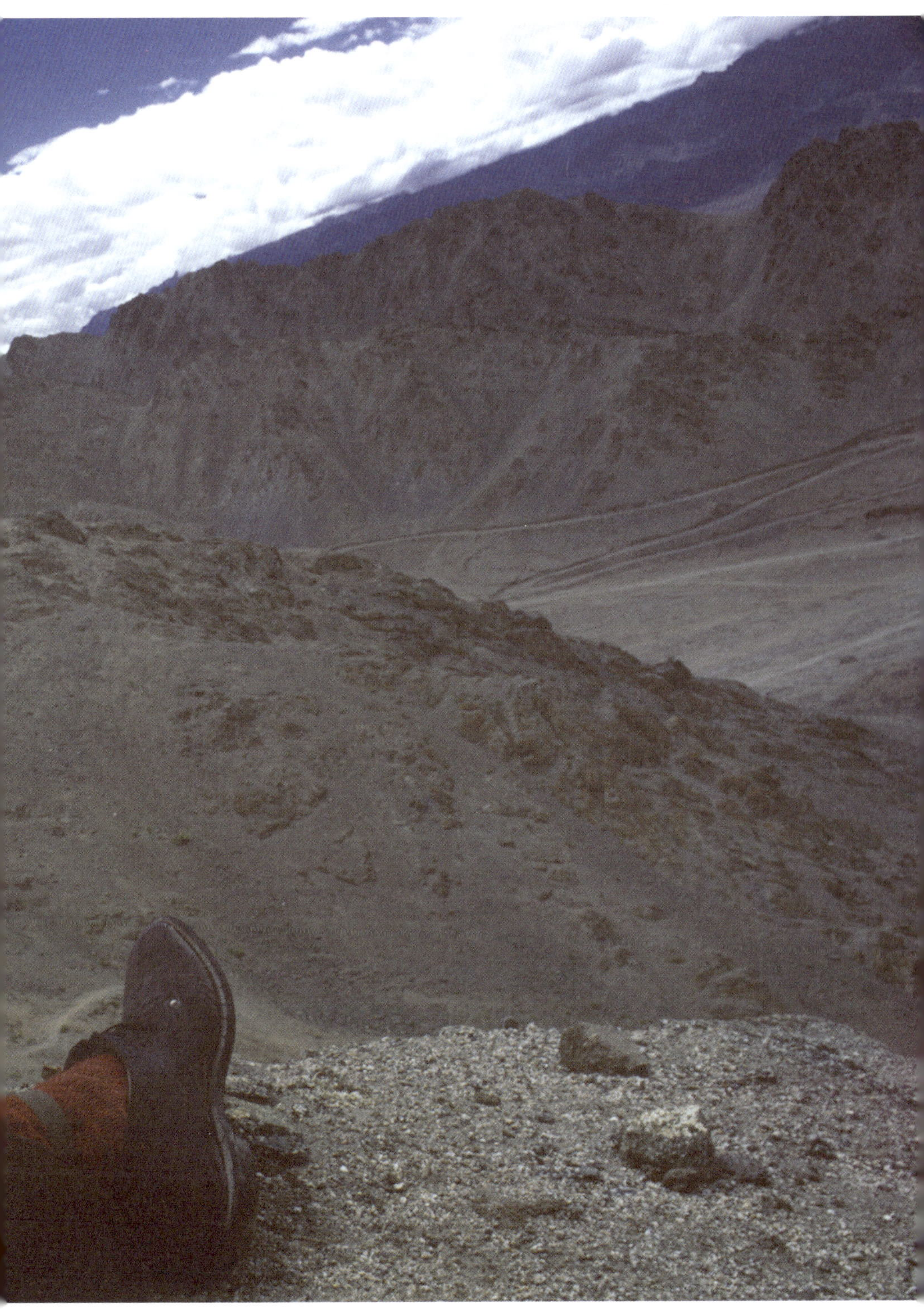

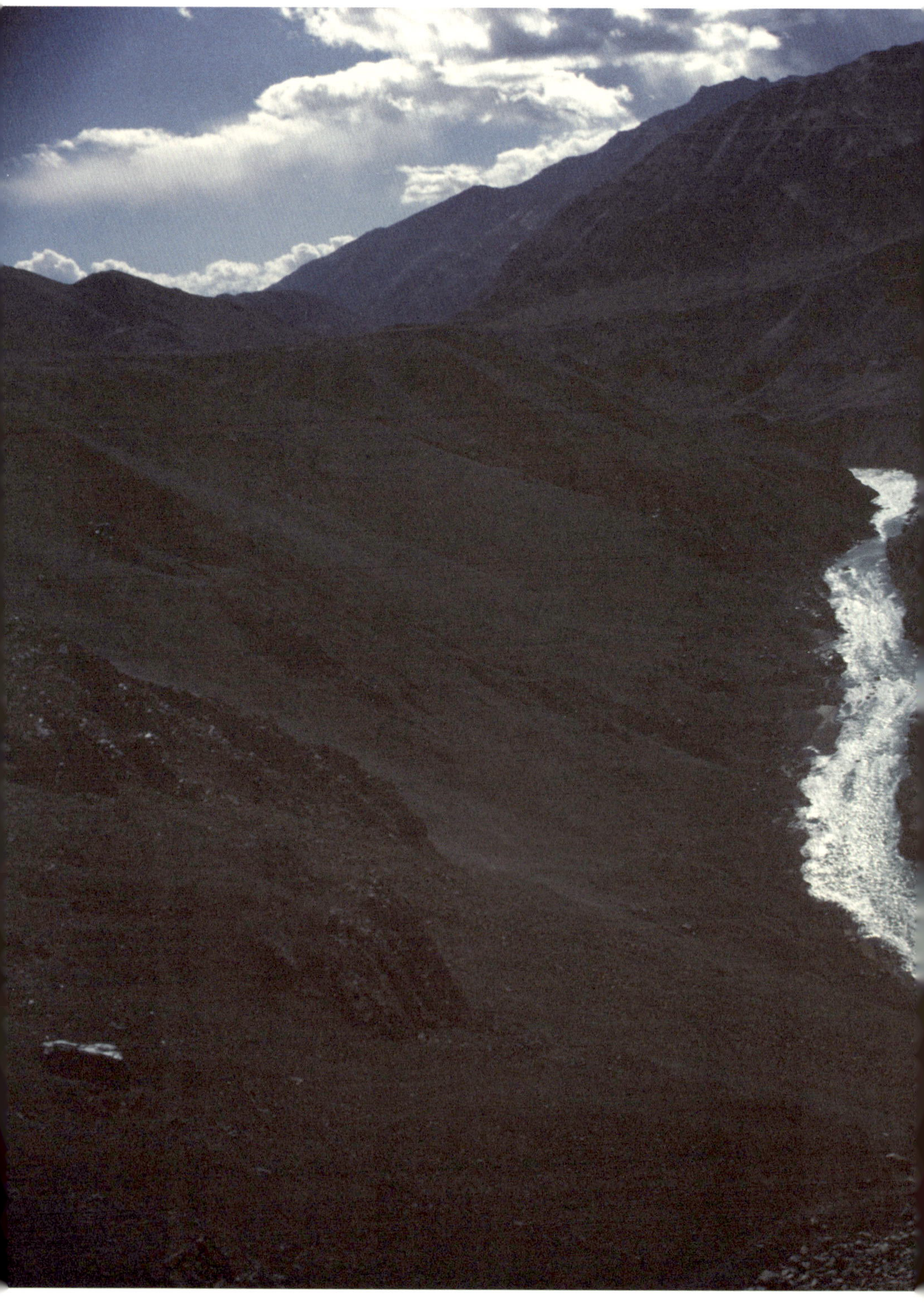

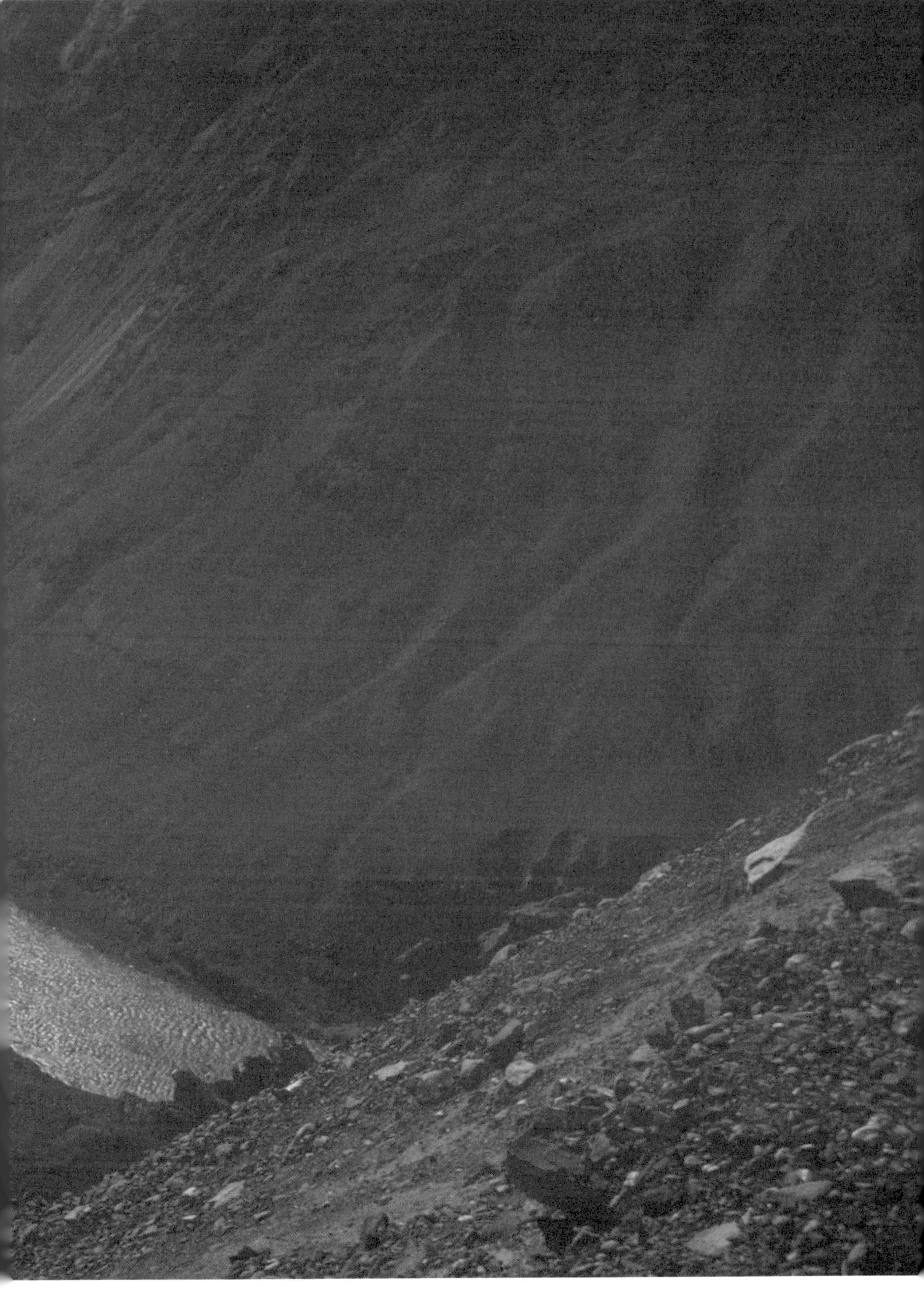

의 힌두교 백성도 그렇지만 티베트의 라마교 백성도 왼쪽 방향으로 돈다. 돈다는 것은 중심을 만드는 일이고, 그래서 그것은 신을 의도하는 동작이 된다.

왜 왼쪽으로 걸어야 하는지는 알 수 없다. 내가 이슬람교도라면 오른쪽 길을 선택했을 것이다. 이슬람교도는 힌두교도나 라마교도나 불교도의 반대 방향으로 신의 상징을 돈다. 나는 이슬람교도도 그리스도교도도 불교도도 아니니까 어느 쪽으로 걸어도 상관없었지만, 이 땅의 종교적 관습에 맞서 일부로 오른쪽 길을 선택할 이유는 없다고 생각했다. 또한 마니단의 양쪽 길가는 드넓은 평지여서 굳이 길을 따라가지 않고 길에서 벗어나 자신의 길을 만들며 걸어도 되지만, 넓은 평지나 자갈 지대에 그 나름의 길이 보일 때는 역시 길을 따라 걷는 편이 심리적으로나 육체적으로나 부담이 적은 법이다.

비구름이 끊어지고 강한 햇살이 천천히 땅을 기고 있었다. 햇살 속에서 마니단 위의 마니석에 새겨진 글자나 그림이 도드라져 보였다. 나는 때때로 까치발을 하고 마니석을 보면서 걸었다. 별안간 마니석들이 사람 무리처럼 보였다. 마니석들을 한눈에 내려다보고 싶어졌다. 나는 마니단 위로 올라갔다.

무수한 마니석이 저마다 그림과 글자를 지닌 채 소리도 없이 수런대고 있었다. 불그스름한 돌……노란색 돌……거무스름한 돌……푸르스름한 돌. 벼랑 단면처럼 줄무늬가 들어간 돌. 모양도 갖가지였다. 품격이 느껴지는 날씬한 타원형이 있는가 하면 볼품없이 두툼하고 모난 돌도 보였다. 조신하게 생긴 손바닥만 한 돌도 있고, 그 위에 올라타듯 얹혀 제 무게로 기울어져 있는 절조 없이 큰 돌도 있다. 몽둥이처럼 길쭉한 돌. 원만한 원을 그리는 무른 사암의 돌. 부처를 새긴 삼각형에 가까운 돌. 널빤지처럼 넙적하고 평평한 돌. 사람 얼굴에는 방상方相, 삼각상三角相, 원상圓相, 연화상蓮華相, 서상瑞相 등 다양한 성격에 따른 다양한 상이 있다고 한다. 이것은 단순히 모양만 두고 하는 말이 아니라 얼굴 모양이 세모난 사람 중에도 원상이나 연화상이 보이고, 얼굴 모양이 둥근 사람

중에도 삼각상이나 방상의 성격이 보인다. 돌들 속에도 그런 인간계의 삼각상, 방상, 원상, 연화상, 서상 등이 혼연히 섞여 있는 듯했다. 보기에도 온후한 느낌의 돌이 있었다. 돌봐주고 싶은 가련한 돌이 있었다. 한 대 쥐어박고 싶은 밉상의 돌이 있었다. 이 신의 단상에도 속세가 꿈틀거리고 있다. 그렇게 보이는 것은 내가 속인이기 때문일지도 모른다. 도대체 돌을 보고 쥐어박고 싶다는 감정이 생긴다는 자체가 이상하다. 그러나 돌들에게는 분명 감출 수 없는 저마다의 얼굴이 있었다. 사람 얼굴에 형상이 있듯 돌에도 형상이 있고, 사람 얼굴 거죽에 저마다의 생김새가 있듯이 돌의 거죽에도 그 돌의 모양과 색깔을 고른 사람이 새겨 넣은 저마다의 생김새가 보인다. 신기하게 돌에 새겨진 생김새는 그 돌의 형상이나 색깔의 좋고 나쁨, 품격과 일치하고 있었다. 중뿔나게 큰 돌에는 허세 부리며 위압하는 듯한 불상이 새겨져 있고, 불상의 얼굴도 신에 가깝다기보다는 지방 대지주 밑에서 위세를 떠는 보리 집배인 같은 인상을 풍겼다. 아이의 무심한 기도처럼 담담하게 경문을 새겨 넣은 돌은 어디서나 볼 수 있는 자연스레 모서리가 깎여 나간 돌이었다. 퉁명스럽게 '옴'이라는 한 글자만 거칠게 새겨 넣은 돌은 우연히 손을 뻗은 곳에 굴러다니고 있었을 뿐이라는 느낌의, 모양도 제대로 갖추지 못한 돌이었다. 이것을 새긴 남자는 분명 갈 길을 서두르고 있었을 것이다. 보통은 글자 부분을 돋을새김하는데 간혹 귀찮아서 오목새김한 것도 눈에 띈다. 그런 돌은 역시나 모양도 색깔도 만사 귀찮다는 느낌을 풍긴다. 갸름한 돌에 산뜻하게 경문 한 줄을 새겨 넣은, 기교를 부리지 않은 듯하면서도 솜씨와 스타일이 느껴지는 것. 이것은 스님이 새긴 마니석일지도 모른다. 돌 전면에 빽빽하게 경문을 새긴 것이 있는가 하면, 무른 돌에다 선 하나만 비죽 새기고 만 것도 있다.

　나를 닮은 돌을 찾는다. 나를 닮았다기보다는 나라면 어떤 모양과 색깔의 돌을 골라 어떤 글자나 그림을 새겨 넣을지 생각해보았다. 이것저것 눈이 간다. 어느 돌을 보아도 거기에 내가 있는 것 같았다. 나는 이렇지 않은데 싶은 돌도 두

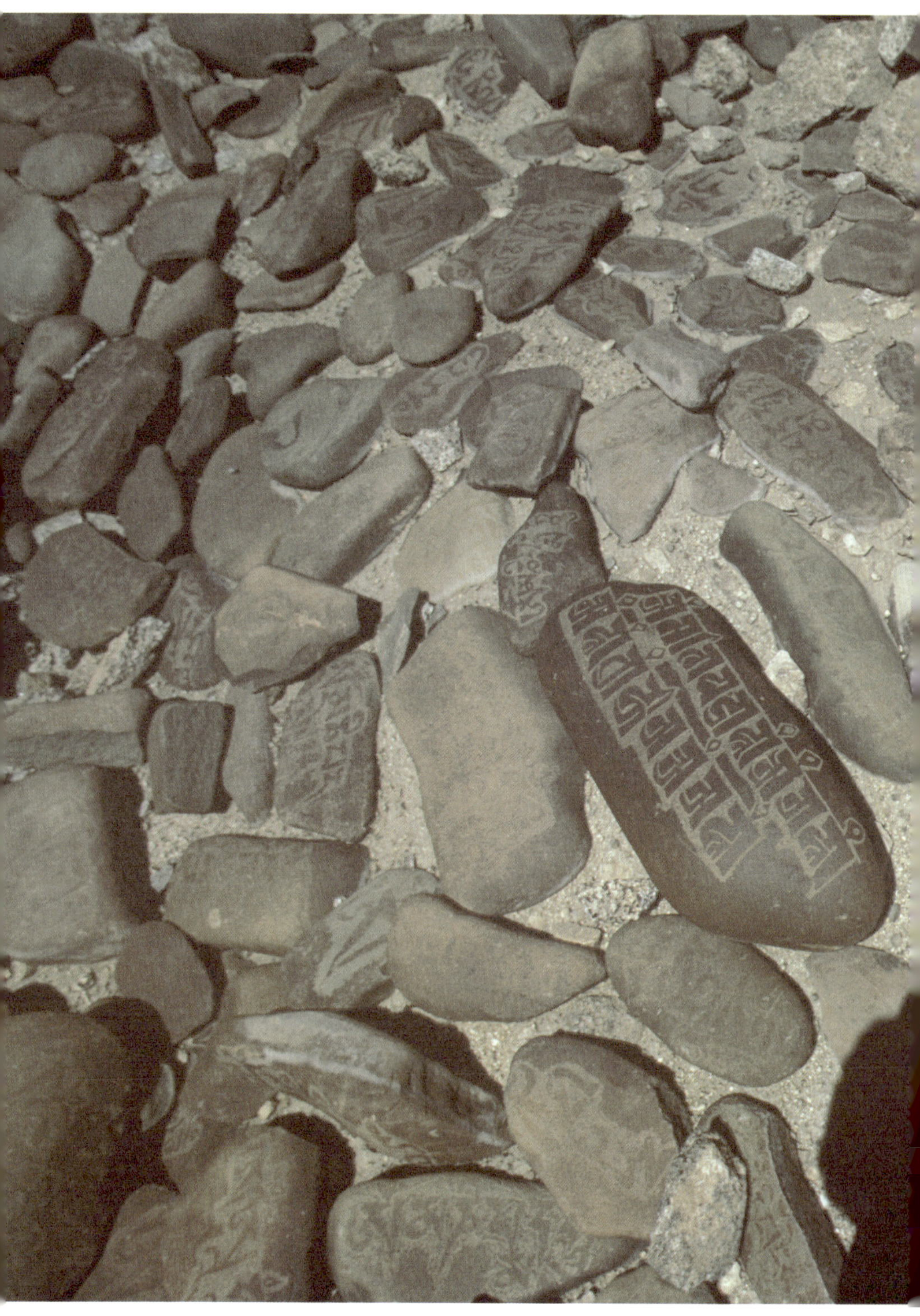

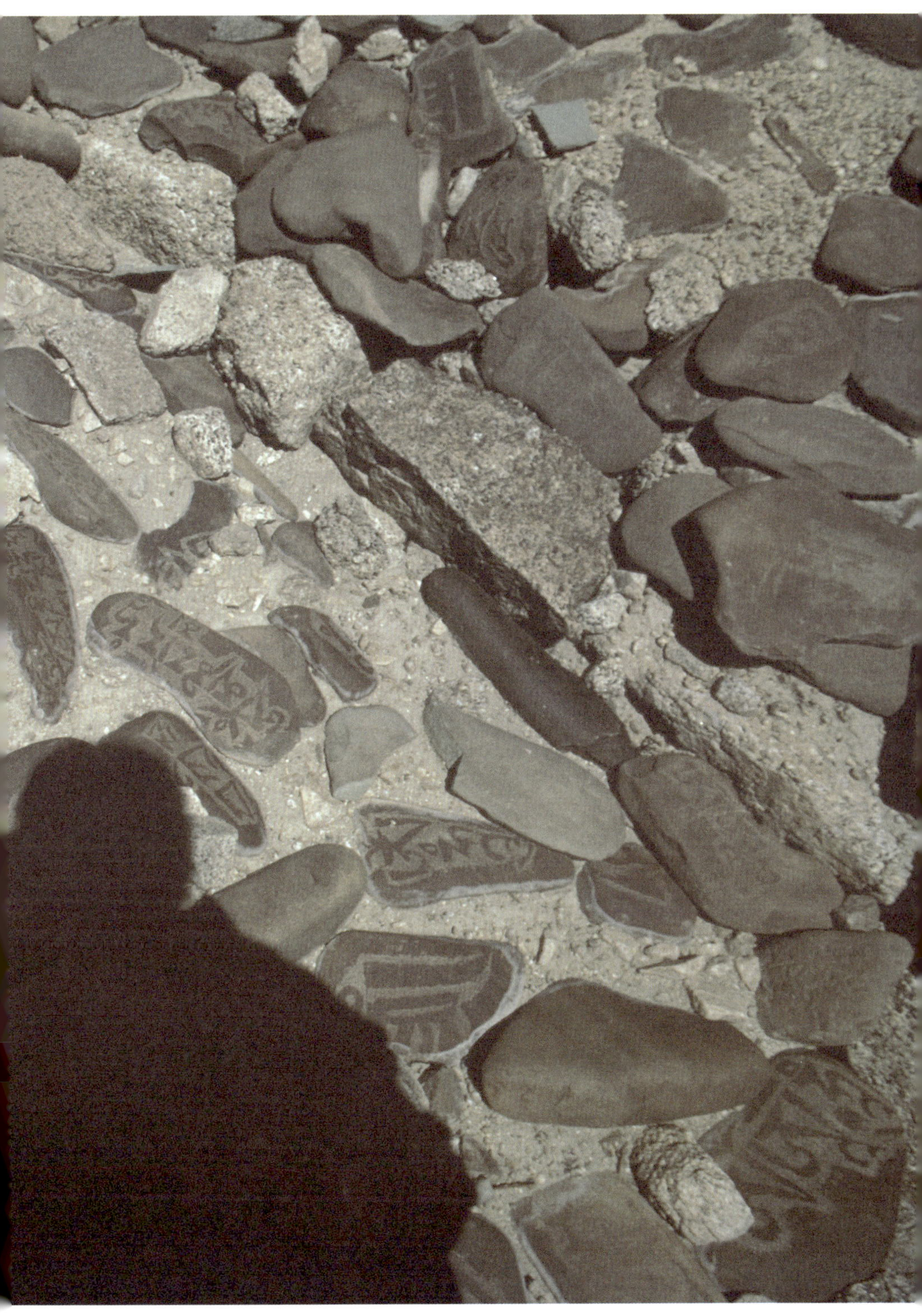

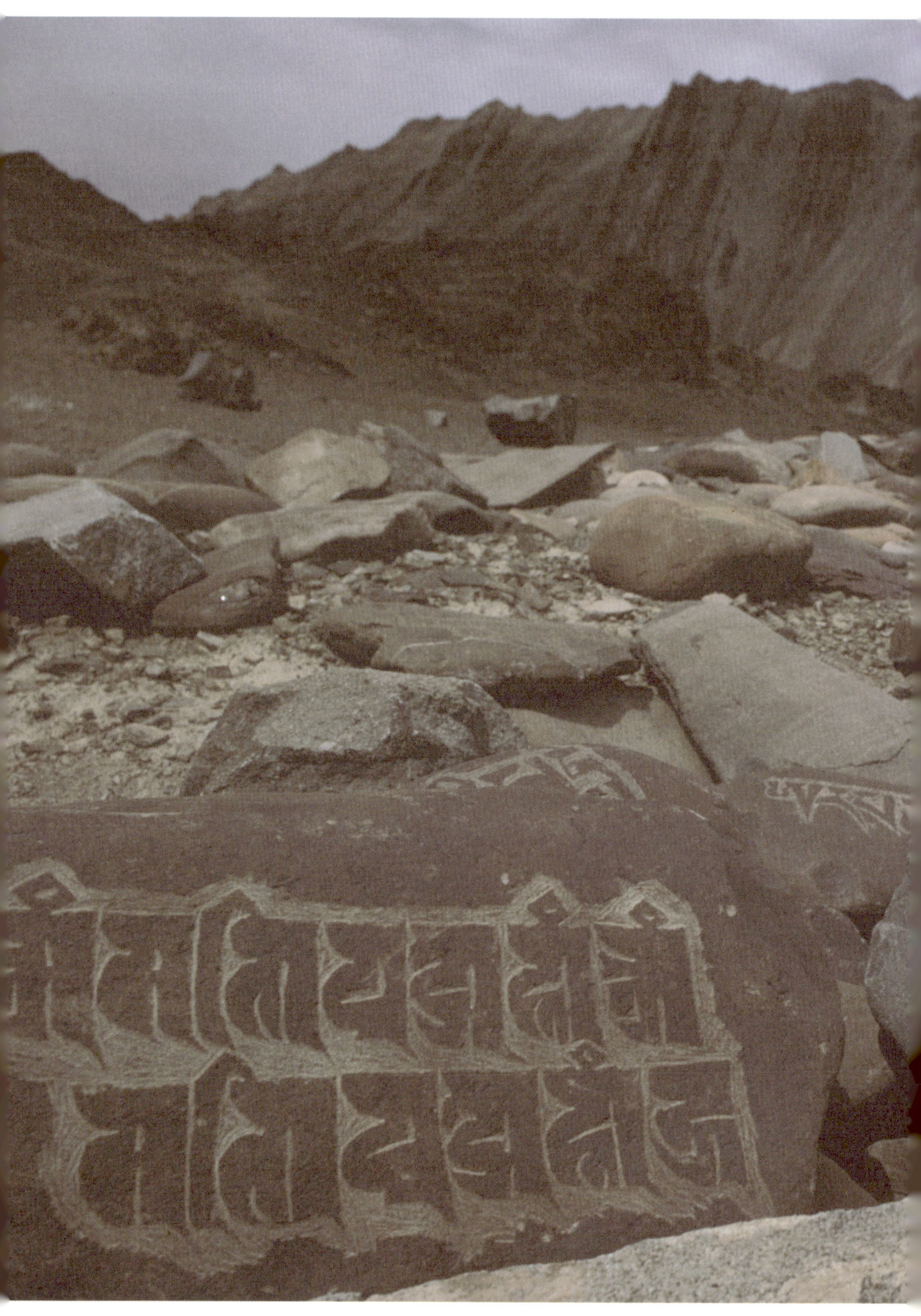

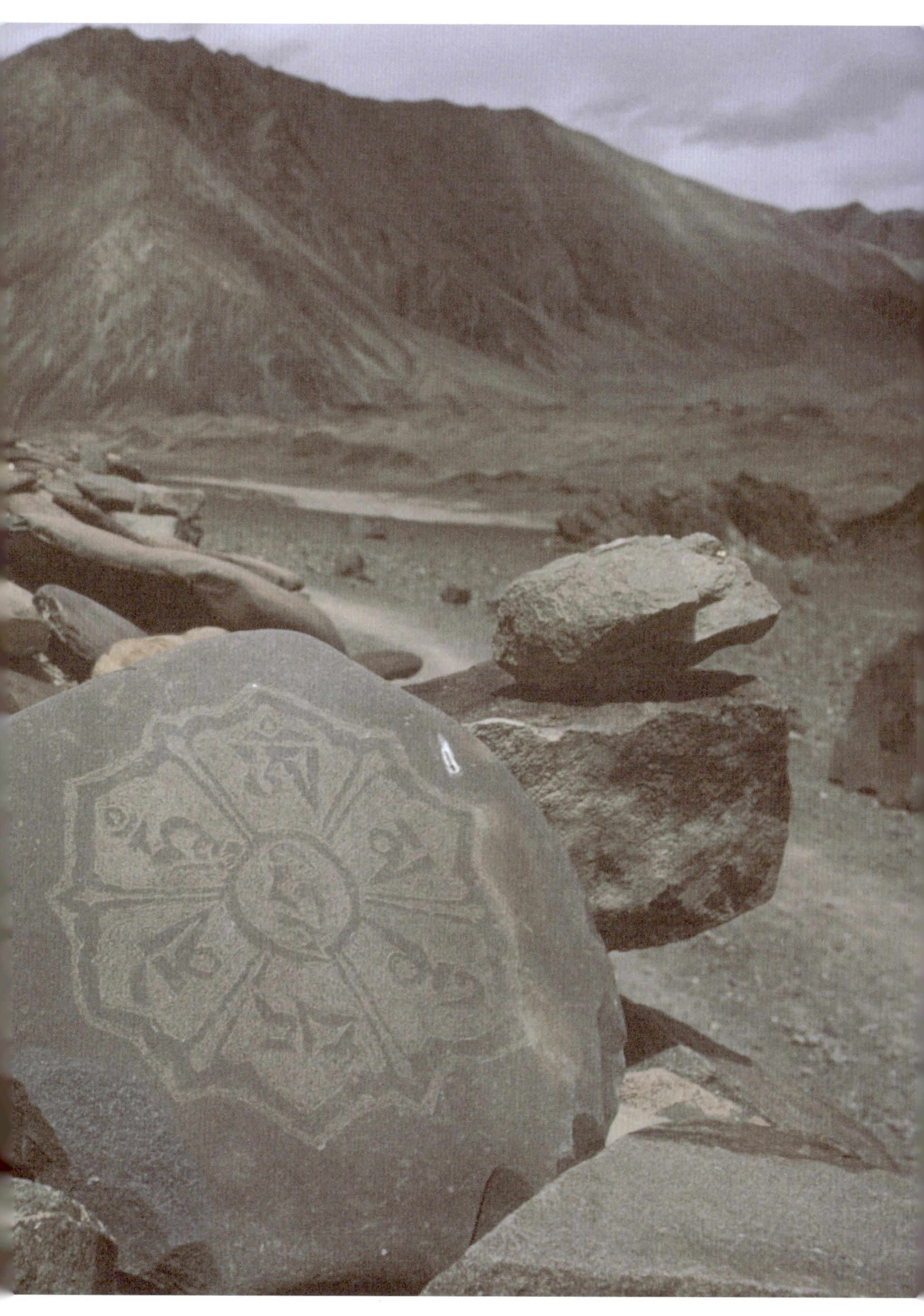

세 개 눈에 띈다. 커다란 돌을 고른 주제에 어울리지 않게 자잘한 글자를, 그것
도 중심에서 어긋나게 새겨 넣었다. 공을 들여 열심히 새겨 넣었다. 그러나 공을
들인 만큼 자신이 주운 돌을 무시하고 있다. 어떤 돌이든 새겨 넣은 글자나 그림
이 그 돌과 조화를 이루지 않는 것은 반종교적이다. 기껏 고른 것이 무른 사암이
거나 돌인지 흙덩인지 알 수 없는 적갈색 황토 덩이인 것도 재미없다. 돌을 고르
는 단계에서 눈이 올차지 못한 것이다.

옛날 티베트의 달라이라마 선발 시험 중에는 갓난아기 앞에 진짜와 가짜 보석
을 놓고 고르게 하는 것이 있었다고 한다. 아기가 진짜 보석의 광채에 흥미를 보
이며 손을 뻗으면 합격이다. 진짜 보석인지 가짜 보석인지, 진짜 광채인지 가짜
광채인지 구분하는 아기의 눈이라는 것이 만약 있다면 무섭다. 좋은 시험 방법이
라고 생각한다.

마음에 드는 돌 하나가 눈에 들어왔다. 완전한 타원형에 가까운 손바닥만 한
적갈색 돌. 타원이라는 것은 자연에 잘 어울리는지 전혀 튀지 않는다. 원에 가까
운 돌이나 네모난 돌이나 기름한 돌이 더 튀어 보인다. 튄다는 것은 그만큼 유리
되어 있다는 뜻이다. 둥근 돌이나 네모난 돌은 그것이 진원眞圓에 가까울수록, 정
사각형에 가까울수록 땅 위에서 도드라져 보이지만, 타원은 정확한 타원에 가까
울수록 사라져버리는 느낌이다. 사라지면서 허공으로 퍼져 나간다. 그래서 손바
닥처럼 작아도 아주 커 보인다. 나라면 그런 무개성한 돌을 고를 것인지 생각해
본다. 그런 완전한 돌을 고집한다면 사는 것도 고될 것이다. 그러나 우연히 눈앞
에 그런 돌이 떨어져 있다면 어떨까. 기뻐하며 덥석 줍는다면 꽤 신앙심이 강한
사람이다. 나라면 의심한다. 이런 완전한 모양의 돌이 떨어져 있을 리가 없다고.
인도의 고물상에서도 시바신의 화신이라는 완전한 타원형의 천연석을 붉은 방
석 위에 세워놓고 오만 엔 정도에 팔고 있었는데, 나는 그런 것을 볼 때마다 모
조품이라며 우기대다가 주인에게 미움을 사곤 했다. 이 티베트의 깊은 산속 인

적 없는 제단 위에서 나는 망설인다. 누구에게도 자신을 팔아넘길 생각이 없는 그 무구한 돌을 향해 감히 '너는 모조품이다' 하고 말할 수는 없었다.

막상 나를 닮은 돌을 고르려니 모양만 보일 뿐 표면에 새겨진 글자나 그림이 눈에 들어오지 않는 것은, 내게 돌에 새길 만한 말이 없어서인지도 모른다. 그런 상징을 갖고 있지 않아도 별로 실망하지 않는다. 나는 오히려 상징을 피해왔다.

번쩍거리는 부처, 창백한 그리스도, 진흙 물감을 뒤바른 대흑천(전쟁과 재복을 관장하는 불교의 신—옮긴이), 검은 빛 나는 알라, 흰 코끼리, 은여우, 흰 소…… . 사람들은 나무묘법연화경(묘법연화경, 즉 부처의 가르침에 귀의한다는 뜻—옮긴이) 이라고, 옴마니반메훔이라고, 하레라마(힌디어로 '신을 찬양하라' 라는 뜻—옮긴이) 라고, 아멘이라고, 알라후아크바르(아랍어로 '신은 위대하다' 라는 뜻—옮긴이)라고 말하면서 가난한 자를 현혹한다. 나는 몸이 좋지 않거나 할 때 종교의 유혹에 흔들리기도 했지만 부처 앞에서는 아멘이라고 말하고, 십자가 앞에서는 나무묘법 연화경이라고 말하고, 아크바르 신전에서는 옴마니반메훔이라고 말하며 그 자리를 벗어났다. 그래서 내 몸에는 빛나는 말이 따라붙지 않는다. 말을 갖지 않은 자는 신심이 없다고 한다. 실망하지 않는다. 말없이 돌을 주워 들고 싶다. 보는 것만으로도 좋다. 신심이 없기 때문에 거기에 부처나 그리스도나 알라가 보이지 않아도, 신심이 없기 때문에 돌이 보이는 경우도 있다. 그것이 이 가난한 자의 무기다.

제단 위에 놓인 돌 하나하나에는 얼굴이 있고, 당연히 거기에는 운명이라는 것이 있었다. 몇 년씩 몇 십 년씩 눈바람을 맞아 글자가 희미해진 돌이 여기저기서 눈에 띈다. 아마도 그런 돌을 새긴 사람은 노쇠하거나 해서 자연스런 죽음을 맞을 것이다. 글자가 지워져버린 돌은 사람의 흔적이 남아 있지 않아서 그것이 예전에 마니석이었는지 아니면 제단을 쌓을 때 올려놓은 돌인지 알 수가 없다. 만약 예전에 마니석이었다면, 그것을 새긴 사람은 그 돌처럼 이미 흙으로 돌

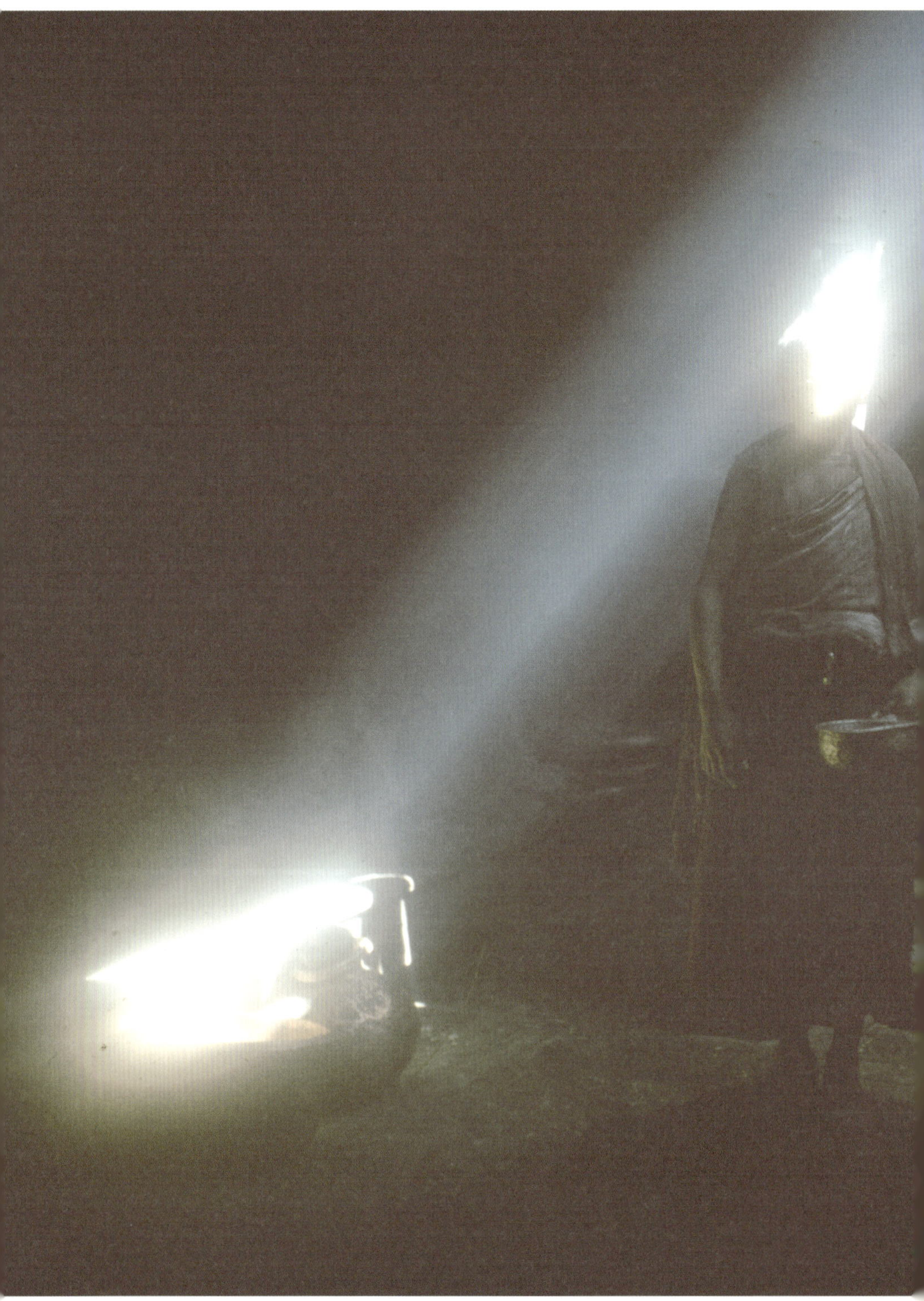

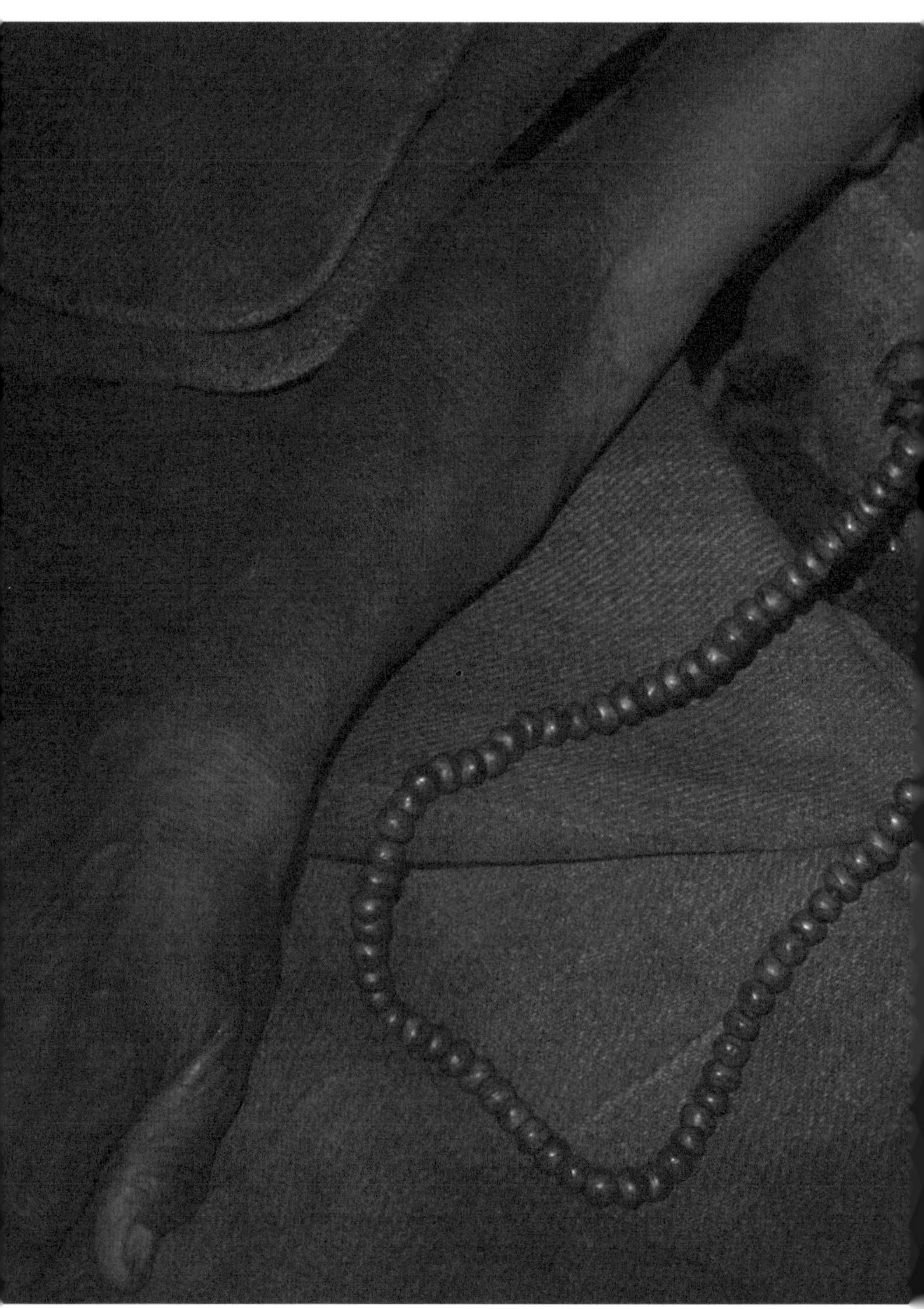

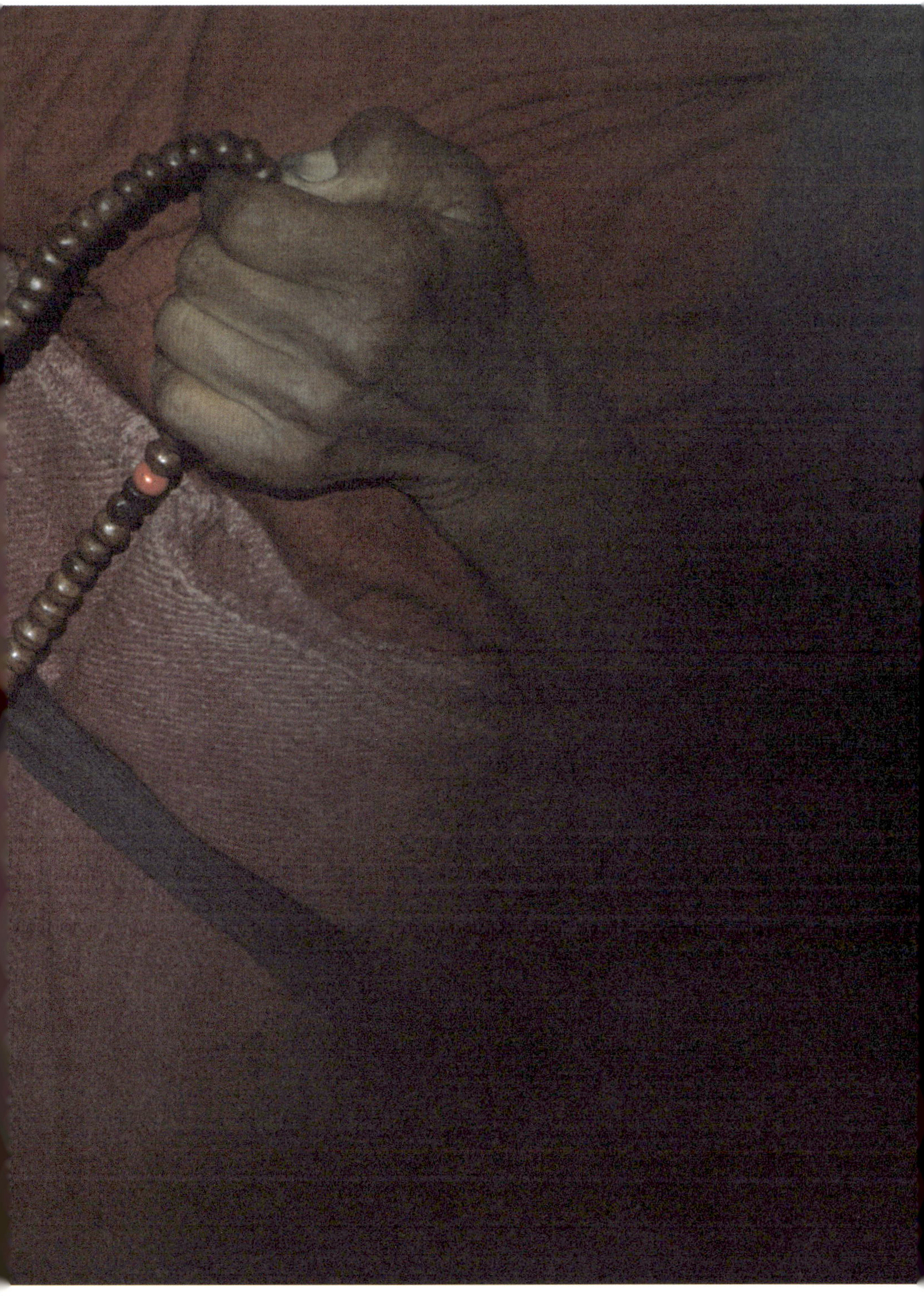

아가 인간의 흔적을 지워버렸을 것이다. 제단의 흙에 반쯤 파묻힌 돌이 있다. 그는 도저히 빠져나올 수 없는 어떤 불운한 업에 사로잡혀 있는지도 모른다. 한가운데에 금이 쩍 간 돌이 보인다. 그는 불치의 병에 걸린 것이다. 큰 돌 그늘에서 영구히 볕을 보지 못하는 돌이 있다. 그 큰 돌은 튀어나온 자연석 위에 얹혀 있는데, 어느 겨울 알맞게 눈이 쌓이고 바람이 불어오면 폭압적인 큰 돌과 그 그늘에서 벗어나지 못하는 돌의 관계가 뒤바뀔지도 모른다. 어쩌다가 산새의 똥을 뒤집어쓴 녀석은 뜻하지 않게 은혜를 입게 된 녀석이다. 초목이 자라지 않는 이런 메마른 자연 속에서는 새똥도 은혜로 보이는 법이다.

골짜기에 토사가 무너지는 소리가 작게 울려 퍼졌다. 제단에서 내려오려고 돌담 끝에 손을 짚었는데 허술한 귀퉁이 부분이 허물어지고 만 것이다. 토사와 돌과 함께 나도 땅에 굴러 떨어졌다. 다치지도 않았고 아프지도 않았지만 큰일 났다 싶었다. 이유는 모르겠지만 아무튼 큰일 났다 싶었다. 꽤 심각하게, 이 일을 어쩌나 싶었다. 내가 제단에서 하계로 떨어지는 바람에 죄 없는 많은 길동무를 만들고 만 것이다. 스무 개, 서른 개의 마니석이 나와 함께 제단에서 굴러 떨어졌다. 비행기 추락 사고 현장 같은 참상이 내 앞에 있었다. 토사에 파묻혀 보이지 않는 돌, 절반쯤 파묻힌 돌. 좀 전까지 그토록 안정된 모습을 보여주던 부처를 새긴 둥근 돌이 거꾸러지고 혹은 뒤집힌 채 발바닥으로 하늘을 우러르고 있다. 옴마니반메훔이라고 정성스럽게 새긴 돌 위에 흙덩이가 흩어져 있다. 무너져 내린 커다란 돌담 돌 밑에 깔린 돌. 서로 포개진 돌. 허물어진 돌담 중간에 어정쩡하게 걸린 돌. 제단 위에는 방금 전의 자연석에 얹혀 있던 큰 돌이 손가락으로 살짝만 건드려도 굴러 떨어질 것처럼 불안정하게 흔들리면서도 필사적으로 매달려 있다.

또다시 이 일을 어쩌나 싶었다. 저 돌들은 운이 나빴던 거라고 생각했다.

이런 무서운 일이 있나, 귀신들이 눈알을 희번덕거리며 연약한 자가 쌓아 올린 돌들을 모조리 흩뜨려버린다.

삼도천 기슭에서 어린아이 망자가,

하나 쌓고는 아버지를 위해……

둘 쌓고는 어머니를 위해……

그런 노래를 부르며 돌을 쌓고 있는데 귀신이 나타나 발길질로 그것을 허물어 버린다는 영가詠歌가 떠올랐다.

어딘가에서, 내가 내동댕이친 사람들의 공양을 위해 돌을 쌓아주려고 생각한다. 그러나 지금은 내가 귀신으로 전락하더라도 돌들을 다시 제단 위에 올려놓는 주제 넘는 짓은 하고 싶지 않았다.

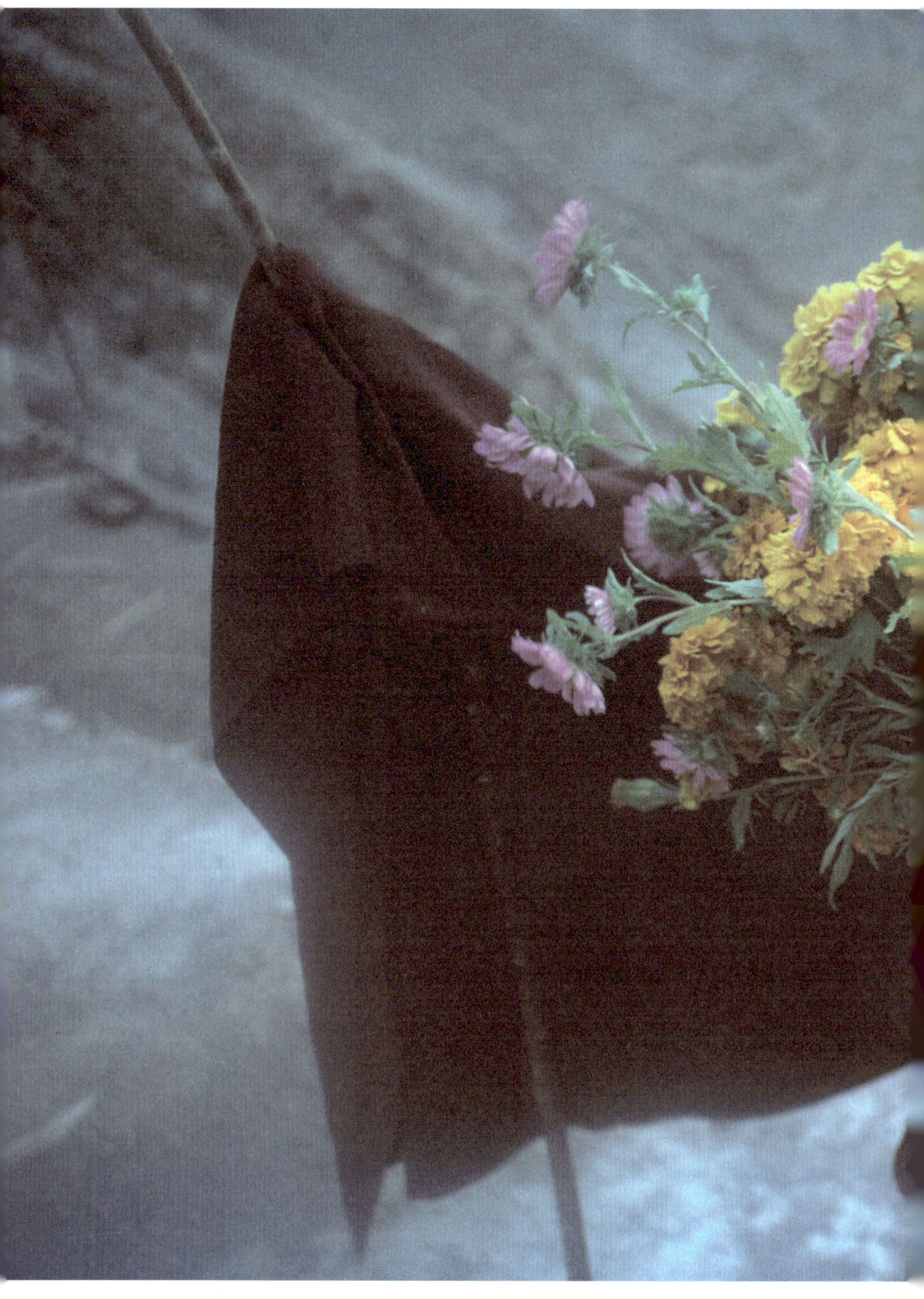

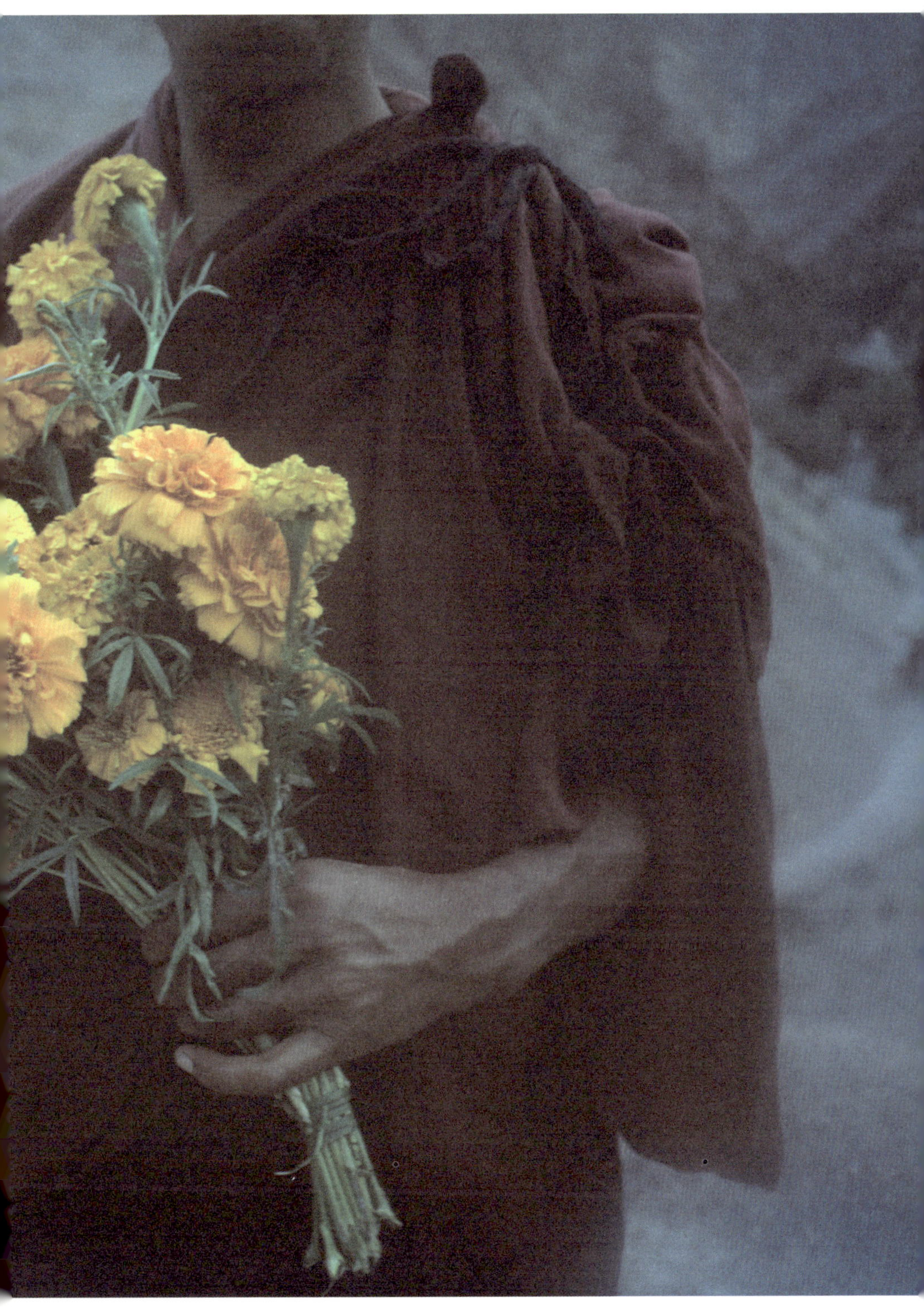

물속의 달을 닮은 자

O2

하늘의 향연

구름 그림자

그 바위산을 바라보다가 맨 처음 머릿속에 떠오른 것은 핏빛이었다.

멀리 바위산의 북쪽에는 초목 색깔이 보이지 않는 연산連山이 서쪽에서 동쪽으로 가로누워 있다. 그 북쪽의 연산과 짝을 이루어 거의 평행으로 멀리 남쪽에도 메마른 흙빛 산괴가 맥박치고 있었다. 작은 바위산은 이 남북 연산 사이에 있다. 그러나 북쪽 연산에 속한 것도 아니고 남쪽 연산의 맥 줄기에 관련을 가진 것 같지도 않다.

작은 바위산은 남북 연산 사이에 펼쳐진 광대한 자갈밭 평지 중간에 혼자 홀연히 있었다.

바위산은 주변의 어떤 산괴의 흐름에도 속하지 않고, 오히려 그 거대한 땅덩이 무리에서 달아나기라도 하듯 평지의 한 점에 고립해 있다.

어쩌면 그것은 '산'이라고는 부를 수 없을지도 모른다. 그 지괴地塊는 '산'이라고 불릴 만한 양을 갖추지 못했다. 표고도 남북 산맥에 비하면 보잘것없다. 그것은 주변 산맥들로부터 고립되어 있다기보다는 그들 '부모' 산에게 버림받은 단순한 지괴처럼도 보인다.

따라서 그것을 평지 한 귀퉁이에 튀어나온 '땅덩이 같은 것'이라고 불러도 좋았지만…… 왠지 그 땅덩이는 사람의 시선이 닿으면 자신을 하나의 고립된 '산악'이라고 주장하는 것처럼 보였다.

바위산을 둘러싼 평지는 넓다. 남쪽 산맥 봉우리에 나타난 흰 구름 무리가 계절의 바람을 타고 이 평지의 상공을 지나 북쪽 산맥 봉우리에 도달하는 데 한나절은 족히 걸렸다.

산맥으로 막혀 있지 않은 평지의 서쪽 경계와 동쪽 경계는 끝이 없다. 그 끝없는 동쪽 지평에서 해가 뜨고, 아련한 서쪽 지평으로 해가 졌다. 북쪽과 남쪽의 산맥 사이에 펼쳐진 이 광대한 평지에는 그렇게 해가 긴 하루가 있었다. 그림자가 머물지 않는 평지는 강한 햇빛 아래 온종일 눈부시게 도드라졌다. 희고 눈부신 평지의 세부에 눈길을 향하면 과거 빙하의 흔적인, 나뭇잎처럼 바스라져 떨어져 온 모서리가 깎여 나간 사암들이 무수히 흩어져 있는 것이 보인다.

산맥 기슭의 완만한 사면에서 쏟아져 내린 수십만 혹은 수백만 단위의 사암 무리는 어떤 의지가 그것을 대지에 박아놓은 것처럼 하나하나 색채와 모양과 양이 균일하고 간격마저 균일하게 유지하며 흩어져 있었다. 그리고 그곳에는 다른 양의 상극이 보이는 변화도, 색채가 서로 다투며 아우성치는 기쁨도 보이지 않는다. 오히려 그것은 자연이 베푼 거대한 제사祭事 뒤에 공허하게 일렁이며 펼쳐지는 폐허처럼 보인다.

이 습기 없는, 초목이 보이지 않는, 그저 희부옇고 평탄한 땅과 사암 무리를 바라보는 사람은 어떤 정감이 희박한 공막한 기분에 휩싸여 걸음을 멈춘다. 그렇게 걸음을 멈춘 채 서 있다가 문득 정신을 차리면, 감정 따위와는 무관한 시선만이 눈부신 햇빛에 압도되어 재미있지도 웃기지도 않은 평지 위를 하릴없이 헤매고 있는 것을 깨닫는다.

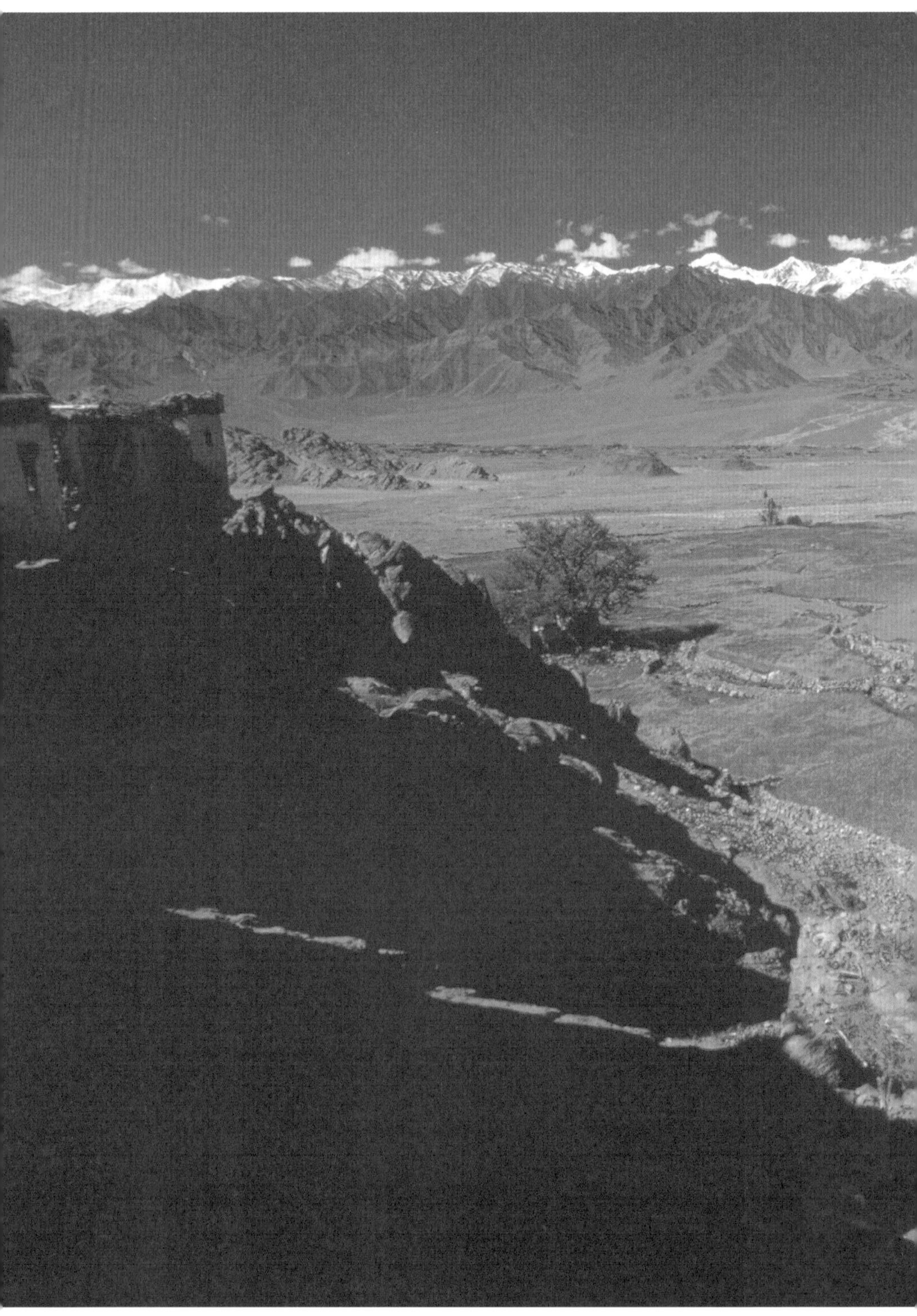

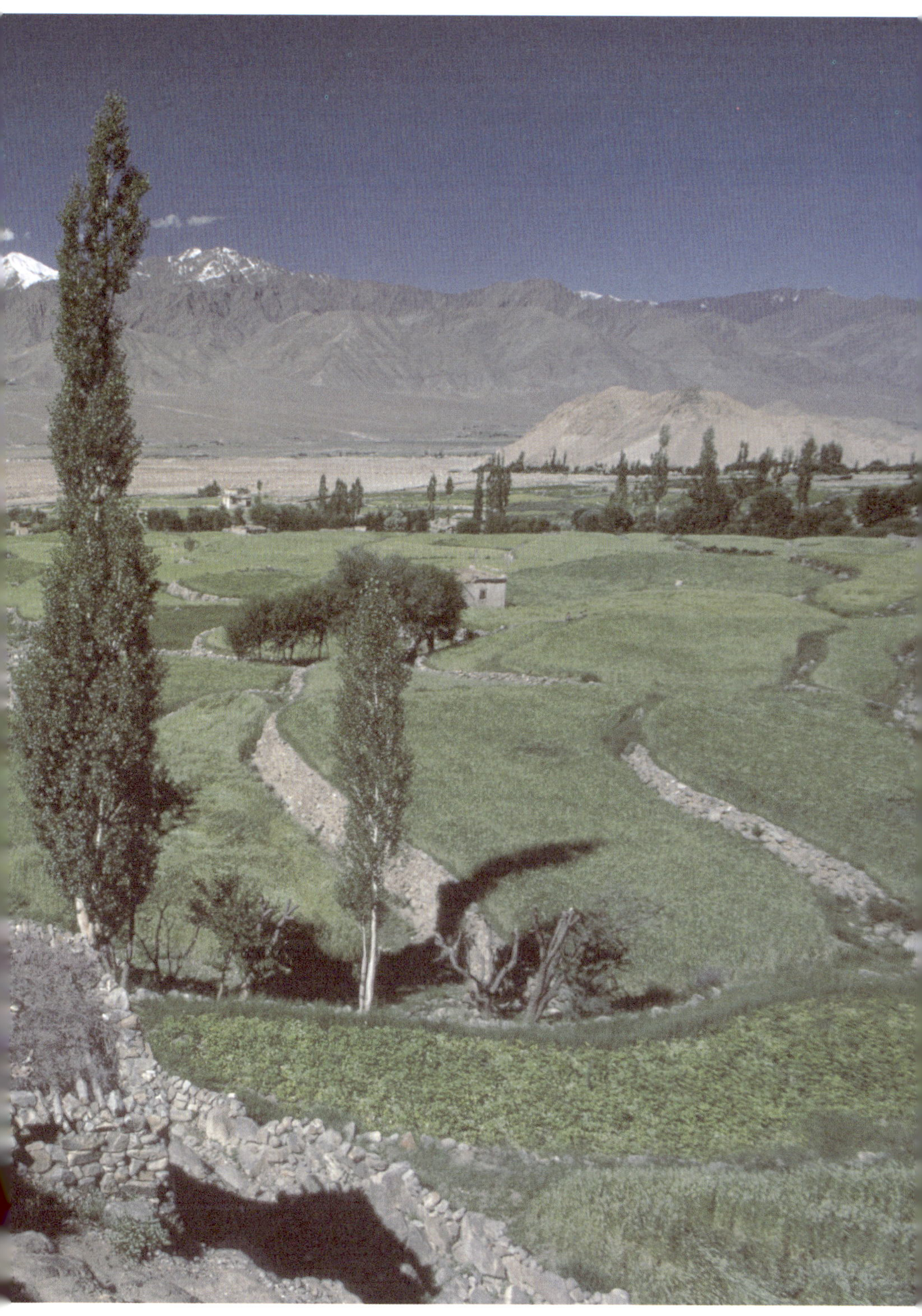

바위 사이의 모래알 위로 떨어지는 사람 모양의 그림자를 벗어난 시선은 동쪽을 향해 몇 미터 가지도 않아서 다시 작은 그림자에 부딪힌다.

그 타원형의 그림자 위에는 표면이 거칠거칠한 타원형 바위가 있었다. 희부연 지면의 자갈 색깔과 비슷해 멀리서 보면 그냥 평지의 일부로밖에 보이지 않았다. 이 무개성한 바위에는 무수히 많은 부정형의 얽은 자국과 작은 균열과 때로 깊은 생채기가 있었다. 타원의 표면에는 오랜 세월 풍설에 씻겨 희미한 주름 무늬가 드러나 있었다. 그 주름을 더듬는 시선을 간혹 미세한 규사 알갱이가 반사하는 햇빛이 건드렸다.

시선에 잡힌 것은 아무 비밀스런 느낌도 없는, 눈앞에 있는 '바위'에 지나지 않는다.

그리고 그 바위 하나의 모든 것이 그 뒤쪽에 널려 있는 방대한 수의 바위 하나하나의 모든 것이었다. 내 그림자 저편에는 30만 개, 50만 개, 100만 개가 넘는 똑같은 색깔과 모양과 크기를 가진, 똑같은 얽은 자국과 균열과 생채기를 가진 바위들이 산맥 기슭의 들판으로부터 부채꼴로 펼쳐지며 멀리 자갈 널린 황야로 섞여든다. 그것은 마치 한 장의 지표 같았다. 바위 면들은 해양에 일렁이는 자잘한 물마루처럼 보였다.

남색 하늘에 가오리 모양의 거대하고 새하얀 뜬구름 하나, 바위들의 지표와 자갈밭 평지에 그림자를 드리우고 있다. 눈부신 지표의 빛을 지운 그 어두운 일대는 보이지 않는 속도로 천천히 남쪽에서 북쪽으로 이동하고 있다.

구름 그림자가 천 개 혹은 이천 개의 바위 위를 지나며 그 부정형의 그림자 언저리에서 햇살에 빛나는 바위와 자갈을 자아내고 있을 때, 그 남쪽 언저리에서 천공의 빛을 받으며 어떤 특이한 색채로 빛나는 지괴 하나가 서서히 모습을 드러냈다.

그 지괴를 보았을 때, 시선은 갑자기 잊고 있던 정감을 되찾았다. 그리고 그 지괴는 처음으로 하나의 말을 나에게 던진다.

'피.'

생각난 말이 그것이다. 그 작은 지괴 혹은 바위산의 표면을 바라보고 있다가 맨 처음 머릿속에 떠오른 것은 무슨 이유에선지, 핏빛이었다.

이 작은 바위산은 광대한 무색의 광경 속에서 한 점, 홀연히 색채를 발하고 있는 것처럼 보인다. 바위산의 색깔은 주변 평지와 바위들의 백토색과도 달랐고, 북쪽 산맥의 누르스름한 흙색이나 남쪽 산맥의 탁한 회녹색 단층 무늬가 들어간 황토색과도 달랐다.

자세히 보면 그것은 핏빛보다는 오히려 녹슨 쇠붙이 색깔에 가깝다고 해야 할 것이다. 그것은 구름 그림자 밑에서는 거무스름해 보였지만, 강한 햇빛 속에 모습을 드러냈을 때 대지에 표시된 어떤 흉터처럼 사람의 시선으로 날아와 박혔다.

이 무색 세계의 한 점에서 그 녹슨 쇠붙이 색깔의 바위산을 보았을 때, 문득 태고에 어떤 생물로부터 흘러나온 선혈이 말라붙어 오랜 연대를 거쳐 변색되고 그대로 경직되어 남아 있는 것이 아닐까 하는 터무니없는 생각이 뇌리를 스쳤다.

그 바위산에 왜 마음이 쏠렸는지 모르겠다. 도시에서 구한 쌍안경을 꺼내 들었다. 어두운 원주 속으로 끌려 들어온 바위산은 육안으로 보았을 때와는 달리 어떤 불가사의한 위압감을 가지고 군림하는 하나의 산악이었다. 그것은 붉은 옷을 뒤집어쓰고 좌선한 채 비바람을 맞아 황폐해진 고행승의 뒷모습처럼 보였다. 그러나 그 산에는 뭔가 투쟁적인 느낌도 있었다.

붉은 산에는 팔부 능선 부근부터 무수한 줄기가 번개처럼 지그재그로 내리뻗어 있고, 산기슭은 오랜 세월 암석에서 떨어져 나온 자갈들이 완만한 비탈을 이루고 있었다. 그리고 산의 표면을 세로로 찢고 있는 무수한 줄기에 마디를 짓듯 예리한 바위 돌기들이 산호초처럼 번식하고 있었다. 어떤 힘에 반항하듯 날카롭게 하늘을 찌르고 있는 이 담홍색 바위 돌기들이 바위산에 투쟁적인 기조를 부여하고 있는 듯했다.

깊은 주름은 차분한 다홍색을 띠고 있었다. 사나운 짐승의 몸에 난 생채기 같은 이 무수한 주름들은 바위산의 외관에 일말의 비장감을 더하고 있었다.

전체적으로 산 표면은 전장에서 돌아온 젊은 무사가 걸친 갑주처럼 거칠어 보였지만, 정상의 형상은 전혀 달랐다. 정상에는 날카로운 느낌이 없었다. 닳아서 뭉툭한 정상은 핏빛이 가시고 그곳만 죽은 것처럼 적갈색으로 변색되어 있었다. 정상에서 산 전체로 시선을 훑어 내리면, 바위산은 전투에서 이탈해 해진 갑주를 걸친 채 주저앉은 대머리 무사처럼 보였다. 바위산 정상은 또한 늙은 코뿔소의 뿔을 닮았다. 언제나 보는 것보다 찌르는 것을 우선해온 시력 없는 코뿔소가 오랜 세월 마모시켜온 그 원뿔 모양의 무기.

투쟁적인 기조 속에 일정한 어리석음이 더해진, 오랜 편력의 세월을 느끼게 하는 이 두 가지 외관을 동시에 가짐으로써 바위산은 깨달음 비슷한 경지에 이른 불우한 무사 같은 인상을 풍겼다.

그때 문득 저 바위산은 무엇과 싸웠던 것일까 하는 생각이 들었다. 그 뭉툭한 정상이 향하는 곳에는 푸른 하늘이 있을 뿐이다.

쌍안경을 아래로 내려 주변의 회황색 평지를 따라가는데, 바위산 남쪽 평지에 뭔가 울퉁불퉁한 것이 보였다. 그것은 인공적인 구조물 같았다. 평지에 산재한 바위와 같은 색깔의 돌로 만든 육면체가 70~80개 어수선하게 모여 있다. 이 땅에서 나는 그 어떤 조야한 장소에서든 불쑥 출현하는, 신에게 기도하려 했던 인간의 흔적을 이전에도 다양한 형태로 목격했다. 광대한 자갈밭 평지의 한 점에 쌓아 올린 여행의 안전을 기원하는 작은 돌무지. 민둥산 속 사원으로 이어지는 길을 따라 근 1킬로미터나 뻗어 있는 네모난 석단과 그 위에 올려놓은 경문을 새긴 숱한 마니석들. 또한 험한 바위산 정상에는 승려의 망령들이 법회를 하는 듯한 모습으로 늘어선 불탑처럼 생긴 라마승들의 무덤이 있었다. 때로는 삼백 년 전에 순수한 본교도의 후예가 만들었다는 속신俗神에게 제를 올리는 토단이 풍화해 산자락의 돌출부처럼 보이기도 했다.

이 바위산 기슭의 돌 구조물도 그런 것일 거라고 여기며 바라보고 있는데, 바위산에 가까운 한 구조물에서 검은 그림자가 꿈틀거리며 느릿느릿 기어 나왔다.

사람 모습.

그것이 사람 모습이라는 것을 깨닫자 그에 연쇄해 구조물들이 모여 있는 곳에서 혹은 그곳에서 떨어진 평지에서 하나 둘 사람 모습 같은 것이 눈에 띄었다. 맨 처음 발견한 거무스름한 사람 모습은 개미처럼 굼실거리며 구조물이 밀집한 지대에서 오른쪽으로 왼쪽으로 꺾어지다가 광장처럼 보이는 공터 언저리에 정지했다. 그 정지한 사람 모습 앞에 앉은 것처럼 보이는 마찬가지로 거무스름한 사람 모습과 그보다 작은 불그죽죽한 사람 모습이 보이고, 그들 뒤에는 사람인지 폐기물인지 판별이 어려운 잿빛 덩이가 구조물에 기대듯 드러누워 있었다.

만약 그 흙빛 구조물들이 모두 가옥이라면 그 집단을 하나의 마을 혹은 부락이라고 부를 수 있겠다는 생각을 하다가 나는 문득 이해할 수 없는 기분이 들었다. 도대체 왜 저런 황량한 장소에 사람들이 모여 사는 걸까……. 그런 생각을 하면서 일단 쌍안경에서 눈을 뗐다.

바위산이 일거에 멀어지고 부락 비슷한 것은 평지의 희부연 빛 속으로 사라졌다. 거대한 부정형의 구름 하나가 바위산 쪽으로 다가가고 있었다.

다시 쌍안경을 눈에 대자, 어두운 원주 속에 좀 전 보았던 세 개의 사람 모습과 하나의 사람 모습 비슷한 것이 서거나 앉거나 드러누워 있었다. 오후의 강한 햇살에 짓눌려 그 사람 모습들은 찌부러진 그림자를 지면에 드리우고 있었다. 지면과 가옥 비슷한 네모난 구조물들은 무미한 회황색을 띤 채 눈부시게 햇살을 반사하고 있었다. 뭔가 살벌하고 서글픈 사람들의 모임처럼 보였다. 한동안 움직임이 없던 장면에 변화가 생겼다. 갑자기 그들 뒤쪽 가옥에서 묘하게 들뜬 느낌의 선명한 하늘색의 사람 모습이 뛰어나온 것이다. 무미한 색채 속으로 뛰어나온 그 선명한 색깔의 점은 익살스런 동작 탓에 묘하게 미치광이처럼 보였다.

그 미치광이 같은 점이 좀 전에 바위산 근처에서 굼실거리며 나타난 거무스름한 사람 모습을 내몰았다. 거무스름한 점은 마치 술 취한 사람처럼 지그재그로 원을 그리며 광장을 한 바퀴 돌고는 두 개의 사람 모습이 있는 곳으로 돌아갔다. 하늘색 점은 반원을 그리면서 그 거무스름한 점을 쫓다가 갑자기 도중에 포기하고 종종걸음으로 다시 네모난 작은 가옥 안으로 들어가버렸다.

그 모습을 눈으로 쫓는 동안 점차 살벌하고 서글픈 감정은 사라지고, 대신 나는 뭔가 어리석고 우스꽝스러운 것이라도 보고 있는 듯한 실없는 기분에 휩싸였다.

환조 幻鳥

눈부시게 햇빛을 반사하는 평지를 저 붉은 바위산을 향해 걸었다. 걸어도 걸
어도 바위산은 도무지 가까워질 기미가 없었다. 한 시간쯤 걸어 평지 저편에 바
위산이 제법 크게 솟아오를 즈음, 지평의 전방을 가로지르는 희부연 길이 보였
다. 그것은 이 지방의 무인 지대에 이따금 나타나는 야생 산양이 다니는 길처럼
보였으나, 이처럼 평탄하고 안전하고 광대한 지면에 일부로 길을 낼 리는 없다.
가까이 가보니 그것은 길이라기보다는 사람이 걸어간 모호한 흔적 같았다. 그
희부연 길은 여기저기 굴러다니는 바위나 튀어나온 지면을 피해 가늘게 떨리고
사행蛇行하면서 바위산을 멀찍이 두르는 형상으로 느슨하게 굽으면서 그 끝을 멀
리 평지의 빛 속으로 지우고 있었다.

그 길을 넘어 다시 걷기 시작했을 때, 문득 길 남쪽에서 인기척을 느끼고 그쪽
으로 눈길을 주었다. 길 남쪽으로 150미터쯤 떨어진 바위 그늘에서 사람이 벌
떡 일어났다. 남자 같았다. 바위 그늘에서 잠들어 있었던지 양손으로 열심히 눈
을 비벼댔다. 그리고 나를 보고 놀라는 기색도 없이 길을 따라 이쪽으로 담담히

걸어왔다.

남자는 무섭도록 초라한 행색으로 내 앞에 섰다. 기름때에 찌들고 누덕누덕 꿰맨 남자의 낡아빠진 장의^{長衣}는 원래 형태를 거의 잃어버린 모습이었다. 볕에 그은 기름한 얼굴에는 광대뼈와 이마와 코뼈 언저리에 의복과 마찬가지로 관록이 느껴지는 기름때가 들러붙어 있다. 색소가 빠져 백발인지 흑발인지 판별하기 어려운 헝클어진 부드러운 머리카락이 발처럼 얼굴을 가리고 있고, 눈꺼풀에 주름이 잡힌 길쭉한 삼각형 눈이 머리카락 사이로 엿보인다. 입가에 성글게 난 다듬지 않은 수염은 웬만큼 자라고는 더 이상 자랄 기력도 없는지 허옇게 오그라들어 있다. 이따금 미풍이 면전을 지나면서 남자의 앞머리를 한쪽으로 쓸어 갈 때면 부신 듯 찌푸리고 있는 남자의 눈이 분명하게 드러났다. 남자의 눈은 공중의 빛과 지면의 난반사로 인해 눈동자의 갈색이 거의 지워진 채 노르스름한 백은색으로 빛나고 있다. 그 빛으로 가득한 안구 중앙에 거무스름한 내 상반신 그림자가 또렷이 비치고 있다.

남자의 얼굴은 표정이라는 것을 그리 과장스럽게 만들어내지 않았다. 다문 입술 끝이 살짝 들려 올라간 것을 보면 기뻐하는 것 같은데 찌푸린 삼각형 눈을 보면 화난 것도 같고, 슬픈 것도 같고, 당황한 것도 같다. 혈관이 불거진 남자의 목에는 꾀죄죄한 검은색 끈이 두 가닥 걸려 있고, 그중 얇은 가슴팍으로 늘어진 끈 끝에는 새끼손가락 끝마디만 한 옅은 색 산호옥이 매달려 있다. 남자의 안주머니에는 삶아 굳힌 주먹만 한 갈색 보릿겨 덩이가 말뚝처럼 포개져 들어 있다. 남자의 오른손은 쉬지 않고 고물고물 움직였다. 그 손에는 반들반들 윤이 나는 낡은 염주가 쥐어져 있고, 두꺼운 엄지손톱 끝으로 한 알 한 알 무의식적으로 염주 알을 굴리고 있었다.

"어디 가는 거요?"

힌디어로 물어보았다. 남자의 입꼬리가 한층 더 말려 올라가며 흰 치아가 드러났다. 그리고 안심했는지 남자는 이 땅의 모든 사람이 입버릇처럼 외는 경문을 웅얼거렸다.

"옴마니반메훔."

"옴마니반메훔."

"옴마니반메훔."

지옥……극락.

지옥……극락.

지옥……극락.

('옴마니반메훔'은 '연꽃 속의 보주'란 뜻으로, 관세음보살을 부르는 티베트 불교의 진언이다. 또한 '옴'은 천상도, '마'는 아수라도, '니'는 인간도, '반'은 축생도, '메'는 아귀도, '훔'은 지옥도를 이르며 이 육자진언을 외면 육도 윤회의 길을 막아 실상에 이를 수 있다고 한다―옮긴이)

그렇게 말하고 있는 것이다. 한참 전부터 그 경문을 외며 걸어온 모양이다.

"어디 가는 거요?"

다시 물어보았다…….

남자는 경문을 외다 멈추고 내 뒤의 길 저편을 가리켰다.

남자가 가리키는 곳에는 아무것도 없었다. 돌이 굴러다니는 드넓은 평지, 그 아득한 저편에는 벌거벗은 산봉우리들……. 길은 그 벌거벗은 산봉우리들을 향하는 것이 아니라 평지 위로 구불구불 어설프게 이어지며 멀리 북쪽에서 서쪽으로 느슨하게 휘어지고 있었다.

"거기엔 뭐가 있어요?"

"아무것도 없어요."

남자는 사람 좋은 목소리로 겸연쩍게 대답했다. 아무것도 없는 곳을 향해 왜 가느냐는 의문이 들기 전에, 아무것도 없는 평지에 우두커니 서 있는 남자와 나

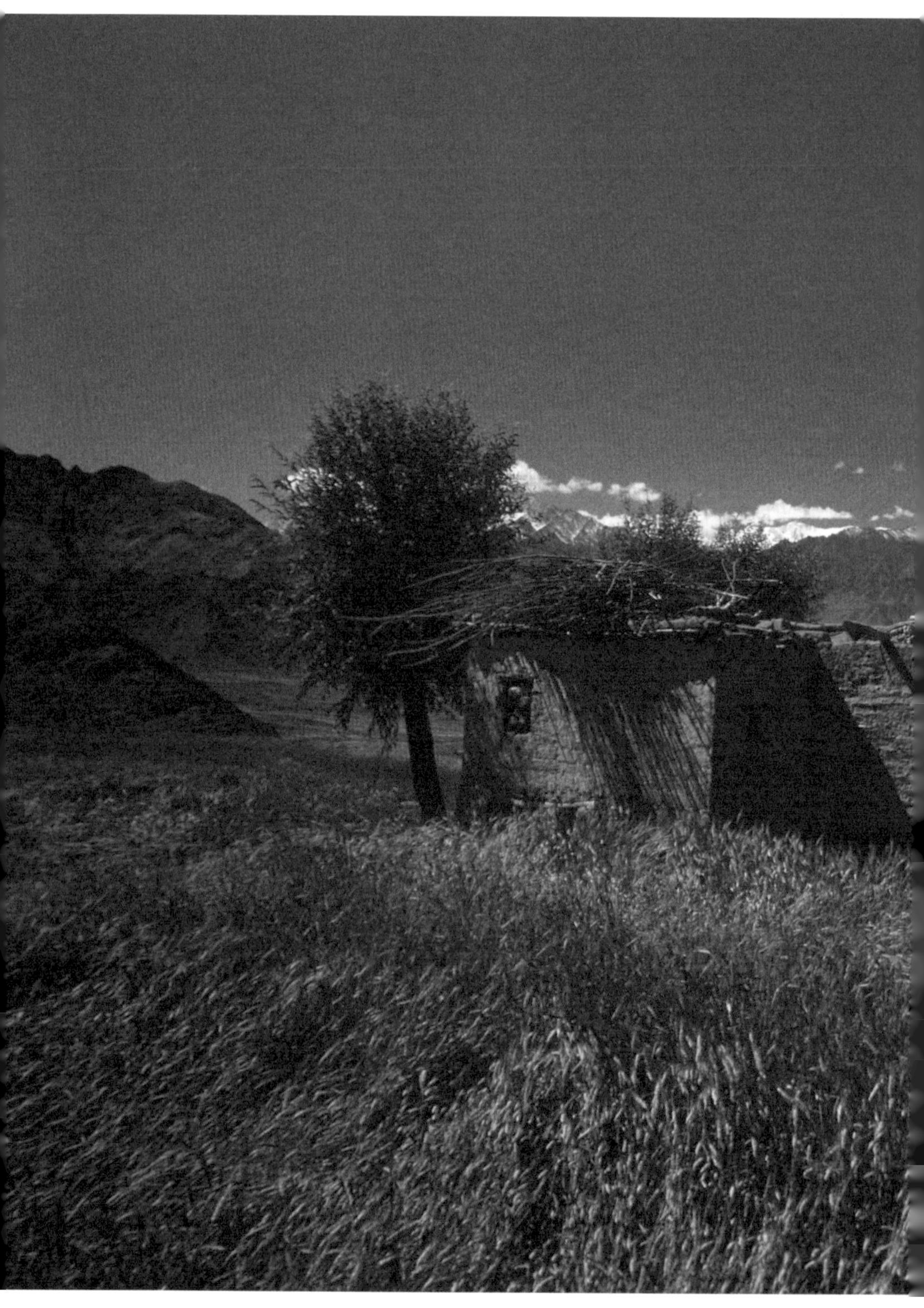

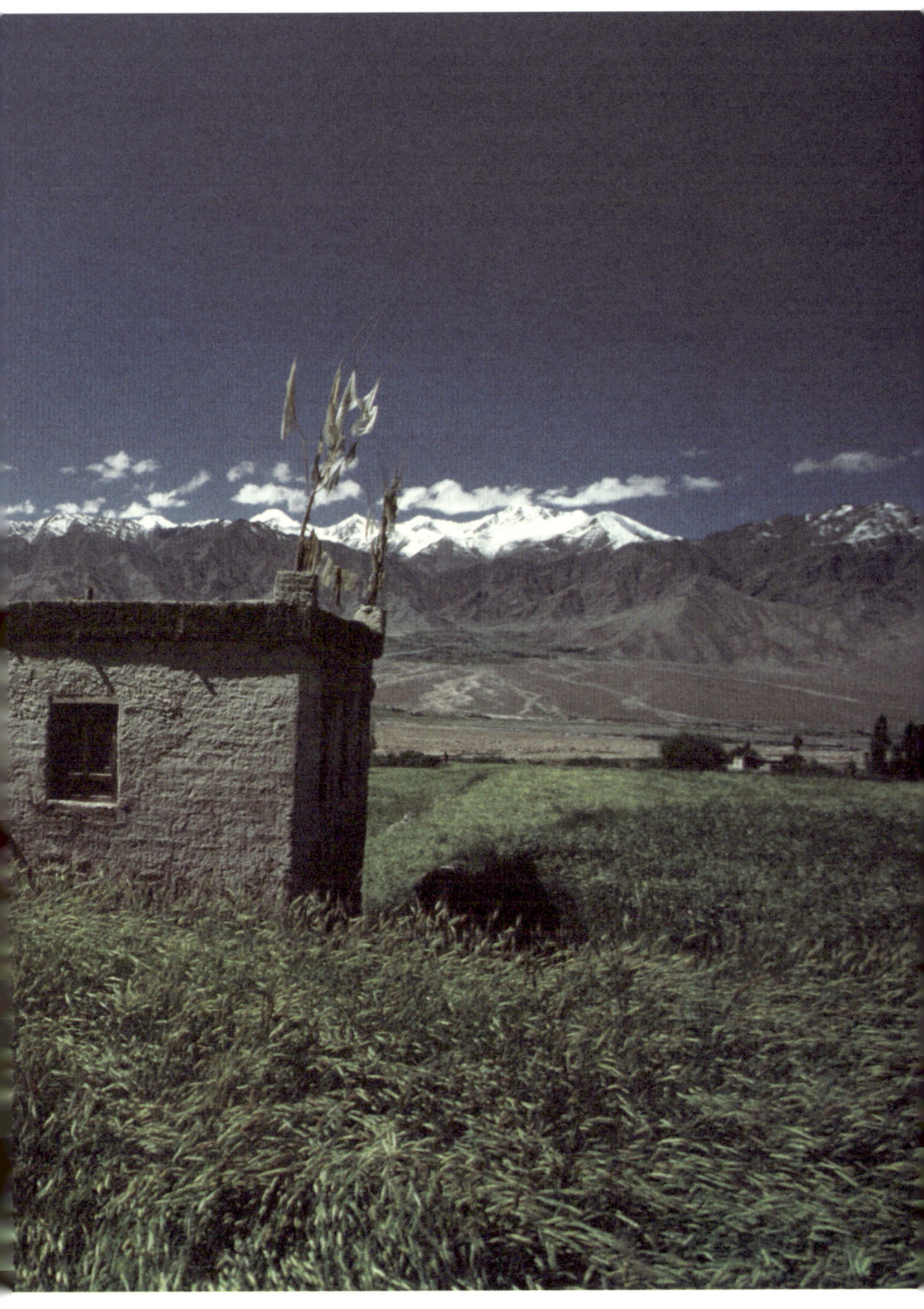

사이에 그 말은 묘하게 진실미를 띠고 울려 퍼졌다.

이름을 물어보았다. 남자는 '페마 타기'라고 수줍게 대답하고는, 이름을 밝혔으니 자신의 결벽을 전부 증명했다는 듯이 한숨을 내쉬며 길옆의 돌에 걸터앉았다. 그리고 다시 경문을 웅얼거리며 염주를 돌리기 시작했다.

나는 페마 타기 옆의 돌에 앉았다. 페마 타기는 내 옆에서 자연스럽게 숨을 쉬며 일정한 간격으로 천천히 내뱉는 날숨과 함께 "옴마니반메훔(지옥……극락) 옴마니반메훔" 하고 웅얼거렸다. 옴마니반메훔이라고 분명하게 발음하는 것이 아니라, 첫 소리인 옴만 조금 또렷하게 들리고 나머지는 한숨 소리처럼 모호했다.

"당신은…… 왜 계속 지옥……극락, 지옥……극락 하고 외는 거요?"

내가 불쑥 물었다. 페마 타기는 내 질문에 단순한 당혹감을 느낀 듯했다. 살짝 난처하다는 표정을 짓고는 근처의 돌을 공허한 눈으로 바라보고 있다. 두 아름은 될 성싶은 타원형의 사암이 메마른 흰 땅에 그림자를 드리우고 있었다. 돌은 페마 타기의 피부색처럼 누르스름한 흙색을 띠고 있었고, 햇빛을 받은 면이 기름칠을 한 것처럼 반질반질 빛났다.

페마 타기는 잠시 그 돌을 보고 있더니, 숨을 들이쉬며 멀리 북쪽 평지로 시선을 옮긴다.

평지 저편에 민둥산이 있었다.

그것은 눈앞의 돌과 비슷한 색깔이었고, 봉우리들은 날카롭게 천공을 찌르며 동서로 늘어서 있었다. 페마 타기는 민둥산에 시선을 고정한 채 반쯤 입을 벌리고 있었다.

"이런 거야…… 누구나 다 외는 건데……."

페마 타기는 자신감 없는 미소를 떠올렸고 천천히 한숨을 내쉬며 그렇게 중얼거렸다. 페마 타기의 당혹스러운 옆얼굴 너머로 막막한 평지가 펼쳐지고, 그 땅에도 헤아릴 수 없이 많은 사암 무리가 계속 이어지고 있었다. 그 모든 돌들이 비슷한 색깔과 모양을 하고 비슷한 그림자를 드리우며, 이 과거의 빙하 지대 사면에 무한의 수만큼 흩어져 있었다. 그 돌들을 보고 있자니 페마 타기는 무슨 생각을 해야 할지 귀찮아졌다. 그리고 페마 타기의 대답을 기다리는 자도 어쩐지 귀찮은 기분이 들었다.

두 사람이 침묵하고 있을 때…… 멀리서 바람이 불었다. 가을이 가까운 하늘 아래서 하나의 기류가 일어났다.

한 덩이의 모래 먼지가 저편 서쪽 평지에서 날아오르고…… 그것은 환형幻形의 새 떼처럼 어지러운 모습으로 동쪽으로 이동하면서 차츰 허공으로 사라졌다. 모래 먼지가 사라졌을 때 페마 타기가 다시 입을 열었다.

"비에 로였나…… 이런 걸 나한테 가르쳐준 게……."

페마 타기는 주름이 깊은 서른네 살의 청년이었다. 산발을 한 페마 타기는 사암 평지 저편 부락에 살고 있다고 했다.

모피 장수인 페마 타기는 저 붉은 바위산 기슭에 살고 있다고 했다. 얼빠진 듯 슬픈 눈을 한 페마 타기는 그 부락 변두리의 돌과 흙으로 지은 네모난 집에 산다고 했다.

페마 타기는 자신의 부락 쪽으로 눈길을 주었다. 멀리 핏빛 바위산이 있었다. 산기슭에 자리한 부락은 여기서는 잘 보이지 않는다. 마을을 바라보고 있자니 페마 타기의 머릿속에 생각들이 가득 차올랐다. 비에 로를 생각했다. 페마 타기의 아버지인 비에 로는 지옥……극락 하고 말하며 세상을 떴다.

예순 혹은 일흔쯤이던 비에 로는 페마 타기가 열여섯 살 때 네모난 집 안의 볕 바른 곳에서 지옥……극락 하고 장단을 맞추며 돌돌 만 말린 양가죽을 몇 시간이나 밟다가 벌렁 나자빠지더니 죽고 말았다. 페마 타기는 그때 일을 생각하고 있었다. 그리고 페마 타기는 비에 로 생각으로 머릿속이 터질 것 같아 그것을 전

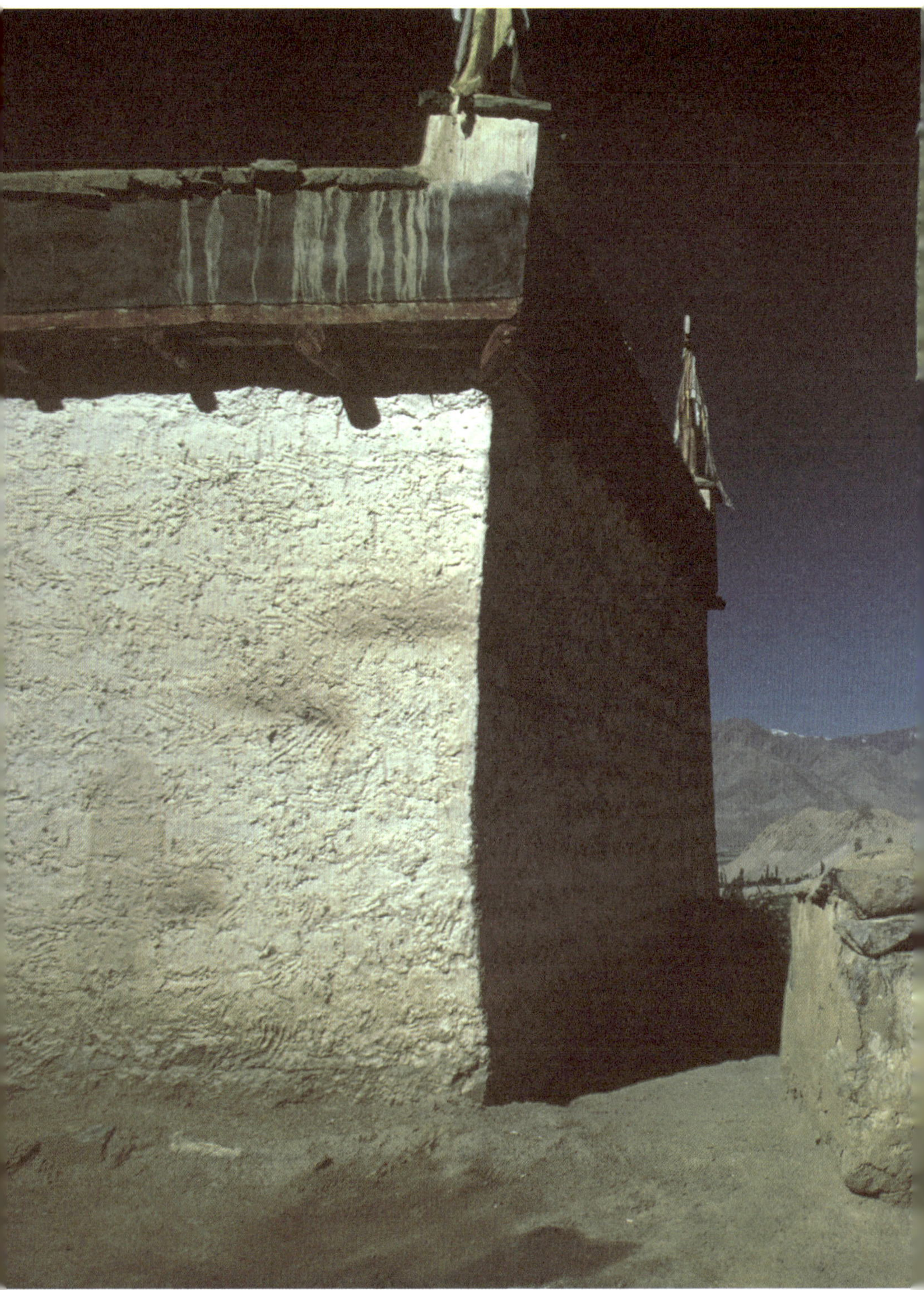

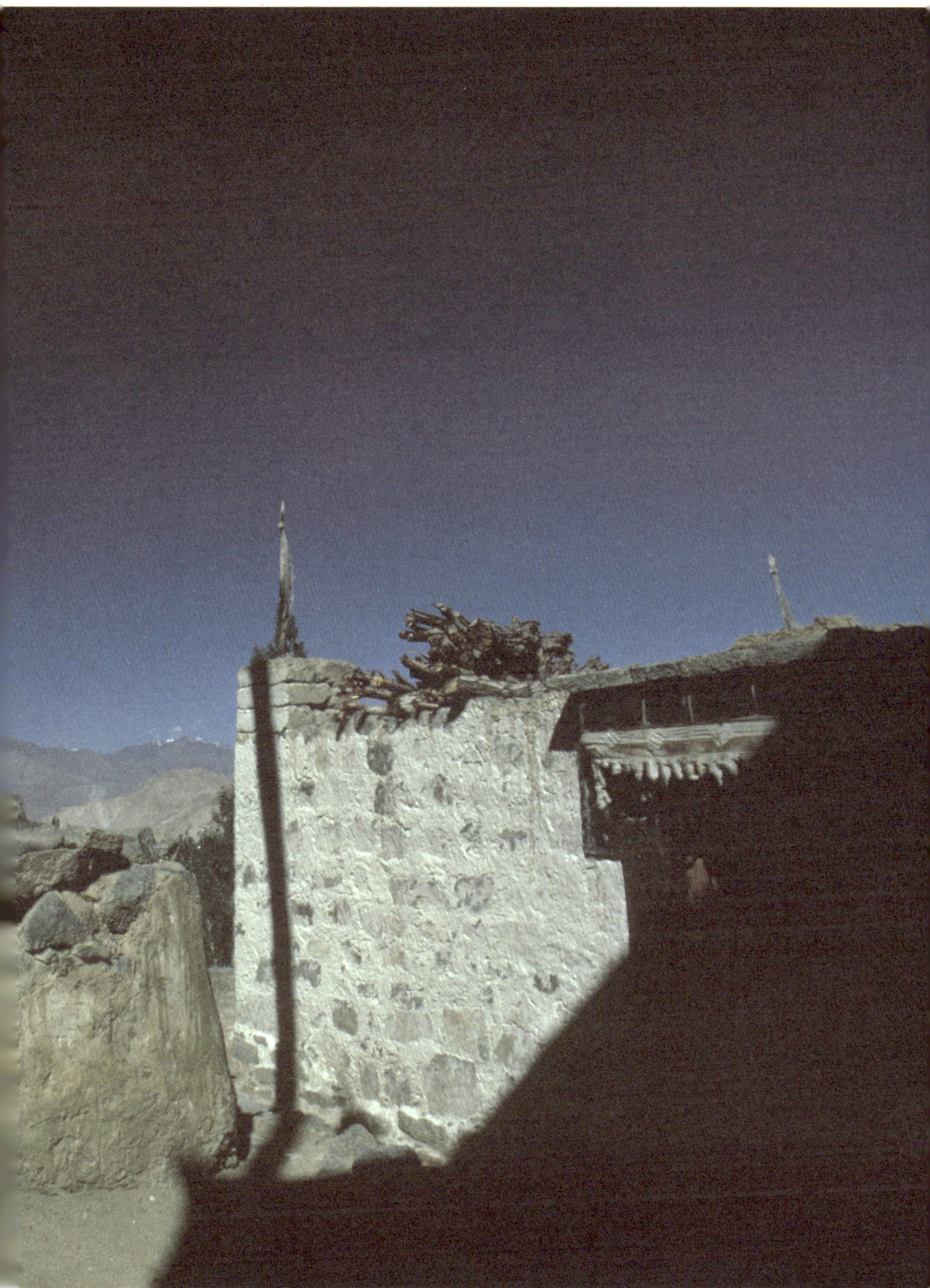

부 말로 쏟아내기 시작했다.

"비에 로는 대단했어요……."

"나는 뭘 해도 비에 로를 당할 수 없어서 비에 로 뒤만 졸졸 쫓아다녔지요. 그 해 겨울은 지독하게 추워 부락의 소가 두 마리나 쓰러졌는데, 이튿날…… 값나가는 물건을 죄다 내다 팔아서는 보릿가루로 바꿔 멀리 산 너머 양치기 마을로 갔더니…… 역시 비에 로 생각대로 허약한 양들이 픽픽 나가떨어져 있는 거예요. 공짜나 다름없는 값으로 잔뜩 사서 집으로 돌아오는 길에 내가 신이 나서 떠들어대자 비에 로가 그러는 거예요…… 조심하라고…… 정신 바짝 차리라고 …… 좋은 일 뒤에는 반드시 나쁜 일이 따른다고…… 하늘을 가리키면서 말했어요. 저곳에 신이 큰 천칭을 어깨에 짊어지고 있는데…… 서쪽 접시에 좋은 일이 수북이 담기면 정신 바짝 차려야 한다고…… 천칭이 휘청거리지 않도록 신이 곧바로 동쪽 접시에 나쁜 일을 잔뜩 올려놓는다면서……."

페마 타기는 나이에 어울리지 않는 걸걸한 목소리로 단숨에 거기까지 말하더니, 침으로 번들거리는 입술을 반쯤 벌리고 비스듬히 천공을 올려다보았다. 빨려들 듯 깊고 푸른 하늘에 연꽃 봉오리처럼 생긴 흰 구름 떼가 침묵한 채 무뚝뚝하게 남쪽에서 북쪽을 향해 천천히 이동하고 있었다. 페마 타기는 흰 구름 하나를 눈으로 좇으며 혼잣말처럼 다시 이야기를 시작했다.

"비에 로 말이 맞았어요. 처지 곤란할 만큼 양가죽이 많아서 나도 비에 로도 루루 티디(누이)도 돌마 양존(어머니)도 매일 밤낮으로 매달려 밟았지요. 비에 로와 돌마 양존이 지옥……극락, 지옥……극락 하고 소리를 메기면 다 같이 장단을 맞춰 따라 했는데, 비에 로가 지옥……극락 하고 말하다가 벌렁 나자빠지고 말았어요."

"죽기 직전에도 지옥……극락만 외고, 내 이름은 불러주지도 않았어요."

"눈을 감고 이를 딱딱 맞부딪치면서 혼자서 지옥……극락, 지옥……극락

그러는 거예요."

"그 얼굴을 들여다보면서 모두 울었어요. 눈물이 비에 로의 얼굴에 뚝뚝 떨어졌지요."

"얼마 후 비에 로가 제대로 입도 못 움직이고 이를 딱딱 맞부딪치면서 우우 하는 소리만 내는데, 뭐라고 하는지 알아먹을 수가 있어야지. 지옥……극락이라는 말이었을 테지요."

"나는 말했어요, 정신 차리라고. 비에 로의 귀에 대고 말해줬어요. 지옥……극락이라고, 지옥……극락이라고. 비에 로는 아무 말도 못 알아듣고 그저 우우 하는 소리만 냈어요."

"지옥……극락이라고, 지옥……극락이라고, 다 같이 말해줬어요."

"죽어버렸군요."

"페마 타기의 눈물이, 루루 티디의 눈물이, 돌마 양존의 눈물이 죽은 비에 로의 얼굴 위에서 얼어붙어버렸지요."

페마 타기는 산소가 희박한 곳에서 한번에 너무 많은 말을 한 탓에 숨이 가빴다. 페마 타기는 숨을 깊이 들이쉬었다. 푸른 하늘 아래, 페마 타기의 목구멍으로 공기가 빨려드는 소리가 울렸다.

페마 타기는 시선을 옮겨 흘러가는 흰 구름 떼를 막연히 바라보고 있었다. 페마 타기의 손가락은 비에 로의 이야기를 하고 있을 때에도 끊임없이 움직였다. 108개의 염주 알은 페마 타기의 뼈대 굵은 손 안에서 어떤 때에는 빨리, 어떤 때에는 머뭇거리면서 이야기의 리듬을 타고 하나하나 굴러가고 있었다.

나무 열매로 만든 염주 알은 오랜 세월 손가락과 접촉하면서 손때가 배고 매끈매끈해져서 한 알 한 알이 호박 구슬처럼 촉촉한 광택을 머금고 있었다. 그리고 그 매끈한 염주 알 하나하나에는 천공의 태양이 맺혀 있었다. 9월 말, 108개의 작은 태양이 페마 타기의 손바닥 안에서 돌아가고 있다.

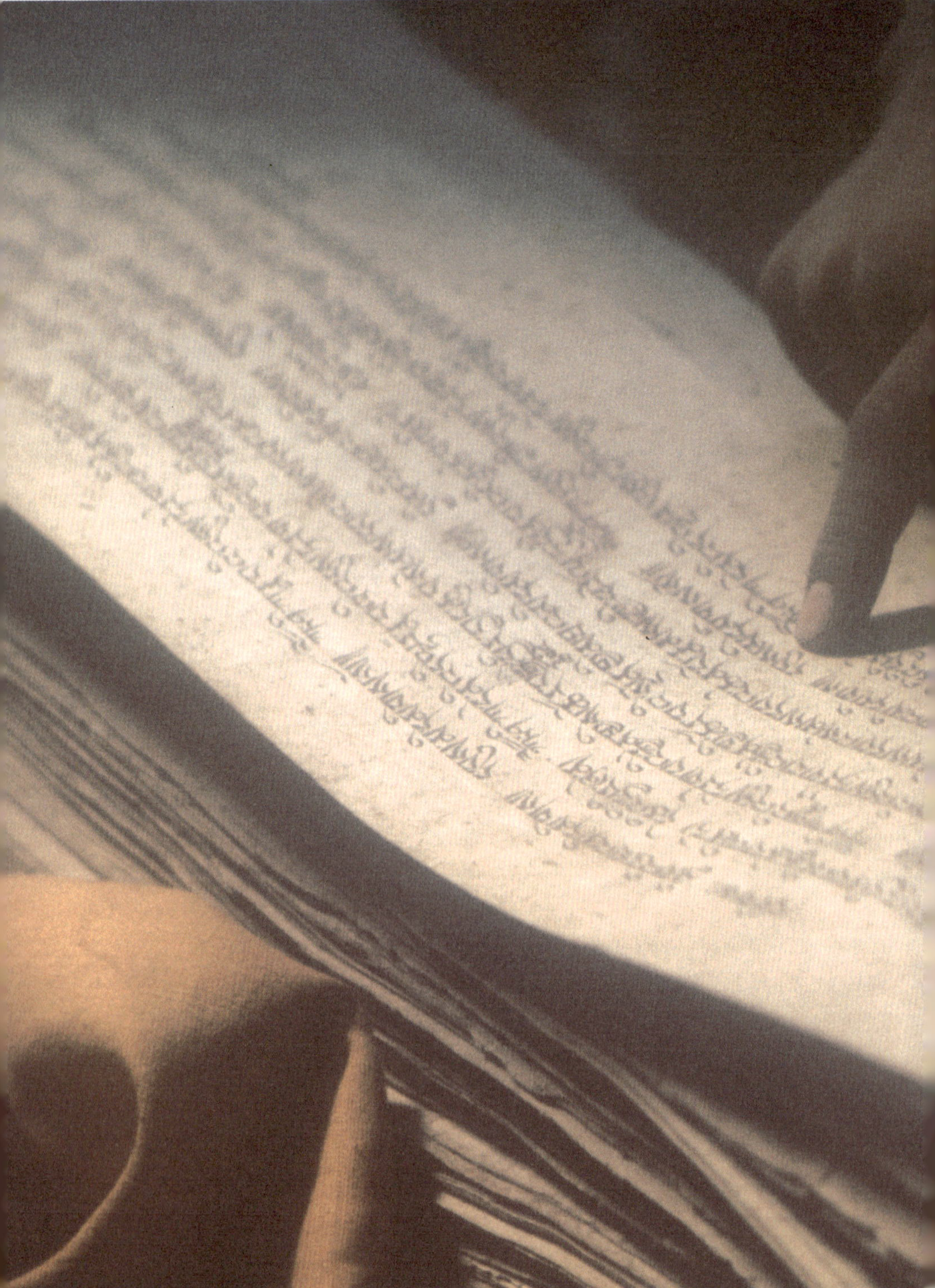

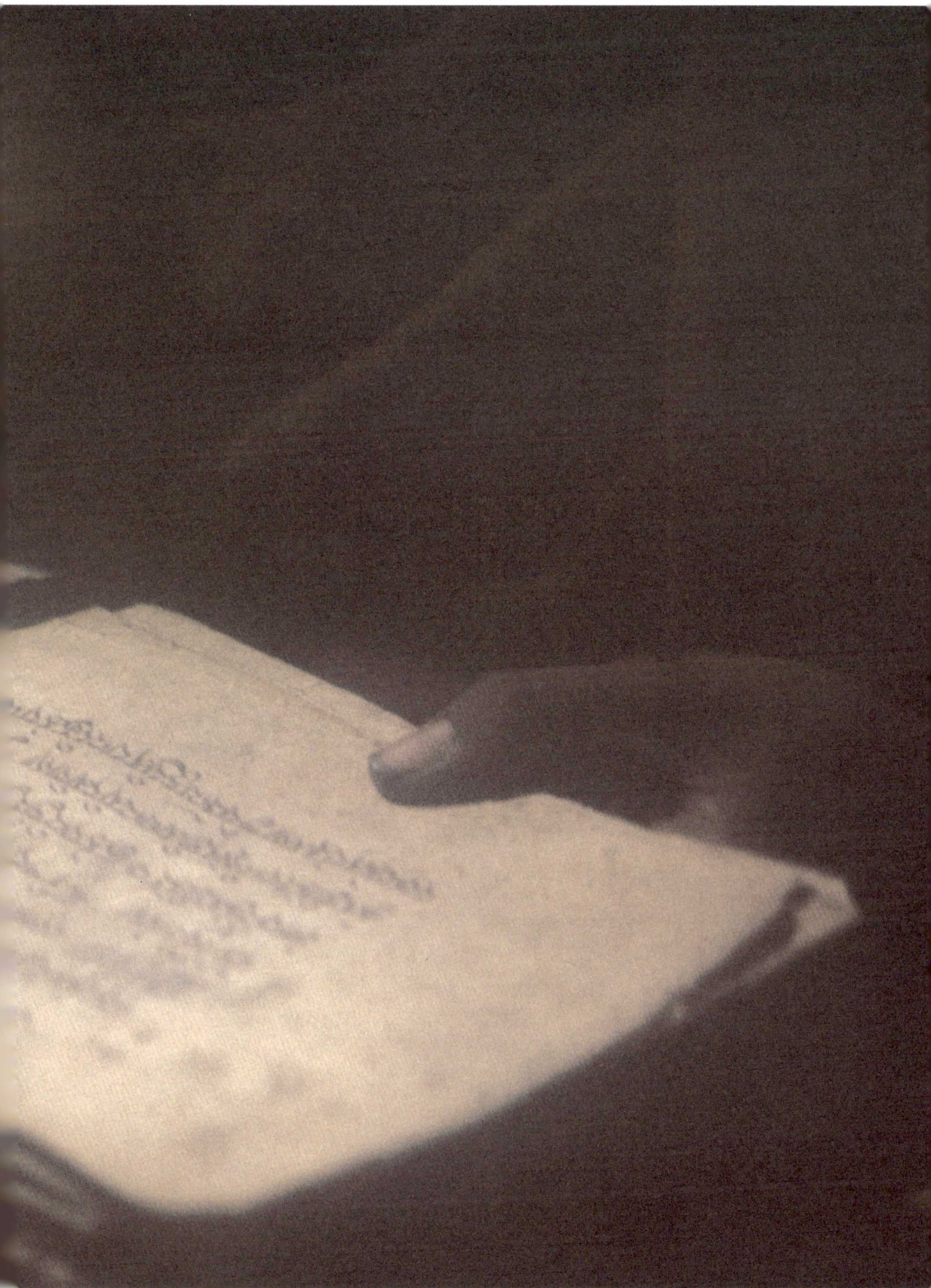

"눈물이 죽은 아버지의 얼굴 위에서 얼어붙다니……."

"정말이에요. 겨울이 되면 모든 게 얼어붙어요. 얼지 않는 건 몸속을 흐르는 피 정도지요. 그것도 방심했다가는 큰일 나요. 밤에도 진짜로 잠드는 사람은 아무도 없어요. 반쯤 잠들고 반쯤 깨어 있고……. 안 그러면 손까지 얼어버려요. 잠꼬대처럼 염불을 외면서……."

페마 타기의 손이 다시 염주를 만지작거린다. 9월의 태양은 중천에 있었다. 햇빛은 페마 타기의 겨울 이야기에 전혀 현실미를 부여하지 않는다. 따뜻하고 투명하고 자혜로 가득한 햇빛은 지상 만물에게 생명의 빛을 베풀고 있다. 평지에 널려 있는 돌 무리는 둔치에 드러누워 기분 좋게 볕을 쬐고 있는 해양 동물을 생각나게 했다.

언젠가…… 필름 화면에서 그런 광경을 본 적이 있다. 현실적인 광경은 아니었다.

그 동물의 모습은 오히려 추했다. 정토의 조간潮干 강기슭에 아귀 무리가 드러누워 맑은 볕을 쬐면서 "아아, 극락이야, 극락" 하고 말하며 안식을 취하고 있는 것 같았다. 그러나 카메라 렌즈가 피사체를 크게 잡았을 때, 눈곱이 잔뜩 끼고 콧물을 질질 흘리는 그 동물들은 교미에 여념이 없었다. 십 분에 두 번꼴로 교미를 거듭하며 암컷들 사이를 누비고 다니는, 그 남근에 눈코가 붙은 듯한 색아귀色餓鬼가 갑자기 눈앞에 나타난 사람 모습에 놀라 숨넘어가는 소리를 내지르며 앉은뱅이걸음으로 바다로 달아나고…… 연쇄반응으로 둔치에 있던 무리도 잇따라 흰 물보라를 일으키며 검은 바다로 뛰어든다.

카메라는 그 무리를 좇아 바다를 비춘다. 수면 위로 떠오른 수많은 머리가 둔치를 향하고 있었다. 초망원렌즈가 그 머리 하나를 비추자…… 고해苦海의 물에 씻긴 색아귀의 눈은 인간 소녀의 눈처럼 촉촉해 보였다.

그 수많은 눈들이 고해의 파도 사이로 일렁이며…… 예전에 그들이 머물던

정토…… 그 광대한 둔치 쪽을 보고 있었다.

돌 무리는 지금 별 아래 그 동물들처럼 드러누워 입을 모아 '극락이야 극락' 하고 말하고 있는 것 같았다. 광대한 평지를 뒤덮은 백만의 빛나는 돌 무리가 제각기 극락, 극락, 극락, 극락, 극락, 극락, 극락, 극락, 극락…… 하고 중얼거리고 있는 것 같다.

그 소리는 땅 위로 울려 퍼져 멀리 지평 너머에서…… 극락, 극락…… 하고, 저편 민둥산 너머에서…… 극락, 극락…… 하고, 이 신의 계절의 햇빛 아래 빛나는 지상의 모든 것이 지나가는 바람에 술렁이는 가을 벼 이삭처럼…… 극락, 극락, 극락, 극락, 극락, 극락, 극락, 극락, 극락……극락, 극락…… 하고 수런거리는 것 같다.

땅이 발하는 무언의 염불에 귀 기울이며 잠시 나를 잊었다.

그러자 탄식 같은 깊은 목소리가 갑자기 귓가로 날아든다.

"옴, 지옥!"

그렇게 말했다.

소리 나는 쪽을 보니 페마 타기가 일어나 있었다. 페마 타기가 "지옥" 하고 말하며 돌에서 일어선 것이다. 보통 사람들은 "으샤" 하며 일어서는데 페마 타기는 "옴 지옥" 하면서 일어섰다. 비스듬히 올려다보니 페마 타기의 이마가 햇빛 속에서 반들거린다. 페마 타기는 "지옥"이라고 말하고 일어나서 입을 반쯤 벌린 채 길 저편을 바라본다. 가느다란 길은 평지보다 약간 도드라지고, 바위나 솟아오른 지면에 가려 사라졌나 다시 나타났다 하면서 구불구불 멀리 평지의 눈부신 빛 속으로 그 모습을 지우고 있었다.

페마 타기가 "옴 지옥" 하고 말하며 일어나서 길 저편을 바라보고 있을 때, 그 길을 둘러싼 광대한 자갈밭 평지와 민둥산과 돌 무리가 갑자기 말을 뒤집어 …… 지옥, 지옥, 지옥, 지옥, 지옥, 지옥…… 하고 중얼거리는 것 같았다.

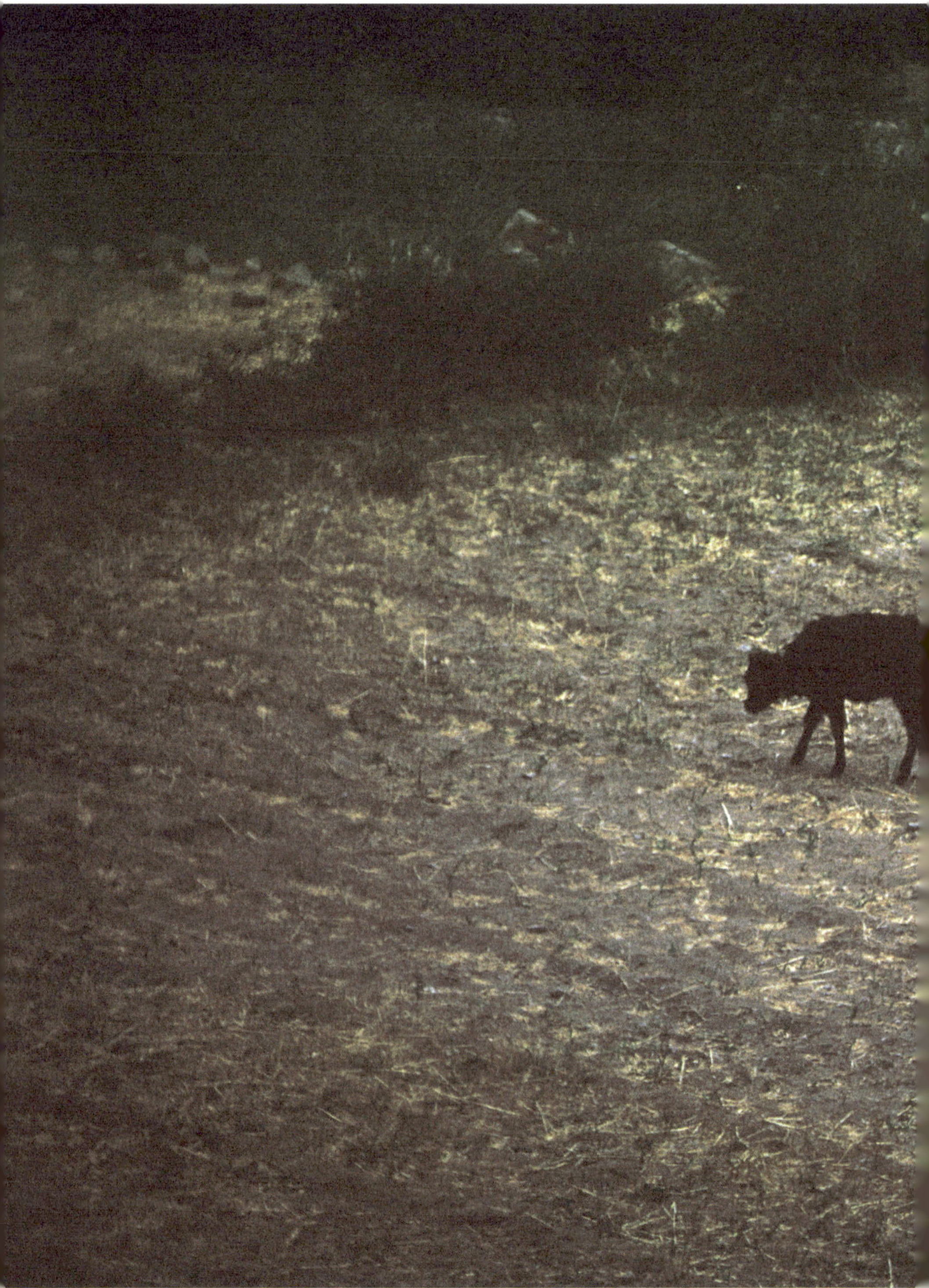

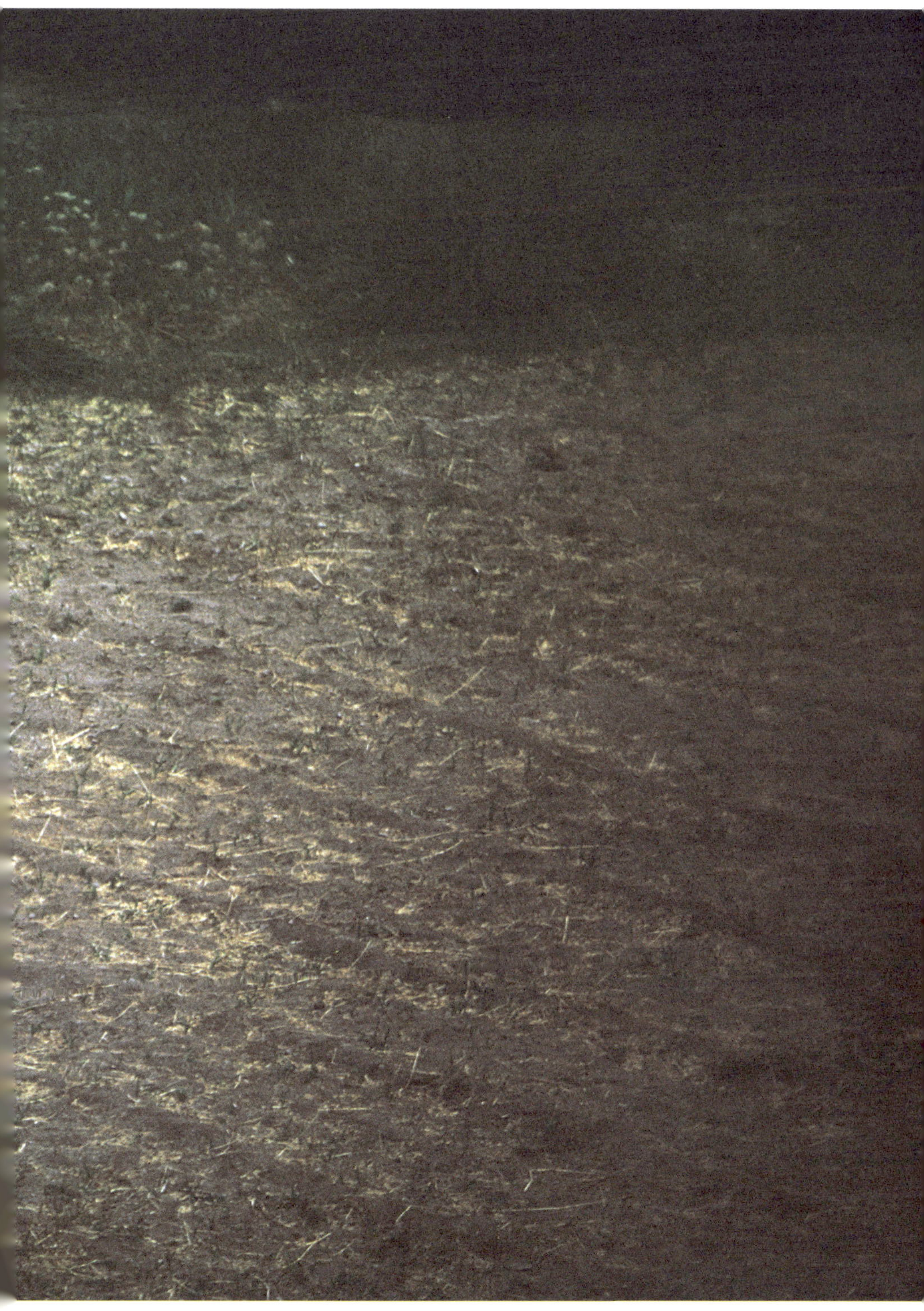

"훔, 극락!"

이번에는 옆에서 큰 목소리로 그렇게 말한다.

소리 나는 쪽을 보니 페마 타기가 "극락" 하고 말하며 걸음을 내딛는 참이었다. 페마 타기는 오른쪽 손목에 염주를 감고 품속에서 구리로 만든 마니차(염불통)를 꺼내 장난감처럼 오른손으로 빙글빙글 돌리면서 걸어간다.

그리고 다시 페마 타기의 입은,

지옥……극락

지옥……극락

지옥……극락

지옥……극락

지옥……극락

하고 중얼거리기 시작한다. 백만의 돌이 그것을 따라,

지옥……극락

지옥……극락

지옥……극락

하고 중얼거리기 시작하는 것 같았다. 페마 타기는 햇빛 아래…… 백만의 돌 사이로 걸어간다. 멀리 페마 타기의 뒷모습이 돌 무리 속으로 섞여들다가 다시 나타난다. 나는 망원렌즈를 꺼내 페마 타기의 뒷모습을 지켜보았다. 겨울이 찾아오면 고해에 내던져질 백만의 돌 무리 속…… 때때로 페마 타기의 한쪽 팔이 빙글빙글 돌리는 마니차가 햇빛을 반사하며…… 반짝, 반짝…… 빛나는 것이 보였다. 나는 천공을 올려다보았다.

짙푸른 하늘의 한 점에 백은白銀의 원광圓光 드높고…… 문득 그것이 푸르게 닫힌 하늘 저편의 빛으로 가득한 세상으로 통하는 공동空洞처럼 여겨진다. 그 눈부신 애로隘路의 저편을 그려보면서 내세라는 있는지 없는지도 모르는 불가시不可視

의 세계…… 그것을 왜 이 땅의 사람들은 지금도 그렇게 장대하게 구축하고 또한 믿고 있는 걸까 하는 생각이 든다.

내세라는 것이 불교의 다양한 교전 속에 현세에 필적할 만한 모습으로 그려지기 때문에 사람들이 그 교화하는 바에 선동되어 그것을 믿게 되었다는 설명은 알기 쉽다. 그런데 도대체 인간이란 단지 '말'의 꼬드김에 넘어가 일신을 바칠 만큼 그렇게 곧이곧대로 그 말을 믿어버릴 수 있는 존재인가 하는 생각도 든다. 더구나 이 티베트 땅에서는 대부분의 사람이 복잡한 교전 문구를 거의 이해하지 못하고…… 그럼에도 사람들은 평생 입버릇처럼 지옥……극락 하고 외는 것이다.

나는 바위산을 향해 걸으면서 페마 타기처럼 지옥……극락 하고 작은 소리로 중얼거렸다. 그렇게 몇 번인가 중얼거리다가…… 극락 하고 말했을 때, 문득 이 땅의 어떤 풍경이 머릿속에 떠올랐다.

그것은 지금 이렇게 걸어가는 풀 한 포기 나무 한 그루 보이지 않는 삭막한 돌과 자갈의 풍경과는 극단적으로 다른, 맑고 투명한 냇물이 그물처럼 펼쳐지며 흐르고 버드나무와 보리가 푸릇푸릇하게 자라는 이 땅의 또 다른 풍경이었다.

극단적으로 성격이 다른 두 종류의 땅이 기묘한 형태로 동거를 한다. 이 해발 3400미터 전후의 고지에 사는 사람들의 삶 속에는 몸을 씻거나 목욕을 한다는 관습이 없고, 백 년이나 연대가 지난 치즈나 버터를 지금도 먹을 수 있다는 사실에서 알 수 있듯 연중 대기가 무섭도록 건조하다. 습기가 극히 적어 산에도 평지에도 초목을 찾아보기 어렵다. 요컨대 이 땅의 약 90퍼센트에 이르는 풍경은 메마르고 희부연 모래와 흙과 바위로 이루어진 단조로운 자갈땅의 전개에 지나지 않는다. 그리고 나머지 10퍼센트의 땅……, 그곳이 사람들의 삶의 장이다.

이 땅의 풍경이 기이하게 보이는 것은 그 90퍼센트의 자갈땅 풍경과 10퍼센

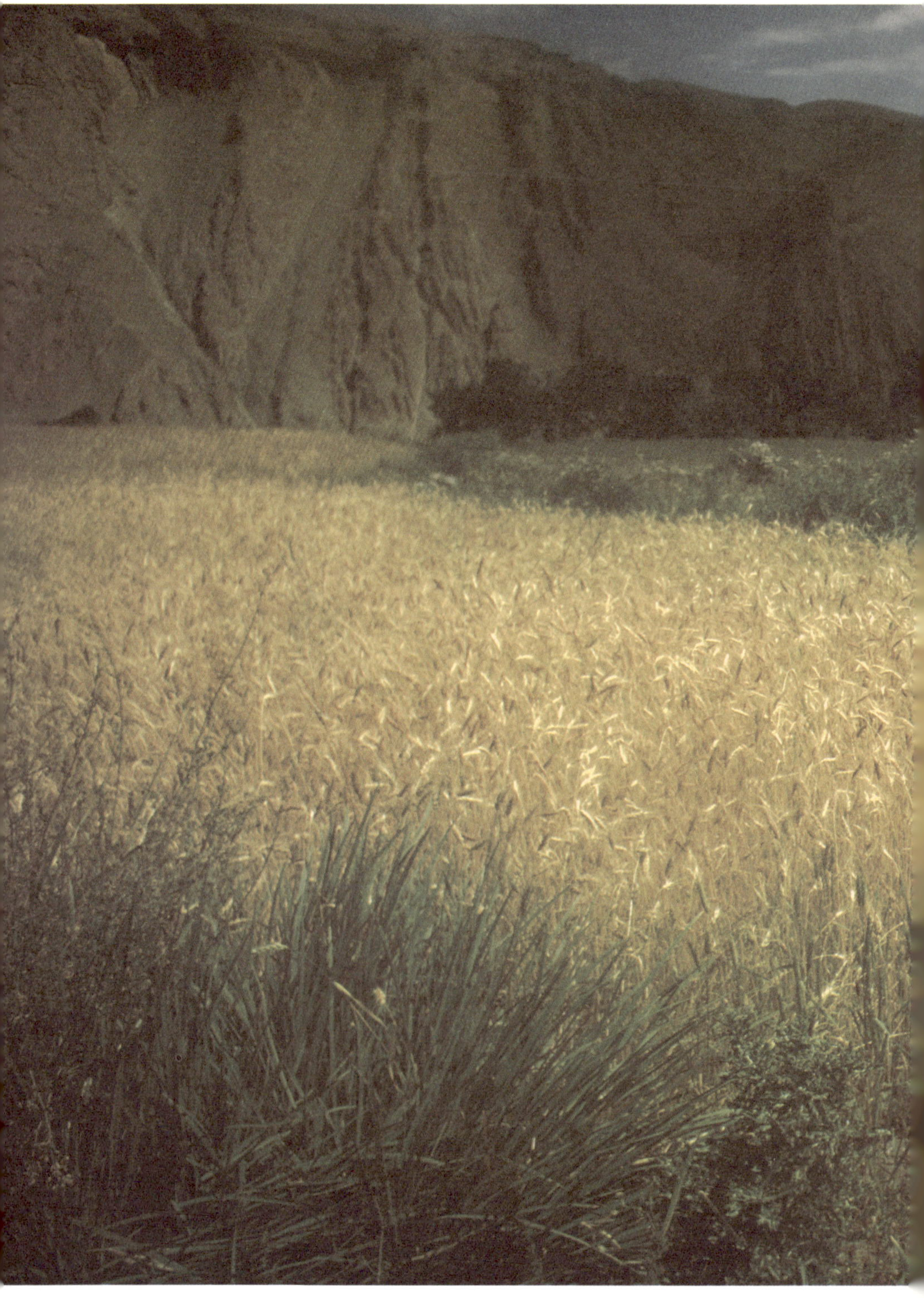

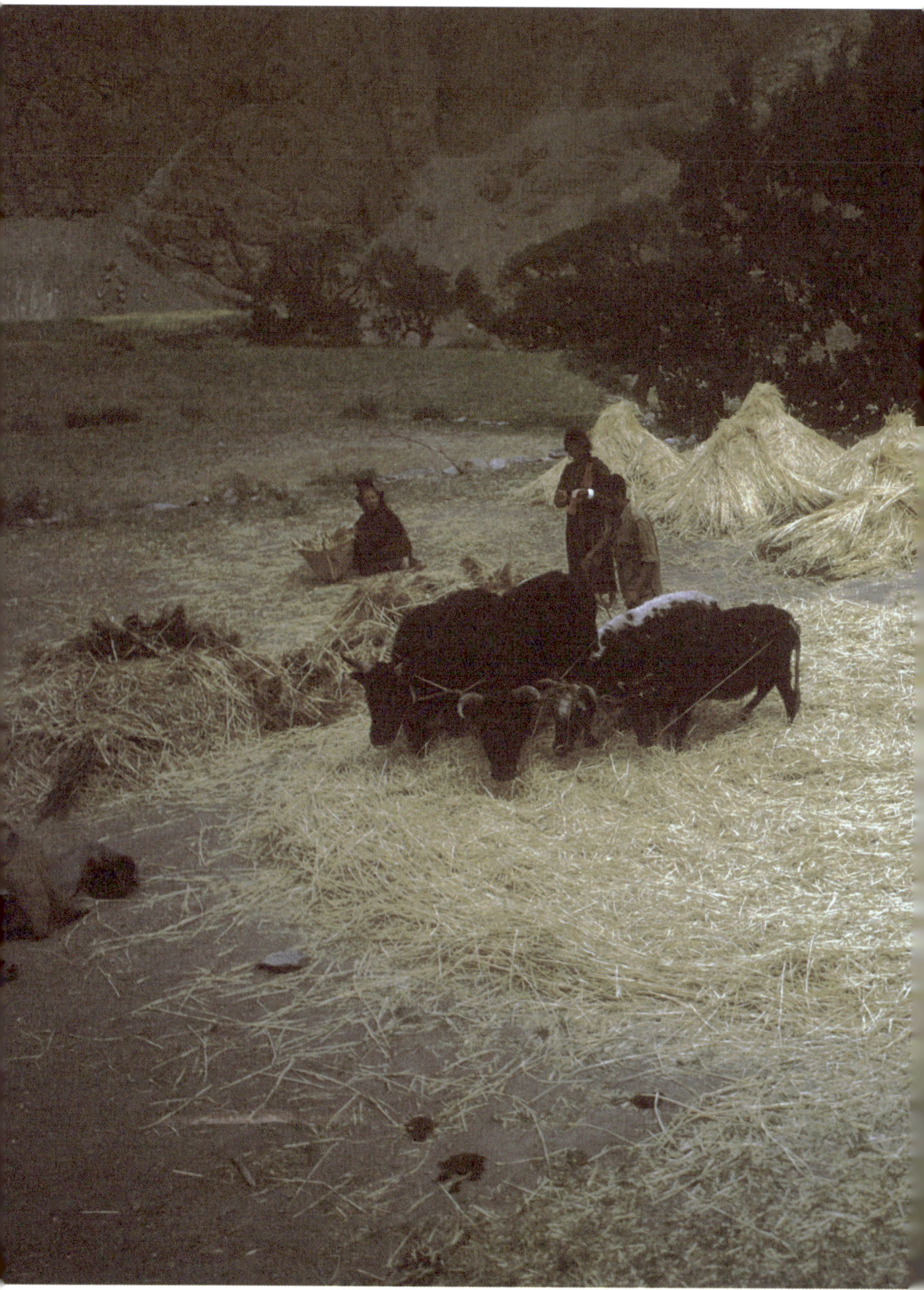

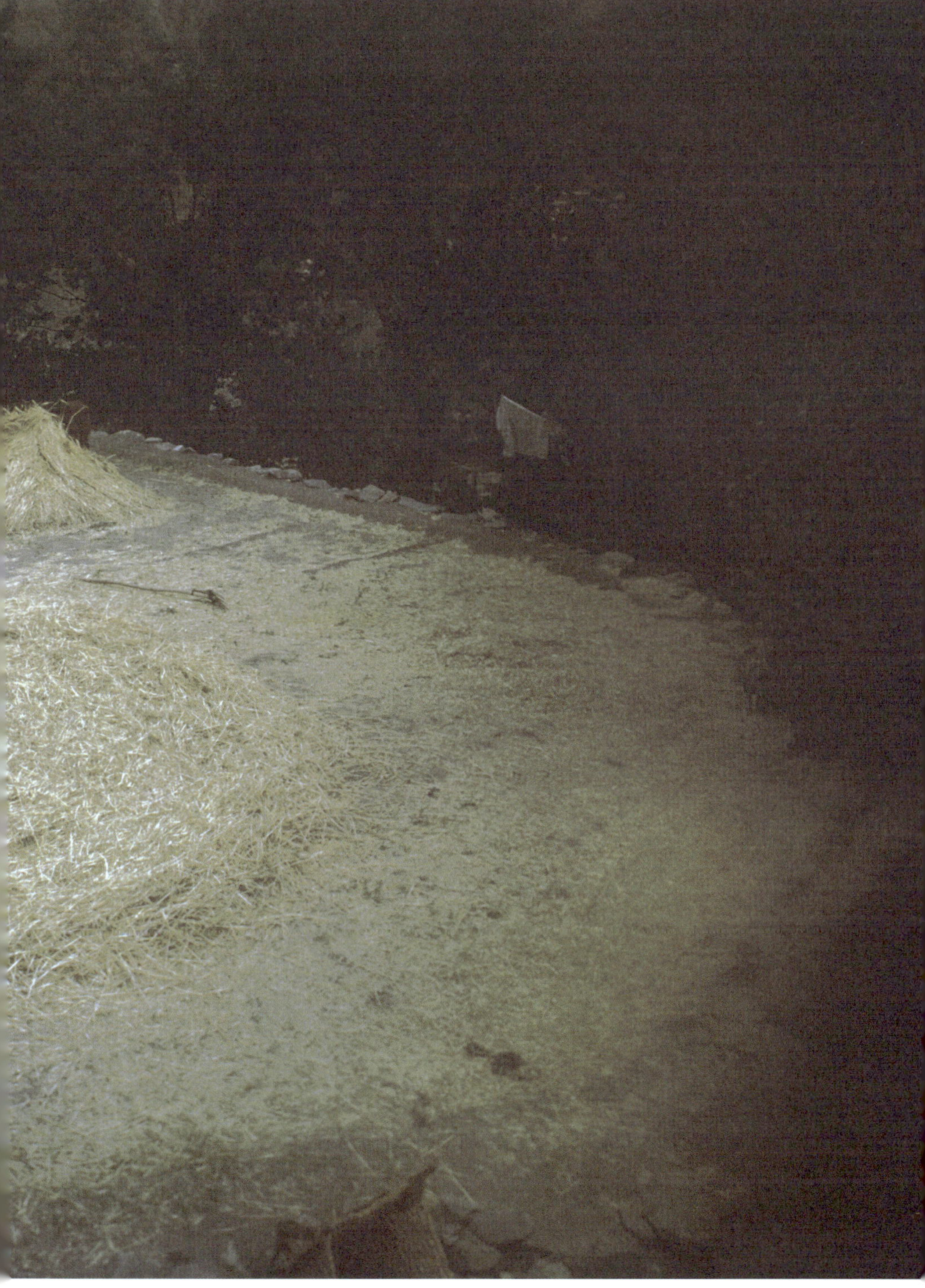

트의 촌락 풍경의 동거 방식 때문이다. 요컨대 풍경의 대부분을 차지하는 자갈더미들, 그 생명이 깃들일 만한 얼마간의 습기조차 없는 희부연 불모지와 극단으로 격절되어, 흡사 대양 속의 고도처럼 홀연히 풍요로운 녹지대가 나타난다. 대개 그런 녹지대는 깎아지른 민둥산들에 첩첩이 둘러싸인 골짜기 사면에 작은 부채를 거꾸로 펼쳐놓은 듯한 형태로 기생하고 있다. 그런 녹지의 점경은 불모의 자갈밭 평지와 민둥산 사이에서 이따금 생각난 듯이 드문드문 사람들 눈에 들어온다.

티베트에 이런 기이한 풍토가 만들어진 경위에 대해, 한번은 어느 노승이 이 땅에 전해 내려오는 단조로운 신화를 다음과 같이 조목조목 들려준 적이 있다.

· 옛날 옛적에 이 땅의 천상을 지배하는 신이 있었다.

· 천상에서 생명체가 깃들어 살지 않는 메마른 불모지를 바라보고 있다가 측은한 생각이 들었다.

· 그래서 하계를 향해 자혜의 눈물을 뚝뚝 흘렸다.

· 불모의 땅에 작은 습지가 생겨났다.

· 그곳에 녹지가 만들어졌다.

· 그 녹지의 고도孤島에 원숭이가 태어났다.

· 그것이 우리의 조상이다.

신의 눈물이라는 것은 아마도 10월부터 이듬해 5월까지의 겨울 동안 민둥산 봉우리들을 하얗게 덮는 눈을 이르는 것이리라. 강우량이 극히 적은 이 고지에서는 겨우내 민둥산 꼭대기에 내려 쌓이는 눈이 유일한 물의 공급원이다. 6월에 눈이 녹으면, 그 물은 하나의 골짜기로 수렴되어 주변에 부채꼴의 녹지 고도를 만들어낸다. 그래서 이 땅의 사람들 사이에는 예로부터 눈 쌓인 봉우리를 우러르는 관습이 있다. 겨울 동안 산꼭대기에 쌓이는 눈의 양을 보고 이듬해 작황을 예측하기도 한다. 이 눈의 은혜와 녹지의 은혜는 상관관계가 있지만, 사람들은 이 두 가지 자연의 은혜를 동시에 누릴 수 없다. 계절이 여름철인 8월로 접어들어 녹지대에 푸른 보리 이삭이 한창 여물 무렵이면 주변 산악에 눈은 자취도 없이 사라지고, 산은 비참하게 헐벗은 그 불모의 전모를 녹지대에 사는 사람들의 머리 위로 드러낸다. 그리고 10월에 황금빛으로 익은 보리를 거둬들이고 계절이 겨울로 들어서면 녹지대는 환영처럼 가뭇없이 사라지고, 주변 민둥산에 눈이 내리기 시작할 무렵이면 과거 사람들의 생활의 장은 희부연 불모의 평지와 다를 바 없는 자갈 가득한 모습을 드러낸다.

그런데 사람들이 꿈결처럼 환영인 양 사라져버린 과거의 녹지대에서 겨우내 무엇을 하느냐 하면, 각자의 움막에 틀어박혀 오로지 6월의 신록을 기다린다. 사람들은 몸속의 피 외에는 모조리 얼어붙어버리는, 영하 30도를 밑도는 자갈 땅의 겨울 풍경 속에서 자신의 체온만을 보존한 채 옴마니반메훔이라는 단조로운 경문을 외며 신록의 계절 6월을 베갯머리에서 꿈꾼다. 이 극단적인 형태로 상반되는 두 풍경 속을 걸어가야 하는 사람과, 극단적으로 변화하는 두 계절을 살아가야 하는 사람들이,

　　지옥……극락

　　지옥……극락

　　지옥……극락

하고 중얼거릴 때, 그들의 지옥과 극락의 상념은 경전 속에 설파된 사후 세계의 풍경에서 파생된다기보다는, 오히려 사람들이 이 지옥……극락의 상반된 양상을 띠는 두 풍경 속을 터벅터벅 걸어가는 모습을 닮고…… 혹은 두 계절이 사람들의 삶 속에 강요해온 반복되는 고苦와 낙樂의 형식을 닮는다. 어쩌면 그것은 단순히 그런 티베트 고유의 기후 풍토 양식을 모방한 상념 같다는 생각도 들고, 그 말과 음률의 흐름을 들으면 이 땅의 업業에서 파생된 단조로운 민족 가요 같다는 생각도 들었다.

지옥 속의 극락이어야 할 사람들의 주거…… 녹지의 고도, 바위산 자락에 희미하게 보이기 시작한 회백색 집들은 분명 불모의 자갈밭 평지 속에 있는 사람들의 고도이기는 했지만, 그곳에서 극락을 구현해줄 만한 윤택한 녹지는 눈을 씻고도 찾아볼 수 없었다.

경을 먹는 개

바위산 기슭에 도달하기까지 세 시간이 걸렸다. 바위산 자락은 완만하게 퍼지며 평지로 이어지는 것이 아니라, 가파른 자갈 비탈에서 곧바로 회갈색 평지가 펼쳐지고 있었다. 메마른 땅에는 잡초 한 포기 자라지 않았다. 부락 쪽에는 사람 모습이 눈에 띄지 않았다. 돌과 진흙으로 지은 허술한 집은 사람 모습만 보이지 않으면 영락없는 폐가였다.

햇빛을 반사하는 인적 없는 지면에 바람이 간간이 불어 지나며 흙먼지를 일으켰다. 부락 바깥쪽에 면한 한 채의 허름한 집을 덮고 있는, 부식되어 너덜너덜한 함석지붕이 무의미한 소리를 내고 있었다. 여기저기 부식되어 생긴 구멍을 낡은 텐트 천으로 막아놓은 함석지붕은 한쪽 끝이 그대로 늘어뜨려져 돌벽에 뚫린 입구를 가리며 출입문 구실을 하고 있다. 바람이 불 때마다 늘어진 함석판이 코끼리 꼬리처럼 출렁거렸다. 입구로 다가가자 어디선가 으르렁대는 개 소리가 들렸다. 낮고 조용한, 멀리서 울리는 자동차 엔진 소리 같았다.

입구에서 약간 왼쪽으로 돌아 들어간 돌벽 뒤에 개가 서 있었다. 귀와 꼬리가 처진 붉은 개가 송곳니를 드러내고 있었다. 그 허름한 집을 지키는 개치고는 부자연스러울 만큼 덩치가 크고 얼굴이 야비하게 생겼다. 다리가 길고, 갈비뼈 하나하나를 셀 수 있을 만큼 비쩍 말랐으면서도 볼통볼통 상체가 발달하고 머리통도 컸다. 물리거나 맞아서 생긴 듯한 거무스름한 상처가 얼굴을 비롯해 전신을 덮고 있었다. 부풀어 오른 눈두덩 뼈 때문에 왼쪽 눈이 찌그러져 있고, 그것이 개의 용모를 현저히 손상시키고 있었다. 인분을 먹고 사는지, 입 주위에 전병처럼 말라붙은 인분이 비늘처럼 일어나 있다. 살가죽이 늘어나 주름이 여러 겹 잡힌 목에는 산양 가죽과 천 조각을 엮은 굵은 밧줄이 아무렇게나 감겨 있다. 밧줄은 근처의 큼직한 바위에 묶여 있었고, 개는 바위를 움직일 수가 없었다. 송곳니가 미치는 곳까지 다가가면 위협도 견제도 없이 물어뜯을 태세였다. 그때 개와 내 모습을 살피고 있는·눈을 발견했다. 부드러운 눈빛이었다. 함석판 뒤 어두운 입구에 그것은 있었다. 물을 좀 달라고 했더니 허둥지둥 눈이 사라졌다. 한동안 집 안에서 말소리가 들리고 다시 입구에 눈이 나타났다. 젊디젊은 여자의 눈 같았다. 다시 물을 좀 달라고 말해보았다.

또다시 눈이 사라졌고, 이번에는 다른 눈이 나타났다. 탁하고 불그레한 노인의 눈 같았다. 입구 아래쪽에서 볕에 그은 뼈대 굵은 검붉은 손이 튀어나와 들어오라고 손짓을 했다.

입구를 가린 뜨거운 함석판을 들어올리자 함석판이 휘어지며 쿨렁쿨렁 소리를 냈다. 동시에 뒤에서 개가 기를 쓰며 짖어댔다. 그리고 갑자기 뚝 그쳤다. 돌아보니 개 뒤에 개와 키가 비슷한 발가벗은 어린아이가 서 있었다. 개의 발치에는 아이가 양손으로 안아서 던진 것으로 보이는 갈색 돌이 떨어져 있었다. 개는 짖지도 않고, 등뼈가 아픈지 비실거리며 아이를 겁내고 있었다. 아이는 때에 찌든 천진난만한 얼굴로 나를 보며 수줍게 웃었다. 낮은 입구로 허리를 굽히고 들어가자 네 평쯤 되는 어두운 집 안에는 중국옷 비슷한 검은색 옷을 입은 열두세 살 정도의 얼굴이 발그레한 소녀와 몸집이 큰 초로의 남자가 있었다. 방 한구석의 막치 실로 짠 붉은 요 위에는 백발의 야윈 노파가 누워 있고, 털이 긴 작은 쥐색 개가 노파 곁을 지키고 있었다. 내가 들어서자 작은 개는 겁을 집어먹었는지 짖지도 않고 나와 반대 방향으로 내뺐다.

소녀는 젊은 외지인 남자를 본 것만으로도 기쁜 모양이었다. 아직 이성에 눈뜰 나이는 아닌 듯했다. 귀고리 말고는 이렇다 하게 치장한 기색이 없었다. 소녀는 내가 들어서자마자 남의 집에 온 사람처럼 안절부절못하는 눈치였다.

천장에서 새어든 햇빛이 어두운 방 안에 얼룩덜룩한 무늬를 만들고, 노파는 그 끄트머리에 누워서 웃고 있었다. 노파의 입에서는 막걸리 냄새가 진동했다. 그 냄새는 노파의 머리 위에 놓인 기름때에 찌든 타라 보살(관음보살의 밀교적 화신으로 관음보살의 눈물에서 태어났다고 한다. 낮에는 백색 보살, 밤에는 녹색 보살이 화현해 민중의 눈물을 닦아준다고 하며 티베트인에게는 아주 친근한 보살이다—옮긴이)의 작은 제단에서 풍기는 싸구려 향내와 섞이고, 입구 근처에 놓아둔 벗긴 지 얼마 안 되는 흑산양 가죽의 썩은 버터 냄새 비슷한 냄새와 섞여, 방 안은 그 살풍경한 인상과는 달리 농밀한 생활의 취기臭氣로 충만했다.

성속이 버무려진 취기의 바닥에 도롱이벌레의 외피 같은 모양이 분명치 않은 옷을 걸치고 누워 있는 노파의 얼굴은 주름이 자글자글했다. 그리고 무슨 고결하고 성스러운 존재라도 바라보듯 이쪽을 향한, 주름에 파묻힌 두 눈에는 물기가 어려 있었다. 그것은 천장에서 새어든 햇살에 반짝이고 있었다. 노파를 향해 고개를 숙이자, 노파는 미세한 표정 변화를 보이며 어린아이 같은 가냘픈 목소리로 말했다.

"첸탄아! 첸탄아!"

첸탄이라는 몸집이 크고 얼굴이 각진 남자는 흰머리 섞인 머리카락을 양 갈래로 땋아 이마 위에서 작고 붉은 리본으로 고정했는데 그것이 살짝 우스꽝스런 인상을 주었다. 남자는 짐짓 사교적인 미소를 지으며 내 어깨에 손을 얹어 친근함을 표시한 뒤, 방의 한쪽 구석에서 더러운 양철 석유풍로를 붙들고 씨름하기 시작했다. 불을 붙이려는 시도는 번번이 실패로 끝나고 석유풍로는 검은 연기만 피워댔다. 늙은 어머니가 부르는 소리가 들리지 않는지 남자는 연신 석유풍로를 흔들었고, 소녀가 난처한 표정을 지으며 첸탄 대신 대답했다.

"마침내 왔구나."

노파가 소녀에게 말했다.

"그럼요, 그렇게 만날 술 마시고 기도를 드렸으니 찾아올 만도 하지……."

소녀는 대답하지 않고 남자가 대답했다.

남자는 아이를 타이르는 말투로 그렇게 말하고, 넓은 등을 흔들며 절컥절컥 석유풍로에 펌프질을 한다. 이윽고 갑자기 붉은 불길이 천장까지 숫구치면서 집 안이 환해졌다. 노파는 붉게 물든 주름투성이의 얼굴에 여전히 황홀한 미소를 지은 채 아들의 등 너머로 활활 타오르는 불길을 보았다.

집 안은 무섭도록 한산했다. 토방 중앙에는 허접한 나무 상자가 놓여 있고, 그 위에 널빤지 몇 장을 건너질러 식탁으로 쓰고 있었다. 식탁 위에는 깡통으로 만든 램프와 풀다 만 털실 옷과 털실 뭉치 외에 아무것도 없다. 그 밖에는 남자가 조작하고 있는 석유풍로와 보릿겨를 담은 희끄무레한 나무 상자, 그 위에 얹힌 그릇과 칼, 검게 변한 놋쇠 국자, 방 한구석에 놓아둔 물 항아리, 항아리를 반쯤 덮고 있는 구멍 뚫린 뻣뻣한 산양 가죽. 그나마 온전한 물건이라면 내가 깔고 앉은, 돼지처럼 보이는 눈사자 문양이 들어간 티베트 융단…….

어둡고 한산한 방에 김이 오르기 시작했다. 남자와 소녀는 소금차 만들기에 몰두해 있었다. 소녀가 벽돌처럼 생긴 딱딱한 초콜릿색 전차塼茶를 칼로 조심스레 잘라 김 속에 넣었다. 남자는 이 별것 아닌 동작을 진지하게 지켜보면서, 소녀가 칼로 차를 자를 때마다 사소한 주의를 주거나 얼른 하라고 재촉했다. 그 일이 끝나자 소녀가 방 한구석에 놓인 상자 안에서 암염을 꺼내왔는데, 남자는 소금이 깨끗하지 않다며 소녀에게 거무스름한 소금 알갱이를 골라내라고 시켰다. 소녀는 신중하기 그지없는 태도로 그 일을 했다. 이윽고 소녀는 아버지의 지시에 따라 암염을 김 속에 넣었고, 얼마 후 찻물이 끓자 천장에 매달린 50센티미터쯤 되는 대나무 통을 내려 걱정스러운 표정으로 아버지의 얼굴을 보았다. 남자는 이쪽에 들리지 않도록 소녀에게 뭐라고 말했다. 소녀는 결연한 표정으로 칼을 집어 들더니 집 밖으로 뛰쳐나갔다. 남자는 겸연쩍은 미소를 지으며 나를 보았다.

잠시 후 숨을 색색거리며 소녀가 돌아왔다. 칼끝에 갓난아기 주먹만 한 흰 덩어리가 꽂혀 있었다. 버터 같았다. 남자가 두세 번 작게 고개를 끄덕이며 통을 소녀 쪽으로 기울이자, 소녀는 통 속에 버터를 넣었다. 그러자 남자가 곧바로 냄비를 들더니 전차와 소금을 끓인 갈색 찻물을 통 속에 부었다. 김이 버섯구름처럼 천장으로 피어올랐다. 아버지와 딸의 얼굴에는 생기가 흘러넘쳤다. 남자는 한천을 만들 때 쓰는 대형 막대 비슷한 것을 가져와서 통 속에 집어넣었다. 소녀는 이따금 나를 향해 친근하고 명랑한 미소를 지어 보이며 가녀린 팔로 열심히 통을 받치고 있었다. 남자는 통 속에 집어넣은, 끝에 원판이 달린 막대를 기운차게 위아래로 휘저었다. 막대가 오르내릴 때마다 통 속에서 펄펄 끓인 기름진 찻물이 하얀 김을 뿜어 올리며 열탕 지옥 같은 소리를 냈다.

얼마 전부터 잠들어 있었던 듯한 첸탄의 어머니가 그 소리에 눈을 뜨고, 버터 향기에 이끌려 가난한 아들과 손녀딸에게 황홀한 미소를 지어 보이며 말했다.

"나도 한 잔 다오……."

남자는 막대를 휘저으면서 말했다.

"창자펭마로 우리 엄니는 극락행일세!"

소녀가 조롱하듯 깔깔대며 웃었다.

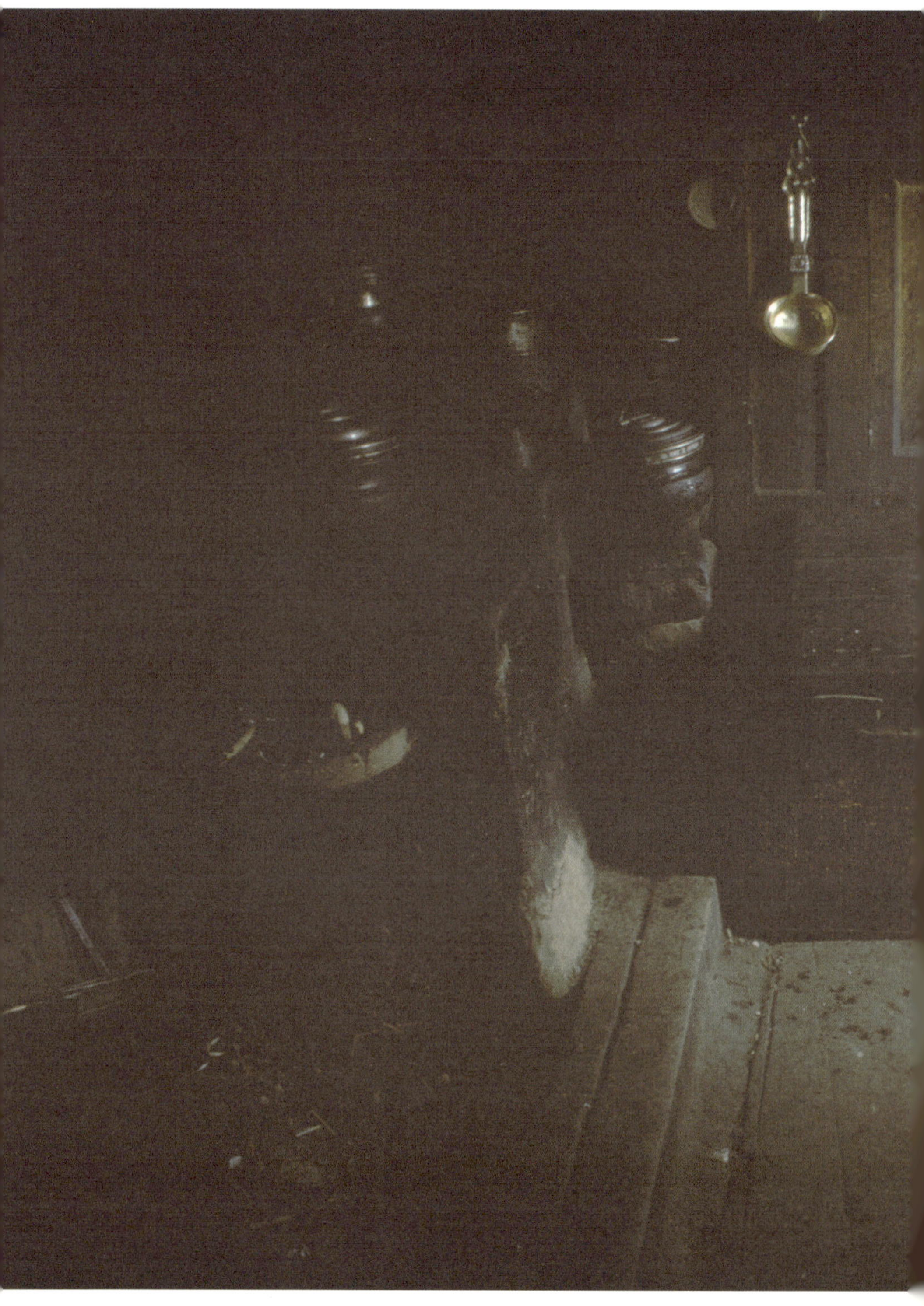

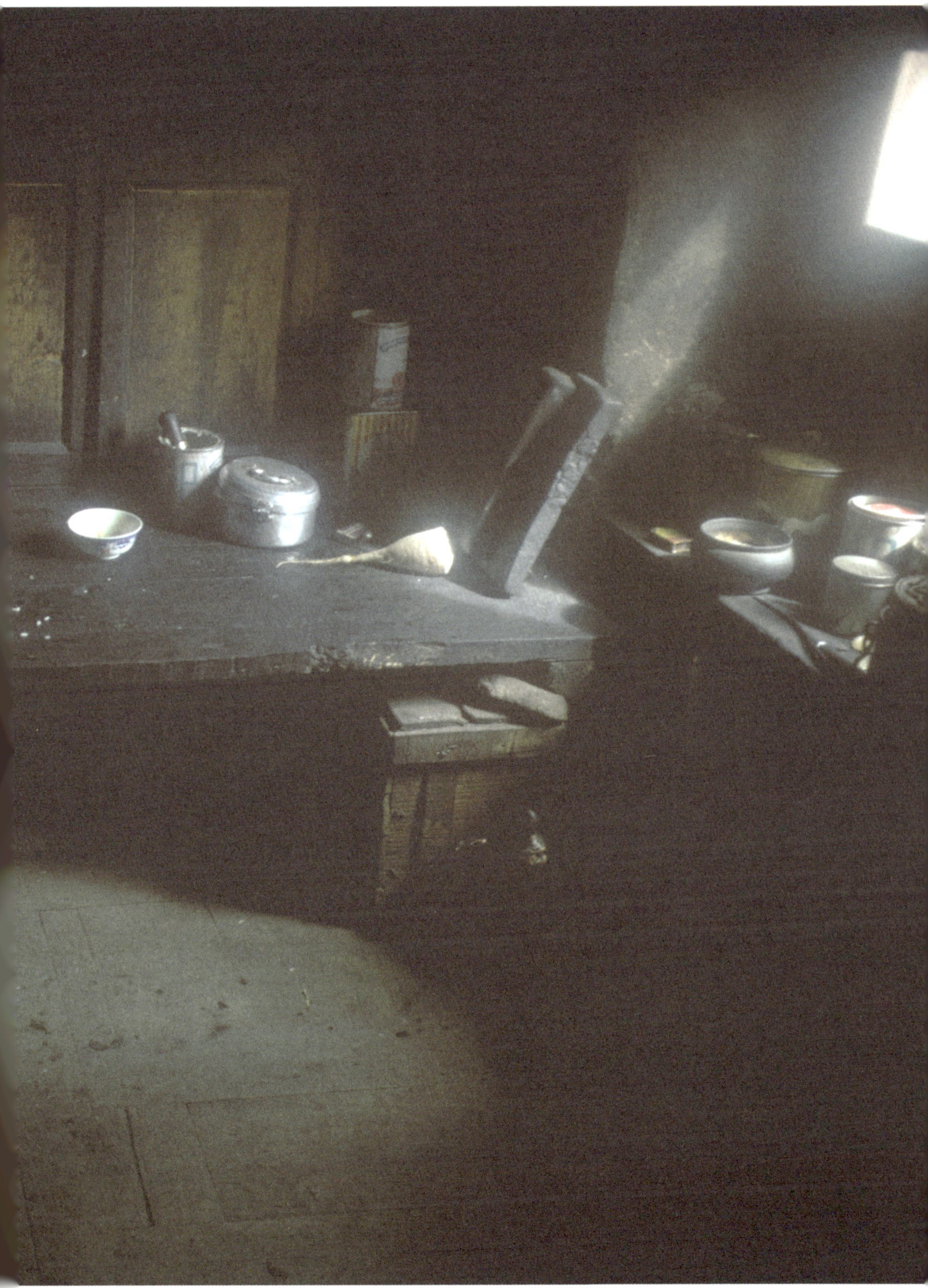

창쟈펭마란 이 지방 속담으로, 술(창)과 버터차(쟈)를 번갈아 마시며 살아가는 더할 나위 없이 좋은 팔자를 이른다.

부락에는 김도 연기도 피어오르지 않는 폐가 같은 집이 수십 채나 있다. 폐가인가 싶어 들여다보면 어두컴컴한 집 안에는 사람이 들어앉아 아무것도 하지 않고 염주를 돌리며 잠꼬대처럼 경을 외고 있다. 허름한 집의 작은 입구로 고개를 디밀어도 집 안에 있던 사람들은 놀라는 법이 없다. 이쪽을 보며 얼빠진 사람처럼 히죽 웃는가 하면, 미리 찾아온다는 전갈을 받고 기다리고 있었던 것처럼 자질구레한 물건들을 정리하며 친근하게 집 안으로 불러들인다.

일하는 사람은 찾아보기 힘들었다. 도대체 무슨 일을 해서 먹고 사는지 신기할 따름이었다. 나는 인도나 이 땅을 여행하면서 일하는 꼴이라고는 구경할 수 없는 가난뱅이가 주체할 수 없을 만큼 시간이 남아도는데도 아무 일도 하지 않고, 그러면서도 살아가는 데 필요한 영양분을 어떤 식으로든 얻고 있는 광경을 종종 목격했다. 이곳 사람들 역시 오랫동안 아무 일도 하지 않았고 앞으로도 전혀 일할 의지 없다는 것을 한눈에 알 수 있었다.

부락 주위에는 논밭도 없고 개천도 눈에 띄지 않는다. 집들은 바위산 자락에 기생하듯이 일부러 불모의 평지 한복판을 골라 고립해 있었다.

허름한 집들 사이에는 계획 없이 그저 넓기만 한, 길인지 공터인지 애매한 지면이 뒤얽혀 있고, 그곳에는 간혹 저 평지에서 만난 페마 타기를 빼다 박은 산발을 한 인간이 걸어 다녔다. 사람들은 하나같이 남자인지 여자인지 청년인지 노인인지 얼핏 보아서는 모른다. 그리고 기름때에 찌들어 흐릿한 광택을 발하는 두루마기처럼 생긴 장의長衣를 땅에 끌며 몽유병자처럼 지향 없이 어슬렁어슬렁 걸어 다닌다.

사람 기척은 없어도 주변을 찬찬히 살펴보면 사람들은 도처에 있었다. 사람들은 예전에 본 적이 있는 깊은 숲속에 사는 거미원숭이처럼 느릿느릿 움직인다.

게다가 집이나 땅이나 구석진 곳에 쌓인 쓰레기 더미 비슷한 색깔의 옷을 입고, 주저앉아 있거나 드러누워 있거나 고목처럼 몽롱하게 서 있거나 지붕에 뚫린 큼 지막한 구멍으로 공연히 고개를 내밀고 바깥 동정을 살피고 있어서 그곳에 아무 리 많은 사람이 있더라도 특이한 정적이 감돈다. 간혹 길 한복판에 튀어나온 돌 에 걸터앉은, 오동통한 젊은 남자가 이쪽을 보면서 아이처럼 헤헤헤 웃으며 정 적을 깨기도 한다.

드물게 일하는 자를 발견할 때도 있다. 그러나 그 일하는 자도 무엇을 생산하 려는지 분명치가 않았다.

한 초로의 남자가 뻣뻣한 양가죽을 경단처럼 둥글게 말아 땅바닥에 던져놓고 그 위에 올라가 뒷짐을 지고 먼 산을 바라보며 놀이라도 하듯 몇 시간씩 밟아대 는데, 이따금 발을 헛디뎌 비틀대다가 잠시 휴식을 취한 다음 다시 양가죽 경단 위에서 제자리걸음을 한다. 혹은 아무런 가치도 없어 보이는 더러운 천 조각이 나 나무토막이나 녹슨 철사 같은 영문 모를 잡동사니 뭉치를 어느 초라한 중년 남자가 흰 흙먼지를 일으키며 땅에 끌고 다닌다. 가만히 보고 있으면 어딘가로 가져가려는 것도 아닌 듯한데, 도중에 의욕을 잃었는지 근처 누구네 집 한구석 에 잡동사니 뭉치를 기대놓고 돌아가버린다.

대다수 사람들은 자신의 허름한 집에 들어앉아 밖으로 잘 나오지 않았다. 집 안에서 경을 외며 한 손에 실 뭉치를 매달고, 싫증난 장난감을 억지로 가지고 노 는 아이처럼 힐끗힐끗 곁눈질을 하면서 그것을 빙글빙글 돌려 실을 꼬고 있다. 누워 뒹굴다가 일어나고 그리고 다시 누워 뒹굴다가 일어날 뿐, 온종일 해가 비 치는 장소에 나오지 않는 자도 많았다.

식사 때가 되어도 모든 집에서 연기가 나는 것은 아니었다. 연기가 난다고 해 도 따로 굴뚝이 있는 것이 아니어서 집 여기저기 틈새에서 새어 나온 연기가 공 중으로 피어오를 겨를도 없이 사라져버린다.

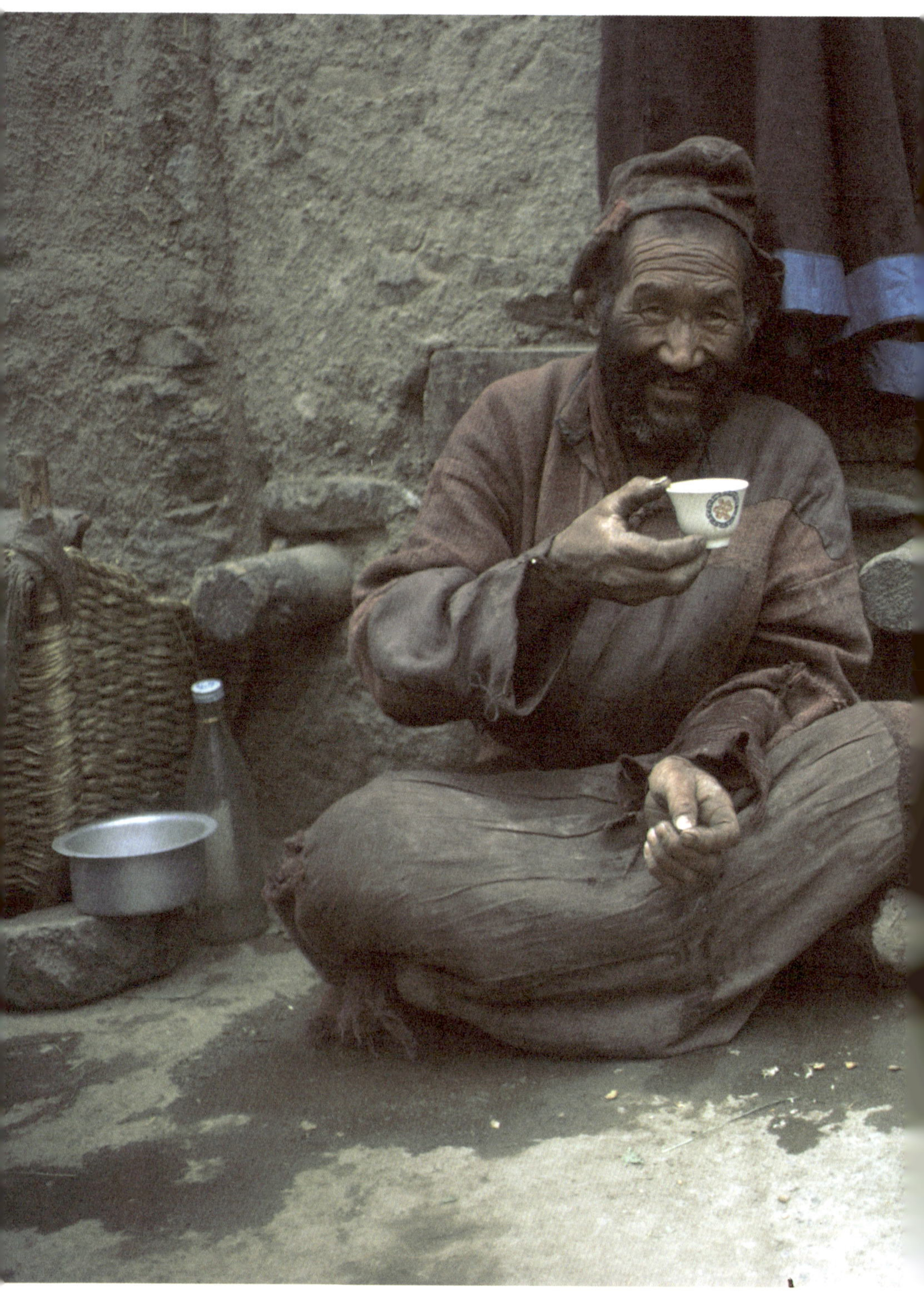

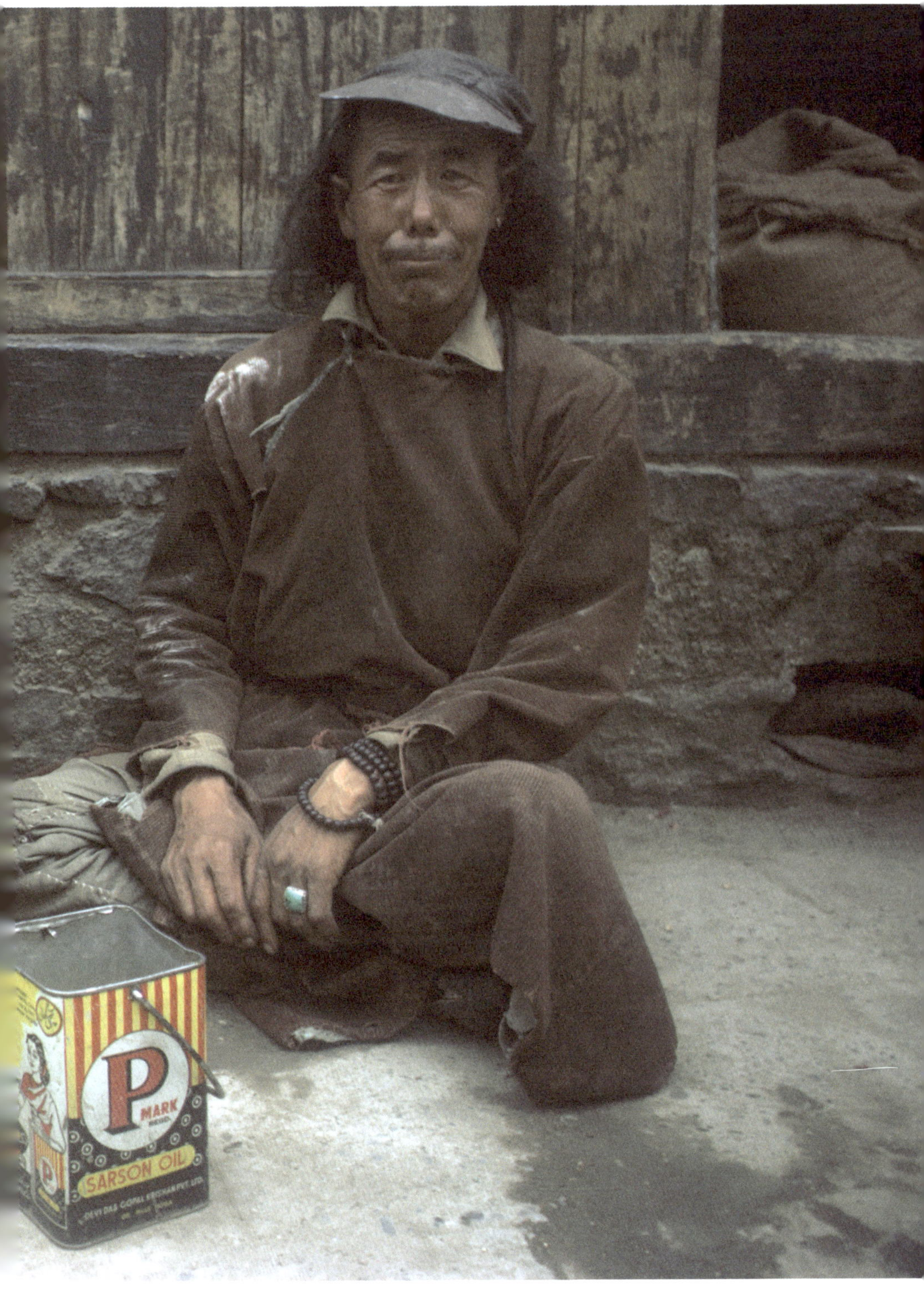

P
MARK
SARSON OIL

식사로는 전차에 소금을 넣고 끓인 수유차와 함께, 대개는 냄비에 보릿겨를 되직하게 끓여 굳힌 파파라는 찰흙 덩이처럼 생긴 것을 먹는다. 맛이고 뭐고 없다. 보리 껍질 냄새가 나는 흙덩이를 먹는 느낌이다. 이 주식인 보릿겨는 주 정부나 큰 사원에서 배급을 받는데, 잘사는 동네에 가면 공짜나 마찬가지 값에 살 수 있는 모양이다. 간혹 푼돈이라도 생기면 볶은 보릿가루를 먹는다.

식사를 할 때도 사람들은 그다지 활기를 보이지 않는다. 차를 끓이지 않을 때는 썰렁하게도 식어빠진 보릿겨 덩이만 달랑 식탁에 오른다. 그것을 입에 넣고 우물거리다가 때때로 생각에 잠겨 씹던 것을 멈추고, 잠시 후 생각이 매듭지어지면 다시 우물우물 입을 움직인다.

식사의 시작과 끝은 분명치 않다. 탁자 위의 보릿겨 덩이를 3분의 1쯤 먹고는 방 안에서 부스럭대며 불필요한 동작을 하다가 다시 식탁으로 돌아와 보릿겨 덩이를 뜯어 입에 넣는다. 그렇게 얼마쯤 먹다가 찌부러진 보릿겨 덩이를 식탁에 남겨둔 채 잠들어버린다. 아침에 일어나자마자 그것을 우걱우걱 먹어대는 자도 있다.

부락에서 그나마 활기를 보이는 것이라면, 간혹 뱃속을 든든히 채우고 뛰어다니는 두세 명의 어린아이와 난데없이 기운차게 짖어대는 주인 없는 개나 집에서 기르는 개 정도다. 언제나 변함없이 활기에 넘치는 것은 바람에 펄럭이는, 허름한 집들의 지붕 네 귀퉁이에 세워놓은 주문呪文 표시가 지워진 작은 기도용 깃발뿐이다.

‘소남’이라고 하면, 행운.

‘체링’이라고 하면, 장수長壽.

‘린첸’이라고 하면, 고가高價.

그 밖에 ‘금’ ‘은’ ‘보석’ 같은 이름도 있고, ‘붓다’라는 이름을 갖고 있으면서 날마다 부처의 이름을 욕보이는 자도 있다. 특이하게 '대가大家의 주인'이니 '보리 대지배인'이니 하는 이름도 있는데, 아무튼 이 부락 사람들의 이름 중에는 대체로 욕심맞은 것이 많다. 그런 더없이 길경吉慶한 이름을 가진 사람들이 과연 그 이름처럼 만족스런 삶을 살고 있느냐 하면, 그들이 그 좋은 이름과 반대되는 삶으로 돌진하고 있다는 것이 일목요연했다.

'장수'라는 이름을 가진 쉰다섯 살쯤 되어 보이는 서른한 살의 남자. 도대체 뭐가 '고가'인지 요모조모 그 풍채를 뜯어봐도 전혀 구매욕을 불러일으키지 않는 자. '대가의 주인'이라면서 부락에서도 가장 작은 축에 드는 초라한 집에서 기거하는 자. 평소에 보릿가루라고는 구경도 못 하는 '보리 대지배인'.

그러나 전혀 억울해하지 않는다. 오히려 체념하고 있다. 어쩌면 그런 길경한 이름은 경전이 가르치는 내세에 대한 전별의 말처럼, 자식에 대한 부모의 소망을 담은 현세의 주문 같은 것이다.

나는 그런 이름을 솔직하고 좋은 이름이라고 생각한다. 또한 그런 성명들이 아무리 탐욕스런 의미를 담고 있어도 현실에서 서푼의 돈도 없으면서 '큰 부자'라는 이름을 대고, 신변에 찬란한 물건 하나 지니지 않았으면서 '보석'이라는 이름을 대는 사람을 만나면 왠지 그들이 사랑스러워 보이고, 그 이름 또한 그 의미를 떠나 사람들이 현세에서 추구하는 또 다른 것을 대변하는 한 편의 이루기 힘든 시처럼 들린다.

행운……부자……장수……고가……금……은……보석……대가의 주인……보리 대지배인……인 사람들. 이런 경사스런 이름을 가진 사람들이 모여 사는 이 고지는 가혹한 불모의 땅이다. 그래서 사람들의 그 좋은 이름은 보답받지 못한다.

이 혹독한 풍토는 생명체를 그리 오래 살려두지 않는다. 이 땅에서 예순을 넘기는 사람은 억세게 운 좋은 부류에 속한다. 이 가물고 메마른 땅에서 푸른 벼

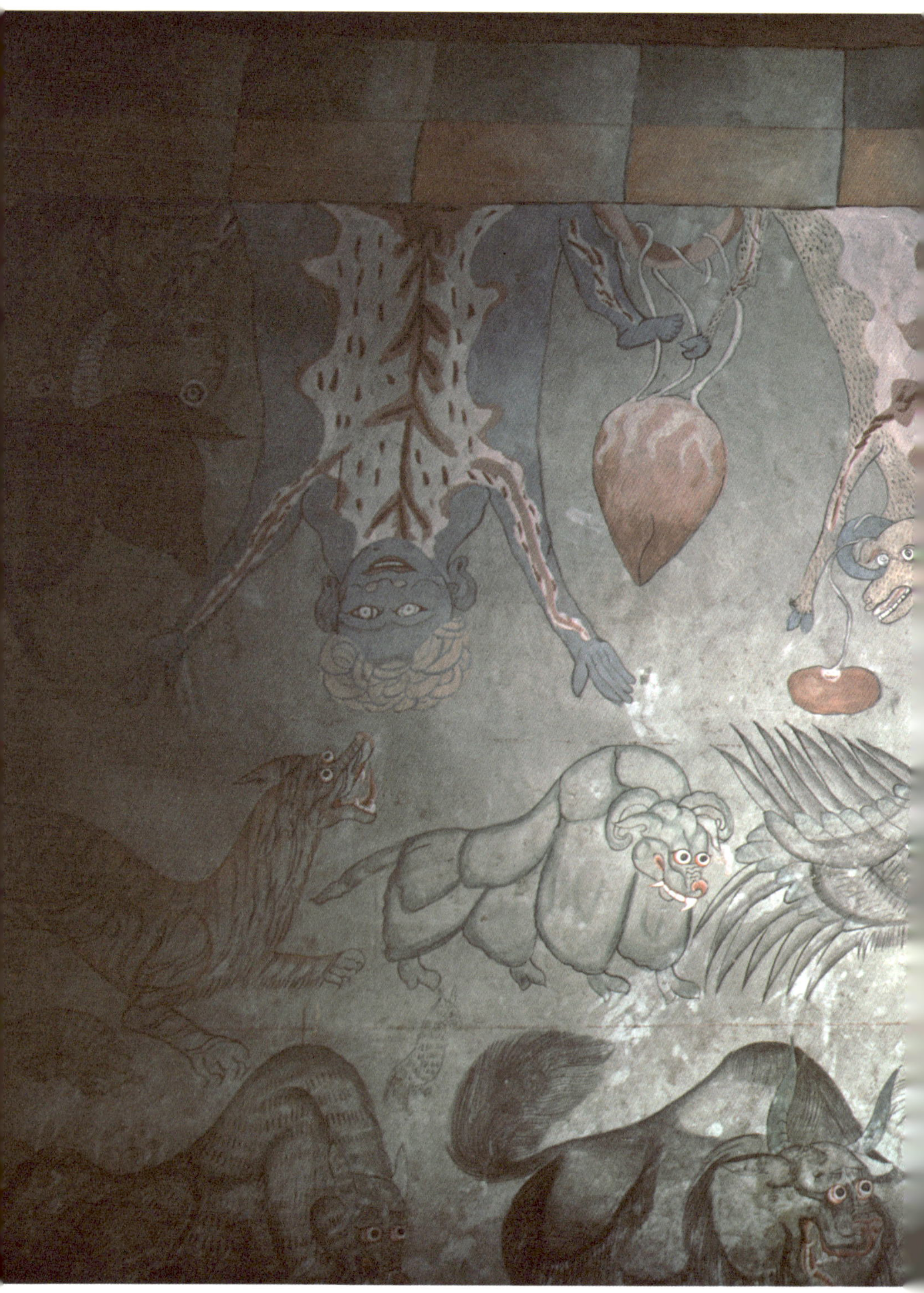

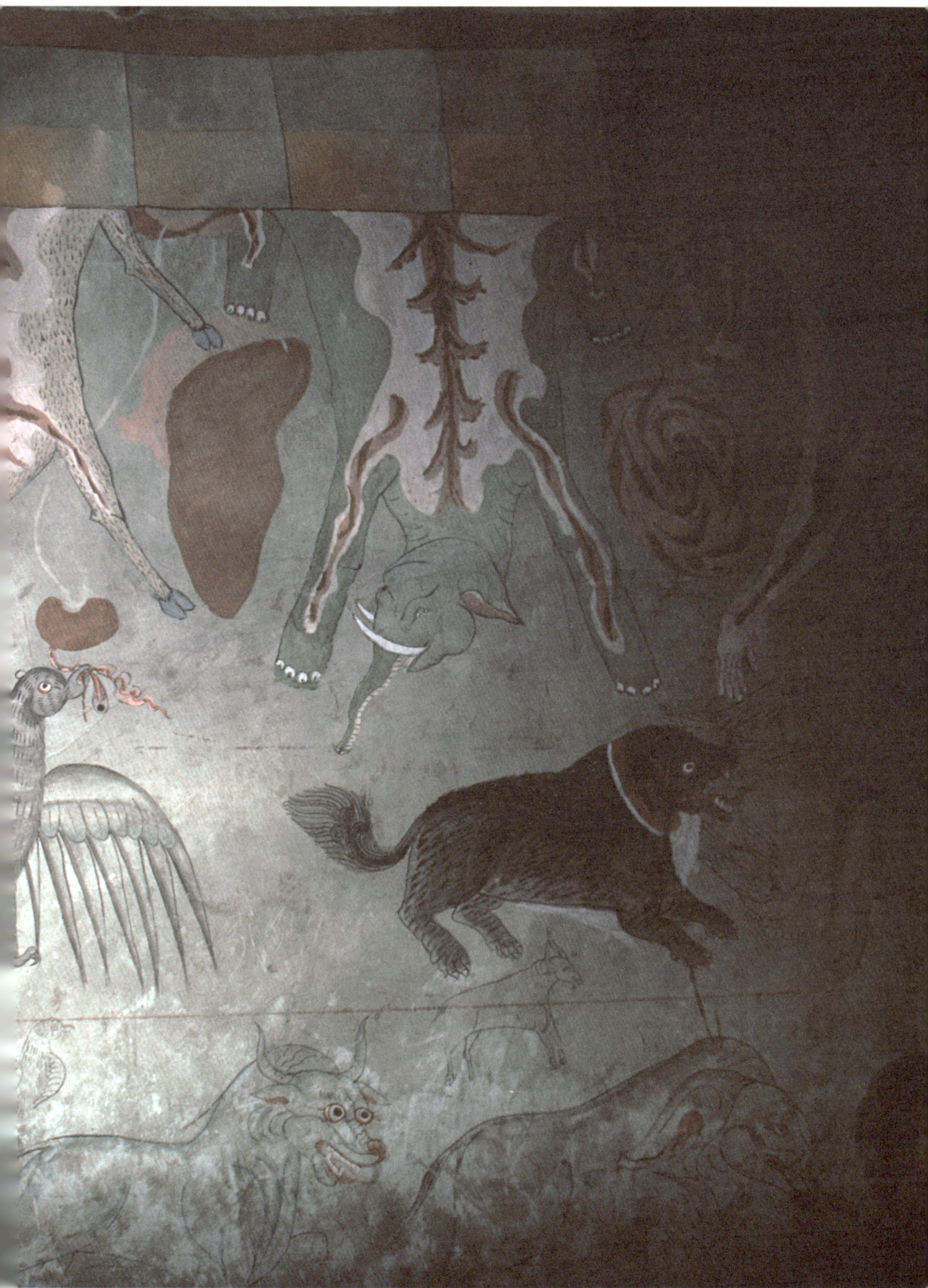

흰 쌀은 가당찮은 이야기고, 민둥산 골짜기의 손바닥만 한 밭에서 일 년에 한 번 보리가 열매를 맺는다. 그래서 보리를 배불리 먹을 수 있는 사람은 억세게 운 좋은 부류다.

사람들의 이름은 이 불모 과혹過酷한 현세의 법칙 속에서 부모가 자식에게, 자식이 손자에게 전수하는 한숨 섞인 꿈의 시……. 그러나 사람들은 이 과혹한 법칙 속에서 부자니 보리 지배인이니 하는 이름으로 살면서 아무런 보답도 받지 못하지만, 그 표정에는 고통의 기색은커녕 오히려 안도의 기색마저 엿보인다. 그것은 나는 결국 이런저런 사람이 되지 못했다는 현세의 욕업欲業의 소산으로부터 버림받고 해방됨으로써 새롭게 생겨나는 공덕, 즉 일종의 평온무사의 심경을 얻었기 때문일지도 모른다.

평생 아무 일도 일어나지 않은 린첸(고가)이라는 이름을 가진 찢어지게 가난한 노옹. 그 얼굴에 새겨진 깊은 주름…… 비 갠 뒤의 흰 구름처럼 산뜻하게 나부끼고, 그 음색 조금도 당황하거나 뽐내는 기색 없이,

"내 이름은 고가(린첸)라네……"

하고 말했을 때,

"오호…… 어르신 성함은 고가(린첸) 씨군요"

하고 고국에 참새 눈물만큼 축재한 이 나그네, 왠지 기껍고 흐뭇해서 만년을 걱정하는 마음도 잊고,

"제 신상의 유익을 위해 어르신의 얼굴 사진 한 장 찍게 해주십시오"

하고 간청한다.

파인더 저편에서 보내오는 그 해방된 눈빛에…… 셔터 버튼에 놓인 업의 손가락 구원받고, "찍습니다" 하고 어루만지듯 힘을 주었을 때…… 카메라는 무모하게도 거친 기계음을 내며 일순간 노인의 눈빛을 어둠 속에 가둔다.

순간의 어둠 속에서 순간의 불안에 사로잡히고, 다시 면전에 나타난 광경을

바라보니…… 그곳에 그 눈빛 조금도 변하지 않고 평온무사한 린첸 옹이 있어 사진 걸인을 구제한다.

가난뱅이 린첸…….

이 노인은 왜 그토록 매사에 동요하지 않고 왜 그토록 평온무사한 얼굴을 이 불모 고지에 드러낼 수 있는 것일까.

하나는 축재자가 가진 저 재물의 무게로 인한 근심…… 그 근심을 갖는 것에서 그의 생애가 완전히 소외당했기 때문이지만, 또 하나, 가난뱅이 린첸의 평온무사한 얼굴을 떠받치는 것은, 현세에서 무의미했던 그 고가라는 이름을 내세에서 고가이도록 만들기 위해 오랜 세월 그가 쌓아온 노력…….

사실…… 가난뱅이 린첸 옹, 남모르게 막대한 저금을 하고 있다. 그는 철들고부터 일흔의 나이를 헤아리는 지금까지 매일 하루도 빼놓지 않고 착실히 저금을 해왔기 때문에 그 액수가 어마어마하다.

말의 저금…… 즉 진언의 저축.

세상에 양로연금 적립이라는 것이 있듯 그것은 양망연금養亡年金 적립이라고 해도 좋다. 혹은 사후에 본인이 수령하는 생명보험 같은 것.

그것은 정토종의 염불왕생과 비슷한, 바로 저 옴마니반메훔이다.

이 지방에 사는 사람들은 옴마니반메훔이라는, 육도(지옥도, 아귀도, 축생도, 아수라도, 인간도, 천상도)를 나타내고 그 자의字意가 부처를 염하는 구절이 되는 육자진언을 현세를 사는 동안 가능한 한 많이 저축하려고 노력한다. 이 진언은 현세의 죄를 씻어준다고도 하지만, 그들을 보고 있으면 '저축한다'는 느낌이 강하다. 이것을 많이 모을수록 사후에 육도 중에서 보다 좋은 구역을 배정받아 다시 태어날 수 있다.

요컨대 가난뱅이 린첸은 이런 신앙을 바탕으로 고가라는 이름이 사후에 고가가 될 수 있도록 날마다 부지런히 저세상 은행에 진언 숫자가 적힌 약속어음을

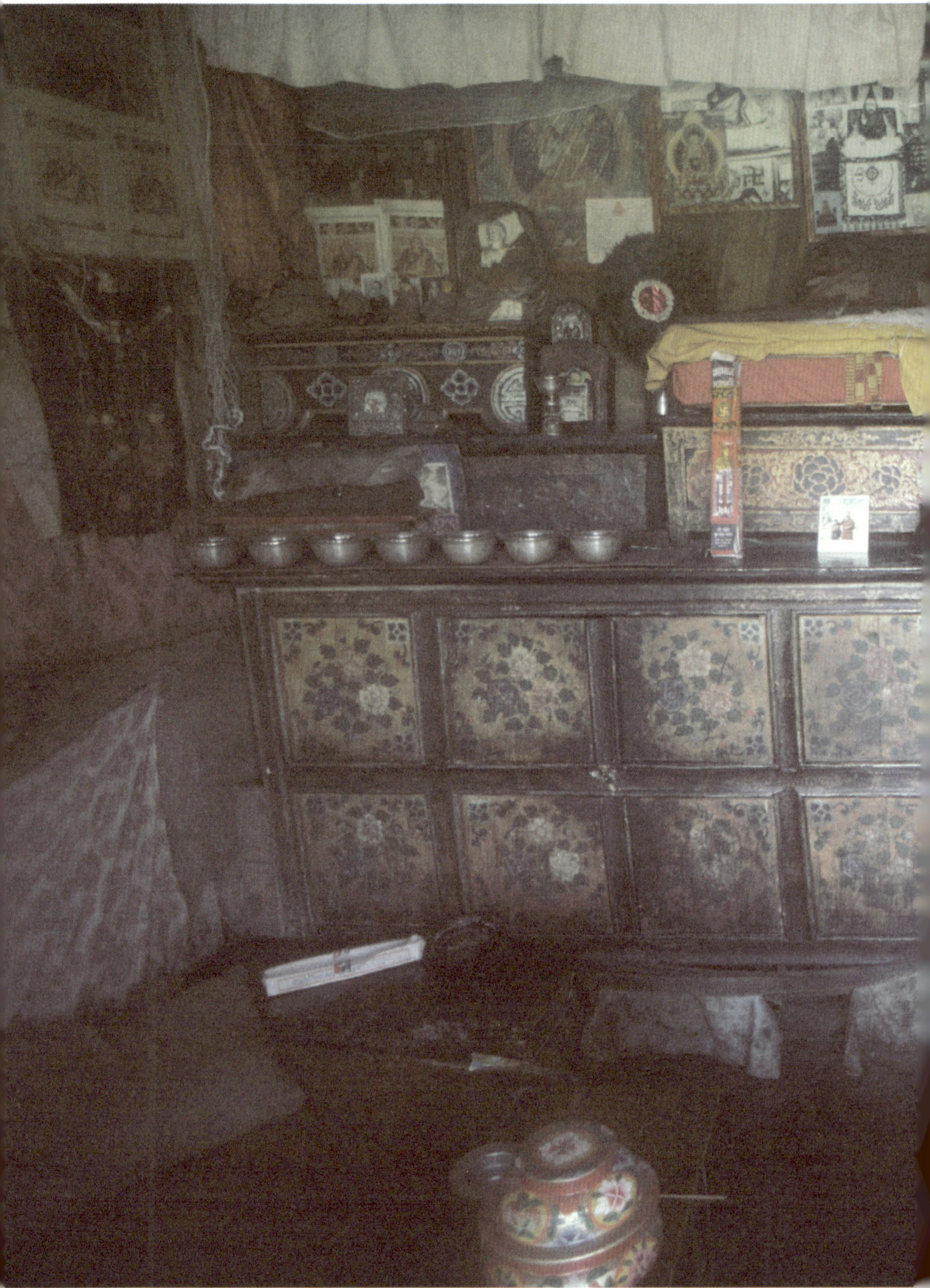

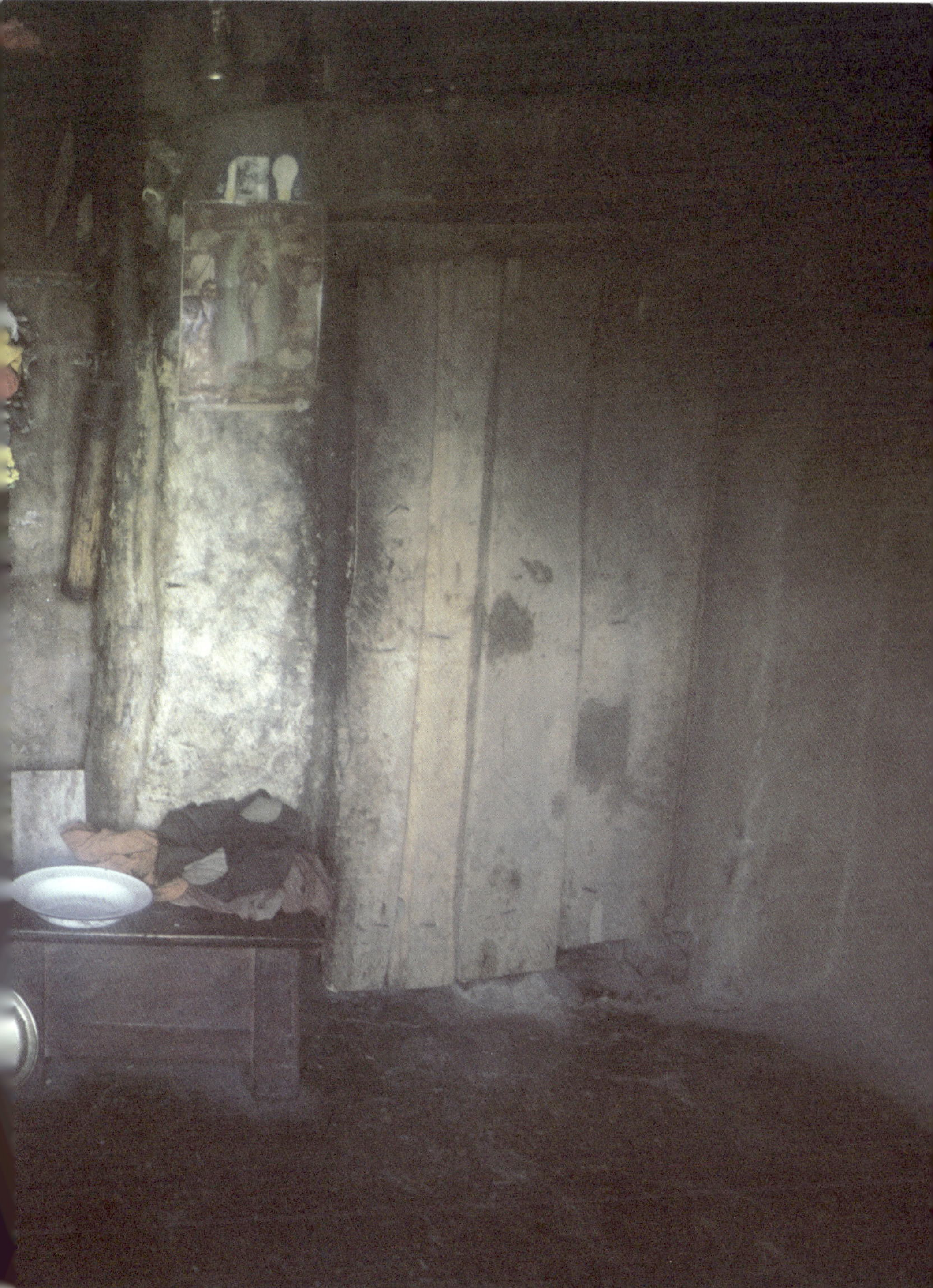

부쳐 온 것이다.

노력하고 있다는 기색은 없다. 날마다 얼마쯤 타성처럼 혹은 입버릇처럼 혹은 콧노래처럼…… 그 늙은 입이 다른 일상적 용건 때문에 막혀 있을 때를 제외하고는 항상 이 육자진언을 외고 있다.

더 많은 진언을 단시간에 저축하기 위해 이 옴마니반메훔이라는 여섯 자는 린첸의 치아 없는 입속에서 멋대로 잘게 씹혀 오옴 훔……오옴 훔……처럼 들린다. 졸면서 욀 때는 오옴……오옴이 되고, 그의 의식이 꿈속 저편으로 사라질 때는 마치 작은 코고는 소리처럼 우움……우움……움……우……가 되었다가 결국 끊어진다.

그 잠든 얼굴이 너무도 평온해 죽은 게 아닌가 싶어 흔들어 깨우면 응, 다시 꿈속 저편에서 돌아와 우움, 오옴, 오옴, 우움 하고 웅얼거리며 잠에서 깨어난다.

이런 식이라면 저축이 상당하겠다 싶은데, 일은 거기서 끝나지 않는다. 린첸이 왼손에 쥔 108알의 염주…… 그 염주 알이 엄지손톱에 튀겨 돌아가고 있다. 이 염주 알 하나하나가 또 염불이다. 요컨대 이것은 단순히 생각하면 불타 선창의 장단을 탄 손가락 버릇이다. 보통 아무 일도 하지 않는 사람의 손이나 손가락은 저마다 부질없는 짓을 하게 마련인데, 그런 손가락의 나쁜 버릇을 이처럼 효율적인 방향으로 탈바꿈시킨 예도 달리 없을 것이다. 보리수 밑에서 명상하던 부처가 악귀가 쏜 화살을 꽃으로 바꾸었다는 일화와 어딘지 닮은 듯하다.

염주와 구창□맨으로 동시에 진언을 외니 상당히 능률적이겠다고 생각하고 있으면…… 린첸, 기묘한 물체를 한 손에 들고 돌리기 시작한다.

그것은 갓난아기가 가지고 노는 딸랑이 비슷하게 생겼는데, 전혀 재미있을 것 같지 않고 그것을 돌리는 당사자도 별로 재미있어하는 것 같지 않다. 마니차라고 부르는, 무게 1000그램 정도의 구리로 만든 빨갛고 노란 저 염불통이다.

원통 부분에는 진자가 달려 있어서 자루 부분을 쥐고 움직이면 원통이 오른쪽으로 빙글빙글 돌아가는 구조다.

　나는 이 마니차란 소도구의 발단에 대해 약간의 의문을 갖고 있다. 이 지름 15센티미터쯤 되는 원통 안에는 화장실 휴지처럼 돌돌 말린 긴 종이 두루마리가 들어 있고, 그 장대한 종이에는 사전 활자만 한 옴마니반메훔이라는 글자가 깨알같이 인쇄되어 있어서, 원통을 한 번 돌리면 종이에 인쇄된 진언의 총량을 전부 왼 것이 된다. 요컨대 마니차를 한 번 돌릴 때마다 십만 편 이상의 진언을 외는 셈이며, 게다가 원통이 무거워 한 번 돌리면 혼자 반 바퀴 정도 더 돌아가므로 아무 수고도 하지 않고 십만 편의 진언에 오만 편의 이자가 붙는다. 분명 성능 좋은 신기神器이긴 하지만, 어쩐지 경박한 느낌을 피할 수 없다.

　린첸은 외출할 때면 이 요술 방망이 같은 도구를 손에서 놓은 적이 없다. 요컨대 수십 년 동안 그의 한 손은 내세를 위한 노동을 해온 것이다. 종교와 관련된 인간의 행위는 종종 반사회적인 측면을 갖는데, 두말할 필요 없이 그의 한 손이 현세에서 얼마나 사회적 생산성을 저하시켜왔는지는 일목요연하고, 린첸의 이름이 이 세상에서 고가일 수 없었던 한 가지 원인도 거기에 있는 것처럼 생각되었다.

　린첸에 한하지 않고 이 부락 사람들은 현세를 위해 일할 의지는 없어 보여도 내세를 위해 일하는 데에는 모두 광적으로 근면했다. 입은 옴마니반메훔을 외기 위해 있는 듯하고 손은 염주나 마니차를 돌리기 위해 있는 듯하다. 그러나 나로서는 실감이 없다. 사람들의 그 입과 손에 대한 실감이 없다. 그들처럼 해보고 싶다는 생각은 들지 않는다. 내세에 대한 믿음이 없어서 그럴지도 모른다. 아마도 그런 행위는 내세뿐만 아니라 현세에서도 사람들의 마음을 구원해주고 있을 것이다. 이 염불 공덕을 내세라는 관념 세계와 현세를 단락短絡시켜 사람들의 현재를 구원하는 방편이라고 생각해버리면 납득이 간다. 그러나 그렇게 납득했을 뿐이지 도무지 실감이 없기는 마찬가지다. 그리고 때로 내 주변을 빈틈없이 메

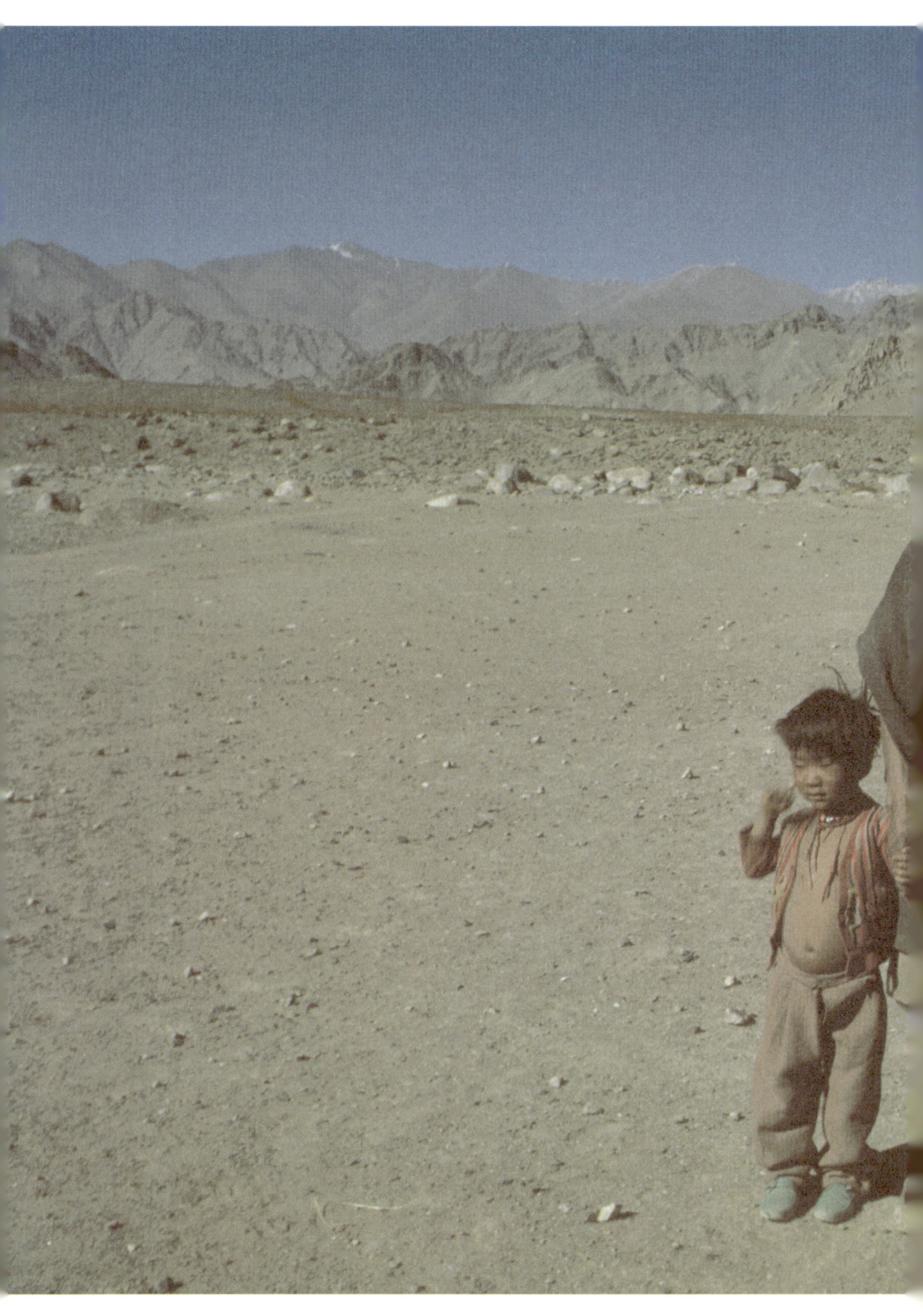

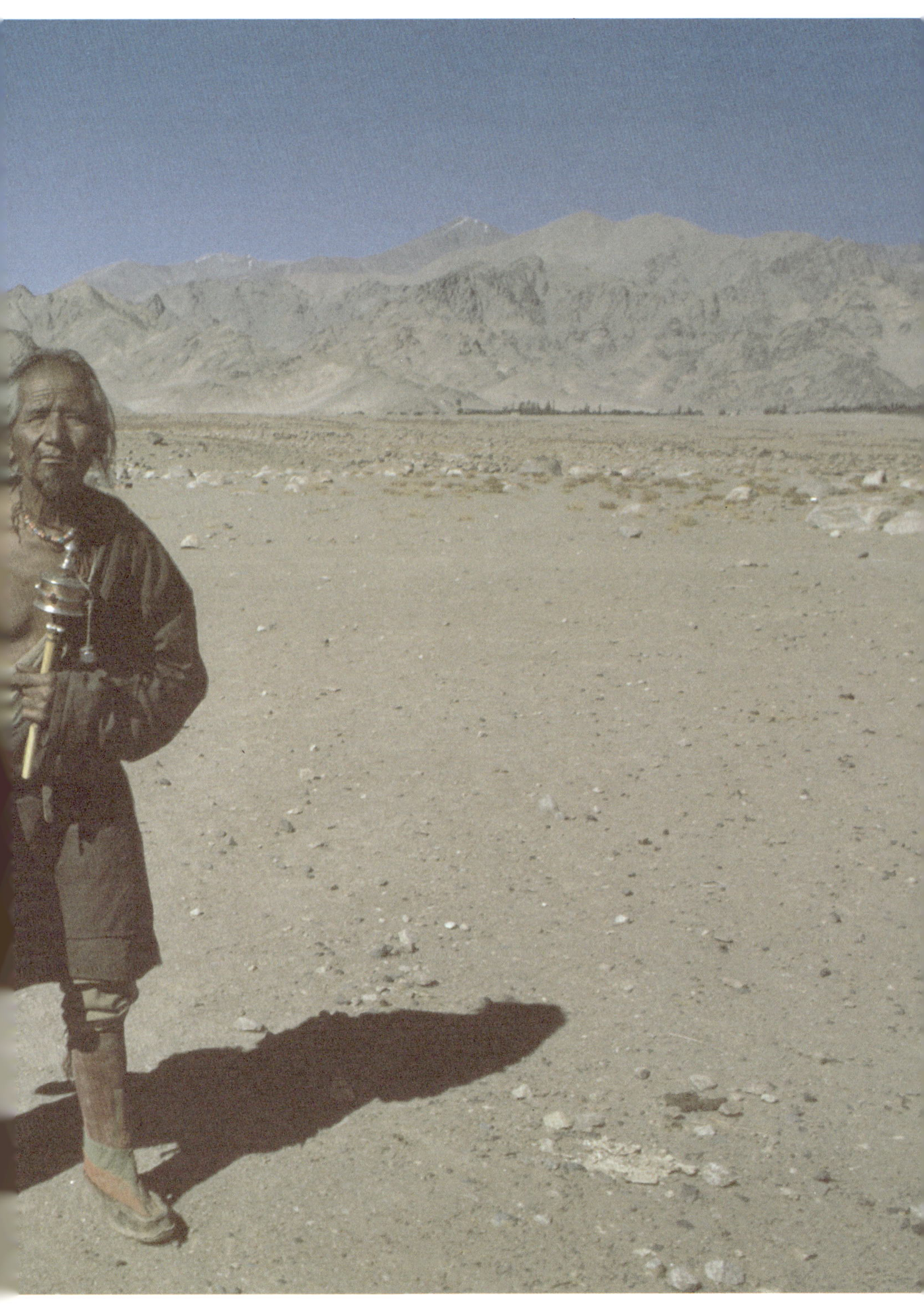

우는 그 방대한 양의 진언에 일종의 허무감마저 든다.

사람들은 왜 침묵하고 혹은 과묵하게 이 세상에 있을 수 없을까. 사람들은 왜 그토록 방대한 양의 말을 끊임없이 쏟아내야 할까.

나는 저 아랫녘…… 방대한 말이 만연한 내 국토에서 이 고지의 불국토에 찾아와 또다시 사람들이 쏟아내는 방대한 양의 말에 맞닥뜨린다.

그 두 국토의 두 가지 말, 걸치는 옷의 색깔은 달라도 그 방대한 양의 말들이 끝없이 메우려 드는 정체 모를 서로 다른 형식의 공동空洞을 나는 이 두 국토 위에서 본다.

사람들의 손에 들린 저 십만 편의 진언을 말아 넣은 염불통이 햇빛을 받아 반짝이며 돌아가는 것을 볼 때면, 내 안에 도사린 하나의 기억이 깨어나면서 나는 저 염불통 속의 방대한 진언을 없애버리고 싶은 충동에 사로잡히곤 했다. 그것은 어떤 '개'에 관한 기억이었다. 내 안에 살고 있는 어떤 아나키한 '개'의 기억이라고 해도 좋았다.

이 부락에 오기 보름쯤 전의 일이다. 남쪽 민둥산 연산 너머의 사원이 있는 마을에서 10킬로미터쯤 떨어진 자갈밭 평지에서 나는 자갈이 되어버린 마니차를 발견했다. 오랜 세월이 흐르는 동안 그 구리로 만든 마니차는 검게 변색되어 있었다. 원통은 우그러지고 떨어져 나간 자루는 어디로 달아났는지 주변에는 보이지 않았다. 고철로 변한 마니차의 몸통이 거무스름하게 변색된 구리 표면에 둔하게 햇빛을 반사하며 메마른 토사를 반쯤 뒤집어쓴 채 적갈색 사암 옆에 내던져져 있었다.

일찍이 그 자갈 지대를 지나던 그 고장 사람이 잠시 쉬어 가다가 부주의하게도 자신의 불구佛具를 두고 간 것인지 혹은 걸어가다가 떨어뜨리고 간 것인지 모르겠지만, 그 구리 통을 손에 들고 살펴보던 중 어떤 생각이 뇌리를 스치고 지났다. 그 구리 통 표면을 보면서 문득 이 고지의 자갈땅 지대에 사는 들개를 떠올린 것이다.

그 들개들은 도대체 무엇을 먹고 사는지 몰라도 녹지대에는 잘 나타나지 않고, 무엇이 좋아선지 때때로 불모의 자갈밭 지대 한복판에 홀로 오도카니 서 있다. 오도카니 선 채 비쩍 마른 들개가 이쪽을 살피는 것이다. 왠지 들개는 자신을 발견해줄 때까지 이쪽을 가만히 보고 있다. 그리고 신기하게도 이쪽의 의식이 들개에게 미치면 즉시 그것을 감지하는지, 갑자기 돌아서서 짖지도 않고 달아나지도 않고 담담한 걸음으로 평지 저편으로 사라져버린다.

그 들개가 자주 불구를 훔친다고 한다. 민둥산 골짜기에 있는, 승려가 세 명뿐인 절에서 허드렛일을 하는 남자가 그렇게 말했다. 남자는 날마다 장작을 패거나 곡물을 빻거나 차를 끓이거나 밥을 짓는 단조로운 일을 하며 지내는 까닭에 이런 종류의 변화 있는 이야기에 열을 올린다. 들개에게 유서 깊은 역사적인 경전 표지를 도둑맞은 일이 이 중년 남자의 일생에 큰 오점을 남겼다는 것은 자타가 인정하는 사실인데, 십 수 년이 지난 지금도 남자는 그 사건을 잊지 않고 오히려 그 실패를 어떻게든 자신의 무용담으로 만들려고 애쓴다.

연령이 삼백 년이나 되는 경전의 표지를 개에게 도둑맞았을 때, 남자로서 한창 나이였던 그는 승려들에게 말미를 얻어 머리를 깎고 근 삼 년을 자갈땅과 민둥산을 헤매고 다녔다. 그 결과 그는 들개가 훔쳐 간 경전 표지 세 조각을 발견했다. 그 경전 표지들은 하나같이 개가 마구 핥고 물어뜯어서 납작한 나뭇조각으로 변해 있었나. 결국 남자는 그중 설에서 가장 가까운 곳에 떨어져 있던 것을 갖고 돌아왔는데, 이런 것은 경전 표지로 쓰지 못한다면서 승려들이 그것을 장작더미 속에 던져버렸다. 남자가 살면서 승려에게 화가 났던 것은 그때가 처음이자 마지막이었다. 속이 부글부글 끓어 그 표지 조각에 불을 지펴 소금차를 끓여 마셨더니 온몸의 힘이 쑥 빠져나가는 느낌이 들면서 갑자기 폭삭 늙어버렸

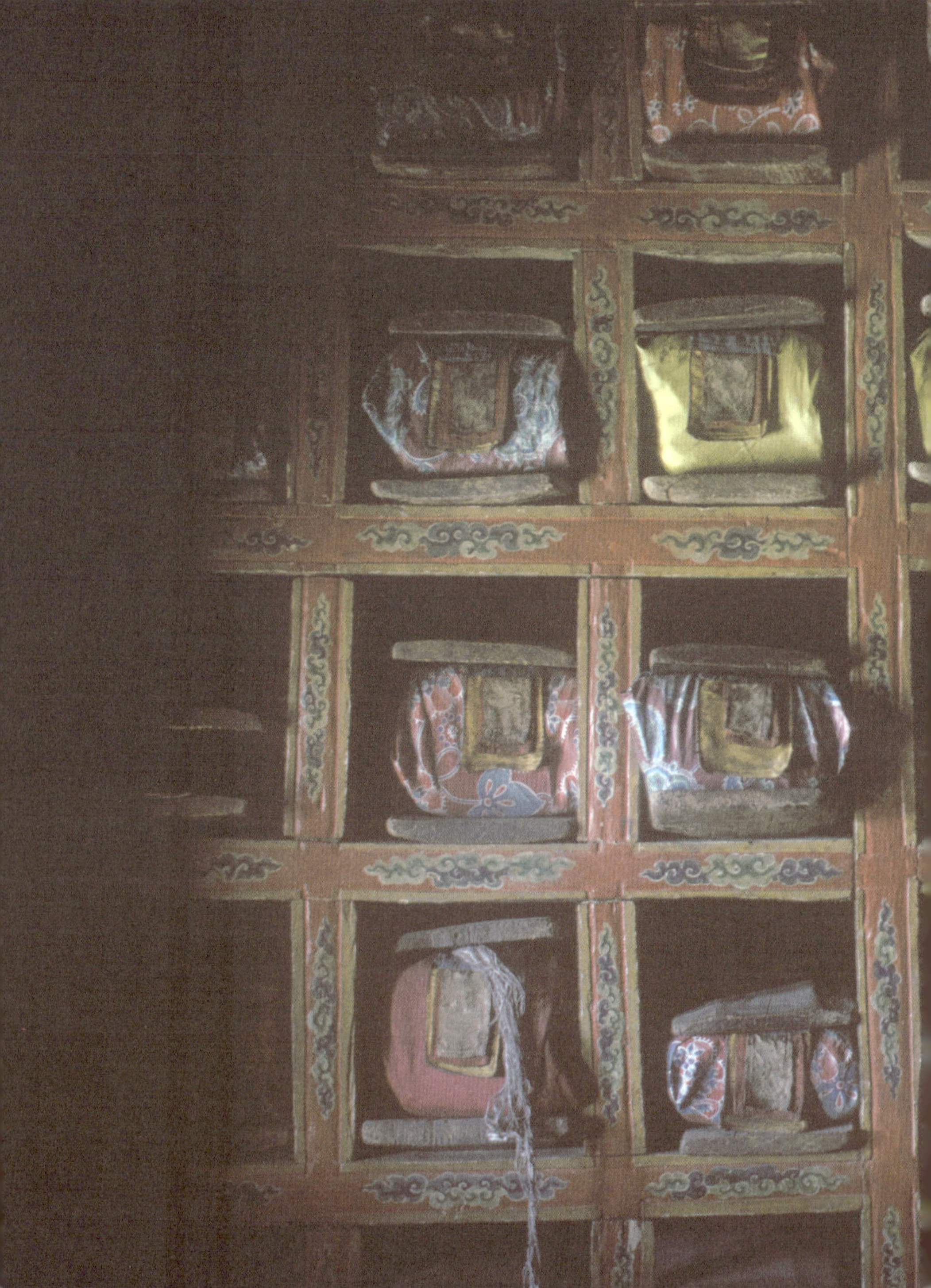

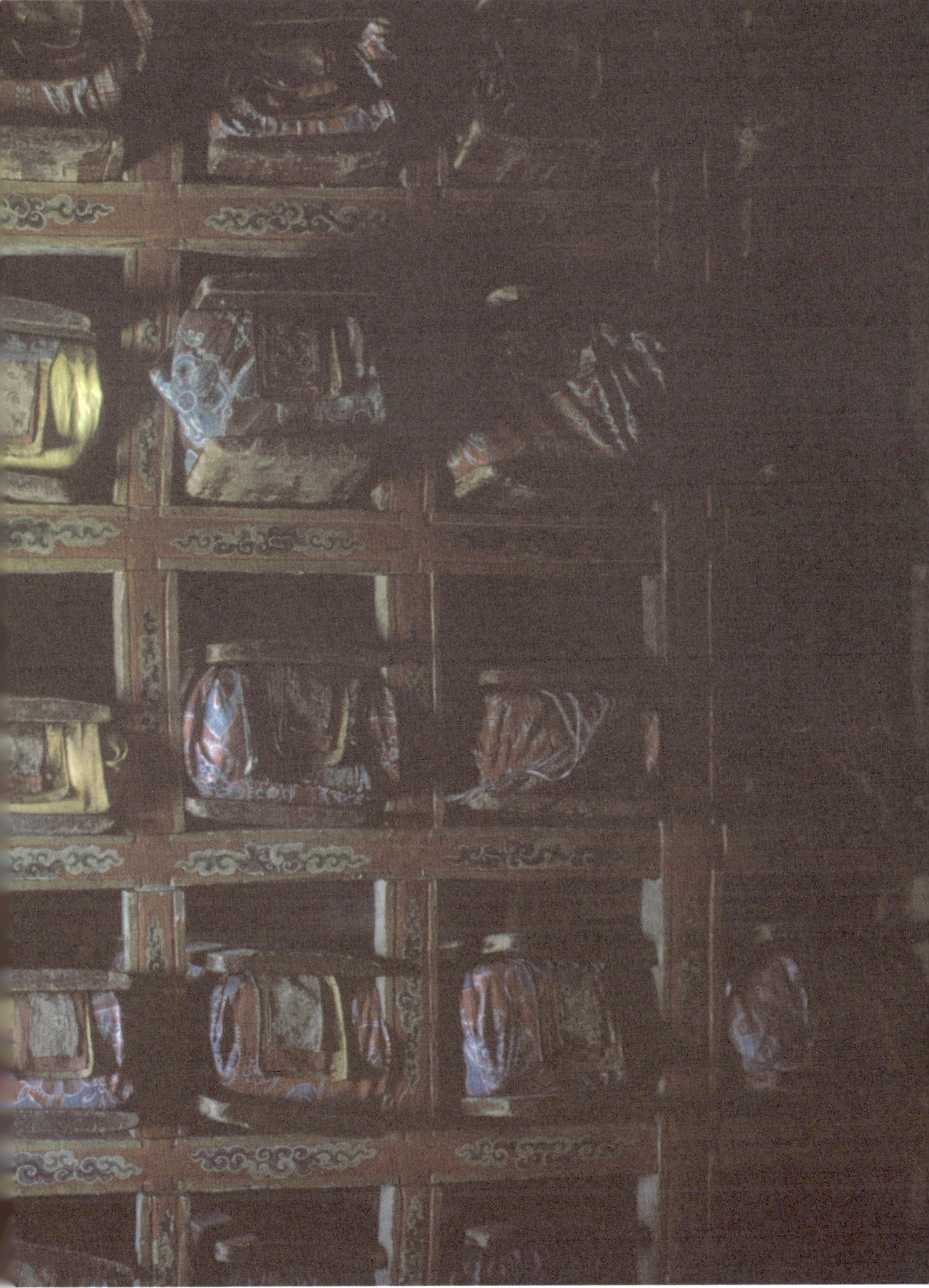

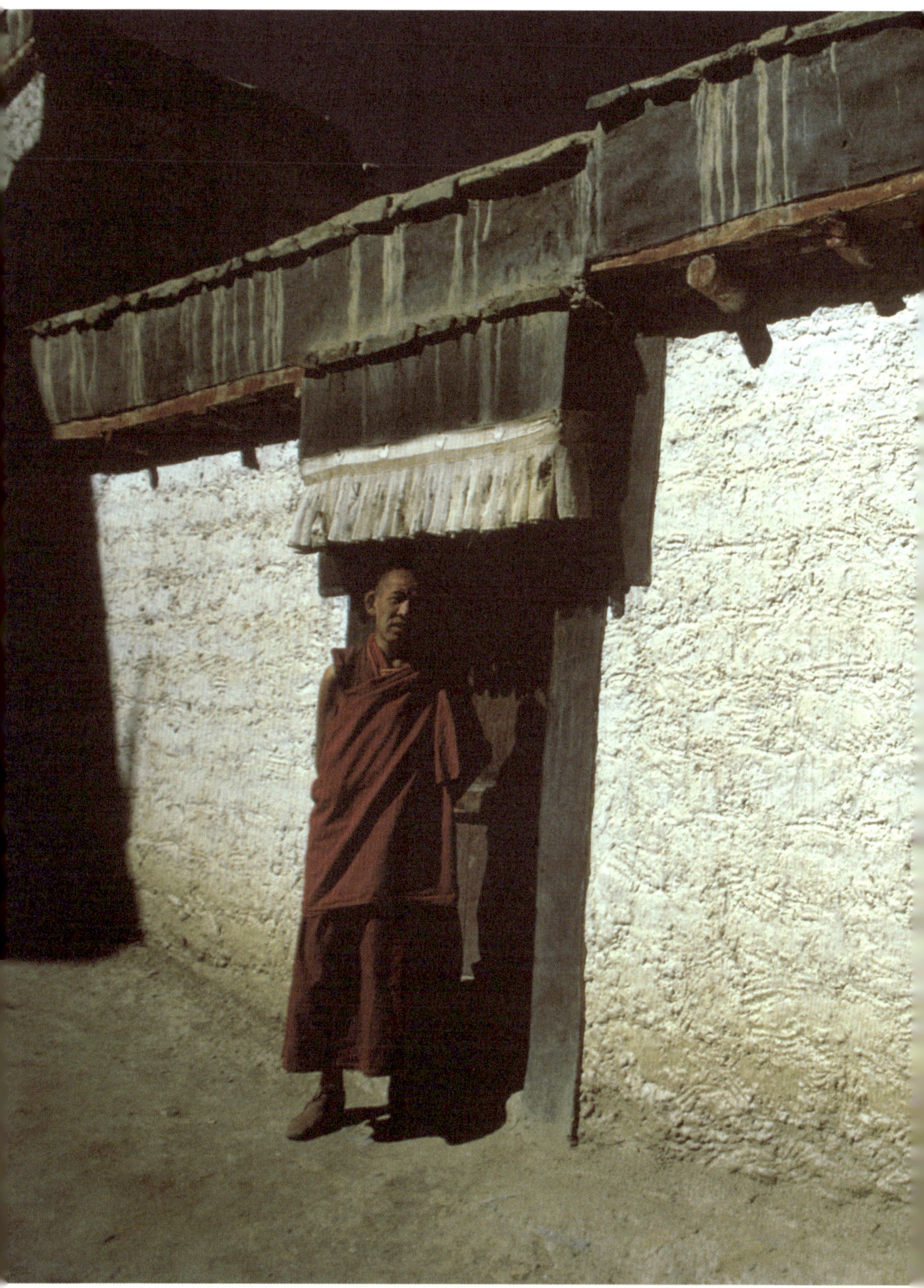

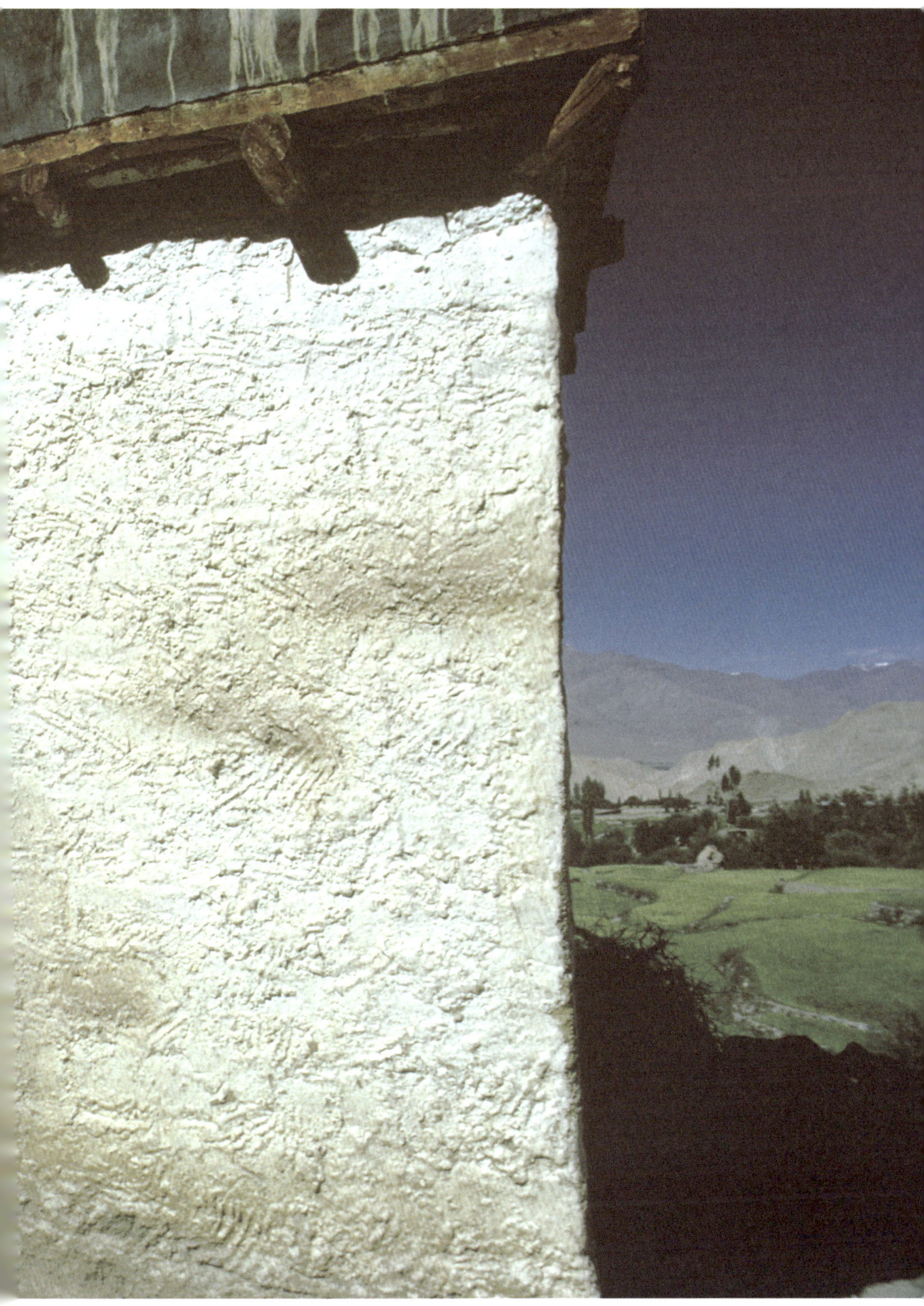

고, 그런 채로 오늘날까지 살아왔다는 남자였다.

들개가 왜 불구를 즐겨 훔치느냐 하면, 이렇다 할 복잡한 이유가 있는 것은 아니다. 대개 이 지역의 불구에서는 버터 냄새가 난다. 이 고지 사람들은 건조하고 특수한 기후 탓에 버터를 넣은 소금차(수유차)를 다량으로 마신다. 이른바 빈부 격차라는 것은 그 소금차에 들어간 버터의 양에서 드러난다. 대지주 계열인 사원의 승려가 마시는 소금차에는 당연히 버터가 듬뿍 들어가고, 특히 몇 시간씩 이어지는 아침저녁 독경 때에는 목이 마르기 때문에 많이 마시는 자는 독경 틈틈이 쉰 잔이고 예순 잔이고 버터가 든 소금차를 마신다. 오랜 세월 그런 생활을 해온 결과 승려들 주변에는 버터 냄새가 배게 되고, 특히 그들이 만지는 불구에서는 동물 뼈 비슷한 냄새가 난다. 나무로 된 경전 표지는 버터 냄새가 심지까지 배어들어, 형태에 구애받지 않는다면 들개에게 그것은 동물 뼈와 다를 것이 없다.

그런 까닭에 절이나 민가에서는 수시로 개들에게 불구를 도둑맞는다. 인도 갠지스 강 기슭에서는 인간의 시신이 개의 먹이가 되는데, 이 고지의 조간산 기슭에서는 경전이 개의 먹이가 된다. 아마도 환경 차이에서 빚어진 결과이겠지만, 여러 해 동안 인도와 티베트의 땅을 밟아온 자로서는 개의 먹잇감 차이가 두 나라 안에 드러나는 종교적인 것의 변용을 상징하는 것처럼 생각된다.

이 고지의 자갈밭 평지 한 귀퉁이에 개의 송곳니 자국이 난 마니차가 빈 깡통처럼 아무렇게나 굴러다니는 것을 보았을 때, 나는 어떤 한 마리의 '개'를 떠올렸다.

그 빈 깡통을 주워 손바닥에 올려놓고 바라보니 우그러진 거무스름한 구리 통면에 개의 송곳니 자국이 희미하게 남아 있는 것 같았다. 긁힌 자국은 눈에 띄지 않았지만, 원통 여기저기에 예리한 송곳니로 깨문 듯한 자국이 무수히 보였다. 자갈밭 평지 한복판에서 개는 이 먹을 수 없는 불구에 들러붙은 먹을 것의 냄새에 이끌려 정신없이 핥고, 사납게 물어뜯고, 데굴데굴 굴려보고, 킁킁대며 냄새를 맡다가 또다시 핥고 온 데를 물어뜯고 발겨댔을 것이다. 그리고 불구에 들러붙은 살아 있는 것의 지방 냄새를 모조리 핥아서 그것이 단순한 구리 통으로 변했을 때, 개는…… 먹으려 해도 먹으려 해도 먹으려 해도 끝내 먹지 못한 기아감과 함께 그곳을 떠났을 것이다.

나는 손바닥 위에 엎어놓은 가벼운 빈 깡통을 보고 불구를 물어뜯는 들개 행동의 전말을 상상하다가 문득 예전에 본 그 길고 긴 진언의 두루마리 생각이 나서 구리 통 안을 들여다본다. 구리 통 안에는 손톱만 한 종잇조각 하나 보이지 않는다. 겉면과 마찬가지로 거무스름하고 우둘투둘한 내부의 공동에 여름 햇빛을 비추자, 안쪽 원주를 얇게 덮은 흰 흙먼지가 빛이끼처럼 도드라져 보이고, 통 바닥에는 잔돌 섞인 토사가 겨우내 얼어붙었던 기복을 남긴 채 그곳에 새로 작은 자갈의 세계를 구축하며 잠들어 있다. 통 바닥의 흙 속에 옴마니반메훔이 적힌 종잇조각이 묻혀 있지 않나 싶어 구리 통 가장자리를 발치의 사암에 두세 번 두드리니, 텅 빈 금속음과 함께 통 속의 흙먼지만 풀풀 날리고 진언의 글자 한 자 나오지 않는다. 토사가 벗겨져 나간 통 바닥에는 예전에 불구의 자루 부분이 관통했던 작은 원형 구멍이 빼끔히 입을 벌리고 있고, 그 구멍 너머로 적갈색 민둥산과 자갈밭 평지가 눈부신 여름 햇살을 반사하고 있다. 그 작은 구멍을 통해 주변의 자갈밭 평지를 지향 없이 둘러보고 있자니 또다시 그 풍경 한 귀퉁이에 저 과거의 들개가 떠오른다.

먹으려 해도 머으려 헤도 민족스럽게 먹어시지 않는 구리 불구 앞에서 허기만 심해진 개는 짖지도 않고 반쯤 미친 듯이 구리 통을 핥고 갉고 사납게 물어뜯고 굴린다. 마흔대여섯 번 물어뜯고…… 아흔대여섯 번 핥고 갉고…… 백 번 이백 번 굴려대는 동안 구리 통 뚜껑이 떨어져 나가면서 난데없이 그 안에서 장대한 진언의 두루마리가 튀어나온다. 종이 두루마리는 흰 흙먼지 속을 굴러가며

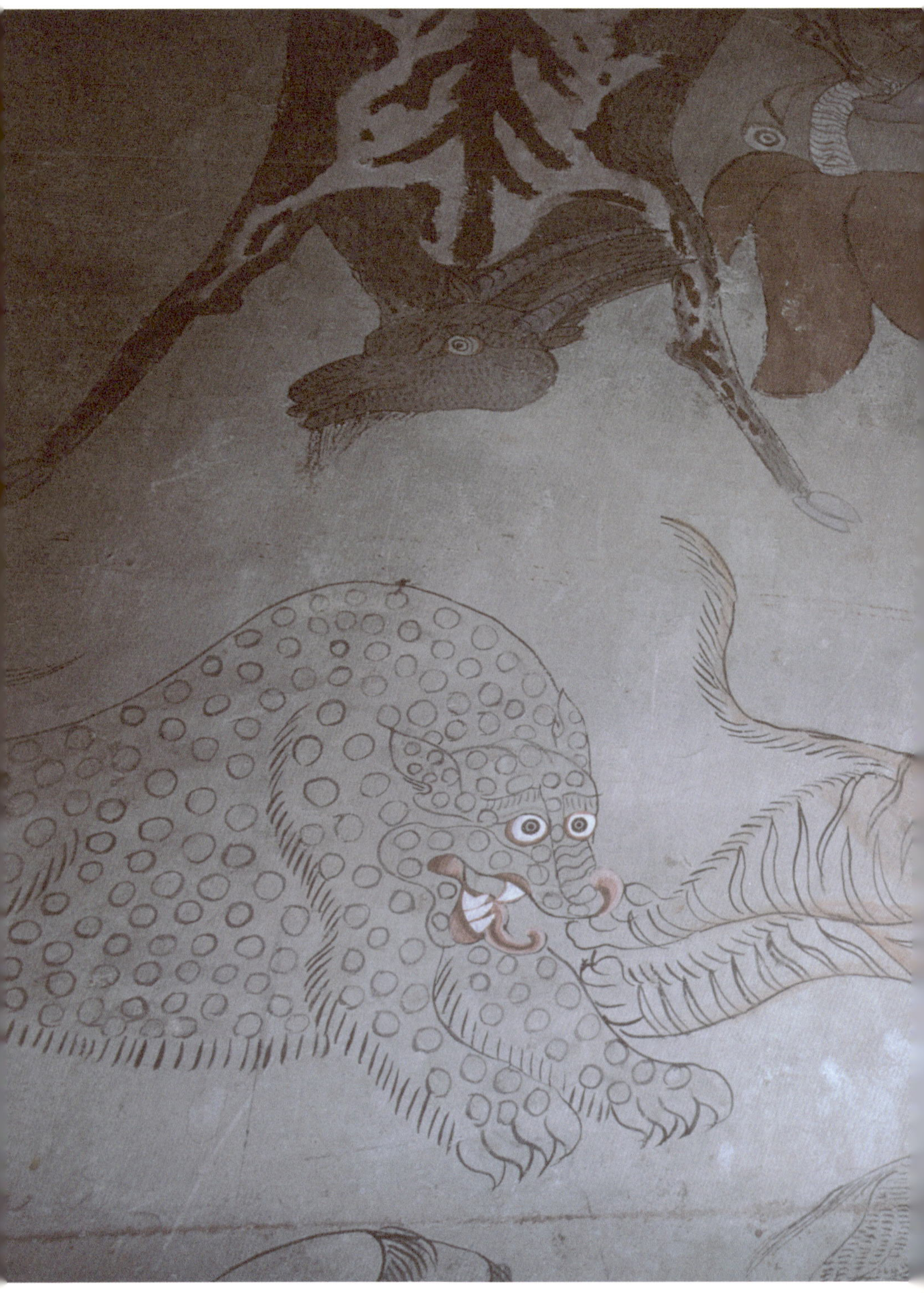

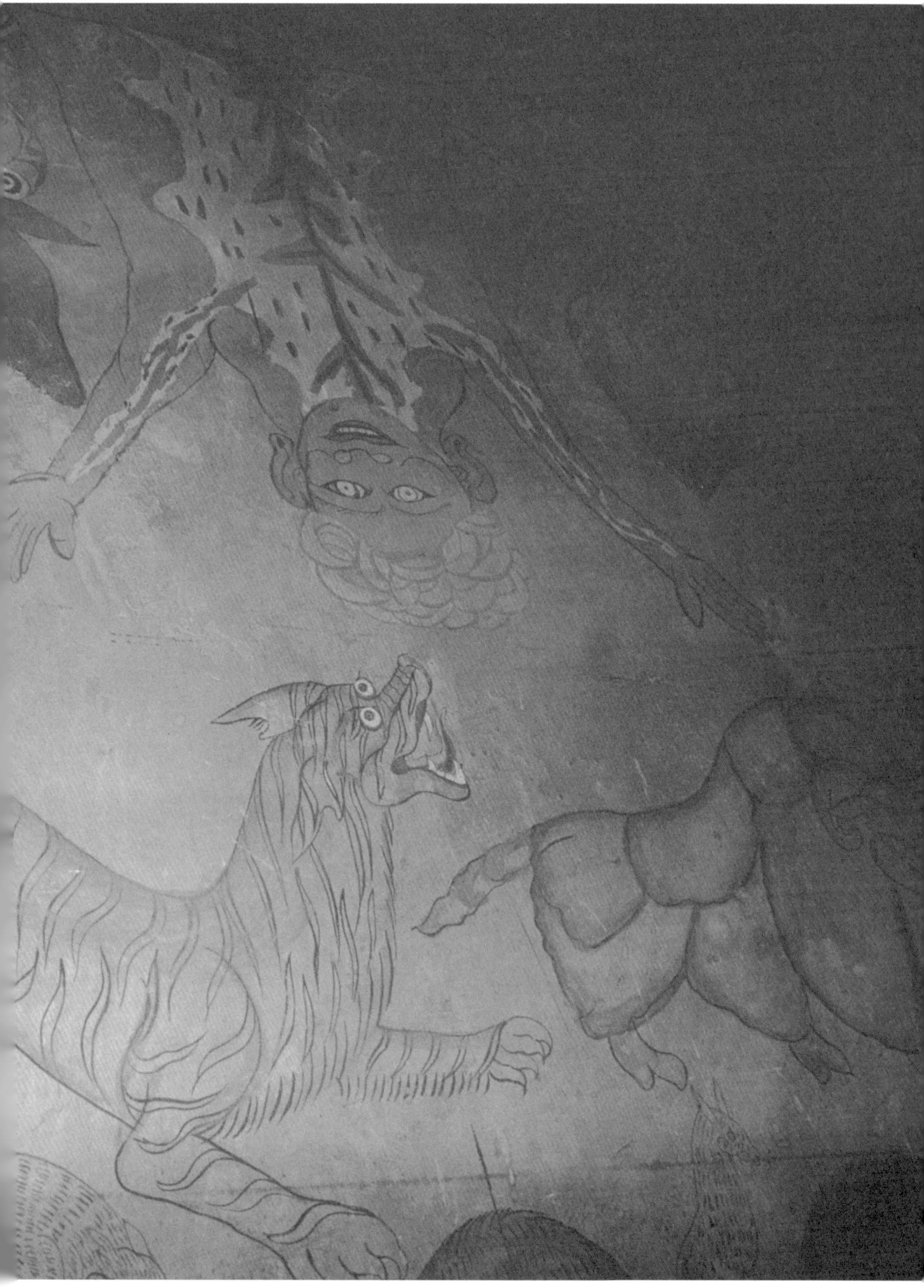

십만 편의 진언을 햇빛 아래 드러낸다.

옴 연꽃 속에 계시는 보주^{寶珠} 훔

옴 연꽃 속에 계시는 보주 훔

옴 연꽃 속에 계시는 보주 훔

옴 연꽃 속에 계시는 보주 훔

옴 연꽃 속에 계시는 보주 훔

옴 연꽃 속에 계시는 보주 훔

옴 연꽃 속에 계시는 보주 훔

옴 연꽃 속에 계시는 보주 훔

옴 연꽃 속에 계시는 보주 훔

하고.

개는 이 십만 편의 진언 따위는 안중에도 없었지만, 그 괴물 같은 장대한 두루마리가 바람에 펄럭이며 자갈땅을 내달리는 모습을 잠시 멍하게 바라본다. 뼈만 남은 꼬리는 축 늘어지고, 송곳니 밑으로 침이 질질 흐르고, 늑골만 바쁘게 움직이는 가운데 개는 그 자리에서 꼼짝하지 않는다. 그리고 눈앞에서 눈부시게 흰 종이가 바람에 펄럭이며 뒤집히고 젖혀지는 모습을 보면서 까닭 모를 분노와 기쁨과 허기와 슬픔과 즐거움과 장난기와 진심이 범벅이 된 무심 상태에 있다가 갑자기 격렬한 전율을 느끼고…… 개는 잠긴 목구멍에서 낮은 신음을 흘리며 장대한 진언 종이에 덤벼든다.

진언이 적힌 종이는 개의 송곳니에 무수히 짓씹히고, 수백의 옴 연꽃 속에 계신 보주 훔이라는 글자는 구멍투성이가 되어 읽을 수가 없게 된다. 개는 얄팍한 종잇장을 수없이 물어뜯어도 도무지 송곳니의 만족을 얻지 못하자, 긴 종이의 중간 부분을 입에 물고 그것을 어디로 가져가려는지 흙먼지를 일으키며 서쪽 민둥산 쪽으로 달려간다. 한동안 개는 꼬리를 세운 채 의기양양하게 자갈밭 평지 위로 장대한 경전을 끌며 혹은 펄럭이며 달린다. 그런데 갑자기 돌풍이 불어와 장대한 진언 종이는 개의 입을 경계로 둘로 찢어지고, 오만 편의 진언과 오만 편의 진언은 뒤얽힌 채 평지의 돌멩이에 걸리고 차이며 날아 달아난다.

이때 개, 사납게 날뛰며 십만의 진언을 쫓아가서는 그 한가운데로 뛰어들어 송곳니에 걸리고 꼬리에 휘감기는 종이 더미를 닥치는 대로 물어뜯고, 짓밟고, 목을 프로펠러처럼 돌리며 찢어발기고, 두 발로 벌떡 섰다가 제 풀에 뒤로 나자빠지고, 옆으로 뒹굴고, 몸에 휘감긴 경전을 자신의 뼈와 살가죽과 함께 깨물고는 고통에 몸부림치며 종이에 대한 적의를 노골적으로 드러낸다. 으르렁대며 덤벼들고 흥분해서 휘저어대고, 기운이 다하는 줄도 모르고 자갈밭 평지 한 귀퉁이에서 십만의 진언을 물어뜯고 찢어발기며 회오리바람 같은 작은 흙먼지를 일으킨다.

과거의 저,

옴 연꽃 속에 계시는 보주 훔

옴 연꽃 속에 계시는 보주 훔

옴 연꽃 속에 계시는 보주 훔

옴 연꽃 속에 계시는 보주 훔

이라는 장대한 십만 편의 진언은 미친개의 송곳니에 짓씹히고, 짓찢기고, 짓밟겨지고, 짓이겨지고, 모래흙과 뒤섞여 그것은······.

'옴 연꽃' '옴 연꽃' '옴 연꽃' 하고 망가진 레코드판에서 흘러나오는 노래처럼 맥락 없는 말을 반복하는데, 난데없이 '훔'이 튀어나와 성급하게 노래를 끝낸다. 이어 '속에 셰시는' '속에 계시는' 하고 어떻게 읽어도 소화가 되지 않는 대목이 개의 송곳니에 구멍이 숭숭 뚫리고 너덜너덜 찢겨 '보주'라는 글자가 나타나려는 부분에서 갑자기 끝이 말리며 '백지'가 되어 눈부신 햇빛을 반사하고, 그것은 점차 짓뭉개지며 도마뱀 꼬리처럼 가늘어져 중간에서 댕강 잘려 나간 채

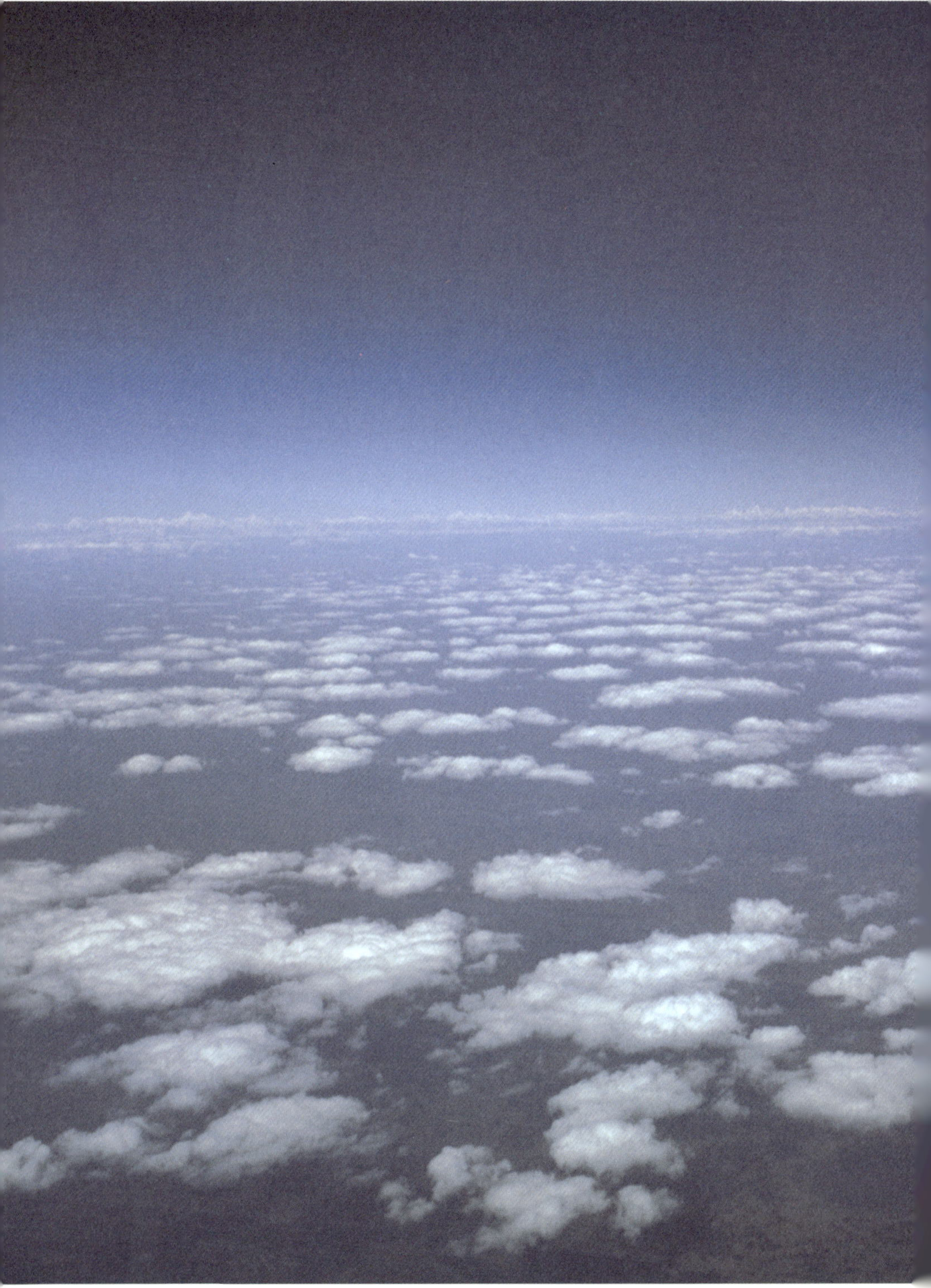

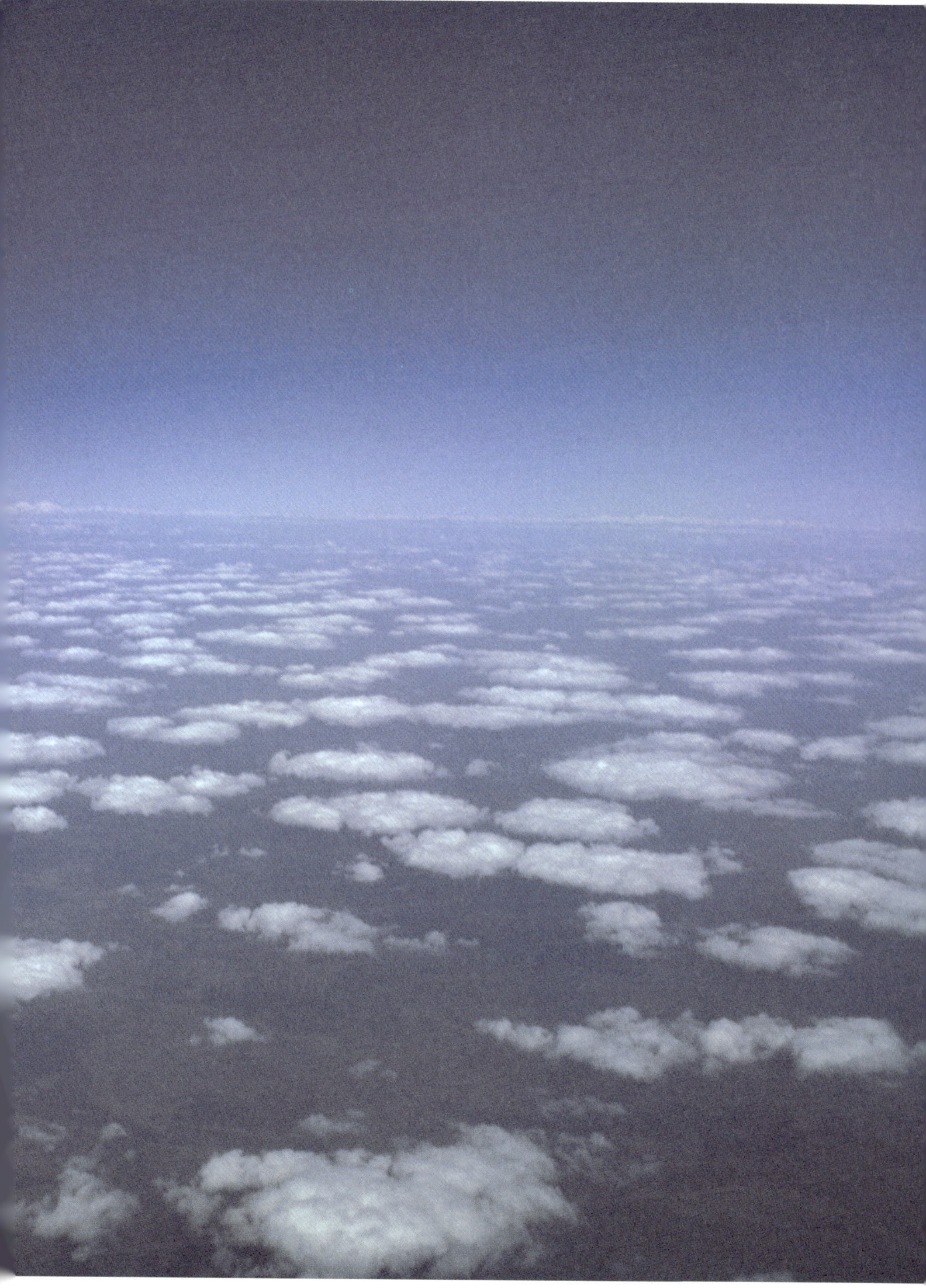

미풍에 푸득거리다가, 근처에서 다른 종잇조각들을 결딴내고 있던 개의 발길질에 공중으로 날아올라서는 부드러운 동풍에 실려 수난의 장에서 한 발 물러나 근처 돌에 들러붙어 떨고 있다.

개는 장대한 진언 두루마리가 찢겨 흩어지는 것을 보고 투지에 불타고, 그것이 눈보라처럼 주변을 날아다니는 것을 보고 계절도 잊은 채 정신없이 열중하고, 몸에 휘감기고 엉겨 붙는 종잇조각에 격분했다. 풀어헤쳐진 마지막 긴 종잇장이 돌풍에 실려 스무 치나 날아오르자 개는 두려움에 떨리는 마음으로 풀쩍 뛰어올라 그것을 잡아채고, 그 바람에 공중제비를 돌며 땅에 곤두박질쳐 돌에 등뼈를 찧는다. 그러나 개는 짖지도 않고 긴 종잇장을 사방팔방 물어뜯고 갈기갈기 찢어발겨 십만 편의 진언을 자갈밭 평지 한 귀퉁이에 마구 흩뿌린다. 옴마니반메훔의 방대한 낱자들은 종이 눈보라 속에 산산이 흩어지고…… 모래나 돌과 섞여,

옴·옴·모래·계시·옴·보·연·돌·훔·옴·훔·옴·모래·시는·시·시·주·훔·돌·돌·돌·속에 계시·꽃·꽃·모래·옴·옴·보·시는·주·……속·는·는·훔·주·주·주·모래·모래·는 보·시는 보·훔·옴·옴·돌·연·……연·연·모래·계시·옴·보·모래·훔·옴·훔·꽃·시·는·주·훔·옴·꽃 속·훔·훔·돌·계·훔·옴·모래·모래·모래·모래·……훔·보·계시·에 계·는 보·돌·보·훔·……반메·니·옴·훔·훔·메훔·옴마·훔·옴·옴·니·메·마·훔·마·모래·옴·훔·메·반·니·마·훔·옴·……돌……메훔·옴·훔·니·마·옴·옴·반·반·메·훔·마·옴·옴·훔·옴·옴·훔·메·반·니·마·훔·옴·훔·훔·반·훔·마·옴·니·훔·훔·옴·훔·옴·훔·마·메·니·반……이 되어 의미를 알 수 없게 되고 말았다.

흩날리는 장대한 경본의 눈보라와 흙먼지 속에서 들개가 꼼짝 않고 서 있다.

들개는 싸웠지만 이긴 기색도 진 기색도 없었다. 들개는 진언을 물어뜯었지만 어느 한 자도 자신의 주린 배를 채워주지 못했다. 들개는 내달리고 뛰어올랐지만 서쪽으로도 동쪽으로도 나아가지 않았다.

들개는 서 있었다.

입은 마르고 눈은 젖어 있었다. 몸 여기저기 바위에 긁히고 자신의 송곳니에 물린 상처는 혈맥이 뛸 때마다 살가죽 밑의 감각을 전할 뿐, 아프지도 가렵지도 않았다. 꼬리는 길고 긴 헛소동 뒤에 서지도 처지지도 않고 어정쩡한 경사로 그 끝을 멀리 민둥산 연산 쪽으로 향하고 있었다.

저 정체 모를 들개의 기억이 한바탕 가슴속을 휘젓고 날뛰다 사라졌을 때 …… 부락 근방에는 졸음에 겨운 정적이 있었다. 허름한 집 그늘에 노파 둘이 말없이 앉아, 한 명은 졸고 한 명은 입술만 달싹이며 긴 통소매 속에서 염주를 돌리고 있다. 부락 어귀에는 남자 하나가 오른손에 양동이를 들고 느릿느릿 남쪽 자갈밭 지대로 향하고 있다. 두 시간쯤 걸어가면 샘터가 나온다. 남자의 등에 마니차가 보였다 사라졌다 하면서 반짝반짝 돌아가고 있었다.

해는 중천에서 서쪽으로 기울며 남자가 걸어가는 남쪽 민둥산 산맥 사면에 작은 그늘을 만들기 시작했다. 늦여름의 푸른 하늘에 떠 있는 베레모처럼 생긴 흰 조각구름이 민둥산 사면과 평지에 그림자를 드리우고, 그것은 상공을 지나는 계절의 바람을 타고 천천히 부락 쪽으로 다가오고 있었다.

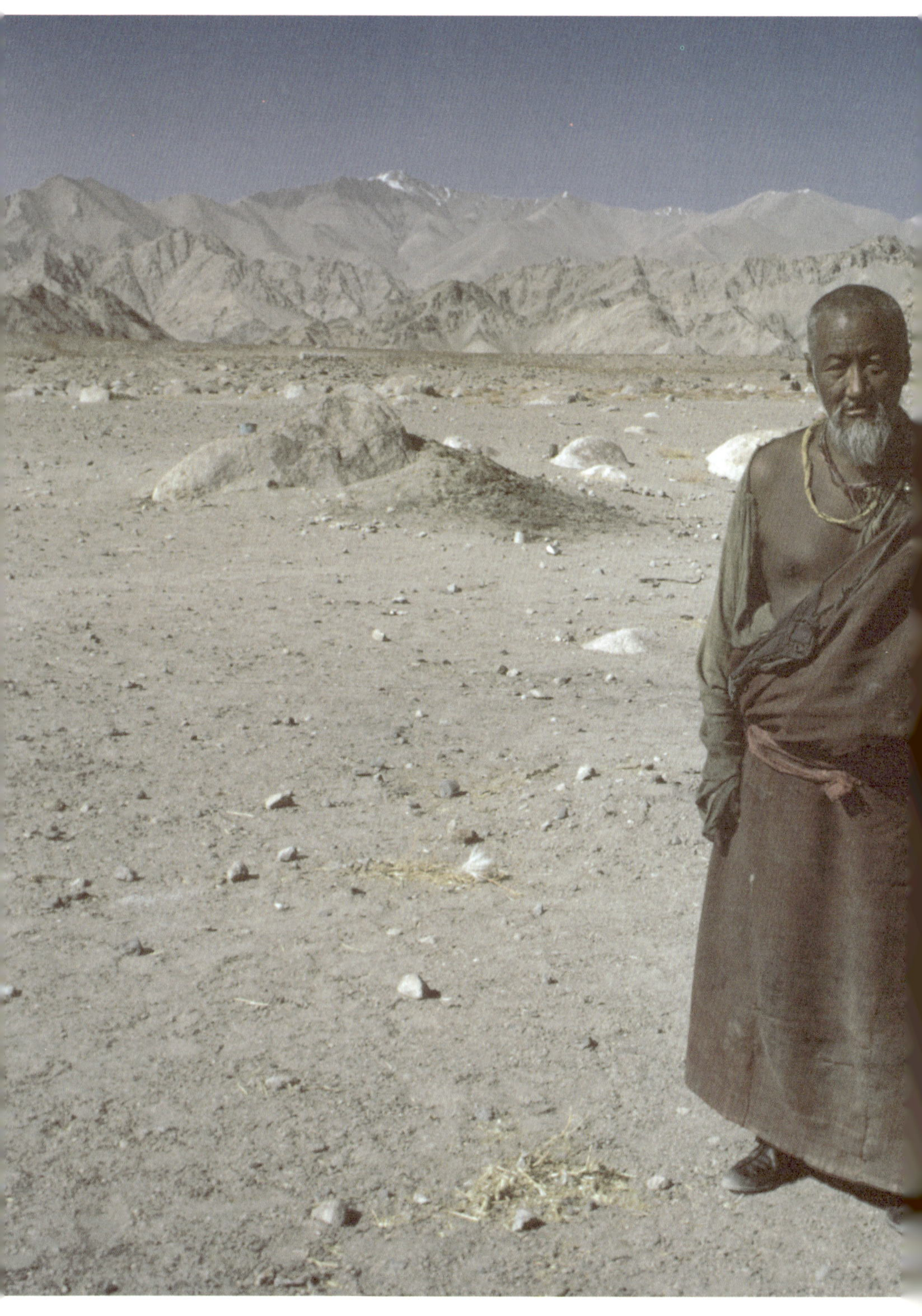

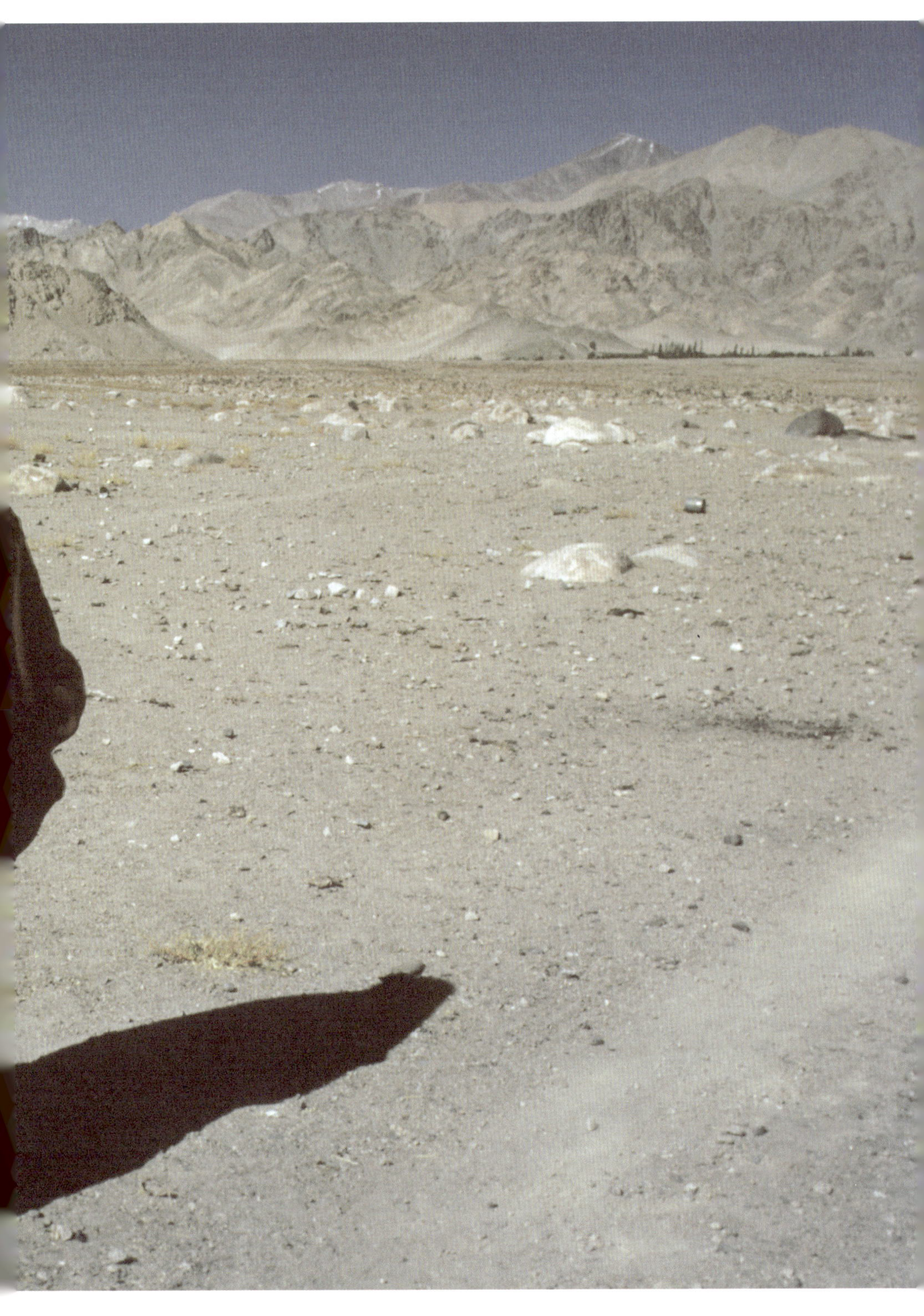

서로 닮은 산

이 부락에는 한 사람, 이단이라는 말을 떠올리게 만드는 남자가 있었다. 이 부락 사람들은 하나같이 어딘지 모르게 상궤를 벗어난 것처럼 보이지만, 그는 유난히 더 특이했다. 도무지 나이를 짐작할 수 없다. 아마도 마흔 살에서 예순 살 사이겠지만, 이렇게 폭이 넓다는 것은 모른다는 것과 같다. 무슨 말을 시켜도 대답이 없지만 벙어리는 아니다. 대담한 미소를 짓고 있다. 그것은 보통 사람이 짓는 미소와는 약간 질이 다르다. 미소란 대개 사람 사이의 거리를 좁히려는 의도에서 짓게 마련인데, 이 남자의 미소는 반대로 사람을 밀쳐낸다. 그 미소 앞에서는 왠지 다가서기가 힘들다.

무슨 생각을 하는지 빤히 보여……. 그렇게 말하는 것 같다. 그런 뜻으로 미소 짓는 것 같다. 내 생각을 속속들이, 심신의 구석구석까지 샅샅이 들여다보는 것만 같다. 그러나 그때 남자는 머릿속으로 무슨 생각을 하는 것 같지도 않고, 자세히 보면 그 대담한 미소 속에 눈은 허무적인 빛을 띠며 가라앉아 있다. 그 시선 앞에서는 내면에 감춰진 죄의 소굴이 폭로되는 그런 느낌이 든다. 그리고 남자 앞에 있다는 것 자체가 죄라는 생각이 자꾸만 든다.

남자의 미소는 신불 같은 포용력과 투시력을 겸비한 것 같지도 않다. 한기가 느껴진다. 왠지 오싹하다. 남자의 일방적인 미소와 무의미한 우격다짐의 시선에 결국은 적의를 품게 된다. 다가가려는 내 미소와 밀쳐내려는 그의 미소는 잠시 길항하며 평행을 유지하지만, 점차 내 얼굴은 굳어지고 결국은 '내가 당신한테 무슨 죽을죄를 졌다고 그러느냐' 하고 반발하며 그 시선을 물리치고 싶어진다. 남자는 이때 상상을 초월한 무신경함으로 갑자기 나를 무시한다. 인간의 소행이라고는 생각할 수 없다. 남자는 별안간 나를 무시하고 혹은 내 존재를 잊어버린 듯 내 머리 너머로 먼 산맥을 바라본다.

남자는 마치 며칠 전부터 혹은 몇 년 전부터 먼 산맥을 바라보고 있었던 것처럼…… 전혀 나를 보지 않는다. 남자의 안면에는 방금 전의 미소가 희미하게 남아 있다. 그러나 눈앞에 있는 사람은 염두에도 없다. 그것은 그의 얼굴 거죽에 오래전에 생겨난 미소의 형상이 어렴풋이 남아 있는, 그런 느낌이다.

그리고 그 약간 공허한 눈동자가 먼 산맥을 바라보고 있다.

이 남자의 불가해한 탈바꿈을 나는 어떤 식으로도 이해할 수 없었다. 이런 순간적인 마음의 이동을 나는 정상이라고 여겨지는 사람들의 일상에서 만난 적이 없었고, 또 이런 식으로 행동하는 광인을 본 적도 없었다.

인간의 사유에서 너무도 동떨어진 그 불가사의한 시선에 이끌려, 나는 이 남자와 방금 전까지 의미 불명의 원한 관계에 있었던 것도 잊고, 남자가 바라보는 동쪽 연산 쪽을 돌아본다. 둘이서 바라보는 산맥은 군청색 하늘 밑에서 햇빛을 받아 빛나며 물량감을 잃고 얇은 병풍처럼 도드라져 보인다. 산의 사면이 솟아오를수록 하늘은 동쪽을 향해 더욱더 깊이 떨어지며 깊고 맑은 호수처럼 시선을 빨아들였다. '하늘'과 '땅' 외에 보이는 것이라고는, 응결해버린 물량처럼 하나의 섬 같은 형상으로 둥실 하늘에 떠 있는 순백의 조각구름뿐이다. 그것은 대지의 지괴와 마찬가지로 분명한 물량을 지니고 존재하는 것처럼 보였다. 조각구름을 감싼 하늘에는 바람이 흐르고 있었다. 바람은 미미한 경사를 가진 큰 강이 느릿느릿 계절의 속도로 흐르듯, 무한의 용량을 가진 바닥 모를 군청의 공간을 남쪽에서 북쪽으로 천천히 이동했다. 하늘에서 물량을 얻은 흰 섬들은 눈부신 위성처럼 보였다. 그 여름날 아침, 남쪽 산맥 너머에서 태어나 바람의 속도로 땅 위를 공전하는, 이 땅을 벗어난 가장 순수한 작은 낙토樂土가 그곳에 보였다. 조각구름이 지나자 하늘과 땅은 사납게 대립했다. 두 개의 색상이 맞물리며 날카롭게 대치하는 칼날 같은 일대는 희미하게 떨리고 있었다. 그 반짝이는 칼날을 바라보다가…… 나는 문득 등줄기에 내리꽂히는 어떤 날카로운 생각에 사로잡혔다. 이 남자…… 광인이 아닐까…….

남자는 이미 산맥을 보고 있지 않았다.

남자는 눈부신 유회색 지면에 압축한 듯 선명한 그림자를 늘어뜨리고, 다리를 약간 벌린 채 부락의 희부연 사각의 빛을 향해 걸어가려는 자세로 서 있었다. 녹슨 드럼통 색깔의 장의를 걸치고 있었다. 땅에 끌리는 뻣뻣한 옷자락 밑으로 파충류 머리처럼 튀어나온 발과 발가락. 발치에서 무릎 부분까지 해져 굵은 가로세로 올이 드러난 그 헐렁한 장의에는 천을 잘라 훑어 만든 선명한 심홍색 허리띠가 둘러져 있고, 그것은 배꼽 근처에서 아이가 묶은 것처럼 어설프게 매듭지어져 있다. 비단처럼 희미한 광택이 나는 얇은 천 허리띠에는 커다란 모란꽃 문양이 직조되어 있고, 그 독한 다홍빛이 우글쭈글 주름이 잡힌 채 햇빛 속에서 미치광이처럼 번들거렸다.

남자는 오른쪽 어깨를 내놓고 있어서, 녹슨 양철통 같은 통소매가 허리께부터 장딴지 근처까지 늘어져 있다. 오른쪽 가슴과 커다란 배도 드러내고 있었다. 남자의 피부색은 장의의 녹슨 쇠붙이 색깔과 흡사했다. 부드럽게 살이 오른 몸이었다. 단련하지 않은 자연스런 풍성함이 그 살성에서 느껴졌다. 적갈색 피부는 미세한 입자상의 흐린 빛을 머금고 있었다.

굵고 다부지고 유연한 맛이 느껴지는 목에는 천을 꼬아 만든 노란색과 빨간색과 갈색의 목걸이 세 가닥이 걸려 있었다. 적갈색의 볼록한 가슴팍 위로 선명한 노란색 천 목걸이가 도드라져 보였다. 작은 살덩이가 서로 다투는 듯한 이마는 기름이 번질거렸다. 백발 섞인 머리카락은 1센티미터쯤 자랐고, 그 억세 보이는 털이 코밑과 턱까지 이어지고 있었다. 콧수염은 중국 수염처럼 입꼬리를 지나 밑으로 처져 있었다. 수염에 둘러싸인 입술은 일종의 악기처럼 도도록하게 튀어나와 이마와 마찬가지로 햇볕을 받아 번질거렸다.

번질번질한 이마 밑의 부석부석한 두 눈의 중심에 언뜻 야행성 짐승의 눈에서 볼 수 있는 빨아들이는 듯한 도넛 모양의 홍채가 보였다.

남자가 발을 끌듯 걸음을 옮길 때마다 메마른 땅이 울렸다. 푸른 하늘 밑에서 작은 소리를 일정 간격으로 내며 걸어가는 남자의 뒷모습이 새끼손가락으로 잴 수 있을 만큼 작아졌을 때, 인간보다는 뭔가 곤충을 닮았다는 느낌이 들었다.

부락 사람들은 왠지 남자를 숭배하고 있었다. 숭배한다기보다는 남자를 두려워하는 것 같았다. 남자 옆을 지날 때면 다들 허리를 낮추었다. 양손을 모으고 황송한 표정을 짓는 자도 있었다. 아이들도 남자 근처에는 가지 않으려 했다. 남자 앞에서는 모두들 싸움에 져 꼬리를 만 개와 같은 얼굴을 하고, 혹은 간살맞은 얼굴을 하고 얼른 그 자리를 떠나고 싶어 했다. 이 미치광이 같은 남자는 이 가난한 부락 주민들을 괴롭히는 관리처럼 보이지도 않았다. 그 증거로 20~30마리에 이르는 부락의 개들까지도 남자만 보면 예전에 자신을 된통 혼쭐을 낸 적이 있는 두목을 대하듯 얌전해졌다. 남자와 사람들의 관계는 인간과 신의 관계 이상으로 불가해해 보였다.

사람들이 남자를 향해 손을 모으는 동작은 부처 앞에서 자비를 구하는 그런 느낌이 아니라, 바위산에 자리 잡은 라마교 사원 맨 꼭대기 캄캄한 방에 안치된 비밀스런 분노존 앞에서 주뼛거리며 합장하는 동작과 비슷했다.

남자에 관한 미신이 부락을 지배하고 있었다. 남자의 눈을 보면 정신의 병에 걸린다는 것이다.

부락 변두리에 철학자 같은 얼굴을 한 잡동사니 수집가가 살고 있었다. 길쭉한 얼굴에 드물게 은테 안경을 쓰고, 미간에 깊은 세로 주름이 의미심장하게 잡힌 그 남자도 저 신들린 남자의 안광眼光에 닿아 정신의 병에 걸린 것으로 간주되었다. 그 남자는 제법 큰 집에서 혼자 살았는데, 집 안은 혼자 발 뻗고 눕기도 빠듯할 만큼 비좁았다. 영문을 알 수 없는 물건들이 집 안을 가득 메우고 있었기 때문이다.

벽에는 활처럼 휜 흰색의 울퉁불퉁한 개 꼬리뼈가 몇 다스. 천장에는 산양 두 개골을 빻아 아교를 넣고 전병처럼 빚어 굳혀 몇 개씩 다발 지은 것이 만국기처럼 매달려 있다. 방 안에는 야크 똥을 대포알처럼 둥글게 만들어 석회를 바른 것이 여기저기 굴러다닌다. 이 지방에서 50킬로미터쯤 떨어진 인더스 강 원류에서 가져왔다는 표백된 유목流木과 강가에서 주워 온 진원眞圓에 가까운 매끈한 조약돌. 녹슨 쇠붙이를 분말로 만들어 담아둔 상자. 바위산 단층에서 캐어 온 아리크소셀레스라는 철학자 이름 비슷한 학명을 가진 검은색 고둥 화석.

또한 남자는 하루에 하나씩 특이한 물건을 주워 와야 직성이 풀리는데, 만약 그런 물건을 발견하지 못하면 별수 없이 깨진 양동이나 기도 깃발 조각이나 부러진 천막 버팀기둥 같은 신비한 구석이라곤 찾아볼 수도 없는 물건을 주워다가 지붕 위에 쌓아놓거나 입구 근처에 정리해두었다.

이 남자는 자신이 티베트 본토가 아직 건재하던 13대 법왕 시절에 달라이라마의 총애를 받던 고위 관료급 의사의 손자인지 증손자인지에 해당한다고 소문을 퍼뜨리고 다녔는데, 그 증조부인 듯한 자는 신의 화신인 자의 신탁을 받아 차첸노르부라는 중병의 비약秘藥을 독점 판매하는 영예를 누렸다고 한다. 그 차첸노르부라는 비약은 신의 화신인 법왕의 분변을 말려 다른 가루약과 섞고 법왕이나 다른 고승의 소변으로 개어 환으로 빚은 다음 금박을 입히거나 주홍색으로 칠한 것인데, 당시 일반 평민은 손에 넣기 힘든 명약이었다. 남자의 언동에서는 신의 화신의 신탁을 받은 의술사의 증손이라는 자각이 엿보였고, 과거에 그런 불가해한 환약을 판매한 공인 의술사의 전통을 이으려는 건지 근처에 굴러다니는 살짝 신비로워 보이는 물건이나 인간 사회의 소용을 벗어나 신의 의지에 다가가고 있는 폐기물을 바지런히 주워다가 쟁여놓았다.

부락 사람들은 이 남자의 방대한 약 더미를 믿지 않았다. 그러나 남자는 그것이 다른 사람이 아닌 자신과 자신의 자손들의 병을 고쳐줄 약이라고 여겼기 때문에 사람들이 믿거나 말거나 전혀 개의치 않았다. 그는 지금까지의 경험을 바탕으로 자신의 심신에 나타난 병을 상세히 분류해놓고, 약간이라도 그런 징후가 있으면 그 병에 해당하는 약을 상당히 대량으로 핥아 먹거나 갉아 먹거나 삼켰다.

남자에게는 소망이 하나 있었다. 그것은 저 차첸노르부라는 환약을 구해 언제 닥칠지 모르는 불치의 병에 대비하는 것이었다. 설령 큰 병에 걸려 그 환약으로 고치지 못하고 죽더라도 그 효능은 내세에도 작용하기 때문에 이 세상에 살아 있는 동안 반드시 먹어둬야 한다. 그래서 남자는 십 년 전쯤, 티베트 본토에서 난민으로 인도에 건너와 있던 현재의 달라이라마를 찾아가 그 신비한 배설물 이야기를 했는데, 측근 승려로부터 정중한 거절과 함께 '지금은 그런 세상이 아니다'는 설교만 한바탕 듣고 실의에 빠져 돌아왔다. 그래서 남자에게는 저 방대한 약 더미에 둘러싸여 있어도 차첸노르부의 신비한 약효를 몸소 체험하지 못하는 한 결국 구원받을 수 없으리라는 깨달음 비슷한 감정이 싹텄고, 어떤 선을 넘어버린 듯한 냉담한 실의의 표정이 자리 잡으면서 일견 어리석은 풍모 속에도 일말의 철학자 같은 분위기가 풍기게 되었다.

처음에 부락 사람들은 종종 이상한 것을 주워 먹고 앓아눕는 주제에 얼굴에

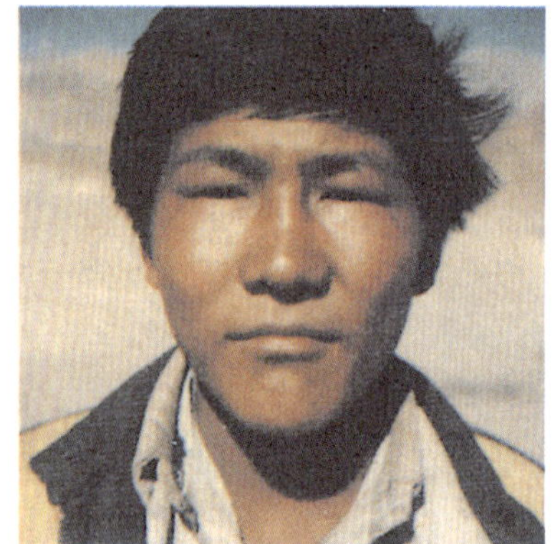

체링 푼조 20세

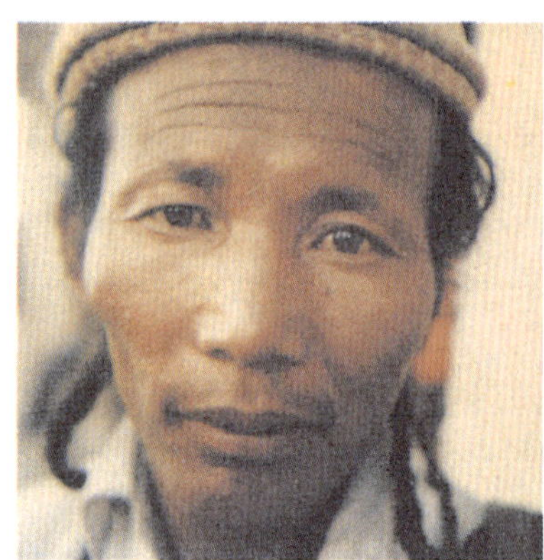

나왕 타히 35세

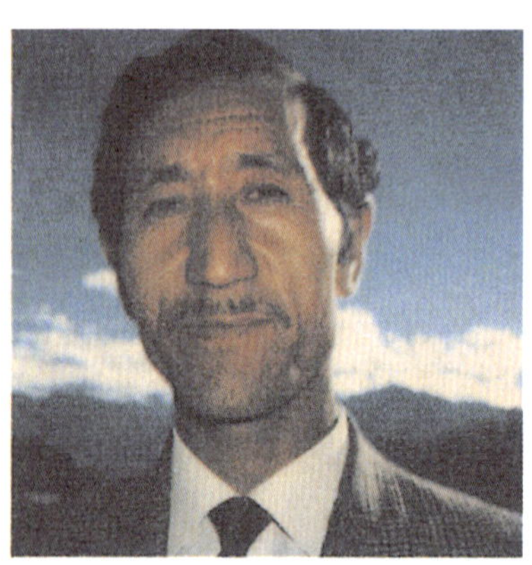

나사날 바타파 35세

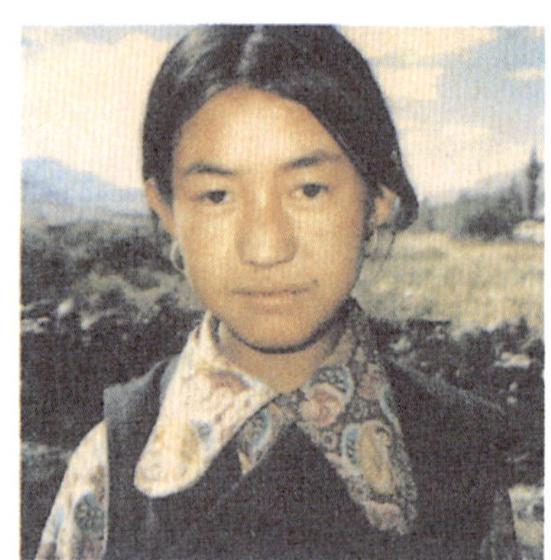

체링 돌카르 13세

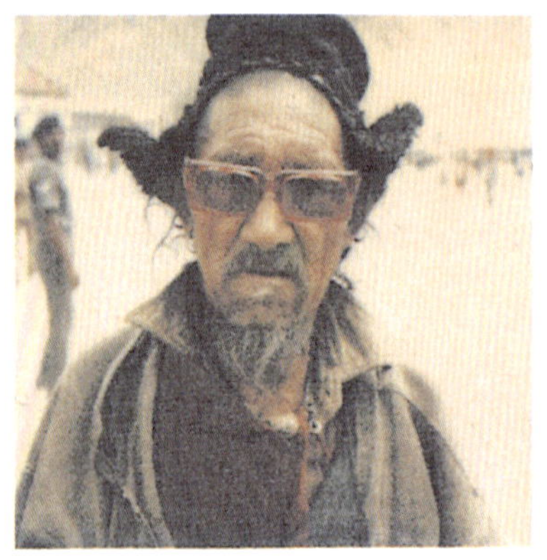

소남 오르쟈 약 70세

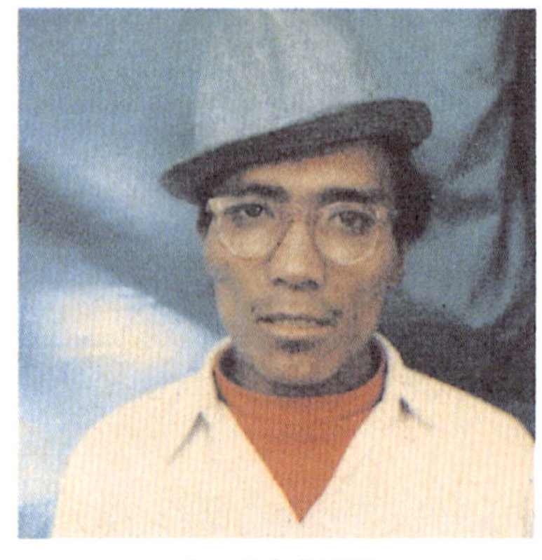

지그메 타시 25세

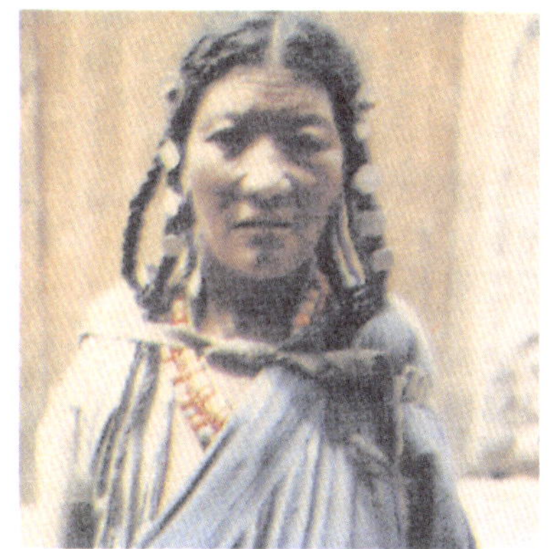

히초츠 60세

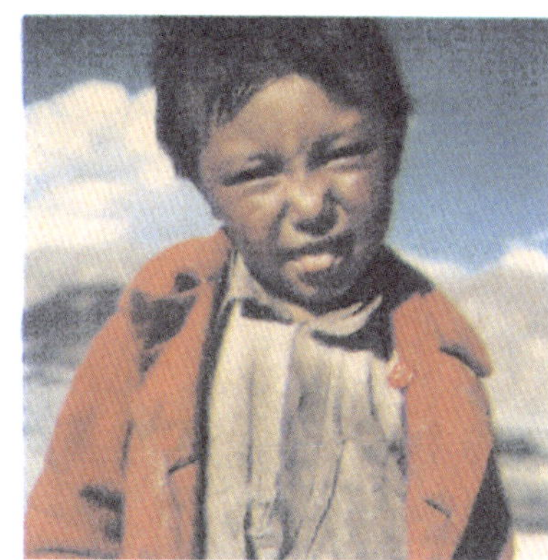

타시 귤메 4세

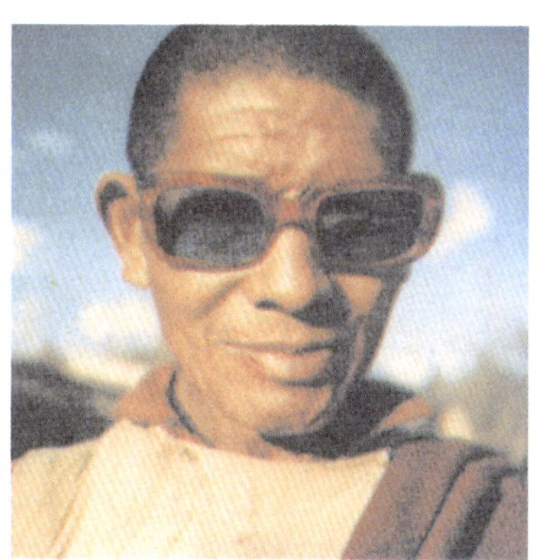

돈나카 텐진 55세

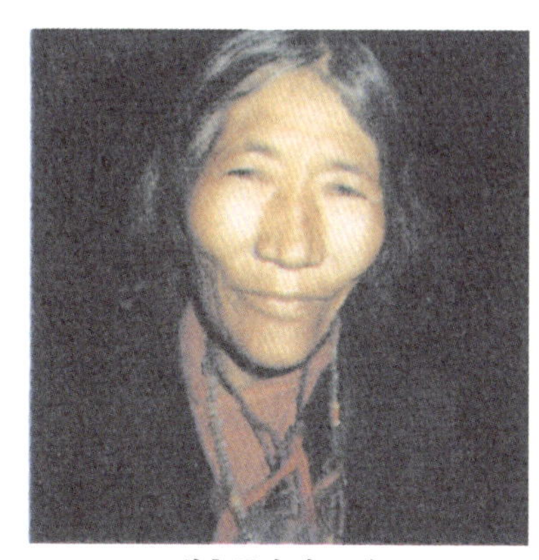

창촉 돌마 약 70세

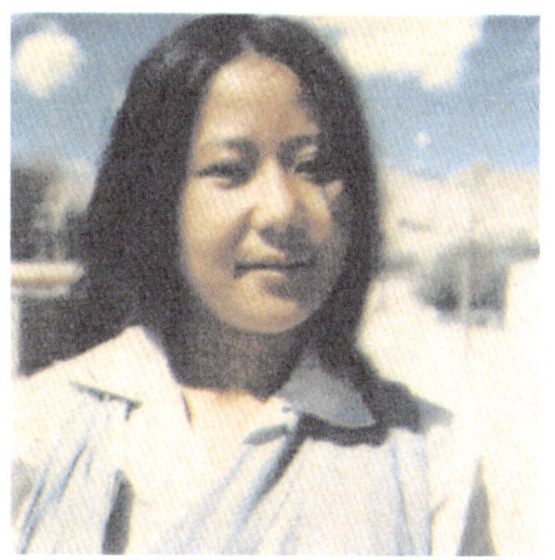

기르미 셰르파 20세

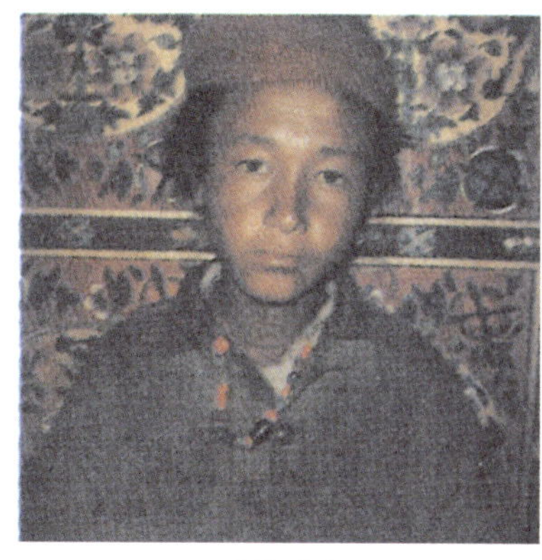

걀첸 16세

윤기가 도는 모순에 찬 풍모며, 평소에 먹는 것이며, 엄청나다기보다는 할 말을 잃게 만드는 집 안의 혼란상 등을 기묘한 고대 대★본교 밀주사密呪師의 혈통을 계승하는 위대함의 증거로 여기고, 남자와 그 주거에서 약사유리광여래藥師瑠璃光如來 화신의 재래를 꿈꾸기도 했다. 그리고 그가 재앙을 불러들이는 저 신들린 남자의 재앙을 막아줄 수 있는, 이 부락에 최초로 나타난 정의의 신의 화신이기를 바랐다. 그러나 남자가 약사여래의 화신은커녕 단순히 정신 나간 폐기물 수집광에 불과하다는 것이 밝혀지게 된 것은, 남자가 쟁여놓은 물건들이 병에 아무런 효력도 없었을 뿐만 아니라 남자가 병든 당나귀에게 수은이 든 진사辰砂를 먹여 즉사로 몰고 간 사건 등이 발생했기 때문이다.

　재앙주±의 안광 때문에 정신이 나갔다고 여겨지는 자는 저 사이비 약사 남자 외에도, 사람들의 별반 나아질 것 없는 일상에 악센트를 주는 형태로 부락 여기저기에 흩어져 살고 있었다. 이런 종류의 정신의 병에 걸린 사람은 세계 어디에서나 발견되지만, 가령 이 부락에서 가장 고독해 보이는 어떤 남자는 자신 이외의 모든 사람이 정신이 나갔다고 믿고 있어서 언제나 서글픈 미소를 지은 채 사람들과 거의 말을 나누지 않았다. 이 남자의 특이한 점은, 사람 모습을 한 동물은 정신이 나갔다고 믿으면서 개와 산양은 자신과 마찬가지로 정상적인 생물이라고 여겨 집 안에 들여 함께 지낸다는 것이다. 겉보기에 부락의 다른 집들과 다르지 않은 그 남자의 집에 들어가면 짐승 냄새가 코를 찌른다. 누더기가 어지럽게 널려 있는 어두운 토방에는 검은 개 두 마리가 어두컴컴한 구석에 등을 말고 누워 있고, 그 밖에 붉은 개 세 마리와 흰색과 검은색이 섞인 작은 얼룩 개 한 마리, 검은 산양 세 마리가 입구 근처에 모여 있는데, 사람이 들어가려고 하면 작은 뿔을 세우고 뒷걸음질치면서 갓난아기 같은 울음소리를 낸다. 남자는 개나 산양과 다를 바 없는 모습으로 구석진 곳에 누워 있고, 그 옆에서 비쩍 마르고 젖이 큰 붉은 개가 남자의 잿빛 도는 머리카락을 정성스레 핥아주고 있었다. 나는 그 집에 발을 들여놓은 순간 그 남자가 우리와 다른 세계에 살고 있다는 것을 느꼈고, 결국 곤히 잠든 그 남자와 아무 말도 나누지 않고 그곳을 떠났다. 그 후 종종 거리에서 개들에게 둘러싸여 휘적휘적 걸어가는 남자의 모습을 보았다.

개들과 함께 사는 남자처럼 어딘지 모르게 애조를 띠고 혹은 세상의 폐기물 수집광처럼 어딘지 모르게 냉담한 느낌을 주는 실성한 사람은 오히려 소수이며, 그 밖에 열 명은 넘을 듯한 진짜 실성한 사람은 대부분 명랑한 성격이었다. 그리고 그 명랑한 실성한 사람들은 이 부락 사람들의 애처로운 생활의 선상에서 빚어지는 어떤 지복의 생명의 그러데이션을 관리하고 있는 것처럼 보였다.

창촉 돌마. 줄이 끊어진 일현금一弦琴을 자식처럼 둘러업고 보름달과 황금 물고기와 우선右旋 고둥의 노래를 부르며 돌아다니는 여자.

카르마 양부. 항상 연기에 숨이 막혀 캑캑거리는 가지기도(병이나 재앙을 피하려고 부처의 도움과 보호를 비는 것―옮긴이) 열광자.

나왕 타히. 번쩍거리는 종이 세공의 팔서상인관八瑞祥印冠을 쓰고 다니는 법왕 풍의 거지.

고원高遠하고 무해한 허풍으로 어리석은 사람들을 신의 발밑으로 달려가게 만드는 장님 돈나카 텐진.

만물행복집합론이라는 깃발을 내걸고 가가호호 방문하는 설법광 나사날 바타파.

삼십 몇 년 전 티베트력 1월 2일에 친족 일동이 미친 듯이 추었던 건국절 기원 원숭이 춤을 아직도 아침저녁으로 춰대는 체닝 푼조.

싸구려 공물을 목에 걸고 매일 부락 전체의 경사를 찾아다니는 타시 귤메.

한 톨의 보리에도 진위眞僞 선악의 잣대를 들이대며 생활의 도덕을 과시하는 세계 도덕의 감정인 소남 오르쟈.

부락 동쪽 변두리의 다 쓰러져가는 간이 사원 벽에 그려진 나신 부처상 앞에

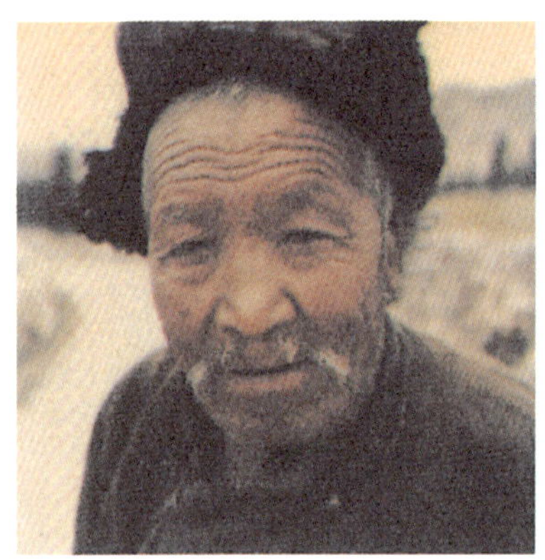

소남 왕걀 70세

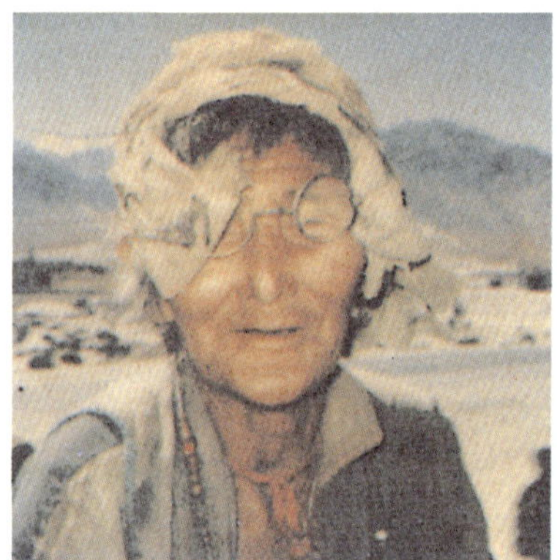

소남 누르키 연령 불명

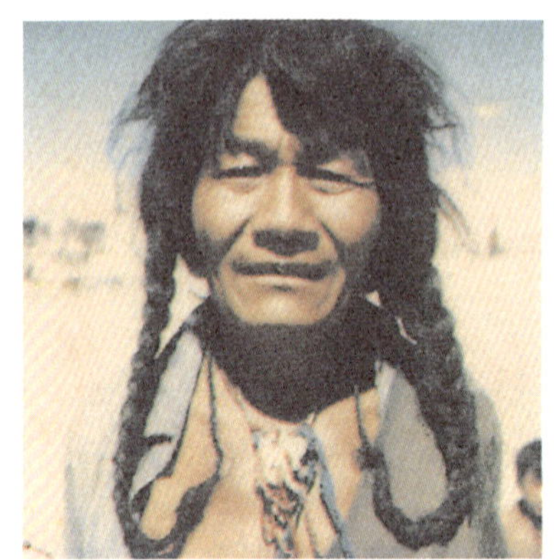

총바 갸힌 60세

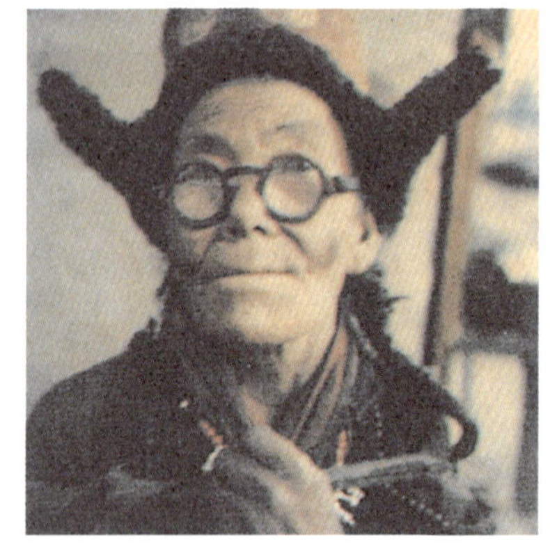

돌마 양존 70세

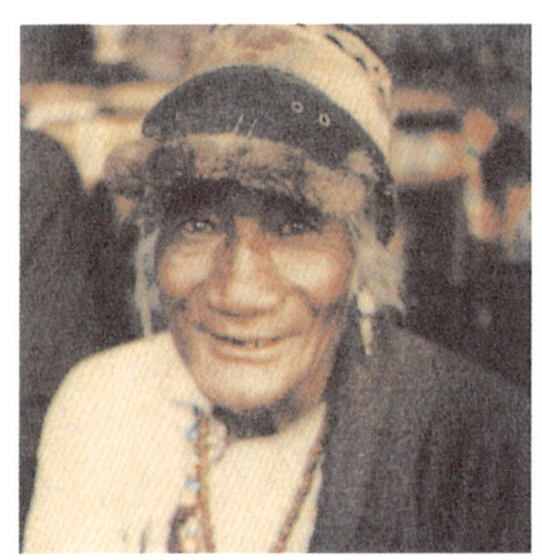

톤 둑 약 40세

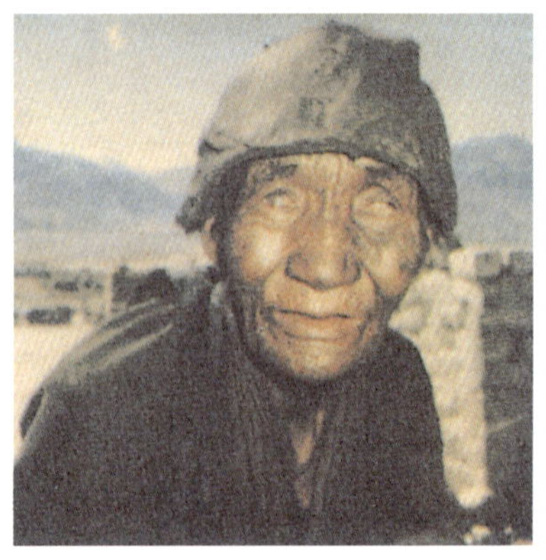

팡마 돌마 83세(여)

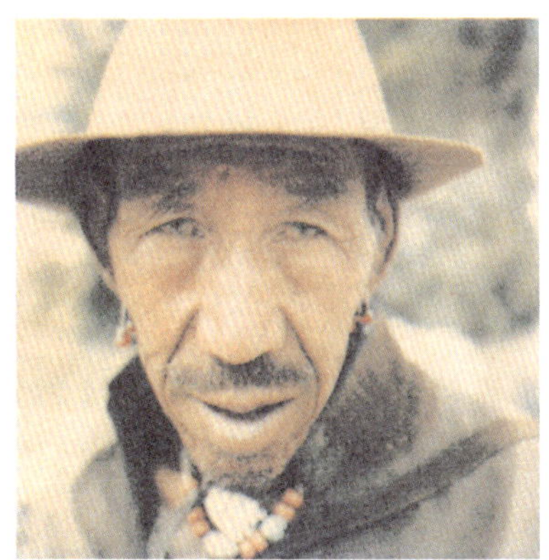

소남 톤둡 68세

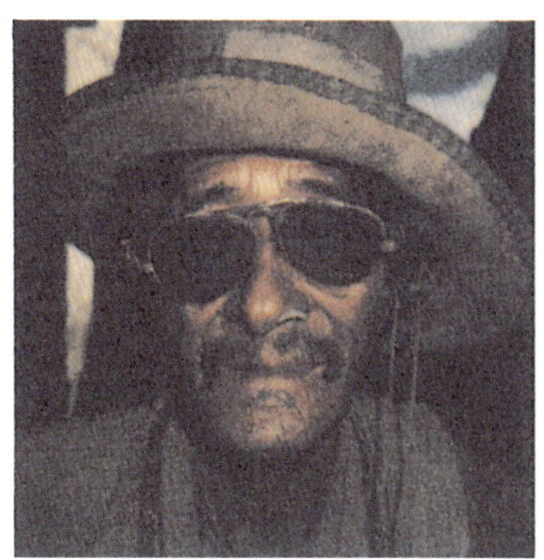

소남 앙갸 61세

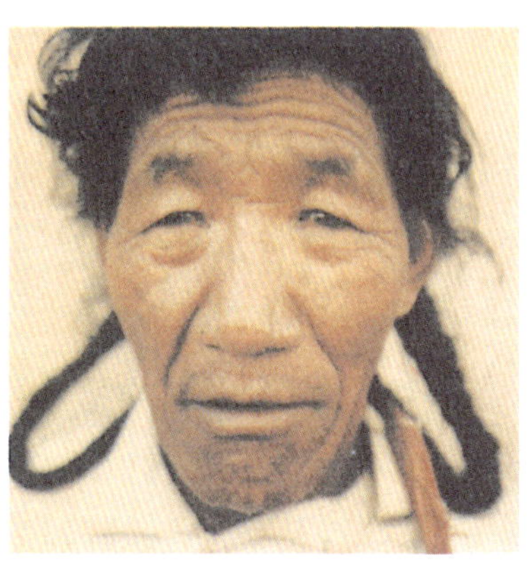

타히 톱케 50세

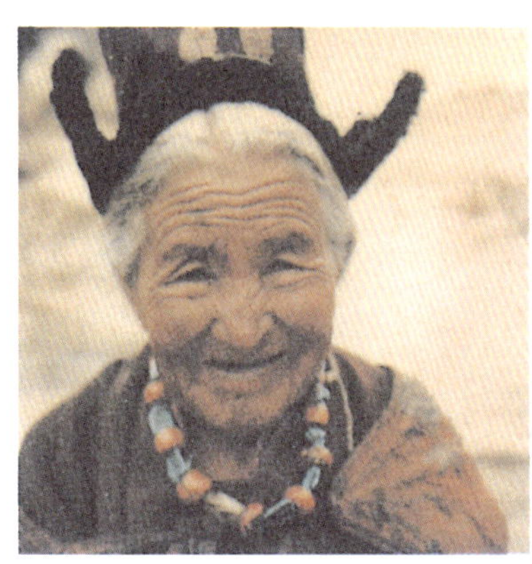

리스킷 돌마 약 80세

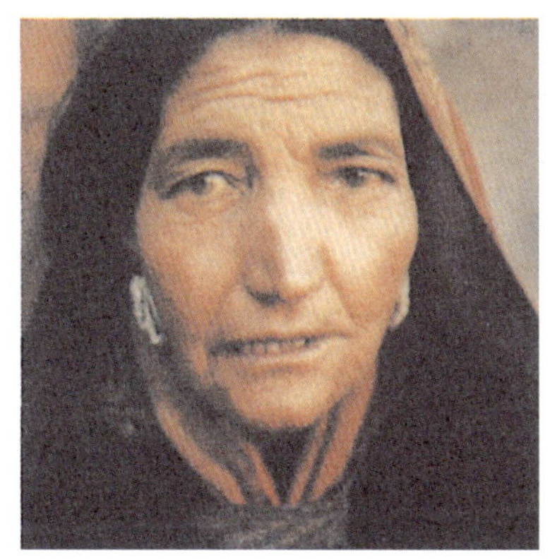

하테마 바누 36세

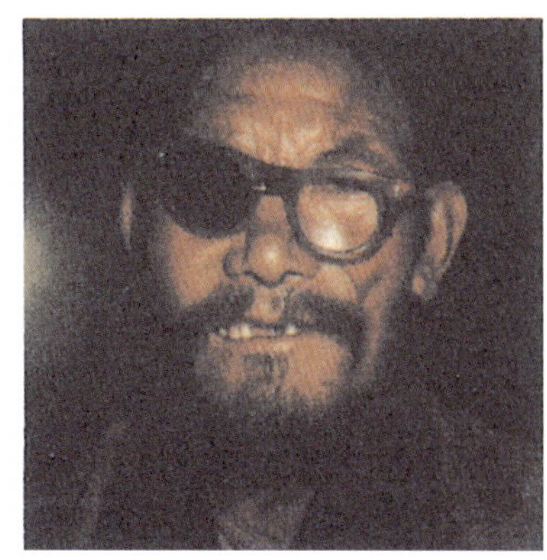

하르단 무톱 58세

서 언제나 묘하게 요염한 자태로 기도를 드리는 늙은 호색녀 파테마 누르키.

천상신 무유루를 맞이하기 위한 하늘 밧줄을 2킬로미터나 엮었고 지금도 계속 엮고 있어서 사람들로부터 그 상품성을 주목받고 있는 카르마 타히.

그 밖에 생명의 환희를 완전무결한 웃음으로 표현하는 특질을 가진 자가 몇 명.

그리고 사람들에게 즐거움을 주는 단순한 멍청이가 몇 명.

부락에는 대개 그런 종류의 유쾌한 사람들이 있었다. 그리고 그런 사람들은 모두 재앙주의 안광에 닿아 정신이 이상해졌다고 여겨졌다. 그러나 내가 보기에는 오히려 그 명랑한 사람들이야말로 이 부락에서 정상인으로 간주되는 대다수 사람들의 단조로운 삶에 생명의 활기를 불어넣는 존재였다. 막연하고 게으른 나날을 보내고 있는 정상인들보다 그 나름의 효력 의식에 눈뜬 망령 든 사람이 이 세상의 생명 존재로서 보다 우위에 있다는 생각이 들었다. 그리고 그런 실성한 사람들이 지배하는 어떤 불가사의한 생명의 활기는 침투력 있는 정신적 전염병 원인균처럼 극히 평범한 사람들의 생명체 안에 숨어들어 저 재앙주를 포함한 부락의 모든 사람들이 살짝 실성한 듯한 양상을 빚어내도록 만들고 있었다.

살아 있는 신 같은 우상을 만드는 것은 티베트 고대로부터 이어져온 전통적인 풍습이니 이 부락 사람들만이 정신의 병에 걸렸다고는 할 수 없다. 또한 한때 진짜로 살아 있는 신과 같은 능력을 발휘한 자가 있었을지도 모른다. 다만 이 부락을 보면서 당연히 드는 생각은, 이들의 보상받지 못하는 삶 속에 살아 있는 신이 출현한다고 해도 왜 중생을 구제하는 관음 같은 신은 나타나지 않고 재앙신만 나타나느냐는 것이다. 이런 모순에 찬 인간 세상의 얼개에는 사람 머리로는 이해할 수 없는 어떤 신들린 힘이 작용하고 있는 듯해, 나 같은 자가 끼어들어 살아 있는 자모慈母 관음 같은 신을 만들자느니 하는 어설픈 제안은 못 할 것 같다. 그래서 이대로 보고 있자, 이 약간은 변종인 생명의 선율을 연주하는 사람들의 삶의 방식을 있는 그대로 잠자코 지켜보자고 생각했다.

나는 보름달과 황금 물고기와 우선 고등의 노래를 부르는 미친 여자, 창촉 돌마의 집 근처의 빈집인지 폐가인지 분명치 않은 돌로 지은 네모난 집에 몸을 의탁하고 있었다. 이 부락에는 특별히 허가를 얻어야 할 촌장 같은 사람도 없다. 이 티베트 어딘가에서 찾아온 오소리가 자연 발생적으로 생긴 동굴에 들어앉는 것 같은 형태로 나는 그 장소를 확보했다. 이 부락에 많고 많은 폐가 중 사람들의 물물교환이 이루어지는 부락 광장에서 떨어진 비교적 불편한 서쪽 변두리의 폐가를 고른 것은, 처음 그 근처를 지날 때 저 졸졸 흐르는 시냇물 소리처럼 황금 물고기의 노래가 들려왔기 때문이다.

창포 강은
황금빛 태양
황금빛 빛 흐르고
황금빛 산 비치고
그곳에 황금 물고기가
헤엄치고 있다네

창포 강은
황금빛 마타라 나무
황금빛 우라가사라 향기 흐르고
황금빛 연꽃 비치고
그곳에 황금 물고기가
헤엄치고 있다네

창포 강은

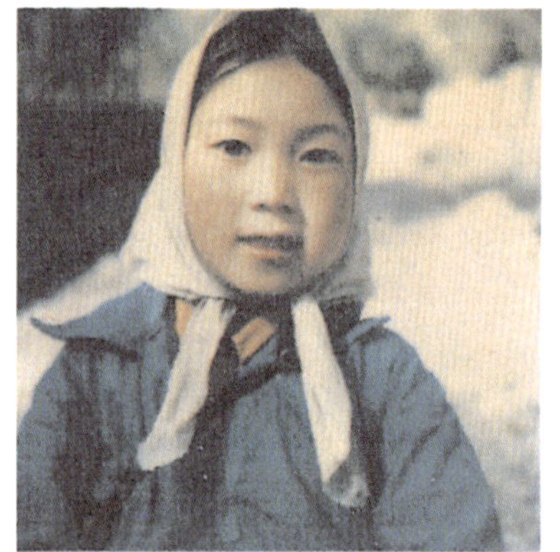

루루 테디

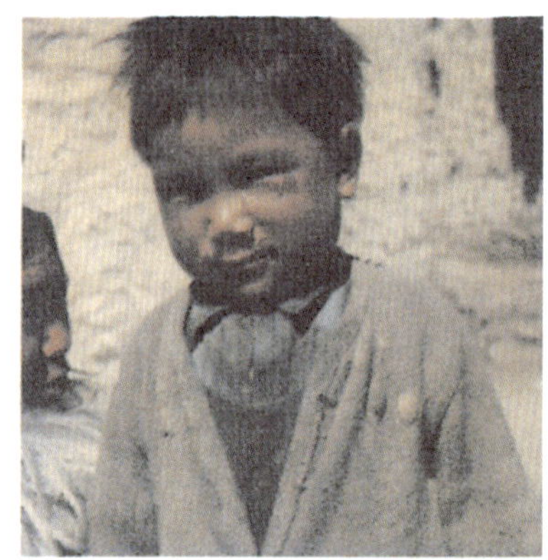

릭진 왕축 3세

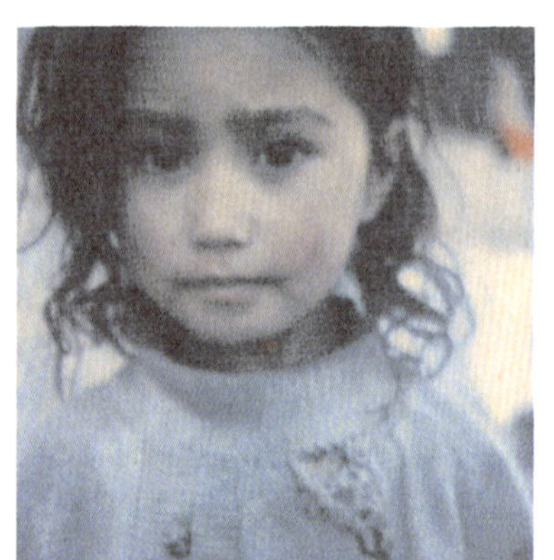

사키나 파노 5세

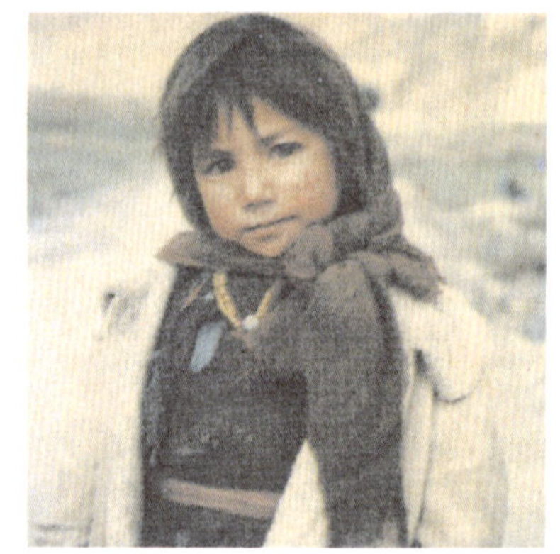

제납 4세

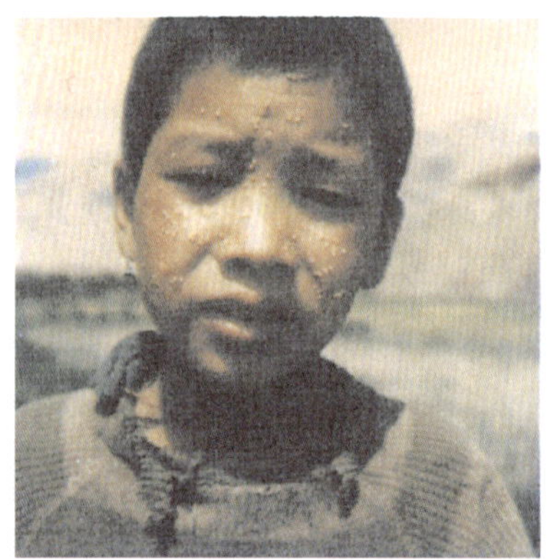

울면서 말하지 않음

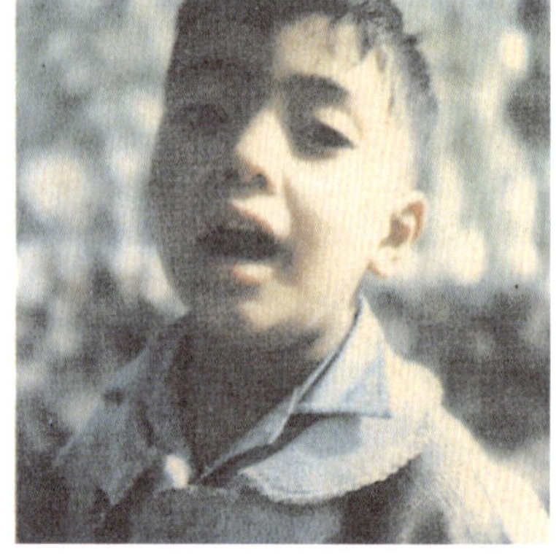

하키 하라이

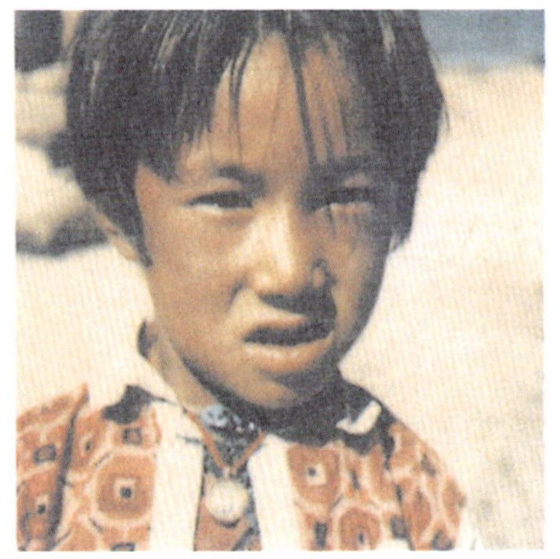

이름도 나이도 말하지 않음

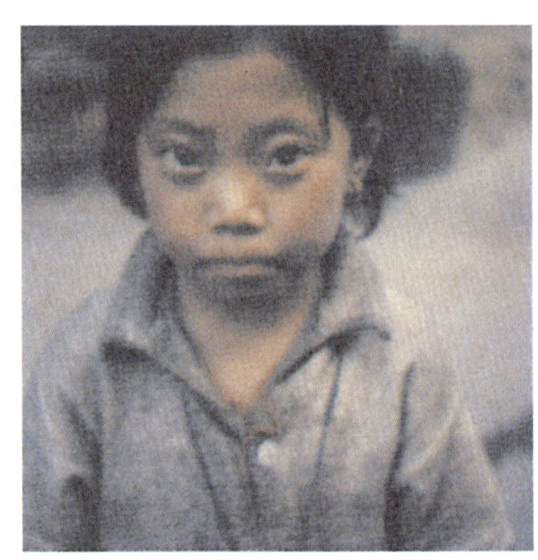

체링 돌마 10세

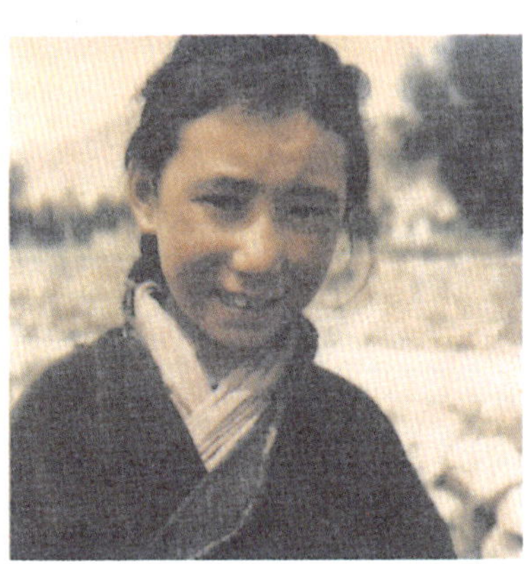

카르마 돌마 8세

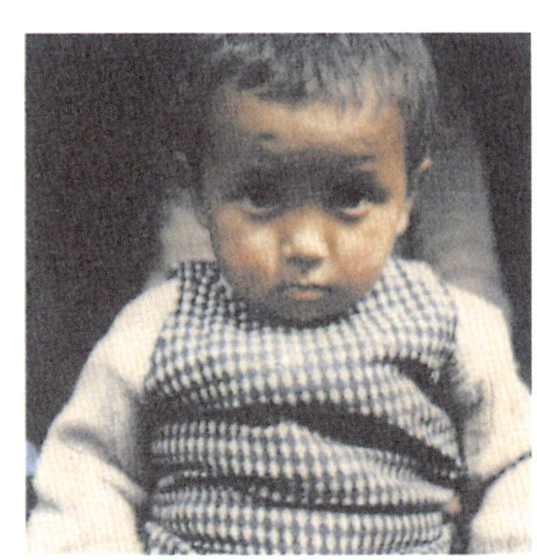

다리 체링 2세

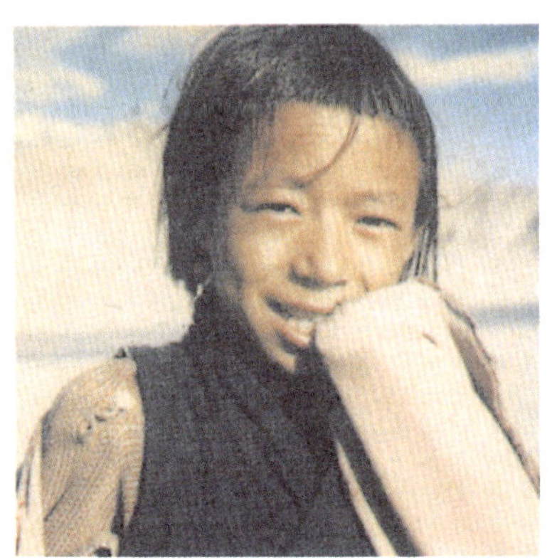

돌마 체링 12세

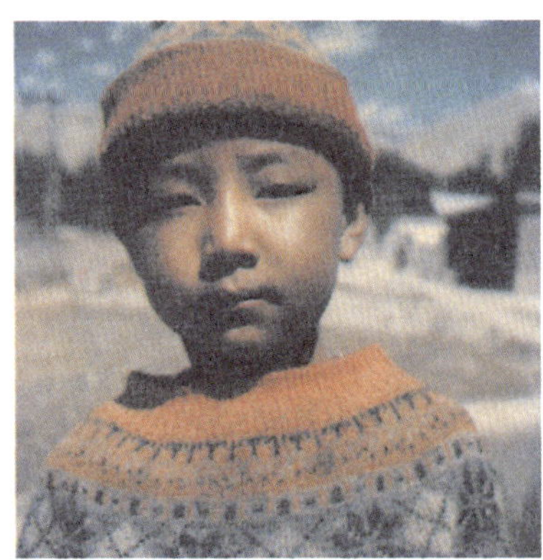

소남 톤둡 7세

황금빛 살리카 물새

황금빛 나그라 물새 흐르고

황금빛 강바닥 모래 비치고

그곳에 황금 물고기가

헤엄치고 있다네

이 부락에는 개들이 몹시 많았는데, 내 집 근처에 대단히 진기한 종류의 성견이 한 마리 있었다. 온몸에 털이 없다. 이 부락에는 특이한 것이 많으니 이 개도 나름대로 기이한 별 아래 태어났나 보다 생각했는데, 자세히 보니 코끝에서 꼬리 끝까지 온몸이 습진으로 덮여 있었다. 병 걸린 개라고 생각하고 보았더니, 역시 개라는 동물은 털이 없으면 기운이 없는 모양인지 언제나 집 담벼락 사이에 들어앉아 좀처럼 나올 생각을 않는다. 간혹 불쑥 나오더라도 애물단지처럼 축 늘어진 울툭불툭한 꼬리는 죽은 듯이 움직이지 않는다. 전신이 다 가려운지 몸을 부르르 떨지만 어디를 긁어야 좋을지 몰라 쩔쩔맨다. 온통 제 몸에 정신이 팔려 다른 것은 염두에도 없기 때문에 극도의 자폐증에 걸린 것처럼 보인다. 내가 발견했을 무렵에는 죽을 날이 멀지 않았는지 하루가 다르게 쇠약해져 제대로 짖지도 못하고 음식을 주어도 잘 먹지를 않았다. 사람들은 그 개가 재앙주 남자에게 짖거나 물거나 덤볐을 거라며 개의 병에까지 미신을 끌어다 댔다. 나는 "너, 그 남자에게 덤벼들었어?" 하고 개에게 물어보았다. 개는 털이 없는 얼굴을 들어 잠시 맥없이 몽롱한 눈으로 나를 보았다. 나는 개의 병을 고칠 방법을 궁리했다.

　나는 빨간약(머큐로크롬)을 한 병 가지고 있었는데, 그것을 개의 몸에 바른다면 한 병으로는 모자랄 것이고 또 그것을 발랐다고 해도 약효를 보지 못하고 개가 죽어버릴지도 모른다. 개도 결국 죽을 바에야 부동명왕의 사생아처럼 온몸을 시뻘겋게 물들인 채 죽느니 지금처럼 털 없이 맨살로 죽고 싶을 것이다. 그래서 그 방법은 포기했다. 부락에는 집 벽에 칠하는 석회가 많은데, 나는 이것을 활용해보기로 했다. 여행 중에 읽은 『한의지오경漢醫之五經』이라는 소책자의 피부에 생기는 병 항목에 석회수 1, 참기름 1, 물 2의 비율로 섞은 것이 피부병에 잘 듣는다고 나와 있었기 때문이다. 참기름이 없어 대신 식용유로 그 석회 연고를 만들어 사흘 정도 개의 몸에 발라주었더니 꼬리를 움직였다. 개의 꼬리는 털과 마찬가지로 중요하다. 꼬리를 조금이라도 움직인다는 것은, 사람이 맹장 수술 후 항문에서 설기가 있는 것을 보고 완쾌로 여기는 것처럼 개가 생기를 회복했다는 뜻이다.

나흘 뒤, 음식을 주었더니 배가 고픈지 힘차게 꼬리를 흔들며 다가왔다. 배가 고프다는 것은 살겠다는 힘이 생긴 것이고, 집 없는 개는 배가 고프면 살아갈 수 있다. 그래서 나는 그 개를 본래의 야생에다 버렸다.

사흘째 되는 날, 노래 미치광이인 창촉 돌마가 황금 물고기 노래를 부르면서, 석회 칠갑을 한 채 생기를 되찾은 그 개를 보러 왔다. 그리고 기묘한 것을 본 기쁨에 휩싸여 한 옥타브나 음정을 높여 노래를 부르며 돌아갔다. 그 후 곧바로 창촉 돌마의 아버지인 니마 톤둡(이 지역은 가족 별성이다)이 찾아와 생기 넘치는 흰 개가 예전의 그 털 없는 빈사의 개라는 것을 확인하고 감개무량한 얼굴로 돌아갔다. 이튿날 저녁 무렵에 많은 얼간이들을 포함한, 보기에도 쇠약하고 생기 없는 십 수 명의 남녀노소가 내 집 앞에 둘러서서 끈끈한 눈길로 집 안 동정을 살피고 있었다. 창촉 돌마와 그 아버지 니마 톤둡이 우선右旋 고둥의 노래를 부르면서 신의 가르침에 따라 부락을 오른쪽으로 돌며 흰 개에 대한 소문을 퍼뜨리고 다녔던 것이다. 앓아누운 부락의 병자들이 앞장서고, 얼간이들이 병자를 구실삼아 들놀이라도 가는 기분으로 따라나서고, 털이 빠지지 않은 너덧 마리의 개까지 니마 톤둡의 뒤를 졸랑졸랑 쫓아오는, 참으로 얼빠진 그러면서도 어딘지 모르게 밝고 흥겨운 분위기의 대열을 지어 찾아온 것이다.

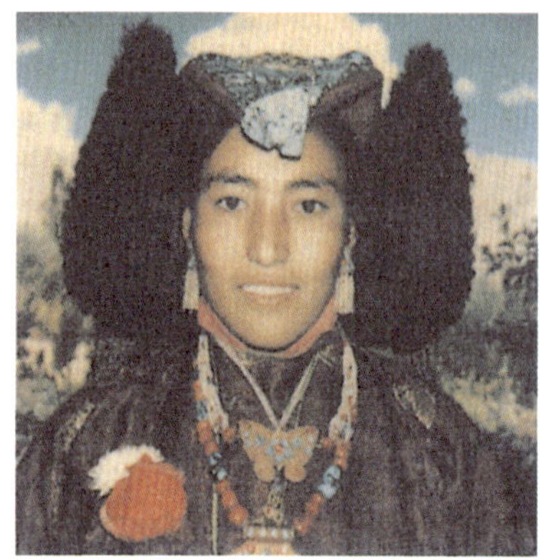

체링 돌카르 21세

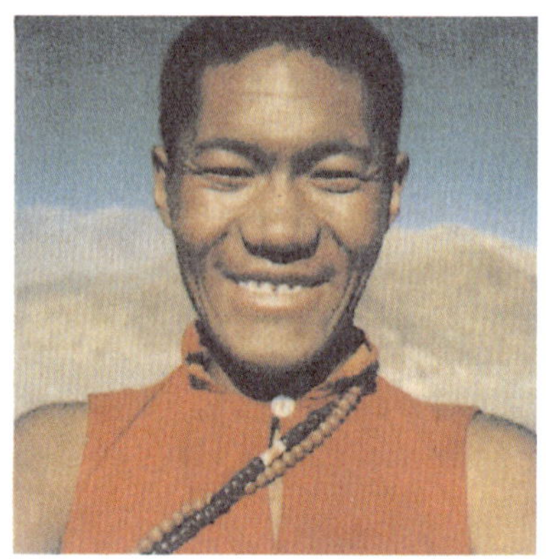

카르마 쇼두 31세

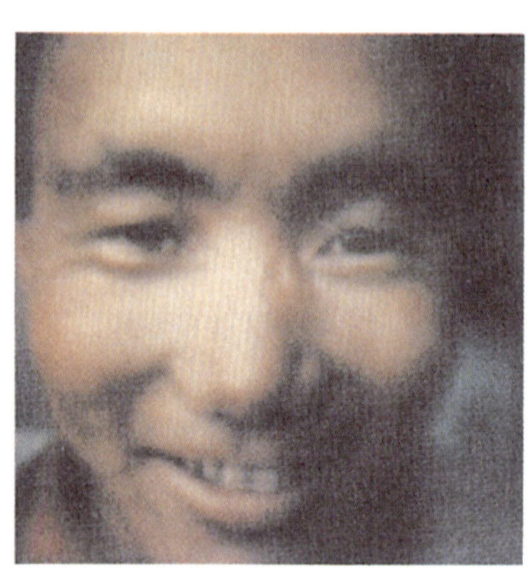

말을 못해서 알 수 없음

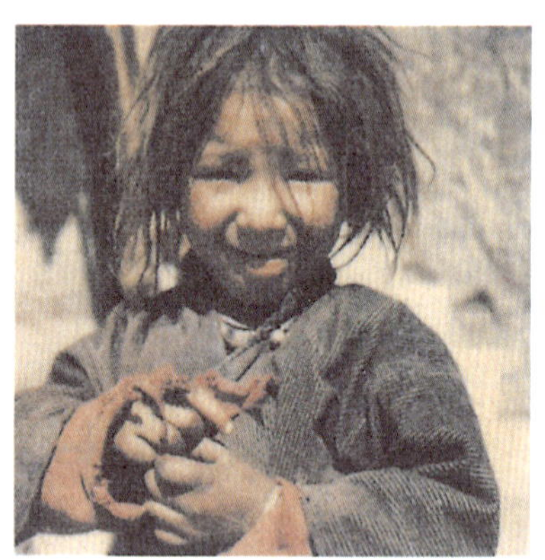

타시 팔모 6세

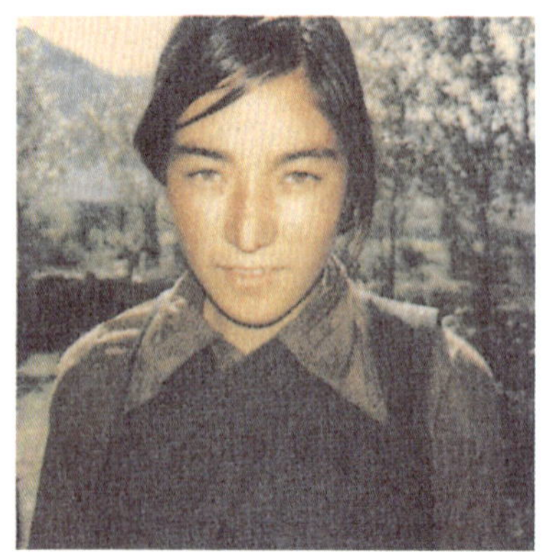

체왕 돌마 16세

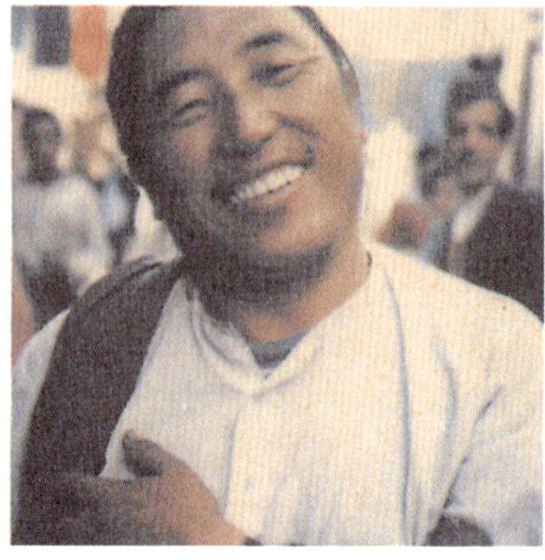

베 로 45세

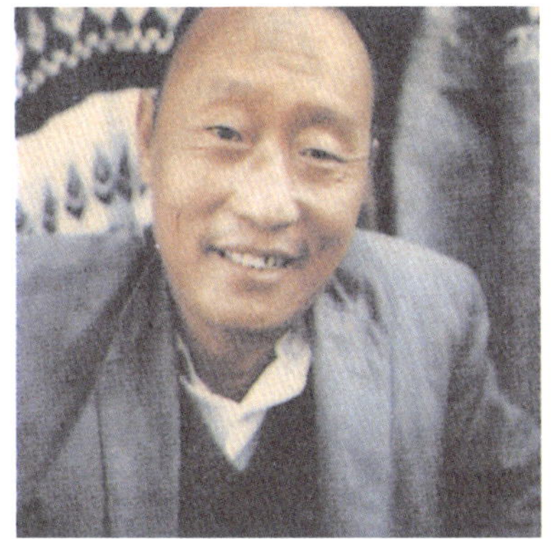

하피 아즈라 38세

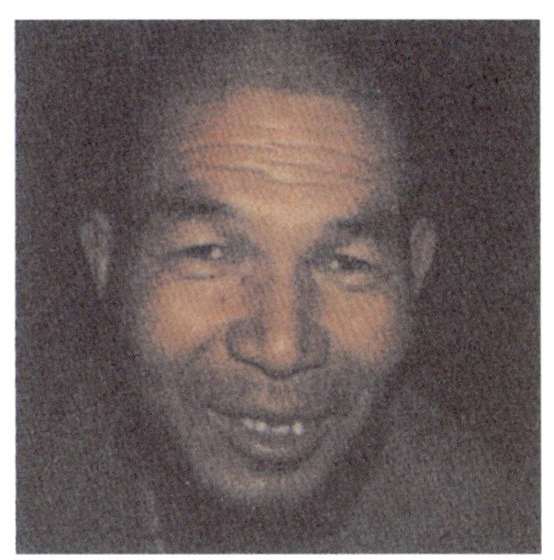

골람 나비 40세

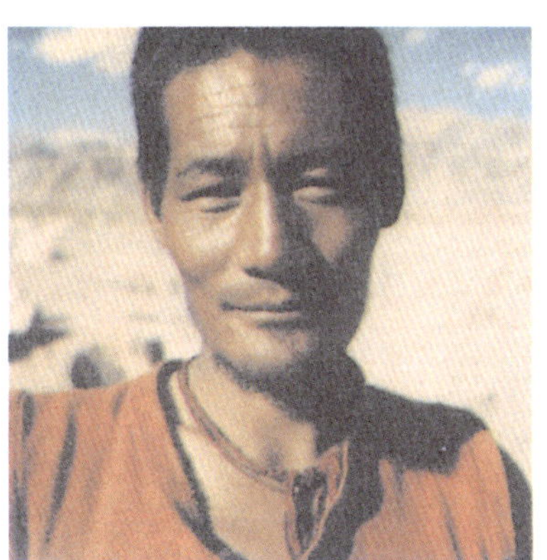

시두 우룬두 도르제 40세

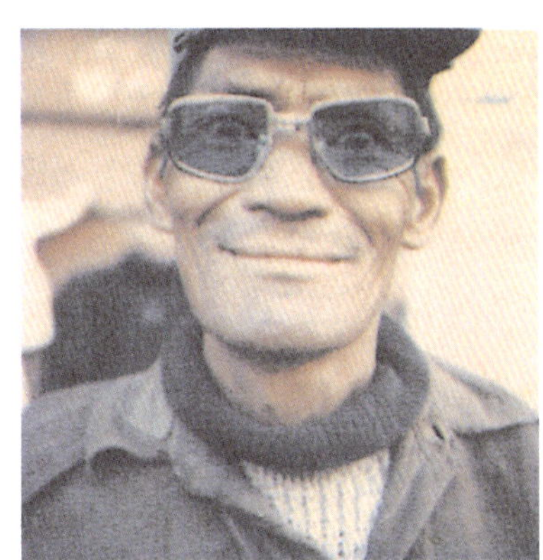

소남 타시 48세

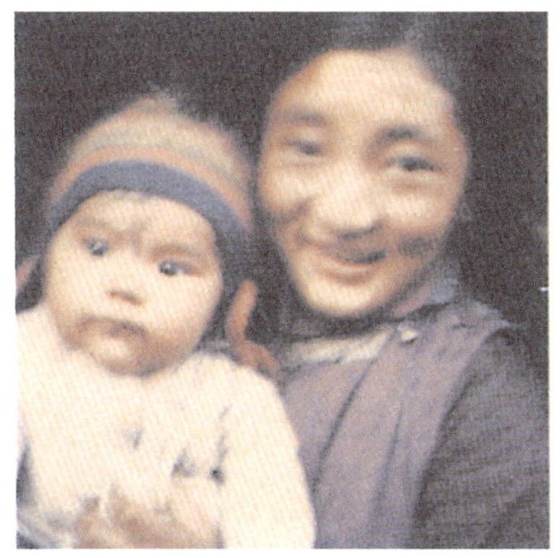

타시 돌마 22세

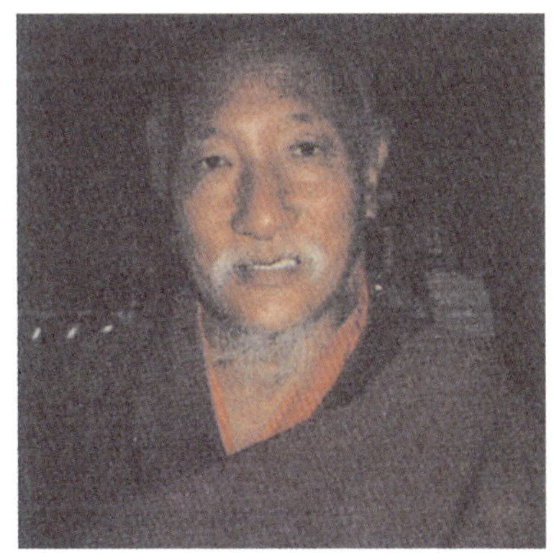

툭체 린포체

삶의 환희를 완전무결한 웃음으로 표현하는 얼간이 둘이 손에 손을 맞잡고 있고, 그 웃는 얼굴 사이로 뺨이 홀쭉하고 낯빛이 흙색인 폐 염증을 앓는 자가 보인다. 그 옆에는 하반신 마비의 뇌경색인 자가 흐리멍덩하게 웃고 있는 남자 아이 등에 매달려 있다. 뇌경색인 자의 비쩍 마른 다리를 핥고 있는 검정 얼룩 개. 자신을 간질병 환자라고 주장하는 남자가 수전증을 보이는 알코올 중독자를 데려와 앞자리를 차지하고 있다. 극도의 난청인 자가 간질병 환자라는 남자의 머리를 덮을 정도로 귀를 앞으로 쑥 내밀고 있다. 그리고 일 초마다 표정을 바꾸며 혼자 희로애락을 연기하는 것처럼 보이는 안면신경증을 앓는 자. 그 천변만화하는 얼굴을 넋을 놓고 쳐다보고 있는 아이. 붉은 테 안경을 쓴 것처럼 보이는 중증의 각막염 환자. 식욕이 없는 단순한 영양실조자. 입을 쩍 벌리고 천공을 바라보고 있는 인두염을 앓는 자. 개와 비슷한 습진을 앓고 있어서 희망에 찬 눈빛으로 이쪽의 동향을 살피는 자. 산달을 맞았는지 배가 남산만 한 임부가 뒤쪽에서 까치발을 하고 서 있기에, "당신은 어디가 아픈 거요?" 하고 물었더니, 자신도 왠지 관련이 있을 것 같아 애매한 기분으로 행렬을 따라나섰던 이 젊은 여자, 횡설수설하며 수줍어할 뿐.

사람들은 이런 병자들에 대해서도, 부락의 정신 나간 자들과 마찬가지로 저 재앙주 남자와 어떤 인과관계가 있어서 병에 걸렸다고 여겼다. 재앙주의 그림자를 밟으면, 혹은 꿈속에서라도 그 남자의 그림자를 여러 번 밟으면 그 정도에 따라 병의 악귀가 들러붙게 된다는 것이다.

나는 약을 나눠주거나 해서 병을 앓는 이 사람들을 대충 안심시킨 후, 며칠 전 저 털 없는 개에게 물었던 것처럼 물어보았다. "당신들도 그 남자의 그림자를 밟았어요?" 대부분의 사람은 밟은 것도 같고 밟지 않은 것도 같다는 애매한 표정을 지었다. 꿈속에서 일어난 일을 온전히 기억하는 사람이 어디 있을까만, 그렇다고 해서 밟았다는 확신도 없다. 밟지 않았다고 생각하면 왜 자신이 이런 병에 걸렸는지 납득이 가지 않는다. 세상 모든 일은 보이지 않는 인과의 끈으로 이어져 있다는 역사적 인식을 가진 그들로서는 병이 아무런 이유도 없이 갑자기 사람 몸에 들러붙는다는 것은 생각할 수도 없는 일이다. 그런데 그림자를 밟지 않았다고 나선 자가 둘 있었다. 예의 각막염을 앓는 젊은 남자가 눈가를 한층 더 붉히면서, "나는 부락 변두리에 살아서 어지간해서는 저 재앙주 남자를 만나지 않는 데다, 더러 멀리서 절은 해도 근처에 안 가려고 얼마나 조심하는데요. 그러니 아무리 꿈속이라고 해도 그림자를 밟을 만큼 가까운 곳에 나타날 리가 없어요" 하고 말한다. 그때 각막염 남자와 관계가 있는 듯한 여자가 나서더니 남자를 달래듯이, 신 앞에 맹세하듯이 조심스런 태도로 설명했다. 여자의 말에 따르면, 각막염 남자가 병을 앓은 이래 자신은 절대 재앙주의 그림자를 밟지 않았고 멀리서 본 적밖에 없으니 꿈속에서 그렇게 가까이 나타날 리가 없다고 조금은 납득할 만한 논법을 내세우며 고집을 부리는지라, 문득 남자의 말이 맞는 것 같다고 느낀 여자가 마음을 단단히 먹고 재앙주를 찾아가 집 밖에서 그 의문에 관해 문의를 했다고 한다. 상당히 장시간에 걸친 침묵과 고뇌 끝에 재앙주가 전한 계시는, 각막염 남자의 어떤 먼 선조가 재앙주의 어떤 먼 선조의 그림자를 밟았다는 것이다. 여자는 그 말을 황송스럽게 받들어 납득하고는, 각막염 남자에게 재앙주에게 자꾸 맞서면 이번에는 눈이 멀어버릴지도 모른다고 줄곧 타일렀다고 한다. "남편이 내가 자기 말보다 다른 남자 말을 더 믿는다면서 심사가 뒤틀려 이렇게 많은 사람들 앞에서 또다시 천벌 받을 소리를 하고 있으니 지금 당장이라도 눈이 멀어버린 거예요!" 여자는 떨리는 목소리로 혹은 질타하듯 격앙된 어조로 말했다. 그러자 각막염 남자도 흥분해서 원망이 가득한 목소리로 "다음번에 그 재앙주 녀석을 만나면 엉덩이를 걷어차서 나한테 또 어떤 재앙이 닥치는지 한번 봐야겠어!" 하고 얼토당토않게 신심 없는 뒤숭숭한 소리를 내뱉었고, 그 자리에 있던 사람들은 두려움에 떨며 술렁거리기 시작했다. 폐병 환자는 안색이

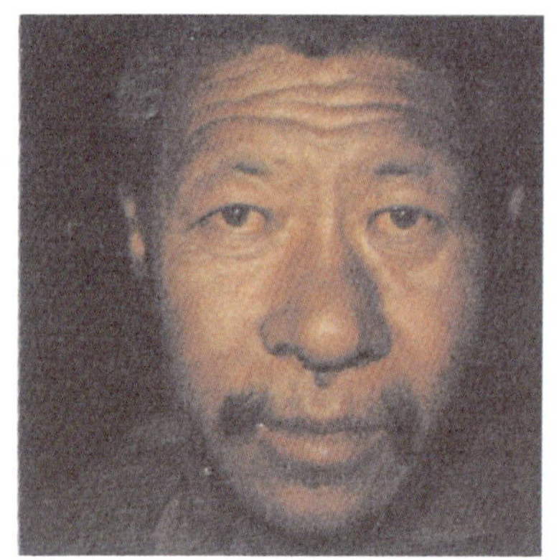

소남 랍게 45세

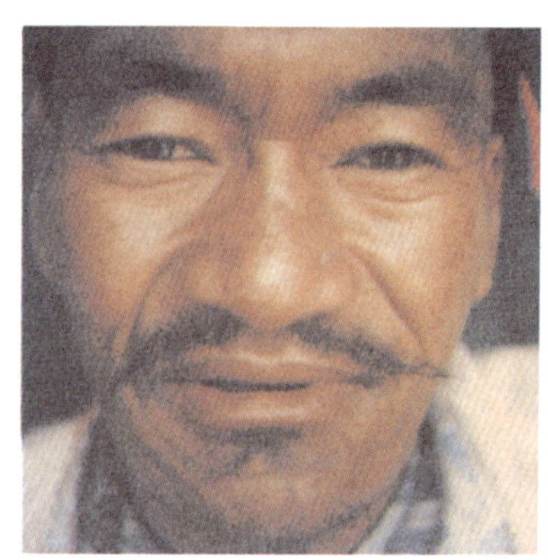

로스투 쟝리 약 50세

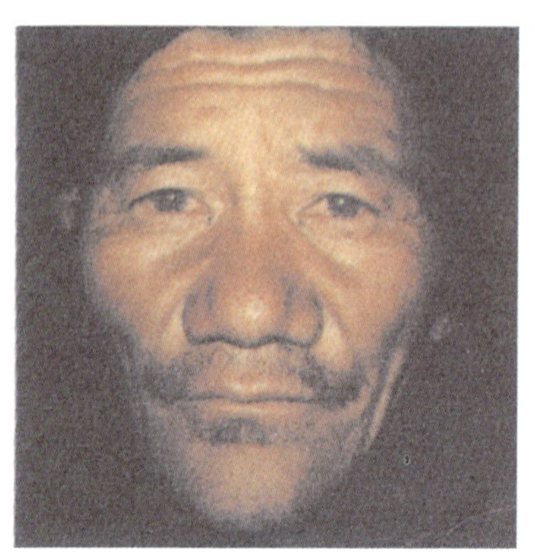

니마 톤둡 54세

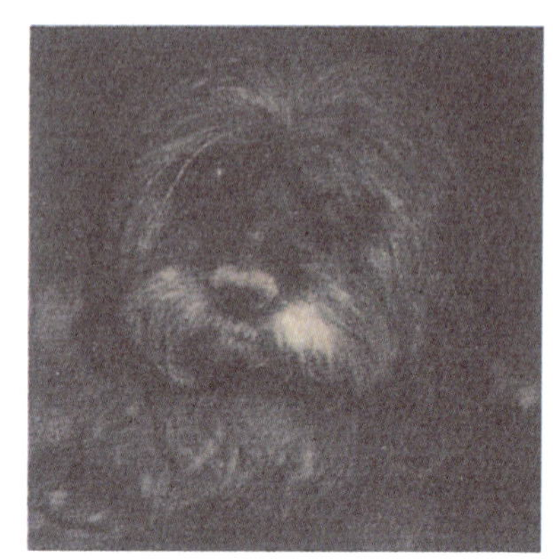

키 아브릭 5세

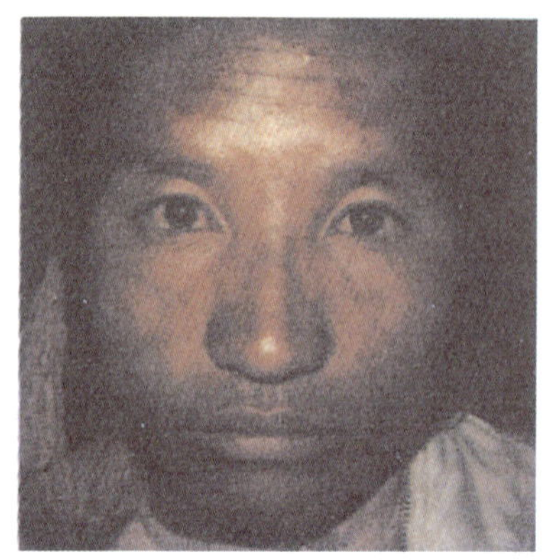

소남 독파 25세

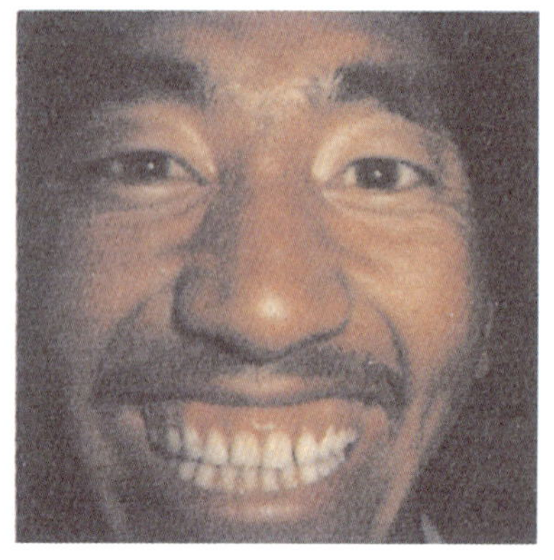

체링 타시 20세

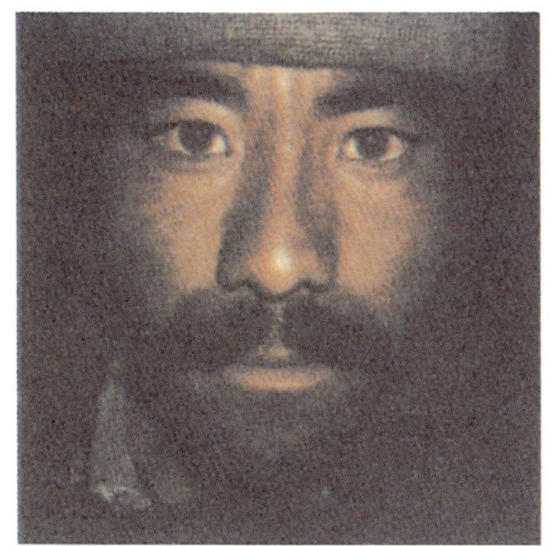

체링 몰춥 30세

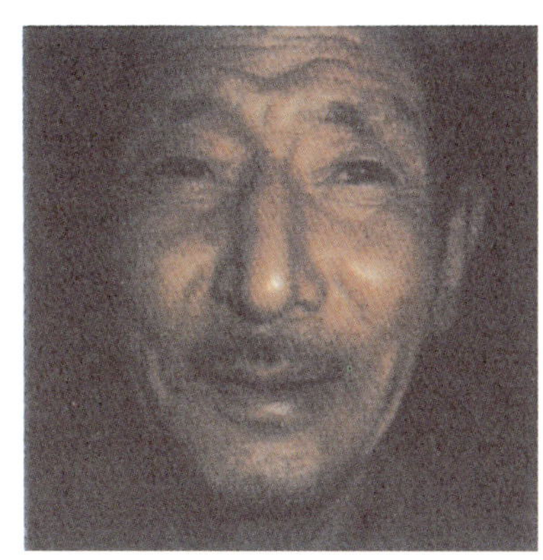

술탄 마호메트 62세

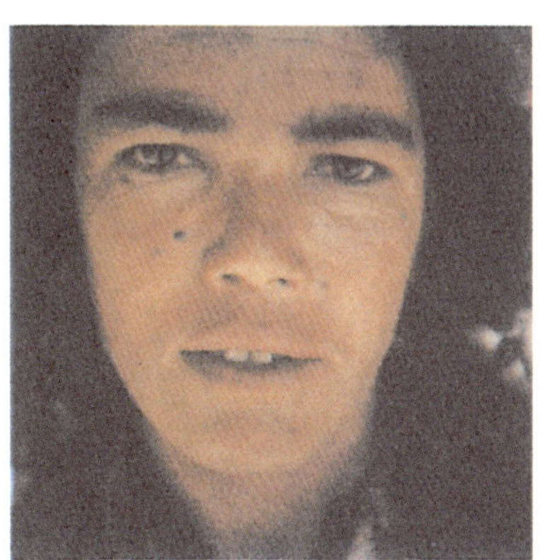

릭진 돌마 30세

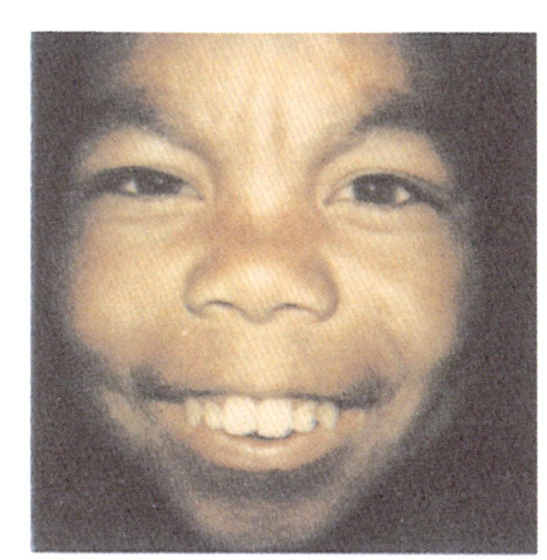

체링 왕축 20세

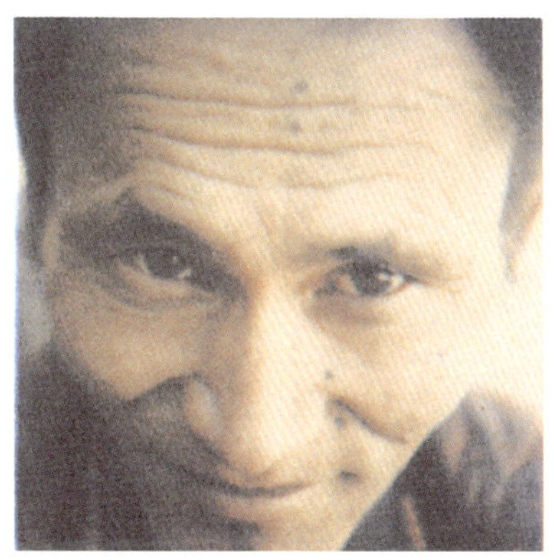

카루지 40세

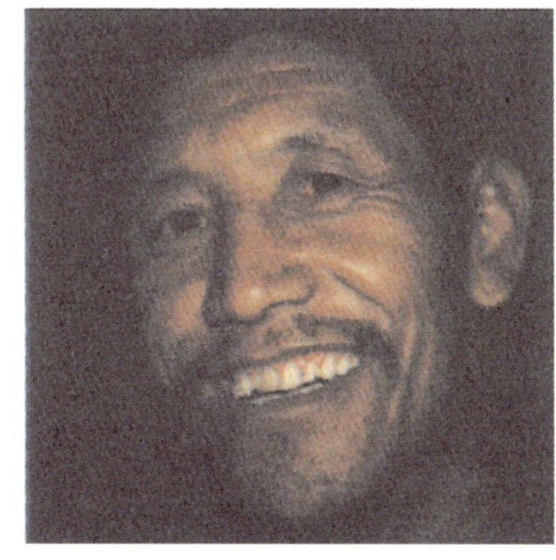

파상 체링 45세

새파래지고, 알코올 중독자 남자는 온몸을 떨며 술을 찾아대고, 안면신경통 남자는 얼굴이 마비된 채 움직이지를 못하고, 영양실조자는 맥없이 비슬비슬 주저 앉아 돌아가는 상황을 지켜보고, 난청자는 영문을 몰라 사람들의 얼굴을 살피느라 여념이 없다. 그 와중에도 삶의 환희를 완전무결한 웃음으로 표현하는 두 사람만은 분위기에 어울리지 않게 환한 미소를 짓고 있다. 그때 머리가 큰 간질 환자라는 남자가 온전한 정신으로 "나도 그림자를 밟지 않았어요!" 하고 목청을 높이며 사람들 앞으로 나섰다. 보아하니 그 남자의 아버지인 듯한 노인이 옆에서 필사적으로 아들의 어깨를 잡아 누르며 말리고 있다. 이 난데없이 큰 목소리에 사람들이 동작을 멈추고 지켜보는 가운데, 간질을 앓는 남자는 아버지에게 저항하면서 외쳤다. "나는 태어날 때부터 간질을 앓았어요! 뱃속에서 어떻게 밖에 있는 사람 그림자를 밟을 수 있단 말이오? 내 병은 시초를 밝히자면 지금 나를 붙들고 있는 우리 아버지 때문이에요!" 남자의 말로는, 그 아버지가 여간 여자를 밝히는 게 아니어서 아내가 임신해 예닐곱 달이 지났을 때 "나는 이런 못생긴 여자한테 장가 든 적 없어" 하면서 매달리는 아내의 배를 걷어차고는 다른 여자에게 가버렸다고 한다. 그때 그 뱃속에 들어 있던 것이 자신이며, 그 때문에 간질병에 걸렸다는 것이다. 남자가 한층 더 거친 어조로 말하기를, 그 아버지가 다른 여자를 임신시킨 후 그 여자에게도 정이 떨어져 산달을 맞은 어머니에게 돌아온 것은 잘한 일이지만, 자신과 어머니가 출산의 고통에 몸부림치고 있을 때 이 남자(아버지)는 창(술)을 잔뜩 마시고는 염주도 돌리지 않고 순산을 기원하는 경도 한 줄 외지 않고 잠들어버렸다는 것이다. 남자가 그렇게 말하며 덤벼들자 이번에는 그 아버지가 열이 뻗쳐 "태어나기도 전인데 내가 창을 마시고 염주도 안 돌렸다는 걸 네가 어떻게 알아? 제 어미가 하는 못된 말만 믿다니, 고얀 녀석!" 하고 고함을 지르며 아들 머리를 때린다. 아무래도 아들의 지병은 그 아버지의 나쁜 손버릇 때문인 듯한데, 아들은 벌써 간질의 징후를 보이며 사지를 버둥거리기 시작했다. 창, 창 하는 말이 계속 나오자 흥분한 알코올 중독자 남자가 막무가내로 옆 사람 목을 붙잡고 늘어지며 "창 내놔! 창 어디 있어!" 하고 부르짖으며 날뛰기 시작한다. 사람들이 영문 모를 혼란 속으로 빠져들면서 개가 짖고, 아이가 울고, 혹은 화내고, 기도하고, 웃고 있는데, 한 남자가 앞으로 나와 엉뚱한 쪽을 가리키며 분위기를 제압하듯 큰 소리로 외쳤다.

"지금 이 자리에서 일어난 일은 다 알고 계실 테니, 누가 잘했고 누가 잘못했고는 훗날 판가름이 날 거요!"

남자의 말에 일순 사람들은 몸을 움츠리며 입을 다물더니 남자가 가리키는 쪽을 두려운 듯 곁눈질했다. 남자가 가리키는 부락 너머에는 산이 있었다. 저 핏빛의 바위산. 사람들은 그것을 보고 있었다. 바위산은 사람들의 집들을 위압하듯 우뚝 솟아올라 서쪽 지평으로 스러져가는 아련한 석양을 받고 있었다. 산 아래쪽 절반은 이미 그림자 속에 들어가 있었다. 바위산 서쪽 면의 불그스름한 암벽이 석양에 심홍색으로 물들어 있었다. 거친 바위 면의 균열은 바로 옆에서 석양을 받아 한층 더 검게 패어 있었다.

몇몇 사람이 그것을 보면서 작게 중얼거렸다.

옴마니반메훔.

옴마니반메훔.

옴마니반메훔.

"판가름이 날 거요!" 하고 외쳤던 남자가 사람들을 몰아붙이듯 큰 소리로 "옴마니반메훔!" 하고 말했다. 알코올 중독자가 두 남자에게 덮쳐 눌린 채 모래를 씹으며 말없이 몸부림치고 있었다.

옴마니반메훔, 옴마니반메훔, 옴마니반메훔 하고 중얼거리는 소리가 여기저기서 들려왔다. 간질 아들을 때리던 아버지가 아들을 부축하며 바위산이 보이지 않도록 몸을 숙이고 있었다. 눈가가 붉은 남자는 입을 꾹 다물고 불만스러운 표

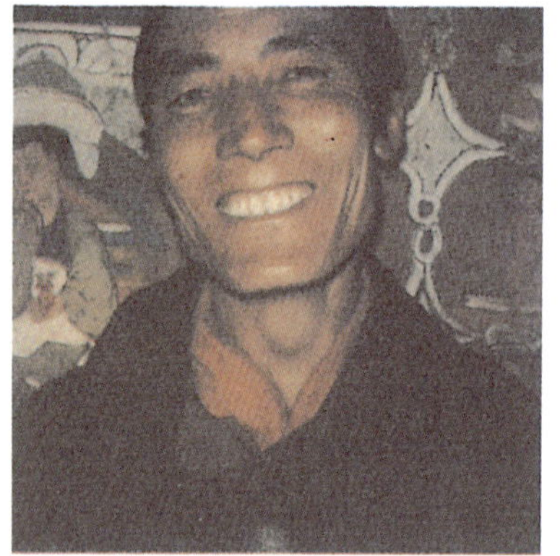

춥탄 카톱 30세

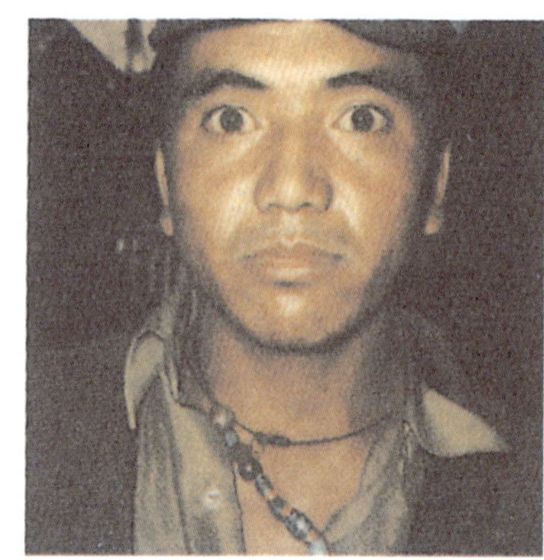

체링 도르제 25세

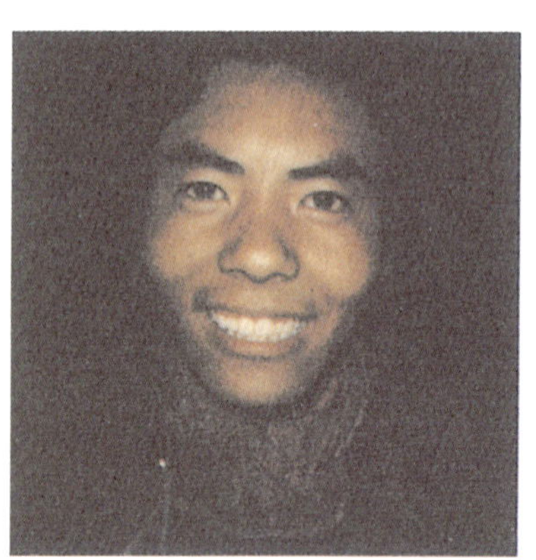

콘촉 릭진 12세

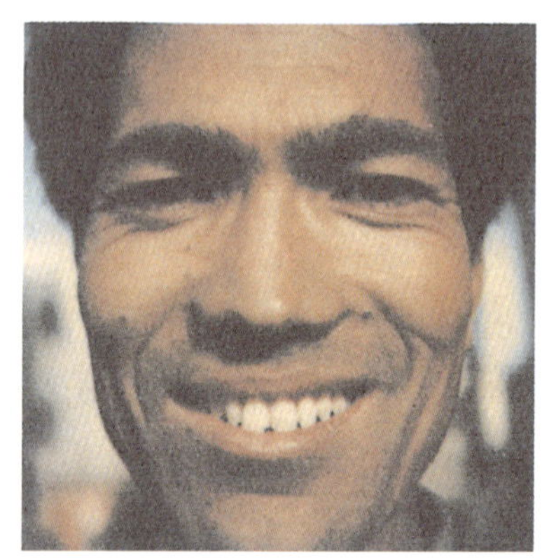

롭상 도르제 35세

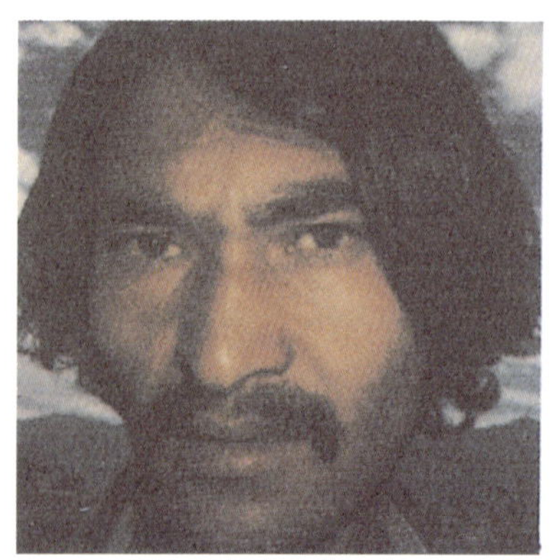

니사르 라히 28세

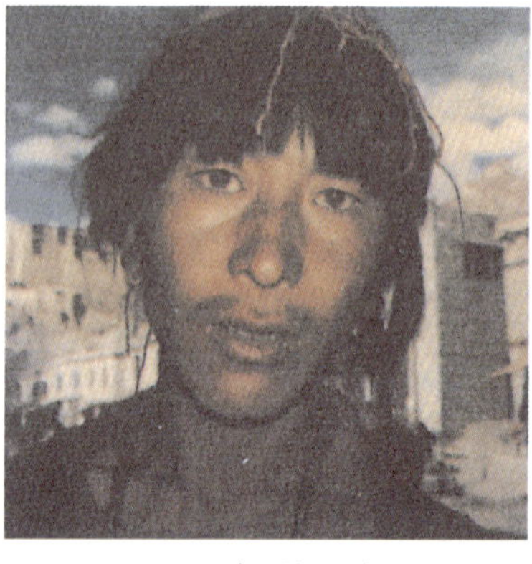

도르제 궁두 32세

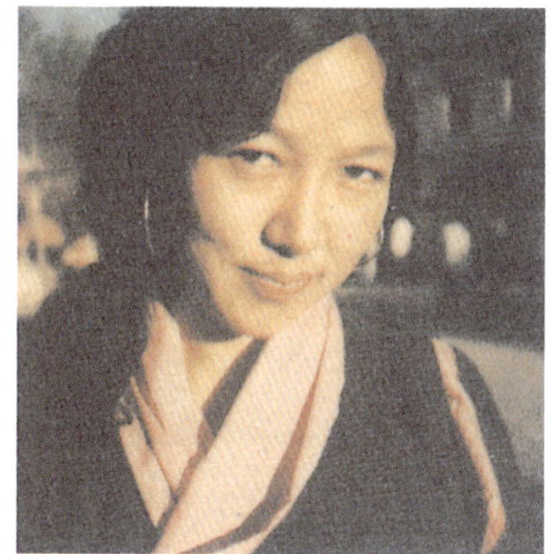

체링 왕모 30세

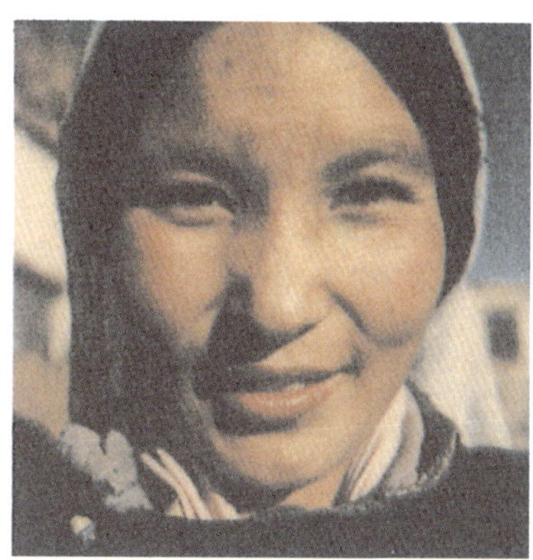

하테메 24세

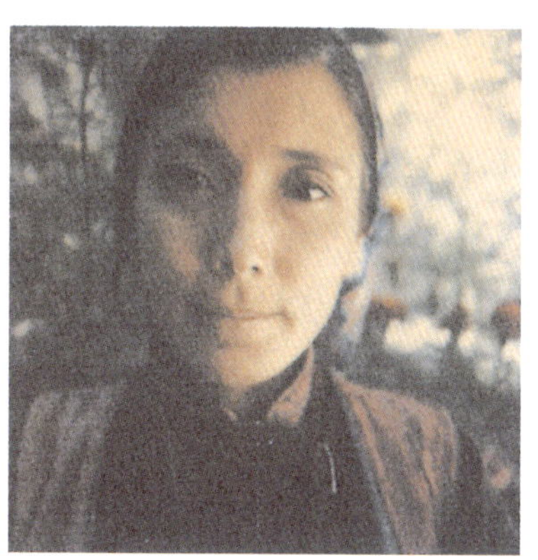

파르 바티 38세

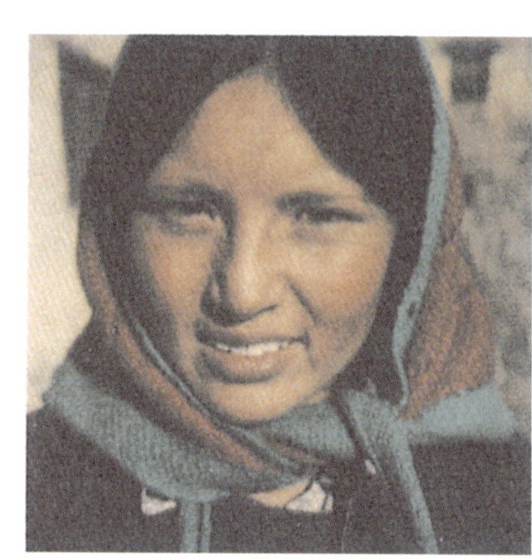

자이라바노 20세

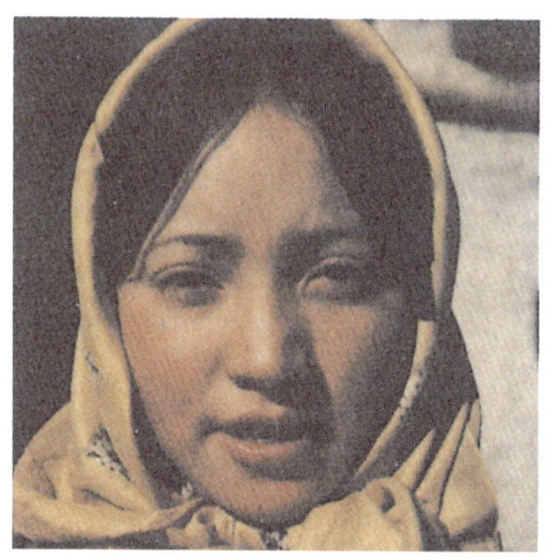

나르기스 카퉁 15세

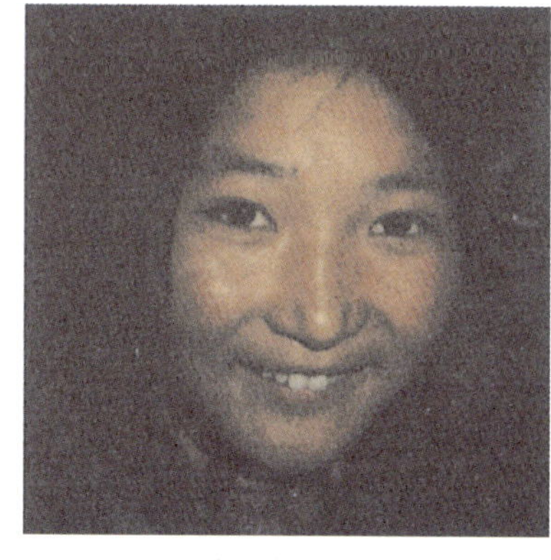

루이스 자그모 19세

정을 짓고 있다. 저녁의 푸른 어둠 속에서 병을 앓고 있는 자들의 생기 희미한 얼굴이 더욱더 창백해 보였다. 완전무결한 미소의 구현자가 청아한 미소를 지으며 사람들이 바라보는 쪽을 보고 있었다. 멀리서 창촉 돌마가 부르는 높은 가락의 보름달의 노래가 들려왔다.

　사람들은 저 핏빛 바위산을 재앙주 남자와 마찬가지로 겁내고 있었다. 이 부락에서는 집 안에 들어가거나 어디 숨지 않는 한 어디서든 바위산이 보였다. 말하자면 언제나 저 바위산이 사람들의 행동을 지켜보고 있는 것이다. 사람들은 그 바위산을 '상방신上方神 강하降下의 신령神嶺'이라는 길고 신비스런 이름으로 불렀다.

　'상방신 강하의 신령'이라는 이름의 바위산은 '퓨츠'라는 음성인지 언어인지 분간하기 힘든 기묘한 이름으로도 불렀다. 사람들의 일상에 등장하는 바위산의 이름은 모두 '퓨츠'였다. 두 음절을 바짝 붙여 한 음절처럼 짧게 그리고 낮은 어조로 끝을 살짝 올리며 '퓨츠' 하고 말한다. 특별히 깊은 의미가 있는 것은 아니고 그저 감탄을 표현하는 말이다. 요컨대 '아아'라는 감탄사와 비슷한데, 바위산의 호칭으로 쓰이니 그렇게 해석하자면 '아아산'이라는 지극히 의미가 불명확한 산 이름이 여기에 출현한다. '아아'만으로는 아무것도 알 수 없다. '아아' 하고 말하면서 탄식하고 슬퍼하는지, '아아' 하고 말하면서 놀라는지, '아아' 하고 말하면서 뭔가 호소하는지 또는 대답하는지, 아니면 기쁨을 나타내는지 전혀 알 수가 없다. 그러나 이 부락 사람들의 그 바위산에 대한 일상의 언동을 살피고 '상방신 강하의 신령'이라는 정식 이름을 고려할 때, 나는 그 '아아'가 무엇을 의미하는지 충분히 이해한다. 그것은 신에 대한 감탄, 놀람, 호소, 두려움 혹은 호응, 기쁨, 때로는 노여움, 그 모든 인간의 감정을 담고 있는 듯하다. 사람이 가진 근본의 목소리라고 해야 할지, 아무튼 산의 이름이 인간이 지닌 근본의 목소리 자체라는 것은 대단히 멋진 일처럼 생각되었다.

이 '아아산'은 이십여 년 전까지는 '아아산(퓨츠)'도 아니었고 '상방신 강하의 신령'도 아니었다. 내가 처음 평지 저편에서 바라보았을 때처럼 그것은 이름 없는, 조금 특이한 색깔과 모양을 가진, 평지에 솟아오른 지괴처럼 보이는 작은 바위산에 지나지 않았다. 그러다가 이십여 년 전 어느 여름의 끝 무렵, 이 핏빛 바위산은 뜬금없이 '퓨츠(아아산)'라는 이름으로 불리게 되었다.

커다란 짐을 짊어지고 소와 산양과 개와 말을 이끌고, 그 여행에 지친 추레한 몰골의 불우한 순례자 같은 한 무리의 사람들이 입을 모아 '퓨츠' '퓨츠' 하고 말하며, 억눌린 깊은 감동에 휩싸여 그 작은 핏빛 바위산으로 다가갔을 때 비로소 그 바위산은 오천만 년 무명의 종지부를 찍었다.

바위산은 사람들이 그것을 발견하기 한참 전부터, 연산의 동쪽 계곡에 모습을 드러낸 그 여행에 지친 사람들 무리를 지켜보고 있었다. 사람들의 모습은 황폐하기 그지없었다. 이백 명이 넘어 보이는 그 군중은 질서 없이 흩어져 두세 명 혹은 일고여덟 명의 작은 그룹을 지어 10킬로미터씩 20킬로미터씩 길게 줄지어 이동하고 있었다. 거무스름한 너덧 명의 그룹이 불쑥 계곡 어귀에 나타나 동쪽 연산 자락의 가파르지 않은 광대한 사면을 지나 벌레처럼 고물고물 평지로 걸어 나올 때까지 계곡 어귀에는 사람 모습이 보이지 않았고, 잊어버렸을 때쯤 불쑥 세 명, 네 명, 여섯 명의 거무스름한 사람 무리가 나타나는 것이었다. 어느 서너 명 그룹은 계곡을 벗어나자마자 그 자리에 주저앉아 긴 휴식을 취하며 한발 늦게 도착한 작은 그룹에게 추월당했고, 그다음에 도착한 작은 그룹은 계곡 어귀에서 쉬고 있는 사람들과 합류해 산비탈 한편에 앉거나 누워 뒹굴었다. 이 장대한 사람의 무리는 느리게 흐르는 강물 위에 떠다니는 작은 부유물처럼 불규칙한 간격으로 천천히 움직이다가 정체하고 그리고 문득 생각난 듯이 다시 흐름을 타고 움직였다. 멀리서 그 모습을 지켜본다면 맑고 부드러운 햇볕을 쬐고 있는 소풍 나온 사람들처럼 즐거워 보였을 것이다. 그러나 마침내 무리의 세부가 분명

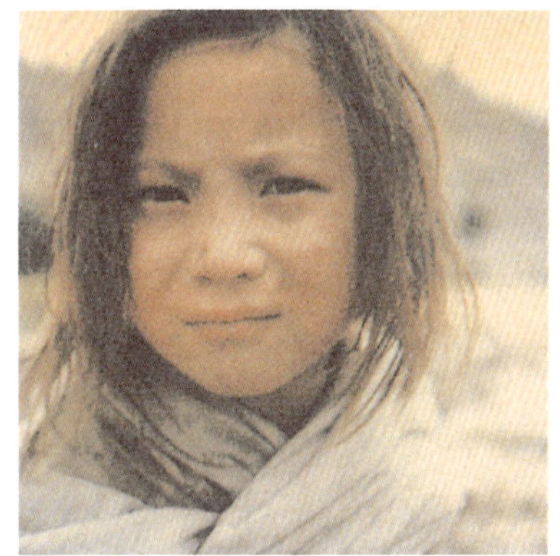

린첸 돌마 4~5세

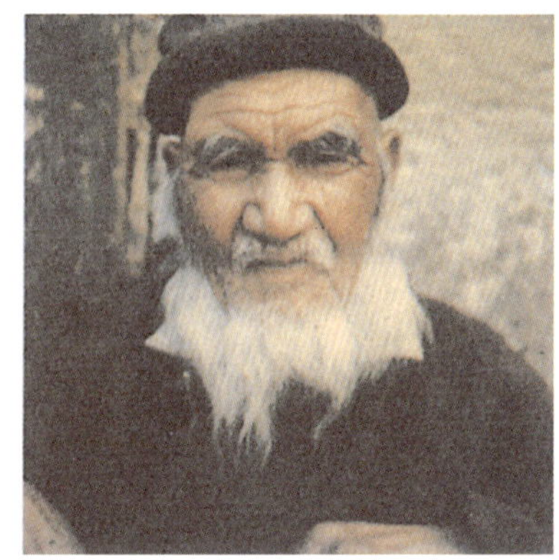

압돌 카림 95세

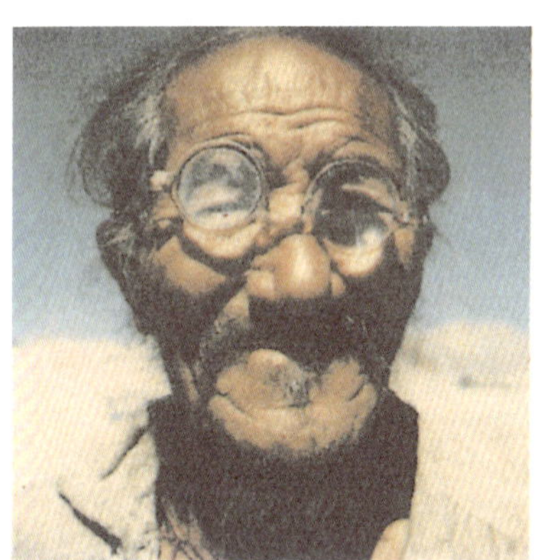

체링 도르제 70세

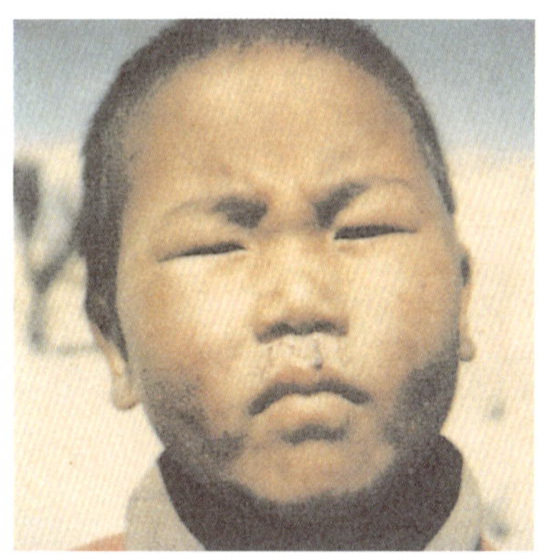

일절 침묵하며 말하지 않음

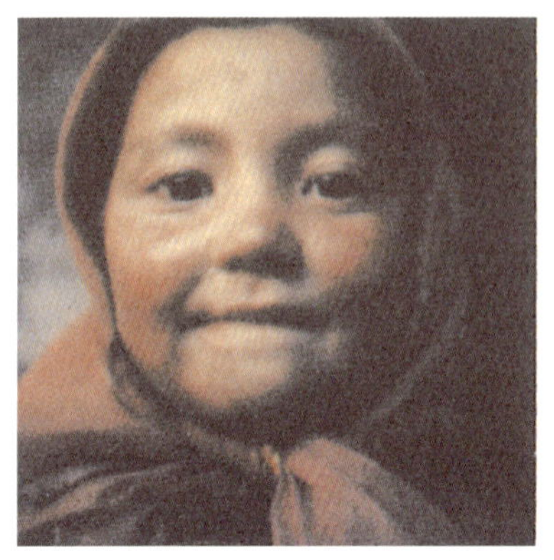

샤키 라바 3세

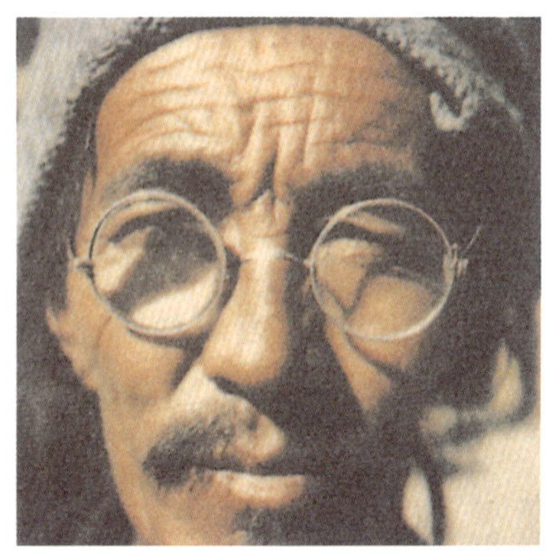

체링 칼상 60세

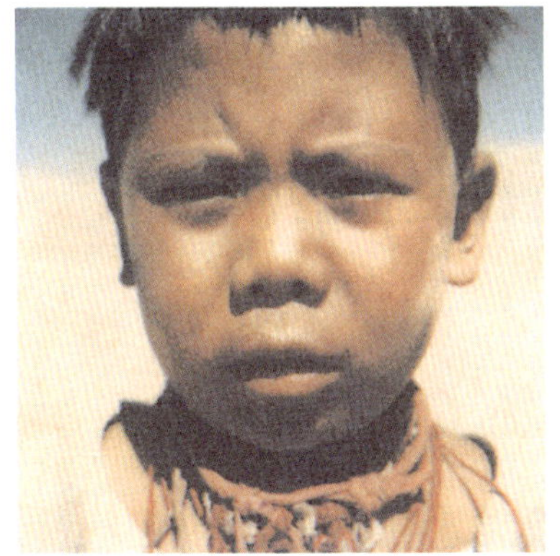

카르마 삼데 양베 6세

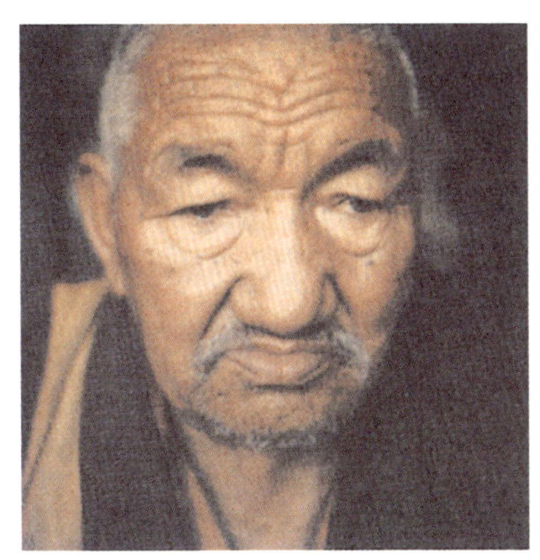

예세 타리게 77세

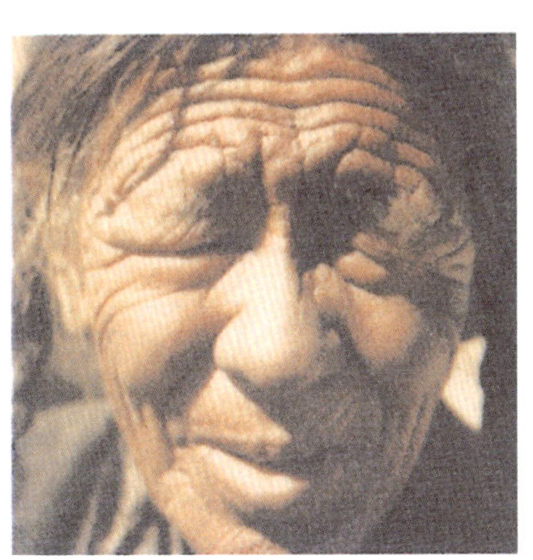

수이키 라모 90세

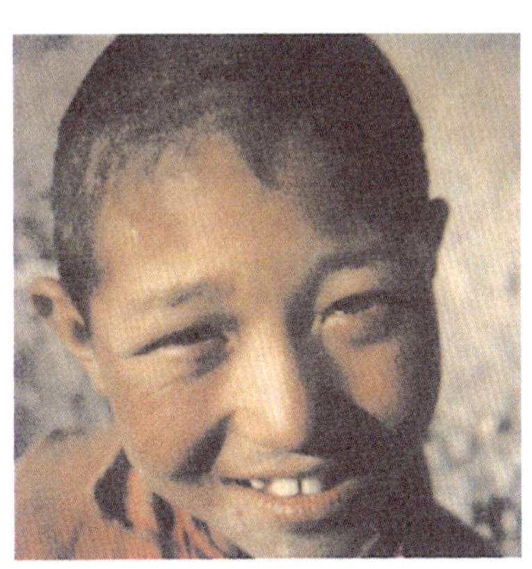

카르마 예세 연령 불명

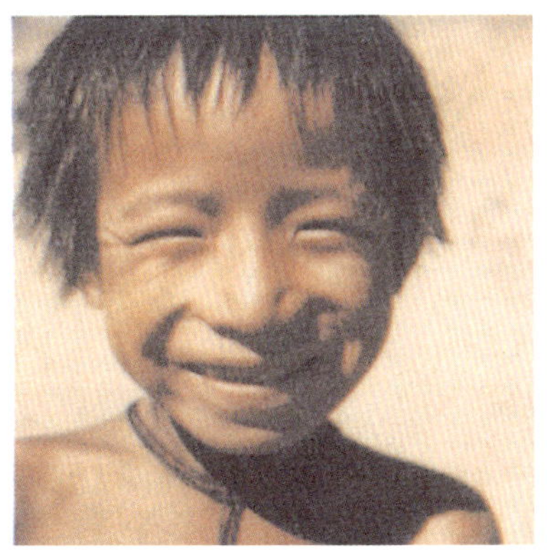

톤둡 체링 8세

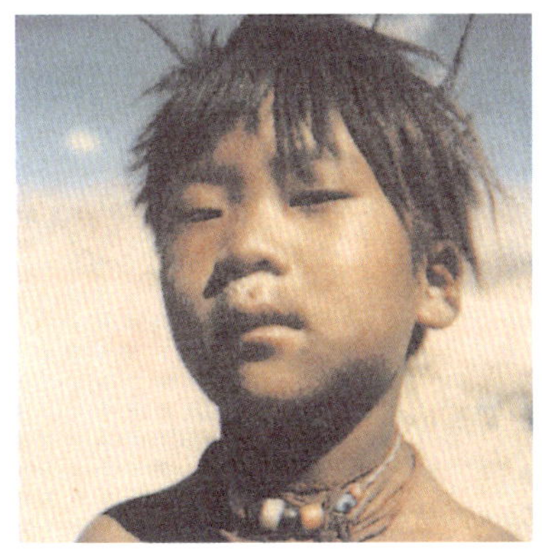

린진 걀포 5세

해지면, 그것은 더 이상 즐거운 행렬이 아니었다. 남자도 여자도 아이도 그리고 털이 긴 검은 소도 산양도 개도 드물게 눈에 띄는 당나귀나 말도 모두 뿌연 흙먼지를 뒤집어쓰고, 눈은 벌겋게 충혈되고, 불안과 실의의 기색이 가득하고, 발걸음은 무겁고, 할 말도 별로 없어 입을 꾹 다물고 있고, 메마른 흙과 돌을 밟는 발소리만 들리고, 지향이 있는 것도 같고 없는 것도 같은 사람들이 발을 질질 끌며 휘적휘적 걸어가고 있었다.

예를 들면 선두 집단이 출현한 지 한 시간쯤 후에 계곡 어귀에 나타난 가족으로 보이는 한 그룹은 이러했다.

선두에 이불. 소금이 든 자루. 가신家神인 높이 30센티미터쯤 되는 구리 불상. 표구한 종교화 한 쌍. 낡은 융단. 북. 지름 40센티미터의 둥근 적동 물 항아리. 돌처럼 딱딱하게 굳은 쓴맛 나는 치즈가 6킬로그램. 냄비와 솥. 신성한 연꽃 무늬가 새겨진 크고 작은 황동 국자 세 개. 그런 것을 소가죽으로 둘둘 말아 짊어진 중국 수염을 기른 덩치 큰 남자. 남자는 왼손에 쇠고삐를 쥐고 오른손에는 염주를 들고 있다. 그 남자의 손에 끌려가는 털이 긴 검은 소. 소의 등 양쪽으로 매단 큰 가죽 상자 안에는 부처나 법옥法玉을 모신 붉은 목제 제단. 목공 연장. 기름. 물. 암염. 이불. 융단. 식기류. 모피. 소금차를 만들 때 쓰는 1미터짜리 통. 무, 콩, 마늘, 감자, 살구, 콜리플라워 등을 말린 제법 많은 양의 건채류. 검은 텐트 천. 텐트를 지탱하는 막대와 말뚝. 그리고 소 옆에서 걸어가는 머리카락을 길게 땋은 열 살쯤 되는 소녀. 소녀의 등에는 새끼줄과 나무로 엮은 역삼각형 등짐 바구니. 그 안에는 지름 20센티미터 정도의 돌처럼 딱딱한 둥근 빵이 여섯 개. 그 위에 천 조각 뭉치. 그 위에 여행 도중에 태어난 새끼 산양 세 마리가 무기력하게 잠들어 있거나 비슬거리며 서 있다. 그리고 소녀에 비껴 뒤에서 걸어가는 예닐곱 살 소년. 등에는 산양 가죽으로 만든 주방용 송풍기. 톱처럼 생긴 식칼. 말린 고기. 품속에는 밥그릇과 젓가락과 얄팍한 경전. 소년의 허리에는 거칠게

꼰 새끼줄이 둘러져 있고, 그것은 두 줄로 갈라져 뒤에서 따라오는 털이 긴 두 마리 검은 산양의 뿔에 묶여 있다. 산양 두 마리의 등에는 천과 가죽으로 만든 신발 다섯 켤레. 딱딱한 빵이 든 자루. 말린 산양의 간. 코끼리 모양의 액막이 향로. 산양 뒤에는 둥근 얼굴의 키 작은 아낙네. 아낙네의 등에는 볶은 보릿가루가 든 자루. 전차 잎. 의류. 모피. 버터. 경통經筒. 몇 가지 안 되는 보석 귀금속. 촛대. 산양 가죽으로 만든 부채. 그런 것들을 싼 짐 위에 붙들어 맨 갓난아기(생후 4개월). 허리에 매단, 물이 찰랑거리는 귀때 달린 물병. 금속음을 내는 열쇠. 그리고 끝으로 그 여자의 옷자락에 스치듯 바싹 붙어서 따라오는, 두 질의 목제 경전을 양옆으로 늘어뜨린 비쩍 마른 붉은 개.

사람들은 걷고 있었다. 티베트의 동쪽 끝에서 서쪽 끝까지. 혹은 북쪽 지방에서, 남쪽 호수가 있는 주에서 낯선 사람들이 줄지어 수개월 동안 걸어왔다. 동쪽의 큰 나라에서 수많은 붉은 깃발을 앞세운 자들이 들이닥쳐 그들의 살아 있는 신이 자국에서 도망칠 수밖에 없었을 때, 사람들은 그 뒤를 따른 것이다. 신이 없는 나라 따위, 그런 곳은 자신의 나라가 아니었다. 신이 없는 땅 따위, 그런 곳에는 씨를 뿌려도 제대로 된 것이 열릴 리가 없었다. 무엇보다도 신이 없는 자신 따위는 자신이 아니었던 것이다. 그렇게 사느니 차라리 죽임을 당하는 편이 낫다고 생각했다.

어느 신심 깊은 아버지는 병사가 불상을 빼앗으려 하자 필사적으로 붙들고 늘어졌다. 병사는 아버지의 팔을 베어 강에 던져버렸다. 손은 여전히 불상을 놓지 않았다. 불상을 부여잡은 채 떠내려가는 손을 보고 병사는 전율했다. 그리고 아버지를 총으로 쐈다. 아버지는 강물에 가라앉았다 떠올랐다 그렇게 떠내려가면서 외쳤다.

"린진, 도망쳐! 도망치는 거야, 신이 계신 곳으로! 어디까지고 따라가야 해!"

어린 린진과 그 형도 커다랗고 검은 짐 보퉁이를 짊어지고 남편을 잃은 어머

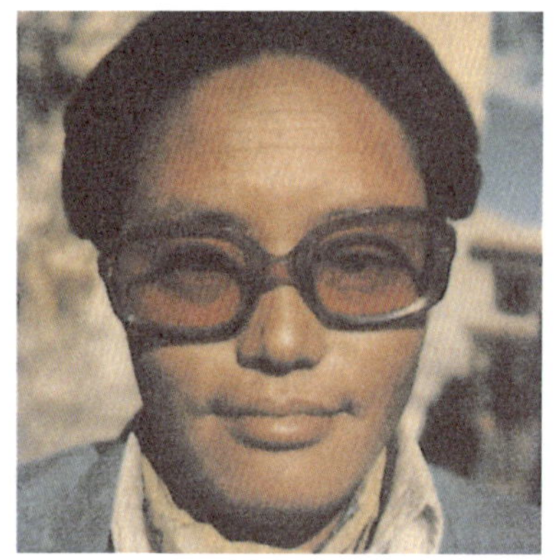

자마 톤도 28세

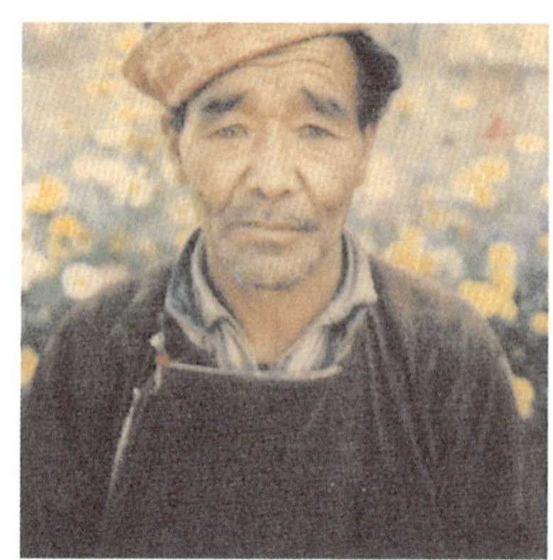

체탄 왕축 60세

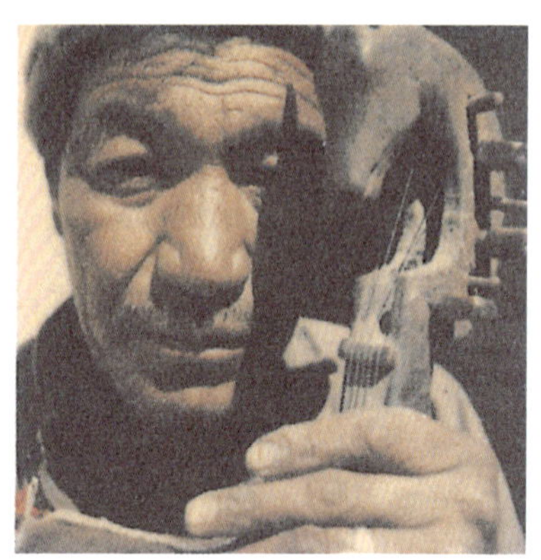

예세 톤둡 40세

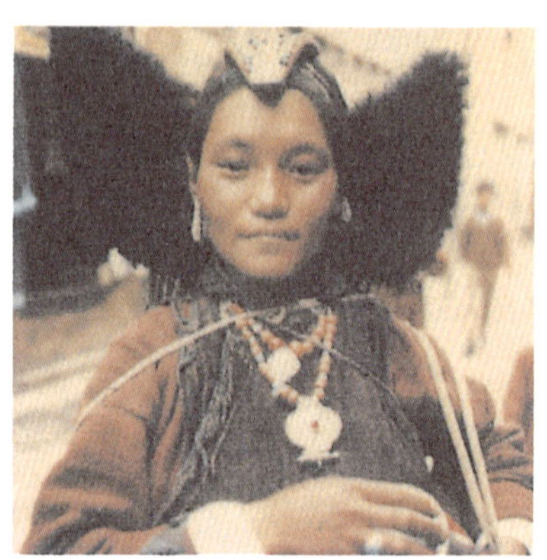

양첸 돌마 23세

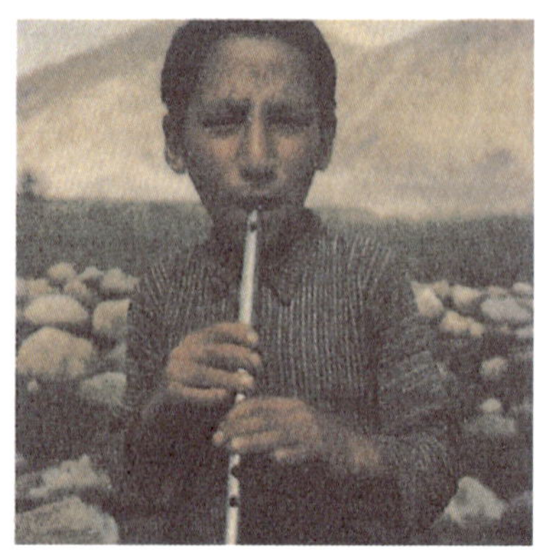

도르제 왕축 10세

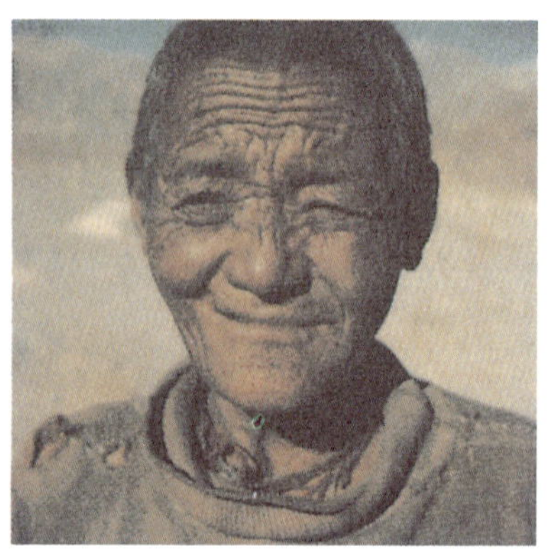

체링 약 70세(여자)

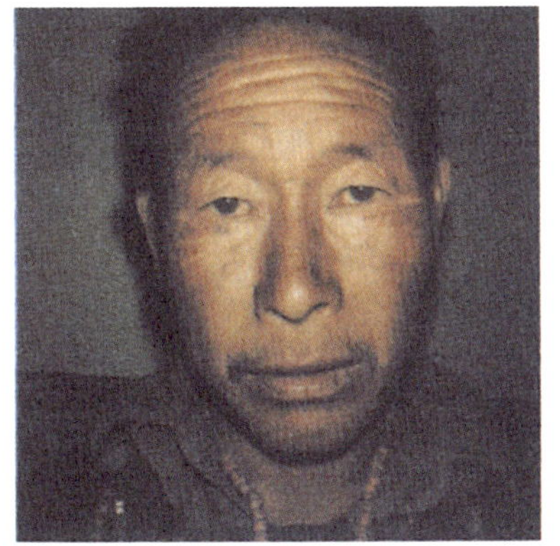

단젠 차탁 48세

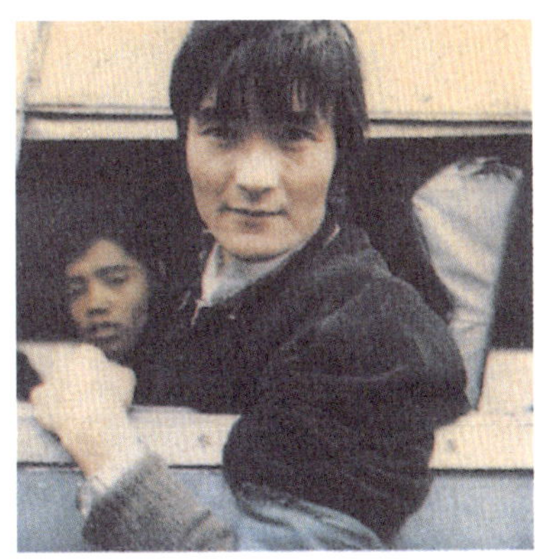

수망라 소르부 25세

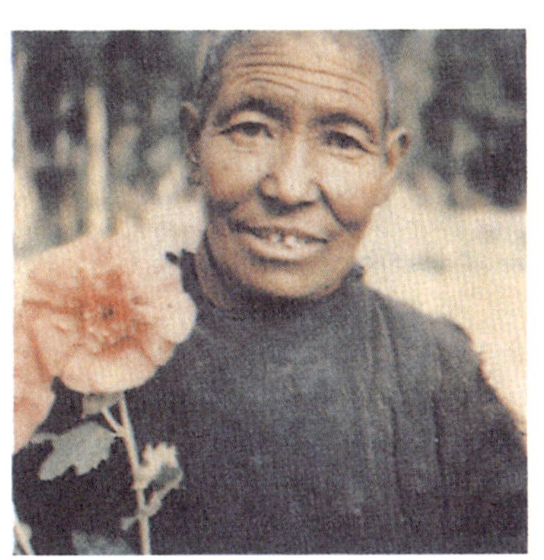

롭상 돌마 59세

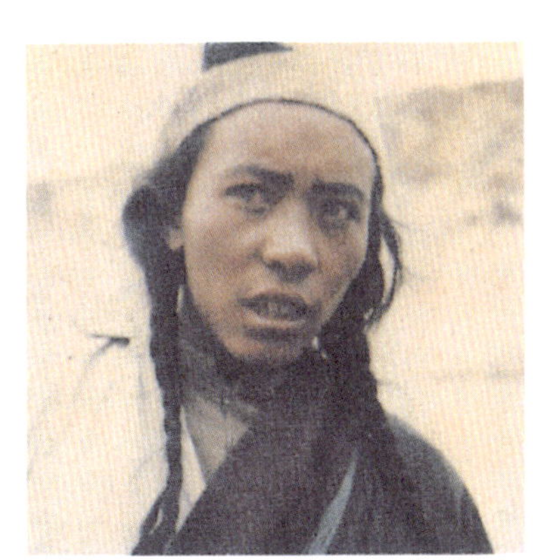

훈소쿠 15세

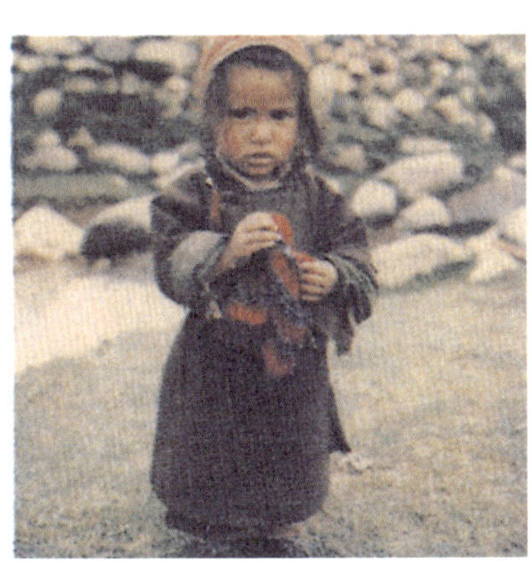

체왕 도르제 2세

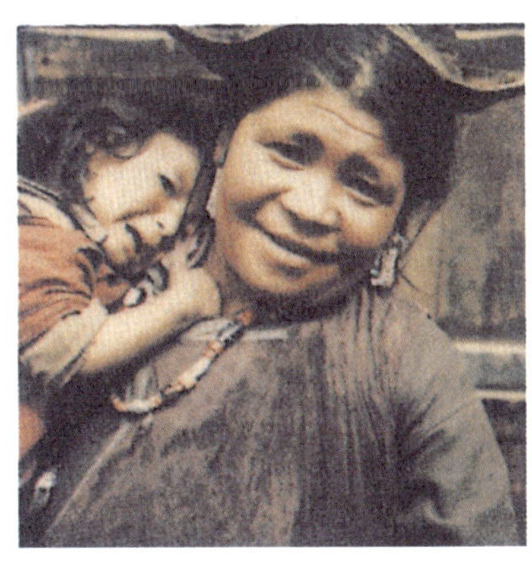

단 라모노 36세

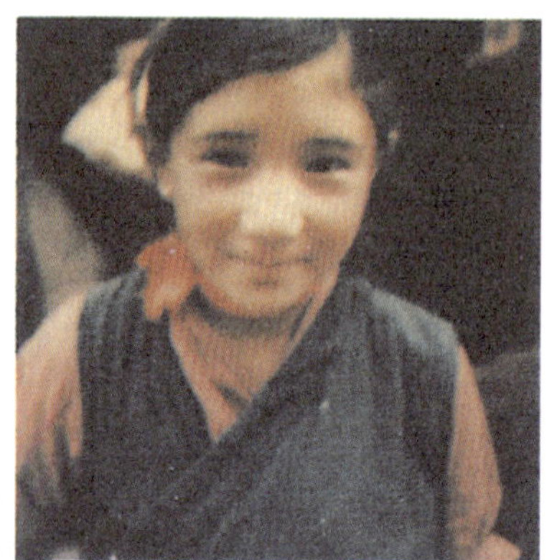

스링 양스킷 돌마 15세

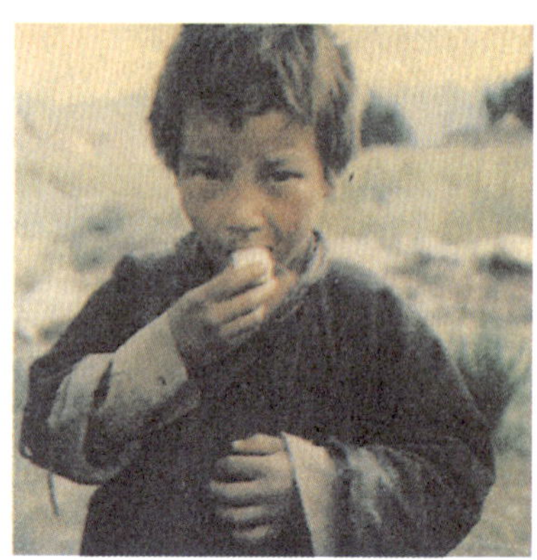

왕걀 8세

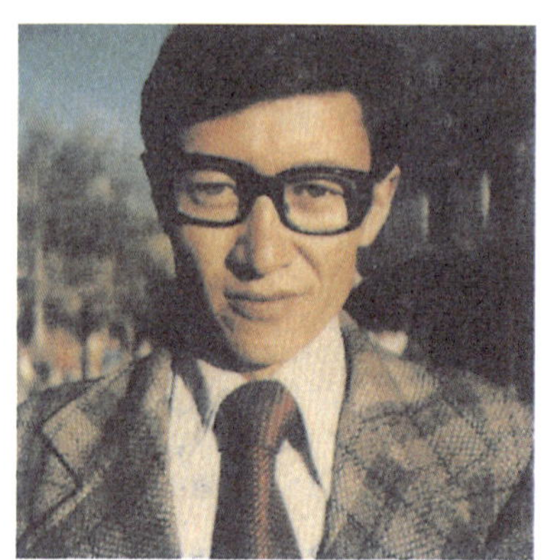

모한 덴 27세

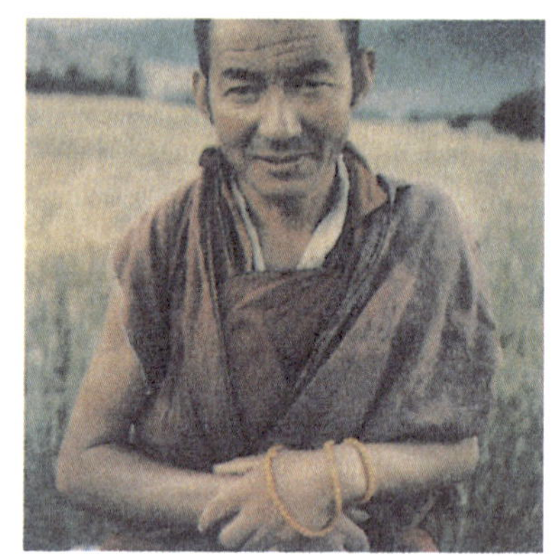

춥탄 자와 40세

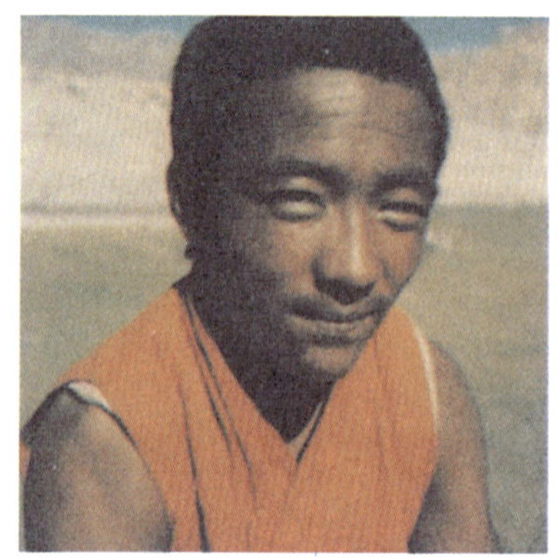

로상 텐덴 21세

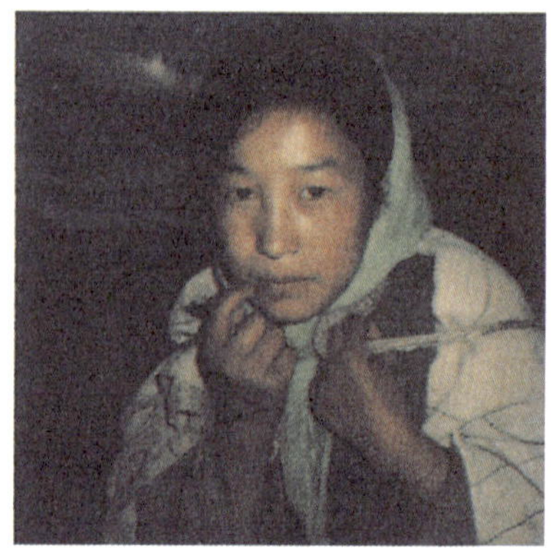

돌카르 15세

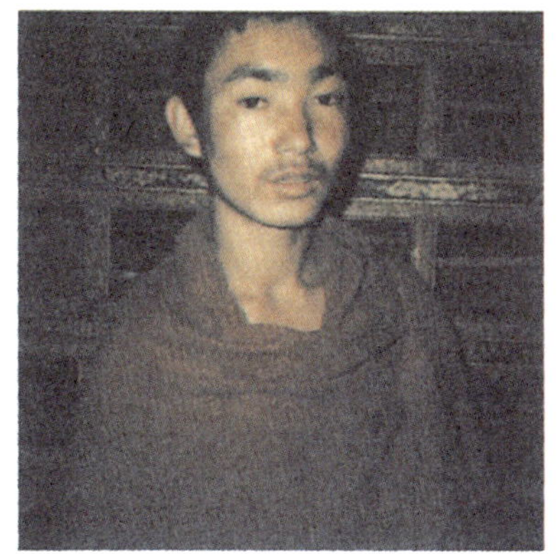

체링 왕축 20세

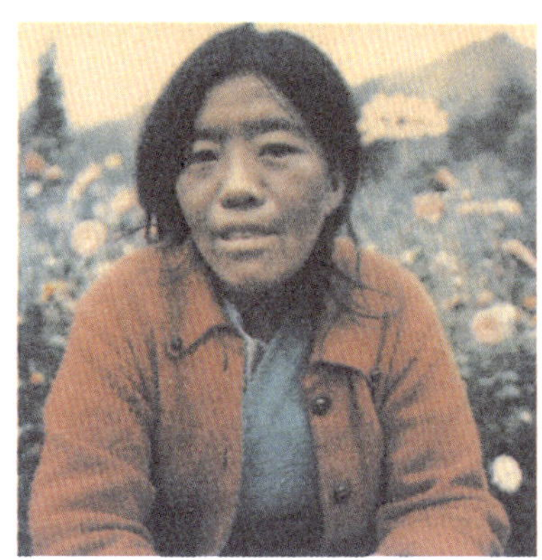

퐁 초룽네 돌마 18세

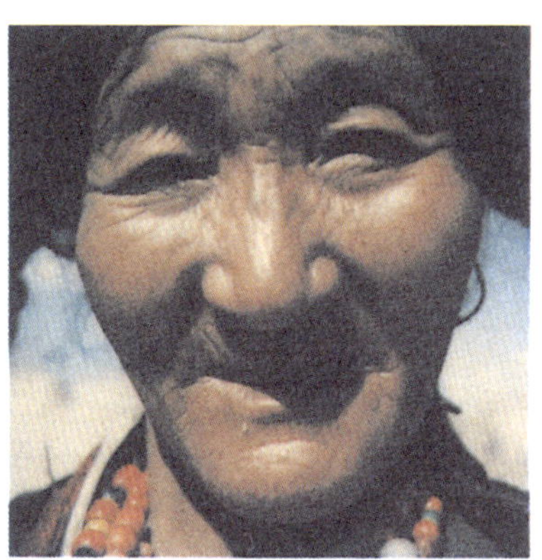

체링 양잔 77세(여자)

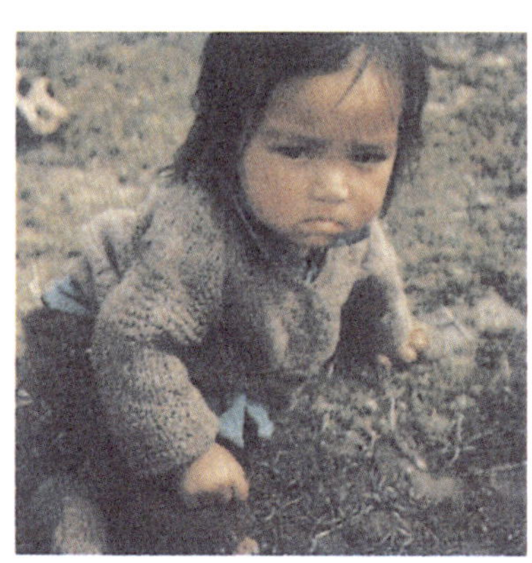

린첸 아모 1세

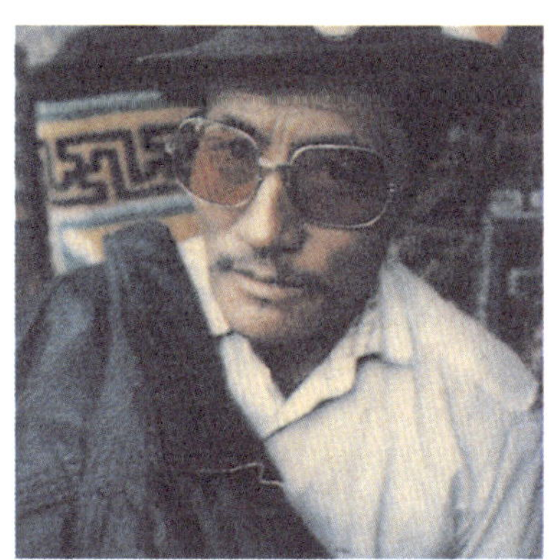

체둡 50세

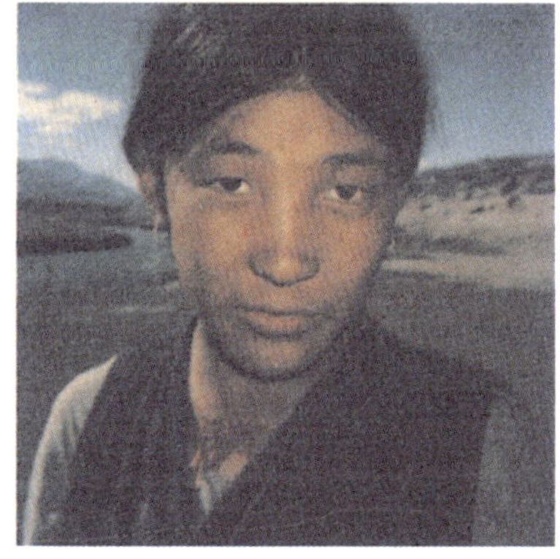

파루 라모 13세

니, 조부와 함께 넷이서 걸어왔다. 1000킬로미터의 산길을 말을 끌고 온 모녀도 있었다. 도중에 쓰러진 노인이나 아이의 옷가지를 벗겨 가는 남자도 있었지만, 사람들은 그것을 나무라지 않았다. 가재도구보다 큰 불상을 짊어지고 걸어가는 남자도 있었다. 서로 별말은 나누지 않았지만, 대부분의 사람들이 경문을 외고 염주나 마니차를 돌리면서 걸어갔다. 그것이 사람들의 의사 교류가 되었다. 그런 의사가 여정을 결정해준다고 사람들은 생각하고 있었다. 열네 명이 이동하던 한 가족은 뒤따라가던 의지할 데 없는 아이를 받아들여 열다섯 명, 열여섯 명의 대가족이 되기도 했다. 그런 가족들 무리 속에서 구걸하며 때로는 반대 방향으로 걸어가는 거지. 병자나 죽은 자를 위해 기도를 해주고 음식을 얻어먹는 거지처럼 보이는 승려. 농부였던 자들. 하급 관리였던 자들. 목수, 교역상, 고리대금업자였던 자들. 죄수, 문지기, 경찰관이었던 자들. 화초 재배업자, 백정, 양복 재단사였던 자들. 장의업자, 산파, 약사였던 자들. 조각가, 푸줏간 주인, 광대였던 자들. 인간 세상의 얼개라는 것이 그렇게 꿈틀대며 줄지어 이동하고 있었다. 그러나…… 과거의 화초 재배업자에게 재배할 화초가 없는 것처럼, 과거의 죄수에게 들어갈 감옥이 없는 것처럼 이 사람의 무리 속에서 인간 세상의 얼개는 산산이 부서지고, 사람들은 그저 걷고 있었다. 그리고 기도하면서 걷는 그 발걸음은 이미 백정의 그것도 아니고 교역상, 고리대금업자, 농부의 그것도 아니고, 경찰관, 문지기, 장의업자의 그것도 아니었다. 거기에는 신앙을 구하는 한 인간의 발걸음만이 남아 있었다.

그날 아침부터 저녁 무렵까지 각양각색의 사람들이 계곡 어귀의 외길에서 나타났고, 그 수는 근 삼백 명에 달했다. 사람들은 자갈밭 산자락에 야영지를 정했다.

이튿날 이른 아침, 한 남자가 머리부터 천을 뒤집어쓰고 야영지 언저리에서 눈물을 흘리고 있었다. 남자는 완만한 자갈밭 산자락으로 이어지는, 서쪽으로

트인 광대한 자갈밭 평지 한 귀퉁이를 응시하고 있었다. 남자의 시선은 누구보다도 먼저 저 핏빛 바위산에 도달했던 것이다. 먼 평지 한 귀퉁이에 아침 햇살을 받아 선명한 핏빛으로 불타는 바위산이 있었다. 그것을 보았을 때 남자의 가슴은 감동으로 벅차올랐다. 남자는 그 산을 보고 "퓨츠" 하고 말했다. 남자가 그것을 알리기도 전에 사람들의 입에서 이 기묘한 말이 잇따라 터져 나왔다.

사람들은 부신 듯 눈을 가늘게 뜨고 저 핏빛 바위산을 보면서 "퓨츠" "퓨츠" 하고 입을 모아 말했고, 마침내 그 조심스러운 감탄사가 한데 얽히고 새들의 아침 합창처럼 고조되어 불가사의한 소리의 물결로 일렁이면서 산자락을 떠돌았다.

개들이 여러 달 만에 경험하는 이 정체 모를, 그러나 피를 들끓게 하는 색다른 분위기를 일찌감치 감지하고 짖기 시작했다. 이어 수십 마리의 개가 호응해 소리 높여 짖어댔다. 검은 산양들이 바위 여기저기에서 홀린 듯 귀를 쫑긋 세우고 있었다. 사람들 사이에 검은 바위처럼 우뚝 서 있던 거대한 야크의 윤기 나는 두 눈에 사람들과 개와 산양과 야영지와 산들과 산자락과 평지와 하늘과 구름과 저 평지 한 귀퉁이의 작은 붉은 바위산과 그 너머로 펼쳐진 평지의 모든 것이 또렷이 비치고 있었다.

그리고 소의 눈동자 속에서 사람들의 무리가 서서히 허물어지고 이윽고 완만한 사면에 흙먼지를 일으키면서 떼를 지어 우르르 몰려가기 시작했다.

사람들은 그들이 찾아 헤매던 땅이 비로소 눈앞에 나타났다고 생각했다. 사람들은 모두 '퓨츠'라는 말을 되뇌고, '옴마니반메훔'이라는 주문을 외고, 염주 알을 굴리고, 한 손으로 마니차를 빙글빙글 돌리면서 멀리 핏빛 바위산을 향해 나아갔다. 걸어가는 동안 무리의 중간쯤에서 승려처럼 보이는 어떤 거지 남자가 외쳤다.

"저건 제2의 상방신 강하의 신령이 틀림없어! 정말 똑같다니까!"

무리 속에서 환성인지 한숨인지 분명치 않는 술렁임이 일었다. 흙먼지 속에서

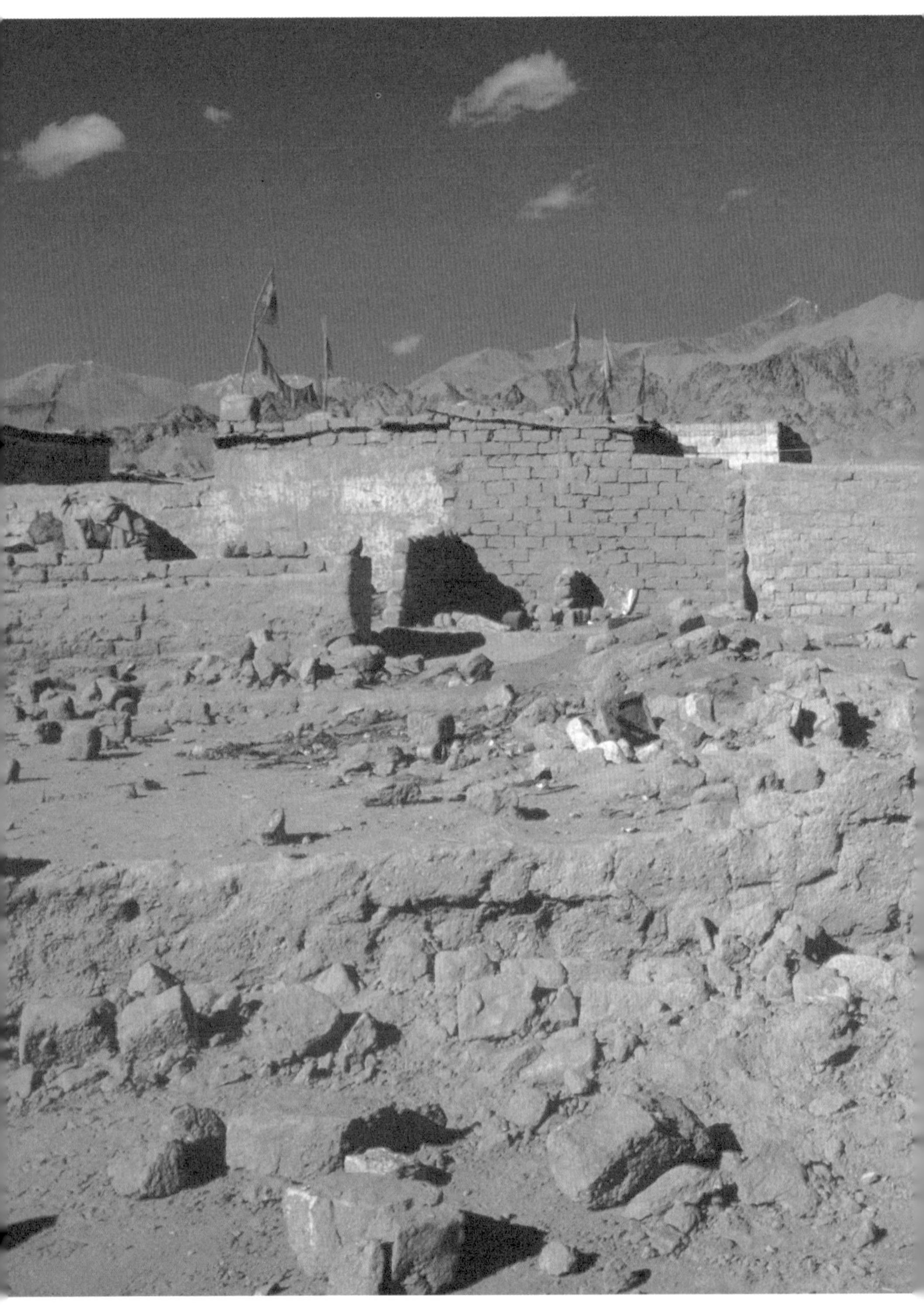

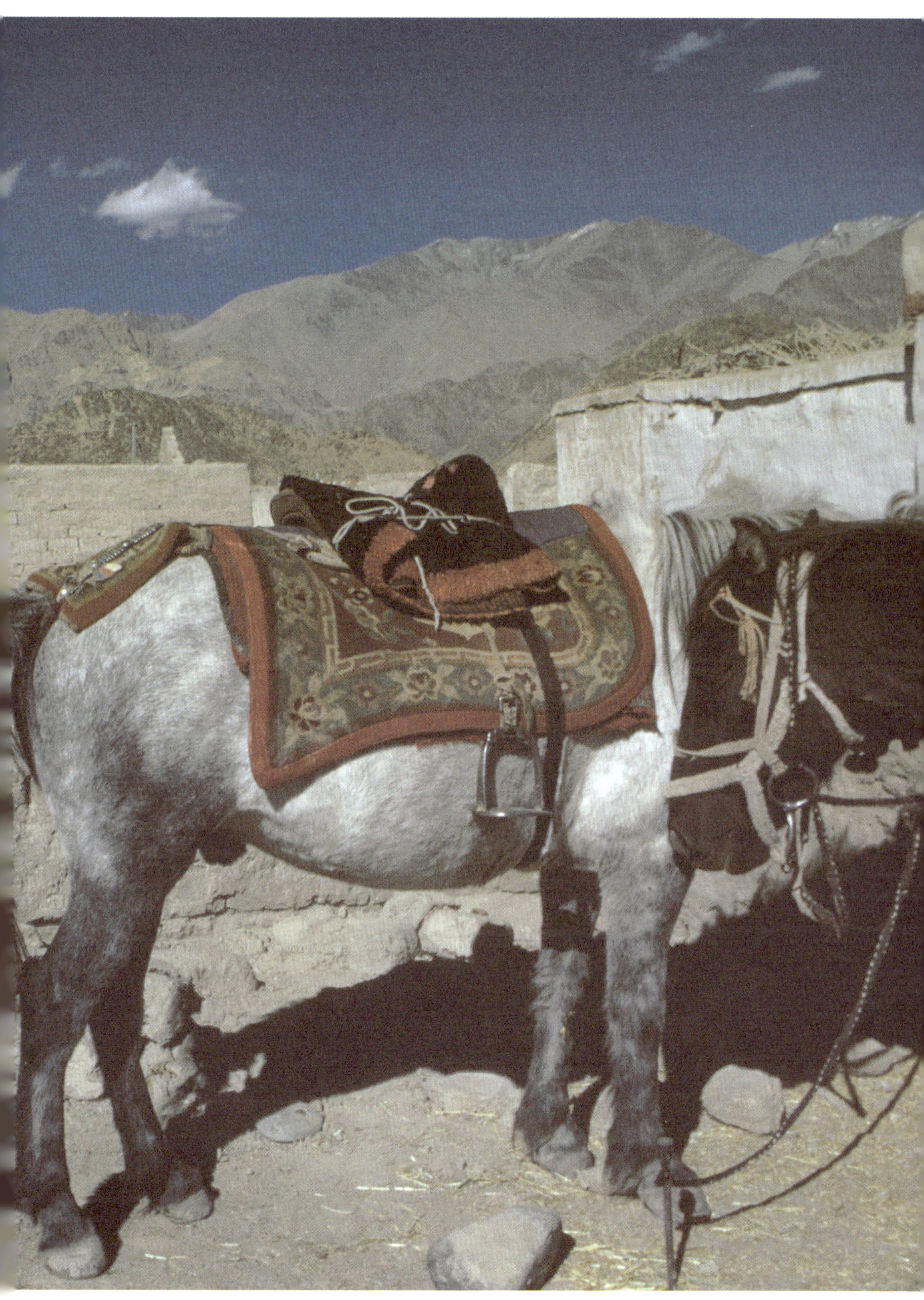

사람들은 서로 뭐라고 말을 주고받았고, 여기저기서 모르는 사람들끼리 야단스럽게 맞장구를 쳤고, 어떤 사람은 번들거리는 시커먼 얼굴에 터질 듯한 웃음을 머금고 말없이 힘차게 걸어갔다.

'상방신 강하의 신령'은 사람들의 공통어였다. 신들의 후예를 자부하는 그들 중에서 '상방신 강하의 신령'을 신앙하지 않는 자는 없었다. 왜냐하면 그들의 기원이 바로 그곳에 있었기 때문이다.

고대 티베트의 얄룽이라는 지방 어느 높은 산봉우리에 어느 날 난데없이 괴이한 사람이 나타났다. 제사 등을 주관하는 열두 명의 마을 사람이 물었다. "그대는 누구며 어디에서 왔느냐?" 그러자 그 사람은 "나는 첸포(임금)다" 하고 대답하면서 천상을 가리켰다. 사람들은 그를 대★본교의 신이 계신 무유루라는 천상계에서 강림한 신의 아들이라고 여겨 티베트 국의 냐트리첸포(기원왕起源王)로 받들었다.

이 얄룽이라는 곳은 좀 전에 소리를 지른 거지가 살던 티베트 남부 지방인데, 천상신이 강림했다고 전해지는 높은 산봉우리는 '상방신 강하의 신령'으로 현존하고 있다.

천상신은 어떻게 천상계에서 내려왔을까. 천상계에서 신령神嶺으로 통하는 장대한 무탁(천승天繩)을 타고 내려왔다고 한다. '핏빛으로 붉게 타오르며 다른 산들로부터 외떨어져 홀연히 고고하게 솟아오른' 티베트 남부 지방의 신령과 너무도 닮은 그 바위산에서 사람들은 또다시 그들 불우한 잡거雜居 민족의 기원이 되어줄 제2의 신령을 발견하고, 콘촉(천자天子) 혹은 냐트리첸포의 출현을 꿈꾸며 그것을 향해 행진했던 것이다.

천자의 출현은 실로 하찮은 일에서 시작되었다. 사람들이 한나절을 걸어 간신히 '퓨츠산' 기슭에 도달해 바위산을 향해 감개무량한 기도를 올리고 있을 때, 덩치가 크고 근골이 다부진 한 젊은 남자가 볶은 보릿가루를 잔뜩 먹고 얼굴에도 허옇게 묻힌 채 사람들 앞으로 뛰어나왔다. 롭상 융텐이라는 이름의, 티베트 동부에서 혼자 도망쳐 온 거지나 다름없는 남자였다. 남자는 눈물을 흘리며 감격에 목이 메어 "구워어" 하고 영문 모를 야수 같은 소리를 내지르며 바위산으로 달려가더니, 바위와 흙을 움켜잡고 맹렬한 기세로 아아산을 오르기 시작했다. 사람들은 깜짝 놀랐다. '상방신 강하의 신령'은 금기의 산이다. 마을 사람이 그곳에 오르는 것은 금지되어 있었다. 그러나 산을 오르기 시작한 자를 끌어내리려면 또 누군가가 금기를 깨야 하기 때문에, 사람들은 그 남자가 산비탈을 기어오르는 것을 발을 동동 구르며 지켜볼 수밖에 없었다.

롭상 융텐은 익살맞고 기질적으로 쉽게 신명이 동하는 열렬한 옛 본교 신자로, 티베트 동부의 캉바라는 지방에서 시골 마을을 돌아다니며 임시 밀주사 노릇을 하던 남자였다. 임시 밀주사는 대개가 사기꾼인데, 궁벽한 시골 마을에는 신의 계시를 전하는 전문 밀주사가 없다 보니, 그런 자들이 신년 축제나 기원절이나 수확제 같은, 달에 두세 번은 어딘가의 마을에서 열리는 축제에 등장해 밀주사 흉내를 냈다. 마을 사람들도 그들이 엉터리인 줄 알기 때문에 평소에는 거지나 다름없이 취급하지만, 축제 때에는 형식적으로나마 장래를 점치고 신의 탁선을 전해줄 밀주사가 필요하고, 그렇지만 유서 깊은 사원에 소속된 전문 밀주사가 그런 궁벽한 마을까지 행차할 리도 없으므로 이런 엉터리 밀주사를 불러들이는 것이 통례였다.

거지만큼 많은 임시 밀주사가 변경을 떠돌아다니지만, 그렇다고 해서 아무 거지나 밀주사가 될 수 있는 것은 아니었다. 엉터리 밀주사가 되는 데에도 그 나름의 천성이라는 것이 필요하다. 천성이란 말하자면 익살스럽고 쉽게 신명이 동하는 성격일 것. 몸이 튼튼할 것. 암시에 잘 걸리는 기질을 갖고 있을 것. 음악적인 몸놀림이 능할 것. 피학적인 체질을 갖고 있을 것. 작위적인 언어 능력이 뛰어날 것. 그리고 외모에서 어딘지 모르게 신들린 분위기를 풍길 것. 후천적인 조건으

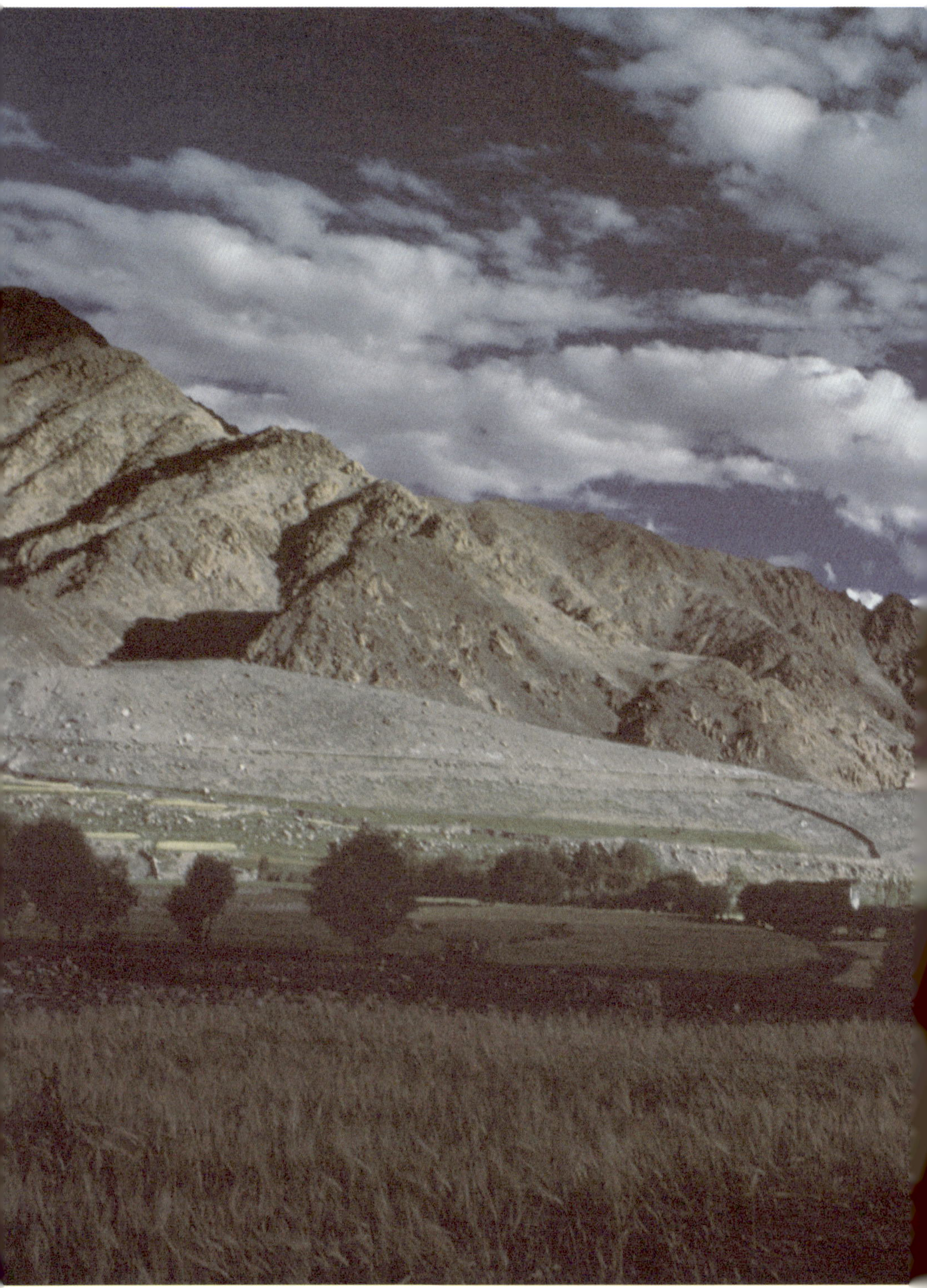

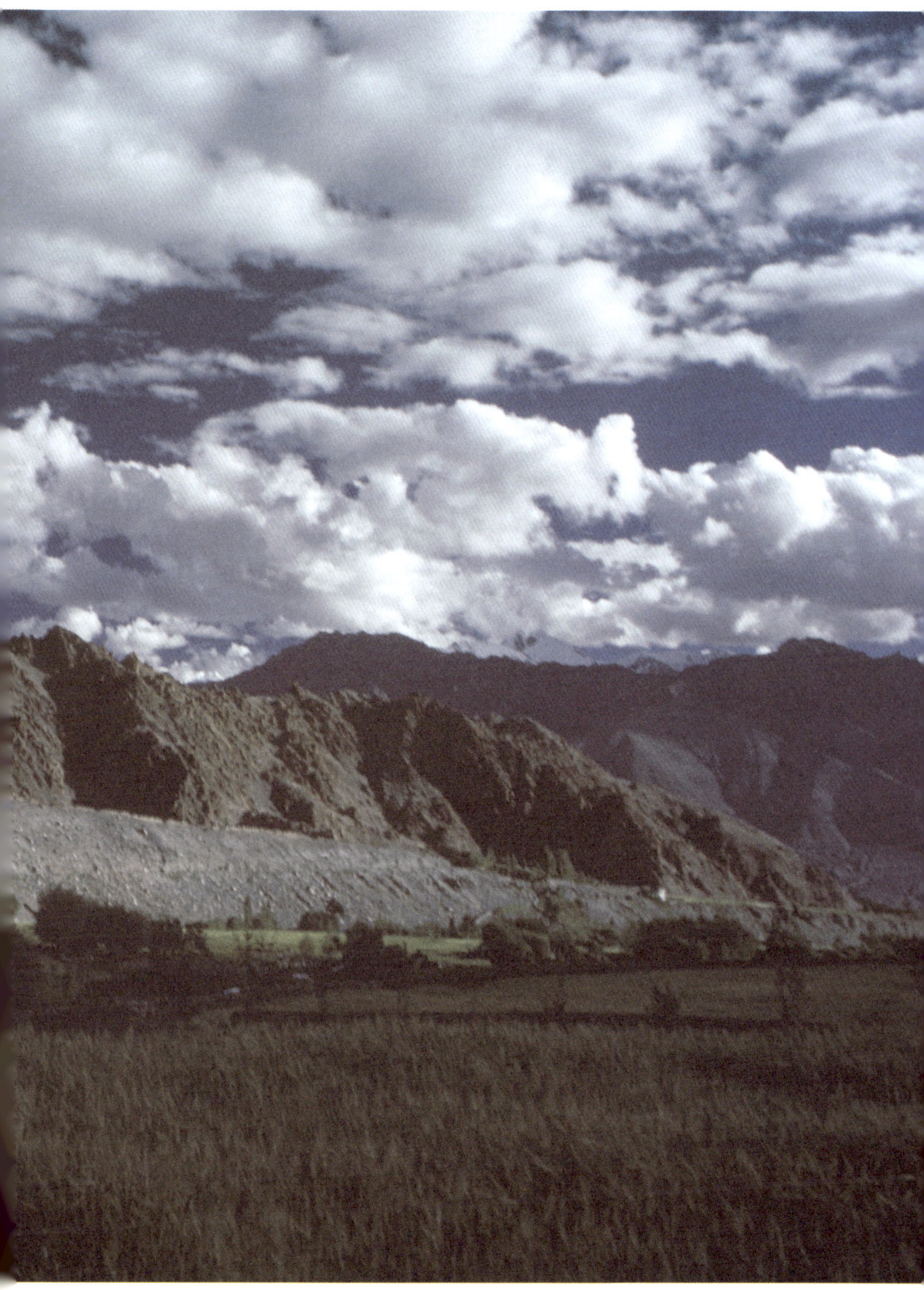

로는 홀몸일 것, 열렬한 본교 신자로 주문 등을 암기하고 있을 것 등이다.

축제 때면 사람들이 그런 임시 밀주사를 에워싸고 웬 영문인지 맹렬하게 욕을 퍼붓는다. 그리고 막대로 때리고 한쪽 발에 새끼줄을 묶어 잡아당기고 그 자리에서 생각난 온갖 방법으로 학대하면서 꽹과리와 북과 나팔을 요란스레 울려댄다.

이렇게 빗발치는 욕설과 폭력 속에서 거지 밀주사는 고통스런 어조로 목청껏 밀주를 외며 한참을 광희난무 하다가 끝내는 혼절한다. 그리고 한동안 피로와 전신의 통증으로 인해 신음하거나 하지만, 사람들이 조용해지면 곧바로 신들린 듯한 무시무시한 어조로 이런저런 탁선을 고하기 시작한다. 이 계시에서 거지 밀주사의 능력이 드러나는데, 말하자면 축제 분위기를 띄우고 마을의 미래에 희망을 불어넣기 위해 생각해낼 수 있는 온갖 상스러운 축언을 늘어놓아서 사람들을 기쁨의 소용돌이로 몰아넣어야 한다. 따라서 이 거지 밀주사의 좋고 나쁨은 얼마나 신들린 연기를 박진감 넘치게 하고 얼마나 교묘한 말재주로 축제 분위기를 띄우느냐로 결정된다.

또한 한 마을에서 이전 축제 때 한 말을 다음번에 또 써먹거나 하면 사람들이 싫증을 내어 두 번 다시 불러주지 않는다. 그래서 언제나 노래와 춤과 시구의 창작에 진지하게 임해야 한다. 어떤 의미에서는 즉흥적인 종합 예능인이기 때문에 정신적으로도 상당히 고된 직업이다.

더구나 욕을 얻어먹고 몽둥이찜질까지 당해야 하니 가망 없는 직업이라는 생각이 든다. 그리고 이런 거지 밀주사들은 주먹질이 매서울수록 욕설이 고약할수록 사람들을 놀라게 할 만한 신들린 영감을 발휘하는 것이 통례이며 사람들은 그것을 경험적으로 알고 있기 때문에, 전날부터 분노를 불태우며 기다리는 자도 있고 죽지 않을 만큼 때릴 작정으로 달려드는 자도 있다. 그래서 어쩌다 잘못되어 죽기도 한다. 그럴 경우, 사람들은 거지 밀주사가 탁선을 받으러 갔다가 불충한 짓을 저질러 신의 노여움을 샀다고 여기고, 그 시신을 개나 고양이 시체처럼 들판에 내버려 맹금류의 먹이가 되게 한다.

그래서 축제에 불려 가면 상처가 다 아물 때까지 마을에서 밥을 먹여준다고는 해도, 그들은 정말로 목숨을 걸고 밀주사 흉내를 낸다. 사람들 눈에는 그렇게 사기꾼 취급을 당하고 숭배는커녕 호된 꼴을 겪으면서 목숨을 건 창작 행위를 하는 거지 밀주사는 완전히 정신 나간 인간으로 비치고, 아이들을 혼낼 때 "자꾸 못된 짓 하면 밀주사가 될 줄 알아!" 하고 말할 정도로 기피 대상이 된다. 왜 그들이 그런 일을 그만두지 않는지, 그것은 누가 봐도 불가사의했다.

이 과거의 거지 밀주사 롭상 융텐의 몸속에서 뭔가가 폭발하고 있었다. 그의 몸에 새겨진 오랜 박해의 역사가 그렇게 시킨 것인지, 아니면 반년 이상 사람들로부터 학대당하지 않고 또 신들린 난무를 선보일 기회를 얻지 못해 쌓이고 쌓인 육체와 정신의 욕구 불만이 '상방신 강하의 신령' 앞에서 일시에 분출한 것인지, 혹은 단순히 실성한 것인지 지금 와서는 알 수 없다.

남자는 사람들이 아연실색해 바라보는 가운데 마치 히말라야 동쪽 끝 '간덴산喜樂有山'에 사는 흰 수염을 바람에 나부끼는 저 대흑산양大黑山羊 신령처럼 사명감에 넘쳐 거친 몸놀림과 놀라운 속도로 황홀감에 휩싸인 채 산을 타고 오른다. 때로는 인간미를 풍기는 꼴사나운 모습으로 발을 헛디뎌 허둥대고 버둥대면서 산을 기어오른다.

바위산 밑에서 망연히 지켜보고 있던 사람들의 눈빛은, 발을 헛디디는 횟수가 늘어날수록 처음의 비난 어린 기색에서 점차 신들린 곡예라도 보는 듯한 흥분의 기색으로 변해갔다. 개중에는 굳은 얼굴로, 혹은 두 발을 힘껏 벋디디고 시켜보는 자도 있었다. 그리고 남자가 벌레만큼 작아져 오락가락하며 둥그스름하고 누르께한 바위산 정상에 가까워지자 혈기 왕성한 자는 "저런, 조심해야지!" 하고 아랫배에 힘이 잔뜩 들어간 목소리로 성원을 보내기도 했다. 같은 운명의 별 아래서 오랜 기간 험난한 여정을 함께해온 누군지 모르는 남자의 의미 불명한 상

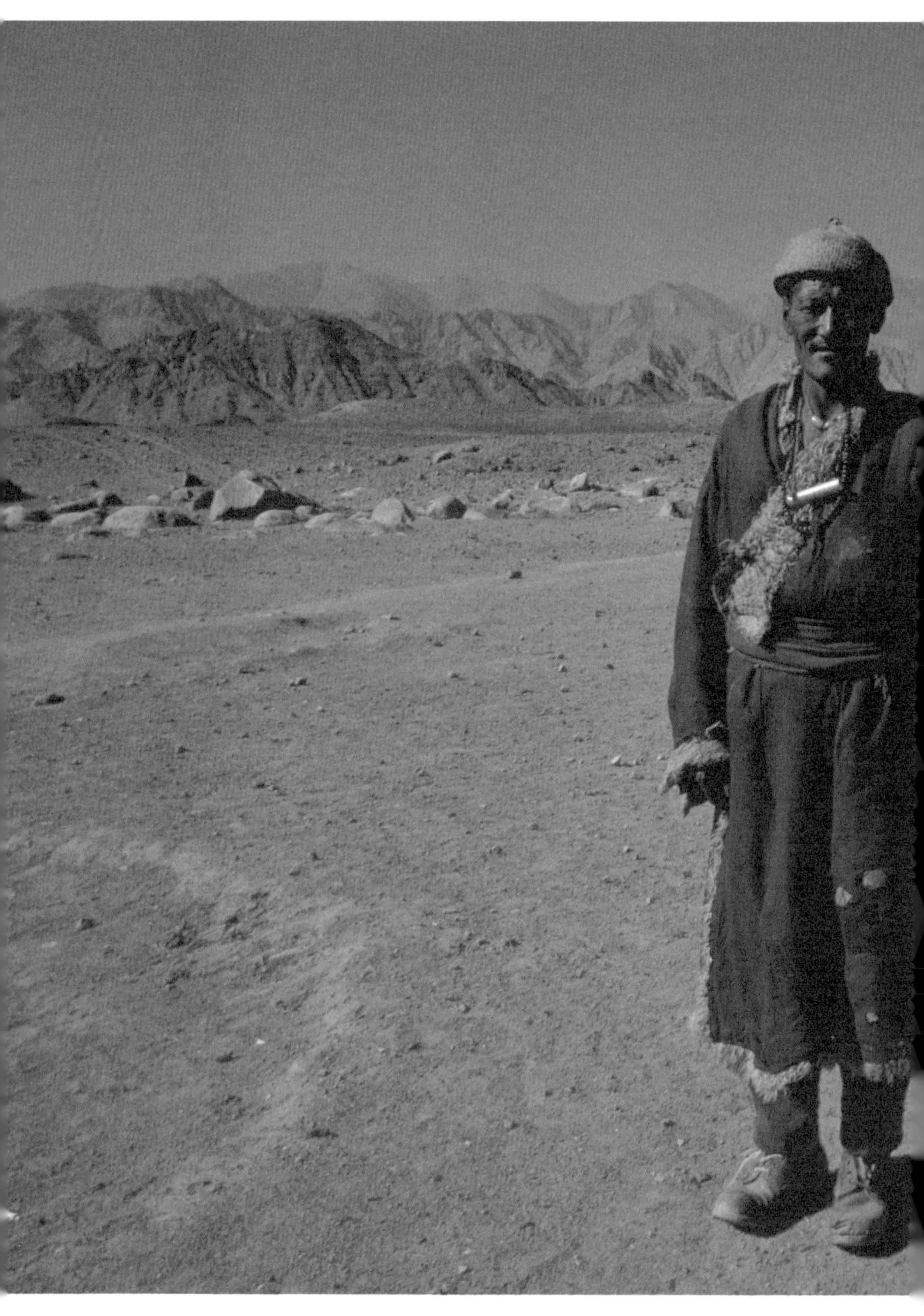

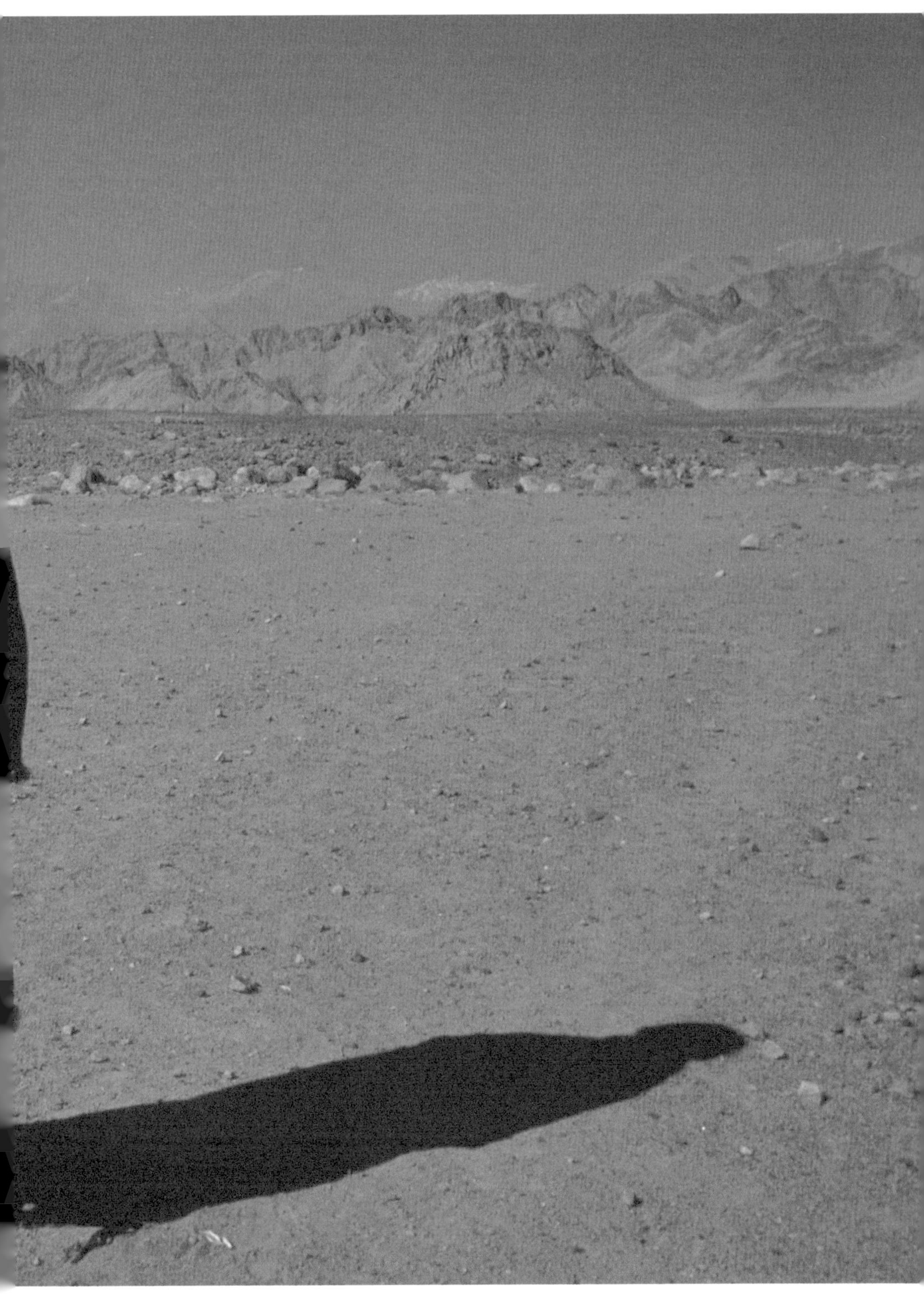

승의 일념이 사람들의 영혼에 전해지면서, 마침내 그 저돌적인 남자의 목숨을 건 모험은, 긴 여로 끝에 이 땅에 도착한 사람들 눈에 길흉을 점치는 주사위 사위의 움직임처럼 보이기 시작한 것이다.

그러나 롭상 융텐은 추락하고 말았다. 마치 사람들과 사람들이 만들려는 부락의 미래가 쇠락해갈 것을 암시라도 하듯, '상방신 강하의 신령'의 정상에 도달하기 일보 직전에 어이없이 추락하고 만 것이다. 암벽에 매달리고 나뒹굴며 "나는 진언으로 북소리鼓聲의 보관寶冠을 올바로 갖추고, 청련菁蓮 잎사귀 같은 녹색 원숭이의 머리에서 태어날 백白과 흑黑과 적赤의 얼굴로 삼계三界를 지배할 것이다!" 하고 영문 모를 말을 외치며 미끄러져 내렸다. 가파른 오부 능선 근처에서 흙먼지를 일으키며 구르고 수직으로 깎아지른 이부 능선 근처의 비탈에서 내동댕이쳐진 고목 그루터기처럼 공중에 붕 뜨면서 엉덩이부터 땅에 처박혔다. 둔탁한 소리가 났다.

사람들 사이에서 신음 같은 낮은 술렁임이 일었다. 시커먼 사람들의 무리가 짐 보퉁이를 내버려둔 채 일제히 남자를 향해 달려갔다. 남자는 땅 위에서 격렬하게 몸부림치고 있었다. 천상을 향해 하얗게 눈을 까뒤집고, 경련하듯 전신의 살을 부들부들 떨고, 반쯤 몸을 일으켰다가 머리를 땅에 처박으며 벌렁 자빠지고, 짐승처럼 울부짖고, 흙을 움켜쥐고, 칠전팔도하며 흙먼지를 피워 올리고 있었다. 둘러선 사람들은 그 난무하는 모습을 속수무책으로 바라보고, 아이들은 겁에 질려 울음을 터뜨리고, 감응력이 뛰어난 자는 남자의 광란에 전염되었는지 와들와들 몸을 떨어대고, 개는 꼬리를 말고 사람들 뒤로 슬금슬금 뒷걸음치며 낮게 으르렁거렸다. 남자는 인간이 아닌 것처럼 보였다. 산에서 떨어진 영수靈獸, 눈사자가 날뛰는 것처럼 보이기도 했다.

사람들의 등줄기로 외포畏怖의 염念이 내달렸다. 죽음의 문턱을 넘나들며 난무하는 광란상에 마침내 사람들은 위대한 밀주사의 박진감 넘치는 신내림 기도라도 보는 것처럼 눈을 반짝이기 시작했다. 분명 남자는 생사의 기로에서 칠전팔도하고 있었고, 그것은 그 어떤 위대한 밀주사의 난무보다도 사람들의 혼을 뒤흔들었을 것이다. 오래전 일을 기억하는 몇몇 사람이 "저건 육십 년 전에 세상을 뜬 희대의 밀주사 타시첸포 깃텐의 환생이 분명해" 하고 말하자, 어릴 때 타시첸포 깃텐의 난무를 본 적이 있는 장로풍의 남자가 제대로 움직이지 않는 입을 바들바들 떨며 "타시첸포 깃텐님도 꼭 저랬어" 하고 말을 더듬었다.

무리 속에서 "이분은 일찍이 우리 앞에 모습을 드러내신 냐트리첸포(기원왕)님일지도 몰라요" 하고 새된 목소리로 말하며 주위 사람들을 둘러보는 남자도 있었다. 여기저기에서 이런 말들이 터져 나오자 결국 의지할 만한 신을 갖지 못한 이 본교 신도들은 우르르 한 방향으로 쏠리면서, 암묵리에 이 남자야말로 '제2의 상방신 강하의 신령에 타시첸포 깃텐님의 모습으로 강림한 우리의 콘촉(천자)이자 냐트리첸포(기원왕)가 틀림없다' 라는 생각이 자리 잡아갔다.

그리고 한 명 고개를 숙이고, 두 명 고개를 숙이고…… 세 명 네 명 무릎을 꿇고, 다섯 명 여섯 명 손을 모으고, 열 명 스무 명 염주를 받들어 들고, 쉰 명 예순 명 경을 외고…… 마침내 백 명 이백 명이 땅에 넙죽 엎드렸다 일어나 합장한 손을 이마 앞으로 가져가며 다시 땅에 엎드리고는 경문을 외고 눈물을 뚝뚝 흘렸다.

"퓨츠, 우리의 제2의 상방신 강하의 신령이신 타시첸포 깃텐님이여!"

"퓨츠, 우리의 제2의 상방신 강하의 신령이신 냐트리첸포여!"

"퓨츠, 우리의 제2의 상방신 강하의 신령이신 콘촉이여!"

사경을 헤매는 자를 눈앞에 두고 잔혹한 합창이 터져 나왔다.

가련하게도 남자는 그 합창 속에서 여전히 흙먼지를 일으키고 있었다. 사람들의 합창에 호응하듯 짐승처럼 포효하고 있었다. 사람들은 그 포효에 고무되어 목청을 한껏 돋우었다. 이윽고 그 광란상이 극한에 이르고 정점에 달하자, 남자는 몸속의 숨을 한꺼번에 방출하고 무명無明 속으로 빠져드는 듯한 공포와 전율의 일성을 남기고 그 자리에서 혼절해, 다 타버린 한 덩이 물체처럼 움직이지 않았다.

남자가 최후에 남긴 떨리는 포효에 휘감기던 애조가 사람들의 귓가를 맴돌았다. 사람들은 한 명, 두 명, 여섯 명, 일곱 명 합창을 멈추고 침묵한 채 움직이지 않는 남자를 보았다. 모두 방심한 듯 침묵한 채 움직이지 않는 남자를 지켜보고 있었다. 남자가 누운 곳에서 흰 흙먼지가 북쪽 천공을 향해 천천히 피어올랐다. 오후의 뙤약볕에 기름땀이 배어난 남자의 이마와 가슴에는 엷은 은빛 입자가 반짝이고 있었다. 흙먼지를 뒤집어쓴 남자의 맨살 위로 나뭇가지처럼 핏줄이 불거져 있었다. 흙덩이처럼 부풀어 오른 얼굴 중심에서 두 개의 흰 눈이 천공을 응시하고 있었다. 사람들은 하나 둘 그 자리에 주저앉았다. 침묵한 채 주저앉아 정화된 마음으로 다시 계시가 내려지길 기대하고 있었다.

두 줄기 작은 바람이 지나갔다. 하나는 땅 위로 흘러와 갈가리 찢긴 남자의 녹슨 쇠붙이 색깔의 옷을 부드럽게 들썩였다. 또 하나의 미풍은 높이 중천을 불어 지나갔다. 그 작은 바람은 남자가 타고 올랐던 산비탈 여기저기에서 이따금 잔돌을 떨어뜨리고 사락사락 피어오르는 흙먼지를 부드럽게 채어 갔다. 사람들은 침묵한 채 기다리고 있었다.

오랜 시간이 흘렀다. 남자의 그림자가 동쪽을 향해 늘어지기 시작했다. 간혹 사람들 사이에서 긴 한숨 같은, 경문을 외는 작은 소리가 들렸다 사라지고 들렸다 사라졌다. 조용한 무리의 여기저기서 여자가 기름때에 찌든 가슴을 풀어헤치고 아기에게 젖을 먹이고 있었다. 아기는 중천의 빛을 바라보며 열심히 젖을 빨았다. 그 옆에서 노인이 염주를 돌리면서 꾸벅꾸벅 잠에 빠져들고 있었다.

사람들 위로 두 개의 희미한 새 그림자가 지나갔다. 깊은 청천 속, 백은색의 점 같은 태양이 서쪽으로 기울며 조용히 황금색으로 변해갔다. 바위산과 평지에

흩어져 있는 돌과 사람들의 그림자가 동쪽으로 길게 누웠다. 한 줄기 강한 바람
이 불어 지났다. 남쪽 산맥에 걸린 찐빵처럼 생긴 새하얀 구름 네 덩이가 계절의
바람에 떠밀려 천천히 서로 교차하고…… 그것은 갈고리 모양의 구름 세 덩이
가 되어 바위산과 평지와 사람들의 얼굴에 부드러운 그림자를 드리우며 상공을
지나고, 이윽고 그것은 멀리서 큰 연잎 모양의 황금색 구름 두 덩이가 되어 북쪽
민둥산 산맥 뒤로 모습을 지워가고 있었다.

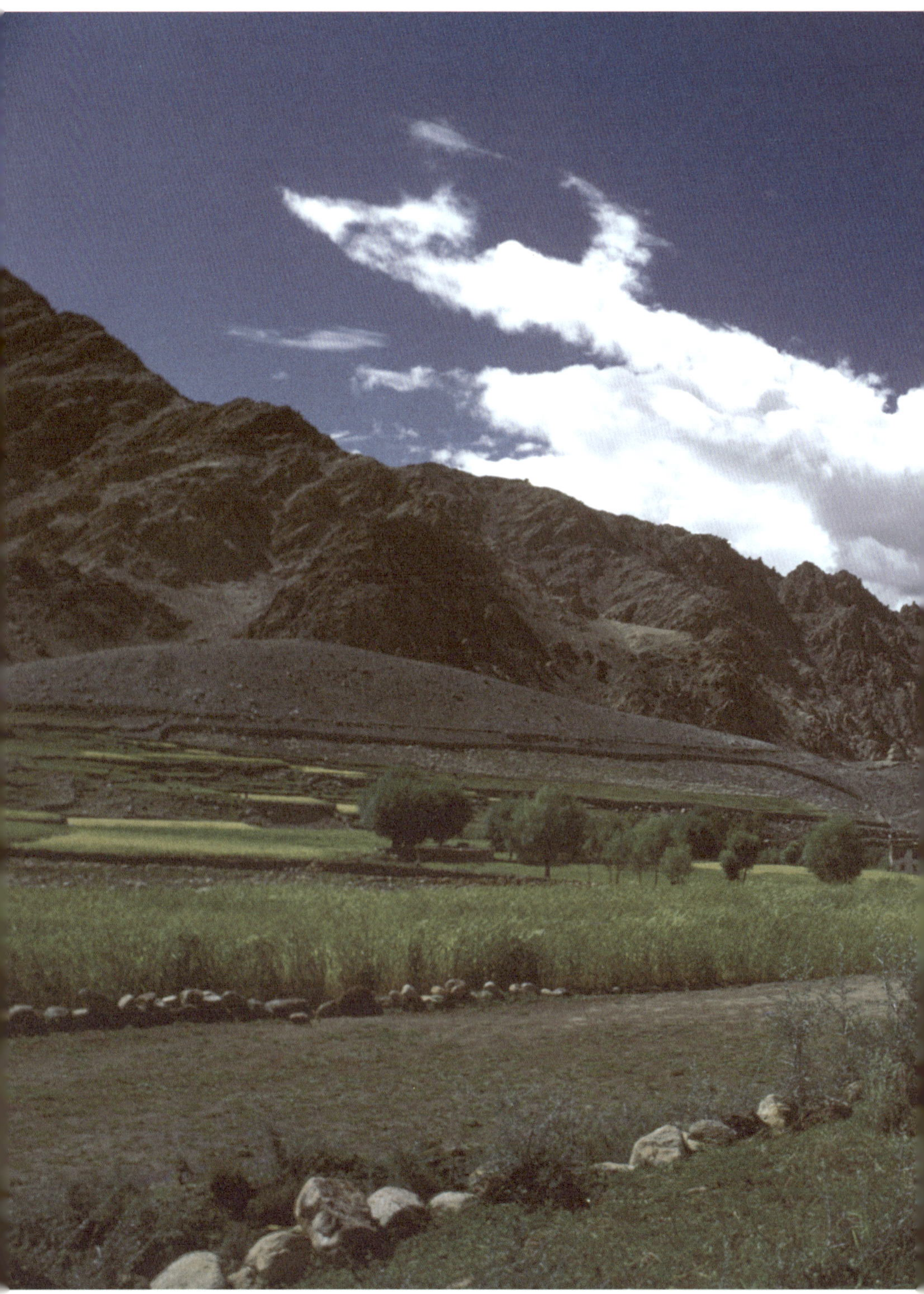

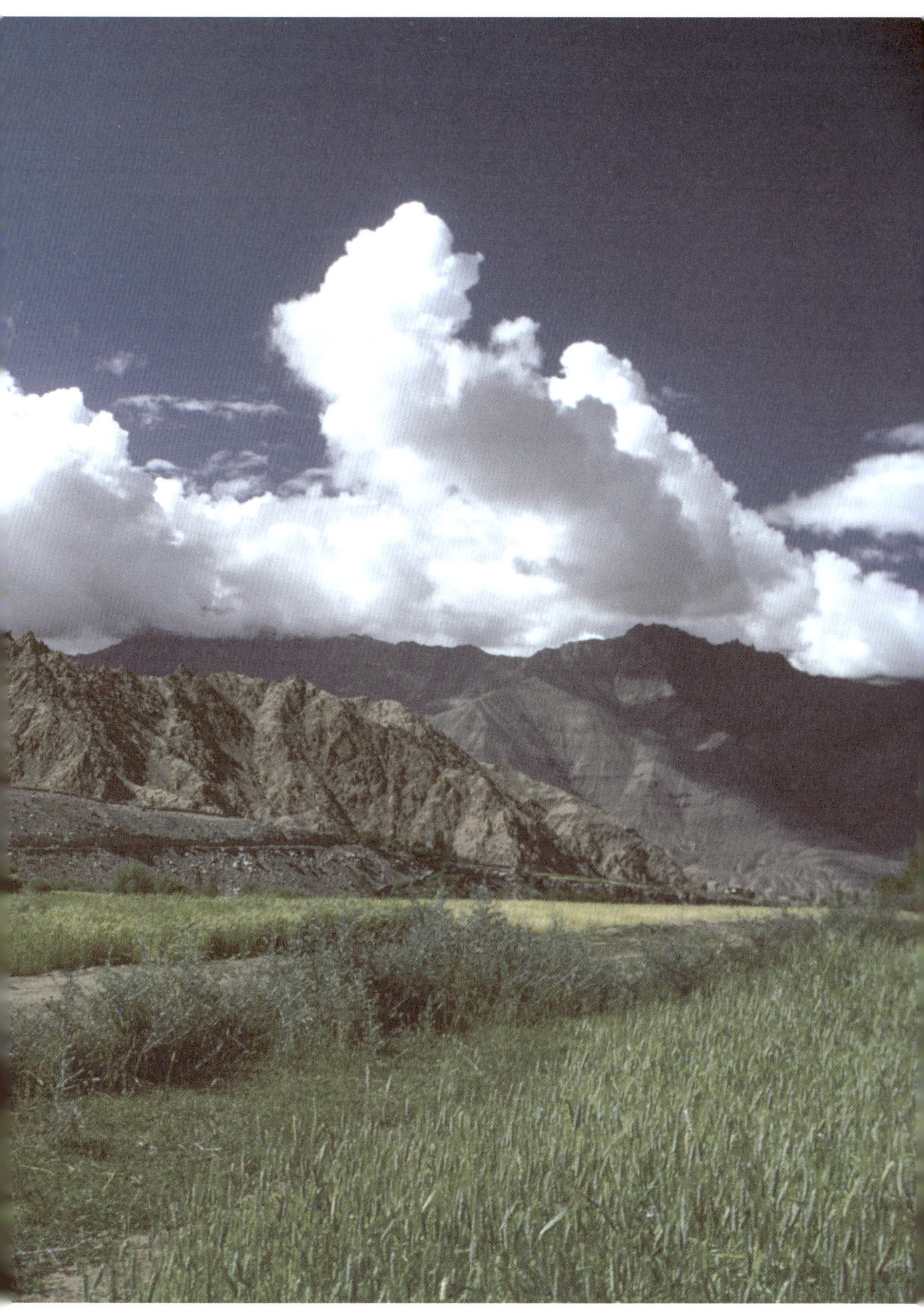

물속의 달을 닮은 자

"그때의 혈기는 다 어디로 사라졌는지……."

노인은 지면에 튀어나온 흰 돌 위에 앉아 있다. 좁은 목구멍으로 새어 나오는 목소리에는 별반 서글픈 기색도 없었다.

"저 산은 하나도 변하지 않았지만."

볕에 그은 부석부석한 얼굴, 푹 꺼진 눈언저리에 눈물이 괸 눈으로 저 핏빛 바위산 쪽을 망연히 바라보고 있다. 머리 위로 한낮의 강한 햇빛을 받아 바위산 정상이 하얗게 빛난다. 노인은 뼈가 불거지고 살가죽이 늘어난 양손과 다듬지 않은 흰 수염이 난 턱을 낡은 농기구 자루 같은 지팡이 위에 올려놓고 있었다.

"그 당시 아이들은 다들 어엿한 청년이 되었지만…… 부락에 남아 있는 사람은 별로 없어. 젊은 사람이 여기 있어봤자 뾰족한 수도 없으니 우리도 말리진 않아……."

노인은 눈부시게 햇살을 반사하고 있는 광장 쪽으로 눈길을 주었다. 그 흰 빛의 중심에 남자가 서 있었다. 카키색으로 물들인 짤막한 바지를 입은 호리호리

하고 키가 큰 청년. 상체에 걸친 누르스름한 반소매 속옷 위로 불거진 뼈의 음영이 도드라졌다. 붉은 바지 끈을 질끈 동여맨 허리가 곤충 허리처럼 가늘어 보인다. 빡빡 깎은 머리에 얼굴이 기름한 그 청년은 바지 호주머니에 찔러 넣은 양손을 자신의 국부 쪽으로 뻗고 있다. 그리고 상반신을 구부정하게 숙이고 이쪽을 보면서 엷은 웃음을 짓고 있다.

그 남자의 10미터쯤 뒤에서는 도롱이벌레처럼 모양이 분명치 않은 두꺼운 천을 걸친 노파가 걷고 있다. 노파는 허리를 직각으로 꺾고 담벼락에 한 손을 짚어 몸을 지탱하면서 집들을 따라 천천히 서쪽으로 걸어가고 있다. 그 바로 뒤에서 노란색 셔츠를 입고 아랫도리를 드러낸 아이가 노파를 쫓아간다. 아이의 허리에 둘러진 가는 띠가 땅에 끌리면서 그 끝에 달아맨 빈 깡통이 딸가당딸가당 메마른 소리를 낸다.

"부락에 남은 젊은이는 대개 정신이 나간 사람이거나 병자야. 아니면 아직 어린애거나 나 같은 늙은이를 보살피는 처녀 정도지……."

노인은 햇빛에 빛나는 얼굴에 웃음을 지으며 지팡이 끝에 올려놓은 오른손 손가락 끝으로 염주를 돌리고 있었다. 염소수염 뒤로 흐릿하게 빛을 머금은 염주 알 하나가 사라지고 또 하나가 나타났다.

"돈 될 만한 건 전부 팔아치웠어. 산양이며 소며 말이며 당나귀며, 입고 있는 옷가지는 물론이고 부처님까지 전부 팔아먹었지. 처음엔 값나가는 물건에 눈독을 들이고 여기저기서 장사치들이 몰려들었지만, 그것도 점차 줄어들어서 요 이삼 년 동안은 찾아오는 이도 없어……."

바람이 불었다. 건조한 바람이 광장에 흰 흙먼지를 일으켰다. 좀 전의 호리호리하고 키 큰 청년의 모습은 이미 그곳에 없다. 바람 소리가 잦아들었을 때, 근처 석조 지붕 귀퉁이에 세워진 주문이 지워진 낡은 기도 깃발이 펄럭이는 소리가 어렴풋이 귓가에 들려왔다. 광장 건너편의 폐가가 된 흙색 집 입구에서 시커

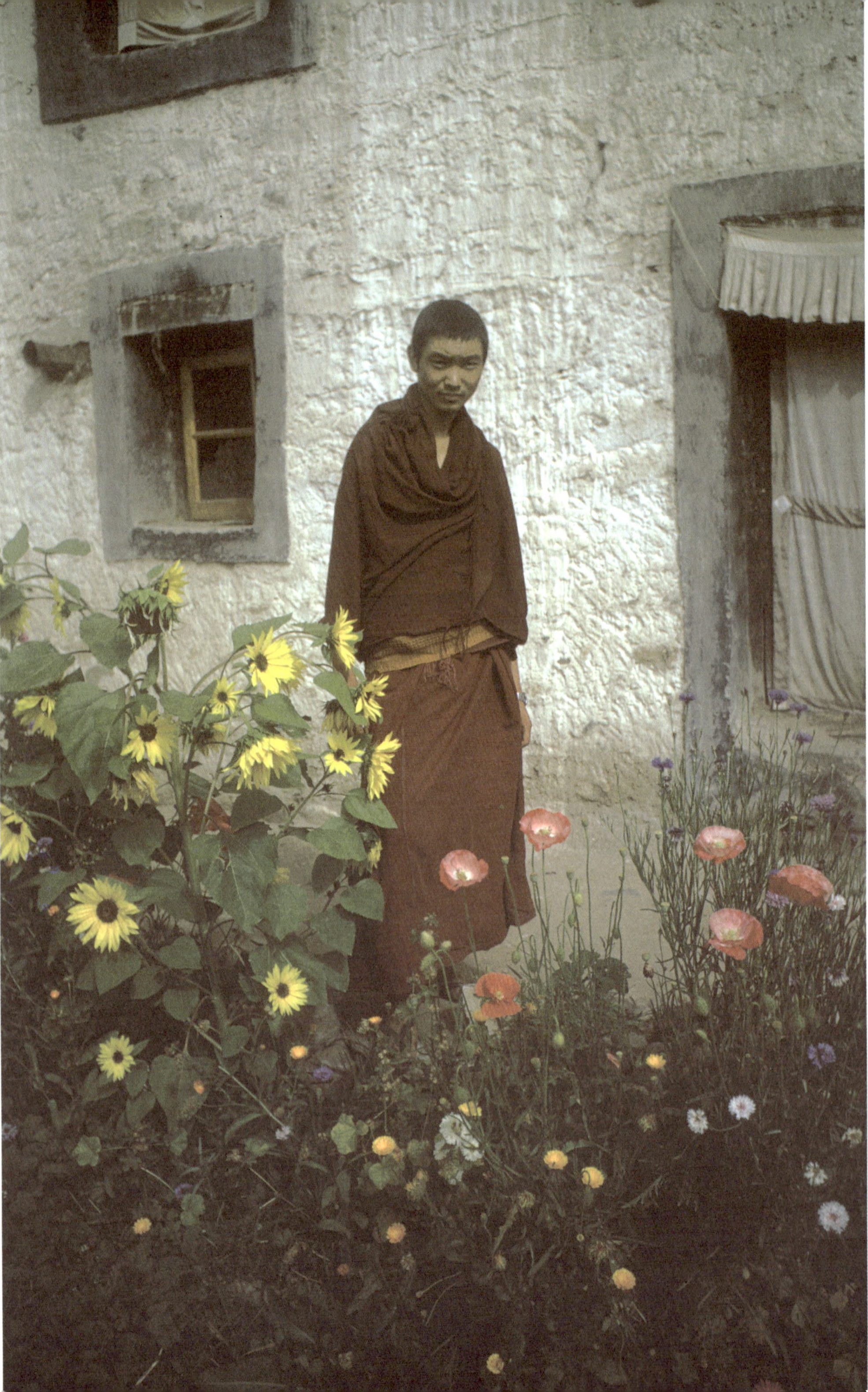

먼 사람 모습 하나가 나오더니 크고 단단한 널빤지 같은 것을 끌어내려고 한다. 그는 한동안 그 작업을 계속했으나 큰 물체는 입구 근처에서 꼼짝을 하지 않았다. 그는 몇 번이고 집을 들락거렸으나 결국 단념했는지 작은 널빤지 조각 같은 것을 겨드랑이에 끼고 광장을 가로질러 저편 골목으로 사라졌다.

"내가 여섯 살인가 일곱 살 때였을 거야. 어머니와 함께 라싸에 갔다네. 시내 외곽에 있는 조용한 스님 묘지를 어머니 손에 이끌려 경문을 외면서 오른쪽으로 몇 바퀴고 돌았지. 요즘 들어 자꾸 그때 일이 떠올라. 가끔 이 부락 근방을 다니다 보면 문득 그때처럼 묘지 주위를 뱅글뱅글 돌고 있는 기분이 들어……"

노인은 개를 보고 있었다.

개가 달리고 있었다. 아직 성견이 되지 않은 비슷하게 생긴 검둥이 두 마리가 가르랑대며 왼쪽 집 뒤에서 튀어나와 흙먼지를 날리며 장난을 치고 있었다. 광장을 내달리며 엉겨 붙고, 이따금 코를 쿵쿵대며 뛰어올랐다. 한 마리가 지쳐서 광장 언저리의 그늘진 곳에 주저앉더니 헐떡거리며 긴 혀를 빼물고 땅에 엎드렸다. 그러자 남은 녀석이 다시 왼쪽 집 뒤로 기운차게 뛰어 들어갔고, 엎드리고 있던 녀석도 일어나 뒤따라 왼쪽 집 뒤로 사라졌다.

염주를 돌리던 노인의 오른손이 문득 멈추었다. 지팡이 위에 얹혀 있던 왼손을 들어 반질반질 빛나는 크고 너부죽한 얼굴을 한 번 쓱 쓰다듬더니 부드러운 목소리로 말했다.

"이제 이 부락에는 아무것도 남은 게 없어. 장사치도 장사를 하지 않아. 과거에 도둑질을 일삼던 사내도 훔칠 물건이 없어서 지금은 반듯한 사람이 되었지. 물건이 없어지는 바람에 사람의 욕심마저 사라지고…… 지금은 다들 천국 생각만 한다네. 곰파(절)에서 나눠주는 맛없는 보릿겨가 지겹다고 보리를 먹을 수 있는 마을로 갔던 자들도 두 달만 지나면 보릿겨만 먹고 살아도 여기가 낫다면서 돌아오지. 그런 자들이 돌아올 때 먼 마을에서 사람 취급 못 받는 얼간이나 거지를 데려오기도 하고, 이 부락 소문을 듣고 멀리서 정신 나간 자나 천성이 게으른 자들이 찾아와서 눌러앉기도 해. 뭐 양식 걱정만 없다면 누가 눌러앉든 상관없다네. 자네도 어디서 왔는지 모르겠지만 이곳에 있으면서 신앙에 힘쓰게…… 쿠쇼님(재앙주의 이름)한테 대들지만 않으면 나쁜 일도 생기지 않아. 죽더라도 '천상신 강하의 신령'이 지척이니까 신앙만 게을리 하지 않으면 저 산을 타고 곧장 천국에 갈 수 있다네…… 천상신 강하의 신령님도 틀림없이 자네 같은 젊은 신자를 원하실 게야……."

해는 서쪽으로 설핏 기울고 있었다. 거친 바위산 표면의 음영이 짙어지기 시작했다. 노인은 말을 마치자 돌에서 일어났다. 엉덩이 부분에 덧댄 천 조각이 말려 올라가 바람에 바들거리고 있었다.

노인은 경을 웅얼거렸다. 긴 통소매의 동공에 감추어진 왼손이 햇빛을 둔하게 투영하고 있는 작은 갈색 염주 알들을 천천히 돌리기 시작했다. 오른손에 쥐어진 지팡이 끝에 매달린 짧은 그림자가 동쪽으로 선명하게 뻗어 있었다. 지팡이 끝이 그림자에서 떨어져 허공을 저으며 그 앞의 지면을 찔렀다. 지팡이의 움직임을 좇듯 노인의 다리가 움직였다. 발을 끌며 오른쪽 다리가 움직였을 때, 그늘져 있던 그 늙은 등에 햇살이 쏟아졌다.

나는 땅바닥에서 일어났다. 그리고 먼지를 털면서 잠시 노인의 뒷모습을 바라보았다. 문득 "그때처럼 묘지 주위를 뱅글뱅글 돌고 있는 기분이 들어"라는 노인의 말이 떠올랐다. 특이한 작은 새 한 마리를 발견한 것처럼, 그 말에서 일종의 영원을 발견한 기분이 들었다. 어쩌면 노인이 걸어가는 방향도 그쪽일 것이다.

"신앙만 게을리 하지 않으면 저 산을 타고 곧장 천국에 갈 수 있다네…… 천상신 강하의 신령님도 틀림없이 자네 같은 젊은 신자를 원하실 게야."

분명 저 바위산은 색깔도 모양도 좀 특이하지만, 내 눈에는 그리 신비로워 보

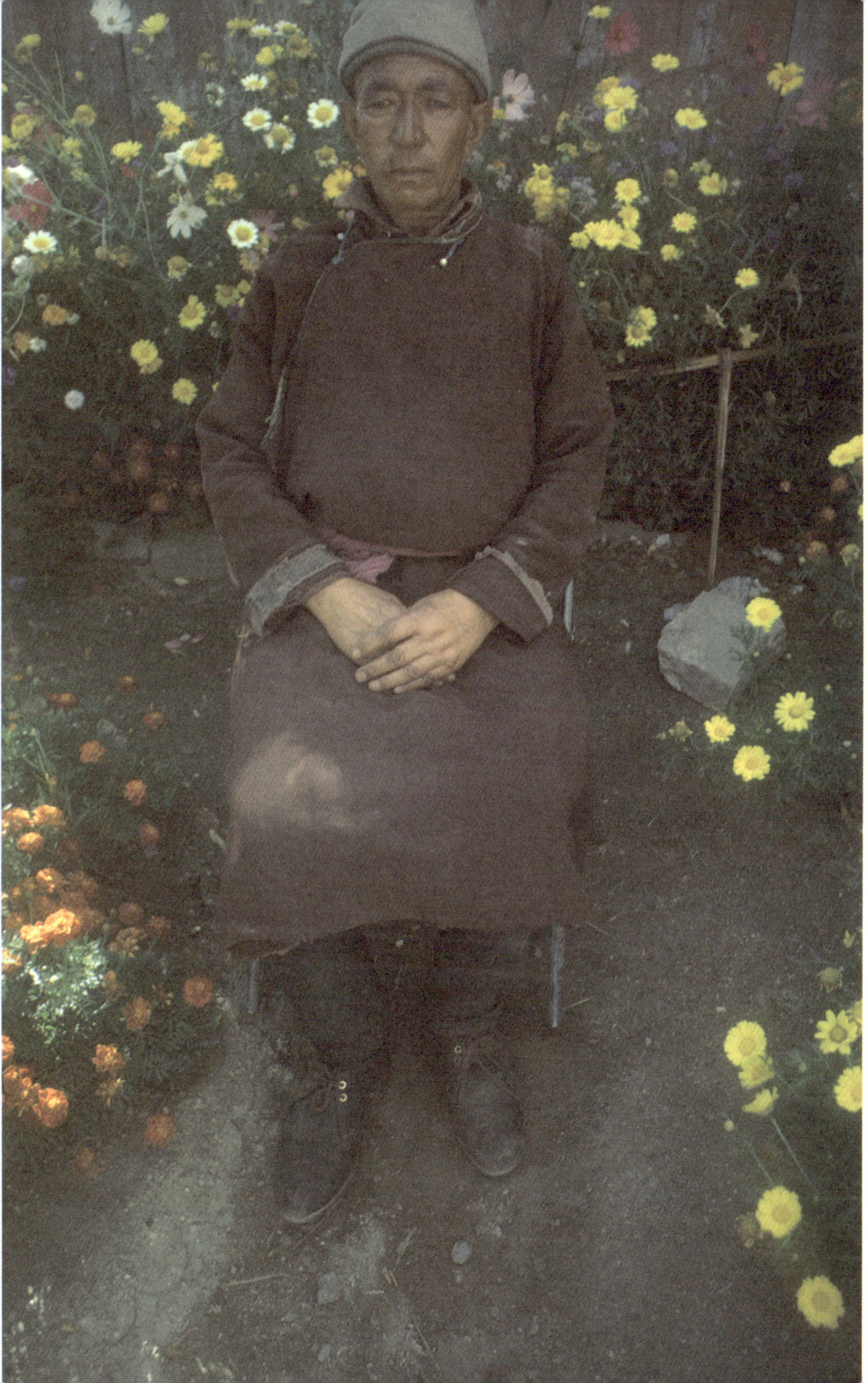

이지 않는다. 눈에 보이는 것만 믿는 성격이라 천국이니 내세니 하는 것을 믿지 않아서 그런지도 모르겠다. 이곳에 뼈를 묻을 생각은 없다. 다만 이 부락에 모여 사는 사람들을 보면서…… 문득 그들이 이미 자신의 나라를 실현하고 있을지도 모른다는 생각이 든다. 이 더없이 영락한…… 어리석고 게으른 부락의 일상 속에 낙토처럼 평화로운, 어떤 불가사의한 생명의 리듬이 맥박치고 있는 것만 같다.

소녀 둘이 앉아 있었다. 방심한 듯한 미소를 지으며 때로는 심각한 표정으로 날마다 광장 서쪽의 커다란 수조水槽 옆에 앉아서 서로의 머리카락을 가지고 장난을 친다. 아침 해가 동쪽에서 떠올라 느릿느릿 서쪽 지평에 도달할 때까지, 그 아득히 긴 시간을 매일 두 사람은 서로의 머리카락을 매만지며 보낸다. 가느다란 나뭇가지, 제법 많은 양의 실과 끈, 그리고 머리카락을 부풀리는 양털 부스러기 따위를 가지고, 오래된 도판에서 본 적이 있는, 고대 티베트의 귀부인들이 평생 골치를 썩이던 몸서리치는 한가함 끝에 발명했다는 형용하기 힘들 정도로 복잡하고 기괴한 머리 모양(올림머리와 모자와 보석 장신구를 조합한 듯한, 면적이 얼굴 크기의 열 배쯤 되는 기괴한 머리 모양으로, 그 자체가 자신의 재산이 얼마나 많은지 남에게 과시하는 권위적 장식이며 아울러 자신의 평생의 재산을 보존하는 금고 구실도 한다)에 맞먹는 복잡하기 짝이 없는 머리 모양을 만드는 것이다. 때로는 머리 모양 하나를 완성하는 데 일주일을 소모하기도 했다. 한 명의 머리가 완성되면 또 한 명의 머리에 착수하는데, 둘 다 완성되면 먼저 만들었던 머리를 풀어 다시 새로운 창작에 들어간다. 이 소녀들은 한없는 유흥에 탐닉하면서 하루하루를 보내고 있었다.

두 소녀의 주변에는 이 끊이지 않고 이어지는 유흥의 심취자인 중년 남자 두 명과 노인 한 명이 종종 얼쩡거렸다. 세 남자는 앉았다 일어섰다 하면서 갓 태어난 새끼 양처럼 순수한 눈빛으로 소녀들의 손놀림을 응시했다. 간혹 별 도움도 되지 않는 충고를 스스로를 타이르는 듯한 말투로 너무 주제넘지 않게 중얼거리며 고개를 갸웃거리거나 옆에 있는 남자를 쿡쿡 찔러 동의를 구하거나 하면서 그곳에서 가뿐하게 하루를 보냈다.

티베트 고대 귀족의 탐미적 여가 생활을 능가하는, 이 어처구니없는 시간 때우기에 열중한 관객을 포함한 한 무리의 속 편한 사람들로부터 20미터쯤 떨어진 곳에는 푸른 하늘을 천장 삼은 허물어진 집터가 있었다. 세 평쯤 되는 이 안락한 장소에는 두 소녀와 남자들의 여가 생활과 경쟁이라도 하듯 취향이 다른 한 무리의 한가한 사람들이 보였다.

백발마저 거의 다 빠져 햇빛에 반들거리는 갈색 머리 밑을 드러낸 채 성긴 머리카락을 해조처럼 묶은 노파. 눈이 주름에 파묻혀 상하좌우의 시야가 좁아진 장님이나 다름없는 노파. 알 없는 노란색 남자용 투명 안경을 거꾸로 쓰고 입매가 헤벌쭉해 침이 흘러내릴 듯이 보이는 아이처럼 키가 작은 노파……. 예순이 넘은 나이에 캉바라는 지방에서 도망쳐 왔다는 소꿉동무인 이 세 노파는, 수십 년 동안 똑같은 이야기를 정신이 다 아득해질 정도로 수없이 해온 터라 이제 서로에게 할 이야기도 없었다. 그래서 요즘은 그저 서로의 생존을 확인하는 형태로, 푸른 하늘을 천장 삼은 이 편하고 익숙한 장소에 오후 2시 반쯤 찾아와 말없이 때로는 입을 벌쭉이 벌려 의미 없는 미소를 지으며 해 질 녘까지 기분 좋은 듯이 볕을 쬔다.

한번은 이 부락을 지나던 타지 사람이 이 세 노파를 보고 옛 본교 계통의 유서 깊은 태양 숭배 교단인 태양전당교太陽殿堂教 일파의 후예일지도 모른다고 여겨 새전 몇 푼을 두고 간 적이 있다. 노파들은 그 돈의 의미를 이해하지 못하고 있다가 남자가 가버리자 안경을 거꾸로 쓴 노파가 그 돈을 주머니에 넣고, 창문 너머로 셈을 치르고 물건을 건네받는 이 부락에 한 곳밖에 없는 작은 구멍가게로 가서 만자卍字 문양이 찍힌 모양이 불분명한 비스킷을 사와서 극락에라도 오른 듯한 미소를 지으며 셋이 사이좋게 오물오물 나눠 먹었다.

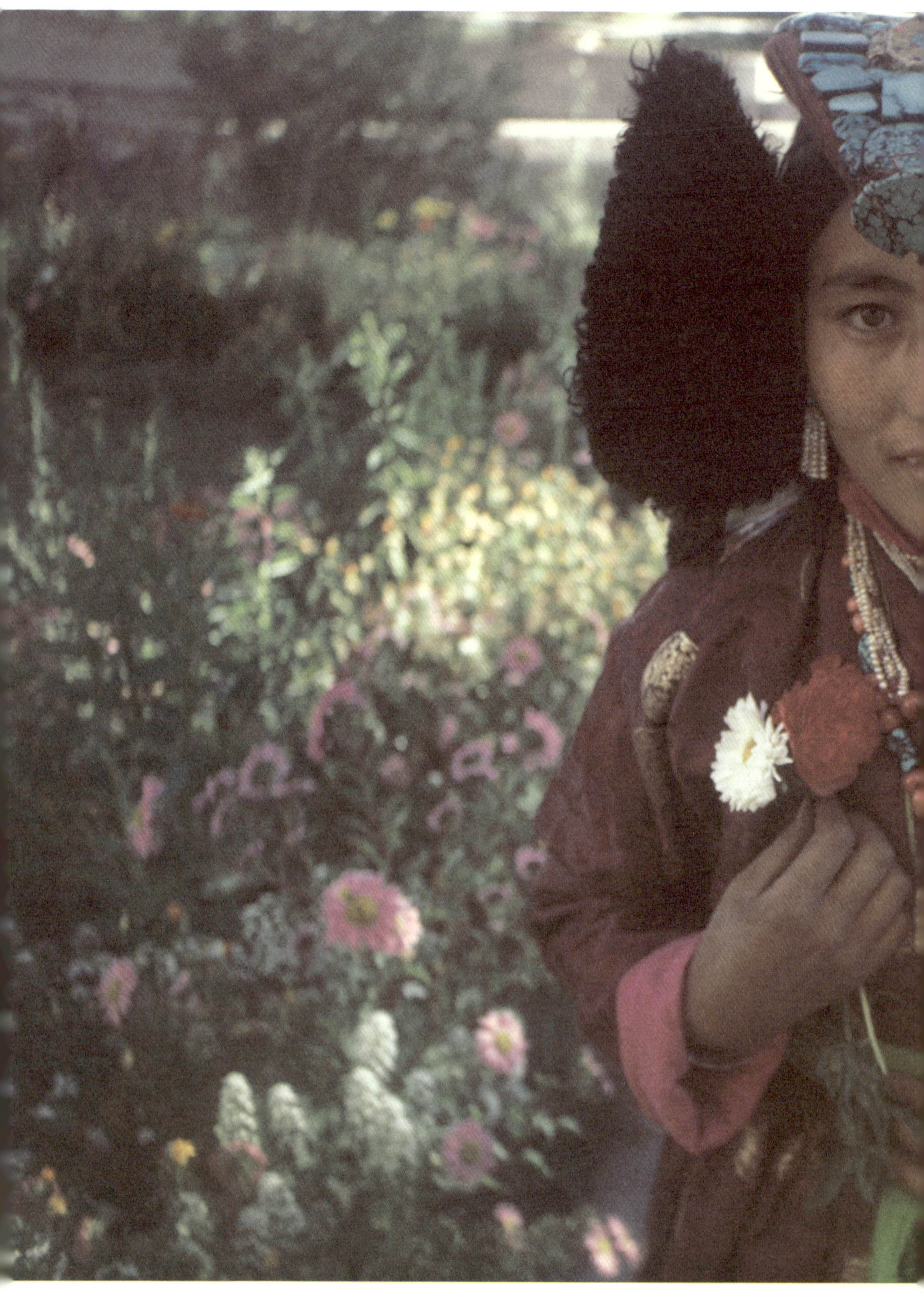

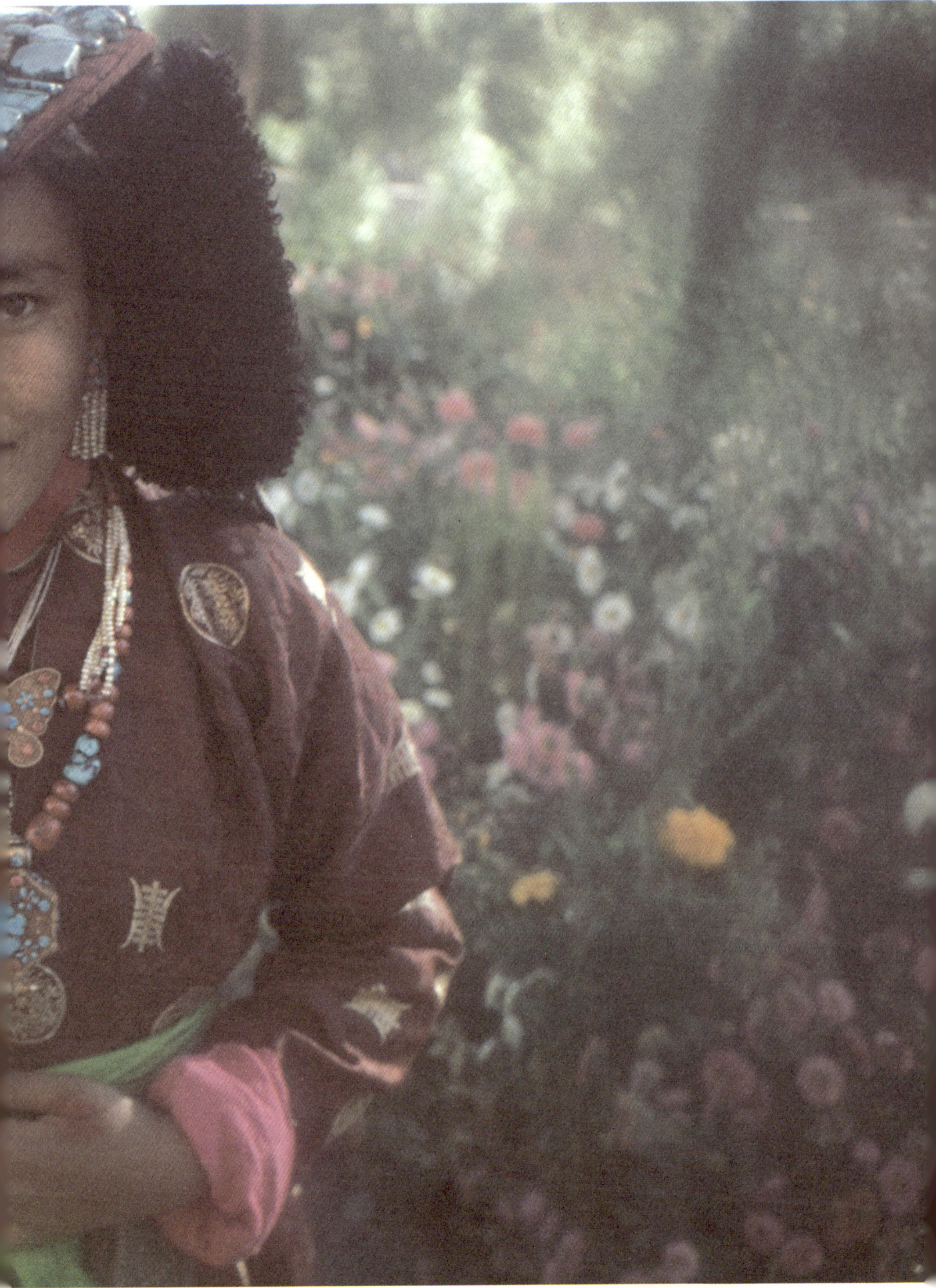

노파들은 아주 드물게 그런 일로 두세 마디 말을 나누기도 하지만, 평소에는 말없이 앉아 해가 갈수록 외계와 단절되어 자신의 머릿속에 닦아놓은 과거와 미래로 통하는 산책로를 오락가락할 뿐이었다. 대머리나 다름없는 노파와 장님이나 다름없는 노파는 몇 년 전 어느 날 새벽에 세 마리의 기원起源 원숭이(티베트 신화에 따르면, 옛날 얄룽 계곡에 살던 영리한 원숭이와 바위 정령이 혼인해 원숭이 비슷한 여섯 자식을 낳았고, 그 후손들이 점차 털이 사라지고 꼬리가 짧아져 인간이 되었으며 그로부터 티베트 민족이 시작되었다고 한다―옮긴이)가 그들을 맞으러 천국에서 밧줄을 타고 내려오는 꿈을 동시에 꾼 이래, 밤낮으로 그 꿈 생각뿐이라고 한다. 그리고 안경을 거꾸로 쓴 노파는 노쇠해갈수록 천국의 일보다는 어떤 진묘한 음식의 추억에 빠져들게 되었고, 최근에는 그 추억의 음식을 신앙의 경지로까지 끌어올려 입만 열면 "타오샹, 타오샹" 하고 경문처럼 중얼거린다. 듣자 하니 '타오샹'은 그녀가 처녀 적에 아버지와 함께 중국 근처에 갔을 때 먹은 중국 요리 이름으로, 정식 이름은 '타오로위딩꾸이샹桃肉魚丁桂香'이라고 한다. '타오샹桃香'은 그녀가 발음하기 쉽게 멋대로 줄여 부르는 이름일 뿐이다.

부락에는 이 음식을 먹어본 자가 없으므로 어떤 맛인지는 알 수 없지만, 대단한 진미인 모양이다. 이것은 중국의 쓰촨 성에서 전해져 티베트 법왕청에서 종교적 예를 받은 후 세상에 나온 공양 음식으로, '어魚' 자가 들어가지만 종교상의 이유로 생선은 잘 사용되지 않고 대신에 티베트 북부의 혹한 지역에 사는 야생 산양 새끼의 맛좋은 어깨살을 사용한다. 티베트에서는 지위가 높은 귀족 등이 축제 만찬 때 종종 이것을 먹었다고 한다.

이 '타오로위딩꾸이샹'이라는 기묘한 이름의 요리가 어지간히 진미였던지 아니면 그녀의 일신상에 뭔가 다른 면에서 영향을 주었는지는 모르겠지만, 노파의 평소 행실이나 용모로 미루어볼 때 그것은 단지 늙어갈수록 강해진 그녀의 남다른 '식食의 업業'이 그녀 자신의 대단히 개인적인 종교와 결부되어 나타난 것임을 알 수 있다. 이 노파는 사람들이 보릿겨를 나눠줄 때도 "타오샹, 타오샹", 사람을 만나 인사할 때도 "타오샹, 타오샹" 하고 말하며 어떤 언동에서든 경을 외듯 '타오샹'을 들고 나오는데, 이쪽이 "타오샹" 하고 말해주면 노파는 황홀한 미소를 지으며 이쁩다는 듯이 손을 내미는 것이었다.

저마다 머릿속에서 자신만의 신성한 산책로를 거닐며 황홀경에 빠져서 볕을 쬐고 있는 세 노파 옆에는, 내가 예전에 치료해주었던 개처럼 온몸이 습진으로 덮인 개가 잠들어 있었다. 개는 습진에 시달리는 꿈이라도 꾸는지 때때로 목구멍에서 가르랑가르랑 소리를 내는데, 갑자기 벌떡 일어나 곡예라도 하듯 뒷다리로 머리 꼭대기 근처를 긁다가 그 발이 가려워 발을 물려고 드는 무리난제에 도전하곤 했다. 그때마다 털이 빠져 지면을 불어 지나는 느린 바람에 폴폴 날아간다.

개의 털이 흩어진 지면 위를 발가벗은 아이 서넛이 꼬투리완두 같은 하반신의 돌기를 달랑달랑 흔들며 뛰어갔다. 아이들이 뛰어가는 남쪽으로 트인 광장 어귀에는 남자 너덧이 땅바닥에 둘러앉아 이따금 작은 흙먼지를 일으키고 기성을 지르면서 '쇼'라는 노름에 열을 올리고 있었다. 이 부락에 몇 남지 않은 젊은 한량들이 모이는 이 부근은 다소나마 인간적인 비릿한 열기가 감돌아 나는 묘하게 그곳이 정겹게 느껴졌다.

이 '쇼'라는 노름은 둘러앉은 사람들 앞에 각각 열 개쯤 돌멩이를 쌓아두고, 두 개의 주사위를 굴려 그 사위에 따라 한 사람이 아홉 개씩 갖고 있는 마름모꼴 나뭇조각을 그 돌멩이 더미 사이로 움직여 승부를 내는 게임인 것 같았다.

나도 이 부락의 관습처럼 보이는 한가한 사람 흉내를 내며 남자들이 하는 양을 옆에서 오랫동안 관찰했지만, 결국 판이 어떻게 돌아가는지 이해할 수 없었다. 노름 내용 따위야 몰라도 그만이지만, 자꾸 신경이 쓰이는 것이 한 가지 있

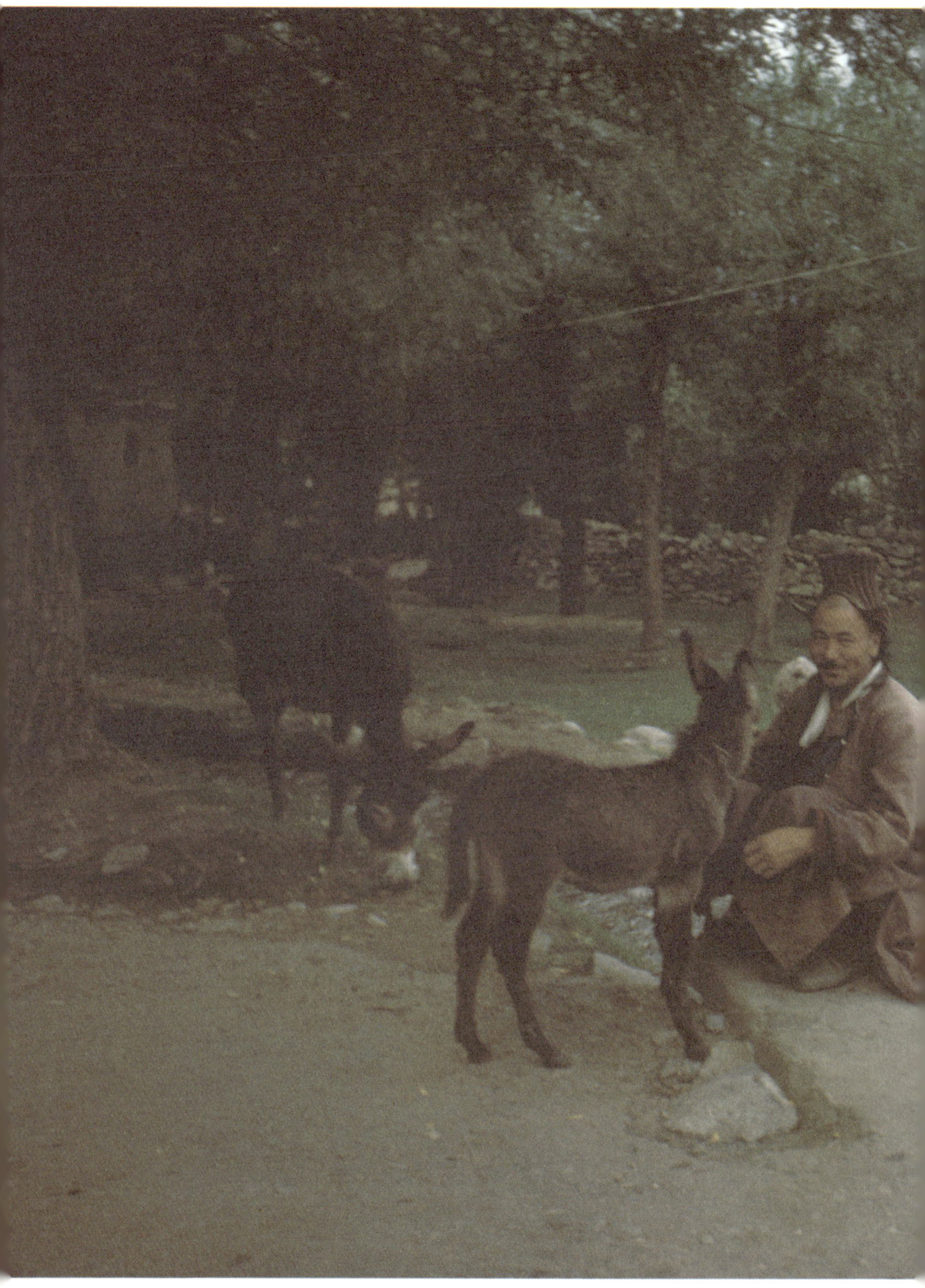

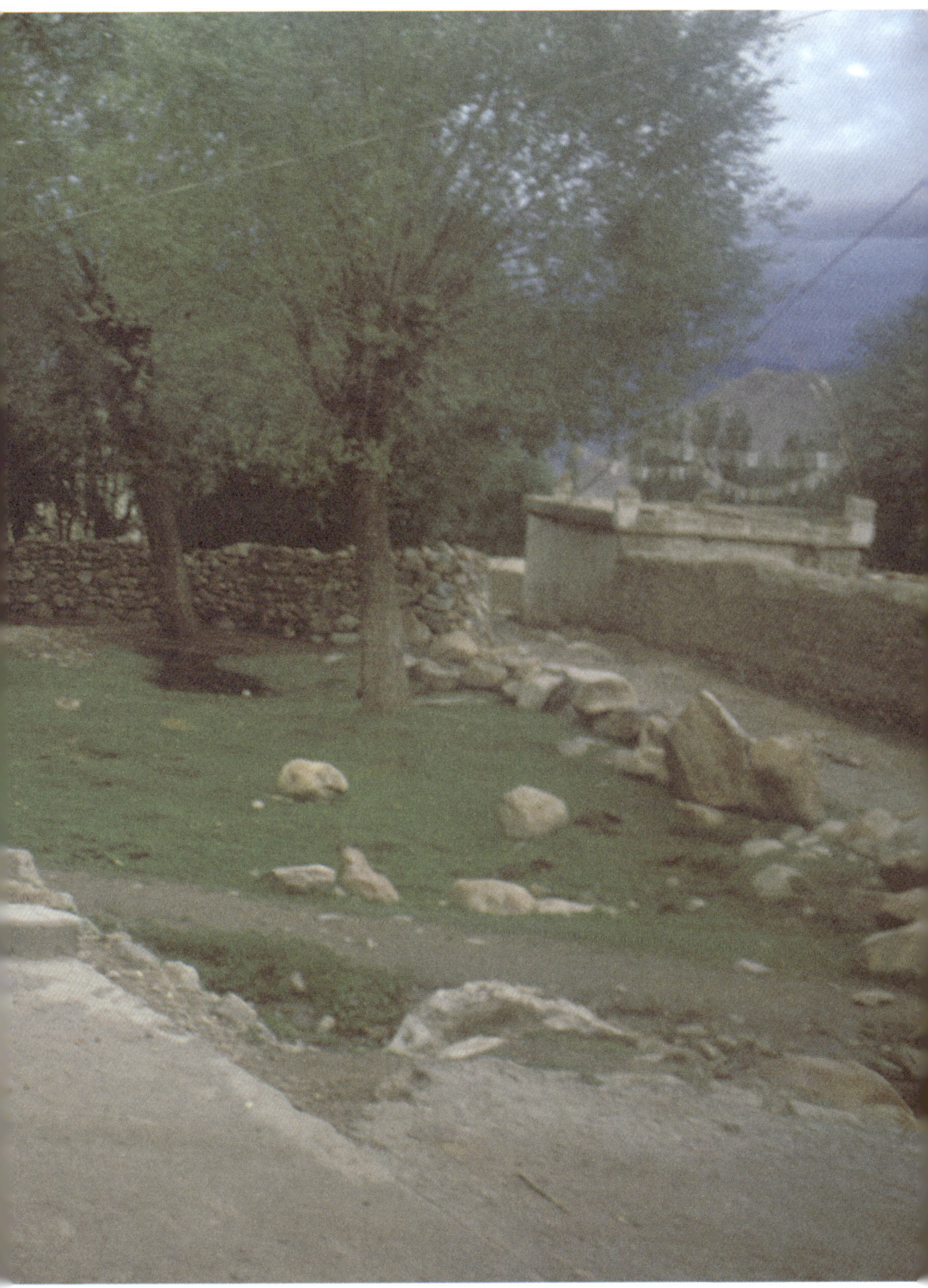

었다. 노름을 하는 자들 중에 내리 지기만 하는 자가 있었는데, 그는 최근 몇 년 동안 이 사람 저 사람에게 꾼 돈만으로도 번듯한 집 다섯 채는 살 수 있을 만큼 빚을 지고는 반쯤 자포자기해 노름을 하고 있었다. 돈을 주고받는 모습을 거의 본 적이 없는 이 부락의 어디에서 실제로 그렇게 큰돈이 오가는지 궁금했던 것이다. 그들은 진지했고, 자신이 얼마를 땄는지 머릿속에 꼼꼼히 기입해놓고 있었다. 몇 번씩 금액을 말하며 누구누구는 얼마, 누구누구는 얼마 하고 머릿속에 확실하게 기억해둔다.

요컨대…… 내세에 갈 때 잊어버리지 않기 위해서라고 한다. 현세에서 실컷 놀고 내세에서 다시 만나 그 결산을 맞춘다는 발상이다. 내가 보기에는 어처구니가 없지만 그들은 진지하다. 내세에서 돈을 주고받을 수 있다고 믿기 때문에 노름은 묘하게 세속적인 분위기를 띤다. 노름에 진 자는 이마에 핏대를 세우고, 노름으로 번듯한 집을 다섯 채나 날려버린 저 단젠 차탁이라는 청년은 만날 아버지와 싸우다가 결국 의절을 당하다시피 해서 혼자 산다. 아버지가 근 오십 년 동안 내세의 안락을 위해 무한의 수만큼 원 경문의 저축을 아들이 홀랑 까먹었다는 것이 의절의 이유였다. 온후한 부락 사람들도 당연한 처사라고 여기는 눈치였다.

간혹 거리를 지나다가 지치고 심통이 올라 까칠한 표정으로 터덜터덜 걸어가는 단젠 차탁을 만나곤 했는데, 그럴 때면 나는 문득 이 가련한 남자에게 내가 믿는 종교를 전도하고 싶어졌다.

'이봐, 걱정할 필요 없어. 지금 우리가 사는 이 세상에는 자네들이 내세라고 부르는 지옥, 아귀, 축생, 아수라, 인간, 천상이 다 있어. 이곳이 바로 내세야 …… 그렇지 않다면 어째서 자네 머리 위에 저렇게 새파란 천국이 보이고, 어째서 자네 발밑에 버러지나 개가 버둥대며 기어 다니겠어.'

있을지 없을지도 모르는 내세를 위해 피 터지게 싸우는 어리석은 빈털터리 노름꾼들이 모여 사는 부락 남쪽의 경계 밖으로는 약간 기복이 있는 자갈밭 지대가 펼쳐진다. 그 일대에는 허물어진 집에서 나온 폐기물이 어수선하게 흩어져 있어서 살벌한 느낌을 준다. 그곳에서 200미터쯤 떨어져 지면이 도도록이 솟은 곳에 좀 별나게 생긴 외딴집이 보인다. 돌과 진흙으로 지은 평범한 집인데, 지붕 위에 여러 마을에서 벌채해 온 버드나무 가지와 잎을 수북이 얹어놓아 멀리서 보면 적갈색 말똥을 으깨놓은 것 같다. 둥그스름한 지붕 꼭대기에는 길이 3미터쯤 되는 가지를 쳐낸 고부라진 고목이 왼쪽으로 쓰러질 듯 위태롭게 서 있고, 그 끝에는 뻣뻣해서 바람에 펄럭이지도 않는 찢어진 다홍색 깃발이 매달려 있다.

집 주위에는 대여섯 사람이 모여 그 집을 향해 무릎을 꿇고 기도를 드리고 있었다. 잠시 후 집 안에서 작은 종소리가 여러 번 울렸다. 종소리가 그치고 침묵 속에 몇 분이 지나자 마른 버드나무로 덮인 입구의 부서진 빈지문과, 사방 벽에 뚫어놓은 거적을 걸친 작은 창과, 지붕의 구멍이나 나뭇가지 틈새에서 푸른 연기가 뭉게뭉게 피어올랐다. 그리고 갑자기 집 안에서 심하게 기침을 하며 주문을 외는 남자의 잠긴 목소리가 들려왔다.

얼마 후 연기는 서서히 옅어져 한 줄기가 되어 흐르듯이 집의 틈새에서 피어오르기 시작했다. 또다시 금속음이 세 번, 네 번 울려 퍼지고 안에 갇힌 소리에서 외부의 공기에 닿는 소리로 바뀌었을 때 입구에 기대놓은 빈지문이 꽈당 하고 쓰러지며 흙먼지를 일으켰다. 동시에 푸른 연기가 뿜어져 나오고, 그 지욱한 흰 흙먼지와 푸른 연기 속에서 한 남자가 나타났다.

남자는 커다란 가슴과 배 그리고 오른쪽 상반신을 드러낸 채 녹슨 쇠붙이 색깔의 장의를 땅에 끌고 있었다. 옷의 주름이며 어깨 부분이며 목둘레며 콧방울 옆 등에 검댕을 묻히고 있어서 흡사 사람들의 기억에서 잊힌 오래된 신의 동상

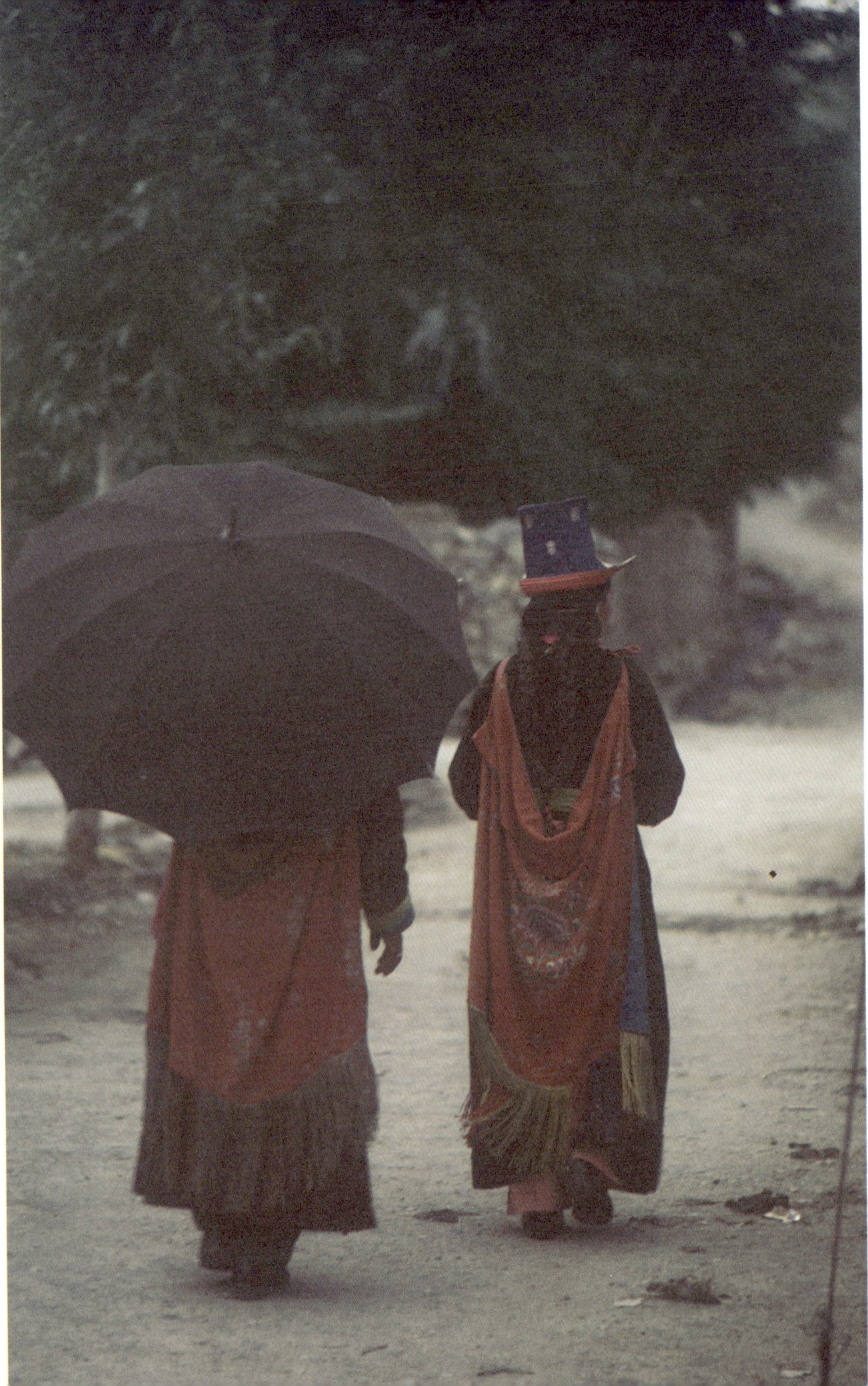

이 토막에서 튀어나온 것 같았다. 사람들은 그 모습을 보고 땅에 엎드려 절을 하고 있었다. 남자는 쓰러진 빈지문을 무신경하게 밟아 넘고 앞으로 고꾸라질 듯 비틀거리며 연기가 미치지 않은 곳까지 걸어가 네 번, 다섯 번 쿨럭쿨럭 기침을 했다. 그러고는 몸을 숙인 채 두 번쯤 심호흡을 하더니 간신히 정신이 들었는지 잠시 그 자리에 서 있었다.

남자의 왼손에는 지름 10센티미터, 두께 1센티미터쯤 되는 원반 모양의 반짝이는 황금색 동종銅鐘이 매달려 있었다. 금속 중심에서 50센티미터쯤 나와 있는 오색으로 짠 가느다란 실의 한쪽 끝에는 기름이 번질거리는 오래된 산양 뿔이 묶여 있고, 남자의 오른손은 그 뿔 끝을 쥐고 있다. 남자는 땅바닥에 책상다리를 하고 앉더니 산양 뿔을 왼손에 매달린 원반형 금속에 가볍게 부딪쳤다.

가을벌레 울음소리 같은 가늘게 떨리는 부드러운 금속음이 남자 주변을 떠돌았다. 두 번, 세 번 점차 강하게 산양 뿔을 부딪치더니 마지막에는 있는 힘껏 동종을 쳤다. 남자는 산양 뿔을 쥔 오른손을 머리 위로 쳐든 채 가만히 있다. 귀청을 때리는 동종 소리가 잔잔한 수면에 이는 파문처럼 메마른 풍경의 무한한 공간으로 퍼져 나갔다.

종소리가 서서히 잦아들다가 그친 후에도 남자는 손을 쳐든 채 앞쪽을 응시하며 과장스런 자세를 그대로 취하고 있었다. 바로 그 재앙주 남자였다.

남자는 가끔 생각이라도 난 듯이 이 미래를 예견하는 점을 쳤다. 이 점은 부락의 유일한 축제로, 예전에는 광적인 분위기 속에서 치러졌으나 지금은 형태만 남아 이 남자의 단순한 도락 비슷한 것이 되어버렸다. 과거에 이 축세는 신인천승활강제神人天繩滑降祭라고 불렀다. 본래 일 년에 한 번, 티베트력 정월 2일(태양력으로는 2월 중순경)에 티베트 전역에서 치러지는, 천상신이 무탁天繩을 타고 내려온 것을 기리는 기원절 축제였다. 그리고 티베트 각지에서 흘러든 이 부락 사람들에게는 무척이나 친숙한 행사였다. 부락 사람들은 그들의 삶이 활기를 띠던 십 년 전까지만 해도 대단히 열광적으로 축제를 치렀던 모양이다. 당시 축제 날이면 재앙주 남자는 일출 전부터 버드나무 가지와 잎을 태워 그 연기로 몸을 정화하고 저 바위산, '상방신 강하의 신령' 중턱의 작은 테라스까지 올라갔다. 그곳에는 말뚝에 묶인 길이 100미터 정도의 굵은 밧줄이 깔려 있는데, 남자는 먼저 그 밧줄 위에서 아침 해를 향해 백 번 정도 오체투지의 절을 한 다음 산비탈 아래로 밧줄을 던진다. 그리고 주문을 외면서 밧줄을 타고 산비탈을 스르르 스르르 신중하게 미끄러져 내려온다. 산자락에는 부락 사람들이 모두 나와 마른침을 삼키며 지켜보고 있다. 남자의 움직임에 일희일우하며 경을 외면서 지켜본다. 신의 화신이 천상신의 예언을 받들고 내려오고 있다. 만약 이 남자가 무사히 안전하게 착지해 용장하게 부르르 몸을 떨면 사람들은 그것을 길운의 징조로 여겨 미친 듯이 기뻐하고, 술과 춤이 등장하며 축제가 무르익는다. 반대로 남자가 도중에 현기증을 느끼고 휘청거리거나, 바위 모서리에 긁혀 상처를 입거나, 옷이 걸려 불안한 모습을 연출하거나, 착지할 때 엉덩방아를 찧거나 하면 그 강하 상태 혹은 사고의 경중에 따라 온갖 불안한 예감에 사로잡혔다. 그리고 잘못해서 남자가 도중에 떨어지거나 운 나쁘게 추락사했을 경우에는 장차 그 남자가 살아온 세월만큼 재앙이 닥친다고 믿었다.

사실을 말하자면 이 재앙주 남자는 이십여 년 전 바위산에서 떨어져 죽다가 살아난 저 롭상 융텐으로, 저 비장하고 기적적인 모험을 계기로 오늘날까지 '신인천승활강제'의 소임을 맡아왔다. 처음 십 년 동안 남자는 별다른 사고 없이 바위산을 오르내렸는데, 십일 년째 되는 어느 봄날, 활강 도중 변의便意를 느끼고 착지를 서두르다가 그만 추락하고 말았다. 이십 년 전 추락 후에 용장하게 부르르 몸을 떨며 기적적으로 되살아난 것과는 달리, 그때는 인사불성에 빠져 너댓새 동안 사경을 헤맸다. 다행히 목숨은 건졌지만 남자는 사고 이후, 과거 거지 밀주사 시절에 사람들로부터 받은 박해가 후년에 영향을 미쳤는지 중증의 피해 망상과 경증의 기억상실이 겹쳐 사람들에게 적의를 드러내며 사악한 언동을 일삼게 되었다. 그리고 사람들은 남자에게 악귀가 씌었다고 여기고 그 언동을 두려워하게 되었다.

그 사건 이후로 남자는 정월이 되어도 ‘상방신 강하의 신령’에 오를 생각을 하지 않았다. ‘축제’도 퇴색했다. 동시에 부락도 점차 활기를 잃어갔다. 이 땅에서는 사람이 활기를 잃어 축제가 쇠퇴하는 것이 아니라 축제가 쇠퇴해 사람이 활기를 잃는 기묘한 일이 벌어진다.

그러나 ‘신인천승활강제’가 완전히 쇠퇴한 것은 아니었다. 그것은 또한 이 부락 사람들이 완전히 활기를 잃지 않았음을 보여준다. 남자는 바위산에는 오르지 않았지만, 몸이 질식할 듯한 연기 세례를 요구하는지 일 년에 한 번, 과거에 사람들이 이 핏빛 바위산 기슭으로 몰려들었던 그 추억의 날짜를 골라 의식의 첫 부분인 연기로 몸을 정화하는 의식과 천상신을 불러들이는 동종을 울리는 의식을 거행했다. 그날이 바로 부락의 축제날이었다.

부락 사람들도 ‘축제’를 완전히 잊어버린 것은 아니었다. 세상일을 다 놓아버리고 멍하게 살아가는 부락 사람들의 몸속 어딘가에 결코 보이지는 않지만 신이 깃들여 있다. 그 몸속에 깃들인 축제를 관장하는 작은 신이 남자가 울리는, 신들의 영을 부르는 동종 소리를 알아듣는다. 그리고 이 작은 신은 작은 ‘상방신 강하의 신령’을 활강하기 시작한다. 작은 ‘상방신 강하의 신령’은 사람들의 울대뼈 근처에 있는지도 모른다. 남자가 울리는 떨리는 동종 소리에 그 부분이 호응해 몸이 근질근질해지는 모양이다. 동종 소리가 나면 사람들은 엉덩이를 들썩이기 시작한다. 까닭 모를 기쁨에 들떠 축제 같지 않은 축제 분위기를 자아내고, 살짝 경사스런 기분에 휩싸여 저마다 오두막의 지저분한 빈지문을 열고 밖으로 걸어 나온다. 일종의 오래된 신체神體의 얼굴 부분처럼, 기름때 밑으로 보일 듯 말 듯한 미소를 떠올리며 사람들은 여기저기서 나타나 흔들흔들 걷

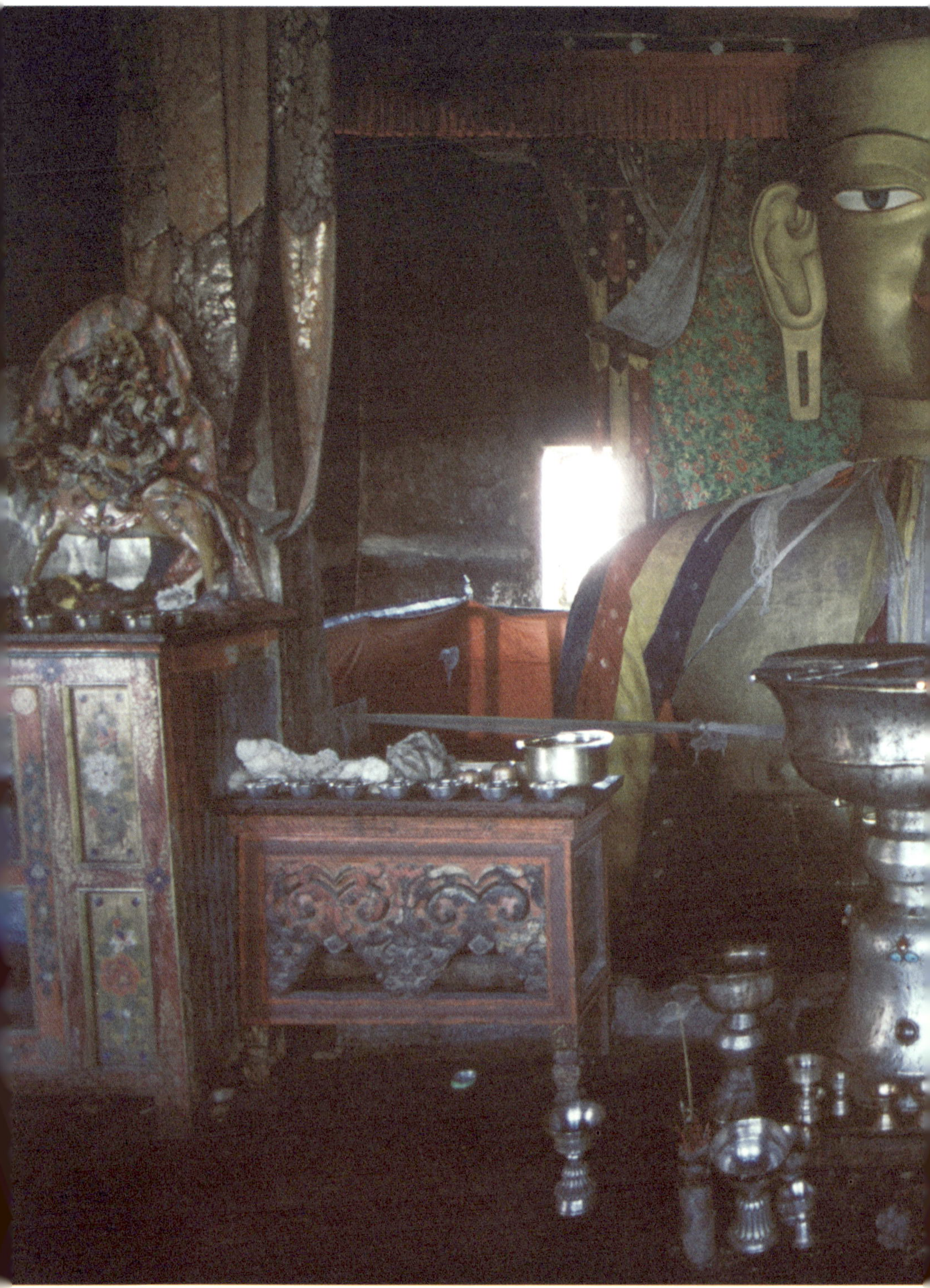

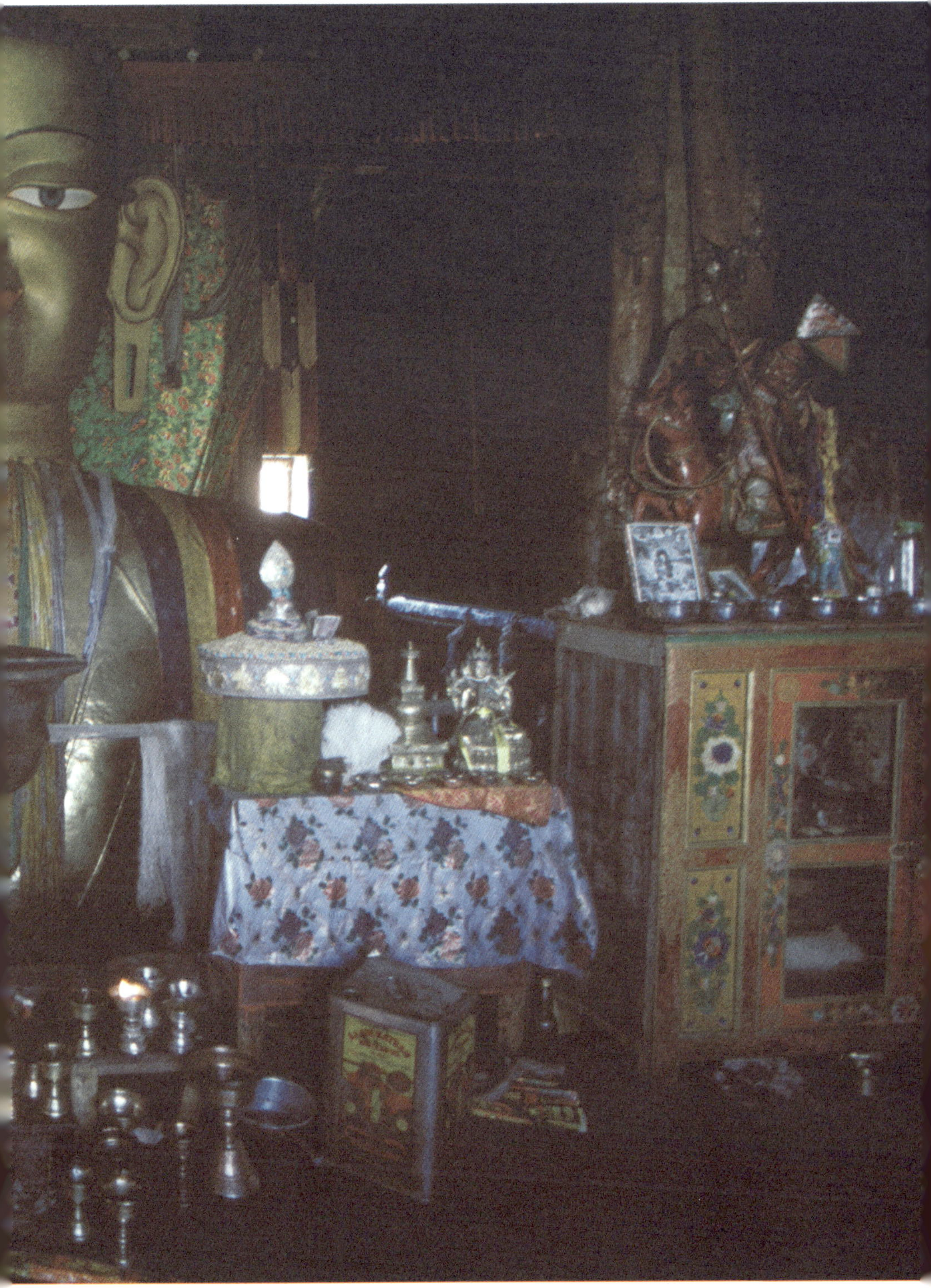

기 시작한다. 폐허나 묘지 같던 오후의 조용한 부락은 약간 특이한 유락遊樂의 뜰로 변한다. 집들 사이의 휑한 공터로 사람들은 모여들고, 한 시간 후면 이 한산한 부락에 이렇게 많은 사람이 있었나 싶을 만큼 불어난다.

부락에는 바코르라는 구불구불한 순환로가 있는데, 재앙주가 동종을 울리는 날 그 길을 오른쪽으로 돌면 평소에 오른쪽을 돌 때보다 내세의 공덕을 백배 더 많이 쌓을 수 있다고 믿어지고 있다. 그렇다고 해서 서둘러 바코르를 도는 것이 아니라, 산들바람에 나부끼듯 반쯤 아무 목적 없는 사람처럼 천천히 걷는다. 길가의 나무처럼 우두커니 서서 그저 떠들썩한 분위기를 즐기는 자도 있고, 담벼락에 기대앉은 자도 있다.

태양은 서쪽으로 기울고, 사람들은 아미타바 신이 계시다는 서방정토 쪽을 향해 걸었다. 제 키의 두 배나 되는 그림자를 땅에 끌며 한가로이 거닐고, 멈춰 서고, 주저앉고, 바위산을 바라보고, 얼굴을 마주 보고, 촉촉한 눈으로 나를 보고 있었다. 사람들 위로 메마른 황무지에 사는 작은 흰나비 한 마리가 날고 있었다.

나비 그림자가 움직이는 곳에, 얇은 비닐을 찍어 만든 인도제 실크해트를 쓴 맨발의 소년이 새끼 산양을 어르고 있었다. 오랜 세월 동안 수선을 거듭해 어깨 부분과 옷단에 선명한 색깔의 천을 덧대고 호주머니를 만들어 달아 무릉도원에 사는 농민의 옷처럼 변한 이십 년 전 중국 군복을 입고, 자신과 자신의 옷의 이력마저 잊어버린 연령 미상의 머리를 풀어 헤친 남자가 구부정한 자세로 소년 앞을 한가로이 걸어갔다.

키와 덩치가 월등히 큰 몽골계 남자가 붉은 산호충 귀고리를 하고 사람 좋은 미소를 지으며 서쪽의 해를 바라보고 있었다.

폐를 앓는지 창백하고 뺨이 움푹 꺼진 까까머리의 얼굴이 초라한 집에 어울리지 않는 품위 있는 분위기를 풍기며 돌 창턱에 턱을 괴고 밖을 내다보고 있었다.

저 머리가 벗어진 노파와 눈이 주름에 파묻힌 노파와 안경을 거꾸로 쓴 입매가 헤벌쭉한 노파가 깃털이 빠졌어도 버리지 못하고 눈에 띄지 않는 박물관 진열 선반 한구석에 처박아둔 기이한 종류의 작은 새처럼 여전히 저 집터에 말없이 앉아 있었다.

부락에서 8킬로미터쯤 떨어진 천만 강 근처에 자라는 야생 피로 토주를 담가 자신이 마시고 그 남은 것을 강물을 듬뿍 타서 알코올 중독자가 많은 마을에 팔러 다니는 중년 여자가 무섭도록 많은 알루미늄 동전으로 드레스를 지어 입고 차르륵차르륵 금속음을 내며 좋아하는 남자 집 앞을 묘하게 요염한 자태로 걸어가고 있었다.

알루미늄 동전 드레스를 입은 여자가 호감을 품은 젊은 유부남은 기원 1800년대 중엽에 라마교도에서 이슬람교도로 개종한 집안 출신이라, 여자가 요염을 떨고 있는 동안 어두운 집 안에서 작은 창으로 비쳐드는 저녁 햇살을 향해 아내와 나란히 양 손바닥을 엎었다 뒤집었다 하면서 알라신에게 길고 긴 기도를 드리고 있었다.

이 이슬람교도의 집 앞을 승려풍의 라마교도 몇 명이 느릿느릿 지나가고 있다. 그중 한 명은 몇몇 종의 흡혈 은시충隱翅蟲 무리가 보금자리를 틀고 있는, 거대한 통소매가 달리고 나선상으로 털이 꼬인 낡은 양가죽 망토를 땅에 끌며 경을 외며 동종 소리가 나는 쪽으로 귀를 기울이고 있었다. 또 한 명의 라마교도와 그 아들은 자신의 집 입구에 기대어 축제 기분에 잠긴 채 일견 곡예라도 부리듯 식사를 하면서 경을 왼다.

라마교도의 오른손에는 흰색의 볶은 보릿가루가 담긴 작은 나무 그릇이 들려 있었다. 남자는 다섯 손가락으로 그 가루를 뭉쳐 자신의 입과 옆에서 입을 벌리고 기다리는 아이의 입 속에 번갈아 던져 넣으며 이 식사의 기쁨에 대한 감사 기도를 드리고 있는 탓에 입에서 가루가 연기처럼 뿜어져 나오고 있었다. 남자가 그것을 개의치 않는 이유는, 사람의 입에서 튀어나온 음식은 공기 중에 사는 정

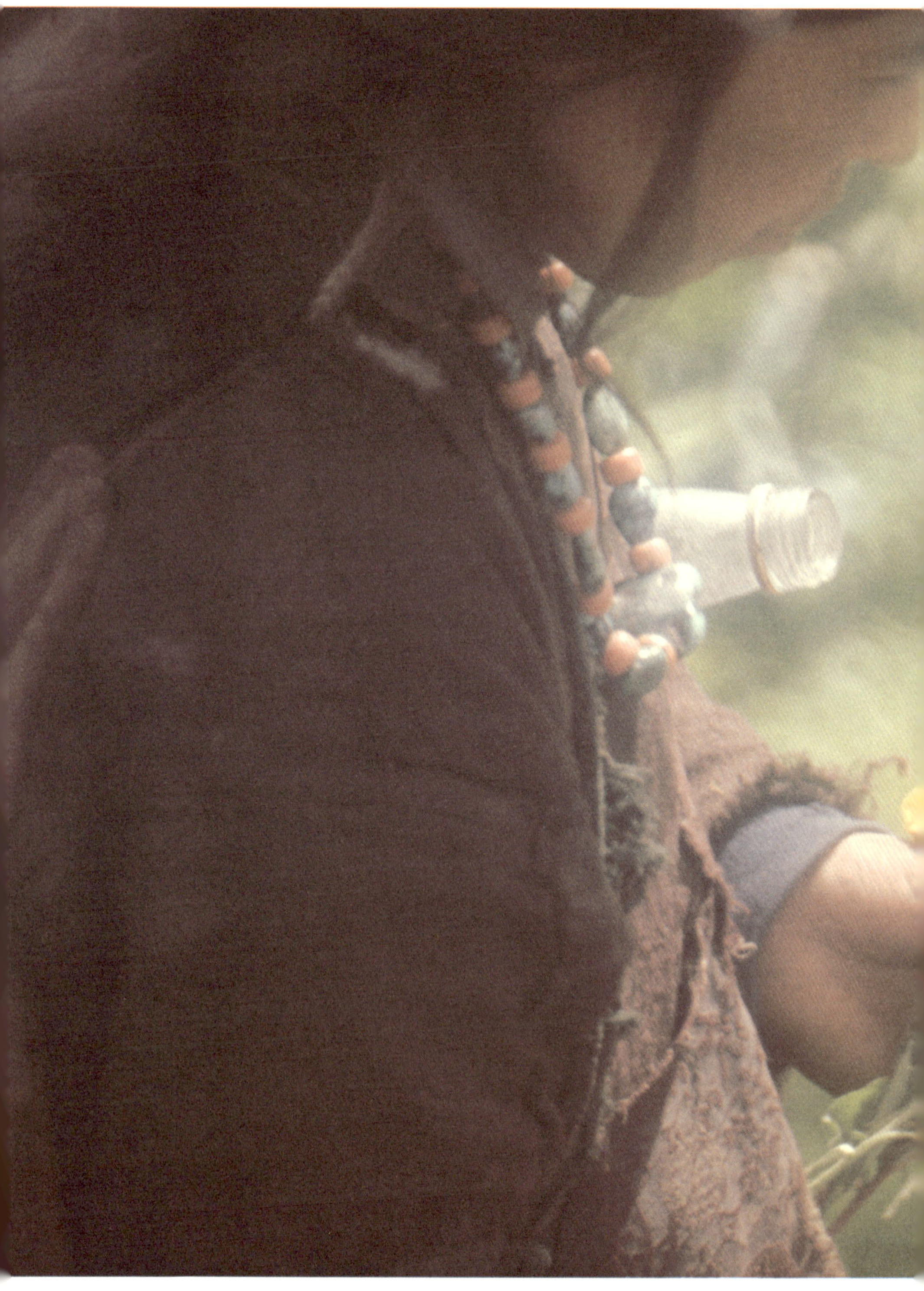

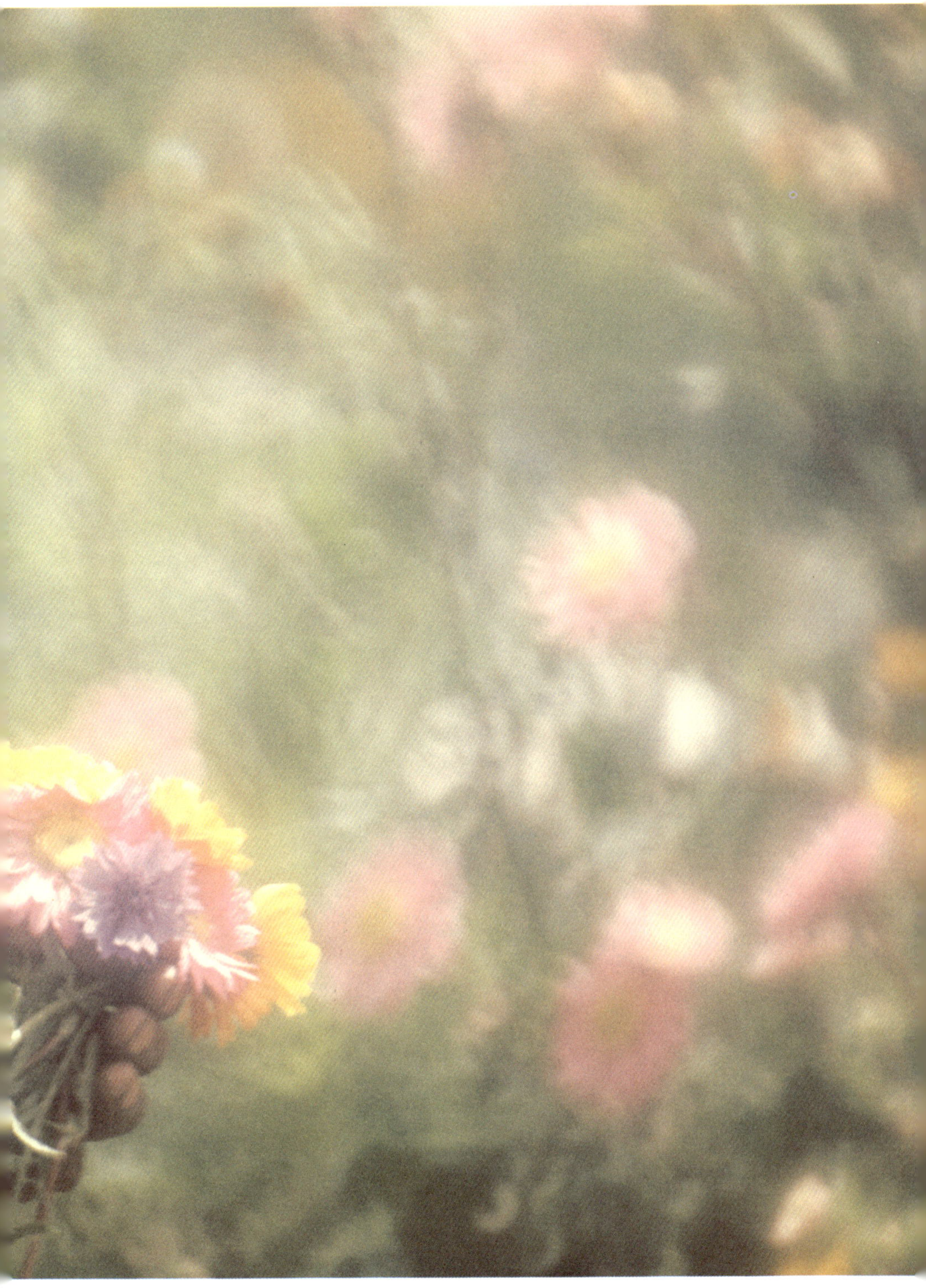

령의 양식이 되고 천국에 갔을 때 그 공물이 131배의 공덕이 되어 돌아온다는 말을 믿기 때문이다.

보릿가루가 흩날리는 앞을 눈이 가느다랗고 얼굴이 복스러운 예전에 라마승이었던 남자가 오른손에 사람 머리통만 한 양철 물통을 들고 사람들 사이를 오가며, 혀처럼 생긴 작은 황동 숟가락으로 물통의 물을 떠서는 손을 내밀고 있는 사람들의 손바닥에 부어주고 있었다.

이 남자는 황허, 양쯔 강, 갠지스 강, 인더스 강, 브라마푸트라 강, 메콩 강의 원류가 한데 섞인다고 믿어지는 티베트 남부의 마나사로와르 호수의 자연 생천生泉 근처에서 태어났는데, 축제 날 이 남자가 나눠주는 생천수를 마시면 현세는 물론이고 내세에서도 장수를 누릴 수 있다고 한다.

오래 사는 것이 삶의 유일한 목적이었던 저 중세 설화 속 장수남, 창쟈펭마의 화신 미체링을 꿈꾸는 거지와 거지처럼 보이는 남자와 어지간히 장수를 누리고 있는 노인네와 천진난만한 아이들까지 재미있어하며 혹은 고마워하며 성수남이 숟가락으로 부어주는 물을 받아 감로수라도 마시듯 여기저기서 홀짝이고 있다.

사람들이 걸어가는 반대 방향인 바위산 쪽을 바라보며 벽돌 위에 앉아 있는 노인이 있었다. 카트마 삼디 양베라는 이름의, 이 지나치게 오래 산 남자는 종종 행복한 환각을 보았다. 노인은 백태가 낀 듯한 눈으로 바위산 중턱을 뚫어지게 바라보며 가느다란 턱을 내밀고 쉰 목소리로 난데없이 외쳤다.

"저런, 이제 절반 남았어! 떨어지면 안 돼!"

카트마 삼디 양베가 바라보고 있는 바위산 중턱 한참 밑의 산자락에 여자 하나가 서 있는 것이 부락의 집들 사이로 보였다. 바위산 정면에서 50~60미터 떨어진 지면에 사람 키의 세 배쯤 되는, 표면이 오목하고 매끈매끈한 널빤지가 놓여 있고, 오동통한 여자가 그 위에서 일어났다 엎드렸다 하고 있다.

여자는 양손을 머리 위에서 모아 그대로 얼굴 앞과 가슴 앞으로 가져간 다음 합장을 풀고 널빤지 위에 무릎을 꿇더니 갑자기 물속에 뛰어드는 자세로 양손을 내뻗으며 머리부터 널빤지 끝을 향해 돌진한다. 여자는 엎드린 채 경을 외고 뒤로 물러나며 몸을 일으켜 다시 널빤지 끝에 서서는 같은 동작을 되풀이한다. 여자는 이 동작을 앞으로 나아가지 않는 자벌레처럼 기운이 다할 때까지 반복했다.

이 여자와 똑같은 동작을 하면서 실제로 앞으로 나아가는 오체투지 수행에 열심인 신앙인 중 한 사람인 니마 톤둡이 한가로이 걸어가는 사람들의 발치에서 개와 함께 꿈틀거리고 있었다. 그는 어디를 가든 이 신앙을 지켰다. 땅에 납작 엎드려 기도를 드린 다음 일어나서 신을 향해 양손을 내뻗었던 지점에 선다. 그러고는 또다시 땅에 납작 엎드리며 기도를 드린다. 그는 자신이 목적으로 하는 공덕을 얻기 위해 이 동작을 반복하며 나아간다. 니마 톤둡은 이십 년 전의 도피행 때도 이 같은 방법으로 다른 사람들보다 일 년 늦게 이 부락에 도착한 철저한 라마교 체현자였다.

사람들은 한가로이 걷고 있었다. 손으로는 염주와 마니차를 돌리고 입으로는 경을 외며…… 어떤 거지와 거지처럼 보이는 사람은 벌써 바코르를 열다섯 바퀴나 돌았다. 성수 배급자는 세 바퀴째였다. 오체투지 수행자는 아직 4분의 1바퀴밖에 돌지 못했지만 그것은 서른 바퀴에 맞먹는 가치가 있다. 내세에 어마어마한 빚이 기다리고 있는 단젠 차탁은 부락 사람들을 절대로 만나지 않을 저세싱에 떨어질 각오로 바코르를 돌지 않고 길옆에 앉아 주사위를 만지작거리고 있다. 그리고 본래 왼쪽으로 돌아 천상에 가야 할 이슬람교도 부부가 사람들에 휩쓸려 오른쪽으로 돌고 있다. 같은 신앙을 가진 자. 다른 신앙을 가진 자. 땅을 내려다보고 경을 외며 걸어가는 노인. 부모 손에 이끌려 의미도 모른 채로 바코르를 도는 어린아이.

그리고 강도의 본고장인 캄 지방에서 온 전과가 있는 사팔뜨기 남자. 부락의 유일한 보물이던 오래된 대해탈^{大解脫} 경전을 백인 그리스도교도 상인에게 팔아넘기고는 무일푼으로 부락에 되돌아온 푸파 족 남자. 호르 족의 적안 육식자^{赤顔肉食者}. 사캬 족의 후예인 채식주의자. 보이지 않는 것만 믿는 이슬람교도. 보이는 것만 믿는 캉바 족의 갈기 머리 남자.

여자도 아이도 노인도 치매자도 개도, 모든 사람이 망양히, 그곳에서 저마다 경미한 빛을 발하는 혼이 오가듯 한가로이 걷고 있다. 그 한가로이 걸어가고 멈춰 서는 각양각색의 혼들을 강바닥에 꿈틀대는 작은 물고기 떼라도 바라보듯 늙은 혼 몇이 여기저기 집 처마 밑에 앉거나 누워서 흐뭇하게 관찰하고 있다.

사람들 위로 또다시 저 떨리는 듯한 동종 소리가 바람을 타고 전해져 왔다.

한 손에는 염주, 다른 손에는 마니차. 나직이 육자진언을 외며 걸어가는 발소리와 겹치면서 그것은 축제가 끝나고 귀로에 오른 사람들의 평온한 술렁임처럼 들렸다.

그렇게 술렁이고 흔들리며 걸어가는 사람들을 보면서, 그것은 역시 축제가 끝나고 귀로에 오른 사람들의 무리일지도 모른다는 생각이 문득 뇌리를 스쳤다. 먼 옛날 티베트 얄룽 지방의 고봉^{孤峰}에 기원왕이 강림한 이래 그 장대한 세월을 어리석게도 신성한 축제의 단꿈에 젖어 허비해온 이 고지의 사람들. 그 최후의 자손들의…… 그 진짜 최후의 축제 뒤에 찾아와야 할 술렁이고 흔들리는 흐름이 그곳에 있는 것 같았다.

삭막한 인간 세상의, 그 심히 추레하고 익살스럽고 어리석고 그러면서 신성해 보이는 사람들의 늙은 머리 위로, 손을 뻗으면 닿을 듯한 푸른 하늘이 사람들이 공유한 지복^{至福}의 색채를 지닌 모자처럼 드리워 있다. 어떤 자는 이미 그 공허한 모자에 머리가 닿아 있는 것처럼 보인다. 사람들이 한가로이 경을 외며 오른쪽으로 돌고 있는 바코르는 우선^{右旋} 고둥에 새겨진 무늬처럼 미세하게 나선을 그리며 천상을 향하고, 사람들이 걸어가면 이 신들린 무대는 천상으로 올라간다.

조금만, 아주 조금만 더 올라가면 분명 그들은 저 모자를 쓰게 될 것이다. '조금만 더 올라가면 돼.' 그런 생각을 하면서 나는 흔들리고 꿈틀대는 사람들의 모습을 보고 있었다.

"아니 저런! 이제 얼마 안 남았어, 떨어지면 안 돼!"

목소리가 나는 쪽을 보니 사람들이 걸어가는 저편에 예의 환각 노인 카트마샴디 양베가 벽돌 위에 서서 바위산을 가리키며 명상에 잠겨 있었다.

노인은 눈물을 글썽이는 듯한 눈으로 바위산 중턱을 뚫어져라 보고 있었다. 노인의 눈은, 과거의 제사祭司인 재앙주가 보였다 사라졌다 하면서 바위산 중턱 절벽을 기어오르는 환각에 사로잡혀 있었다. 노인은 어깨에 잔뜩 힘을 주고 그 모습을 응시하고 있다. 웃통을 벗어부친 남자는 칼날처럼 예리한 붉은 바위와 움푹 팬 바위 주름 사이를 망령처럼 거침없이 타고 오른다.

마침내 붉게 빛나는 바위산 정상에 그림자 하나가 섰다. 작은 신상처럼 우뚝 서 있다. 노랗게 빛나는 뜬구름 두 조각이 부처상의 광배처럼 나란히 흘러간다.

바위산 정상에서 엎드렸다 일어섰다 하는 재앙주의 환영, 머리 위로 손을 모으고 천상을 향해 뭐라고 말하고 있다. 이윽고 합장한 손은 얼굴 앞과 가슴으로 내려가고 무릎을 꿇는 남자. 머리를 숙이며 엎드리는 그 모습은 산 정상의 튀어나온 부분에 가려 보이지 않는다. 하지만 몇 초 지나지 않아 남자는 다시 일어나 머리 위로 양손을 모은다. 그 동작은 열 번, 스무 번 반복되었다. 그것은 신이 천상에서 내려뜨린 실에 묶여 움직이는 꼭두각시 인형처럼 보였다. 노인은 그 모습을 넋을 놓고 바라보고 있었다.

정상의 남자는 그 동작을 수십 번 반복하고 나서 잠시 선 채 움직이지 않았는데, 갑자기 그 손 근처에서 투명한 광채를 발하며 구불구불한 실 같은 것이 스르륵스르륵 나와 바람에 나부꼈다. 그리고 그것은 바람에 나부끼며 중천을 향해 흐르면서 천천히 그 끝부터 지상으로 내려왔다.

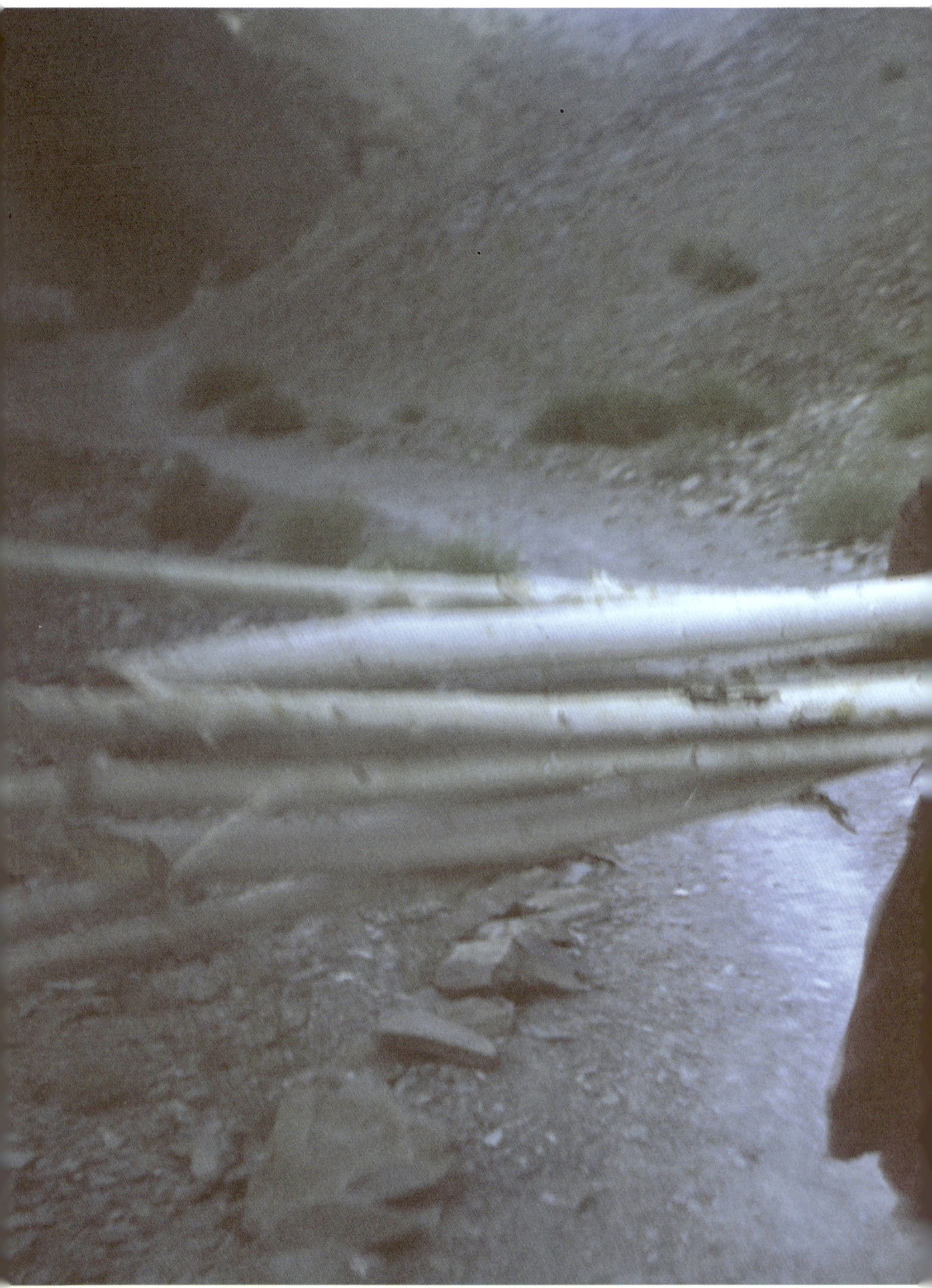

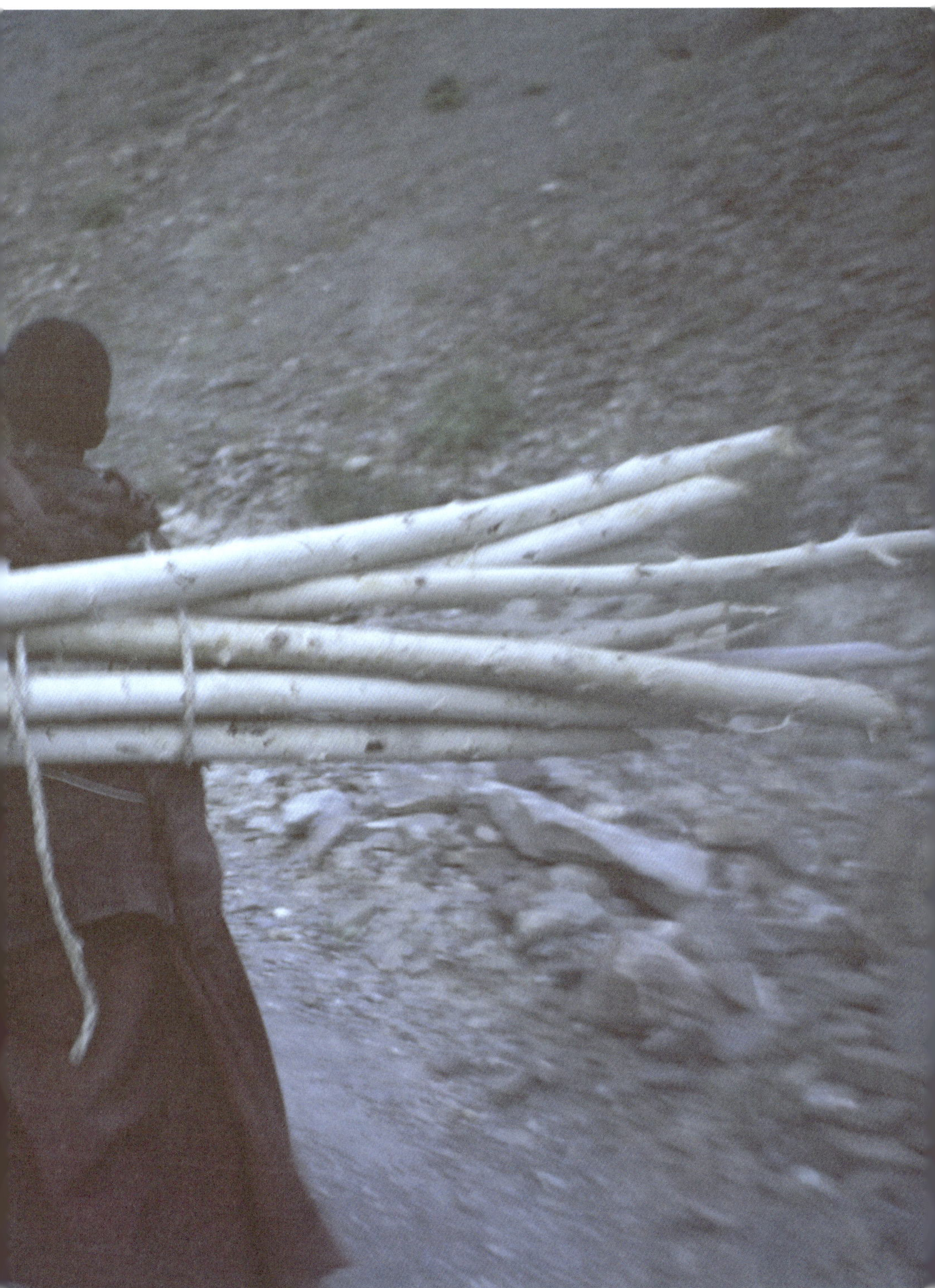

"무탁이 지상에 도달했어!"

카트마 샴디 양베가 이번에는 목소리를 죽여 나직이 말했다. 그 늙은 눈에 비친 바위산의 남자가 반짝이는 줄을 타고 내려오기 시작했다. 노인은 신령神嶺 정상을 뚫어지게 쳐다보면서 양손을 옆으로 벌려 바코르를 돌고 있는 사람들의 옷을 붙잡고 쉰 목소리로 외쳤다.

"저것 봐! 콘촉(천자)님이 내려오고 계셔!"

서너 명이 멈춰 서서 노인이 가리키는 바위산 정상을 잠시 바라보지만, 아무것도 보이지 않자 다시 걷기 시작했다. 그리고 세 명 네 명 다른 사람들이 다가와서 노인의 말에 귀를 기울이고 혹은 바위산을 향해 손을 모으고 혹은 그냥 지나가고 혹은 언제까지고 그 자리에 서서 노인과 어깨를 나란히 하고 바위산 쪽을 보고 있었다.

느리게 흐르는 강물 위에 부유물이 정체하듯 노인 주위에는 다섯 명, 여덟 명, 열 명, 사람들이 모여들고, 마침내 바코르를 도는 사람들이 둘러 가야 할 만큼 불어났다. 그리고 일심불란하게 바위산을 응시하고 있었다. 그 대부분은 양베 노인처럼 신의 환영을 생생히 볼 수 있는, 무유루(천상국)에 열광적인 신자 노인네들이고, 희한하게 그들이 바라보는 곳은 일치한다. 그 주변에서, 어쩌면 그들이 정말로 활강 신인滑降神人을 보고 있을지도 모른다고 생각하기 시작한 신앙심에 자신이 없는 자들이 조바심을 내며 바위산과 노인들의 시선을 번갈아 쳐다보고 있었다. 그리고 언제나 두 눈이 알맞은 먹잇감을 찾아 중천을 헤매는 듯한 실성자 무리도 다가간다. 마침내 그 한구석에, 지상에서 상연되는 이번 공연의 피날레이자 두 번 다시 볼 수 없을 듯한 신들린 희극을 진지하게 연기하는 배우들이 총출동해 '상방신 강하의 신령'에 사로잡혀 있었다.

"저런, 위험해! 천자님이 저 밑에 튀어나온 바위를 잘 지나셔야 되는데! 그러면 나머지는 별거 아냐. 그렇지, 이번에는 그 작은 붉은 바위야!"

　양베 노인의 말에 일희일우하면서 일심으로 쳐다보는 사람들과는 무관하게 '상방신 강하의 신령'은 미동도 하지 않고, 서쪽으로 기울어가는 햇살을 받아 조용히 저 선혈을 연상케 하는 종말의 다홍빛 조짐을 보이기 시작했다.

　바위산 벽에, 부락 서쪽 평지에서 돌에 경문을 새기는 단단한 소리가 메아리쳤다. 어느 집에선가 통에 든 뜨거운 차를 휘젓는 소리가 들려왔다. 기도 연기인지 물 끓이는 연기인지 모를 연기 몇 가닥이 집들의 지붕 틈새에서 흔들리며 피어올랐다. 사람들은 석양에 한쪽 얼굴을 옅은 황금빛으로 물들인 채 저마다 동쪽으로 길게 그림자를 늘어뜨리고, 그 그림자들이 흐르듯 줄무늬를 엮어내는 가운데 천천히 경을 외며 꿈틀꿈틀 움직이고 있다.

　사람들의 긴 그림자가 한가로이 걸어가는 저편에…… 연기가 피어오르는 집들 저편에 남쪽 민둥산 산괴가 조용히 물결치고 있다. 산맥 뒤에서 이미 노란빛을 띠기 시작한 천공을 향해 소라고둥처럼 생긴 거대한 흰 구름이 동쪽으로 기울며 천천히 솟아오른다.

　남쪽 산맥과 부락 사이에 펼쳐진 자갈밭 평지 중간쯤에 작은 사람 모습이 둘……. 남쪽 민둥산 산괴에서 솟아오르는 흰 구름을 바라보는 듯하다. 거뭇하게 흐려 보이는 두 사람, 한 명은 돌에 걸터앉고 또 한 명은 서서 구름을 보고 있다. 두 사람은 오랫동안 그 자리에서 움직이지 않았다. 이윽고 앉아 있던 사람이 천천히 일어섰다. 두 사람은 나란히 동쪽을 향해 천천히 걸어간다. 한 사람이 지쳤는지 자꾸 뒤처지고, 이따금 앞서 가던 사람이 걸음을 멈추고 기다려준다. 늙은 부부처럼 보였다. 별 대화도 없이 경문을 외며 걸어가는 것처럼 보이기도 했다. 평지에는 그들로부터 멀찍이 떨어져 하나 혹은 두 개의 작은 사람 모습이 보이고, 그들은 동쪽을 향해 천천히 걸어가고 있었다.

　부락 주변에는 종종 이런 모습이 눈에 띈다. 부락 사람들은 어느 날 문득 작정

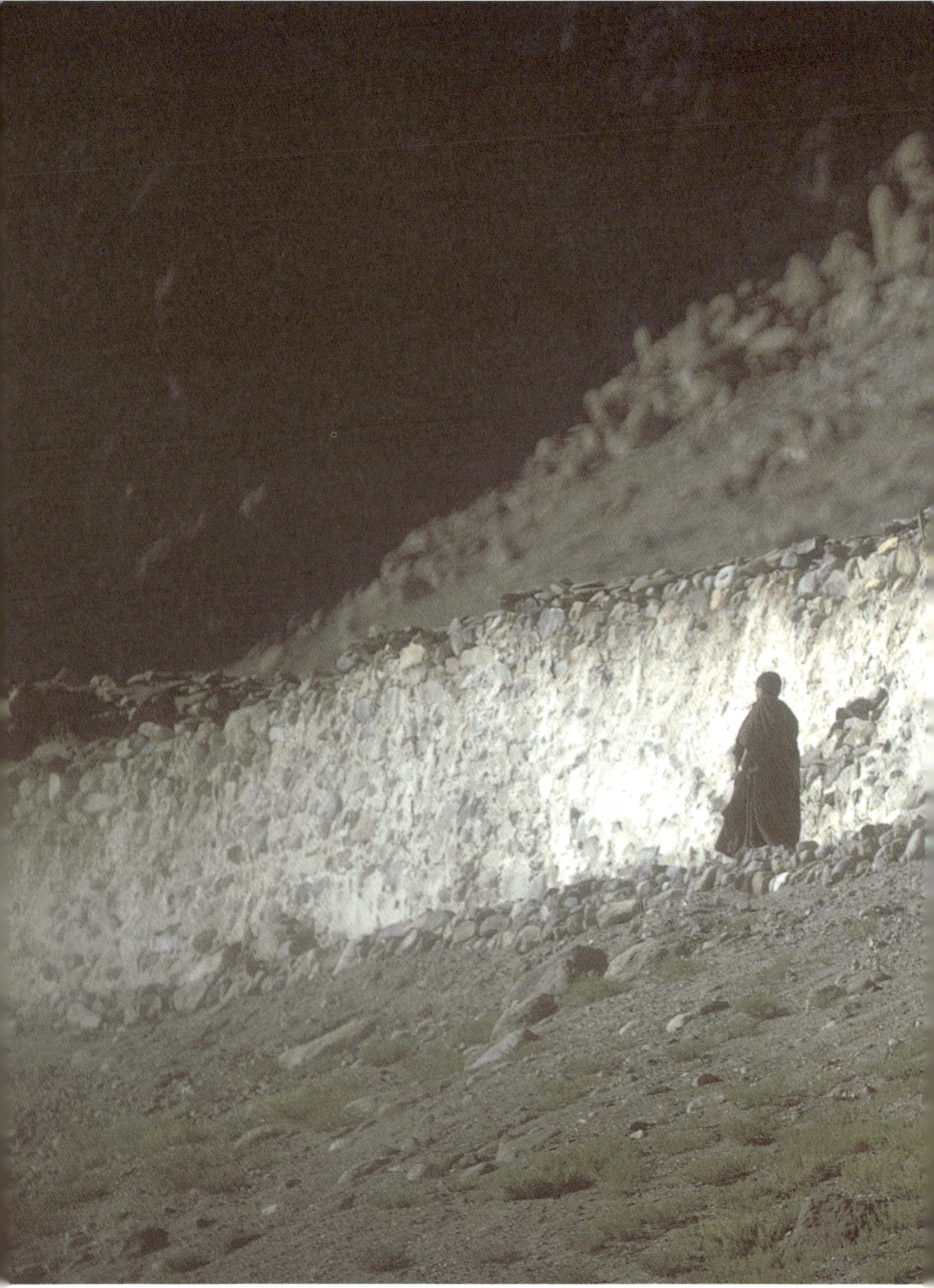

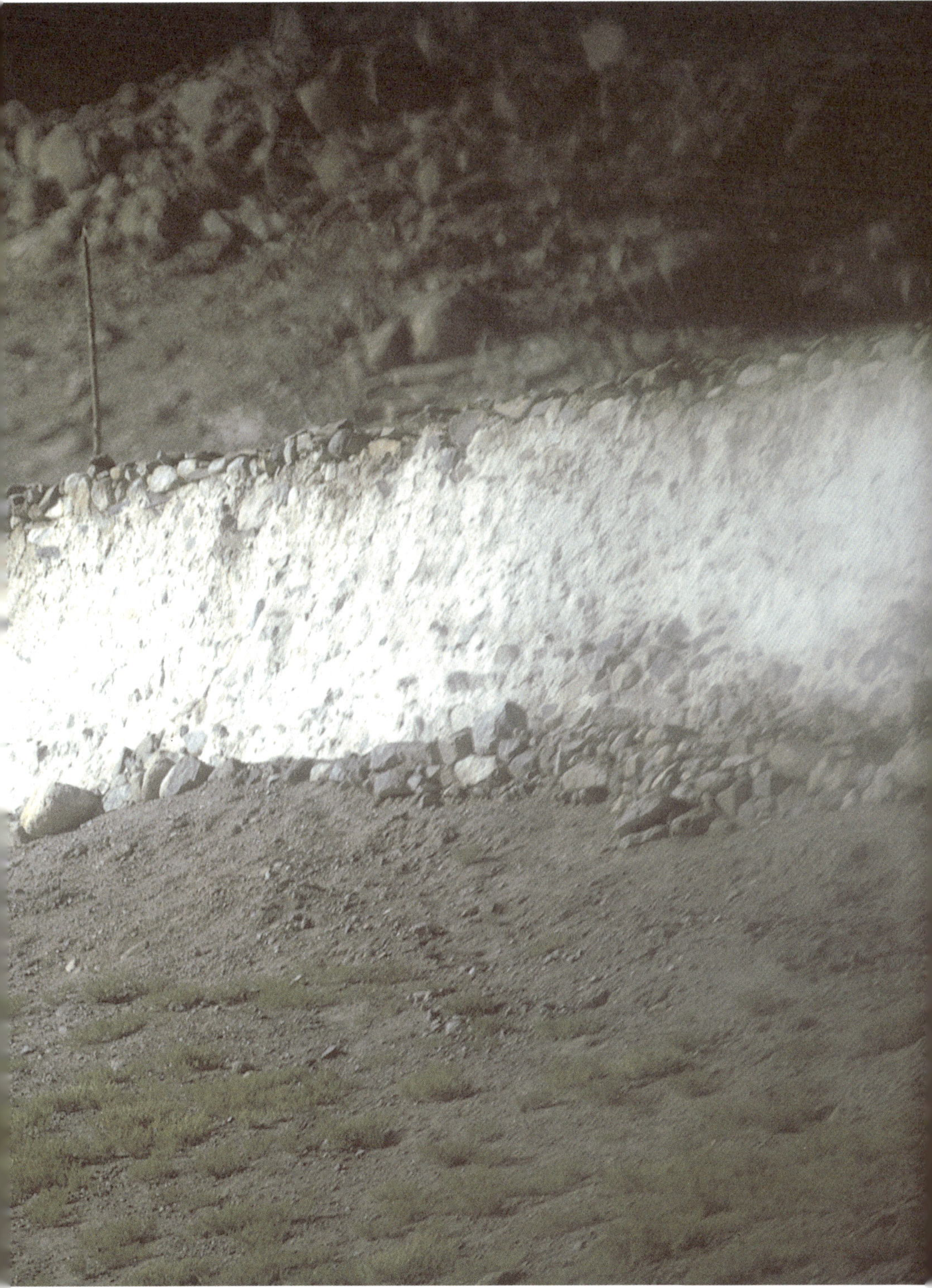

한 듯 아침 일찍 집을 나서 부락을 둘러싼 평지를 걸었다. 지금 저들은 부락 주변을 한 바퀴 돌고, 부락으로 이어지는 동쪽 길을 걸어 귀로에 오른 것이다.

'극락길'이라고 사람들은 불렀다……

그곳에는 사람들이 걸어간 흔적이 한 줄기 가느다란 길을 내고 있다. 그 길은 멀다. 그것은 부락의 동쪽에서 시작해 부락과 바위산을 멀찍이 둘러 작게 사행하고 완만하게 휘면서 타원형을 그리며 귀결된다. 길 곳곳에는 아무렇게나 쌓아 올린 돌무지가 눈에 띈다. 둘레가 20킬로미터나 되는 그 희미한 길을 더듬더듬 걸어가면서 사람들은 돌무지 위에 하나 또 하나 작은 돌을 올려놓는다. 기도하듯 터벅터벅 걸으면서 때로는 오래 휴식을 취하면서 온종일 그 가늘고 긴 길을 오른쪽 방향으로 한 바퀴 돈다.

저 말없이 볕바라기를 하는 세 노파의 머릿속에 만들어진 천국을 향한 산책길처럼, 혹은 지금 사람들이 한가로이 걸어가는 집들 사이로 난 바코르처럼, 그곳에도 하늘나라로 통하는 길이 있다. 종착점 없는 고리 모양의 길, 혹은 사람들이 생각하는 것처럼 나선을 그리며 극락으로 오를지도 모르는 저 길을, 사람들은 몸 상태가 좋을 때나 그럴싸한 신의 계시를 받았을 때 부락 동쪽에서 출발해 천천히 걸어서 한 바퀴 돌았다.

지극히 평범한 그저 그런 한 줄기 길이었다. 길은 산자락이나 산비탈에 난 야생 산양이 다니는 길처럼 가느다랗고 희미했다. 평지 색깔보다 약간 희부옇게 보이는, 그 사람이 걸어간 아련한 흔적은 튀어나온 바위를 피해 혹은 솟아오른 지면을 돌아 구불구불 사행하며 끝없이 이어졌다. 길은 사람의 모습이 보이는 부락을 서서히 벗어나…… 허연 폐허의 집합체처럼 보이기 시작하는 부락의 집들을 멀리 돌면서…… 왼쪽으로 보이는 저 핏빛 바위산으로 조금씩 다가간다.

바위산은 천천히 움직이고, 그 움직이는 바위산 너머로 사람들의 허연 집들이 모습을 지워간다. 마침내 한 줄기 길은 바위산을 벗어나며 그 뒤로 멀찍이 돌아든다. 핏빛 바위산을 멀리, 그리고 북쪽 연산을 멀리 바라보는 그 광대한 자갈밭 평지에는 적막과 투명한 빛과 부드러운 바람이 있었다. 길은 그 희고 메마른 평지를, 바닥에 깔리며 퍼져 나가는 향 연기처럼 나긋나긋하게 사행하면서 아득히 넓은 서쪽 지평으로 뻗어 나간다. 이 외길을 따라갈 때, 사람은 문득 형언할 수 없는 감정에 사로잡혀 걸음을 멈춘다. 그리고 벅차오르는 감정을 누르고 다시 염주를 돌리며 걷기 시작한다. 걸으면서 언제까지고 이 향 연기처럼 이어지는 길을 따라 걷고 싶다는 충동에 사로잡힌다. 그때 입속에서는 경문이 요동치고 사람은 서쪽을 본다. 태양은 서쪽으로 기울고, 붉은 기운이 서리기 시작한 그 빛 다발 속으로 그가 걸어갈 한 줄기 희미한 길은 사라지고 있다. 사람은 부신 듯 실눈을 뜨고 그 빛과 땅 사이의 희미한 형체를 보려고 멈춰 서고, 혹은 자신을 잊고 휘적휘적 걸어가고, 그리고 어느 순간 문득 꿈꾼다. 누구나…… 이런 종류의 꿈을 꿔왔다. 광신하는 자, 조금 믿는 자, 믿지 않는 자 그리고 전혀 믿지 않는 자…….

누구나 이런 꿈을 꿔왔다. 믿는 자는 정말로 신이 계신 곳을 보았다. 믿지 않는 자는 신을 보지는 못했지만 자신의 몸이, 피가 천공을 향해 승화해 가는 기분을 느꼈다.

사람은 그때 자신이 밟고 선 것이 그 길임을 의심하지 않았다. 꿈결처럼 걸으면서, 집과 가족과 자신의 이름과 자신의 존재마저 잊고 그 모든 것에서 해방된 그 평온한 길을 걸으면서 경을 왼다. 자신의 입 안에서 물결치는 송경 소리가 서쪽의 아련한 형체 너머에서 들려오는 듯한 착각에 빠져들며 사람은 걸었다.

때로 길가에 수백의 잔돌을 쌓아 올린 돌무지를 본다. 황금색 빛줄기 속에서 나타난, 빛을 머금은 돌 하나하나에는 수많은 여래의 이름이 새겨져 있다. 프라타파바트(광열光熱 있는 자)라는 이름이 새겨진 하나의 돌. 찬다나간다(전단栴檀 향을 가진 자)라는 이름이 새겨진 하나의 돌. 찬드라나나(달 같은 얼굴)라는 이름이

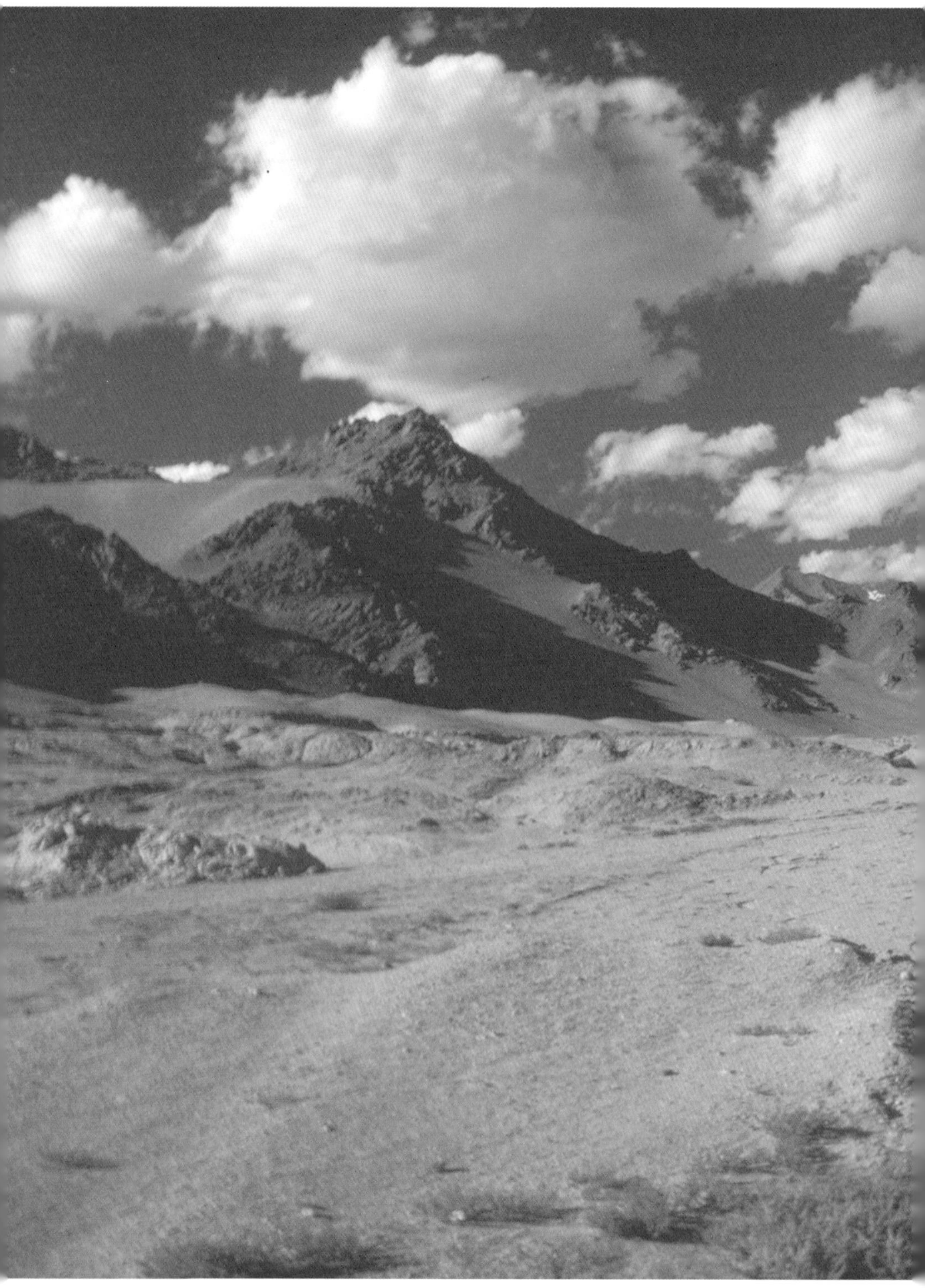

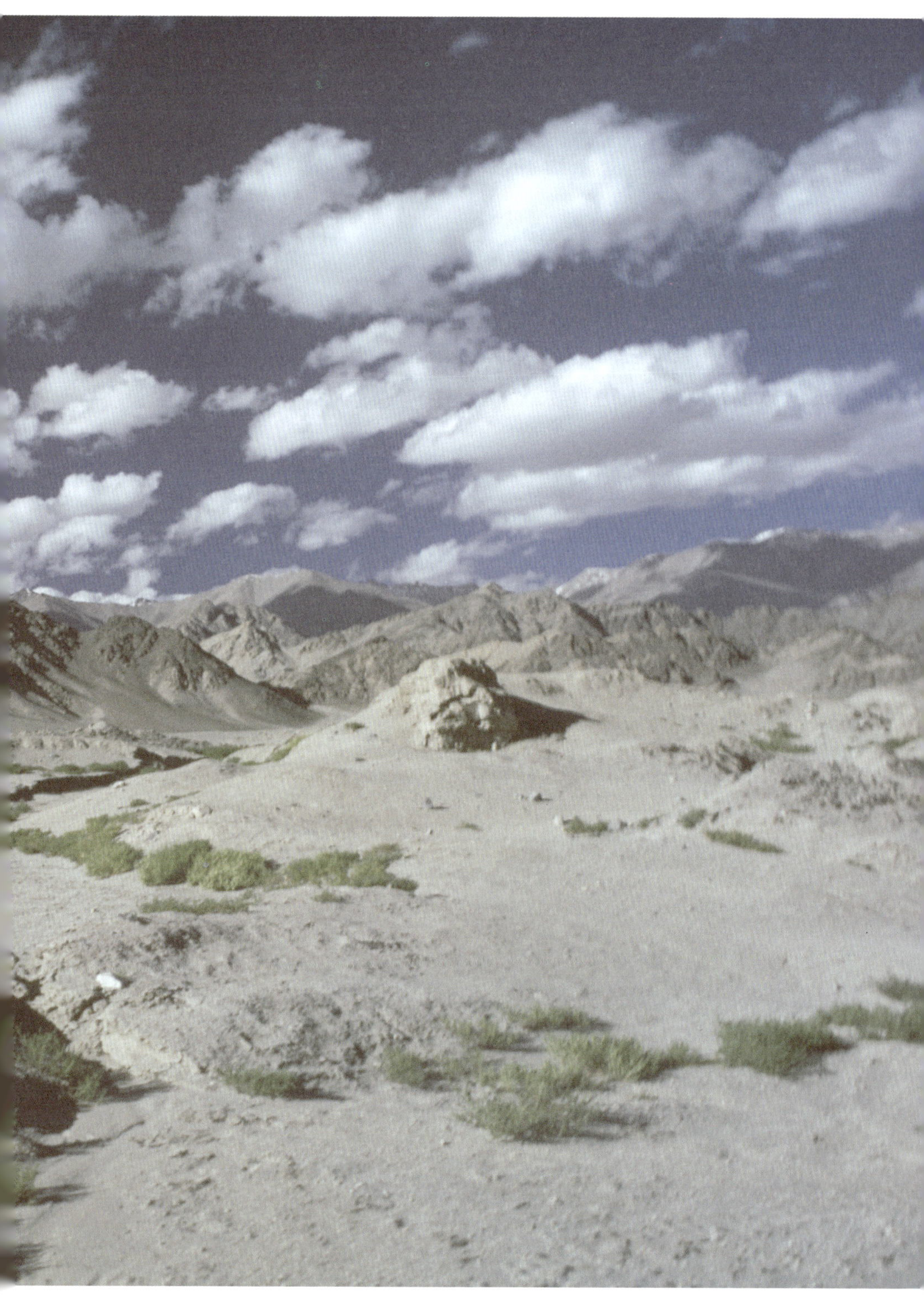

새겨지고 비말라나나(더러움 없는 얼굴)라는 이름이 새겨진 하나의 돌. 나가비부(용을 능가하는 자)라는 이름이 새겨지고 수메루쿠타(수미산 봉우리)라는 이름이 새겨진 하나의 돌. 바이두르야니르바사(유리의 빛을 가진 자)라는 이름이 새겨진 하나의 돌. 브라흐마고샤(범천왕의 음성을 내는 자)라는 이름이 새겨진 하나의 돌. 무크타쿠수마프라티만디타프라바(흩날리는 꽃으로 장식된 광명을 가진 자)라는 이름이 새겨진 하나의 돌. 비야파가타킬라말라프라티가(마음의 거침과 더러움과 증오에서 벗어난 자)라는 이름이 새겨진 하나의 돌. 라트나자하(보석을 버린 자)라는 이름이 새겨지고 우다카찬드라프라바(물속의 달을 닮은 자)라는 이름이 새겨진 하나의 돌.

사람은 그 온갖 빛을 머금은 돌무지의 주변을 한동안 서성인다. 그리고 마음에 드는 색깔과 모양을 가진 돌을 그 평지에서 찾는다. 그리고 주워 든다. 양 손바닥을 합쳐놓은 크기의 납작한 타원의 형상을 가진 돌이었다. 그 황갈색 돌은 햇빛을 받아 흐릿한 빛을 발하고 있었다. 사람은 그 자리에 주저앉아 땅바닥에 돌을 놓는다. 사람은 품속에서 검지만 한 작은 끌을 꺼낸다. 그리고 자신의 돌에 글자를 새긴다. 고요하고 광대한 평지 한 점에 벌레 울음소리 같은, 돌과 끌이 부딪히는 미세한 소리가 단속적으로 들린다.

어떤 자는 자신의 돌에 쿠수마삼바바(꽃에서 태어난 자)라고 새겨 넣었다. 어떤 자는 자신의 돌에 사프타라트나비브리슈타(칠보七寶의 비를 내리는 자)라고……. 어떤 자는 자신의 돌에 카루니카(자비 있는 자)라는 여래의 이름을……. 어떤 자는 심하(사자), 어떤 자는 아미타바(무량無量의 빛 있는 자), 어떤 자는 스리쿠타(고귀한 봉우리)……. 그리고 또 어떤 자는 자신의 돌에 로카순다라(세상 속의 아름다운 자)라고 새기고 돌무지 위에 올려놓은 후…….

다시 그 아름답고 가냘픈 길을 서쪽을 향해 걷기 시작했다.

여름 끝의 쌀쌀한 바람이 하늘에서 불어 내려와 뺨을 어루만졌다. 이마 언저리의 부드러운 머리카락이 가늘게 떨렸다. 입 안에서 요동치던 말은 잦아들고, 이제 입은 다물어져 평안의 침묵 속에 있었다. 두 발이 메마른 땅을 밟는 소리만 귓가에 들려왔다. 돌무지는 저편으로 멀어지고, 길은 완만하게 사행하며 서쪽의 붉은 빛 다발을 향하고 있었다.

사람은 걸었다.

오랜 보행의 시간이 흘러 석양이 다홍의 진원眞圓을 그리기 시작할 무렵…… 갑자기 그 길은 남쪽으로 꺾어진다. 구불구불한 한 줄기 길은 서쪽 다홍의 빛줄 기에서 벗어나기 시작한다. 오른편으로 점차 바위산이 다가온다. 사람은 걸으면 서 마침내 저 바위산 자락에 다시 자그마하게 나타난 사람들의 허연 집들을 본 다. 걷고 있는 사람은 그곳에 현세의 사람들이 개미처럼 작은 점이 되어 모여 있 는 모습을 보면서 뭔가 새로운 것을 발견한 듯한 착각에 빠진다. 오늘 아침에 떠 났을 뿐인데 자신의 동네가 아득한 옛 기억 속의 장면처럼 정겨워 보인다.

집들과 사람들의 모습이 점차 분명해지고, 사람은 그곳에서 자신의 집과 현세 의 동료들을 발견한다. 사람은 그것을 보면서…… 천국에 한 바퀴쯤 더 가까워 졌어…… 하고 기쁨에 잠겼다. 그리고 하나의 여행을 끝낸 안도감 속에서 적당 한 돌에 앉아 어떤 자는 멀리 민둥산 연산을, 어떤 자는 부락과 부락을 한가로이 거니는 사람들을 보았다. 그리고 사람은 다시 일어나 천천히 눈앞의 한 줄기 길 을 따라 걷기 시작한다.

나는 한가로이 걷고 있는 사람들 속에서 저 자갈밭 평지를 걸어가는 거무스 름한 두 사람을 보고 있었다. 두 사람은 어설픈 걸음으로 제법 멀리까지 걸어 가 있었다. 그들이 따라가는 희미하고 가느다란 길은 작게 흔들리면서 남쪽에 서 동쪽을 향해 완만한 곡선을 그리고 있었다. 작은 점이 되어 걸어가는 그 두 사람은 평지에 굴러다니는 천연덕스런 돌멩이처럼 고락苦樂의 경계를 벗어난 것처럼 보였다. 이윽고 두 개의 거무스름한 점은 벌레처럼 꿈틀거리며 멀리 부

락 오른편의 집들 뒤로 그 모습을 지웠다. 두 사람이 사라진 남쪽 자갈밭 평지
에 한 줄기 가냘픈 길이 보였다 사라졌다 하면서 다홍빛을 머금고 살짝 도드라
져 보였다.

후
기

근 십 년을 숨죽인 채 하나의 꿈을 꾸고 있었다. 이 전신轉身이 빠른 시대에 참으로 느긋한 이야기라고 생각한다. 별로 느긋한 성격은 아니지만 꿈이 길었다.

지금으로부터 십 년쯤 전, 처음 인도 여행을 생각하던 이십대 전반에 인도에 간다고 하면 주변 사람들은 대개 의아한 표정을 지었다.

당시만 해도 인도 여행의 스타일이라는 것이 없었고 오늘날처럼 그것은 대중적인 행동이 아니었다. 사람들은 대개 인도에 가는 것을 음식이 부족한 음산한 곳으로 떠나는 모험 여행 정도로 여겼다. 나는 모험가 타입은 아니었지만 나 역시 반쯤 그런 생각이었다.

나는 그 무렵 미술학교에 다니고 있었다.

외국에 나간다면 미국이나 유럽에 가야 한다는 풍조가 있었다. 그런 곳에 가는 사람들은 모두 대단해 보였고 대단해져서 돌아올 것 같았다. 인도에 간다고 하면 웃음거리가 되기 일쑤였다.

내 그림 방면의 재능에 기대를 걸고 '금전적 지원을 아끼지 않겠다'고 큰소리치던 사람에게 그림을 그만두고 인도에 가겠다고 했더니 크게 실망해서 "그렇다면 코브라나 토인을 조심하게나" 하고 어쩐지 버림받은 기분이 드는 격려의 말을 해주었다.

부모님은 "그런 곳에 꼭 가야겠거든 가다랑어포를 챙겨 가거라" 하고 말하며 묵직한 가다랑어포 덩이를 열두 개나 배낭에 넣어주었다. 여행에 앞서 평소에 신세진 사람들의 집을 돌면서 인사를 겸해 그 가다랑어포를 나눠주었다. 가다랑어포를 받아든 사람들은 그것을 보면서 난처한 표정을 지었다.

쓸쓸한 여행이었다.

그 무렵 인도를 여행하는 일본 청년이 전혀 없었던 것은 아니다. 나보다 훨씬 전에 이 땅을 경험한 사람도 있었다. 간혹 그런 청년들을 만나면 변경의 땅으로 쫓겨난 똑같은 신세 같아서 멋쩍었다. 끔직한 여행으로, 종려나무 털 노끈으로 만든 침대 위에서 모두 지친 얼굴을 하고 있었다. 하나같이 말수도 적었다. 발소리를 죽이며 자신의 그림자를 밟고 다녔다. 그러나 당시 인도를 여행하던 청년들은 자신도 모르는 사이에 격렬하게 숨을 삼키고 있었다. 숨죽이고 걷고 있었다. 눈앞에서 벌어지는 일들을 맑은 눈에 투영하고 있었다.

사람이 강물 속으로 자맥질하고, 눈앞에서 사람이 불태워지고, 사람과 소가 함께 길을 걸어가고, 지금은 누구나 알고 있는 그런 흔한 일들도 당시의 여행자들에게는 그 하나하나가 체온을 올리고 내리는 사건이었다. 나는 그때 어리고 성급한 마음에, 난생처음 현실 같은 꿈正夢을 꾸고 있다는 생각에 사로잡혔다.

그 현실 같은 꿈은 일시적인 것이 아니라 이렇게 근 십 년을 이어졌다. 그것은 좋은 일이었다.

『티베트방랑』은 그 길었던 여행에 대한 하나의 종언의 기록이다.

이 책을 마친 지금, 또다시 나는 인도를 눈앞에 두고 있다. 그러나 일곱 번째 여행길에 오른 나는 이제 예전처럼 숨죽이지 않으며 더 이상 내 체온도 요동치지 않는다. 그것이 좋은 일인지 나쁜 일인지는 모르겠지만, 그런 상태는 또한 인도에 대한 새로운 표현을 요구한다고 나는 생각한다.

1977년 6월

후지와라 신야

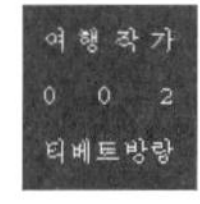

초판 1쇄 인쇄일 2010년 4월 22일 | 초판 3쇄 발행일 2017년 6월 20일

지은이 후지와라 신야 | 옮긴이 이윤정 | 기획편집 김혜정
펴낸이 박진숙 | 펴낸 곳 작가정신
주소 (10881)경기도 파주시 문발로 207 2층
전화 (031)955-6230 | 팩스 (031)944-2858
이메일 editor@jakka.co.kr
홈페이지 www.jakka.co.kr
출판등록 1987년 11월 14일 제 1-537호

ISBN 978-89-7288-368-5 03830